Elogios para

El visitante

"Una emocionante historia que trata algunas de nuestras mayores fobias. Nos recuerda a *IT (Eso)*". —*Kirkus Reviews*

"Lo que comienza como una cacería improbable, toma un giro hacia lo sobrenatural. El inteligente uso de King de la medicina forense ayuda a cimentar la historia en una realidad clínica creíble, donde los miedos se muestran en su descarnada realidad". —*Publishers Weekly*

"Fascinante. Otro libro asombrosamente oscuro, perfecto para sus millones de lectores". —*Booklist*

"Hay mucho de oscuro y de sobrenatural en esta nueva novela de Stephen King. Pero lo más inquietante resulta ser el lado monstruoso de la naturaleza humana".
—Brian Truitt, *USA Today*

"Hazte un favor y lee este libro". —Associated Press

"King parece estar en una buena racha que se extiende con *El visitante*. Grande, complejo e inventivo, es una continuación perfecta de su interés por la intersección del crimen y el terror, demostrando su habilidad consumada con ambos".
—Michael Berry, *The Portland Press Herald*

STEPHEN KING

El visitante

Stephen King es el maestro indiscutible de la narrativa de terror contemporánea, con más de treinta libros publicados. En 2003 fue galardonado con la Medalla de la National Book Foundation por su contribución a las letras estadounidenses, y en 2007 recibió el Grand Master Award, que otorga la asociación Mystery Writers of America. Entre sus títulos más célebres cabe destacar *El misterio de Salem's Lot*, *El resplandor*, *Carrie*, *La zona muerta*, *Ojos de fuego*, *IT (Eso)*, *Maleficio*, *La milla verde* y las siete novelas que componen la serie *La torre oscura*. Vive en Maine con su esposa Tabitha King, también novelista.

TAMBIÉN DE STEPHEN KING

IT (Eso)

Misery

Mr. Mercedes

Cujo

El Instituto

El resplandor

La milla verde

Cementerio de animales

El visitante

El visitante

UNA NOVELA

STEPHEN KING

Traducción de Carlos Milla Soler

VINTAGE ESPAÑOL
Una división de Penguin Random House LLC
Nueva York

PRIMERA EDICIÓN VINTAGE ESPAÑOL, SEPTIEMBRE 2020

Información de catalogación de publicaciones disponible
en la Biblioteca del Congreso de los Estados Unidos.

Vintage Español ISBN en tapa blanda: 978-0-593-31148-6
eBook ISBN: 978-0-593-31149-3

Para venta exclusiva en EE.UU., Canadá, Puerto Rico y Filipinas.

www.vintageespanol.com

Impreso en los Estados Unidos de América
10 9 8 7 6 5 4 3 2 1

Para Rand y Judy Holston

El pensamiento solo confiere al mundo una apariencia de orden para aquellos que, en su debilidad, se dejan convencer por sus alardes.

COLIN WILSON,
«El país de los ciegos»

LA DETENCIÓN

14 de julio

1

Era un coche sin distintivos, un sedán estadounidense cualquiera con unos cuantos años encima, pero las llantas totalmente negras y los tres hombres que iban dentro no dejaban lugar a dudas. Los dos de los asientos delanteros vestían uniforme azul. El de atrás, grande como una casa, llevaba traje. En la banqueta, un par de adolescentes negros, uno con un pie en una patineta naranja muy gastada, el otro con su tabla verde limón bajo el brazo, observaron el automóvil mientras entraba en el estacionamiento del estadio Estelle Barga y luego cruzaron una mirada.

—La policía —dijo uno de ellos.

—Si no me dices no me doy cuenta —contestó el otro.

Impulsando sus patinetas, se alejaron sin más conversación. Era una regla sencilla: cuando aparece la policía, es hora de largarse. La vida de los negros es importante, les habían inculcado sus padres, pero para la policía no siempre. En el campo de beisbol, el público empezó a animar y aplaudir rítmicamente cuando los Golden Dragons de Flint City, con una carrera de desventaja, salieron a batear en la segunda mitad de la novena entrada.

Los muchachos no voltearon.

2

Declaración del señor Jonathan Ritz [10 de julio, 21:30 h, interrogatorio a cargo del inspector Ralph Anderson]

Inspector Anderson: Sé que está alterado, señor Ritz. Es comprensible. Pero necesito saber qué vio exactamente esta tarde, hace un rato.

Ritz: No se me borrará nunca de la cabeza. Nunca. Creo que no me vendría mal una pastilla. Un Valium, quizá. Nunca tomo cosas de esas, pero desde luego ahora no me vendría mal. Aún tengo el corazón encogido. Conviene que sus técnicos forenses sepan que si encuentran vómito en el lugar de los hechos, y supongo que lo encontrarán, es mío. Y no me avergüenzo. Cualquiera se habría vomitado al ver una cosa así.

Inspector Anderson: Estoy seguro de que un médico le recetará algo para tranquilizarlo en cuanto acabemos. Ya me ocuparé yo de eso, pero ahora lo necesito con la cabeza despejada. Comprende, ¿no?

Ritz: Sí. Por supuesto.

Inspector Anderson: Basta con que me diga qué vio y habremos terminado por esta noche. ¿Puede hacerme ese favor?

Ritz: De acuerdo. Esta tarde, a eso de las seis, saqué a pasear a Dave. Dave es nuestro beagle. Cena a las cinco. Mi mujer y yo cenamos a las cinco y media. A las seis, Dave está listo para hacer sus cosas, o sea, aguas menores y aguas mayores. Lo saco a pasear mientras Sandy, mi mujer, lava los platos. Es una división de tareas justa. Una división de tareas justa es muy importante en un matrimonio, sobre todo cuando los hijos ya son grandes, o así lo vemos nosotros. Me estoy yendo por las ramas, ¿verdad?

Inspector Anderson: No se preocupe, señor Ritz. Cuéntelo a su manera.

Ritz: Llámeme Jon, por favor. No soporto eso de «señor Ritz». Hace que me sienta como una galleta. Galleta Ritz: así me llamaban los niños en el colegio.

Inspector Anderson: Ajá. Bien, veamos, estaba usted paseando al perro...

Ritz: Exacto. Y en eso encontró un rastro potente, el rastro de la muerte, supongo, y a pesar de que es un perro pequeño, he tenido que agarrar la correa con las dos manos. Quería llegar a lo que estaba oliendo. El...

Inspector Anderson: Un momento, retrocedamos. Ha salido usted de su casa, el número 249 de Mulberry Avenue, a las seis...

Ritz: Puede que un poco antes. Dave y yo fuimos cuesta abajo hasta Gerald's, esa tienda de alimentación de la esquina donde venden comida gourmet; allí continuamos por Barnum Street y entramos en el Figgis Park, ese parque que los niños llaman Frikis Park. Se creen que los adultos no nos enteramos de nada, que no les prestamos atención, pero se equivocan. Al menos algunos sí lo hacemos.

Inspector Anderson: ¿Ese es su paseo habitual de todas las tardes?

Ritz: Bueno, a veces cambiamos un poco el recorrido, para no aburrirnos, pero casi siempre acabamos en el parque antes de volver a casa, porque ahí Dave encuentra muchos olores. Hay un estacionamiento, pero a esas horas de la tarde casi siempre está vacío, a menos que haya muchachos de la secundaria jugando tenis. Esta tarde no había nadie porque había llovido y las pistas son de arcilla. Solo había estacionada una camioneta blanca.

Inspector Anderson: ¿Diría que era una camioneta comercial?

Ritz: Exacto. Sin ventanas, con doble puerta trasera. El tipo de camioneta que utilizan las empresas pequeñas para el transporte. Puede que fuera una Econoline, pero no lo juraría.

Inspector Anderson: ¿Llevaba escrito el nombre de alguna empresa? ¿Como Aire Acondicionado Sam o Ventanas a Medida Bob? ¿Algo así?

Ritz: No, no. Nada de nada. Pero estaba sucia, eso sí se lo digo. Hacía mucho que no la lavaban. Y tenía las llantas llenas de lodo, probablemente por la lluvia. Dave olfateó las ruedas y luego continuamos por uno de los caminos de grava entre los árboles. Al cabo de unos cuatrocientos metros, Dave empezó a ladrar y se echó a correr entre los arbustos de la derecha. Fue cuando encontró el rastro. Casi me arranca la correa de la mano. Yo intentaba obligarlo a volver a tirones, y él se resistía, no hacía más que sacudirse y escarbar en la tierra sin parar de ladrar. Así que lo até corto, uso una de esas correas retráctiles, van muy bien para eso, y he ido tras él. Ahora que ya no es un cachorro no hace mucho caso a las ardillas y las tamias, pero se me ha ocurrido que a lo mejor había olido un mapache. Me disponía a hacerlo volver quisiera o no, los perros tienen que saber quién manda, cuando vi las primeras gotas de sangre. En la hoja de un abedul, a la altura del pecho, o sea, a un metro y medio del suelo más o menos, calculo. Había otra gota en otra hoja un poco más allá, y después, aún más allá, toda una salpicadura en unos arbustos. Todavía roja, reciente. Dave la olfateó, pero quería seguir adelante. Ah, antes de que me olvide, justo entonces oí un motor detrás de mí. De no ser por lo ruidoso que era, como si tuviese el silenciador descompuesto, puede que ni me hubiera enterado. Retumbaba, no sé si me entiende.

Inspector Anderson: Ajá, sí.

Ritz: No puedo jurar que fuese la camioneta blanca, y como no he vuelto por el mismo camino no sé si ya se había ido, pero casi seguro que sí. ¿Y sabe qué significa eso?

Inspector Anderson: Dígame qué cree usted que significa, Jon.

Ritz: Que es muy posible que ese hombre estuviera observándome. El asesino. Observándome entre los árboles. Se me pone la piel de gallina solo de pensarlo. Me refiero a ahora. En ese momento tenía toda la atención puesta en la sangre. Y en evitar que Dave me dislocara el brazo derecho de un tirón. Empezaba a estar asustado, y no me importa reconocerlo. No soy un hombretón y, aunque procuro mantenerme en forma, paso ya de los sesenta. Ni siquiera a los veinte era aficionado a las broncas. Pero tenía que ver qué pasaba allí. Podía haber alguien herido.

Inspector Anderson: Eso es muy loable. ¿Qué hora diría que era en el momento en que ha visto el rastro de sangre?

Ritz: No miré el reloj, pero calculo que las seis y veinte. Y veinticinco, puede. Me dejé guiar por Dave, sin darle mucha cuerda para poder abrirme paso entre las ramas bajo las que él, con sus patitas cortas, pasaba sin mayor problema. Ya sabe lo que dicen de los beagles: pequeños pero matones. Ladraba como loco. Salimos a un claro, una especie de..., no sé, uno de esos rincones donde los amantes se sientan a besuquearse un rato. En medio había un banco de granito, y estaba todo manchado de sangre. Tanta sangre... Encima y debajo. El cuerpo yacía a un lado, en la hierba. Pobre niño. Tenía la cabeza vuelta hacia mí y los ojos abiertos, y donde debería haber estado la garganta solo había un boquete rojo. Tenía el pantalón y los calzoncillos bajados, en los tobillos, y he visto algo..., una rama seca, supongo..., asomar de... de..., bueno, ya me entiende.

Inspector Anderson: Lo entiendo, señor Ritz, pero necesito que lo diga para que conste en la declaración.

Ritz: Estaba tendido boca abajo, y la rama le asomaba del trasero. Ensangrentada también. La rama. Faltaba parte de la corteza, y tenía la huella de una mano. Ese detalle lo he visto claro como el agua. Dave ya no ladraba; aullaba, el pobre. No me explico quién puede haber hecho algo así. Tiene que haber sido un psicópata. ¿Lo atraparán, inspector Anderson?

Inspector Anderson: Sí, no le quepa duda de que lo atraparemos.

3

El estacionamiento del Estelle Barga era casi tan amplio como el del supermercado Kroger donde Ralph Anderson y su mujer hacían las compras los sábados por la tarde. Y ese día de julio estaba hasta el tope. Muchos vehículos lucían en las defensas calcomanías de los Golden Dragons, y algunos llevaban en los parabrisas entusiastas consignas escritas con jabón: LOS MACHACAREMOS; LOS DRAGONES SE MERENDARÁN A LOS OSOS; CAP CITY, ALLÁ VAMOS; ESTE AÑO NOS TOCA A NOSOTROS. Desde el estadio, donde se habían encendido ya los focos (pese a que el sol tardaría aún un buen rato en ponerse), llegaron vítores y palmadas rítmicas.

Al volante del coche sin distintivos iba Troy Ramage, un veterano con veinte años de servicio. Tras recorrer una hilera completa y luego otra sin ver un solo lugar libre, dijo:

—Siempre que vengo aquí me pregunto quién demonios era Estelle Barga.

Ralph no contestó. Tenía los músculos tensos, la piel caliente y el pulso acelerado al límite. A lo largo de los años había detenido a muchos malhechores, pero aquello era distinto. Aquello era una atrocidad. Y una cuestión personal. Eso era lo peor: se trataba de una cuestión personal. No tenía por qué intervenir en la detención, y él lo sabía, pero después de la última ronda de recortes presupuestarios quedaban solo tres inspectores de tiempo completo en la nómina del cuerpo de policía de Flint City. Jack Hoskins estaba de vacaciones, pescando en algún lugar remoto, y por Ralph, si no volvía, tanto mejor. Betsy Riggins, quien debería haberse tomado ya la baja por maternidad, en esos momentos estaba colaborando con la Policía del Estado en otro aspecto de ese mismo caso.

Ralph esperaba con toda su alma no estar precipitándose. Había expresado esa preocupación a Bill Samuels, el fiscal del condado de Flint, esa tarde durante la reunión previa a la detención. Samuels, con solo treinta y cinco años, era un poco joven para el cargo, pero pertenecía al partido político oportuno y poseía una gran seguridad en sí mismo. Arrogante no era, eso no, pero desde luego ponía demasiado ardor en su trabajo.

—Aún quedan algunos cabos sueltos que me gustaría atar —había comentado Ralph—. No conocemos todas las circunstancias. Además, dirá que tiene coartada. A menos que se rinda sin más, hay que contar con eso.

—Si nos sale con una coartada —contestó Samuels—, se la tumbaremos, y tú lo sabes.

Eso Ralph lo daba por hecho, sabía que no se equivocaban de hombre, pero habría preferido ahondar un poco más en la investigación antes de apretar el gatillo. Encontrar las lagunas en la coartada de ese hijo de puta, agrandarlas a golpes, agrandarlas hasta que cupiera por ellas un camión, y *después* llevarlo a la comisaría. En la mayoría de los casos ese habría sido el procedimiento correcto. Pero no en este.

—Tres cuestiones —había dicho Samuels—, ¿estás preparado para oírlas?

Ralph asintió. Al fin y al cabo tenía que trabajar con ese hombre.

—Primera: la gente de esta ciudad, en especial los padres de niños pequeños, están aterrorizados y furiosos. Quieren una detención rápida para volver a sentirse seguros. Segunda: las pruebas no dejan lugar a dudas. Nunca he visto un caso tan incuestionable. ¿Estás de acuerdo?

—Sí.

—Bien, he aquí la tercera cuestión. La más importante —Samuels se había inclinado hacia delante—. No podemos afirmar que ya lo hubiera hecho antes…; si es así, seguramente lo averiguaremos en cuanto empecemos a escarbar…, pero está claro que esta vez sí ha sido él. Se ha desinhibido. Ha perdido la virginidad. Y cuando pasa eso…

—Podría repetirlo —completó Ralph.

—Exacto. No es lo más probable tan poco tiempo después de lo de Peterson, pero no puede descartarse. Por Dios, está en compañía de niños a todas horas. Niños pequeños. Si matara a alguno..., lo de menos sería perder el trabajo, no nos lo perdonaríamos nunca.

A Ralph le costaba ya perdonarse por no haberlo visto venir. Era absurdo: uno no podía mirar a los ojos a un hombre durante una parrillada en un jardín tras la última jornada de la liga infantil y adivinar que estaba concibiendo una acción inefable —acariciándola, alimentándola, viéndola crecer—, pero, por absurdo que fuese, era así como se sentía.

Ahora, inclinándose para señalar entre los dos policías que ocupaban los asientos delanteros, Ralph dijo:

—Por allí. Prueben en los lugares para discapacitados.

—Eso son doscientos dólares de multa, jefe —observó el agente Tom Yates desde el asiento del copiloto.

—Creo que esta vez podemos tomarnos la licencia —contestó Ralph.

—Era broma.

Ralph, que no estaba de humor para comentarios ocurrentes de policías, calló.

—Lugares para inválidos a la vista —anunció Ramage—. Y hay dos vacíos.

Ocupó uno de ellos, y los tres se bajaron. Ralph vio a Yates desabrochar la tirilla que sujetaba la empuñadura de su Glock y meneó la cabeza.

—¿Estás loco? Debe de haber mil quinientas personas viendo ese partido.

—¿Y si se echa a correr?

—Entonces tendrán que atraparlo.

Ralph se apoyó en el cofre del coche sin distintivos y observó a los dos agentes de Flint City encaminarse hacia los focos y las gradas abarrotadas del estadio, donde las palmadas y los vítores seguían aumentando en volumen e intensidad. Detener al asesino de Peterson con celeridad era una decisión que habían tomado Samuels y él (aunque de mala gana). Detenerlo durante el partido había sido decisión de Ralph única y exclusivamente.

Ramage volvió la vista atrás.

—¿No viene?

—No. Encárguense ustedes; léanle sus derechos en voz alta y clara y luego tráiganlo aquí. Tom, cuando nos pongamos en marcha, tú te sentarás con él atrás. Yo iré delante con Troy. Bill Samuels está a la espera de mi llamada y se reunirá con nosotros en la comisaría. Esto quedará en manos de los de arriba. Arrestarlo les toca a ustedes.

—Pero el caso es suyo —dijo Yates—. ¿Por qué no quiere ser usted quien agarre al cabrón?

Todavía con los brazos cruzados, Ralph respondió:

—Porque el hombre que violó a Frankie Peterson con una rama de árbol y luego le abrió la garganta entrenó a mi hijo durante cuatro años, dos en alevines y dos en infantiles. Puso las manos encima de mi hijo para enseñarle cómo manejar el bat, y no me fío de mis propias reacciones.

—Entiendo, entiendo —dijo Troy Ramage.

Yates y él se dirigieron hacia el campo.

—Y otra cosa, a los dos.

Los agentes voltearon.

—Espósenlo allí mismo. Y espósenlo por delante.

—Ese no es el protocolo, jefe —contestó Ramage.

—Lo sé y me da igual. Quiero que todo el mundo lo vea marcharse esposado. ¿Entendido?

Mientras se alejaban, Ralph soltó el teléfono celular del cinturón. Tenía el número de Betsy Riggins en marcación rápida.

—¿Estás en posición?

—Claro que sí. Estacionada delante de su casa. Yo y cuatro agentes de la Policía del Estado.

—¿La orden de búsqueda?

—Aquí, bien sujeta en mi mano.

—Perfecto —se disponía a dar por concluida la llamada cuando otra duda acudió a su pensamiento—. Bets, ¿cuándo nace el bebé?

—Ayer —contestó ella—. Así que acabemos cuanto antes con esta mierda —y cortó la comunicación ella misma.

4

Declaración de la señora Arlene Stanhope [12 de julio, 13 h, interrogatorio a cargo del inspector Ralph Anderson]

Stanhope: ¿Nos llevará mucho tiempo, inspector?

Inspector Anderson: No, qué va. Solo tiene que contarme qué vio la tarde del martes 10 de julio y habremos terminado.

Stanhope: De acuerdo. Yo salía de Gerald's, la tienda de delicatessen. Los martes siempre hago las compras allí. En Gerald's todo está más caro, pero no voy al Kroger desde que dejé de manejar. Renuncié a la licencia al año de morir mi marido porque ya no me fiaba de mis reflejos. Tuve un par de accidentes. Solo toquecitos, no se piense, pero me bastó con eso. Gerald's está a solo dos manzanas del departamento donde vivo desde que vendí la casa, y el médico dice que me conviene caminar. Es bueno para el corazón, ya sabe. Salía yo con mis tres bolsas en el carrito, tres bolsas es lo máximo que puedo permitirme, los precios están por las nubes, sobre todo los de la carne, no sé cuánto hace que no como tocino..., y vi a ese niño, el hijo de los Peterson.

Inspector Anderson: ¿Está segura de que ese niño era Frank Peterson?

Stanhope: Oh, sí, era Frank. Pobrecillo, siento muchísimo lo que le pasó, pero ahora está en el cielo y su sufrimiento ha terminado. Ese es el consuelo. Los Peterson tienen dos hijos, ya sabe, los dos pelirrojos, de ese rojo zanahoria tan horrible, pero el mayor..., Oliver creo que se llama, tiene al menos cinco años más. Antes repartía el periódico que leíamos en casa. Frank tenía una bicicleta, una de esas con el manubrio alto y el asiento estrecho...

Inspector Anderson: Asiento banana, así se llama.

Stanhope: Eso no lo sé, pero sí sé que era de color verde limón, un color espantoso, la verdad, y llevaba una calcomanía en el asiento. Decía Preparatoria de Flint City. Aunque él no llegó a ir a la preparatoria, ¿no? Pobrecito, pobrecito.

Inspector Anderson: Señora Stanhope, ¿quiere descansar un poco?

Stanhope: No, quiero terminar. Tengo que ir a casa a dar de comer a la gata. Siempre les doy de comer a las cuatro, estará hambrienta. Y preguntándose dónde me he metido. Pero si pudiera darme un kleenex... Seguro que estoy que doy pena. Gracias.

Inspector Anderson: ¿Vio la calcomanía del asiento de la bicicleta de Frank Peterson porque...?

Stanhope: Ah, porque no iba montado. Cruzaba a pie el estacionamiento de Gerald's. La cadena estaba rota y arrastraba por el suelo.

Inspector Anderson: ¿Se fijó en cómo iba vestido?

Stanhope: Llevaba una camiseta de algún grupo de rock. No sé del tema, así que no puedo decirle cuál era. Si es un detalle importante, lo siento. Y una gorra de los Rangers echada hacia atrás, con lo que se le veía todo ese pelo rojo. Los pelirrojos suelen quedarse calvos muy pronto. Él ya no tendrá que preocuparse por eso... Ay, qué triste. El caso es que al otro lado del estacionamiento había una camioneta blanca, sucia, y un hombre salió y se acercó a Frank. Era...

Inspector Anderson: Ya llegaremos a eso, pero antes hábleme de la camioneta. ¿Era de esas sin ventanas?

Stanhope: Sí.

Inspector Anderson: ¿Sin nada escrito? ¿Sin el nombre de una empresa o algo por el estilo?

Stanhope: Por lo que yo vi, no.

Inspector Anderson: Muy bien, hablemos del hombre a quien vio. ¿Lo reconoció, señora Stanhope?

Stanhope: Sí, claro. Era Terry Maitland. En el Lado Oeste todo el mundo conoce al Entrenador T. Incluso en la preparatoria lo llaman así. Allí da clases de literatura, ya sabe. Mi marido, también profesor, fue compañero suyo antes de jubilarse. Lo de Entrenador T es porque entrena en la liga infantil, y al equipo de beisbol de la liga interurbana cuando la liga infantil termina, y en otoño a los niños pequeños aficionados al futbol. Esa liga también tiene un nombre, pero no lo recuerdo.

Inspector Anderson: Si pudiéramos volver a lo que vio el martes por la tarde...

Stanhope: No hay mucho más que contar. Frank habló con el Entrenador T y señaló la cadena rota. El Entrenador T asintió con la cabeza y abrió la parte de atrás de la camioneta blanca, que no podía ser suya...

Inspector Anderson: ¿Por qué dice eso, señora Stanhope?

Stanhope: Porque la placa era de color naranja. No sé de qué estado sería, de lejos ya no veo tan bien como antes, pero sé que nuestras placas, aquí en Oklahoma, son azules y blancas. El caso es que no vi nada en la parte de atrás de la camioneta, salvo un objeto largo y verde que parecía una caja de herramientas. ¿Era una caja de herramientas, inspector?

Inspector Anderson: ¿Qué pasó entonces?

Stanhope: Verá, el Entrenador T metió la bicicleta de Frank en la parte de atrás y cerró las puertas. Dio una palmada a Frank en la espalda. Luego se fue al asiento del conductor y Frank se fue al asiento del acompañante. Subieron y la camioneta se marchó por Mulberry Avenue. Pensé que el Entrenador T llevaba al niño a casa. Claro. ¿Qué otra cosa iba a pensar? Terry Maitland vive en el Lado Oeste desde hace unos veinte años, tiene una familia encantadora, mujer y dos hijas... ¿Podría darme otro pañuelo, por favor? Gracias. ¿Ya casi hemos terminado?

Inspector Anderson: Sí, y ha sido usted de gran ayuda. Me parece que antes de empezar a grabar ha dicho usted que eso ocurrió alrededor de las tres, ¿es así?

Stanhope: A las tres en punto. Oí las campanadas del reloj del ayuntamiento justo cuando salía con mi carrito.

Inspector Anderson: El niño al que vio, el pelirrojo, era Frank Peterson.

Stanhope: Sí. Los Peterson viven a la vuelta de la esquina. Antes Ollie repartía el periódico. Veo a esos niños a todas horas.

Inspector Anderson: Y el hombre, el que metió la bicicleta en la parte de atrás de la camioneta blanca y se fue con Frank Peterson, era Terence Maitland, también conocido como Entrenador Terry o Entrenador T.

Stanhope: Sí.

Inspector Anderson: Está segura de eso.

Stanhope: Sí, claro que sí.

Inspector Anderson: Gracias, señora Stanhope.

Stanhope: ¿Quién iba a imaginar que Terry haría una cosa así? ¿Cree que ha habido otros?

Inspector Anderson: Seguramente lo averiguaremos en el transcurso de la investigación.

5

Como todos los partidos de la liga interurbana se jugaban en el estadio Estelle Barga —el mejor campo de beisbol del condado y el único con luz para los encuentros nocturnos—, se decidía a quién correspondía la ventaja de equipo local mediante el lanzamiento de una moneda. Terry Maitland había elegido sol, como de costumbre —era una superstición heredada de su propio entrenador en la liga interurbana, hacía ya tiempo—, y salió sol. «Me da igual jugar en un sitio o en otro, lo que yo quiero es estar al bat en las segundas mitades», decía siempre a sus muchachos.

Y esa noche iba a necesitarlo. Era la segunda mitad de la novena entrada, y los Bears iban una carrera por delante en esa semifinal de la liga. A los Golden Dragons les quedaba ya un solo turno al bate, pero tenían todas las bases cargadas. Una base por bolas, un lanzamiento descontrolado, un error o un sencillo sin salir la pelota del cuadro representaría el empate; un tiro al hueco les valdría la victoria. El público aplaudía, pateaba en las gradas metálicas y jaleaba cuando el pequeño Trevor Michaels entró en la caja del bateador zurdo. Llevaba puesto el casco más pequeño que habían encontrado, pero aun así le tapaba los ojos y tenía que echárselo hacia atrás una y otra vez. Blandió el bat con vaivenes nerviosos.

Terry se había planteado sustituirlo, pero el niño, con poco más de un metro y medio de estatura, conseguía muchas bases por bolas. Y si bien no era bateador de jonrones, a veces era capaz de darle a la pelota. No muy a menudo, pero sí a veces. Si Terry lo cambiaba, el pobre tendría que vivir con esa humillación durante todo el curso siguiente en secundaria. Si, por el contrario, lograba un sencillo, hablaría de ello el resto de su vida, en los bares ante unas cervezas y en las parrilladas. Terry lo sabía. También él había pasado por eso hacía mucho, en un tiempo lejano en que aún no se jugaba con bates de aluminio.

El pícher de los Bears —el cerrador, un verdadero maestro de la bola rápida— ejecutó sus movimientos previos y lanzó la pelota por el eje central del plato. Trevor la vio pasar con cara de consternación. El árbitro concedió el primer strike. El público gimió.

Gavin Frick, el segundo de Terry, iba de aquí para allá por delante de los niños sentados en la banca, con el cuaderno de puntuaciones enrollado en una mano (¿cuántas veces le había pedido Terry que no hiciera eso?) y la camiseta de los Golden Dragons, talla XXL, tirante en torno a la barriga, que al menos era XXXL.

—Espero que no haya sido un error dejar batear a Trevor, Ter —dijo. El sudor le empapaba las mejillas—. Parece muerto de miedo, y creo que no devolvería una bola rápida de ese niño ni con una raqueta de tenis.

—Ya veremos —contestó Terry—. Tengo buenos presentimientos —no los tenía, en realidad no.

El pícher de los Bears realizó sus movimientos y lanzó otro cañonazo, pero este dio en la tierra frente al plato. El público se puso de pie cuando Baibir Patel, el corredor de los Dragons situado en la tercera base, dio unos pasos a lo largo de la línea. Todos volvieron a sentarse con un gemido cuando la bola rebotó y fue a parar al guante del cácher. El cácher de los Bears volteó hacia la tercera, y Terry interpretó su expresión aun a través de la careta: *Vamos, muchacho, inténtalo*. Baibir se abstuvo.

El siguiente lanzamiento fue muy abierto, pero Trevor trató de pegarle y falló el golpe.

—¡Elimínalo por strikes, Fritz! —animó un vozarrón desde lo alto de las gradas, casi con toda seguridad el padre de aquel maestro de la bola rápida, a juzgar por lo rápido que el chico volteó la cabeza en esa dirección—. ¡Elimínalo por *striiikes*!

En el siguiente lanzamiento, muy ajustado —demasiado ajustado para devolverla, de hecho—, Trevor la dejó pasar, pero el árbitro cantó «bola mala» y esta vez fueron los seguidores de los Bears los que gimieron. Alguien sugirió que el árbitro necesitaba graduarse los anteojos. Otro hincha dijo algo sobre un perro guía.

Iban dos a dos, y Terry tenía la sensación de que la temporada de los Dragons dependía del siguiente lanzamiento. O jugarían contra los Panthers por el campeonato interurbano, y pasarían a competir en la liga estatal —partidos que incluso se televisaban—, o se marcharían a casa y se reunirían solo una vez más, con motivo de la parrillada que tradicionalmente ponía fin a la temporada en el jardín de los Maitland.

Volteó para mirar a Marcy y las niñas, sentadas, como siempre, en unas sillas plegables detrás de la tela metálica protectora de la zona de bateo. Sus hijas flanqueaban a su mujer como preciosos sujetalibros. Las tres alzaron los dedos cruzados en su dirección. Terry respondió con un guiño y una sonrisa y levantó los dos pulgares, aunque todavía no se sentía bien. Y no solo por el partido. Hacía tiempo que no se sentía bien. No del todo.

Entonces la sonrisa de Marcy cambió a una ceñuda expresión de perplejidad. Miraba a su izquierda, y señaló hacia allí con el pulgar. Terry, al voltear, vio a dos policías municipales avanzar en fila por la línea de la tercera base y dejar atrás a Barry Houlihan, el técnico que impartía instrucciones en esa zona.

—*¡Tiempo, tiempo!* —bramó el árbitro principal, y detuvo al lanzador de los Bears justo en el momento en que iniciaba sus movimientos.

Trevor Michaels salió de la caja del bateador; a Terry le pareció que su expresión era de alivio. El público, atento a los dos policías, guardaba silencio. Uno de ellos se había llevado una mano a la espalda; el otro la apoyaba en la empuñadura de su arma reglamentaria, enfundada.

—*¡Salgan del campo!* —vociferaba el árbitro—. *¡Salgan del campo!*

Troy Ramage y Tom Yates desoyeron sus órdenes. Entraron en la caseta de los Dragons —una estructura improvisada que contenía un banco largo, tres canastas de material y un cubo lleno de pelotas de entrenamiento sucias— y fueron derecho hacia Terry, allí de pie. De atrás del cinturón, Ramage sacó unas esposas. El público las vio y se elevó un murmullo que era dos terceras partes desconcierto y una tercera parte conmoción: *Uuuuu.*

—¡Eh, oigan! —exclamó Gavin a la vez que se encaminaba hacia allí apresuradamente (casi tropezó con el guante tirado de Richie Gallant, el corredor en primera base)—. ¡Aquí se está jugando un partido y tenemos que acabarlo!

Yates negó con la cabeza y lo apartó de un empujón. El público se quedó mudo. Los Bears habían abandonado sus tensas posturas defensivas y se limitaban a observar, los guantes colgaban de sus manos. El cácher trotó hacia el pícher de su equipo, y se quedaron los dos a medio camino entre el montículo y el plato.

Terry conocía un poco al agente que sostenía las esposas; en otoño su hermano y él a veces iban a ver los partidos de futbol de la liga infantil Pop Warner.

—¿Troy? ¿Qué pasa? ¿A qué viene esto?

Ramage solo vio en el rostro de aquel hombre lo que parecía sincera perplejidad, pero era policía desde los noventa y sabía que los peores criminales perfeccionaban esa expresión de «¿Quién, yo?». Y ese individuo era de los peores. Recordando las instrucciones de Anderson (y sin el menor cargo de conciencia), levantó la voz para que lo oyera todo el público, que ascendía a 1,588 espectadores, como al día siguiente precisaría el periódico.

—Terence Maitland, queda usted detenido por el asesinato de Frank Peterson.

Otro *Uuuuu* desde las gradas, este más fuerte, el sonido del viento al arreciar.

Terry miró a Ramage con el entrecejo fruncido. Entendió la frase, una sencilla oración declarativa, sabía quién era Frankie Peterson y qué le había ocurrido, pero el *significado* escapaba a su comprensión. Solo fue capaz de decir «¿Qué? ¿Es una broma?», y en ese momento el fotógrafo deportivo del *Call* de Flint City tomó la instantánea, la que al día siguiente apareció en primera plana. Tenía la boca abierta, los ojos desorbitados, el cabello erizado en torno a los bordes de la gorra de los Golden Dragons. En esa foto se veía débil y culpable al mismo tiempo.

—¿*Qué* ha dicho?

—Tienda las muñecas.

Terry se volvió hacia Marcy y sus hijas, sentadas aún en sus sillas plegables detrás de la alambrada, mirándolo con idéntica expresión de helada sorpresa. El horror llegaría más tarde. Baibir Patel abandonó la tercera base y se dirigió hacia la caseta al tiempo que se quitaba el casco de bateo, dejando a la vista sus sudorosos cabellos negros, y Terry advirtió que el niño empezaba a llorar.

—¡Vuelve a tu sitio! —le gritó Gavin—. El partido no ha terminado.

Pero Baibir se quedó inmóvil fuera del campo y, berreando, fijó los ojos en Terry. Terry también lo miró, convencido (*casi* convencido) de que todo aquello era un sueño, pero de pronto Tom Yates lo agarró y lo obligó a extender los brazos de un tirón con tal fuerza que Terry se tambaleó. Ramage le colocó las esposas. Auténticas, no de plástico, grandes y pesadas, relucientes bajo el sol vespertino. Con la misma voz vibrante, anunció:

—Tiene derecho a permanecer en silencio y negarse a contestar a cualquier pregunta, pero, si decide hablar, todo lo que diga podrá ser utilizado en su contra ante un tribunal. Tiene derecho a la presencia de un abogado durante los interrogatorios, ahora o en el futuro. ¿Lo entiende?

—¿Troy? —Terry apenas oía su propia voz. Se sentía como si hubiera recibido un puñetazo y le faltara el aire—. Por Dios, ¿qué está pasando?

Ramage no se dio por aludido.

—¿Lo entiende?

Marcy se acercó a la alambrada, coló los dedos en ella y la sacudió. A su espalda, Sarah y Grace lloraban. Grace estaba de rodillas junto a la silla de Sarah; la suya se había volcado.

—¿Qué hacen? —preguntó a gritos Marcy—. ¿Qué demonios hacen? ¿Y por qué lo hacen *aquí*?

—¿Lo entiende?

Lo que Terry entendía era que lo habían esposado y le estaban leyendo sus derechos delante de casi mil seiscientas personas atentas, entre ellas su mujer y sus dos hijas. No era un sueño, y no era una simple detención. Por razones que escapaban a su comprensión, era un escarnio público. Lo mejor era poner fin a aquello cuanto antes y aclarar las cosas. Aunque, incluso en ese estado de conmoción y desconcierto, sabía que su vida tardaría mucho en volver a la normalidad.

—Lo entiendo —contestó. Y a continuación dijo—: Entrenador Frick, retroceda.

Gavin, que se acercaba a los agentes con los puños apretados y su carnoso rostro enrojecido de pura agitación, bajó los brazos y reculó. Miró a Marcy a través de la alambrada, encogió los enormes hombros y abrió sus rollizas manos.

Con la misma entonación vibrante, como un pregonero voceando la gran noticia de la semana en la plaza de un pueblo de Nueva Inglaterra, Troy Ramage prosiguió. Ralph Anderson lo oía desde donde se hallaba, apoyado en el coche sin distintivos. Estaba haciendo un buen trabajo, Troy. Era un espectáculo deplorable; Ralph supuso que podía caerle una regañiza, pero no serían los padres de Frankie Peterson quienes lo regañaran. No, ellos no.

—Si no puede permitirse un abogado, se le facilitará uno antes de cualquier interrogatorio. ¿Lo entiende?

—Sí —respondió Terry—. También entiendo otra cosa —se volteó hacia el público—. *¡No tengo ni idea de por qué me detienen! ¡Gavin Frick se pondrá al frente del equipo hasta el final del partido!* —Y acto seguido, como si acabara de ocurrírsele, ordenó—: Baibir, vuelve a la tercera, y recuerda que hay que correr por fuera del campo.

Se oyeron aplausos dispersos, pero pocos. El vozarrón de las gradas se hizo oír de nuevo:

—*¿Qué dice que ha hecho?*

Y el público, en respuesta, murmuró las dos palabras que pronto se repetirían por todo el Lado Oeste y en el resto de la ciudad: Frank Peterson.

Yates agarró a Terry por el brazo y lo apremió a dirigirse hacia el puesto de comida y el estacionamiento, más allá.

—Ya predicará a la multitud más tarde, Maitland. Ahora va directo al calabozo. ¿Y sabe qué? En este estado tenemos la aguja, y la usamos. Pero usted es profesor, ¿no? Seguramente ya lo sabía.

No habían recorrido ni veinte pasos desde la caseta improvisada cuando Marcy Maitland los alcanzó y agarró a Tom Yates del brazo.

—¿Qué demonios se ha creído?

Yates se la quitó de encima, y cuando Marcy intentó aferrarse al brazo de su marido, Troy Ramage la apartó, delicadamente pero con firmeza. Ella se resistió, aturdida, pero entonces vio a Ralph Anderson aproximarse a los agentes encargados de la detención. Lo conocía de cuando Derek Anderson jugaba en el equipo de Terry en la liga infantil, los Lions de Gerald's, la tienda de delicatessen. Ralph, naturalmente, no podía asistir a todos los partidos, pero iba siempre que podía. Por aquel entonces vestía uniforme; cuando lo ascendieron a inspector, Terry le envió un mensaje de enhorabuena por correo electrónico. Marcy se echó a correr hacia él, volaba sobre la hierba con sus viejos tenis; se los ponía siempre para los partidos de Terry porque decía que daban suerte.

—¡Ralph! —llamó—. ¿Qué pasa? ¡Aquí hay algún error!

—Me temo que no —contestó Ralph.

Esta parte no gustó a Ralph; Marcy le caía bien. Por otro lado, también Terry le había caído siempre bien; seguramente solo había influido un poco en la vida de Derek, proporcionándole una pizca de aplomo, pero cuando uno tenía once años un poco de aplomo era mucho. Y había otra cuestión. Cabía la posibilidad de que Marcy supiese qué era su marido aun cuando no se permitiera reconocerlo a nivel consciente. Los Maitland llevaban mucho tiempo casados, y horrores como el asesinato del pequeño Peterson no surgían de la nada. Para llegar a un acto así se precisaba una evolución previa.

—Ve a casa, Marcy. Enseguida. Más vale que dejes a las niñas con alguna amiga, la policía estará esperándote.

Ella se limitó a mirarlo con cara de incomprensión.

A sus espaldas se oyó el sólido impacto de un bat de aluminio contra una pelota, pero los vítores fueron escasos; los asistentes seguían atónitos, más interesados en lo que acababan de presenciar que en el partido. Y en cierto modo fue una lástima. Trevor Michaels acababa de pegarle a la bola con más fuerza que nunca en su vida, con más fuerza incluso que cuando el Entrenador T le lanzaba bolas fáciles en los entrenamientos. Por desgracia, el tiro fue directo al shortstop de los Bears, que ni siquiera tuvo que saltar para atraparla.

Fin del partido.

6

Declaración de June Morris [12 de julio, 17:45 h, interrogatorio a cargo del inspector Ralph Anderson en presencia de la señora Francine Morris]

Inspector Anderson: Gracias por traer a su hija a la comisaría, señora Morris. June, ¿qué tal ese refresco?

June Morris: Está bueno. ¿Me he metido en algún lío?

Inspector Anderson: No, para nada. Solo quiero hacerte un par de preguntas sobre lo que viste hace dos tardes.

June Morris: ¿Cuando vi al Entrenador Terry?

Inspector Anderson: Exacto, cuando viste al Entrenador Terry.

Francine Morris: Desde que cumplió nueve años la dejamos ir sola a casa de su amiga Helen. Siempre y cuando sea de día. Lo de los padres helicóptero nos parece contraproducente. Y no lo seremos después de esto, se lo aseguro.

Inspector Anderson: ¿Lo viste después de la cena, June? ¿Es así?

June Morris: Sí. Cenamos pastel de carne. Anoche tocó pescado. No me gusta el pescado, pero es lo que hay.

Francine Morris: No tiene que cruzar la calle ni nada. Pensamos que no había ningún peligro porque vivimos en un buen barrio. O al menos eso creíamos.

Inspector Anderson: Siempre es difícil saber cuándo empezar a dejar que asuman responsabilidades. Veamos, June..., fuiste calle abajo y tuviste que pasar por delante del estacionamiento del Figgis Park, ¿no?

June Morris: Sí. Yo y Helen...

Francine Morris: Helen y yo...

June Morris: Helen y yo íbamos a terminar nuestro mapa de América del Sur. Es para el proyecto del taller del campamento. Pintamos cada país de un color distinto, y casi estaba ya acabado, pero se nos había olvidado Paraguay y teníamos que empezar de cero. Es lo que hay, también. Después íbamos a jugar a Angry Birds y Corgi Hop en el iPad de Helen hasta que mi papá viniera a recogerme. Porque entonces sería ya casi de noche.

Inspector Anderson: ¿Y a qué hora debió de ser eso, señora Morris?

Francine Morris: Cuando Junie se marchó, pasaban en la tele el noticiario local. Norm lo veía mientras yo lavaba los platos. O sea que... entre las seis y las seis y media. Probablemente y cuarto, porque me parece que en ese momento daban la previsión del tiempo.

Inspector Anderson: Cuéntame qué viste al pasar por delante del estacionamiento, June.

June Morris: Al Entrenador Terry, ya se lo he dicho. Vive en nuestra calle; una vez se perdió nuestro perro y el Entrenador T nos lo trajo. A veces juego con Gracie Maitland, pero no muy a menudo. Gracie tiene un año más y le gustan los niños. Él iba muy manchado de sangre. De la nariz.

Inspector Anderson: Ajá. ¿Qué hacía cuando lo viste?

June Morris: Salía de entre los árboles. Me vio mirarlo y me saludó con la mano. Yo lo saludé también y dije: «Eh, Entrenador Terry, ¿qué le ha pasado?». Y él me contó que se había dado un golpe en la cara con una rama. «No te asustes», me dijo; «me sangra la nariz; me pasa mucho». Y yo le contesté: «No me asusto, pero ya no podrá volver a ponerse esa camisa, porque las manchas de sangre no se quitan, o eso dice mi madre». Él sonrió y dijo: «Menos mal que tengo muchas más camisas». Pero también tenía sangre en el pantalón. Y en las manos.

Francine Morris: Estuvo tan cerca de él... No puedo quitármelo de la cabeza.

June Morris: ¿Por qué? ¿Porque le salía sangre de la nariz? A Rolf Jacobs le pasó eso mismo en el patio el año pasado, cuando se cayó, y no me asusté. Iba a dejarle mi pañuelo, pero la señorita Grisha se lo llevó a la enfermería y no pude.

Inspector Anderson: ¿Qué tan cerca estuviste de él?

June Morris: Rayos, no sé. Él estaba en el estacionamiento y yo en la banqueta. ¿Eso es muy cerca?

Inspector Anderson: Tampoco yo lo sé, pero seguro que lo averiguaré. ¿Está bueno el refresco?

June Morris: Ya me lo preguntó.

Inspector Anderson: Ah, sí, es verdad.

June Morris: Las personas mayores se olvidan de todo, eso dice mi abuelo.

Francine Morris: Junie, eso es de mala educación.

Inspector Anderson: No se preocupe. Parece que tu abuelo es un hombre sabio, June. ¿Qué pasó después?

June Morris: Nada. El Entrenador Terry se subió a su camioneta y se marchó.

Inspector Anderson: ¿De qué color era la camioneta?

June Morris: Bueno, habría sido blanca si hubiese estado limpia, supongo, pero estaba muy sucia. Además, hacía mucho ruido y echaba un humo azul. Uf.

Inspector Anderson: ¿Llevaba algo escrito a los lados? ¿El nombre de una empresa o algo así?

June Morris: No. Era toda blanca.

Inspector Anderson: ¿Viste las placas?

June Morris: No.

Inspector Anderson: ¿En qué dirección se fue la camioneta?

June Morris: Por Barnum Street.

Inspector Anderson: ¿Y estás segura de que ese hombre, ese que te dijo que le sangraba la nariz, era Terry Maitland?

June Morris: Segurísima. Era el Entrenador Terry, el Entrenador T. Lo veo a todas horas. ¿Está bien? ¿Ha hecho algo malo? Mamá no me deja ver el periódico ni las noticias en la tele, pero estoy casi segura de que en el parque pasó algo malo. Si en la escuela se hubiera enterado alguien, lo sabría; son todos unos chismosos. ¿Se peleó el Entrenador Terry con una mala persona? ¿Por eso sangraba?

Francine Morris: ¿Vamos terminando, inspector? Sé que necesita información, pero recuerde que soy yo quien ha de acostarla esta noche.

June Morris: ¡Me acuesto yo sola!

Inspector Anderson: De acuerdo, casi hemos acabado. Pero, June, antes de que te vayas voy a proponerte un juego. ¿Te gustan los juegos?

June Morris: Supongo, si no son aburridos.

Inspector Anderson: Voy a poner en la mesa seis fotografías de seis personas distintas..., como esta..., pero que se parecen un poco al Entrenador Terry. Quiero que me digas...

June Morris: Ese. El número cuatro. Ese es el Entrenador Terry.

7

Troy Ramage abrió una de las puertas traseras del coche sin distintivos. Terry miró por encima del hombro y vio a Marcy detrás de ellos, inmóvil en el límite del estacionamiento, su rostro la viva imagen de la perplejidad agónica. Por detrás de ella, el fotógrafo del *Call* disparaba la cámara a la vez que trotaba por el césped. *Esas van a quedar de pena*, pensó Terry con cierta satisfacción.

—¡Llama a Howie Gold! —gritó a Marcy—. ¡Dile que me han detenido! ¡Dile...!

En ese momento Yates colocó la mano en la cabeza de Terry para obligarlo a agacharla y entrar.

—Suba, suba. Y mantenga las manos en el regazo mientras le abrocho el cinturón de seguridad.

Terry subió. Mantuvo las manos en el regazo. A través del parabrisas vio el gran marcador electrónico del campo de beisbol. Su mujer había organizado la recaudación de fondos para comprarlo hacía dos años. Allí estaba ella ahora, y Terry nunca olvidaría su expresión. Era el semblante de una mujer de un país tercermundista viendo su aldea en llamas.

Segundos después Ramage estaba sentado al volante y Ralph Anderson ocupaba ya el asiento contiguo; antes de que este cerrara la puerta, el coche sin distintivos echó marcha atrás con un chirrido de llantas y abandonó el lugar para discapacitados. Girando el volante con la base de la mano, Ramage realizó un viraje cerrado y se incorporó a Tinsley Avenue. Circularon sin sirena, pero una torreta azul adherida al tablero empezó a rotar y destellar. Terry advirtió que el coche olía a comida mexicana. Resultaba curioso que uno se fijara en esos detalles cuando de pronto el día —la *vida*— caía por un precipicio cuya existencia ni siquiera conocía. Se inclinó hacia delante.

—Ralph, escúchame.

Ralph miraba al frente. Tenía las manos firmemente entrelazadas.

—En la comisaría podrás hablar cuanto quieras.

—Vamos, deje que lo cuente —pidió Ramage—. Nos ahorrará tiempo a todos.

—Cállate, Troy —ordenó Ralph, la vista fija en la calle que se desplegaba ante ellos.

Terry se fijó en los dos tendones que se le marcaban en la nuca formando un número 11.

—Ralph, no sé qué los ha traído hasta mí ni por qué han decidido detenerme delante de media ciudad, pero van muy desencaminados.

—Lo que dicen todos —comentó Tom Yates, a su lado, como quien habla del tiempo—. Mantenga las manos en el regazo, Maitland. Ni se rasque la nariz.

A Terry empezaba a aclarársele la cabeza —no mucho, pero sí un poco— y se cuidó de no desobedecer las instrucciones del agente Yates (llevaba el nombre prendido de la camisa del uniforme). Daba la impresión de que esperaba una excusa para asestarle una trompada al detenido, con o sin esposas.

Alguien había comido enchiladas en ese coche, de eso a Terry no le cabía la menor duda. Seguramente de Señor Joe. Era uno de los sitios preferidos de sus hijas, que siempre se reían mucho durante la comida —bueno, todos se reían— y de camino a casa se acusaban mutuamente de echarse pedos.

—Escúchame, Ralph. Por favor.

—De acuerdo, escucho.

—Todos escuchamos —dijo Ramage—. Somos todo oídos, amigo, todo oídos.

—Frank Peterson fue asesinado el martes. El martes por la tarde. Salió en los diarios, salió en las noticias. El martes, la noche del martes y casi todo el miércoles, yo estuve en Cap City. No volví hasta las nueve o nueve y media de la noche del miércoles. Esos dos días entrenaron a los muchachos Gavin Frick, Barry Houlihan y Lukesh Patel, el padre de Baibir.

Por un instante en el coche reinó el silencio, ni siquiera el radio lo interrumpió, pues lo habían apagado. Terry, en un arranque de optimismo, creyó —sí, lo creyó plenamente— que Ralph ordenaría al poli corpulento sentado al volante que parara. Después voltearía hacia Terry con los ojos muy abiertos y expresión de bochorno y diría: «Dios mío, qué metedura de pata, ¿no?».

Pero lo que Ralph dijo, sin voltear todavía, fue:

—Ah. Ahora viene la famosa coartada.

—¿Qué? No entiendo qué qui…

—Eres una persona inteligente, Terry. Eso lo supe nada más conocerte, cuando entrenabas a Derek en la liga infantil. Si no admitías tu delito, cosa que esperaba pero con la que en realidad no contaba, estaba casi seguro de que saldrías con alguna coartada —por fin se volvió, y la cara que Terry vio era la de un total desconocido—. Y estoy igual de seguro de que te la tumbaremos. Porque vas a pagar por esto. Dalo por hecho.

—¿Qué hacía en Cap City, Entrenador? —preguntó Yates, y de pronto el hombre que había ordenado a Terry que ni siquiera se rascara la nariz se le antojó cordial, interesado.

Terry estuvo a punto de contarle qué había ido a hacer allí, pero lo descartó. La reflexión empezaba a imponerse a la reacción, y comprendió que ese coche, con su tenue aroma a enchilada, era territorio enemigo. Debía callar hasta que Howie Gold llegara a la comisaría. Los dos juntos podrían aclarar ese lío. No tenía por qué llevarles mucho tiempo.

También se dio cuenta de otra cosa. Estaba enfadado, quizá más enfadado que nunca en toda su vida, y cuando doblaron por Main Street camino de la comisaría de Flint City se hizo una promesa: en otoño, quizá incluso antes, el hombre que iba sentado delante, aquel a quien había considerado un amigo, estaría buscando trabajo. Posiblemente como guardia jurado en un banco de Tulsa o Amarillo.

8

Declaración del señor Carlton Scowcroft [12 de julio, 21:30 h, interrogatorio a cargo del inspector Ralph Anderson]

Scowcroft: ¿Va a alargarse mucho esto, inspector? Porque suelo acostarme temprano. Trabajo en el mantenimiento del ferrocarril, y si no checo tarjeta a las siete estoy frito.

Inspector Anderson: Me apuraré todo lo que pueda, señor Scowcroft, pero estamos ante un asunto grave.

Scowcroft: Lo sé. Y colaboraré tanto como me sea posible. Pero el caso es que no tengo mucho que contar y estoy deseando llegar a casa. Aunque no sé si dormiré bien. No ponía los pies en esta comisaría desde una juerga a los diecisiete años. Por entonces el jefe era Charlie Borton. Nuestros padres nos sacaron de aquí, pero yo estuve castigado en casa todo el verano.

Inspector Anderson: Bueno, le agradezco que haya venido. Dígame dónde estaba el 10 de julio a las siete de la tarde.

Scowcroft: Como le he dicho al llegar a la chica de la entrada, estaba en el Shorty's Pub, y vi esa camioneta blanca, y vi al hombre que entrena al equipo de beisbol y al de futbol de la liga Pop Warner en el Lado Oeste. No recuerdo cómo se llama, pero su foto sale muy a menudo en el diario porque este año tiene un buen equipo en la liga interurbana. Según el diario podrían ganarla. Moreland, ¿se llama así? Iba todo manchado de sangre.

Inspector Anderson: ¿En qué circunstancias lo vio?

Scowcroft: Verá, cuando salgo del trabajo sigo cierta rutina; no tengo a una mujer esperándome en casa ni soy un gran cocinero, no sé si me entiende. Los lunes y los miércoles como en el Flint City Diner; los viernes voy al Bonanza Steakhouse, y los martes y los jueves suelo cenar costillas con una cerveza en el Shorty's. Ese martes llegué allí a... veamos... diría que a eso de las seis y cuarto. Para entonces el chico ya había muerto hacía rato, ¿no?

Inspector Anderson: Pero a eso de las siete usted estaba fuera, ¿correcto? En la parte de atrás del Shorty's Pub.

Scowcroft: Sí, yo y Riley Franklin. Me lo encontré allí, y cenamos juntos. Fuera, detrás, es donde la gente va a fumar. Hay una puerta al final del pasillo donde están los baños. Incluso ponen un bote para la ceniza. Así que cenamos... Yo comí costillas, él una hamburguesa con queso. Luego pedimos el postre y, antes de que llegara, salimos atrás a fumar. Mientras estábamos allí, charlando, paró esa camioneta blanca sucia. Tenía placas de Nueva York, eso lo recuerdo. Se estacionó al lado de una pequeña vagoneta Subaru..., creo que era Subaru, y salió ese individuo. Moreland, o como se llame.

Inspector Anderson: ¿Cómo iba vestido?

Scowcroft: Bueno, en cuanto al pantalón no sabría decirle, a lo mejor Riley sí se acuerda, puede que fueran unos pantalones de gabardina, pero la camisa era blanca. De eso me acuerdo porque tenía la pechera manchada de sangre, mucha sangre. El pantalón también, pero no tanto, solo alguna salpicadura. También tenía sangre en la cara. Debajo de la nariz, alrededor de la boca, en la barbilla. No vea qué sangrerío. Y Riley, que creo que antes de que yo llegara ya se había tomado un par de cervezas, yo solo me tomé una, en fin, Riley va y dice: «¿Cómo ha quedado el otro tipo, Entrenador T?».

Inspector Anderson: Lo llamó Entrenador T.

Scowcroft: Como lo oye. Y el entrenador se ríe y dice: «No ha habido ningún otro tipo. Algo se me ha aflojado en la nariz, solo eso, y ha empezado a manar como el Viejo Fiel, ese géiser de Yellowstone. ¿Hay alguna clínica por aquí cerca?».

Inspector Anderson: ¿Interpretaron eso como un centro médico de asistencia, tipo MedNOW o Quick Care?

Scowcroft: A eso se refería, sin duda, porque quería ver si era necesario cauterizar ahí dentro. Uf. Nos contó que ya le había pasado otra vez. Le aconsejé que fuera a Burrfield, a unos dos kilómetros; solo tenía que doblar a la izquierda en el segundo semáforo y vería el cartel. ¿Ve aquel panel al lado de Coney Ford? Indica el tiempo de espera aproximado y todo. Luego preguntó si podía dejar la camioneta en ese pequeño espacio de estacionamiento detrás del Shorty's, que no es para los clientes, como indica el cartel de la parte de atrás del edificio, sino para empleados. Y yo le dije: «El estacionamiento no es mío, pero si no la deja demasiado tiempo no creo que haya problema». Entonces dice..., a los dos nos pareció raro con los tiempos que corren, que dejaría las llaves en el portavasos por si alguien tenía que moverla. Riley dijo: «Buena manera de que se la roben, Entrenador T». Pero él repitió que no tardaría y que a lo mejor alguien necesitaba moverla. ¿Sabe qué pienso? Pienso que a lo mejor quería que alguien se la robara, a lo mejor incluso Riley o yo. ¿Podría ser, inspector?

Inspector Anderson: ¿Qué pasó después?

Scowcroft: Se metió en aquella vagoneta Subaru verde pequeña y se marchó. Eso también me pareció raro.

Inspector Anderson: ¿Qué tenía de raro?

Scowcroft: Preguntó si podía dejar la camioneta un rato, como si pensara que la grúa podía llevársela o algo así, y sin embargo tenía ya allí el otro coche, sano y salvo. Raro, ¿no?

Inspector Anderson: Señor Scowcroft, voy a poner delante de usted seis fotografías de seis hombres distintos y quiero que elija la que corresponda al hombre que vio detrás del Shorty's. Todos se parecen, así que tómese su tiempo. ¿Me hará ese favor?

Scowcroft: Por supuesto, pero no necesito tiempo. Es ese de ahí. Moreland, o como se llame. ¿Puedo irme ya a casa?

9

En el coche sin distintivos nadie volvió a hablar hasta que entraron en el estacionamiento de la comisaría y ocuparon uno de los lugares con el letrero RESERVADO PARA VEHÍCULOS OFICIALES. Allí Ralph volteó y examinó al hombre que había entrenado a su hijo. Terry Maitland llevaba la gorra de los Dragons un poco torcida, un toque que le confería cierto aspecto de gánster. La camiseta de los Dragons se le había salido por un lado de la cintura e hilillos de sudor le corrían por la cara. En ese momento presentaba un aire de culpabilidad inequívoco. Salvo, tal vez, por los ojos, que fijó en los de Ralph. Muy abiertos, expresaban una muda acusación.

Ralph tenía una pregunta que no podía esperar.

—¿Por qué él, Terry? ¿Por qué Frankie Peterson? ¿Estaba este año en el equipo de los Lions de la liga infantil? ¿Le habías echado el ojo? ¿O sencillamente se te presentó la ocasión?

Terry abrió la boca para insistir en su inocencia, pero ¿de qué serviría? Ralph no iba a escucharlo, al menos todavía no. Tampoco los otros. Mejor esperar. Resultaba difícil, pero al final igual ahorraba tiempo.

—Vamos —dijo Ralph con voz suave y amable—. Antes querías hablar; habla. Cuéntamelo. Ayúdame a entenderlo. Aquí mismo, antes de salir del coche.

—Creo que esperaré a mi abogado —dijo Terry.

—Si es inocente, no lo necesita —intervino Yates—. Póngale fin a esto si puede. Incluso lo llevaremos a casa en coche.

Con la mirada fija todavía en los ojos de Ralph Anderson, Terry habló con voz casi inaudible.

—Este comportamiento es improcedente. Ni siquiera has comprobado dónde estaba el martes, ¿verdad? Nunca me habría esperado esto de ti. —Hizo una pausa, como si reflexionara, y a continuación añadió—: Eres un *cabrón*.

Ralph no tenía intención de informar a Terry de qué había tratado ese asunto con Samuels, aunque solo por encima. Aquella era una ciudad pequeña. Habían decidido no empezar a hacer preguntas por temor a que Maitland se enterara.

—Este es un caso poco común en el que no hacían falta comprobaciones —Ralph abrió su puerta—. Vamos. Te tomaremos las huellas y te haremos la foto para la ficha antes de que llegue tu aboga...

—¡Terry! *¡Terry!*

Desoyendo el consejo de Ralph, Marcy Maitland había seguido al coche de policía desde el campo de beisbol en su Toyota. Jamie Mattingly, una vecina, se había ofrecido a llevarse a Sarah y Grace a su casa. Había dejado a las dos niñas llorando, y a Jamie también.

—Terry, ¿qué están haciendo? ¿Qué debería hacer *yo*?

Terry, revolviéndose, se zafó momentáneamente de Yates, que lo sujetaba por el brazo.

—¡Llama a Howie!

No tuvo tiempo de más. Ramage abrió la puerta en que se leía SOLO PERSONAL DE LA POLICÍA y Yates plantó la mano en la espalda de Terry y lo empujó dentro sin muchas contemplaciones.

Ralph se quedó atrás aguantando la puerta.

—Vete a casa, Marcy —dijo—. Vete antes de que llegue allí la prensa.

Estuvo a punto de añadir «Siento mucho todo esto», pero se abstuvo. Porque no lo sentía. Betsy Riggins y la Policía del Estado estarían esperándola; aun así, era lo mejor que Marcy podía hacer. Lo único, a decir verdad. Y quizá él se lo debía. Por sus hijas, eso sin duda —ellas eran las auténticas inocentes en todo aquello—, pero también...

Este comportamiento es improcedente. Nunca me habría esperado esto de ti.

Ralph no tenía por qué sentirse culpable por el reproche de un hombre que había violado y asesinado a un niño, pero por un instante así fue. Luego recordó las imágenes de la escena del crimen, fotografías tan horrendas que uno casi deseaba estar ciego. Recordó la rama que asomaba del recto del niño. Recordó una huella de sangre en la madera lisa. Lisa porque la corteza se había desprendido, tal fue la violencia con que hincó la rama la mano a quien pertenecía esa huella.

Bill Samuels había esgrimido dos sencillos argumentos. Ralph había coincidido, y también el juez Carter, a quien Samuels había acudido en busca de las diversas órdenes judiciales. En primer lugar, era un golpe de efecto. Era absurdo esperar cuando ya tenían todo lo que necesitaban. En segundo lugar, si daban tiempo a Terry, tal vez huyera, y entonces tendrían que dar con él antes de que encontrara a otro Frank Peterson a quien violar y asesinar.

10

Declaración del señor Riley Franklin [13 de julio, 7:45 h, interrogatorio a cargo del inspector Ralph Anderson]

Inspector Anderson: Voy a enseñarle seis fotografías de seis hombres distintos, señor Franklin, y querría que eligiese la del hombre al que vio detrás del Shorty's Pub la tarde del 10 de julio. Tómeselo con calma.

Franklin: No me hace falta. Es ese de ahí. El número dos. Ese es el Entrenador T. Parece mentira. Entrenó a mi hijo en infantiles.

Inspector Anderson: Casualmente también entrenó al mío. Gracias, señor Franklin.

Franklin: La inyección no es castigo suficiente. Tendrían que ahorcarlo lentamente.

11

Marcy entró en el estacionamiento del Burger King de Tinsley Avenue y sacó el celular de la bolsa. Se le cayó al suelo de tanto como le temblaban las manos. Se agachó a recogerlo, se golpeó la cabeza con el volante y rompió a llorar otra vez. Deslizó la lista de contactos con el pulgar hasta que encontró el número de

Howie Gold, allí guardado no porque los Maitland tuvieran motivos para incluir en su agenda el teléfono de un abogado sino porque Howie había entrenado con Terry en la liga de futbol Pop Warner durante las dos últimas temporadas. Howie atendió la llamada a la segunda señal.

—¿Howie? Soy Marcy Maitland. La mujer de Terry, ¿recuerdas? —como si no hubieran cenado juntos algo así como una vez al mes desde 2016.

—¿Marcy? ¿Estás llorando? ¿Qué pasa?

Aquello era tan desmesurado que en un primer momento fue incapaz de explicarlo.

—¿Marcy? ¿Sigues ahí? ¿Has tenido un accidente, te ha pasado algo?

—Sigo aquí. A mí no, a Terry. Lo han detenido. Ralph Anderson ha detenido a Terry. Por el asesinato de ese niño. Eso han dicho. Por el asesinato de Frank Peterson.

—*¿Cómo? ¿Me estás tomando el pelo?*

—¡Ese día ni siquiera estaba en la ciudad! —respondió Marcy con voz lastimera. Al oírse, pensó que parecía una adolescente en pleno berrinche, pero no pudo contenerse—. ¡Lo han detenido, y dicen que la policía me espera en casa!

—¿Dónde están Sarah y Grace?

—Las he dejado con Jamie Mattingly, una vecina de la calle de al lado. De momento están bien.

Aunque después de ver cómo detenían a su padre y se lo llevaban esposado, ¿hasta qué punto podían estar bien?

Frotándose la frente, se preguntó si el golpe contra el volante le habría dejado marca, y por qué le importaba. ¿Porque tal vez hubiera ya periodistas esperando? ¿Porque, si los había, podían ver la marca y pensar que Terry le había pegado?

—Howie, ¿me ayudarás? ¿Nos ayudarás?

—Claro que sí. ¿Se han llevado a Terry a la comisaría?

—¡Sí! ¡Esposado!

—Bien. Voy para allá. Vete a casa, Marce. A ver qué quiere la policía. Si tienen una orden de registro..., por eso deben de estar allí, no se me ocurre otra razón, léela, averigua qué buscan, déjalos entrar, pero no digas nada. ¿Entendido? No digas *nada*.

—Este... sí.

—Ese niño, Peterson, fue asesinado el martes pasado, creo. Un momento... —se oyeron murmullos de fondo, primero de Howie, después de una mujer, seguramente su esposa, Elaine. Luego volvió a la línea—. Sí, fue el martes. ¿Dónde estaba Terry el martes?

—¡En Cap City! Fue a...

—Ahora eso da igual. Puede que la policía te lo pregunte. Puede que te hagan todo tipo de preguntas. Diles que guardas silencio por consejo de tu abogado. ¿Entendido?

—S-Sí.

—No te dejes embaucar, coaccionar ni provocar. Se les dan muy bien las tres cosas.

—De acuerdo, lo haré.

—¿Dónde estás ahora?

Lo sabía, había visto el cartel, pero tuvo que mirarlo otra vez para estar segura.

—En el Burger King. El de Tinsley. Me he detenido para llamarte.

—¿Estás en condiciones de manejar?

Marcy estuvo a punto de decirle que se había dado un golpe en la cabeza, pero se contuvo.

—Sí.

—Respira hondo. Tres veces. Luego ve a casa. Respeta el límite de velocidad durante todo el camino, pon las intermitentes antes de cada vuelta. ¿Terry tiene computadora?

—Claro. En su despacho. Y un iPad, aunque no lo usa mucho. Y los dos tenemos laptops. Las niñas tienen sus propios iPad mini. Y teléfonos, por supuesto, todos tenemos teléfono. A Grace le regalamos el suyo para su cumpleaños hace tres meses.

—Te darán una lista con todo lo que pretendan llevarse.

—¿De verdad pueden hacerlo? —ya no gimoteaba, pero poco le faltaba—. ¿Agarrar nuestras cosas así sin más? ¡Eso parece algo propio de Rusia o Corea del Norte!

—Pueden tomar lo que diga la orden, pero quiero que tú hagas tu propia lista. ¿Las niñas llevan el celular con ellas?

—¿Es broma? Prácticamente lo tienen injertado en la mano.

—Bien. Puede que la policía te pida el tuyo. Niégate.

—¿Y si se lo llevan igualmente?

¿Tenía eso alguna importancia? ¿De verdad la tenía?

—No lo harán. Si a ti no te han acusado de nada, no pueden. Ahora ve. Pasaré a verte en cuanto me sea posible. Aclararemos la situación, te lo prometo.

—Gracias, Howie —se echó a llorar otra vez—. Muchísimas gracias.

—Faltaría más. Y recuerda: el límite de velocidad, los altos, las intermitentes. ¿Entendido?

—Sí.

—Salgo hacia la comisaría ahora mismo —y cortó.

Marcy puso primera, pero al cabo de un momento volvió a dejar la palanca en punto muerto. Respiró hondo. Luego otra vez. Y otra más. *Esto es una pesadilla, pero al menos no durará mucho. Estuvo en Cap City. Lo comprobarán, y lo dejarán ir.*

—Y después —dijo al coche (se le antojaba muy vacío sin las risas y las discusiones de las niñas en el asiento trasero)— los demandaremos; se les va a caer el pelo.

Irguió la espalda y volvió a centrar la atención en el mundo. Regresó a su casa, en Barnum Court, respetando el límite de velocidad y deteniéndose en todos los altos.

12

Declaración del señor George Czerny [13 de julio, 8:15 h, interrogatorio a cargo del agente Ronald Wilberforce]

Agente Wilberforce: Gracias por venir, señor Czerny...

Czerny: Se pronuncia «Zerny». La ce es muda.

Agente Wilberforce: Ah, gracias, tomo nota. El inspector Ralph Anderson también quiere hablar con usted, pero ahora mismo está ocupado con otro interrogatorio y me ha pedido que le pregunte por los hechos básicos ahora que aún los tiene frescos en la memoria.

Czerny: ¿Se llevará la grúa ese coche? ¿El Subaru? Deberían requisarlo para que nadie contamine las pruebas. Y hay muchas pruebas, se lo aseguro.

Agente Wilberforce: Están ocupándose de eso mientras hablamos. Veamos, creo que esa mañana salió usted a pescar...

Czerny: Bueno, ese era el plan, pero al final resultó que ni siquiera lancé el hilo. Poco después del amanecer salí hacia lo que llaman el Puente de Hierro. En la carretera de la Antigua Forja, ¿lo conoce?

Agente Wilberforce: Sí.

Czerny: Allí se da muy bien el bagre. Mucha gente no los pesca por lo feos que son, y encima a veces muerden cuando intentas quitarles el anzuelo, pero mi mujer los prepara fritos con sal y jugo de limón y quedan buenísimos. El secreto está en el limón, ¿sabe? Y hay que usar una sartén de hierro. De esas con patas o trébede, como lo llamaba mi madre.

Agente Wilberforce: Así que se estacionó al final del puente...

Czerny: Sí, pero apartado de la autovía. Allí abajo hay un antiguo embarcadero. Hace unos años alguien compró el terreno donde está y colocó una alambrada y carteles de prohibido el paso. Pero todavía no han construido nada. Ese par de hectáreas sigue invadido por la maleza, y el embarcadero está medio hundido. Siempre estaciono la camioneta en ese pequeño ramal que baja hasta la alambrada. Que es lo que hice esa mañana, ¿y qué veo? La alambrada caída, y un coche verde no muy grande estacionado en el borde de ese embarcadero hundido, tan cerca del agua que tenía las ruedas delanteras medio enterradas en el lodo. Así que me acerqué, me dije que la noche anterior alguien había tomado una copa de más en el puticlub y se había salido de la carretera. Pensé que a lo mejor seguía dentro, desmayado.

Agente Wilberforce: Cuando dice «puticlub», ¿se refiere al Gentlemen, Please, justo fuera del término municipal?

Czerny: Sí. Ese. Los hombres van allí, se entonan, meten billetes de un dólar y de cinco en las bragas de las chicas hasta que se les rompen, y luego manejan a casa borrachos. Yo personalmente no entiendo qué interés tienen esos sitios.

Agente Wilberforce: Bien. Así que bajó y miró dentro del coche.

Czerny: Era un Subaru verde, pequeño. No vi a nadie dentro, pero en el asiento del acompañante había ropa manchada de sangre, y enseguida me vino a la cabeza el niño asesinado, porque, según las noticias, la policía buscaba un Subaru verde en relación con el crimen.

Agente Wilberforce: ¿Vio algo más?

Czerny: Unos tenis. En el suelo, en el hueco de los pies de ese mismo lado. También manchados de sangre.

Agente Wilberforce: ¿Tocó algo? ¿Probó a abrir las puertas, tal vez?

Czerny: No, por Dios. Mi mujer y yo no nos perdíamos ningún episodio de *CSI*.

Agente Wilberforce: ¿Qué hizo?

Czerny: Telefoneé al 911.

13

Terry Maitland esperaba sentado en una sala de interrogatorios. Le habían quitado las esposas para que su abogado no pusiera el grito en el cielo cuando llegara, que sería pronto. Ralph Anderson, en posición de descanso con las manos entrelazadas a la espalda, observaba al antiguo entrenador de su hijo a través del espejo unidireccional. Había dejado marchar a Yates y Ramage.

Había hablado con Betsy Riggins, quien le dijo que la señora Maitland aún no había llegado a casa. Ahora que la detención era ya un hecho y no le hervía tanto la sangre, volvía a inquietarle el ritmo al que se había desarrollado todo aquello. No era raro que Terry afirmara tener una coartada, y con toda seguridad sería poco sólida, pero...

—Eh, Ralph.

Bill Samuels se acercaba apresuradamente arreglándose el nudo de la corbata. Tenía el cabello negro azabache y lo llevaba corto, pero un remolino en la parte de atrás le daba un aspecto más juvenil que nunca. Ralph sabía que Samuels había encausado a media docena de homicidas, condenados todos, y dos de ellos (los llamaba sus «chicos») aguardaban en el pasillo de la muerte en McAlester. Por ese lado, tanto mejor, no había nada de malo en tener a un niño prodigio en el equipo. Pero esa noche el fiscal del condado de Flint presentaba un peculiar parecido con Alfalfa, el personaje de la antigua serie *La pandilla*.

—Hola, Bill.

—Así que ahí lo tenemos —dijo Samuels mirando a Terry—. No me gusta verlo con esa camiseta y esa gorra de los Dragons. Me alegraré cuando lo vea con el uniforme café de presidiario. Y más aún cuando esté en una celda a diez metros de la mesa del último sueño.

Ralph no dijo nada. Pensaba en Marcy, de pie en el límite del estacionamiento de la comisaría con aspecto de niña extraviada, retorciéndose las manos y mirando a Ralph como si fuera un desconocido. O el hombre del costal. Solo que el hombre del costal era su marido.

Como si le leyera el pensamiento, Samuels preguntó:

—No parece un monstruo, ¿verdad?

—Casi nunca lo parecen.

Samuels se metió la mano en el bolsillo del saco sport y sacó varias hojas plegadas. Una era una copia de las huellas digitales de Terry Maitland, obtenida a partir de su expediente en la preparatoria de Flint City. Era obligatorio tomar las huellas a todos los profesores nuevos antes de que pisaran un aula. Las otras dos hojas llevaban el encabezamiento DIVISIÓN DE CRIMINALÍSTICA DEL ESTADO. Samuels las sostuvo en alto y las agitó.

—Lo ultimísimo.

—¿Del Subaru?

—Sí. Los técnicos del estado han levantado más de setenta huellas, y cincuenta y siete son de Maitland. Según el perito que realizó las comparaciones, las otras son mucho más pequeñas, probablemente de la mujer de Cap City que denunció el robo del coche hace dos semanas. Barbara Nearing se llama. Las suyas son muy anteriores, por lo que debe descartarse su participación en el asesinato de Peterson.

—Muy bien, pero seguimos necesitando el ADN. Se ha negado a dejarse tomar muestras.

En ese estado, la extracción de muestras de ADN del interior de la mejilla, a diferencia de las huellas digitales, se consideraba un procedimiento *invasivo*.

—Sabes de sobra que no las necesitamos. Riggings y la Policía del Estado se llevarán su navaja de rasurar, su cepillo de dientes y cualquier pelo que encuentren en su almohada.

—Eso no es suficiente hasta que correlacionemos lo que tenemos con las muestras tomadas aquí mismo.

Samuels lo miró con la cabeza ladeada. Ya no se parecía a Alfalfa, de *La pandilla*, sino a un roedor en extremo inteligente. O tal vez a un cuervo con el ojo puesto en un objeto brillante.

—¿Te han entrado dudas? Dime que no, por favor. Sobre todo si tenemos en cuenta que esta mañana estabas tan dispuesto a actuar como yo.

En ese momento tenía en la cabeza a Derek, pensó Ralph. *Eso ha sido antes de que Terry me mirara a los ojos, como si tuviera derecho a ello. Y antes de que me llamara «cabrón», cosa que debería haber provocado alguna reacción en mí y por alguna razón no ha sido así.*

—Ninguna duda. Es solo que estas prisas me ponen nervioso. Tengo por costumbre avanzar paso a paso. Ni siquiera había orden de detención.

—Si vieras a un chico sacando crack de la mochila para vender en City Square, ¿necesitarías una orden?

—Por supuesto que no, pero esto es distinto.

—No tanto, en realidad no, pero resulta que sí tengo una orden, y la ha emitido el juez Carter antes de la detención. Debería estar en tu fax ahora mismo. Así pues..., ¿entramos y hablamos del asunto? —A Samuels le brillaban los ojos más que nunca.

—No creo que acceda a hablar con nosotros.

—No, probablemente no.

Samuels sonrió, y en esa sonrisa Ralph vio al hombre que había mandado a dos asesinos al pasillo de la muerte. Y casi tuvo la total certeza de que pronto mandaría también allí al antiguo entrenador de Derek Anderson en la liga infantil. Otro más de los «chicos» de Bill.

—Pero nosotros sí podemos hablar con él, ¿no? Podemos demostrarle que el círculo se estrecha y pronto lo aplastará.

14

Declaración de la señora Sauce Agua de Lluvia [13 de julio, 11:40 h, interrogatorio a cargo del inspector Ralph Anderson]

Agua de Lluvia: Vamos, inspector, admítalo: soy el Sauce menos esbelto que ha visto en la vida.

Inspector Anderson: Su talla ahora no importa, señora Agua de Lluvia. Estamos aquí para hablar...

Agua de Lluvia: Sí, sí importa, solo que usted no lo sabe. Mi talla es la razón por la que yo estaba allí. A eso de las once de la noche, en esa casa de citas suele haber diez o quizá doce taxistas esperando, y yo soy la única mujer. ¿Por qué? Porque a ningún cliente, por borracho que esté, se le pasa por la cabeza intentar acostarse conmigo. En la preparatoria podría haber jugado de defensa lateral izquierda si hubieran aceptado a mujeres en el equipo de futbol. Ah, y la mitad de esos tipos ni siquiera se dan cuenta de que soy mujer cuando suben a mi taxi, y muchos siguen sin saberlo cuando bajan. Algo que a mí me parece estupendo. Solo he pensado que a lo mejor le interesaba saber qué hacía yo allí.

Inspector Anderson: Bien, gracias.

Agua de Lluvia: Pero esa vez no eran las once; serían las ocho y media.

Inspector Anderson: La noche del martes 10 de julio.

Agua de Lluvia: Exacto. Entre semana, en la ciudad no hay mucha actividad desde que los pozos de petróleo más o menos se secaron. Muchos taxistas se quedan en la cochera, platicando, jugando póquer y contando chistes verdes, pero eso a mí no me va, así que me acerco al hotel Flint, o al Holiday Inn o al Doubletree. O voy al Gentlemen, Please. Allí hay una parada de taxis, no sé si lo sabe, para los que aún no están tan borrachos como para creerse capaces de volver a casa conduciendo, y si llego temprano acostumbro a ser la primera de la cola. La segunda o la tercera en el peor de los casos. Me quedo allí y leo en mi Kindle mientras espero un viaje. Cuesta leer un libro en papel cuando anochece, pero el Kindle va bien. Un fabuloso invento de mierda, y perdone que recurra a la lengua nativa de nosotros los indios americanos.

Inspector Anderson: Si pudiera contarme...

Agua de Lluvia: Se lo estoy contando, solo que tengo mi manera de hacerlo, la tenía ya cuando aún usaba mameluco, así que calle. Sé lo que quiere, y voy a dárselo. Aquí y también en el juzgado. Después, cuando manden al infierno a ese hijo de puta asesino de niños, me pondré mi chamarra de gamuza con flecos y mis plumas y bailaré como una loca hasta caerme. ¿Queda claro?

Inspector Anderson: Clarísimo.

Agua de Lluvia: Esa noche, como era temprano, no había más taxi que el mío. No vi entrar a ese hombre en el local. En cuanto a eso, tengo una teoría, y le apuesto cinco dólares a que no me equivoco. No creo que entrara a ver a las strippers. Creo que llegó allí antes que yo, quizá justo antes, y solo entró para pedir un taxi por teléfono.

Inspector Anderson: Habría ganado usted esa apuesta, señora Agua de Lluvia. El encargado de asignación de su...

Agua de Lluvia: El martes por la noche estaba en asignación Clint Ellenquist.

Inspector Anderson: Exacto. El señor Ellenquist dijo al cliente que mirara en la parada de taxis del estacionamiento y que no tardaría en haber allí uno, si no lo había ya. Esa llamada quedó registrada a las ocho cuarenta.

Agua de Lluvia: Coincide, diría yo. El caso es que ese hombre sale, viene derecho a mi taxi...

Inspector Anderson: ¿Puede decirme cómo vestía?

Agua de Lluvia: Jeans y una camisa bonita. Los jeans estaban gastados pero limpios. Con los faroles de vapor de sodio que hay en el estacionamiento no estoy segura, pero creo que la camisa era amarilla. Ah, y el cinturón tenía una hebilla muy llamativa: una cabeza de caballo. La típica bobería de los rodeos. Hasta que se agachó, pensé que debía de ser un trabajador del petróleo que había conseguido conservar el puesto mientras los precios del crudo se iban hasta abajo, o un obrero de la construcción. Entonces vi que era Terry Maitland.

Inspector Anderson: Está usted segura de eso.

Agua de Lluvia: Lo juro por Dios. Con los faroles encendidos, en ese estacionamiento parece de día. Lo mantienen así para prevenir los asaltos, las peleas y la venta de droga. Porque la clientela es de lo más selecta, como imaginará. Además, entreno al equipo de basquetbol de la Prairie League en el YMCA. Son equipos mixtos, pero sobre todo juegan varones. Maitland solía venir... no todos los sábados pero sí muchos, y se sentaba en las gradas con los padres y veía jugar a los niños. Me dijo que andaba buscando chicos prometedores para el equipo de beisbol de la liga interurbana, que viéndolos jugar basquetbol podía adivinarse si un niño tenía aptitudes defensivas naturales, y yo, como una tonta, me lo creí. Seguro que mientras estaba allí sentado pensaba a cuál encular. Examinándolos como los hombres examinan a las mujeres en un bar. Puto degenerado. ¡Chicos prometedores! ¡A otra con ese cuento, que esta india no se lo traga!

Inspector Anderson: Cuando se acercó a su taxi, ¿le dijo usted que lo conocía?

Agua de Lluvia: Sí, claro. Habrá quien destaque por su discreción, pero no es mi caso. Voy y le digo: «Eh, Terry, ¿sabe tu mujer dónde estás esta noche?». Y él me contesta: «Tenía un asunto pendiente». Y le pregunto: «¿Ese asunto pendiente incluía un baile sensual privado?». Y él dice: «Convendría llamar a la compañía de taxis para decir que el servicio ya está cubierto». Así que le digo: «Eso haré. ¿Vamos a casa, Entrenador T?». Y él contesta: «Nada de eso, señora. Lléveme a Dubrow. La estación de tren». Yo le anuncio: «El viaje serán cuarenta dólares». Y él dice: «Déjeme allí a tiempo de tomar el tren a Dallas y le daré veinte de propina». Así que le digo: «Sube y agárrate, Entrenador, que allá vamos».

Inspector Anderson: ¿Lo llevó a la estación de Amtrak en Dubrow, entonces?

Agua de Lluvia: Eso hice, sí. Lo dejé allí con tiempo de sobra para tomar el tren nocturno a Dallas-Fort Worth.

Inspector Anderson: ¿Conversó con él en el trayecto? Lo pregunto porque parece usted muy dada a la charla.

Agua de Lluvia: ¡Vaya si lo soy! Mi lengua es como la cinta transportadora de un supermercado en día de paga. Pregúntele a cualquiera. Empecé preguntándole por la liga interurbana, si iban a derrotar a los Bears, y él dijo: «Preveo un buen resultado». Como sacar una respuesta de la Bola 8 Mágica, ¿me explico? Imagino que estaba pensando en lo que había hecho esa tarde y en una huida rápida.

Después de una cosa así no deben de quedarte ganas de platicar. Pero yo, inspector, pregunto: ¿por qué carajo volvió a Flint City? ¿Por qué no cruzó Texas a toda prisa y llegó al viejo Méee-xiii-co?

Inspector Anderson: ¿Qué más dijo él?

Agua de Lluvia: Poca cosa. Dijo que iba a intentar echarse una siesta. Cerró los ojos, pero creo que fingía. A lo mejor me estaba observando, como si se planteara intentar algo. Ojalá lo hubiera intentado. Y ojalá yo hubiera sabido entonces lo que sé ahora, lo que hizo. Lo habría sacado a rastras de mi taxi y le habría arrancado el paquete. No miento.

Inspector Anderson: Y cuando llegó a la estación de Amtrak...

Agua de Lluvia: Paré en la zona reservada a los taxis, y él echó tres billetes de veinte al asiento delantero. Cuando iba a decirle que saludara a su mujer de mi parte, él ya se había marchado. ¿También entró en el baño de caballeros para cambiarse de ropa? Porque llevaba manchas de sangre.

Inspector Anderson: Voy a poner seis fotos de seis hombres distintos delante de usted, señora Agua de Lluvia. Todos se parecen, así que tómeselo con ca...

Agua de Lluvia: No se moleste. Es ese de ahí. Ese es Maitland. Vaya por él, y ojalá se resista a la detención. Ahorrará un dinero a los contribuyentes.

15

Cuando Marcy Maitland cursaba enseñanza media (así lo llamaban aún cuando ella estudiaba), a veces tenía una pesadilla: se presentaba desnuda en el aula y todos se reían. «¡Esta mañana la tonta de Marcy Gibson se ha olvidado de vestirse! ¡Miren, se le ve todo!» Más tarde, ya en la preparatoria, ese sueño, fruto de la ansiedad, dio paso a otro un poco más sutil en el que llegaba a clase vestida pero caía en la cuenta de que estaba a punto de someterse al examen más importante de su vida y se había olvidado de estudiar.

Cuando abandonó Barnum Street y tomó por Barnum Court, la asaltó de nuevo el horror y la impotencia de aquellos sueños, y esta vez no habría grato alivio ni musitaría «Gracias a Dios» cuando despertara. Ante su casa, en el camino de acceso, aguardaba un coche de policía que podría haber sido el gemelo del que había trasladado a Terry a la comisaría. Vio, estacionada detrás, una camioneta sin ventanas en cuyo costado se leía UNIDAD FORENSE MÓVIL DE LA POLICÍA DEL ESTADO en grandes letras azules. Delimitaban los extremos del camino dos coches patrulla negros de la Policía de Carretera de Oklahoma; sus luces de emergencia parpadeaban en la creciente oscuridad. Cuatro corpulentos agentes —con los característicos sombreros propios de su departamento aparentaban más de dos metros— montaban guardia en la acera, plantados con las piernas separadas (*Como si no pudieran juntarlas por lo grandes que tienen los huevos*, pensó). Todo eso era ya malo de por sí, pero no lo peor. Lo peor eran los vecinos, que observaban desde sus jardines. ¿Conocerían el motivo de esa súbita presencia policial delante de la casa unifamiliar de los Maitland? Supuso que la mayoría ya lo sabía —la maldición del teléfono celular— y se lo contaría a los demás.

Uno de los agentes salió a la calle con la mano en alto. Ella se detuvo y bajó la ventanilla.

—¿Es usted Marcia Maitland, señora?

—Sí. No puedo entrar a mi estacionamiento con esos vehículos en el camino de acceso.

—Estaciónese ahí, junto a la banqueta —indicó él, y señaló detrás de uno de los coches de policía.

Marcy sintió el impulso de asomarse por la ventanilla, erguirse ante ese hombre y gritar: *¡Es MI camino de acceso! ¡Es MI estacionamiento! ¡Quiten esas carcachas de enmedio!*

No obstante, se estacionó y bajó. Tenía ganas de orinar, se moría de ganas. Necesitaba ir al baño desde que el poli había esposado a Terry, pero no se había dado cuenta hasta ese momento.

Uno de los otros policías hablaba por el micrófono que llevaba sujeto al hombro. Y de pronto dobló la esquina de la casa, walkie-talkie en mano, la apoteosis del retorcido espectáculo surrealista que venía desarrollándose esa tarde: una mujer con una enorme barriga de embarazada y un vestido de flores sin mangas. Atravesó el jardín de los Maitland con ese peculiar andar de pato —casi oscilante— que adoptan las mujeres al final de su último trimestre. No sonrió al acercarse a Marcy. De su cuello pendía un documento de identidad plastificado. Prendida al vestido, sobre el declive de un pecho imponente y tan fuera de lugar como una galleta de perro en una patena, llevaba la placa policial de Flint City.

—¿Señora Maitland? Soy la inspectora Betsy Riggins.

Le tendió la mano. Marcy no se la estrechó. Y aunque Howie ya le había informado, preguntó:

—¿Qué quieren?

Riggins miró por encima del hombro de Marcy. Detrás de ella se hallaba uno de los miembros de la Policía del Estado. Debía de ser el mandamás del cuarteto, porque lucía distintivos en la manga de la camisa. Sostenía una hoja.

—Señora Maitland, soy el teniente Yunel Sablo. Tenemos una orden que nos autoriza a registrar esta vivienda y a llevarnos cualquier pertenencia de su marido, Terence John Maitland.

Ella agarró el papel. El encabezamiento, en letra gótica, rezaba: ORDEN DE REGISTRO. A eso seguía una sarta de jerigonza jurídica, y al pie se leía la firma, que en un primer momento interpretó erróneamente como Juez Crater. *¿Ese hombre no desapareció hace mucho?*, pensó; a continuación parpadeó para quitarse la humedad de los ojos —quizá sudor, quizá lágrimas— y vio que el nombre era Carter, no Crater. La orden llevaba fecha de ese día y por lo visto no hacía ni seis horas que se había firmado.

Le dio la vuelta y frunció el entrecejo.

—Aquí no hay ninguna lista. ¿Significa eso que, si quieren, pueden llevarse hasta sus calzones?

Betsy Riggins, que sabía que se llevarían toda la ropa interior que hubiera en la cesta de la ropa sucia de los Maitland, contestó:

—Eso queda a nuestro criterio, señora Maitland.

—¿Su criterio? ¿Su *criterio*? Pero ¿esto qué es, la Alemania nazi?

—Estamos investigando el asesinato más horrendo que se haya producido en este estado durante mis veinte años en la policía —dijo Riggins—, y nos llevaremos lo que necesitemos llevarnos. Hemos tenido la amabilidad de esperar a que usted llegara…

—¡Qué amabilidad ni qué demonios! Si hubiese tardado más en venir, ¿qué habrían hecho? ¿Echar la puerta abajo?

Riggins parecía sumamente incómoda, pero no por la pregunta, pensó Marcy, sino por el pasajero que acarreaba en su vientre en esa calurosa tarde de julio. Debería haber estado en casa, con el aire acondicionado y los pies en alto. A Marcy le tenía sin cuidado. Le martilleaba la cabeza, le palpitaba la vejiga y tenía los ojos empañados.

—Solo en último extremo —respondió el agente con aquellos distintivos de porquería en la manga—, pero actuando conforme a nuestro legítimo derecho, según lo dispuesto en la orden que acabo de enseñarle.

—Déjenos entrar, señora Maitland —dijo Riggins—. Cuanto antes empecemos, antes la dejaremos en paz.

—Eh, teniente —dijo uno de los agentes de la Policía del Estado—. Ahí vienen los buitres.

Marcy volteó. Por la esquina asomó una unidad móvil de televisión con la antena parabólica todavía plegada contra el techo. La seguía un todoterreno con las siglas KYO en grandes letras blancas en el cofre. Detrás, casi rozando la defensa del vehículo de KYO, se acercaba otra camioneta de otra cadena de televisión.

—Entremos —dijo Riggins, casi rogando—. No le conviene estar en la calle cuando esos lleguen aquí.

Marcy cedió, pensó que tal vez esa fuese la primera de muchas renuncias. A su intimidad. A su dignidad. A la sensación de seguridad de sus hijas. ¿Y a su marido? ¿Se vería obligada a renunciar a Terry? Claro que no. La acusación contra él era un disparate. Lo mismo habría sido que lo acusaran del secuestro del hijo de Lindbergh.

—De acuerdo. Pero no pienso hablar con ustedes, así que ni lo intenten. Y no tengo por qué entregarles mi teléfono. Me lo ha dicho mi abogado.

—Ningún problema —Riggins la tomó del brazo, aunque, dado su avanzado estado, debería haber sido Marcy quien la sujetara a ella, no fuera a tropezar y caerse sobre su enorme barriga.

El Chevrolet Tahoe de KYO —«Ki-Yo», como ellos se presentaban— se detuvo en medio de la calle, y una de sus corresponsales, la rubia guapa, se bajó tan deprisa que la falda se le subió casi hasta la cintura. Los agentes no pasaron por alto el detalle.

—¡Señora Maitland! ¡Señora Maitland, solo un par de preguntas!

Marcy no recordaba haber tomado el bolso al salir del coche, pero lo llevaba al hombro, y sacó del bolsillo lateral la llave de la puerta sin la menor dificultad. Mas le costó introducirla en la cerradura. La mano le temblaba sin control. Riggins no tomó la llave, pero cerró la mano en torno a la de Marcy para sujetársela, y finalmente la llave entró en el ojo.

A su espalda oyó:

—¿Es verdad que han detenido a su marido por el asesinato de Frank Peterson, señora Maitland?

—Atrás —ordenó uno de los agentes—. Ni un solo paso más allá de la acera.

—*¡Señora Maitland!*

De pronto estaban ya dentro. Eso le complació, pese a tener a su lado a la inspectora embarazada. Aun así, la casa parecía distinta, y Marcy supo que nunca volvería a ser del todo la misma. Pensó en la mujer que se había marchado de allí con sus hijas, las tres risueñas y rebosantes de entusiasmo, y fue como pensar en una mujer a quien uno había amado pero que había muerto.

Le flojearon las piernas y se dejó caer en la banca del recibidor, donde las niñas se sentaban a calzarse las botas en invierno. Donde a veces Terry se sentaba (como había hecho esa tarde) para repasar por última vez la alineación antes de salir hacia el campo. Betsy Riggins se sentó a su lado con un gruñido de alivio; su carnosa cadera derecha comprimió el costado izquierdo de Marcy, menos mullido. El poli de los distintivos de porquería, Sablo, y otros dos pasaron junto a ellas sin mirarlas al tiempo que extraían gruesos guantes azules de plástico. Llevaban ya botitas del mismo color azul. Marcy supuso que el cuarto poli se quedaría fuera para controlar a la gente. Controlar a la gente delante de su casa, en una calle tan plácida como Barnum Court.

—Tengo que ir al baño —anunció Marcy a Riggins.

—Yo también —dijo la inspectora—. ¡Teniente Sablo! Una cosa.

El de los distintivos de porquería regresó junto a la banca. Los otros dos siguieron adelante y entraron en la cocina, donde lo más maligno que encontrarían era medio pasel de chocolate en el refrigerador.

—¿Hay algún baño en esta planta? —preguntó Riggins a Marcy.

—Sí, más allá de la despensa. Lo añadió Terry el año pasado.

—Ajá. Teniente, las señoras necesitan hacer pipí, así que empiecen por ahí y acaben cuanto antes. —Y a Marcy—: ¿Tiene su marido un despacho?

—No propiamente. Utiliza el rincón del fondo del comedor.

—Gracias. Esa es su siguiente parada, teniente —se volvió hacia Marcy—. ¿Le importa que le haga una preguntita mientras esperamos?

—Sí.

Riggins no se dio por enterada.

—¿Ha observado algo anormal en el comportamiento de su marido en las últimas semanas?

Marcy rio con acritud.

—¿Quiere decir que si estaba armándose de valor para cometer un asesinato? ¿Caminando de aquí para allá frotándose las manos, quizá babeando y hablando en susurros? ¿Acaso el embarazo le ha trastocado el cerebro, inspectora?

—Interpretaré eso como un no.

—Lo es. Y ahora, por favor, ¡deje de molestarme!

Riggins se recostó y cruzó las manos sobre la barriga. Marcy se quedó con su vejiga palpitante y con el recuerdo de un comentario que Gavin Frick había dejado caer hacía tan solo una semana, después de un entrenamiento: «¿Dónde tiene Terry la cabeza últimamente? La mitad del tiempo da la impresión de que está en otro sitio. Es como si estuviera combatiendo la gripe o algo así».

—Señora Maitland...

—¿Qué?

—Parece que está pensando en algo.

—Pues sí, la verdad es que sí. Pensaba que estar sentada a su lado en esta banca es muy incómodo. Es como sentarse al lado de un horno que sabe respirar.

Una llamarada de rubor encendió las mejillas ya sonrojadas de Betsy Riggins. A Marcy por un lado le horrorizaba lo que acababa de decir, semejante crueldad; por otro lado le encantaba que el dardo, al parecer, hubiese dado en el blanco.

Riggins, por si acaso, no hizo más preguntas.

Al cabo de lo que pareció una eternidad, Sablo regresó con una bolsa de plástico que contenía todas las pastillas del botiquín del piso de abajo (medicamentos de venta libre; los pocos que se vendían con receta estaban en los dos cuartos de baño de arriba) y el tubo de pomada para las hemorroides de Terry.

—Despejado —dijo.

—Usted primero —ofreció Riggins.

En otras circunstancias Marcy habría cedido el turno a la mujer embarazada y habría aguantado un poco más, pero no en esas. Entró, cerró la puerta y vio que la tapa de la cisterna estaba torcida. Habían estado sondeando allí dentro en busca de Dios sabía qué; drogas, muy probablemente. Orinó con la cabeza agachada y el rostro entre las manos para no tener que contemplar aquel desorden. ¿Iría a recoger a Sarah y Grace esa noche?

¿Las guiaría bajo el resplandor de los reflectores de televisión, que sin duda para entonces estarían ya instalados? Y si no volvían allí, ¿adónde irían? ¿A un hotel? Y esa gente (*los buitres*, así los había llamado el policía) ¿no las encontrarían? Claro que sí.

Cuando acabó de vaciarse, le tocó a Betsy Riggins. Marcy se escabulló al comedor, no tenía ganas de volver a compartir la banca del recibidor con aquella orca. Los polis estaban registrando el escritorio de Terry; *violando* el escritorio, en realidad: todos los cajones abiertos, la mayor parte del contenido apilado en el suelo. Ya habían desmontado la computadora y puesto adhesivos amarillos a los diversos componentes, como si prepararan una venta de garage.

Marcy pensó: *Hace una hora lo más importante de mi vida era una victoria de los Golden Dragons y un viaje a las finales.*

Betsy Riggins regresó.

—Bueno, esto ya está mejor —comentó, y se sentó a la mesa del comedor—. Y así seguirá durante un cuarto de hora.

Marcy abrió la boca y lo que estuvo a punto de salir de ella fue: *Espero que su bebé muera.*

En lugar de eso dijo:

—Me alegro de que alguien se encuentre mejor. Aunque solo sea durante quince minutos.

16

Declaración del señor Claude Bolton [13 de julio, 16:30 h, interrogatorio a cargo del inspector Ralph Anderson]

Inspector Anderson: Bueno, Claude, para usted debe de ser una experiencia agradable estar aquí sin andar metido en problemas. Una novedad.

Bolton: Pues un poco sí. Y montar en el asiento delantero de un coche de policía en lugar de detrás también. Ciento cincuenta kilómetros por hora durante casi todo el camino desde Cap City. Luces, sirenas y toda la cosa. Tiene usted razón. Ha sido agradable.

Inspector Anderson: ¿Qué hacía en Cap?

Bolton: De visita turística. Tenía un par de noches libres, así que ¿por qué no? No lo prohíbe ninguna ley, ¿verdad?

Inspector Anderson: Tengo entendido que lo acompañó Carla Jeppeson, conocida en su trabajo como Hada Primor.

Bolton: Usted debería saberlo, ella ha vuelto en el coche de policía conmigo. También agradece el viaje, por cierto. Según ha dicho, ese medio de transporte le da mil vueltas a cualquier autobús de Trailways.

Inspector Anderson: ¿Y la visita turística se centró en la habitación 509 del motel Western Vista, a pie de la Interestatal 40?

Bolton: Ah, no pasamos allí todo el tiempo. Fuimos a cenar dos veces a Bonanza. Se come de maravilla, y por poco dinero. Además, Carla quiso ir al centro comercial, así que pasamos allí un rato. Hay un escalódromo, y lo subí como si nada.

Inspector Anderson: No lo dudo. ¿Estaba usted informado de que un niño murió asesinado en Flint City?

Bolton: Puede que viera algo en las noticias. Oiga, no pensará que yo tuve algo que ver con eso, ¿no?

Inspector Anderson: No, pero quizá tenga información sobre la persona que lo hizo.

Bolton: ¿Cómo voy yo a...?

Inspector Anderson: Usted trabaja de guarro en Gentlemen, Please, ¿no es así?

Bolton: Formo parte del personal de seguridad. No utilizamos el término «guarro». Gentlemen, Please es un establecimiento con categoría.

Inspector Anderson: No se lo discuto. El martes por la noche estaba usted en su puesto, según me han dicho. No se marchó de Flint City hasta el miércoles por la tarde.

Bolton: ¿Fue Tony Ross quien le dijo que Carla y yo fuimos a Cap City?

Inspector Anderson: Sí.

Bolton: En ese motel nos hacen descuento porque es del tío de Tony. Tony también estaba de servicio el martes por la noche; fue entonces cuando le pedí que llamara a su tío. Somos muy amigos, Tony y yo. Estuvimos en la puerta desde las cuatro hasta las ocho y luego en el patio desde las ocho hasta las doce de la noche. El patio es la zona que está delante del escenario, donde se sientan los caballeros.

Inspector Anderson: El señor Ross me dijo también que a las ocho y media poco más o menos vio usted a una persona a quien conocía.

Bolton: Ah, se refiere al Entrenador T. ¿no?, no pensará que fue él quien mató a ese niño, ¿verdad? El Entrenador T es un hombre de bien. Entrenó a los sobrinos de Tony en la liga de futbol Pop Warner y en el equipo infantil de beisbol. Me sorprendió verlo en nuestro local, pero tampoco me escandalicé. No se imagina qué público vemos en el patio: banqueros, abogados e incluso algún que otro clérigo. Pero, como dicen de Las Vegas, lo que pasa en el Gentlemen se queda en el...

Inspector Anderson: Ya, seguro que son ustedes tan discretos como un sacerdote en el confesionario.

Bolton: Tómeselo a broma si quiere, pero sí, lo somos. Tienes que serlo si quieres conservar la clientela.

Inspector Anderson: También para que conste, Claude, cuando dice «Entrenador T», se refiere a Terry Maitland.

Bolton: Claro.

Inspector Anderson: Cuénteme cómo fue que lo vio.

Bolton: No nos pasamos todo el tiempo en el patio, ¿entiende? El trabajo no se reduce a eso. La mayor parte del tiempo estamos allí, sí, rondando, asegurándonos de que ningún tipo meta mano a las muchachas y cortando cualquier posible pelea antes de que vaya a más... Cuando los tipos se ponen calientes, también pueden ponerse agresivos, como supongo que ya sabe por su trabajo. Pero el patio no es el único sitio donde pueden empezar los problemas, sino solo el sitio más probable, así que uno de nosotros se queda siempre ahí. El otro se pasea: controla la barra, el pequeño espacio donde hay unos cuantos videojuegos y una mesa de billar que funciona con monedas, los cubículos de baile privado y el baño de hombres, claro. Ahí es donde puede haber venta de drogas, y si lo descubrimos, los agarramos y los echamos a patadas.

Inspector Anderson: Y eso lo dice el hombre que tiene antecedentes por posesión y por posesión con intención de venta.

Bolton: Con el debido respeto, inspector, eso es mala fe. Llevo limpio seis años. Incluso acudo a las reuniones de Narcóticos Anónimos. ¿Quiere una muestra de orina? Por mí, encantado.

Inspector Anderson: No será necesario, y lo felicito por su abstinencia. Así que a eso de las ocho y media estaba usted rondando...

Bolton: Correcto. Me acerqué a la barra, recorrí el pasillo para echar un vistazo en el baño de hombres, y allí vi al Entrenador T, justo cuando colgaba el auricular. Al fondo hay dos teléfonos públicos, pero solo uno funciona. Lo noté...

Inspector Anderson: Claude... Me tiene en vilo.

Bolton: Estaba pensando. Recordando. Lo noté un poco raro. Como aturdido. ¿De verdad cree que mató a ese niño? Yo pensé que se debía a que era su primera visita a un local donde hay señoritas que se quitan la ropa. A algunos les afecta así, se quedan como alelados. O puede que estuviera drogado. Le dije: «Eh, entrenador, ¿cómo pinta ese equipo suyo?». Y él va y me mira como si no me hubiera visto nunca, a pesar de que fui a casi todos los partidos de la liga Pop Warner en los que jugaban Stevie y Stanley y de que le expliqué cómo organizar una doble reversible, cosa que él no hizo porque en su opinión era demasiado compleja para los niños pequeños. Aunque si aprenden a hacer divisiones largas, bien deberían ser capaces de aprender algo así, ¿no le parece?

Inspector Anderson: Está usted seguro de que era Terence Maitland.

Bolton: Sí, por Dios. Dijo que el equipo iba bien y me aclaró que solo había entrado para pedir un taxi. Como quien dice que compra el *Playboy* solo por los artículos cuando su mujer encuentra la revista al lado del escusado. Pero le seguí la corriente: en Gentlemen el cliente siempre tiene la razón, mientras no intente echar mano a una teta. Le dije que tal vez ya hubiera un par de taxis afuera. Me contestó que eso mismo le habían dicho en la compañía, me dio las gracias y se fue.

Inspector Anderson: ¿Cómo iba vestido?

Bolton: Camisa amarilla, jeans. Un cinturón con la hebilla con forma de cabeza de caballo. Unos tenis llamativos. Los recuerdo porque parecían bastante caros.

Inspector Anderson: ¿Usted fue la única persona que lo vio en el club?

Bolton: No, un par de hombres lo saludaron con la mano cuando se iba. No sé quiénes eran, y puede que le cueste localizarlos; muchos tipos se niegan a admitir que les gusta visitar locales como Gentlemen. Cosas de la vida. No me sorprendió que lo reconocieran; Terry es casi famoso por aquí. Hace unos años incluso ganó un premio, lo vi en el diario. Por más que la llamemos Flint City, esto no es una ciudad sino un pueblo donde casi todo el mundo se conoce, al menos de vista. Y cualquiera que tenga un hijo con inclinaciones deportivas, por así decirlo, conoce al Entrenador T por el beisbol o el futbol.

Inspector Anderson: Gracias, Claude. Ha sido de gran ayuda.

Bolton: Recuerdo otro detalle, nada excepcional pero pone los pelos de punta si de verdad fue él quien mató a ese niño.

Inspector Anderson: Adelante.

Bolton: No fue culpa de nadie, solo una de esas cosas que pasan. Él iba ya a salir para ver si había un taxi,

¿okay? Le tendí la mano y dije: «Quiero darle las gracias por todo lo que hizo por los sobrinos de Tony, entrenador. Son buenos chicos, pero un poco revoltosos, quizá porque sus padres se están divorciando y tal. Usted les dio algo que hacer aparte de armar bronca por la ciudad». Creo que se sorprendió, porque se echó un poco atrás antes de darme la mano. Tenía un apretón firme, eso sí, y... ¿ve esta marca en el dorso de mi mano? Me la hizo él con la uña del meñique. Ya casi se ha curado, no fue más que un corte, pero por unos segundos me recordó mis tiempos de drogadicto.

Inspector Anderson: ¿Y eso por qué?

Bolton: Algunos tipos..., sobre todo los Ángeles del Infierno y los Discípulos del Diablo, se dejaban crecer la uña del meñique. Vi algunos que la llevaban tan larga como los emperadores chinos. Los motociclistas incluso se las decoran con calcomanías, como las mujeres. Lo llaman «la uña de la coca».

17

Después de la detención en el campo de beisbol, Ralph no tenía la menor posibilidad de representar el papel de poli bueno en un posible guion basado en la contraposición poli bueno / poli malo, así que se limitó a apoyarse en la pared de la sala de interrogatorios a modo de espectador. Estaba preparado para otra mirada acusadora, pero Terry lo miró brevemente, sin expresión alguna, y centró la atención en Bill Samuels, que había tomado asiento en una de las tres sillas al otro lado de la mesa.

Observando a Samuels, Ralph empezó a formarse una idea de cómo había ascendido tanto en tan poco tiempo. Cuando estaban los dos en el lado opuesto del espejo unidireccional, el fiscal solo parecía un poco joven para el puesto. Ahora, frente al violador y asesino de Frankie Peterson, se veía aún más joven, como un abogado en prácticas a quien (debido probablemente a una confusión) le habían asignado la tarea de interrogar a un criminal de primera línea. Y el pequeño remolino a lo Alfalfa en la parte de atrás de su cabeza reforzaba el papel que interpretaba: el de un joven bisoño, contento de estar allí. Puede contarme cualquier cosa, anunciaban aquellos ojos tan abiertos y rebosantes de interés, porque me lo creeré. Esta es la primera vez que juego con los mayores, y sencillamente no doy para más.

—Hola, señor Maitland —saludó Samuels—. Trabajo en la fiscalía del condado.

Buen comienzo, pensó Ralph. *Tú* eres *la fiscalía del condado.*

—Está perdiendo el tiempo —dijo Terry—. No pienso hablar con usted hasta que llegue mi abogado. Diré que veo en su futuro un juicio sonado por detención indebida.

—Entiendo que esté alterado. Cualquiera lo estaría en su situación. Quizá podamos aclararlo aquí mismo. ¿Puede decirme simplemente dónde estaba cuando fue asesinado ese niño, Peterson? Ocurrió la tarde del martes pasado. Si usted estaba en otro sitio, pues…

—Lo estaba —lo interrumpió Terry—, pero mi intención es hablar de eso con mi abogado antes de hablar con usted. Se llama Howard Gold. Cuando llegue, querré hablar con él en privado. Estoy en mi derecho, supongo, puesto que se presupone mi inocencia hasta que se demuestre lo contrario.

Una rápida recuperación, pensó Ralph. *Un delincuente profesional no lo habría hecho mejor.*

—En efecto, está en su derecho —respondió Samuels—. Pero si no es culpable de nada…

—No se esfuerce, señor Samuels. No me ha traído aquí porque sea usted un tipo simpático.

—Lo soy, créame —contestó Samuels, muy serio—. Si ha habido un error, tengo tanto interés como usted en solventarlo.

—Se le levanta el pelo por detrás —comentó Terry—. Quizá le convendría hacer algo al respecto. Así parece Alfalfa, el niño de la serie que yo veía cuando era pequeño.

Ralph no llegó a reírse, pero se le contrajo una comisura de los labios. Eso no pudo evitarlo.

Agarrado en curva, Samuels se llevó una mano a la cabeza y se alisó el remolino. El pelo permaneció por un momento bajo control, pero volvió a levantarse.

—¿Seguro que no quiere aclarar este asunto? —Samuels se inclinó hacia delante; la seriedad de su rostro parecía indicar que Terry estaba cometiendo un grave error.

—Seguro —respondió Terry—. Y estoy seguro también en cuanto a lo que he dicho del juicio. Dudo que haya indemnización suficiente para resarcirme de lo que han hecho ustedes esta noche, miserables hijos de puta..., y no solo a mí, sino a mi mujer y a mis hijas, pero estoy decidido a averiguarlo.

Samuels se quedó quieto un momento —inclinado hacia delante, una inocente expresión de esperanza en los ojos, fijos en los de Terry— y de pronto se puso en pie. La mirada inocente se esfumó.

—Muy bien. Estupendo. Hable con su abogado, señor Maitland, está en su derecho. Sin audio ni video. Incluso cerraremos la cortina. Si se dan prisa, puede que el asunto quede resuelto esta noche. Mañana me esperan en el green a primera hora.

Terry lo miró como si no hubiera oído bien.

—¿En el *golf*?

—Sí, el golf, ese juego en el que golpeas una pelotita para intentar meterla en un hoyo. No se me da muy bien, pero este otro juego sí se me da *muy* bien, señor Maitland. Y como el respetable señor Gold le confirmará, podemos retenerlo aquí durante cuarenta y ocho horas sin presentar cargos contra usted. En realidad, no será tanto tiempo. Si no podemos aclararlo, comparecerá usted ante el juez a primerísima hora del lunes. Para entonces, su detención será noticia en todo el estado, así que habrá mucha cobertura mediática. No dudo que los fotógrafos sacarán su mejor perfil.

Después de haber pronunciado lo que suponía era la última palabra, Samuels se encaminó hacia la puerta en una actitud casi altanera (Ralph imaginó que el comentario de Terry sobre el remolino aún le escocía). Antes de que abriera la puerta, Terry dijo:

—Eh, Ralph.

Ralph volteó. Terry parecía sereno, lo cual era extraordinario dadas las circunstancias. O quizá no. A veces los tipos verdaderamente fríos, los sociópatas, encontraban esa calma después de la conmoción inicial y se empeñaban en seguir por el camino más largo. Ralph lo había visto antes.

—No pienso hablar de esto hasta que llegue Howie, pero a ti sí quiero decirte una cosa.

—Adelante —ese era Samuels procurando disimular su impaciencia, pero se le demudó el rostro ante lo que Terry dijo a continuación.

—Derek dominaba el toque de arrastre como ninguno de los jugadores que he tenido.

—Eso no —dijo Ralph. Podía oír el temblor de la rabia en su voz, una especie de vibrato—. No sigas por ahí. No quiero oír el nombre de mi hijo en tu boca. Ni esta noche ni nunca.

Terry asintió con la cabeza.

—Entiendo bien, porque yo nunca había querido que me detuvieran delante de mi mujer y mis hijas y otras mil personas, muchas de ellas vecinos míos. Así que da igual lo que quieras o no quieras oír. Solo atiende un momento. Creo que me lo debes por haber hecho las cosas de la manera más sucia.

Ralph abrió la puerta, pero Samuels apoyó una mano en su brazo, movió la cabeza en un gesto de negación y lanzó un vistazo a la cámara del rincón, que tenía encendida la pequeña luz roja. Ralph cerró la puerta y, volteando hacia Terry, cruzó los brazos ante el pecho. Mucho se temía que el desquite de Terry por la detención en público iba a doler, pero sabía que Samuels tenía razón. Un sospechoso que hablaba era siempre mejor que un sospechoso que no daba el brazo a torcer hasta la llegada de su abogado. Porque una cosa solía llevar a la otra.

—Derek no debía de medir más de uno cuarenta y cinco o cuarenta y siete cuando jugaba en la liga infantil —dijo Terry—. Lo he visto alguna que otra vez desde entonces... De hecho, el año pasado intenté convencerlo para que jugara en el equipo municipal... y ha crecido quince centímetros. Cuando acabe la secundaria será más alto que tú, seguro.

Ralph esperó.

—Era un renacuajo, pero nunca le tuvo miedo a la caja del bateador. Son muchos los que pasan miedo; Derek, en cambio, aguantaba allí dentro incluso ante los chicos que tomaban impulso y lanzaban la bola sin saber adónde la mandaban. Se llevó cinco o seis pelotazos, pero nunca se amilanó.

Era verdad. Ralph había visto las magulladuras después de algunos partidos cuando D se quitaba el uniforme: en el trasero, en el muslo, en el brazo, en el hombro. Una vez apareció con un círculo negro y azul perfecto en la nuca. Esos golpes sacaban de quicio a Jeanette, y el casco que Derek se ponía no la tranquilizaba; cada vez que D entraba en la caja de bateo, ella aferraba el brazo de Ralph y le hincaba los dedos con tal fuerza que casi le hacía un moretón; temía que el niño tarde o temprano recibiera un pelotazo entre los ojos y acabara en coma. Ralph le aseguraba que eso no ocurriría, pero se alegró casi tanto como ella cuando Derek decidió que el tenis era un deporte más adecuado para él. Las pelotas eran más blandas.

Terry se inclinó hacia delante con una ligera sonrisa.

—Un chico tan pequeño suele conseguir muchas bases por bolas..., la verdad es que eso esperaba yo esta noche cuando he dejado batear a Trevor Michaels, pero Derek no se dejaba engañar. Intentaba devolver casi cualquier bola, dentro, fuera, por encima de la cabeza o directa al suelo. Los niños lo apodaron Whiffer, como los jugadores que acaban eliminados por strikes muy a menudo, Whiffer Anderson, y un día a alguno se le ocurrió cambiar Whiffer por Swiffer, la marca de trapeadores, y se le quedó el apodo. Al menos durante un tiempo.

—Muy interesante —dijo Samuels—, pero ¿por qué no hablamos de Frank Peterson?

Terry mantuvo la mirada fija en Ralph.

—Abreviando, cuando vi que Derek jamás conseguía una base por bolas, le enseñé el toque suave. Muchos chicos de su edad, diez, once años, se niegan. Captan la idea, pero no les gusta soltar el bat encima del plato, y menos aún ante un buen lanzador. Piensan lo mucho que les dolerán los dedos si les alcanza la bola cuando tengan las manos extendidas al frente. Pero no fue ese el caso de Derek. Él sí tenía agallas, tu chico. Además, corría por la línea como una flecha; muchas veces, cuando le pedía una bola de sacrificio, acababa ganando una base.

Ralph no asintió ni dio señal alguna de que aquello le interesara, pero sabía a qué se refería Terry. Había vitoreado muchos de esos toques suaves, y había visto a su hijo volar por la línea como si tuviera el pelo en llamas y le ardiera el culo.

—Solo había que enseñarle los ángulos correctos de bateo —continuó Terry, y levantó las manos para mostrarlo. Aún tenía las manos sucias de tierra, probablemente por el entrenamiento previo al partido de esa noche—. Ángulo a la izquierda, y la bola sale floja hacia la línea de la tercera base. Ángulo a la derecha, hacia la línea de la primera base. No hay que impulsar el bat; en la mayoría de los casos, eso solo sirve para mandar un globo fácil en dirección al lanzador. Basta con un ligero toque en la última décima de segundo. Él lo captó enseguida. Los niños dejaron de llamarlo Swiffer y le pusieron un nuevo apodo. Teníamos un corredor en la primera o la tercera, ya avanzado el partido, y el otro equipo sabía que él iba a devolver en corto. No había trampa ni cartón; soltaría el bat sobre el plato en cuanto el lanzador iniciara su movimiento, y los niños de la banca gritarían: «¡Dale, Derek, dale!». Gavin y yo también. Y así fue como lo llamaron aquel último año, cuando ganamos el torneo del distrito. Dale Anderson. ¿Lo sabías?

Ralph no lo sabía, quizá porque era un asunto exclusivamente del equipo. Lo que sí sabía es que Derek había madurado mucho ese verano. Se reía más, y quería quedarse un rato después de los partidos en lugar de irse derecho al coche con la cabeza gacha y el guante colgando.

—Básicamente lo logró él solo, practicó como un poseso hasta dominar la técnica, pero fui yo quien lo convenció de que lo intentara —hizo una pausa y después, con voz muy baja, añadió—: Y ahora tú me haces esto. Delante de todo el mundo, tú me haces esto.

Ralph notó el calor en las mejillas. Abrió la boca para contestar, pero Samuels lo acompañaba ya hacia la puerta, casi lo jalaba. Se detuvo el tiempo suficiente para decir por encima del hombro:

—Esto no se lo ha hecho Ralph, Maitland. Tampoco yo. Se lo ha hecho usted mismo.

Al cabo de un momento los dos miraban otra vez a través del espejo unidireccional, y Samuels preguntó a Ralph si se encontraba bien.

—Perfectamente —contestó Ralph.

Aún le ardían las mejillas.

—Algunos tienen la habilidad de poner el dedo en la llaga. Lo sabes, ¿no?

—Sí.

—Y sabes que él es el autor de este crimen, ¿no? Nunca he tenido un caso tan convincente.

Lo cual me inquieta, pensó Ralph. *Antes no, pero ahora sí. No debería, porque Samuels tiene razón, pero me inquieta.*

—¿Te has fijado en sus manos? —preguntó Ralph—. Cuando me ha demostrado cómo enseñó a Derek el toque suave, ¿le has visto las manos?

—Sí. ¿Qué en particular?

—No tenía larga la uña del meñique —señaló Ralph—. Ninguna de las dos.

Samuels se encogió de hombros.

—Se las habrá cortado. ¿Seguro que te encuentras bien?

—Perfectamente —repitió Ralph—. Es solo que…

La puerta que separaba las oficinas de la zona de detención emitió un zumbido y al cabo de un instante se abrió de par en par. El hombre que apareció en el pasillo y se dirigió hacia ellos apresuradamente vestía la ropa cómoda de quien se relaja en casa un sábado por la noche —jeans descoloridos, camiseta de la Texas Christian University con la SuperRana brincando en el pecho—, pero el maletín que llevaba era el de un abogado.

—Hola, Bill —saludó—. Y hola también a usted, inspector Anderson. ¿Puede explicarme alguno de los dos por qué han detenido a quien en 2015 fue el Hombre del Año en Flint City?

¿Es solo un error, un error que quizá pueda resolverse fácilmente, o es que han perdido ustedes la puta cabeza?

Howard Gold había llegado.

18

Para: William Samuels, fiscal del condado
Rodney Geller, jefe de policía de Flint City
Richard Doolin, sheriff del condado de Flint
Capitán Avery Rudolph, Policía del Estado, puesto n.° 7
Inspector Ralph Anderson, Departamento de Policía de Flint City

De: Teniente Yunel Sablo, Policía del Estado, puesto n.° 7

Fecha: 13 de julio

Asunto: Centro de Transporte Vogel, Dubrow

A petición del fiscal Samuels y el inspector Anderson, llegué al Centro de Transporte Vogel a las 14:30 h en la fecha arriba indicada. Vogel es la principal estación de transporte terrestre en la zona sur del estado, y presta servicio a tres importantes compañías de autobuses (Greyhound, Trailways, Mid-State), además de a la línea de ferrocarril de Amtrak. También tienen oficinas allí las habituales agencias de alquiler de automóviles (Hertz, Avis, Enterprise, Alamo). Como todos los espacios del Centro de Transporte están bien controlados mediante cámaras de vigilancia, acudí directamente a la oficina de seguridad, donde me atendió Michael Camp, director de seguridad de Vogel. Estaba ya esperándome. Las grabaciones del sistema de vigilancia se conservan durante 30 días, y como el proceso está informatizado, pudimos examinarlo todo desde la noche del 10 de julio, tal como muestran un total de 16 cámaras.

Según el señor Clinton Ellenquist, el encargado de asignación de la compañía de taxis de Flint City que estaba de servicio la noche del 10 de julio, la taxista Sauce Agua de Lluvia se puso en contacto a las 21:30 h para comunicar que había dejado a su cliente. El Southern Limited, que, según la declaración de la señorita Agua de Lluvia, es el tren que el sujeto investigado se proponía tomar, entró en el Centro Vogel a las 21:50 h. Los pasajeros se bajaron en el andén 3. Los pasajeros que se dirigían a Dallas-Fort Worth fueron autorizados a subir a bordo del tren en el andén 3 siete minutos más tarde, a las 21:57 h. El Southern Limited salió a las 22:12 h. Las horas son exactas, ya que todas las llegadas y salidas se controlan y registran por medios informáticos.

Camp, el director de seguridad, y yo examinamos las grabaciones de las 16 cámaras de vigilancia desde las 21 h del 10 de julio (para mayor seguridad) hasta las 23 h, aproximadamente cincuenta minutos después de que el Southern Limited abandonara la estación. Tengo las referencias de todas las cámaras en mi iPad, pero, por la urgencia de la situación (manifestada por el fiscal Samuels), en este informe preliminar ofreceré solo un resumen.

21:33 h: El sujeto entra en la estación por la puerta norte, que es el punto donde normalmente los taxis dejan a sus pasajeros y el lugar por donde acceden la mayoría de los viajeros. Cruza el vestíbulo principal. Camisa amarilla, jeans. Sin equipaje. Imagen clara de su cara entre dos y cuatro segundos cuando levanta la vista y mira el gran reloj situado en lo alto de la pared (fotograma enviado por correo electrónico al fiscal Samuels y al inspector Anderson).

21:35 h: El sujeto se detiene en el puesto de periódicos que hay en el centro del vestíbulo. Compra un libro de bolsillo, que paga en efectivo. El título no se lee, y el dependiente no lo recuerda, pero probablemente podamos conseguir el dato si es necesario. En estas imágenes se ve la hebilla del cinturón con forma de cabeza de caballo (fotograma enviado por correo electrónico al fiscal Samuels y al inspector Anderson).

21:39 h: El sujeto sale de la estación por la puerta de Montrose Avenue (lado sur). Aunque este punto de entrada y salida está abierto al público, lo utiliza sobre todo el personal de Vogel porque el estacionamiento para empleados se encuentra en esa parte del edificio. Controlan ese estacionamiento dos cámaras. El sujeto no aparece en las imágenes de ninguna de las dos, pero tanto Camp como yo detectamos una sombra momentánea que, según creemos, podría ser el sujeto, yendo hacia la derecha, en dirección a un callejón de servicio.

El sujeto no compró billete para el Southern Limited, ni en efectivo en la estación ni mediante tarjeta de crédito. Después de revisar varias veces las grabaciones del andén 3, que son claras y, en mi opinión, completas, puedo afirmar con razonable certidumbre que el sujeto no volvió a entrar en la estación ni subió a bordo de ese tren.

Mi conclusión es que el viaje del sujeto a Dubrow pudo ser un intento de crear un falso rastro y la consiguiente confusión en la búsqueda. Según conjeturas mías, es posible que el sujeto volviera a Flint City, o bien con la ayuda de un cómplice, o bien pidiendo aventón. Tampoco puede descartarse que robara un coche. En el Departamento de Policía de Dubrow no consta ninguna denuncia por la sustracción de un vehículo en las proximidades del Centro de Transporte Vogel en la noche de autos, pero, como señala el director de seguridad Camp, se podría haber sustraído uno del estacionamiento para largas estancias sin que el robo se denunciara hasta pasada una semana.

Las grabaciones de seguridad del estacionamiento para largas estancias están disponibles, y se examinarán a petición, pero ahí la cobertura dista de ser completa.

Además, según me informa el director de seguridad Camp, está previsto sustituir esas cámaras, que a menudo se descomponen. Considero que, al menos de momento, es preferible seguir otras líneas de investigación.

PRESENTADO CON EL DEBIDO RESPETO POR
Teniente Y. Sablo
Véanse adjuntos

19

Howie Gold estrechó la mano a Samuels y Ralph Anderson. Después miró a través del espejo unidireccional a Terry Maitland, allí con su camiseta de los Golden Dragons y su gorra de la suerte. Terry mantenía la espalda erguida, la cabeza alta y las manos tranquilamente entrelazadas sobre la mesa. No se observaban en él temblores, ni agitación, ni nerviosas miradas de soslayo. No era, reconoció Ralph para sí, la encarnación de la culpabilidad.

Por fin Gold volteó hacia Samuels.

—Habla —dijo. Como si invitara a un perro a hacer un truco.

—De momento no hay mucho que decir, Howard —Samuels se llevó la mano a la parte de atrás de la cabeza. Se alisó el remolino. Este aguantó en su sitio un momento y después volvió a levantarse. Ralph recordó una frase de Alfalfa de la que su hermano y él se reían de niños: «Uno solo encuentra una vez en la vida a esos amigos que se encuentran solo una vez en la vida»—. Salvo que esto no es un error, y no, no hemos perdido la puta cabeza.

—¿Qué dice Terry?

—De momento nada —contestó Ralph.

Gold volteó hacia él; sus ojos azules brillaban y se veían un poco aumentados por las lentes redondas de sus anteojos.

—No me ha entendido bien, Anderson. No esta noche, sé que esta noche no ha dicho nada, sabe que no le conviene. Me refiero al interrogatorio inicial. No pierde nada diciéndomelo, en todo caso él me lo contará.

—No ha habido interrogatorio inicial —contestó Ralph.

Y no había por qué sentirse incómodo a ese respecto, no si se tenía en cuenta que habían construido un caso sólido en solo cuatro días, pero así era como se sentía él. En parte tenía que ver con el hecho de que Howie Gold le hablara de usted, como si nunca se hubiesen invitado mutuamente a tomar unas copas en el Wagon Wheel, frente al juzgado del condado. Lo asaltó el ridículo impulso de decir a Howie: «No me mires a mí, mira al tipo que tengo al lado. Es él quien ha pisado el pedal a fondo».

—¿Cómo? Un momento. Un momento, maldita sea.

Gold hundió las manos en los bolsillos delanteros y empezó a balancearse sobre las puntas de los pies. Ralph lo había visto adoptar esa actitud muchas veces, en las salas de los juzgados del condado y el distrito, y se preparó. Verse sometido en el estrado a un interrogatorio a cargo de Howie Gold nunca era una experiencia grata. Pero Ralph no se lo echaba en cara. Todo formaba parte del baile del debido proceso.

—¿Está diciéndome que lo han detenido delante de dos mil personas sin antes concederle siquiera la oportunidad de *explicarse*?

—Es usted un excelente abogado defensor —contestó Ralph—, pero ni el mismísimo Dios podría librar a Maitland de esta. Por cierto, allí debía de haber mil doscientas personas, mil quinientas como mucho. El campo del Estelle Barga no tiene capacidad para dos mil espectadores. Las gradas se vendrían abajo.

Gold pasó por alto ese pobre intento de aligerar el ambiente. Contemplaba a Ralph como si fuera una especie de insecto desconocida.

—Pero lo ha detenido en un lugar público en lo que podría decirse que era su momento de apoteosis…

—Apote… *¿qué?* —preguntó Samuels, sonriente.

Gold tampoco prestó atención. Seguía mirando a Ralph.

—Ha hecho eso a pesar de que podría haber apostado una discreta presencia policial alrededor del campo y detenerlo después, en su casa, una vez terminado el partido. Lo ha hecho delante de su mujer y sus hijas, y está claro que ha sido intencionado. ¿Qué lo ha llevado a hacer una cosa así? ¿Qué carajos lo ha llevado a hacer una cosa así?

Ralph volvió a notar el calor en la cara.

—¿De verdad quiere saberlo, abogado?

—Ralph —dijo Samuels a modo de advertencia. Apoyó una mano en su brazo para refrenarlo.

Ralph se zafó de él.

—No he sido yo quien lo ha detenido. Se lo he encargado a un par de agentes porque temía echarle las manos al cuello y estrangularlo. Lo cual habría proporcionado a un abogado listo como usted más material en el que trabajar —dio un paso al frente e invadió el espacio de Gold para obligarlo a interrumpir su balanceo—. Agarró a Frank Peterson y se lo llevó al Figgis Park. Allí lo violó con una rama, y allí lo mató. ¿Quiere saber *cómo* lo mató?

—¡Ralph, eso es información privilegiada! —exclamó Samuels con un graznido.

Ralph hizo caso omiso.

—El informe forense preliminar indica que le abrió la garganta a ese niño *a dentelladas*. Incluso es posible que ingiriera parte de la carne, ¿de acuerdo? Todo eso lo excitó tanto que se bajó el pantalón y roció de semen la parte de atrás de los muslos del niño. Es el asesinato más repulsivo, más vil, más *inefable* que, si Dios quiere, ninguno de nosotros volverá a ver jamás. Debió de estar preparándose para eso durante mucho tiempo. Ninguno de los que estuvimos en el lugar de los hechos se lo quitará nunca de la cabeza. Y lo hizo Terry Maitland. Lo hizo *el Entrenador T*, y no hace mucho tiempo tenía las manos puestas sobre las manos de mi hijo para enseñarle el toque de arrastre. Acaba de contármelo, como si eso fuera a exonerarlo o algo así.

Gold no lo miraba ya como si fuera un insecto. Ahora su rostro reflejaba asombro, como si acabara de tropezarse con un artefacto abandonado por una especie extraterrestre. Ralph no se inmutó. A esas alturas ya todo le daba igual.

—Usted mismo tiene un hijo… Tommy se llama, ¿no? ¿No empezó a entrenar en la liga Pop Warner con Terry porque

Tommy jugaba en el equipo de futbol? También puso las manos en su hijo. ¿Y ahora va a defenderlo?

—Por el amor de Dios, cierra la boca —dijo Samuels.

Gold había dejado de balancearse, pero no cedió terreno, y seguía mirando a Ralph con aquella expresión de asombro casi antropológico.

—Ni siquiera lo ha interrogado —dijo en un susurro—. No. Ni siquiera. En la vida he… *En la vida*…

—Vamos, Howie, por favor —atajó Samuels con forzada jovialidad—. Tú ya lo has visto todo, y muchas cosas dos veces.

—Quiero reunirme con él ahora —contestó Gold en tono cortante—, así que apaguen el puto sistema de audio y cierren la cortina.

—Muy bien —dijo Samuels—. Dispones de quince minutos; luego entraremos. A ver si el entrenador tiene algo que decir.

—Dispongo de una hora, Samuels —repuso Gold.

—Media hora. Después oiremos su testimonio, que, cabe suponer, podría representar la diferencia entre una condena a perpetuidad en McAlester y la inyección… o pasar a una celda y quedarse ahí hasta que comparezca ante el juez el lunes. Lo dejo en tus manos. Pero si crees que hemos actuado a la ligera, nunca has estado más equivocado.

Gold se dirigió hacia la puerta. Ralph deslizó su tarjeta por la ranura, oyó el chasquido del doble cerrojo al abrirse y volvió a colocarse frente al espejo para ver entrar al abogado. Samuels se tensó cuando Maitland se puso en pie y se encaminó hacia Gold con los brazos abiertos, pero la expresión en el rostro de Maitland era de alivio, no agresiva. Abrazó a Gold, que dejó su maletín y le devolvió el abrazo.

—Un abrazo fraternal —dijo Samuels—. Qué entrañable.

Gold se volvió como si lo hubiera oído y señaló la cámara con la lucecita roja.

—Apáguenla —exigió a través del altavoz del techo—. El sonido también. Luego cierren la cortina.

Los interruptores se hallaban en una consola empotrada que contenía también las grabadoras de audio y video. Ralph los pulsó. La luz roja de la cámara del rincón de la sala se apagó. Movió la cabeza en dirección a Samuels, que jaló la cortina. El sonido que hizo al cubrir el espejo trajo a Ralph un recuerdo desagradable. En tres ocasiones —todas anteriores a los tiempos de Bill Samuels— había asistido a ejecuciones en McAlester. Allí había una cortina similar (¡quizá confeccionada por la misma empresa!) ante la ventana alargada que separaba la cámara de ejecución de la sala reservada al público. Se abría cuando los testigos entraban en la sala y se cerraba tan pronto como se declaraba muerto al reo. El ruido era el mismo, áspero y desapacible.

—Voy al Zoney's de enfrente por un refresco y una hamburguesa —anunció Samuels—. Estaba tan nervioso que no he cenado. ¿Quieres algo?

—No me vendría mal un café. Sin leche, un terrón de azúcar.

—¿Seguro? He probado el café de Zoney's y por algo lo llaman la peste negra.

—Me arriesgaré —dijo Ralph.

—De acuerdo. Dentro de un cuarto de hora habré vuelto. Si acaban antes, no empieces sin mí.

Desde luego que no. Por lo que a Ralph se refería, a partir de ese momento aquello era el show de Bill Samuels. Que se llevara él toda la gloria, si es que alguna podía sacarse de un horror como aquel. Al final del pasillo había una hilera de sillas. Ralph ocupó la más cercana a la fotocopiadora, que ronroneaba suavemente en sueños. Fijó la mirada en la cortina y se preguntó qué estaría diciendo Terry Maitland allí dentro, qué delirante coartada estaría poniendo a prueba ante su antiguo coentrenador en la liga Pop Warner.

De pronto se acordó de la corpulenta india que había recogido a Maitland en su taxi ante Gentlemen, Please y lo había llevado a la estación de tren de Dubrow. «Entreno al equipo de basquetbol de la Prairie League en el YMCA», había dicho. «Maitland solía venir y se sentaba en las gradas con los padres y veía jugar a los niños. Me dijo que andaba buscando niños prometedores para el equipo de beisbol de la liga interurbana...»

Ella lo había reconocido, y él debería haberla reconocido a ella; dado su tamaño y su etnia, era una mujer difícil de olvidar. Sin embargo la había llamado «señora». ¿Eso por qué? ¿Porque pese a conocerla de vista por sus visitas al YMCA no recordaba su nombre? Era una posibilidad, pero a Ralph no le convencía mucho. Sauce Agua de Lluvia tampoco era un nombre fácil de olvidar.

—Bueno, estaba en una situación de estrés —masculló Ralph, para sí o para la fotocopiadora ronroneante—. Además…

Otro recuerdo acudió a su memoria, y con él un motivo más convincente para que Maitland la tratara de «señora». Su hermano pequeño, Johnny, tres años menor que él, no era muy hábil jugando a las escondidillas. Muchas veces se limitaba a ocultarse en su habitación y taparse la cabeza con las mantas; por lo visto, pensaba que si él no veía a Ralphie, Ralphie no lo veía a él. ¿Acaso era posible que un hombre que acababa de cometer un crimen atroz incurriera en esa misma clase de pensamiento mágico? *Si yo no te conozco, tú no me conoces a mí.* Una lógica demencial, ciertamente, pero un crimen así solo podía ser obra de un demente, y esa teoría tal vez explicara otros aspectos, no solo la reacción de Terry ante Agua de Lluvia; tal vez explicara por qué había concebido siquiera que podía quedar impune pese a que en Flint City lo conocía mucha gente y, de hecho, era una celebridad entre los aficionados al deporte.

Por otro lado estaba Carlton Scowcroft. Si Ralph cerraba los ojos casi podía ver a Gold subrayando un fragmento decisivo en la declaración de Scowcroft y preparar su informe de conclusiones para el jurado, quizá apropiándose de una idea del abogado de OJ Simpson. «Si el guante le queda mal, hay que exculpar», había dicho Johnny Cochran. La versión de Gold, casi igual de pegadiza, podría ser: «Como él no conocía ese lugar, hay que dejarlo en libertad».

No surtiría efecto, no era ni remotamente lo mismo, pero…

Según Scowcroft, Maitland había justificado las manchas de sangre en su cara y su ropa atribuyéndolas a una hemorragia nasal. «Ha empezado a manar como el Viejo Fiel, ese géiser de

Yellowstone», le había dicho Terry. «¿Hay alguna clínica por aquí cerca?»

Solo que Terry Maitland, salvo los cuatro años en la universidad, había vivido en Flint City toda su vida. No necesitaba el panel de Quick Care, cerca de Coney Ford, para orientarse; no necesitaba pedir indicaciones. ¿Por qué lo había hecho?

Samuels regresó con una Coca-Cola, una hamburguesa envuelta en papel de aluminio, y un vaso de café desechable, que entregó a Ralph.

—¿Todo tranquilo ahí dentro?

—Sí. Según mi reloj aún les quedan veinte minutos. Cuando terminen, intentaré convencerlo de que nos dé una muestra de ADN.

Samuels desenvolvió su hamburguesa y, con cautela, levantó la parte superior del pan para echar un vistazo.

—Dios mío. Esto parece los restos de carne que quedan cuando un auxiliar clínico termina de raspar un cuerpo quemado.

Aun así, empezó a comer.

Ralph pensó en mencionar la conversación de Terry con Agua de Lluvia y la extraña pregunta de Terry sobre la clínica, pero calló. Pensó también en sacar a colación el hecho de que Terry no se hubiera disfrazado o al menos hubiera ocultado su rostro con unas gafas de sol, pero tampoco lo mencionó. Ya había planteado antes esas dudas, y Samuels las había descartado, sosteniendo —y con razón— que no tenían trascendencia alguna frente a los testigos presenciales y las condenatorias pruebas forenses.

El café era tan espantoso como Samuels había vaticinado, pero Ralph se lo bebió; el vaso estaba casi vacío cuando Gold tocó el timbre para que lo dejaran salir de la sala de interrogatorios. A Ralph Anderson se le encogió el estómago al ver su expresión. No era de preocupación, ni de ira, ni la teatral indignación que exhibían algunos abogados al tomar conciencia de que su cliente estaba con la mierda hasta el cuello. No, aquella era una expresión de compasión, y parecía sincera.

—Válgame Dios —dijo—. En qué lío se han metido los dos.

20

HOSPITAL GENERAL DE FLINT CITY

DEPARTAMENTO DE PATOLOGÍA Y SEROLOGÍA

Para: Inspector Ralph Anderson
Teniente Yunel Sablo
Fiscal William Samuels

De: Doctor Edward Bogan

Fecha: 14 de julio

Asunto: Grupo sanguíneo y ADN

Sangre:

Se sometieron a examen varios objetos para determinar el grupo sanguíneo.

El primero fue la rama utilizada para sodomizar a la víctima, Frank Peterson, varón blanco, 11 años. Esta rama medía aproximadamente 55 centímetros de largo y 7 de diámetro. Una sección, más o menos la mitad, había quedado descortezada, probablemente a causa de la violenta manipulación del autor del crimen (véase fotografía adjunta). En esta sección lisa de la rama se encontraron huellas digitales; los técnicos criminalistas del estado las fotografiaron y levantaron antes de hacerme llegar la prueba por medio del inspector Ralph Anderson (Departamento de Policía de Flint City) y del teniente Yunel Sablo (Policía del Estado, puesto n.° 7). Declaro por consiguiente que la cadena de custodia de la prueba permanece intacta.

La sangre presente en los últimos 12 centímetros de esta rama es O+, el grupo de la víctima, como ha confirmado el médico de cabecera de Frank Peterson, Horace Connolly. En la rama hay otros muchos restos de sangre O+, originados por un fenómeno que se conoce como «salpicadura» o «rociado». Posiblemente dicho fenómeno se produjo durante la agresión sexual a la víctima, y es razonable presuponer que la piel y la ropa del autor también quedaron manchadas.

En el espécimen se encontraron asimismo restos de sangre de un segundo grupo. Esta era AB+, mucho menos frecuente (3% de la población). Creo que esta es la sangre del autor del hecho, y conjeturo que quizá se hirió la mano con la que manipuló la rama, acción que hubo de realizar con considerable fuerza.

Se encontró gran cantidad de sangre O+ en el asiento del conductor, el volante y el tablero de una camioneta Econoline de 2007 abandonada en el estacionamiento reservado para el personal situado detrás del Shorty's Pub (Main Street 1124). También se hallaron manchas de sangre AB+ en el volante de la camioneta. Me hicieron llegar estas muestras los sargentos Elmer Stanton y Richard Spencer, de la división de Criminalística del Estado, y declaro por consiguiente que la cadena de custodia de la prueba permanece intacta.

También se encontró gran cantidad de sangre O+ en la ropa (camisa, pantalón, calcetines, tenis Adidas, calzones Jockey) recuperada de un Subaru de 2011 hallado junto a un embarcadero abandonado cerca de la carretera Estatal 72 (conocida como carretera de la Antigua Forja). En el puño izquierdo de la camisa también hay una mancha de sangre AB+. Me hicieron llegar estas muestras el agente de la Policía del Estado John Koryta (puesto n.° 7) y el sargento Spencer de la división de Criminalística del Estado, y declaro por consiguiente que la cadena de custodia de la prueba permanece intacta. No se ha hallado sangre AB+ en el Subaru Outback antes de la redacción de este informe. Esa sangre podría encontrarse aún, pero es posible que cualquier rasguño que sufriese el autor al cometer el crimen no sangrara ya cuando abandonó el Subaru. También cabe la posibilidad de que se lo vendara, aunque las muestras son tan pequeñas que lo considero poco probable. Debían de ser cortes menores, como mucho.

Debido a la escasa frecuencia del grupo AB+, recomiendo que se averigüe rápidamente el grupo sanguíneo de cualquier sospechoso.

ADN:

En Cap City, las muestras en lista de espera para efectuar pruebas de ADN siempre son muy numerosas, y en circunstancias normales los resultados tardan semanas o incluso meses. Sin embargo, debido a la extrema brutalidad de este delito y a la edad de la víctima, se ha concedido «máxima prioridad» a las muestras obtenidas en el lugar de los hechos.

Entre estas, la principal es el semen hallado en los muslos y las nalgas de la víctima, pero también se obtuvieron muestras de piel en la rama utilizada para sodomizar al niño, Peterson, y por supuesto tenemos asimismo las muestras de sangre que ya he mencionado. El informe de ADN correspondiente al semen encontrado en el lugar de los hechos para determinar posibles correlaciones debería estar disponible la semana próxima. El sargento Stanton me comentó que cabía la posibilidad de que pudiera disponerse del informe incluso antes, pero, por mi experiencia con las pruebas de ADN en muchos casos anteriores, diría que la fecha más probable es el viernes próximo, pese al carácter prioritario de esta situación.

Aunque esto no se ajusta al protocolo, me siento en la obligación de añadir un comentario personal. He tratado con pruebas de muchas víctimas de asesinatos, pero este es con diferencia el peor crimen que se me ha encargado examinar, y el autor del delito debe ser capturado cuanto antes.

Informe dictado a las 11 h por el doctor
Edward Bogan

21

Howie Gold concluyó su consulta en privado con Terry a las 20:40 horas, diez minutos largos antes de los treinta que se le habían asignado. Para entonces, Troy Ramage y Stephanie Gould, una agente que había iniciado su turno a las ocho, acompañaban a Ralph y Bill Samuels. Stephanie Gould llevaba el kit para muestras de ADN en su bolsa de plástico. Pasando por alto el comentario de Howie sobre el *lío* en que estaban metidos, Ralph preguntó al abogado si él y su cliente accederían a entregar una muestra de ADN.

Howie aguantaba con el pie la puerta de la sala de interrogatorios para que no se cerrase.

—Oye, Terry, quieren muestras de ADN de tu mejilla. ¿Algún inconveniente? Van a obtenerlas de todas formas, y yo necesito hacer un par de llamadas rápidas.

—De acuerdo —contestó Terry. Aunque empezaban a formársele oscuras ojeras, parecía sereno—. Hagamos todo lo que sea necesario para que pueda salir de aquí antes de las doce de la noche.

Sonaba como si estuviera absolutamente convencido de que era eso lo que iba a ocurrir. Ralph y Samuels cruzaron una mirada. Este enarcó las cejas, y con ese gesto su parecido con Alfalfa fue mayor que nunca.

—Llama a mi mujer —dijo Terry—. Dile que estoy bien.

Howie sonrió.

—Eso es lo primero en la lista.

—Vaya al final del pasillo —aconsejó Ralph—. Allí tendrá cinco barras de cobertura.

—Ya lo sé —respondió Howie—. He estado aquí otras veces. Esto viene a ser como una reencarnación. —Y dirigiéndose a Terry, añadió—: No digas nada hasta que yo vuelva.

El agente Ramage tomó las muestras, una de cada mejilla interna, y las sostuvo ante la cámara antes de colocarlas en sus respectivos frascos. La agente Gould puso los frascos otra vez en la bolsa y la sostuvo ante la cámara mientras la cerraba herméticamente con un adhesivo rojo de pruebas. A continuación firmó en la hoja de la cadena de custodia. Los dos agentes llevarían las muestras al depósito de pruebas del Departamento de Policía de Flint City, un espacio no mayor que un armario. Allí mostrarían la bolsa a una cámara situada en el techo y luego la archivarían. Otros dos agentes, probablemente de la Policía del Estado, la trasladarían a Cap City al día siguiente. Así, la cadena de custodia de las pruebas permanecería intacta, como habría dicho el doctor Bogan. Tal vez sonara un poco puntilloso, pero era una cuestión muy seria. Ralph se había propuesto que no hubiera ni un solo eslabón débil en esa cadena. Ningún descuido. Ninguna escapatoria. En ese caso no.

El fiscal Samuels se disponía a volver a la sala de interrogatorios mientras Howie hacía sus llamadas junto a la puerta de las oficinas, pero Ralph lo retuvo: deseaba escuchar. Howie mantuvo una breve conversación con la mujer de Terry —Ralph lo oyó decir: «Todo saldrá bien, Marcy»— y luego hizo una segunda llamada, aún más breve, para decir a alguien dónde estaban las hijas de Terry y recordarle que habría un hervidero de periodistas en Barnum Court y que procediera en consonancia. Después regresó a la sala de interrogatorios.

—Muy bien, veamos si es posible aclarar este lío.

Ralph y Samuels se sentaron frente a Terry al otro lado de la mesa. La silla entre ellos quedó vacía. Howie prefirió permanecer de pie junto a su cliente, con una mano apoyada en su hombro.

Sonriente, Samuels empezó.

—Le gustan los niños, ¿verdad, entrenador?

Terry no vaciló.

—Mucho. También me gustan las niñas, yo mismo tengo dos.

—Y seguramente sus hijas practican algún deporte, ¿cómo podría ser de otro modo, siendo su padre el Entrenador T? Pero no entrena a ningún equipo de niñas, ¿verdad? Ni de futbol, ni de softball, ni de lacrosse. Solo niños. Beisbol en verano, la liga de futbol Pop Warner en otoño y basquetbol en la YMCA en invierno, aunque en este último caso, creo, va únicamente como espectador. En todas aquellas visitas de los sábados por la tarde a la YMCA iba en misión de ojeador, ¿no? Para descubrir chicos rápidos y ágiles. Y quizá, ya de paso, para ver qué tal estaban en pantalón corto.

Ralph esperaba que Howie pusiera freno a eso, pero Howie guardó silencio, al menos de momento. Permanecía totalmente inexpresivo, sin mover nada más que los ojos, que saltaban de un interlocutor al otro. *Seguro que es un jugador de póquer de primera*, pensó Ralph.

Terry, en cambio, incluso había empezado a sonreír.

—Eso lo sabe por Sauce Agua de Lluvia. No puede ser de otra manera. Es una mujer de armas tomar, ¿no? Tendrían que oírla bramar los sábados por la tarde. ¡Bloquea, bloquea, mueve los pies, ahora *VE POR EL ARO*! ¿Cómo le va?

—Dígamelo usted —repuso Samuels—. Al fin y al cabo la vio el martes por la noche.

—Yo no...

Howie dio un apretón en el hombro a Terry para impedir que siguiera hablando.

—Qué tal si vamos acabando con el interrogatorio preliminar, ¿eh? Solo tienen que decirnos por qué está Terry aquí. Explíquense.

—Díganos dónde estaba el martes —contraatacó Samuels—. Ya ha empezado a hablar, ahora siga y acabe.

—Estuve...

Pero Howie Gold volvió a apretarle el hombro, esta vez con más fuerza, antes de que continuara.

—No, Bill, esto no va a funcionar así. Dinos qué tienen o iré derecho a la prensa y les contaré que han detenido a uno de los ciudadanos más ilustres de Flint City por el asesinato de Frank Peterson, enlodado su reputación y aterrorizado a su mujer y sus hijas, y se niegan a explicar la razón.

Samuels miró a Ralph, que se encogió de hombros. Si el fiscal no hubiese estado presente, Ralph ya habría expuesto las pruebas con la esperanza de obtener una admisión de culpabilidad rápida.

—Vamos, Bill —dijo Howie—. Este hombre necesita volver a casa y estar con su familia.

Samuels sonrió, pero en sus ojos no había el menor asomo de humor; en esencia, se había limitado a enseñar los dientes.

—Ya verá a su familia en el juzgado, Howard. En la comparecencia del lunes.

Ralph notaba que el tejido de la urbanidad se deshilachaba y se lo achacó sobre todo a Bill, sinceramente indignado por el crimen y con el hombre que lo había cometido. Como se sentiría cualquiera…, pero eso no movía el arado, como habría dicho el abuelo de Ralph.

—Eh, antes de empezar, tengo una pregunta —intervino Ralph en un esfuerzo por aligerar el ambiente—. Solo una. ¿De acuerdo, abogado? De todos modos es algo que acabaríamos averiguando.

Howie pareció agradecer la oportunidad de apartar su atención de Samuels.

—Oigámosla.

—¿Cuál es tu grupo sanguíneo, Terry? ¿Lo sabes?

Terry miró a Howie, que se encogió de hombros, y luego otra vez a Ralph.

—Debería saberlo. Dono seis veces al año en la Cruz Roja porque es un grupo poco común.

—¿AB+?

Terry parpadeó.

—¿Cómo lo sabes? —Acto seguido, cayendo en la cuenta de cuál debía de ser la respuesta, añadió—: Pero en realidad no es *tan* poco común. Para poco común, el AB–. El uno por ciento de la población. Esas personas están en la lista de favoritos del teléfono de la Cruz Roja, créeme.

—Cuando se habla de cosas poco comunes siempre pienso en las huellas digitales —comentó Samuels como si tal cosa—. Será porque se mencionan muy a menudo en los juzgados, supongo.

—Donde rara vez inciden en la decisión del jurado —puntualizó Howie.

Samuels no le prestó atención.

—No hay dos huellas exactamente iguales. Incluso en las huellas de gemelos idénticos se observan mínimas variaciones. Usted no tendrá un gemelo idéntico, ¿verdad, Terry?

—No estará diciéndome que las mías aparecen en el lugar donde mataron a Peterson, ¿no?

Terry adoptó una expresión de pura incredulidad. Era un actor consumado, eso Ralph tenía que reconocerlo, y por lo visto se proponía desempeñar el papel hasta el final.

—Tenemos tantas huellas digitales que cuesta contarlas —dijo Ralph—. En la camioneta blanca que utilizaste para secuestrar a Peterson. En la bicicleta del niño que encontramos en la parte de atrás de la camioneta. En la caja de herramientas que había en la camioneta. En el Subaru al que pasaste en el estacionamiento detrás del Shorty's Pub —guardó silencio por un momento—. Y en la rama utilizada para sodomizar a Peterson, una agresión tan brutal que las heridas internas ya podrían haberle causado la muerte.

—En esas en concreto no ha sido necesario usar polvos reactivos ni luz ultravioleta —añadió Samuels—. Esas huellas están en la sangre del niño.

Ese era el punto en el que la mayoría de los sospechosos —más o menos el noventa y cinco por ciento— se venían abajo, con o sin abogado. Este no. Ralph vio conmoción y asombro en su rostro, pero no culpabilidad.

Howie reaccionó.

—Tienen huellas. Estupendo. No sería la primera vez que se colocan huellas incriminatorias.

—Unas cuantas, puede —dijo Ralph—. Pero ¿setenta? ¿ochenta? ¿Y en la sangre, en la propia arma?

—Tenemos también una ristra de testigos —aclaró Samuels. Empezó a enumerarlos con los dedos—. Lo vieron acercarse a Peterson en el estacionamiento de la tienda de delicatessen Gerald's. Lo vieron cargar la bicicleta en la parte de atrás de la camioneta que utilizó. Vieron al niño montarse en la camioneta con usted. Lo vieron a usted salir del bosque donde se cometió el asesinato, manchado de sangre. Podría seguir, pero mi madre siempre me decía que guardase algo para más tarde.

—Los testigos presenciales rara vez son fiables —adujo Howie—. Las huellas digitales ya son dudosas, pero los testigos presenciales... —negó con la cabeza.

Ralph se apresuró a intervenir.

—En la mayoría de los casos coincidiría con usted, pero no en este. Hace poco interrogué a una persona que dijo que Flint City es en realidad un pueblo. Aunque no sé hasta qué punto es así, lo cierto es que en el Lado Oeste la comunidad está muy unida, y el señor Maitland aquí presente es muy conocido. Terry, la mujer que te identificó delante de Gerald's es una vecina, y la niña que te vio salir del bosque en el Figgis Park te conoce muy bien no solo porque vive cerca de tu casa, en Barnum Street, sino porque una vez encontraste su perro perdido.

—¿June Morris? —Terry miraba a Ralph con franca incredulidad—. *¿Junie?*

—Hay otros —dijo Samuels—. Muchos.

—¿Sauce? —A Terry parecía faltarle el aliento, como si hubiera recibido un puñetazo—. ¿También ella?

—Muchos —repitió Samuels.

—Todos te señalaron entre seis fotografías —precisó Ralph—. Sin vacilar.

—¿Acaso mi cliente salía en la foto con una gorra de los Golden Dragons y una camiseta con una gran E en el pecho? —preguntó Howie—. ¿Acaso el responsable del interrogatorio tocó esa foto con el dedo?

—De sobra sabe que eso no es así —contestó Ralph—. O al menos eso espero.

—Esto es una pesadilla —dijo Terry.

Samuels esbozó una sonrisa comprensiva.

—Eso lo entiendo. Y para ponerle fin basta con que nos cuente por qué lo hizo.

Como si en este ancho mundo pudiera existir una razón comprensible para cualquier persona en su sano juicio, pensó Ralph.

—Con eso podría cambiar su situación —ahora Samuels casi parecía querer engatusarlo—. Pero debería hablar antes de que lleguen los resultados de las pruebas de ADN. Tenemos muchas muestras, y cuando se correlacionen con estas otras de su mejilla... —se encogió de hombros.

—Explícanoslo —instó Ralph—. No sé si fue una enajenación transitoria, si lo hiciste en estado de fuga, si se trató de una compulsión sexual, o qué exactamente, pero explícanoslo —él mismo oyó cómo su voz subía de volumen, pensó en moderar el tono, pero finalmente decidió que lo tenía sin cuidado—. *¡Compórtate como un hombre y explícanoslo!*

Hablando más para sí que para los hombres sentados al otro lado de la mesa, Terry dijo:

—No entiendo cómo es posible nada de eso. El martes yo ni siquiera estaba en la ciudad.

—¿Dónde estaba, entonces? —preguntó Samuels—. Adelante, cuéntelo, expóngalo. Me encantan las buenas historias. En la preparatoria me leí casi toda la obra completa de Agatha Christie.

Terry volteó y miró a Gold, que asintió. Pero ahora Ralph tuvo la impresión de que Howie empezaba a preocuparse. El asunto del grupo sanguíneo y las huellas digitales habían sido un duro golpe; los testigos presenciales, un golpe aún más duro. Pero el más duro había sido, quizá, el testimonio de la pequeña Junie Morris, a quien el Entrenador T, un hombre bueno y de fiar, había devuelto el perro perdido.

—Estuve en Cap City. Me marché el martes por la mañana a las diez, volví el miércoles por la noche ya tarde. Bueno, a las nueve y media o algo así, que para mí ya es tarde.

—Supongo que estaba usted solo —comentó Samuels—. Se marchó simplemente a poner en orden sus pensamientos, ¿no? ¿A prepararse para el gran partido?

—Yo...

—¿Se llevó su coche o la camioneta blanca? Por cierto, ¿dónde tenía escondida esa camioneta? ¿Y, ya de paso, cómo se las arregló para robar una con placas de Nueva York? Tengo una teoría, pero me encantaría que usted la confirmara o desmintiera...

—¿Quiere oírlo o no? —preguntó Terry. Increíblemente, volvía a sonreír—. A lo mejor le da miedo oírlo. Y a lo mejor debería tener miedo. Está con la mierda hasta la cintura, señor Samuels, y sigue hundiéndose.

—¿Ah, sí? Entonces ¿cómo es que soy yo el que puede marcharse de aquí y volver a casa cuando este interrogatorio termine?

—Cálmate —terció Ralph en voz baja.

Samuels volteó hacia él y el remolino se agitó en su cabeza. A Ralph ya no le parecía nada cómico ese detalle.

—No me digas que me calme, Ralph. Estamos sentados delante de un hombre que violó a un niño con una rama y luego le desgarró la garganta como... ¡como un puto caníbal!

Gold miró directamente a la cámara del rincón: ahora hablaba a los futuros juez y jurado.

—Señor fiscal, deja de actuar como un niño rabioso, o pondré fin a este interrogatorio en este mismo momento.

—No estaba solo —dijo Terry—, y no sé nada de esa camioneta blanca. Fui con Everett Roundhill, Billy Quade y Debbie Grant. En otras palabras, con todo el departamento de Lengua y Literatura de la preparatoria Flint. Tenía mi Expedition en el taller por una avería en el aire acondicionado, así que fuimos en el coche de Ev. Es el jefe del departamento, y tiene un BMW. Muy amplio. Salimos de la escuela a las diez.

Por un momento Samuels quedó tan perplejo que fue incapaz de plantear la pregunta obvia, así que fue Ralph quien la formuló.

—¿Qué había en Cap City para que cuatro profesores de Lengua y Literatura fueran allí en plenas vacaciones de verano?

—Harlan Coben —contestó Terry.

—¿Quién es Harlan Coben? —preguntó Bill Samuels. Por lo visto, su interés en las novelas de misterio terminó en Agatha Christie.

Ralph sí lo sabía; él no era muy aficionado a la narrativa, pero su mujer sí.

—¿El autor de novelas de intriga?

—El autor de novelas de intriga —confirmó Terry—. Verán, existe un grupo llamado Profesores de Lengua y Literatura de los Tres Estados que todos los años organiza un congreso de tres días a mediados de verano. Es la única época en que todos pueden reunirse. Hay seminarios y mesas redondas, cosas así. Se celebra cada año en una ciudad distinta. Esta vez tocaba en Cap City. Pero a los profesores de literatura les pasa lo que a todo el mundo: cuesta reunirlos incluso en verano porque tienen otras muchas cosas en marcha: pintar la casa, las reparaciones que han quedado pendientes durante el curso, las vacaciones en familia y las diversas actividades veraniegas. En mi caso, la liga infantil y la liga interurbana. Así que el grupo de Profesores de Lengua y Literatura de los Tres Estados siempre intenta conseguir a un ponente famoso como gancho para el día central, que es cuando acude la mayoría de los asistentes.

—¿Y en este caso fue el pasado martes? —preguntó Ralph.

—Exacto. Este año el congreso tenía lugar en el Sheraton desde el 9 de julio, lunes, hasta el 11 de julio, miércoles. Hacía cinco años que no asistía a uno de esos congresos, pero cuando Ev me dijo que Coben sería el ponente principal y que los otros profesores del departamento también irían, lo organicé para que Gavin Frick y el padre de Baibir Patel se ocuparan de los entrenamientos del martes y el miércoles. Con la semifinal tan cerca, no me hacía ninguna gracia irme, pero sabía que estaría de regreso para los entrenamientos del jueves y el viernes, y no quería perderme a Coben. He leído todos sus libros. Es un maestro de la trama, y tiene sentido del humor. Además, el tema del congreso de este año era la enseñanza de la narrativa popular para adultos entre el séptimo y el duodécimo curso, y ese es un asunto controvertido desde hace años, sobre todo en esta parte del país.

—Ahórrese las disertaciones —dijo Samuels—. Pase a la conclusión.

—Muy bien. Fuimos. Asistimos al banquete del mediodía, asistimos a la ponencia de Coben, asistimos a la mesa redonda de las ocho, pasamos allí la noche. Ev y Debbie tenían habitaciones individuales, pero yo compartí el costo de una doble con

Billy Quade. Fui idea suya. Me dijo que estaba construyendo un anexo en su casa y tenía que ahorrar. Ellos darán fe —miró a Ralph y levantó las manos con las palmas abiertas—. *Estuve allí.* Esa es la conclusión.

Silencio en la sala. Por fin Samuels dijo:

—¿A qué hora fue la ponencia de Coben?

—A las tres —contestó Terry—. A las tres de la tarde del martes.

—Qué oportuno —dijo Samuels, sarcástico.

Howie Gold exhibió una amplia sonrisa.

—No para ustedes.

A las tres, pensó Ralph. Casi la misma hora a la que Arlene Stanhope, según su declaración, vio a Terry cargar la bicicleta de Frank Peterson en la parte de atrás de la camioneta blanca robada y luego marcharse con el niño en el asiento del acompañante. No, ni siquiera casi. La señora Stanhope dijo que había oído las campanadas del reloj del ayuntamiento.

—¿La ponencia fue en el gran salón de actos del Sheraton? —preguntó Ralph.

—Sí. Justo enfrente del salón de banquetes.

—Y estás seguro de que empezó a las tres.

—Bueno, a esa hora empezó su presentación la presidenta del grupo de Profesores de Lengua y Literatura de los Tres Estados. Que se alargó al menos diez minutos.

—Ajá, ¿y cuánto tiempo habló Coben?

—Unos cuarenta y cinco minutos, creo. Después aceptó preguntas. Serían las cuatro y media cuando acabó.

Los pensamientos de Ralph se arremolinaban en su cabeza como papeles sueltos en una corriente de aire. No recordaba haberse sentido jamás tan fuera de lugar. Debería haber verificado los movimientos de Terry antes, pero esa era una conclusión a toro pasado. Él, Samuels y Yune Sablo, de la Policía del Estado, habían coincidido en que si hacían preguntas sobre Maitland antes de la detención corrían el riesgo de alertar a un hombre muy peligroso. Y, dado el peso de las pruebas, les había parecido innecesario. Ahora, sin embargo…

Lanzó una mirada a Samuels, pero no encontró en él ayuda inmediata; su expresión era una mezcla de recelo y perplejidad.

—Han cometido un grave error —dijo Gold—. Sin duda los dos se dan cuenta.

—No hay error —contestó Ralph—. Tenemos sus huellas, tenemos testigos presenciales que lo conocen, y muy pronto tendremos los primeros resultados de las pruebas de ADN. Si hay correlación en eso, el asunto quedará zanjado.

—Ah, pero puede que también nosotros tengamos algo más muy pronto —repuso Gold—. Mi investigador está en ello mientras hablamos, y nuestra confianza es alta.

—¿De qué se trata? —espetó Samuels.

Gold sonrió.

—¿Por qué estropear la sorpresa antes de ver qué descubre Alec? Si lo que mi cliente ha dicho es correcto, creo que va a abrir otro agujero en tu barca, Bill, y tu barca ya hace aguas.

El Alec en cuestión era Alec Pelley, un inspector de la Policía del Estado retirado que trabajaba exclusivamente para abogados defensores en casos penales. Cobraba caro y hacía bien su trabajo. En cierta ocasión, mientras tomaban unas copas, Ralph le preguntó por qué se había pasado al lado oscuro. Pelley contestó que había encarcelado al menos a cuatro hombres que, según sus posteriores conclusiones, eran inocentes; sentía que debía expiar su culpa. «Además, la jubilación es una mierda para los que no jugamos al golf», añadió.

De nada servía especular sobre qué andaría buscando Pelley en esta ocasión…, siempre en el supuesto de que no fuese una quimera o el típico farol del abogado defensor. Ralph miró a Terry; trató nuevamente de detectar culpabilidad y vio solo preocupación, ira y perplejidad: la expresión de un hombre a quien han detenido por un delito que no ha cometido.

Solo que *sí* lo había cometido, todas las pruebas así lo indicaban, y el ADN sería su ruina. Su coartada era un ingenioso acto de desorientación, algo salido de una novela de Agatha Christie (o de Harlan Coben). Ralph iniciaría la tarea de desmontar el truco de magia a la mañana siguiente, empezando por los interrogatorios a los colegas de Terry y siguiendo con una comprobación de los datos sobre el congreso, centrada en el comienzo y el final de la aparición de Coben.

Antes incluso de ponerse manos a la obra con eso —su pan de cada día—, vio una posible laguna en la coartada de Terry. Arlene Stanhope había visto a Frank Peterson subir a la camioneta blanca con Terry a las tres. June Morris había visto a Terry en el Figgis Park, manchado de sangre, a eso de las seis y media (la madre de la niña había declarado que en el noticiario local daban el informe meteorológico cuando June se marchó, y el dato cuadraba). Eso dejaba un margen de tres horas y media, más que suficiente para recorrer los ciento diez kilómetros entre Cap City y Flint City.

¿Y si ese al que vio la señora Stanhope en el estacionamiento de la tienda de delicatessen Gerald's *no* era Terry Maitland? ¿Y si era un cómplice que se parecía a Terry? ¿O quizá simplemente *vestía* como Terry, con la gorra y la camiseta de los Golden Dragons? Sonaba poco probable hasta que incorporabas a la ecuación la edad de la señora Stanhope... y sus gruesas gafas...

—¿Hemos terminado, caballeros? —preguntó Gold—. Porque si de verdad se proponen retener al señor Maitland, tengo mucho que hacer. Lo primero en la lista es hablar con la prensa. No es mi actividad preferida, pero...

—Miente —dijo Samuels con acritud.

—... eso alejará a los periodistas de casa de Terry y sus hijas podrán entrar sin que las acosen y fotografíen. Sobre todo proporcionará a esa familia un poco de la paz que se les ha arrebatado de manera tan irresponsable.

—Reserva eso para las cámaras de televisión —dijo Samuels. Señaló a Terry; actuaba de nuevo para un juez y un jurado futuros—. Tu cliente torturó y asesinó a un niño, y si su familia es un daño colateral, la responsabilidad es suya.

—Esto es increíble —comentó Terry—. Ni siquiera me han interrogado antes de detenerme. Ni una sola pregunta.

—¿Qué hiciste después de la ponencia, Terry? —preguntó Ralph.

Terry meneó la cabeza, pero no en un gesto de negación sino para despejarse.

—¿Después? Me puse en la cola con todos los demás. Pero estábamos muy atrás, por culpa de Debbie. Tuvo que ir al baño y quiso que la esperáramos para así estar juntos en la cola. Tardó un buen rato en volver. Mucha gente fue al baño en cuanto terminó el turno de preguntas, pero las mujeres siempre tardan más porque..., bueno, ya sabes, no hay tantos cubículos. Fui al quiosco con Ev y Billy y la esperamos. Cuando Debbie se reunió allí con nosotros, la cola llegaba al vestíbulo.

—¿Qué cola? —preguntó Samuels.

—¿En qué mundo vive, señor Samuels? La cola de los *autógrafos.* Todo el mundo tenía un ejemplar de su última novela, *I Told You I Would*. Iba incluido en el precio de la entrada al congreso. Tengo el mío, firmado y fechado, y con mucho gusto se lo enseñaré. En el supuesto de que no se lo hayan llevado ya de mi casa con el resto de mis cosas, claro está. Para cuando llegamos a la mesa de los autógrafos, pasaban de las cinco y media.

En ese caso, pensó Ralph, la hipotética laguna en la coartada de Terry se reducía a casi nada. En teoría era posible viajar en coche desde Cap hasta Flint en una hora; el límite de velocidad en la autopista era de ciento diez kilómetros por hora y la policía ni lo miraría a menos que fuese a ciento cuarenta o ciento cincuenta..., pero ¿habría tenido Terry tiempo de cometer el asesinato? Respuesta: no. A no ser que lo cometiera ese cómplice que se parecía a él, pero ¿y esas huellas por todas partes? Además, ¿para qué querría un cómplice que se pareciera a él, vistiera como él, o ambas cosas? Respuesta: para nada.

—¿Estuvieron los otros profesores con usted en la cola durante todo el tiempo? —preguntó Samuels.

—Sí.

—¿La firma de autógrafos fue también en el gran salón de actos?

—Sí. Me parece que lo llaman salón de baile.

—Y cuando todos tuvieron sus autógrafos, ¿qué hicieron?

—Salimos a cenar con unos profesores de literatura de Broken Arrow que conocimos en la cola.

—A cenar ¿adónde? —preguntó Ralph.

—A un sitio que se llama The Firepit. Un asador a unas tres manzanas del hotel. Llegamos a eso de las seis; tomamos un par de copas antes de la cena y después postre. Lo pasamos bien —dijo casi con nostalgia—. En total éramos nueve, creo. Volvimos juntos al hotel y asistimos a la mesa redonda del final del día, que trataba sobre cómo manejar las dificultades que plantean ciertos libros, por ejemplo, *Matar a un ruiseñor* y *Matadero Cinco*. Ev y Debbie se marcharon antes del final, pero Billy y yo nos quedamos hasta que acabó.

—Que fue ¿cuándo? —preguntó Ralph.

—A las nueve y media, más o menos.

—¿Y después?

—Billy y yo tomamos una cerveza en el bar; luego subimos a la habitación y nos acostamos.

Asistió a una conferencia de un célebre escritor de intriga en el momento en que secuestraban al niño, Peterson, pensó Ralph. *Cenaba con al menos ocho personas mientras Peterson era asesinado. Estaba presente en una mesa redonda sobre libros prohibidos a la hora en que Sauce Agua de Lluvia afirmaba que lo había llevado en su taxi desde Gentlemen, Please hasta la estación de tren de Dubrow. Debe de saber que acudiremos a sus colegas, que localizaremos a los profesores de Broken Arrow, que hablaremos con el camarero del salón del Sheraton. Debe de saber que revisaremos las imágenes de las cámaras de seguridad del hotel, e incluso el autógrafo en su ejemplar del último best seller de Harlan Coben. Debe de saber todo eso, no es tonto.*

La conclusión —que su versión verificaría— era inapelable y a la vez increíble.

Samuels se inclinó sobre la mesa con el mentón al frente.

—¿Espera que creamos que estuvo usted con otras personas todo el tiempo entre las tres y las ocho de la tarde del martes? ¿*Todo* el tiempo?

Terry le dirigió una de esas miradas que solo están al alcance de los profesores de preparatoria: *Los dos sabemos que eres un idiota, pero no lo diré para no abochornarte delante de tus compañeros.*

—Claro que no. Fui al baño yo solo antes de que empezara la conferencia de Coben. Y fui otra vez en el restaurante. Quizá pueda convencer a un jurado de que regresé a Flint, maté al pobre Frankie Peterson y volví a Cap City durante el minuto y medio que me llevó vaciar la vejiga. ¿Me creerán? ¿Qué dice?

Samuels miró a Ralph. Ralph se encogió de hombros.

—Creo que por ahora no tenemos más preguntas —dijo Samuels—. El señor Maitland será conducido a la cárcel del condado y quedará bajo custodia hasta la comparecencia del lunes.

Terry se hundió de hombros.

—Tienen intención de seguir adelante con esto —dijo Gold—. De verdad la tienen.

Ralph preveía otro estallido de Samuels, pero esta vez el fiscal lo sorprendió. Parecía casi tan extenuado como Maitland.

—Vamos, Howie. Sabes que no me queda otra elección, vistas las pruebas. Y cuando se correlacione el ADN se habrá acabado el juego.

Se inclinó de nuevo hacia delante, invadiendo una vez más el espacio de Terry.

—Todavía tiene una oportunidad de evitar la inyección, Terry. Pequeña, pero la tiene. Lo insto a aprovecharla. Déjese de tonterías y confiese. Hágalo por Fred y Arlene Peterson, que han perdido a su hijo de la peor manera imaginable. Se sentirá usted mejor.

Terry no se echó hacia atrás, como tal vez Samuels esperaba. Al contrario, se inclinó hacia delante y fue el fiscal el que se apartó, como si temiera que el hombre sentado al otro lado de la mesa tuviera una enfermedad contagiosa que él, Samuels, pudiera contraer.

—No hay nada que confesar. Yo no maté a Frankie Peterson. Nunca haría daño a un niño. Se ha equivocado de hombre.

Samuels suspiró y se levantó.

—Muy bien, ha tenido su oportunidad. Ahora… que Dios lo ayude.

22

HOSPITAL GENERAL DE FLINT CITY

DEPARTAMENTO DE SEROLOGÍA Y PATOLOGÍA

Para: Inspector Ralph Anderson

Teniente Yunel Sablo de la Policía del Estado

Fiscal William Samuels

De: Dra. F. Ackerman, jefa de Patología

Fecha: 12 de julio

Asunto: Anotación anexa a la autopsia/PERSONAL Y CONFIDENCIAL

Tal como se me solicitó, expongo mi opinión.

Aunque Frank Peterson podría haber sobrevivido o no a la sodomización comentada en el informe de la autopsia (practicada el 11 de julio por mí misma, con la ayuda del doctor Alvin Barkland), no cabe duda de que la causa inmediata de la muerte fue la exanguinación (es decir, la pérdida masiva de sangre).

Se encontraron marcas de dientes en cara, garganta, hombro, pecho, costado derecho y torso. Las heridas, con las fotografías del lugar del crimen, inducen a pensar en la siguiente secuencia: arrojaron violentamente al suelo a Peterson de espaldas y lo mordieron al menos seis veces, quizá hasta doce. Fue un comportamiento desenfrenado. Después le dieron la vuelta y lo sodomizaron. Para entonces Peterson estaba casi con toda seguridad inconsciente. Durante la sodomía o justo después, el autor de los hechos eyaculó.

He clasificado esta anotación adjunta como personal y confidencial porque si salieran a la luz determinados aspectos de este caso recibirían un tratamiento sensacionalista en la prensa, no solo a nivel local sino también nacional. Ciertas partes del cuerpo de Peterson han desaparecido, concretamente el lóbulo de la oreja derecha, el pezón derecho y partes de la tráquea y el esófago. Puede que el autor se llevara esas partes del cuerpo, junto con una sección considerable de carne de la nuca, como trofeos. Eso en el mejor de los casos. La hipótesis alternativa es que se las comiera.

Ustedes se hallan al frente de la investigación y harán lo que consideren oportuno, pero yo recomiendo encarecidamente que estas circunstancias y mis ulteriores conclusiones se oculten a la prensa y se excluyan también del proceso judicial, a menos que sean absolutamente necesarias para obtener la condena. Cabe imaginar la reacción de los padres ante una información así, pero ¿quién desea imaginarla? Pido disculpas si me he extralimitado, pero en este caso lo considero oportuno. Soy médica, soy forense del condado, pero también soy madre.

Les ruego que detengan al hombre que profanó y asesinó a ese niño, y pronto. Si no lo hacen, casi con toda seguridad actuará de nuevo.

Dra. Felicity Ackerman
Hospital General de Flint City
Jefa de Patología
Forense jefa del Condado de Flint

23

La sala principal del Departamento de Policía de Flint City era espaciosa, pero los cuatro hombres que esperaban a Terry Maitland parecían llenarla: dos agentes de la Policía del Estado y dos funcionarios de prisiones, todos ellos corpulentos. Pese a que Terry seguía atónito por lo que le había ocurrido (lo que *todavía* le estaba ocurriendo), no pudo evitar verle a aquello cierta gracia. La cárcel del condado se encontraba solo a cuatro manzanas de allí. Habían reunido mucho músculo para custodiarlo en un recorrido de algo menos de un kilómetro.

—Tienda las manos —ordenó uno de los funcionarios de prisiones.

Terry obedeció y observó cómo le colocaban otras esposas. Miró alrededor en busca de Howie, de pronto tan nervioso como cuando tenía cinco años y su madre le soltó la mano en su primer día de jardín de niños. Howie, sentado en el borde de un escritorio desocupado, estaba hablando por el celular, pero en cuanto vio el aspecto de Terry, cortó la llamada y se apresuró a acercarse.

—No toque al detenido, caballero —dijo el funcionario que había esposado a Terry.

Gold hizo caso omiso. Rodeó los hombros de Terry con el brazo y susurró:

—Todo saldrá bien.

A continuación, para sorpresa tanto de Gold como de su cliente, besó a Terry en la mejilla.

Terry se llevó ese beso consigo mientras los cuatro hombres lo escoltaban escalinata abajo hasta donde aguardaba un camión del condado detrás de un coche patrulla de la Policía del Estado con las luces de emergencia palpitando. Y se llevó también las palabras. Sobre todo estas, mientras las cámaras destellaban y los focos de televisión se encendían y las preguntas lo asaeteaban como balas: «Ha sido acusado», «Fue usted», «Es inocente», «Ha admitido su culpabilidad», «Qué puede decir a los padres de Frank Peterson».

«Todo saldrá bien», había dicho Gold, y a eso se aferró Terry.

Pero no saldría bien, por supuesto.

LO SIENTO

14-15 de julio

1

La torreta de pilas que Alec Pelley llevaba en la consola central de su Explorer se hallaba en una especie de zona gris. En rigor, tal vez ya no fuera legal, puesto que Pelley se había retirado de la Policía del Estado, pero, por otro lado, siendo como era un miembro respetable de la reserva de la policía de Cap City, quizá sí lo fuera. En cualquier caso, esa vez parecía justificado colocarla en el tablero y encenderla. Con su ayuda, recorrió la distancia entre Cap y Flint en tiempo récord y llamó a la puerta del número 17 de Barnum Court a las nueve y cuarto. Allí no había periodistas, pero calle arriba vio el resplandor áspero de los reflectores de la televisión frente a la que supuso era la casa de los Maitland. No todos los moscardones se habían dejado atraer por la carne fresca de la rueda de prensa improvisada de Howie. Aunque él ya lo presuponía.

Abrió la puerta un tipo chaparro de cabello rojizo; fruncía el entrecejo y apretaba tanto los labios que casi parecía no tener boca. Preparado para emprenderla con él y mandarlo al diablo. La mujer que tenía detrás era una rubia de ojos verdes ocho centímetros más alta que su marido y mucho más guapa, incluso sin maquillaje y con los ojos hinchados. En ese momento no lloraba, pero dentro, en algún lugar de la casa, sí se oía un llanto. Infantil. Alguna de las hijas de Maitland, supuso Alec.

—¿Señores Mattingly? Soy Alec Pelley. ¿Les ha avisado Howie Gold?

—Sí —contestó la mujer—. Pase, señor Pelley.

Alec hizo ademán de entrar. Mattingly, veinte centímetros más bajo pero imperturbable, se interpuso en su camino.

—¿Puede antes identificarse, por favor?

—Por supuesto.

Alec podría haberles enseñado la licencia de conducir, pero optó por su documentación de policía en la reserva. No hacía ninguna falta que supieran que por entonces sus obligaciones se reducían a algo así como obras benéficas, normalmente en el papel de guardia de seguridad con pretensiones en conciertos de rock, rodeos, veladas de lucha libre profesional, y las tres carreras anuales del Monster Truck Jam que se celebraban en el Coliseum. También trabajaba en la zona comercial de Cap City provisto de un gis cuando alguno de los agentes de tráfico responsables del control de los parquímetros se enfermaba. Esa era una experiencia humillante para un hombre que había estado al frente de una brigada integrada por cuatro inspectores de la Policía del Estado, pero a Alec lo tenía sin cuidado; le gustaba estar al aire libre, bajo el sol. Además, era una especie de estudioso de la Biblia, y en Santiago 4, versículo 6 se proclama: «Dios resiste a los soberbios y da su gracia a los humildes».

—Gracias —dijo el señor Mattingly, quien simultáneamente se apartó a un lado y le tendió la mano—. Tom Mattingly.

Alec se la estrechó, preparado para un fuerte apretón. No se llevó una decepción.

—Por lo general no soy una persona desconfiada. Este es un buen barrio, muy tranquilo. Pero le he dicho a Jamie que debemos andarnos con muchísimo cuidado mientras tengamos a Sarah y Grace bajo este techo. Ya hay mucha gente indignada con el Entrenador T, y créame, es solo el principio. En cuanto corra la voz, la cosa será mucho peor. Me alegro de que nos libre de ellas.

Jamie Mattingly le lanzó una mirada de reproche.

—Al margen de lo que su padre haya hecho, si es que ha hecho algo, ellas no tienen la culpa de nada —dirigiéndose a Alec, añadió—: Están desoladas, sobre todo Gracie. Han visto cómo se llevaban a su padre esposado.

—Pues espera a cuando se enteren de por qué se lo han llevado… —apostilló su marido—. Porque se enterarán. En estos tiempos los niños se enteran de todo. El maldito internet, el maldito Facebook, los malditos pájaros de Twitter —meneó la cabeza—. Jamie tiene razón: es inocente hasta que se demuestre lo contrario. Así son las cosas en Estados Unidos, pero cuando llevan a cabo una detención en público de esa manera… —suspiró—. ¿Quiere tomar algo, señor Pelley? Jamie había preparado té helado antes del partido.

—Gracias, pero más vale que lleve ya a las niñas a casa. Su madre estará esperándolas.

Y entregar a las niñas era solo su primer cometido de esa noche. Howie había desgranado una lista de tareas a velocidad de ametralladora poco antes de plantarse bajo el resplandor de los reflectores de la televisión, y el punto número dos implicaba volver rápidamente a Cap City, y en el camino hacer llamadas (y exigir la devolución de favores). Vuelta al yugo, lo cual era bueno —mucho mejor que marcar llantas de coche con gis en Midland Street—, pero esa parte iba a ser difícil.

Las niñas estaban en una habitación que, a juzgar por los peces disecados que brincaban en las nudosas paredes de pino, debía de ser la pocilga de Tom Mattingly. En una enorme pantalla plana, Bob Esponja corría y saltaba por Fondo de Bikini, pero sin sonido. Las niñas que Alec debía llevarse estaban acurrucadas en el sofá, todavía con la camiseta y gorra de los Golden Dragons. Lucían también pintura facial negra y dorada —quizá aplicada por su madre hacía unas horas, antes de que el amistoso mundo se encabritara y abriera un agujero en su familia de un bocado—, pero a la pequeña se le había corrido casi toda a causa del llanto.

La mayor vio a un desconocido en la puerta y estrechó aún más entre sus brazos a su hermana sollozante. Aunque Alec no tenía hijos, le gustaban los niños, y el gesto instintivo de Sarah Maitland le llegó al alma: una niña protegiendo a una niña.

Se detuvo en medio de la habitación con las manos entrelazadas delante.

—Sarah, soy amigo de Howie Gold. Lo conoces, ¿verdad?

—Sí. ¿Está bien mi padre? —susurró con voz ronca debido a su propio llanto.

Grace ni siquiera miró a Alec; escondió la cara bajo la axila de su hermana mayor.

—Sí. Me ha pedido que las lleve a casa.

No estaba diciendo toda la verdad, pero no era momento de andarse con sutilezas.

—¿Está mi padre allí?

—No, pero su madre sí.

—Podemos ir caminando —propuso Sarah con un hilo de voz—. Es en esta misma calle. Yo puedo llevar a Gracie de la mano.

Contra el hombro de la niña mayor, Grace Maitland movió la cabeza en un gesto de negación.

—De noche no, cielo —dijo Jamie Mattingly.

Y no esta noche, pensó Alec. Ni ninguna otra noche a corto plazo. Ni ningún día.

—Vamos, niñas —instó Tom con su postizo (y un tanto macabro) buen talante—. Las acompañaré a la puerta.

En la entrada, bajo la luz del atrio, Jamie Mattingly parecía más pálida que antes; en tres breves horas había pasado de joven madre dedicada a sus hijos a paciente de cáncer.

—Esto es un horror —comentó—. Es como si el mundo entero se hubiera vuelto al revés. Gracias a Dios nuestra hija está de campamento. Hoy hemos ido al partido solo porque Sarah y Maureen son íntimas.

Al oír mencionar a su amiga, Sarah Maitland se echó a llorar y eso arrastró de nuevo a su hermana. Alec dio las gracias a los Mattingly y llevó a las niñas a su Explorer. Caminaban despacio, con la cabeza gacha y agarradas de la mano, como los niños en un cuento de hadas. Alec había despejado el asiento del acompañante de la habitual acumulación de cachivaches, y allí se sentaron las dos juntas, apretujadas. Grace había escondido una vez más la cara en el hueco del hombro de su hermana.

Alec no se molestó en ponerles el cinturón de seguridad; el círculo de luz que iluminaba la acera y el jardín de los Maitland no se hallaba ni a trescientos metros. Frente a la casa solo quedaba una unidad de televisión. Era del canal Cap City de la ABC; cuatro o cinco individuos tomaban café en vasos de poliestireno a la sombra de la antena parabólica de su camioneta. Cuando vieron que la Explorer se dirigía al camino de acceso de los Maitland se pusieron en acción atropelladamente.

Alec bajó el cristal de su ventanilla y, con su mejor voz de policía diciendo «Alto ahí y arriba las manos», exclamó:

—*¡Ni una sola cámara! ¡Ni una sola cámara enfocada a estas niñas!*

Eso los detuvo unos segundos, pero solo unos segundos. Decir a los moscardones de los medios de comunicación que no grabaran era como decir a los mosquitos que no picaran. Alec recordaba los tiempos en que las cosas eran distintas (esa época lejana en que un caballero le abría la puerta a una dama), pero esos días habían quedado atrás. El único periodista que había decidido permanecer en Barnum Court —un hispano al que Alec reconoció vagamente, era aficionado a las corbatas de moño y daba el informe meteorológico los fines de semana— ya estaba empuñando el micrófono y comprobando la fuente de potencia prendida del cinturón.

La puerta delantera de la casa de los Maitland se abrió. Sarah vio allí a su madre y se dispuso a salir.

—Espera un momento, Sarah —dijo Alec, y alargó el brazo hacia el asiento trasero.

Antes de salir de su casa había tomado un par de toallas del baño del piso de abajo. Entregó una a cada niña.

—Tápense la cara con esto, excepto los ojos —sonrió—. Como los bandidos de las películas, ¿de acuerdo?

Grace se quedó mirándolo, pero Sarah lo entendió y envolvió la cabeza de su hermana con una de las toallas. Alec terminó de cubrirle la nariz y la boca, mientras Sarah se tapaba con la otra toalla. Se bajaron y, agarrándose la toalla por debajo de la barbilla, atravesaron apresuradamente la áspera luz de la unidad de televisión. No parecían bandidos; parecían beduinos enanos en una tormenta de arena. También parecían las niñas más tristes y desesperadas que Alec había visto.

Marcy Maitland no tenía toalla con que ocultarse la cara, y fue a ella a quien enfocó el camarógrafo.

—¡Señora Maitland! —llamó a voz en grito el de la corbata de moño—. ¿Tiene algún comentario que hacer sobre la detención de su marido? ¿Ha hablado con él?

Plantándose frente a la cámara (y desplazándose ágilmente ante ella cuando el operario trató de esquivarlo en busca de un ángulo despejado), Alec señaló al de la corbata de moño.

—Que nadie pise este césped, amigo, o podrás hacerle a Maitland tus malditas preguntas desde la celda de al lado.

El de la corbata de moño lo miró ofendido.

—¿A quién llama «amigo»? Tengo un trabajo que hacer.

—Acosar a una mujer afligida y a dos niñas pequeñas... —dijo Alec—. Qué bonito trabajo.

Pero su propio trabajo allí había terminado. La señora Maitland había abrazado a sus dos hijas y las había llevado dentro. Estaban a salvo, o al menos tan a salvo como podían estarlo, aunque Alec sospechaba que esas dos niñas no iban a sentirse a salvo en ningún sitio durante mucho tiempo.

El de la corbata de moño trotó por la acera cuando Alec regresaba a su coche e hizo señas al camarógrafo para que lo siguiera.

—¿Quién es usted, caballero? ¿Cómo se llama?

—Budín Lama. Pregúntemelo otra vez y lo mismo le diré. Aquí no encontrará ninguna noticia, así que deje en paz a esta gente, ¿quiere? Ellas no han tenido nada que ver con esto.

Pero sabía que bien habría podido estar hablando en ruso. Los vecinos habían salido otra vez al jardín, deseosos de ver el siguiente episodio del drama de Barnum Court.

Alec echó marcha atrás para salir del camino de acceso y se dirigió hacia el oeste, consciente de que el camarógrafo estaría grabando su placa y pronto sabrían quién era y para quién trabajaba. No sería una gran noticia, pero sí la cereza del pastel que servirían a los espectadores que sintonizaran el noticiario de las once. Pensó en lo que estaría ocurriendo dentro de esa casa: la madre estupefacta y aterrorizada tratando de reconfortar a dos niñas estupefactas y aterrorizadas que aún llevaban en la cara la pintura del día del partido.

—¿Fue él? —había preguntado Alec a Howie cuando este lo telefoneó y le ofreció una rápida versión taquigráfica de la situación. Daba igual, el trabajo era el trabajo, pero ese era un detalle que siempre prefería saber—. ¿Tú qué crees?

—No sé *qué* creer —había contestado Howie—, pero sí sé cuál será tu siguiente paso, en cuanto dejes a Sarah y Gracie en su casa.

Ahora, al ver el primer indicador en dirección a la autopista, llamó al Sheraton de Cap City y preguntó por el conserje, con quien ya había tratado en ocasiones anteriores.

Demonios, había tratado con la mayoría de ellos.

2

Bill Samuels y Ralph se hallaban sentados en el despacho de este con el nudo de las corbata suelto y el cuello de la camisa desabrochado. Fuera, los reflectores de la televisión se habían apagado hacía diez minutos. Los cuatro botones del teléfono del escritorio de Ralph estaban encendidos, pero Sandy McGill atendía las llamadas entrantes y seguiría haciéndolo hasta las once, cuando llegara Gerry Malden. Por el momento, su trabajo era sencillo aunque repetitivo: «El Departamento de Policía de Flint City no tiene ningún comentario que hacer en estos momentos. La investigación sigue su curso».

Entretanto, Ralph había estado usando su propio teléfono. Volvió a guardárselo en el bolsillo del saco.

—Yune Sablo y su mujer han ido al norte a ver a sus suegros. Dice que ya lo había aplazado dos veces y que ahora no le quedaba más remedio; o eso o dormir una semana en el sofá, que según dice es muy incómodo. Volverá mañana, y por supuesto estará presente en la comparecencia.

—Pues enviaremos a otra persona al Sheraton —dijo Samuels—. Lástima que Jack Hoskins esté de vacaciones.

—No, de lástima nada —contestó Ralph, y Samuels se rio al oírlo.

—Ok, me has descubierto. Puede que nuestro amigo Jackie no sea el peor inspector del estado, pero reconozco que poco le falta. Tú conoces a todos los inspectores de Cap City. Empieza a llamar hasta que encuentres a uno en activo.

Ralph negó con la cabeza.

—Tiene que ser Sablo. Él conoce el caso y es nuestro enlace con la Policía del Estado. No podemos arriesgarnos a que se enojen; hay que tener en cuenta cómo se han desarrollado las cosas esta noche. Que no es del todo como esperábamos.

Eso era quedarse corto, cortísimo. La absoluta sorpresa y aparente inocencia de Terry habían conmocionado a Ralph más aún que la inverosímil coartada. ¿Cabía la posibilidad de que el monstruo que llevaba dentro no solo hubiese matado al niño sino que además hubiese borrado todo recuerdo de sus actos? Y luego… ¿qué? ¿Había llenado el vacío con la historia falsa y detallada de un congreso de profesores en Cap City?

—Si no envías a alguien enseguida, ese individuo al que recurre Gold…

—Alec Pelley.

—Sí, ese. Accederá antes que nosotros a las imágenes de las cámaras de seguridad del hotel. Si es que aún las conservan, claro.

—Las conservan. Lo guardan todo durante treinta días.

—¿Eso te consta?

—Sí. Pero Pelley no cuenta con una orden judicial.

—Vamos, hombre. ¿Crees que la necesita?

La verdad era que Ralph no lo creía. Alec Pelley había sido inspector de la Policía del Estado durante más de veinte años. En ese tiempo debía de haber establecido muchísimos contactos, y ahora que trabajaba para un abogado penal de éxito como Howard Gold, debía procurar mantenerlos vivos.

—Esa idea tuya de detenerlo en público ahora parece una mala decisión —comentó Samuels.

Ralph lo miró con aspereza.

—Tú estabas de acuerdo.

—No me emocionaba —contestó Samuels—. Hablemos claro, ahora que se ha ido todo el mundo a casa y solo quedamos las chicas. A ti te hervía la sangre.

—Desde luego —dijo Ralph—. Todavía me hierve. Y como solo quedamos las chicas, permíteme recordarte que has hecho algo más que seguirme la corriente. En otoño habrá elecciones, y una espectacular detención con mucha cobertura no perjudicaría precisamente tus opciones.

—Eso ni me ha pasado por la cabeza —repuso Samuels.

—De acuerdo. No te ha pasado por la cabeza, sencillamente te has dejado llevar. Pero si crees que la idea de detenerlo en el campo de beisbol ha sido solo por mi hijo, vale más que eches otro vistazo a esas fotos de la escena del crimen y reflexiones sobre la anotación anexa al informe de la autopsia de Felicity Ackerman. A los tipos como este no les basta con una sola víctima.

Las mejillas de Samuels empezaron a teñirse de un color más intenso.

—¿Crees que no lo he hecho ya? Por Dios, Ralph, he sido yo quien le ha llamado puto caníbal, *y consta en acta.*

Ralph se pasó la palma de la mano por la mejilla. Le raspaba.

—No tiene sentido discutir quién ha dicho tal cosa y quién ha dicho tal otra. Lo que debemos recordar es que da igual quién acceda primero a las imágenes de las cámaras de seguridad. Si es Pelley, no puede metérselas debajo del brazo y llevárselas, ¿verdad que no? Ni tampoco borrarlas.

—Eso es cierto —convino Samuels—. Y en todo caso es poco probable que sean concluyentes. Puede que en alguna de las imágenes se vea a un hombre *parecido* a Maitland…

—Exacto. Pero demostrar que es él, a partir de unos fotogramas… eso es otro cantar. Y más si se contrapone a nuestros testigos presenciales y nuestras huellas digitales —Ralph se puso de pie y abrió la puerta—. Puede que esas grabaciones no sean lo más importante. Tengo que hacer una llamada. Ya debería haberla hecho.

Samuels lo siguió a la recepción. Sandy McGill estaba en el teléfono. Ralph se acercó a ella y se deslizó el dedo por la garganta en un gesto de degüello. Sandy colgó y lo miró expectante.

—Everett Roundhill —dijo Ralph—. El jefe del departamento de Lengua y Literatura de la preparatoria. Localízalo y ponme en contacto con él.

—Localizarlo no será problema, tengo su número —respondió Sandy—. Ha telefoneado dos veces para hablar con el investigador que lleva el caso, y resumiendo le he dicho que se ponga en la cola —tomó una pila de notas encabezadas con EN SU AUSENCIA y las agitó ante él—. Iba a dejar esto en su mesa para mañana. Ya sé que mañana es domingo, pero he dicho a todo el mundo que seguramente vendrá.

Hablando muy despacio, y mirando al suelo en lugar de al hombre que tenía al lado, Bill Samuels dijo:

—Roundhill ha llamado. Dos veces. Eso no me gusta. Eso no me gusta nada.

3

Ralph llegó a casa cuarto para las once de la noche de ese sábado. Presionó el botón de apertura de la puerta del garage, avanzó con el coche y volvió a presionar el botón. La puerta descendió obedientemente por sus rieles con un traqueteo; al menos quedaba algo en el mundo que seguía funcionando bien y normal. Acciona el Botón A y, en el supuesto de que el Compartimento de la Pila B contenga Duracell más o menos recientes, la Puerta del Garage C se abrirá y se cerrará.

Apagó el motor y se quedó sentado en la oscuridad; tamborileó en el volante con el anillo y recordó una cancioncilla de su estridente adolescencia: «¡Afeitado y corte de pelo… eso desde luego! ¡Cantado por el cuarteto del… burdel!».

Se abrió la puerta y salió Jeanette en bata. En el haz de luz procedente de la cocina, Ralph vio que llevaba puestas las pantuflas con forma de conejo que él le había regalado en broma para su último cumpleaños. El regalo de verdad había sido un viaje a Cayo Hueso los dos solos; y lo pasaron en grande, pero ahora eso no era más que un recuerdo borroso, como todas las vacaciones pasado un tiempo: momentos sin más sustancia que el regusto del algodón de azúcar. Las pantuflas de broma eran lo que había perdurado, unas pantuflas de color rosa compradas en un todo a cien, con sus ridículos ojitos y sus cómicas orejas caídas. Al verla con ellas le escocieron los ojos. Tenía la sensación de haber envejecido veinte años desde que llegó al claro del Figgis Park y contempló los despojos sanguinolentos de lo que había sido un niño que probablemente idolatraba a Batman y a Superman.

Salió del coche y abrazó a su mujer con fuerza, apretando su mejilla rasposa contra la mejilla tersa de ella, en silencio, concentrado en contener las lágrimas que querían derramarse.

—Cariño —dijo ella—. Cariño, lo has detenido. Lo has detenido. ¿Qué pasa?

—Puede que nada —respondió él—. Puede que todo. Debería haberlo interrogado antes. Pero, por Dios, ¡estaba tan seguro!

—Entra —dijo ella—. Preparo un té y me lo cuentas.

—Si tomo té, no podré dormir.

Ella retrocedió y lo miró con unos ojos tan encantadores a los cincuenta como lo habían sido a los veinticinco.

—Pero ¿acaso ibas a dormir? —Como Ralph no respondió, ella añadió—: Pues no se hable más.

Derek estaba de campamento en Michigan, así que tenían la casa para ellos solos. Jeanette le preguntó si quería ver las noticias de las once en la televisión de la cocina, y él negó con la cabeza. Nada deseaba menos que diez minutos de información sobre cómo habían acorralado al Monstruo de Flint City. Jeanette tostó unas rebanadas de pan de pasas para acompañar el té. Ralph, sentado a la mesa de la cocina y mirándose las manos, se lo contó todo. Reservó lo de Everett Roundhill para el final.

—Estaba hecho una furia con todos nosotros —concluyó Ralph—, pero, como fui yo quien finalmente le devolvió la llamada, fui yo el blanco del fuego enemigo.

—¿Quieres decir que ha confirmado la versión de Terry?

—Palabra por palabra. Roundhill pasó a recoger a Terry y a los otros dos profesores, Quade y Grant, por la preparatoria. El martes por la mañana a las diez, tal como estaba previsto. Llegaron al Sheraton de Cap City como al cuarto para las doce, justo a tiempo de recoger sus identificaciones para el congreso y ocupar sus asientos en el banquete al mediodía. Roundhill dice que perdió de vista a Terry durante una hora más o menos después de la comida, pero cree que Quade estaba con él. En todo caso volvieron a reunirse todos a las tres, que es cuando la señora Stanhope vio a Terry cargar la bicicleta de Frank Peterson en la camioneta blanca sucia y al propio Frank subir a ese mismo vehículo, a ciento diez kilómetros al sur.

—¿Has hablado con Quade?

—Sí. De camino a casa. No estaba enfadado... Roundhill estaba tan enojado que amenazó con exigir una investigación a gran escala a la fiscalía general. Quade no salía de su asombro. Estaba atónito. Ha dicho que después del banquete Terry y él fueron a una librería de viejo que se llama Second Edition, ojearon los estantes y luego volvieron para asistir a la conferencia de Coben.

—¿Y Grant? ¿Qué sabes de él?

—Es una mujer: Debbie Grant. Todavía no he hablado con ella; su marido me dijo que ha salido con unas amigas y que en esos casos siempre apaga el teléfono. Me pondré en contacto con ella mañana por la mañana, y no me cabe duda de que confirmará lo que han dicho Roundhill y Quade —dio un mordisquito al pan y volvió a dejarlo en el plato—. Yo tengo la culpa de esto. Si hubiese llevado a Terry a la comisaría para interrogarlo el jueves por la noche, después de identificarlo Stanhope y esa niña, Morris, habríamos sabido que teníamos un problema y ahora esto no estaría circulando por la televisión y por internet.

—Pero para entonces ya tenían la correlación entre las huellas obtenidas y las de Terry Maitland, ¿no es así?

—Sí.

—Huellas en la camioneta, una huella en la llave de contacto de la camioneta, huellas en la vagoneta que abandonó junto al río, en la rama que utilizó para...

—Sí.

—Y nuevos testigos presenciales. El hombre que estaba en la parte de atrás del Shorty's Pub, y un amigo suyo. Además de la taxista. Y el guardia del club de striptease. Todos lo conocían.

—Sí, y ahora que está detenido, sin duda conseguiremos unos cuantos testigos más entre el público del Gentlemen, Please. En su mayoría hombres solteros que no tendrán que explicar a sus mujeres qué hacían allí. Aun así, debería haber esperado. Quizá debería haber telefoneado a la preparatoria para verificar sus movimientos el día del asesinato, solo que eso, siendo vacaciones de verano y tal, no tenía sentido. ¿Qué podrían haberme dicho aparte de «No está»?

—Y temías que si empezabas a hacer preguntas, él se enterara.

Entonces eso le había parecido obvio, pero ahora lo consideraba una simple estupidez. Peor aún, una negligencia.

—He cometido errores a lo largo de mi carrera, pero ninguno comparable a este. Es como si me hubiera quedado ciego.

Ella movió la cabeza en un vehemente gesto de negación.

—¿Recuerdas lo que te dije cuando me contaste cómo pensabas proceder?

—Sí.

«Adelante. Apártalo de esos niños lo antes posible.»

Esas habían sido sus palabras.

Se quedaron allí sentados, mirándose por encima de la mesa.

—Es imposible —dijo Jeannie por fin.

Ralph la señaló con el dedo.

—Creo que has dado en el clavo.

Ella tomó un sorbo de té, pensativa, y lo miró por encima de la taza.

—Se dice que todo el mundo tiene un doble. Creo que Edgar Allan Poe incluso escribió un cuento sobre eso. «William Wilson», se titula.

—Poe escribió sus cuentos antes de que se conocieran las huellas digitales y el ADN. Todavía no tenemos los resultados de la prueba del ADN, eso aún está pendiente, pero si el ADN es el suyo, el culpable es él sin lugar a dudas, y seguramente yo saldré del paso. Si el ADN no es el suyo, me llevarán derecho al loquero. Eso después de perder mi empleo y ser procesado por detención ilegal, claro está.

Jeanette levantó un pan tostado y volvió a bajarlo.

—Tienes sus huellas de *aquí*. Y tienes su ADN de *aquí*, de eso estoy segura. Pero, Ralph, no tienes ninguna huella ni el ADN de *allí*. De quienquiera que asistiese a ese congreso en Cap City. ¿Y si Terry Maitland mató al niño y fue el *doble* quien estuvo en ese congreso?

—Si lo que sugieres es que Terry Maitland tiene por ahí un mellizo idéntico con sus mismas huellas y su mismo ADN, eso no es posible.

—*No* digo eso. Digo que no tienes ninguna prueba forense de que Terry estuvo en Cap City. Si Terry estaba aquí, y las pruebas forenses así lo indican, el que estuvo allí *debía de ser* el doble. Es la única explicación que tiene sentido.

Ralph entendió la lógica, y en las novelas de detectives a las que Jeannie era aficionada —Agatha Christie, Rex Stout, Harlan Coben— eso habría sido el elemento central del último capítulo, cuando Miss Marple, Nero Wolfe o Myron Bolitar lo desentrañaban todo. Había un hecho sólido como una roca, tan irrebatible como la ley de la gravedad: un hombre no podía estar en dos sitios al mismo tiempo.

Pero si Ralph confiaba en los testigos presenciales de *aquí*, debía confiar igualmente en los testigos presenciales que sostenían que habían estado en Cap City con Maitland. ¿Cómo podía dudar de ellos? Roundhill, Quade y Grant eran profesores del mismo departamento. Veían a Maitland a diario. ¿Debía creer él, Ralph, que esos tres profesores se habían confabulado para violar y asesinar a un niño? ¿O que habían pasado dos días con un doble tan perfecto que en ningún momento habían albergado la menor sospecha? E incluso si pudiera obligarse a creer algo así, ¿podría Bill Samuels convencer al jurado, sobre todo cuando de la defensa de Terry se encargaba un abogado tan avezado y hábil como Howie Gold?

—Vámonos a la cama —dijo Jeanette—. Te daré uno de mis Ambien y un masaje en la espalda. Mañana verás las cosas con otros ojos.

—¿Tú crees? —preguntó él.

4

Mientras Jeanette Anderson daba un masaje a su marido en la espalda, Fred Peterson y su hijo mayor (su único hijo, ahora que Frankie había muerto) recogían los platos y ponían orden en la sala y el estudio. Y aunque había sido una reunión homenaje, quedaban casi tantas sobras como después de una fiesta larga y muy concurrida.

Ollie había sorprendido a Fred. El muchacho era el típico adolescente ensimismado que no recogía sus calcetines de debajo de la mesita de centro a menos que se le repitiera dos o tres veces; esa noche, en cambio, había ayudado con eficiencia y sin quejarse desde que Arlene, a las diez, despidió al último invitado del interminable desfile de ese día. La congregación de amigos y vecinos había empezado a decaer a eso de las siete, y Fred albergaba la esperanza de que terminase a las ocho —Dios, estaba tan cansado de tener que asentir cada vez que alguien le decía que ahora Frankie estaba en el cielo...—, pero en ese momento se supo que habían detenido a Terence Maitland por el asesinato de Frankie y la maldita reunión cobró nuevo impulso. El segundo ciclo casi *había* sido una fiesta, aunque lúgubre. Fred había oído una y otra vez que *a)* aquello era increíble; *b)* el Entrenador T siempre había parecido un hombre muy *normal*, y *c)* la inyección en McAlester era lo mínimo que se merecía.

Ollie hizo innumerables viajes de la sala a la cocina acarreando vasos y pilas de platos y metiéndolos en el lavavajillas con una eficiencia que Fred jamás habría esperado. Cuando el lavavajillas se llenaba, Ollie lo ponía en marcha y enjuagaba más platos, que amontonaba en el fregadero para la siguiente carga. Fred metió los platos que habían quedado en el estudio y encontró aún más en la mesa del jardín trasero, adonde algunos de sus visitantes habían salido a fumar. Debían de haber pasado por la casa cincuenta o sesenta personas antes de que todo acabara por fin, los vecinos, gente venida de otras partes de la ciudad para dar el pésame, además del padre Brixton y sus diversos acompañantes (sus *grupis*, decía Fred) de la parroquia de San Antonio. Llegaban y llegaban, una avalancha de dolientes y mirones.

Fred y Ollie ponían orden en silencio, ambos abstraídos en sus pensamientos y su dolor. Después de recibir condolencias durante horas —y, en honor a la verdad, incluso las de los desconocidos eran sinceras—, eran incapaces de compadecerse el uno del otro. Tal vez eso fuera raro. Tal vez fuera triste. Tal vez fuera lo que las personas con vocación literaria describían como «ironía». Fred, en su cansancio y aflicción, era incapaz de reflexionar al respecto.

Mientras tanto, la madre del niño muerto permaneció sentada en el sofá con su mejor vestido de seda para las ocasiones especiales; las rodillas juntas, las manos ahuecadas en torno a sus carnosos brazos, como si tuviera frío. No había despegado los labios desde que la última persona en llegar —la anciana señora Gibson, la vecina de la casa contigua, quien, como era de esperar, aguantó hasta el final— por fin se marchó.

«Ya se ha aprovisionado, ya puede irse», había dicho Arlene Peterson a su marido tras cerrar la puerta de la calle y apoyar su cuerpo contra ella.

Arlene Kelly era una esbelta preciosidad vestida de encaje blanco cuando el predecesor del padre Brixton los casó. Tras dar a luz a Ollie seguía siendo esbelta y hermosa, pero de eso hacía diecisiete años. Después del nacimiento de Frank había empezado a engordar y ahora rayaba en la obesidad... Aunque Fred seguía viéndola bella y no se había visto con ánimo de seguir el consejo del doctor Carhart tras el último reconocimiento médico de Arlene: «Tú estás como para tirar otros cincuenta años, Fred, siempre y cuando no te caigas de un edificio o te metas bajo las ruedas de un camión, pero tu mujer tiene diabetes tipo dos y necesita perder veinte kilos si quiere conservar la salud.

Tienes que ayudarla. Al fin y al cabo, los dos tienen mucho por lo que vivir».

Pero ahora, con Frankie no solo muerto sino asesinado, la mayor parte de aquello por lo que tenían que vivir resultaba absurdo e insignificante. En la cabeza de Fred, solo Ollie conservaba su valiosa importancia anterior, y sabía, incluso en su dolor, que Arlene y él debían tratarlo con delicadeza en las semanas y los meses venideros. Ollie también sufría. Ollie podía cargar con su parte (con más, en realidad) en el esfuerzo de recoger las sobras de ese último acto de los ritos fúnebres tribales dedicados a Franklin Victor Peterson, pero al día siguiente tendrían que permitirle volver a ser de nuevo un adolescente. Le llevaría tiempo, pero al final lo conseguiría.

La próxima vez que vea los calcetines de Ollie debajo de la mesita de centro, me alegraré, se prometió Fred. *Y romperé este silencio horrible y antinatural en cuanto se me ocurra algo que decir.*

Pero no se le ocurrió nada, y cuando Ollie, jalando la aspiradora por el tubo, pasó como un sonámbulo junto a él camino del estudio, Fred pensó —no podía imaginar lo mucho que se equivocaba— que al menos las cosas no podían empeorar.

Se acercó a la puerta del estudio y lo observó. Deslizaba la aspiradora por la alfombra de pelo gris con la misma sobrecogedora e imprevista eficiencia, dando pasadas largas y uniformes, primero en una dirección y luego en la otra. Las migas de galletas Nabs, Oreo y Ritz desaparecieron como si nunca hubieran estado allí, y por fin Fred encontró algo que decir.

—Ahora me encargo yo de la sala.

—No me importa —dijo Ollie.

Tenía los ojos rojos e hinchados. Pese a la diferencia de edad entre los dos hermanos, siete años, mantenían una relación asombrosamente estrecha. O tal vez no fuese tan asombroso; tal vez era la distancia suficiente para minimizar la rivalidad entre hermanos. Para que Ollie fuera algo así como el segundo padre de Frank.

—Lo sé —dijo Fred—, pero repartamos el trabajo.

—Está bien. Pero no digas «Es lo que Frankie habría querido» o querré estrangularte con el tubo de la aspiradora.

Fred sonrió. Puede que no fuese su primera sonrisa desde que el policía se presentó ante su puerta el martes anterior, pero quizá sí la primera auténtica.

—Trato hecho.

Ollie terminó de limpiar y arrastró la aspiradora hacia su padre. Cuando Fred la jaló hasta la sala y empezó a pasarla por la alfombra, Arlene se levantó y se alejó lentamente hacia la cocina sin mirar atrás. Fred y Ollie cruzaron una mirada. Ollie se encogió de hombros. Fred respondió con el mismo gesto y continuó pasando la aspiradora. La gente había acudido para acompañarlos en su dolor, y Fred supuso que era de agradecer, pero, caray, qué desorden habían dejado a su paso. Se consoló pensando que habría sido mucho peor si se hubiese tratado de un velatorio irlandés, pero Fred había dejado de beber al nacer Ollie, y en casa de los Peterson no había bebidas alcohólicas.

Desde la cocina llegó un sonido inesperado: una risa.

Fred y Ollie se miraron de nuevo. Ollie corrió a la cocina, donde la risa de su madre, que inicialmente parecía natural y despreocupada, subió de volumen y adquirió un tono histérico. Fred pisó el botón de apagado de la aspiradora y lo siguió.

Arlene Peterson, de espaldas al fregadero, se sujetaba la considerable barriga y reía casi a carcajadas. Su rostro presentaba un rojo intenso, como si tuviera mucha fiebre. Le rodaban lágrimas por las mejillas.

—¿Mamá? —dijo Ollie—. ¿Qué pasa?

Aunque habían recogido los platos de la sala y el estudio, aún quedaba un montón de trabajo por hacer. Había dos encimeras a cada lado del fregadero, y una mesa en el rincón donde la familia Peterson cenaba casi siempre. Todas esas superficies estaban cubiertas por cazuelas medio llenas, tuppers y restos envueltos en papel de aluminio. Sobre la cocina había los restos de un pollo y una salsera con una sustancia café solidificada.

—¡Tenemos sobras suficientes para un mes! —logró decir Arlene.

Entre risotadas, se dobló por la cintura y luego se irguió. Tenía las mejillas encarnadas. El pelo rojo, heredado tanto por el hijo que tenía de pie ante sí como por el que yacía bajo tierra, se le había desprendido de los pasadores con los que había logrado domarlo provisionalmente y ahora se le erizaba alrededor del rostro como una corona de rizos.

—¡Mala noticia, Frankie ha muerto! ¡Buena noticia, no tendré que ir al súper hasta dentro de *mucho... mucho... tiempo*!

Empezó a aullar. Era un sonido más propio de un manicomio que de su cocina. Fred dio a sus piernas la orden de moverse, de ir hacia ella y abrazarla, pero no le obedecieron. Fue Ollie quien se movió, pero aún no había llegado junto a Arlene cuando ella agarró el pollo y lo lanzó. Ollie se agachó para esquivarlo. El pollo voló de punta a punta de la cocina, desparramándose el relleno por el camino, y fue a estrellarse contra la pared con un ruido espantoso, entre chasquido y crujido. Dejó un círculo de grasa en el papel pintado, debajo del reloj.

—Para, mamá. Para.

Ollie intentó sujetarla por los hombros y abrazarla, pero Arlene se escabulló y se abalanzó como una flecha hacia la encimera sin dejar de reír y aullar. Agarró una bandeja de lasaña con las dos manos —la había llevado uno de los aduladores del padre Brixton— y la vació en su propia cabeza. La pasta fría le resbaló por el pelo y los hombros. Arrojó la bandeja hacia la sala.

—¡Frankie ha muerto y aquí tenemos un puto bufet italiano!

Fred se puso por fin en movimiento, pero Arlene se zafó también de él. Se reía como una niña hiperexcitada jugando a las traes. Tomó un tupper lleno de helado de malvavisco. Empezó a levantarlo y de pronto lo dejó caer entre sus pies. La risa se interrumpió. Ahuecó una mano en torno al enorme seno izquierdo y apoyó la otra, plana, en el pecho, justo por encima. Miró a su marido con los ojos muy abiertos, todavía llenos de lágrimas.

Esos ojos, pensó Fred. *De ellos me enamoré.*

—¿Mamá? Mamá, ¿qué te pasa?

—Nada —contestó ella. Acto seguido, añadió—: Creo que es el corazón —se inclinó a mirar el pollo y el postre de malvavisco. La pasta se le desprendió del pelo—. Miren lo que he hecho.

Emitió un suspiro largo, sibilante y estertóreo. Fred la sujetó, pero Arlene pesaba mucho y se le resbaló entre los brazos. Antes de que cayera de costado, Fred vio que el color ya se apagaba en sus mejillas.

Ollie lanzó una exclamación y se arrodilló a su lado.

—¡Mamá! ¡Mamá! *¡Mamá!* —alzó la vista para mirar a su padre—. ¡Creo que no respira!

Fred apartó a su hijo de un empujón.

—Llama al 911.

Sin detenerse a ver si Ollie lo obedecía, Fred deslizó una mano en torno al enorme cuello de su mujer en busca del pulso. Lo encontró, pero irregular, caótico: *bip-bip, bipbipbip, bip-bip-bip.* Se sentó a horcajadas sobre ella, se rodeó la muñeca izquierda con la mano derecha y empezó a presionar rítmicamente. ¿Se hacía así? ¿Se acercaba siquiera eso a una maniobra de resucitación? Lo ignoraba, pero cuando ella abrió los ojos, Fred tuvo la sensación de que a él mismo se le salía el corazón del pecho. Ahí estaba su mujer, había vuelto.

En realidad no ha sido un infarto. Ha hecho un esfuerzo excesivo, solo eso. Ha sido un desmayo. Síncope, creo que lo llaman. Pero vamos a ponerte a dieta, querida, y tu regalo va a ser una de esas pulseras que miden la…

—Lo he ensuciado todo —susurró Arlene—. Lo siento.

—No intentes hablar.

Ollie hablaba alto y rápido, casi a gritos, por el teléfono de la cocina. Daba su dirección. Les decía que se apresuraran.

—Tendrán que limpiar otra vez la sala —dijo ella—. Lo siento. Fred, lo siento mucho.

Antes de que Fred pudiera repetirle que callara, que se quedara quieta hasta estar mejor, Arlene volvió a tomar aire en uno de esos suspiros profundos y estertóreos. Al exhalar, puso los ojos en blanco. Los globos oculares inyectados en sangre parecieron salirse de las órbitas, y su rostro se convirtió en la máscara mortuoria de una película de terror, imagen que Fred más tarde intentaría borrarse de la cabeza. En vano.

—¿Papá? Ya vienen. ¿Está bien?

Fred no contestó. Estaba muy ocupado practicando de nuevo los torpes movimientos de resucitación y lamentando no haber tomado alguna clase... ¿Por qué no había encontrado nunca el momento para eso? Eran muchas las cosas que había deseado hacer. Habría vendido su alma inmortal por poder retroceder en el calendario una mísera semana.

Presionar y aflojar. Presionar y aflojar.

Te pondrás bien, le dijo. *Tienes que ponerte bien. «Lo siento» no pueden ser tus últimas palabras en este mundo. No lo permitiré.*

Presionar y aflojar. Presionar y aflojar.

5

Marcy Maitland aceptó de buen grado a Grace en su cama cuando ella se lo pidió. Al preguntar a Sarah si quería acompañarlas, su hija mayor negó con la cabeza.

—De acuerdo —dijo Marcy—, pero si cambias de idea, aquí estaré.

Pasó una hora, luego otra. El peor sábado de su vida dio paso al peor domingo. Pensó en Terry, que en ese momento debería estar junto a ella, profundamente dormido (quizá soñando con el inminente campeonato de liga interurbana, ahora que se habían librado de los Bears), y en lugar de eso se hallaba en una celda. ¿Estaría despierto también él? Sin duda.

Sabía que le esperaban unos días difíciles, pero Howie aclararía la situación. Terry le había dicho en una ocasión que su antiguo coentrenador en la liga Pop Warner era el mejor abogado defensor del sudoeste, y tal vez algún día ocupara plaza en el tribunal supremo del estado. Con la irrefutable coartada de Terry, era imposible que Howie fracasara. Pero cada vez que esa idea le proporcionaba consuelo suficiente para adormecerse, se acordaba de Ralph Anderson, ese Judas, ese hijo de puta a quien había considerado amigo, y volvía a desvelarse. En cuanto aquello terminara, demandarían al Departamento de Policía de Flint City por detención ilegal, difamación o cualquier cosa que a Howie Gold se le ocurriese, y cuando Howie empezara a soltar sus bombas jurídicas, ella se aseguraría de que Ralph Anderson estuviese en la zona cero. ¿Podían demandarlo ellos personalmente? ¿Despojarlo de cuanto poseía? Eso esperaba. Esperaba que acabara en la calle, con su mujer y su hijo, por quien Terry se había tomado tantas molestias, descalzos y harapientos, con cuencos de mendigos en las manos. Supuso que una situación así era poco probable en esos tiempos modernos, supuestamente avanzados, pero se los imaginaba a los tres con toda claridad en esas circunstancias —mendicantes en las calles de Flint City—, y cada vez la visión volvía a desvelarla por completo, henchida de ira y satisfacción.

Eran las dos y cuarto según el reloj del buró cuando su hija mayor apareció en el umbral de la puerta; solo se le veían las piernas bajo la enorme camiseta de los Oklahoma City Thunder que llevaba como camisón.

—¿Mamá? ¿Estás despierta?

—Sí.

—¿Puedo acostarme con Gracie y contigo?

Marcy apartó la sábana y se hizo a un lado. Sarah se subió a la cama, y cuando Marcy la abrazó y la besó en la nuca, la niña se echó a llorar.

—Chis, vas a despertar a tu hermana.

—No puedo aguantarme. No paro de pensar en las esposas. Lo siento.

—Pues sin hacer ruido, cielo. Sin hacer ruido.

Marcy abrazó a Sarah hasta que esta se desahogó. Cuando llevaba unos cinco minutos en silencio, Marcy pensó que se había dormido y se dijo que ahora, con las dos niñas allí, una a cada lado, a lo mejor también ella lograba conciliar el sueño. Pero en ese momento Sarah se dio la vuelta y la miró. Sus ojos lacrimosos brillaron en la oscuridad.

—No irá a la cárcel, ¿verdad, mamá?

—No —contestó Marcy—. No ha hecho nada.

—Pero hay personas inocentes que *sí* van a la cárcel. Y a veces pasan años hasta que alguien descubre que en realidad son inocentes. Entonces salen, pero ya son *viejos*.

—Eso no va a pasarle a tu padre. Estaba en Cap City cuando se cometió el delito por el que lo han detenido...

—Sé por qué lo han detenido —afirmó Sarah. Se enjugó los ojos—. No soy *tonta*.

—Ya lo sé, cielo.

Sarah se revolvió inquieta.

—Alguna razón debían de tener.

—Seguramente eso creen, pero sus razones están equivocadas. El señor Gold explicará dónde estaba esa tarde y tendrán que soltarlo.

—Bien —un largo silencio—. Pero no quiero ir de campamento hasta que esto termine, y creo que Gracie tampoco debería.

—No hace falta que vayan. Y cuando llegue el otoño, todo esto será solo un recuerdo.

—Un mal recuerdo —añadió Sarah, y se sorbió la nariz.

—En eso tienes razón. Ahora duerme.

Sarah se durmió. Y con el calor de las niñas, también Marcy sucumbió al sueño, aunque salpicado de pesadillas en las que Terry se alejaba escoltado por aquellos dos policías mientras el público observaba, Baibir Patel lloraba y Gavin Frick miraba con expresión de incredulidad.

6

Hasta las doce de la noche la cárcel del condado parecía un zoológico a la hora de la comida: borrachos cantando, borrachos llorando, borrachos de pie ante los barrotes de sus celdas manteniendo conversaciones a gritos. Incluso se oyó algo que parecía una pelea a puñetazos, aunque, teniendo en cuenta que todas las celdas eran individuales, Terry no se explicó cómo era eso posible, a menos que dos presos estuvieran cruzando puñetazos a través de los barrotes. En algún lugar, al fondo del pasillo, alguien repetía a pleno pulmón la primera frase del evangelio de San Juan, 3, 16: «¡De tal manera amó Dios al mundo! ¡De tal manera amó Dios al mundo! ¡De tal manera amó Dios AL PUTO MUNDO!». Apestaba a orina, mierda, desinfectante y a aquella pasta bañada en salsa, fuera lo que fuese, que habían servido de cena.

La primera vez que estoy en la cárcel, pensó Terry, maravillado. *Después de cuarenta años de vida, he venido a parar a chirona, el calabozo, la mazmorra, el viejo hotel del Estado. Qué cosas.*

Deseaba sentir ira, ira *justificada*, y supuso que ese sentimiento surgiría al amanecer, cuando el mundo volviera a cobrar forma, pero a esas horas, a las tres de la madrugada del domingo, mientras los gritos y los cantos remitían y daban paso a los ronquidos, los pedos y algún que otro gemido, solo sentía vergüenza. Como si realmente fuese *culpable* de algo. Aunque si hubiese cometido el delito del que lo acusaban no sentiría nada por el estilo. Si, en un arrebato de locura y maldad, hubiese perpetrado semejante atrocidad con un niño, habría sentido solo la desesperada astucia del animal en una trampa, dispuesto a decir o hacer cualquier cosa con tal de salir de allí. Pero ¿era realmente así? ¿Cómo iba a saber él qué habría pensado o sentido un hombre de esa calaña? Era como tratar de adivinar qué le rondaba la cabeza a un extraterrestre.

Estaba seguro de que Howie Gold lo sacaría de allí; incluso en ese momento, en lo más negro de la noche, intentando aún asimilar cómo había cambiado su vida entera en cuestión de minutos, estaba seguro de eso. Pero también sabía que sería imposible limpiar toda la mierda. Lo pondrían en libertad con una disculpa —si no al día siguiente, sí en la comparecencia; si no en la comparecencia, sí en el siguiente paso, que probablemente sería la vista en el jurado de acusación de Cap City—, pero sabía qué vería en los ojos de sus alumnos la próxima vez que entrase en una clase, y probablemente su carrera como entrenador deportivo de categorías infantiles había terminado. Las distintas administraciones encontrarían algún pretexto si él no actuaba como ellos consideraban honorable y se retiraba por propia voluntad. Porque ya nunca volvería a ser del todo inocente, no a ojos de sus vecinos del Lado Oeste, ni a ojos de los habitantes de Flint City en conjunto. Siempre sería el hombre que fue detenido por el asesinato de Frank Peterson. Siempre sería el hombre de quien la gente diría: «Cuando el río suena es que agua lleva».

Si le afectara solo a él, creía que sería capaz de sobrellevarlo. ¿Qué decía a sus niños cuando se quejaban porque consideraban que una decisión arbitraria era injusta? «Aguántate y vuelve a tu sitio. Sigue jugando.» Pero él no era el único que tendría que aguantarse, que tendría que seguir jugando. Marcy quedaría marcada. Cuchicheos y miradas de soslayo en el trabajo y en el supermercado. Amigos que dejarían de llamar. Jamie Mattingly tal vez fuera una excepción, pero incluso con ella tenía sus dudas.

Y luego estaban las niñas. Sarah y Gracie se verían sometidas a chismorreos despiadados y a una exclusión como solo los niños de su edad eran capaces. Suponía que Marcy tendría la sensatez de mantenerlas cerca de ella hasta que aquello se aclarase, como mínimo para evitar el acoso de los periodistas, pero incluso en otoño, incluso después de que él quedase libre de toda sospecha, continuarían marcadas. «¿Ven a esa niña? A su padre lo detuvieron por matar a un niño y meterle un palo por el culo.»

Tendido en su catre. La mirada fija en la oscuridad. Oliendo el hedor de la cárcel. Pensando: *Tendremos que mudarnos. Quizá a Tulsa, quizá a Cap City, quizá al sur, a Texas. Alguien me contratará, aunque no me permitan acercarme ni a un kilómetro de un entrenamiento infantil de beisbol, futbol o basquetbol. Tengo buenas referencias, y temerán una demanda por discriminación si me rechazan.*

Pero la detención —y el motivo de la detención— los perseguiría como el hedor de esa cárcel. Sobre todo a las niñas. Bastaría Facebook para localizarlas y señalarlas. «Estas son las niñas cuyo padre quedó impune de un asesinato.»

Tenía que apartar esos pensamientos y dormir un poco, y tenía que dejar de avergonzarse de sí mismo porque otra persona —en concreto, Ralph Anderson— había cometido un error atroz. Esas cosas siempre se veían peor a altas horas de la noche, debía tenerlo presente. Y dada su situación, encerrado en una celda y vestido con un holgado uniforme café en cuya espalda se leía DP, por Departamento Penitenciario, era inevitable que sus temores crecieran hasta alcanzar el tamaño de las carrozas de un desfile. Por la mañana vería las cosas de otra manera. De eso estaba seguro.

Sí.

Aun así, la vergüenza.

Terry se tapó los ojos.

7

El domingo Howie Gold se levantó a las seis y media, pero no porque a esa hora pudiera hacer algo o por una preferencia personal. Como les pasaba a tantos sesentones, su próstata había ido creciendo en sintonía con su plan de pensiones, y su vejiga parecía haberse encogido en sintonía con sus ambiciones sexuales. En cuanto despertó, su cerebro pasó del punto muerto a Drive, y volverse a dormir era imposible.

Dejó a Elaine sumida en lo que esperaba fueran sueños gratos, y entró descalzo en la cocina para prepararse el café y consultar su teléfono, que había dejado en silencio en la encimera antes de acostarse. Tenía un mensaje de texto de Alec Pelley, enviado a las 1:12 horas.

Howie se tomó el café, y estaba acabándose un tazón de cereales con pasas cuando Elaine entró en la cocina atándose el cinturón de la bata y bostezando.

—¿Cómo va, Alibabá?

—El tiempo dirá. Entretanto, ¿quieres unos huevos revueltos?

—Desayuno, me ofreces. —Elaine se estaba sirviendo café—. Teniendo en cuenta que hoy no es San Valentín ni mi cumpleaños, ¿debería recelar?

—Estoy matando el tiempo. He recibido un mensaje de Alec, pero hasta las siete no puedo llamarlo.

—¿Buenas o malas noticias?

—Ni idea. ¿Quieres unos huevos, pues?

—Sí. Dos. Fritos, no revueltos.

—Ya sabes que siempre se me rompe la yema.

—Como voy a sentarme y mirar, me abstendré de las críticas. Pan blanco tostado, por favor.

Milagrosamente, solo se rompió una yema. Mientras dejaba el plato ante Elaine, ella dijo:

—Si Terry Maitland mató a ese niño, el mundo se ha vuelto loco.

—El mundo *está* loco —contestó Howie—, pero no lo mató él. Tiene una coartada tan clara como la S en el pecho de Superman.

—Entonces ¿por qué lo detuvieron?

—Porque creen tener pruebas tan claras como la S en el pecho de Superman de que sí lo mató.

Ella reflexionó.

—¿Una fuerza imparable topa contra un objeto inamovible?

—Eso no puede ser, cariño.

Howie consultó su reloj. Faltaban cinco minutos para las siete. Casi la hora. Llamó a Alec.

Su investigador atendió cuando el celular sonó por tercera vez.

—Llamas antes de tiempo, y me estoy rasurando. ¿Puedes volver a llamar dentro de cinco minutos? O sea, ¿a las siete, como propuse?

—No —contestó Howie—, pero esperaré hasta que te limpies la crema de rasurar del lado de la cara del teléfono, ¿qué te parece eso?

—Eres un jefe implacable —dijo Alec, pero parecía de buen humor a pesar de la hora, y a pesar de que lo hubieran interrumpido en una tarea que la mayoría de los hombres prefieren hacer absortos en sus pensamientos. Eso avivó las esperanzas de Howie. Tenía ya muchos elementos sobre los que trabajar, pero cuantos más, mejor.

—¿Son buenas o malas noticias?

—Déjame un segundo, ¿quieres? Se está manchando todo el teléfono con esta mierda.

Fueron más bien cinco, pero Alec volvió a la línea.

—La noticia es buena, jefe. Buena para nosotros y mala para el fiscal. Muy mala.

—¿Viste las imágenes de las cámaras de seguridad? ¿Cuántas hay, y de cuántas cámaras?

—Vi las imágenes, y hay muchas —Alec se interrumpió, y cuando volvió a hablar, Howie supo que sonreía; lo oyó en su voz—. Pero hay algo mejor. *Mucho* mejor.

8

Jeanette Anderson se levantó al cuarto para las siete y encontró vacío el lado de la cama de su marido. La cocina olía a café recién hecho, pero Ralph tampoco estaba allí. Miró por la ventana y lo vio sentado a la mesa de picnic del jardín trasero, todavía con su piyama de rayas, bebiendo de la taza que Derek le había regalado el último día del Padre. A un lado, en grandes letras azules, decía: TIENE DERECHO A PERMANECER EN SILENCIO HASTA QUE ME TOME MI CAFÉ. Tomó su taza, fue a su encuentro y le dio un beso en la mejilla. Iba a ser un día caluroso, pero a esa hora tan temprana la mañana era fresca, tranquila y agradable.

—No te lo quitas de la cabeza, ¿verdad? —preguntó ella.

—Ninguno de nosotros se lo quita de la cabeza —contestó Ralph—. Ni un minuto.

—Es domingo —dijo ella—. Día de descanso. Y lo necesitas. No tienes buen aspecto. Según un artículo que leí en la sección de salud de *The New York Times* la semana pasada, has entrado en el territorio del infarto.

—Eso me anima.

Jeannie suspiró.

—¿Qué es lo primero que tienes en la lista?

—Comprobar la versión de esa otra profesora, Deborah Grant. Por pura rutina. No me cabe duda de que confirmará que Terry viajó a Cap City, aunque siempre existe la posibilidad de que advirtiera algo en él que Roundhill y Quade pasaron por alto. A veces las mujeres son más observadoras.

A Jeannie esa idea le pareció dudosa, quizá incluso sexista, pero no era momento de señalarlo. Retomó la conversación de la noche anterior.

—Terry *estaba* aquí. Lo *hizo* él. Lo que necesitas es alguna prueba forense de allí. Imagino que el ADN debe descartarse, pero ¿y huellas digitales?

—Podemos espolvorear la habitación donde se alojaron Quade y él, pero la dejaron el miércoles por la mañana, y desde entonces la habrán limpiado y ocupado. Seguramente más de una vez.

—Pero sigue siendo una posibilidad, ¿no? Algunas camareras de hotel son concienzudas, pero otras muchas hacen las camas y limpian los círculos de humedad y los manchones de la mesita de centro y listo. ¿Y si encontraran huellas del señor Quade pero no de Terry Maitland?

A Ralph le gustaba ver en ella ese rubor de excitación propio de un ayudante de inspector, y lamentó tener que desilusionarla.

—No demostraría nada, mi amor. Howie Gold diría al jurado que no podían condenar a alguien por la *ausencia* de huellas, y tendría toda la razón.

Ella se detuvo a reflexionar.

—De acuerdo, pero sigo pensando que deberían buscar huellas en esa habitación e identificar el mayor número posible. ¿Pueden hacerlo?

—Sí. Y es buena idea —otra acción de pura rutina—. Averiguaré en qué habitación se alojó e intentaré que el Sheraton traslade a otra a quienquiera que la ocupe ahora. Teniendo en cuenta el juego que esto va a dar en los medios, supongo que cooperarán. La espolvorearemos de arriba abajo y de punta a punta. Pero lo que de verdad quiero es ver las imágenes que grabaron las cámaras de seguridad los días del congreso y, dado que el inspector Sablo, que es quien lleva este caso para la Policía del Estado, no regresará hasta última hora de hoy, me daré una vuelta por allí yo mismo. Llevaré unas horas de retraso respecto al investigador de Gold, pero eso es inevitable.

Ella apoyó una mano en la de él.

—Mi vida, prométeme que harás un alto de vez en cuando y te tomarás un respiro. El mundo no se hizo en un día.

Él sonrió, le dio un apretón en la mano y la soltó.

—Pienso una y otra vez en los vehículos que utilizó, el que usó para secuestrar al niño y el otro, con el que salió de la ciudad.

—La camioneta Econoline y el Subaru.

—Ajá. El Subaru no me preocupa especialmente. Lo robaron de un estacionamiento municipal, y hemos visto muchos robos similares más o menos desde 2012. Los nuevos sistemas de encendido sin llave son el mejor amigo del ladrón; cuando paras en un sitio pensando en tus pendientes o en lo que vas a preparar para la cena, no ves la llave colgada del contacto. Es fácil dejar olvidado el sensor electrónico, sobre todo si llevas puestos unos auriculares o estás platicando con el celular y no oyes el avisador del coche para que lo tomes. La dueña del Subaru, Barbara Nearing, dejó el sensor en el portavasos y el boleto del estacionamiento en el tablero cuando se fue a trabajar a las ocho. A las cinco, cuando volvió, la vagoneta había desaparecido.

—¿El vigilante no recuerda quién se lo llevó?

—No, y no me extraña. Es un estacionamiento grande, de cinco plantas, entra y sale gente sin cesar. En la salida hay una cámara, pero las imágenes se borran cada cuarenta y ocho horas. En cambio la camioneta...

—¿Qué pasa con la camioneta?

—Era de un carpintero y empleado de mantenimiento a tiempo parcial, un tal Carl Jellison que vive en Spuytenkill, Nueva York, un pueblo entre Poughkeepsie y New Paltz. Se llevó las llaves, pero había unas de repuesto en una caja magnética debajo de la defensa trasera. Alguien encontró la caja y se llevó la camioneta. La teoría de Bill Samuels es que el ladrón viajó con ella desde el centro del estado de Nueva York hasta

Cap City... o Dubrow... o quizá hasta aquí, Flint City... y luego la abandonó con la llave de repuesto en el contacto. Terry la encontró, *volvió* a robarla y la escondió en algún sitio. Tal vez en un establo o en un cobertizo fuera de la ciudad. Hay muchas granjas abandonadas desde que se torcieron las cosas en 2008, ya sabes. Dejó la camioneta detrás del Shorty's Pub y la llave todavía puesta con la esperanza, no sin cierta lógica, de que alguien la robara por tercera vez.

—Pero nadie se la llevó —dijo Jeannie—. Así que ustedes han incautado la camioneta, y tienen la llave. En la que hay una huella del pulgar de Terry Maitland.

Ralph asintió.

—De hecho, tenemos *muchísimas* huellas. Esa carcacha tiene diez años y al menos en los últimos cinco no lo han limpiado, eso si es que lo han limpiado alguna vez. Algunas huellas ya las hemos descartado: las de Jellison, su hijo, su mujer, dos hombres que trabajaban para él. Llegaron el jueves por la tarde por gentileza de la Policía del Estado de Nueva York, que Dios los bendiga. Con algunos estados, con la *mayoría*, aún estaríamos esperando. También tenemos las de Terry Maitland y Frank Peterson, por supuesto. Encontramos cuatro de Peterson en el lado interior de la puerta del acompañante. Esa es una zona muy sucia, y se ven tan claras como centavos recién acuñados. Pienso que las dejó en el estacionamiento del Figgis Park, cuando Terry intentaba sacarlo a jalones del asiento y él se resistía.

Jeannie hizo una mueca.

—Otras aún estamos esperándolas; se introdujeron en la base de datos el miércoles pasado. Puede que aparezcan correlaciones, puede que no. Suponemos que algunas pertenecen al primer ladrón de la camioneta, allá en Spuytenkill. Las otras podrían ser de cualquier amigo de Jellison o incluso de alguien que le haya pedido aventón al ladrón. Pero las más recientes, aparte de las del niño, son las de Maitland. El primer ladrón no nos interesa, pero me *gustaría* saber dónde abandonó la camioneta. —Guardó silencio un momento y luego añadió—: No tiene sentido, ¿te das cuenta?

—¿No limpiar las huellas?

—No solo eso. ¿Qué me dices del hecho mismo de robar la camioneta y el Subaru? ¿Por qué vas a robar vehículos para utilizarlos durante la fechoría si tienes intención de mostrar tu cara a cualquiera que se moleste en mirarla?

Jeannie lo escuchaba con creciente consternación. Era su esposa, no podía plantear las preguntas que se desprendían de aquello: «Si tenías tantas dudas, ¿por qué demonios actuaste así? ¿Y por qué tan deprisa?». Sí, ella lo había animado, y por tanto en cierta medida quizá era responsable de los problemas que ahora lo acuciaban, pero entonces no disponía de toda la información. *Una pobre excusa que solo me sirve a mí*, pensó... e hizo otra mueca.

Como si le leyera el pensamiento (y después de veinticinco años de matrimonio probablemente podía hacerlo), Ralph dijo:

—Esto no son solo remordimientos por una mala decisión, entiéndelo; no te quedes con esa idea. Bill Samuels y yo hemos hablado del asunto. Según él, no es *necesario* que tenga sentido. Dice que Terry actuó como actuó porque se volvió loco. Que el impulso de hacerlo, la *necesidad* de hacerlo, por lo que yo sé, aunque nunca me convencerías para que planteara eso ante un tribunal, fue en aumento. Ha habido casos similares. Bill dice: «Sí, sin duda tenía un plan y colocó algunas de las piezas en su sitio, pero cuando vio a Frank Peterson el martes pasado, empujando la bicicleta con la cadena rota, prescindió de todos sus planes. Se trastornó, y el doctor Jekyll se transformó en el señor Hyde».

—Un sádico sexual en pleno desenfreno —musitó ella—. Terry Maitland. El Entrenador T.

—Tenía sentido entonces y lo tiene ahora —dijo él casi con hostilidad.

Tal vez, podría haber contestado ella, *pero ¿y después qué, mi vida? ¿Qué pasó cuando eso terminó y se quedó satisfecho? ¿Se plantearon eso, Bill y tú? ¿Y cómo es que no limpió sus huellas ni tuvo problema en enseñar su cara?*

—Debajo del asiento del conductor de la camioneta había algo —dijo Ralph.

—¿Ah, sí? ¿Qué?

—Un papel. Quizá parte de un menú de comida para llevar. Probablemente no signifique nada, pero quiero examinarlo. Seguro que se archivó entre las pruebas —tiró al pasto lo que le quedaba de café y se puso de pie—. Estoy deseando echar un vistazo a las imágenes de las cámaras de seguridad del Sheraton del martes y el miércoles pasados. También a cualquier grabación del restaurante adonde Terry dice que fue a cenar con el grupo de profesores.

—Si consigues ver bien su cara en alguna de las tomas, mándame una captura de pantalla —y cuando él enarcó las cejas, ella añadió—: Conozco a Terry desde hace tanto tiempo como tú; si el que estaba en Cap City no era él, me daré cuenta —sonrió—. Al fin y al cabo, las mujeres son más observadoras que los hombres. Tú mismo lo has dicho.

9

Sarah y Grace Maitland casi no desayunaron, lo que no preocupó tanto a Marcy como la desacostumbrada ausencia de teléfonos y minitabletas en sus inmediaciones. La policía les había permitido conservar sus aparatos electrónicos, pero Sarah y Grace, después de echarles una ojeada, los dejaron en la habitación. Las noticias y los chats en las redes sociales no despertaron en ellas ningunas ganas de seguirlos. Marcy, después de echar un vistazo por la ventana de la sala y ver dos unidades de televisión y un coche del Departamento de Policía de Flint City estacionados junto a la banqueta, cerró las cortinas. Pensó que iba a ser un día larguísimo. ¿A qué demonios iba a dedicar su tiempo?

Howie Gold contestó a esa pregunta por ella. Telefoneó a las ocho y cuarto, muy animado a juzgar por su tono de voz.

—Esta tarde iremos a ver a Terry. Juntos. En principio las visitas tiene que solicitarlas el recluso con veinticuatro horas de antelación y han de aprobarse previamente, pero he conseguido que nos eximan de ese trámite. La única norma que no he podido soslayar es la de no contacto. Terry está en un módulo de máxima seguridad. Tendremos que hablar con él a través de un cristal, pero no es tan malo como parece en las películas, ya lo verás.

—Muy bien —le faltó el aliento—. ¿A qué hora?

—Pasaré a recogerte a la una y media. Deberías llevarle su mejor traje y una corbata oscura bonita. Para la comparecencia. Y cosas buenas para comer. Frutos secos, fruta, dulces. Ponlo en una bolsa transparente, ¿de acuerdo?

— De acuerdo. ¿Y las niñas? ¿Me...?

—No, las niñas se quedan en casa. La cárcel del condado no es sitio para ellas. Busca a alguien que vaya a acompañarlas, no sea que la prensa se ponga muy pesada. Y diles que todo va bien.

No sabía si encontraría a alguien; no quería abusar de la confianza de Jamie después de la noche anterior. Si hablaba con el policía del coche patrulla estacionado enfrente, él mantendría a la prensa alejada del jardín. ¿O no?

—¿Va todo bien? ¿De verdad?

—Creo que sí. Alec Pelley acaba de reventar una piñata de tamaño gigante en Cap City y todos los premios han caído en nuestro regazo. Voy a mandarte un link. Dejo en tus manos la decisión de compartirlo o no con tus peques, pero yo que tú lo haría.

Cinco minutos después, Marcy estaba sentada en el sofá con Sarah a un lado y Grace al otro. Permanecían atentas a la minitableta de Sarah. La computadora de escritorio de Terry o una de las laptops habrían ido mejor, pero la policía se las había llevado. Con la tableta bastaba, como se demostró. Poco después estaban las tres riendo, lanzando chillidos de júbilo y chocando los cinco.

Esto no es solo una luz al final del túnel, pensó Marcy; *es todo un señor arcoíris.*

10

Toc toc toc.

Al principio Merl Cassidy pensó que lo oía en sueños, una de las pesadillas en que su padrastro se disponía a darle su merecido. Ese cabrón calvo tenía por costumbre golpear la mesa de la cocina, primero con los nudillos, luego con todo el puño, mientras planteaba las preguntas preparatorias que conducirían a la golpiza de esa noche: «¿Dónde estabas?» «¿Por qué te molestas en ponerte el reloj si siempre llegas tarde a la cena?» «¿Por qué nunca ayudas a tu madre?» «¿Por qué te molestas en traer esos libros a casa si no haces una puta tarea?». A veces su madre intentaba protestar, pero él no le hacía ningún caso. Si intervenía, la apartaba de un empujón. Y entonces el puño que estaba aporreando la mesa cada vez con más fuerza empezaba a golpearlo a él.

Toc toc toc.

Merl abrió los ojos para huir del sueño y dispuso de solo un instante para saborear la ironía: se hallaba a dos mil quinientos kilómetros de aquel cabrón maltratador, a dos mil quinientos como mínimo... y sin embargo le bastaba con echarse a dormir para tenerlo cerca. Aunque la verdad era que mucho no dormía; desde que se fugó de casa, rara vez dormía toda la noche.

Toc toc toc.

Era un poli, golpeteaba con su porra. Pacientemente. Con la mano libre hizo el gesto de girar: baja la ventanilla.

Por un momento Merl no supo dónde estaba, pero cuando vio a través del parabrisas la enorme tienda en forma de caja al final de lo que parecía un estacionamiento vacío de unos dos kilómetros de largo, cayó en la cuenta. El Paso. Aquello era El Paso. El Buick que conducía se había quedado casi sin gasolina, y él se había quedado casi sin dinero. Se había detenido en el estacionamiento del supercentro comercial Walmart para dormir unas horas. Quizá por la mañana se le ocurriera qué hacer a continuación. Aunque seguramente ya no habría continuación.

Toc toc toc.

Bajó la ventanilla.

—Buenos días, agente. Se me hizo tarde al volante y paré a echar una cabezada. Pensé que no habría inconveniente en quedarme aquí un rato. Si he hecho mal, lo siento.

—Ya, en realidad es admirable —el poli sonrió y Merl abrigó una fugaz esperanza. Era una sonrisa cordial—. Lo hace mucha gente. Solo que la mayoría no aparenta catorce años.

—Tengo dieciocho, pero soy un poco pequeño para mi edad —lo invadió un profundo cansancio que no tenía nada que ver con la falta de sueño de las últimas semanas.

—Ya, y a mí la gente siempre me confunde con Tom Hanks. Algunos incluso me piden un autógrafo. Déjame ver la licencia y la documentación del coche.

Un esfuerzo más, tan débil como el último temblor del pie de un hombre agonizante.

—Lo llevaba todo en la chamarra. Alguien me la ha robado al ir al baño. En el McDonald's, allí ha sido.

—Ya, ya, muy bien. ¿Y de dónde eres?

—De Phoenix —contestó Merl sin convicción.

—Ya, ¿y cómo es que esta preciosidad tiene placas de Oklahoma?

Merl se quedó mudo, sin respuesta.

—Sal del coche, hijo, y aunque no pareces más peligroso que un perrito amarillo cagando bajo un aguacero, mantén las manos donde pueda verlas.

Merl se bajó sin lamentarlo mucho. Había sido una buena fuga. Más que eso, en realidad; pensándolo bien, había sido una fuga milagrosa. Deberían haberlo atrapado una docena de veces desde que se fue de casa a finales de abril, pero se había ido librando. Y ahora que por fin lo habían atrapado, ¿qué? De todos modos, ¿adónde pretendía ir? A ningún sitio. A cualquier sitio. Lejos de aquel cabrón calvo.

—¿Cómo te llamas, jovencito?

—Merl Cassidy. Merl, de Merlin.

Unos pocos clientes madrugadores los miraron y siguieron hacia los prodigios de Walmart, accesibles las veinticuatro horas del día.

—Como el mago, ¿eh? De acuerdo. ¿Tienes algún documento de identidad, Merl?

Se llevó la mano al bolsillo de atrás y sacó una cartera barata cosida con hilo de cuero, un regalo de su madre cuando cumplió ocho años. Por aquel entonces estaban ellos dos solos y el mundo tenía cierto sentido. La cartera contenía un billete de cinco y dos de uno. Del compartimento donde guardaba unas cuantas fotos de su madre extrajo una credencial plastificada con su propia foto.

—Asociación de Jóvenes Cristianos de Poughkeepsie —musitó el policía—. ¿Eres de Nueva York?

—Sí, señor —el «señor» era una de las primeras cosas que su padrastro le había inculcado a golpes.

—¿Eres de allí?

—No, señor, pero de cerca. De un pueblo que se llama Spuytenkill. Significa «lago que echa chorros». O al menos eso me dijo mi madre.

—Ya, bien, muy interesante, todos los días se aprende algo nuevo. ¿Cuánto hace que te fugaste, Merl?

—Va ya para tres meses, calculo.

—¿Y quién te ha enseñado a manejar?

—Mi tío Dave. En los campos, básicamente. Manejo bien. En coche de velocidades o automático, da igual. Mi tío Dave... tuvo un infarto y murió.

El policía reflexionó golpeteándose la uña del pulgar con la credencial plastificada, ya no *toc toc toc* sino *tic tic tic.* En conjunto, Merl le caía bien. Al menos de momento.

—Ya, por fuerza tienes que manejar bien para haber llegado desde Nueva York hasta esta vulgar ciudad fronteriza y polvorienta. ¿Cuántos coches has robado, Merl?

—Tres. No, cuatro. Este es el cuarto. Solo que el primero era una camioneta. De un vecino de mi calle.

—Cuatro —repitió el policía; observaba al muchacho sucio que tenía delante—. ¿Y cómo has costeado tu safari hacia el sur, Merl?

—¿Eh?

—¿Cómo te las has arreglado para comer? ¿Dónde has dormido?

—Normalmente dormía en el coche. Y robaba —agachó la cabeza—. De las bolsas de las mujeres, sobre todo. A veces no me veían, pero cuando me veían... corro muy rápido.

Se le saltaron las lágrimas. Había llorado bastante durante lo que el policía llamó su «safari hacia el sur», en especial por la noche, pero ese llanto no le había proporcionado verdadero alivio. El de ahora sí. Merl no sabía la razón ni le importaba.

—Tres meses, cuatro coches —dijo el policía, y el *tic tic tic* de la credencial de los jóvenes cristianos prosiguió—. ¿De qué huías, muchacho?

—De mi padrastro. Y si me mandan otra vez con ese hijo de puta, volveré a fugarme a la primera oportunidad que tenga.

—Ya, ya, entiendo. ¿Y qué edad tienes en realidad, Merl?

—Doce años, pero cumpliré trece el mes que viene.

—Doce. Por nada del mundo. Acompáñame, Merl. A ver qué hacemos contigo.

En la comisaría de Harrison Avenue, mientras esperaban a que llegase alguien de los servicios sociales, fotografiaron, despiojaron y tomaron las huellas a Merl Cassidy. Las huellas se introdujeron en la base de datos. Era un simple trámite rutinario.

11

Cuando Ralph llegó a la comisaría de Flint City, mucho más pequeña, con la intención de telefonear a Deborah Grant antes de ir por un coche patrulla para el viaje a Cap City, Bill Samuels estaba esperándolo. Tenía mal aspecto. Incluso el remolino de Alfalfa había languidecido.

—¿Qué ha pasado? —preguntó Ralph. Significaba: «¿Qué más?».

—Alec Pelley me ha enviado un mensaje de texto. Con un link.

Abrió su maletín, sacó su iPad (el grande, naturalmente, el Pro) y lo encendió. Tocó un par de veces la pantalla y se lo entregó a Ralph. El mensaje de Pelley era: **¿Seguro que quiere procesar a T. Maitland? Primero mire esto.** El link aparecía debajo. Ralph le dio click.

Lo remitió a una web del Canal 81: ¡RECURSO DE ACCESO PÚBLICO DE CAP CITY! Debajo había una serie de videos de reuniones del ayuntamiento, la reinauguración de un puente, el tutorial SU BI-

BLIOTECA Y CÓMO UTILIZARLA, y otro titulado NUEVAS INCORPORACIONES AL ZOOLÓGICO DE CAP CITY. Ralph dirigió una mirada interrogativa a Samuels.

—Desliza la pantalla hacia abajo.

Ralph lo hizo y encontró el video HARLAN COBEN DA UNA CHARLA ANTE LOS PROFESORES DE LENGUA Y LITERATURA DE LOS TRES CONDADOS. El icono PLAY quedaba sobre una mujer con gafas y el pelo tan laboriosamente engominado que daba la impresión de que una pelota de beisbol rebotaría y no le haría daño en el cráneo. Se hallaba en un estrado. Detrás se veía el logotipo de la cadena de hoteles Sheraton. Ralph puso el video en pantalla completa.

«¡Hola a todos! ¡Bienvenidos! Soy Josephine McDermott, la presidenta este año del grupo Profesores de Lengua y Literatura de los Tres Estados. Me siento muy pero muy contenta de estar aquí y de darles la bienvenida oficial a nuestra reunión anual de cerebros. Con, por supuesto, unas cuantas bebidas para adultos —esto arrancó un murmullo de risas educadas—. Este año contamos con una asistencia especialmente numerosa, y aunque me gustaría creer que mi encantadora presencia tiene algo que ver —más risas educadas—, creo que la causa tiene que ver más bien con el extraordinario ponente invitado de hoy...»

—Maitland tenía razón en una cosa —comentó Samuels—: la puta presentación es interminable. Esa mujer enumera casi todos los libros que ese tipo ha escrito en su vida. Se alarga durante nueve minutos y treinta segundos. Ahí acaba.

Ralph deslizó el dedo a lo largo del contador al pie del video sabiendo ya lo que iba a ver. No *quería* verlo pero sí quería. Su fascinación era innegable.

—Señoras y señores, tengan la amabilidad de brindar una calurosa acogida al ponente invitado de hoy, ¡el señor *Harlan Coben*!

De entre bastidores salió un caballero calvo con andar enérgico, tan alto que cuando se inclinó para estrechar la mano a la señora McDermott parecía un hombre saludando a una niña vestida de mujer. Canal 81 había considerado que ese acontecimiento tenía interés suficiente para destinar dos cámaras, y de pronto la imagen saltó al público, que aplaudía de pie. Y allí, alrededor de una mesa cerca del estrado, había tres hombres y una mujer. Ralph sintió que su estómago descendía en un ascensor exprés. Pulsó el video para detenerlo.

—Dios santo —dijo—. Es él. Terry Maitland con Roundhill, Quade y Grant.

—Basándonos en las pruebas que tenemos, no veo cómo es posible, pero desde luego parece él.

—Bill... —por un momento Ralph fue incapaz de proseguir. Se había quedado petrificado—. Bill, ese hombre entrenó a mi hijo. No solo parece él; *es* él.

—Coben habla unos cuarenta minutos. En el video casi todo el tiempo sale él en el estrado, pero de vez en cuando insertan tomas del público riendo por alguna ocurrencia ingeniosa (es ingenioso, lo reconozco) o escuchando con atención. Maitland, si es Maitland, sale en la mayoría de esas tomas. Pero lo peor aparece más o menos en el minuto cincuenta y seis. Ve ahí.

Ralph saltó al minuto cincuenta y cuatro, para más seguridad. Coben atendía ya las preguntas del público. «En mis libros nunca utilizo palabras malsonantes por el mero hecho de escribir groserías —decía—, pero en determinadas circunstancias resultan absolutamente apropiadas. Un hombre que se golpea el pulgar con un martillo no dice: "Ay, recórcholis" —risas del público—. Me queda tiempo para un par más. A ver usted, caballero.»

La imagen pasó de Coben al siguiente interlocutor. Era Terry Maitland en un amplio primer plano, y el último asomo de esperanza que a Ralph le quedaba de que aquel fuera un doble, tal como Jeannie había sugerido, se esfumó. «Cuando se sienta a escribir, ¿siempre sabe ya quién es el culpable, señor Coben, o a veces incluso usted se sorprende?»

La imagen mostró otra vez a Coben, que sonrió y dijo: «Esa es una pregunta excelente».

Antes de que Coben pudiera dar una excelente respuesta, Ralph rebobinó hasta el momento en que Terry se ponía de pie para hacer su pregunta. Observó la imagen durante veinte segundos y después devolvió el iPad al fiscal.

—Puf —dijo Samuels—. Ahí se acaba nuestro caso.

—El ADN sigue pendiente —dijo Ralph… O más bien se oyó decir. Se sentía escindido de su propio cuerpo. Supuso que así se sentían los boxeadores justo antes de que el árbitro interrumpiera el combate—. Y aún tengo que hablar con Deborah Grant. Después iré a Cap City para hacer un poco de trabajo de inspector de la vieja escuela. Mover el culo y llamar a unas cuantas puertas, como dijo alguien. Hablaré con los del hotel, y los del Firepit, adonde fueron a cenar. —Pensando en Jeannie, añadió—: Quiero ver también si hay posibilidad de obtener pruebas forenses.

—¿Sabes lo difícil que es eso en un gran hotel urbano después de casi una semana desde el día en cuestión?

—Sí.

—En cuanto al restaurante, es probable que ni siquiera esté abierto.

Samuels parecía un pequeñito al que otro más grande hubiera dado un empujón en la acera y se hubiera hecho un raspón en la rodilla. Ralph empezaba a tomar conciencia de que ese tipo no le gustaba demasiado. Intuía ya que podía rajarse en cualquier momento.

—Si está cerca del hotel, cabe la posibilidad de que abran para el brunch.

Samuels negó con la cabeza, aún con la mirada fija en la imagen detenida de Terry Maitland.

—Aunque consiguiéramos una correlación del ADN, cosa que empiezo a dudar, llevas tiempo suficiente en este oficio para saber que los jurados casi nunca condenan sobre la base del ADN y las huellas digitales. El juicio de OJ Simpson es un buen ejemplo.

—Los testigos presenciales…

—Gold los aniquilará en el contrainterrogatorio. ¿Stanhope? Una vieja medio ciega. «¿No es verdad que hace tres años que no se renueva la licencia de conducir, señora Stanhope?»

¿June Morris? Una niña que vio a un hombre ensangrentado desde el otro lado de la calle. Scowcroft estaba bebiendo, y su amigo también. Claude Bolton tiene antecedentes por consumo de drogas. Tu mejor carta es Sauce Agua de Lluvia, pero te diré una cosa, muchacho, en este estado a la gente siguen sin gustarle mucho los indios. Desconfía de ellos.

—Pero estamos metidos hasta el cuello para echarnos atrás —dijo Ralph.

—Resulta que esa es la cruda verdad.

Guardaron silencio. La puerta del despacho estaba abierta, y la sala principal de la comisaría, casi vacía, lo habitual un domingo por la mañana en aquella pequeña ciudad del sudoeste. Ralph pensó en decir a Samuels que el video los había apartado de la cuestión principal: un niño había sido asesinado y, según todas las pruebas reunidas, tenían al autor del crimen. El hecho de que aparentemente Maitland estuviera a ciento diez kilómetros de allí era algo que había que investigar y esclarecer. Ninguno de los dos descansaría en paz hasta que lo hicieran.

—Acompáñame a Cap City, si quieres.

—Ni hablar —respondió Samuels—. Voy a llevar a mi ex y a los niños al lago Ocoma. Ella se encarga del picnic. Por fin tenemos buenas relaciones, y no me gustaría estropearlo.

—De acuerdo.

El ofrecimiento no había sido muy sincero. Ralph deseaba estar solo. Quería dar vueltas a lo que antes parecía tan claro y ahora tenía visos de ser un error monumental.

Se puso de pie. A su lado, Bill Samuels guardó el iPad en el maletín y se levantó.

—Ralph, creo que podríamos perder el empleo por esto. Y si Maitland queda libre, nos demandará. Ya lo sabes.

—Vete a tu picnic. Cómete unos cuantos sándwiches. Esto todavía no ha terminado.

Samuels salió del despacho antes que él, y algo en su andar —los hombros encorvados, el lánguido golpeteo del maletín contra la rodilla— enfureció a Ralph.

—¿Bill?

Samuels se volvió.

—Violaron brutalmente a un niño en esta ciudad. Es posible que antes, o justo después, lo mataran a *dentelladas*. Aún intento asimilarlo. ¿Tú crees que a sus padres les importa mucho que perdamos nuestro empleo o que alguien demande al ayuntamiento?

Samuels no contestó. Cruzó la sala de reuniones vacía y salió al sol de primera hora de la mañana. Sería un día magnífico para un picnic, pero Ralph sospechaba que el fiscal no lo disfrutaría mucho.

12

Fred y Ollie habían llegado a la sala de espera del servicio de urgencias del hospital Mercy poco antes de que la noche del sábado diera paso a la madrugada del domingo, no más de tres minutos después que la ambulancia que trasladó a Arlene Peterson. A esa hora la amplia sala de espera estaba abarrotada de gente con magulladuras y heridas sangrantes, de borrachos y quejicosos, de llantos y toses. Como en la mayoría de los servicios de urgencias, en el del Mercy reinaba el ajetreo propio de los sábados por la noche, pero el domingo a las nueve de la mañana estaba casi vacío. Un hombre que se aferraba un vendaje improvisado en torno a una mano ensangrentada. Una mujer con un niño afiebrado en el regazo y los dos viendo las travesuras de Elmo en la televisión instalada en lo alto en un rincón. Una adolescente de cabello rizado sentada con los ojos cerrados, la cabeza echada hacia atrás y las manos agarrándose la barriga.

Y estaban ellos. Lo que quedaba de la familia Peterson. Fred había entornado los párpados a eso de las seis y se había adormilado; Ollie, en cambio, continuaba inmóvil en su asiento, con la mirada fija en el ascensor en el que había desaparecido su madre, convencido de que si el sueño lo vencía, ella moriría. «¿Así que no han podido velar conmigo una hora?», había preguntado Jesús a Pedro, y era una buena pregunta, para la que no existía respuesta.

A las nueve y diez, la puerta del ascensor se abrió y salió el médico con el que habían hablado brevemente a su llegada. Vestía un uniforme azul y un gorro azul de quirófano adornado con corazones rojos danzantes y manchado de sudor. Parecía muy cansado, y al verlos se volteó a un lado, como si deseara poder retroceder. A Ollie le bastó ver esa vacilación involuntaria para saberlo. Habría querido dejar dormir a su padre durante la andanada inicial de la mala noticia, pero eso no estaría bien. Al fin y al cabo, su padre la conocía y amaba ya cuando Ollie aún no había nacido.

—¿Qué? —exclamó Fred irguiéndose cuando Ollie le sacudió el hombro—. ¿Qué pasa?

Entonces vio al médico, que se quitó el gorro y dejó a la vista una mata de pelo castaño sudoroso.

—Caballeros, lamento decirles que la señora Peterson ha fallecido. Hemos hecho todo lo posible por salvarla, y al principio pensaba que lo conseguiríamos, pero los daños eran demasiado grandes. Lo siento muchísimo.

Fred lo miró un momento con cara de incredulidad y luego rompió a llorar. La chica del cabello rizado abrió los ojos y lo miró. El niño con fiebre se encogió.

«*Lo siento*», pensó Ollie. *Esa es la expresión del día. La semana pasada éramos una familia, ahora solo quedamos papá y yo. «Lo siento» es la expresión adecuada, desde luego. La única, no hay otra.*

Fred sollozaba con las manos en la cara. Ollie lo estrechó entre sus brazos.

13

Después de la comida, que Marcy y las niñas apenas probaron, ella entró en el dormitorio a examinar el lado del armario de Terry. Aunque él era la mitad de la pareja, su ropa ocupaba solo una cuarta parte del espacio. Terry era profesor de Lengua y Literatura, entrenador de beisbol y futbol, recaudador de fondos cuando era necesario —o sea, casi siempre—, marido y padre.

Todo eso se le daba bien, pero solo recibía un salario por su trabajo como profesor, y no le sobraba la ropa de vestir. El traje azul era el mejor, realzaba el color de sus ojos, pero presentaba indicios de desgaste y nadie que entendiera de moda masculina lo confundiría con un Brioni. Era de Men's Wearhouse, y tenía ya cuatro años. Suspiró, lo descolgó y añadió una camisa blanca y una corbata azul oscuro. Estaba colocándolo todo en una bolsa de traje cuando sonó el timbre de la puerta.

Era Howie, vestido con trapos mucho mejores que los que Marcy acababa de meter en la bolsa. Dio un rápido abrazo a las niñas y un beso a Marcy en la mejilla.

—¿Vas a traer a mi papá a casa? —preguntó Gracie.

—Hoy no, pero sí pronto —respondió él, y tomó la bolsa del traje—. ¿Y un par de zapatos, Marcy?

—Por Dios —dijo ella—. Mira que soy torpe.

Los negros estaban bien, pero necesitaban una limpieza. No había tiempo para eso. Los metió en una bolsa y regresó a la sala.

—Muy bien, estoy lista.

—De acuerdo. Camina con paso ligero y no prestes atención a los coyotes. Niñas, no abran la puerta hasta que su madre vuelva y no contesten el teléfono a no ser que reconozcan el número. ¿Entendido?

—Estaremos bien —dijo Sarah.

No lo parecía. Ninguna de las dos tenía buen aspecto. Marcy se preguntó si era posible que las niñas preadolescentes perdieran peso de la noche a la mañana. Seguramente no.

—Allá vamos —dijo Howie. Estaba efervescente, animadísimo.

Salieron de la casa, Howie cargaba con el traje y Marcy con los zapatos. Los periodistas emergieron nuevamente en el borde del jardín. «Señora Maitland, ¿ha hablado con su marido?» «¿Qué le ha dicho la policía?» «Señor Gold, ¿ha respondido Terry Maitland a las acusaciones?» «¿Van a solicitar la libertad bajo fianza?»

—De momento no tenemos nada que declarar —contestó Howie, imperturbable, mientras guiaba a Marcy hacia su Tahoe a través del resplandor de los reflectores de televisión (sin duda innecesarios en ese luminoso día de julio, pensó Marcy).

Al final del camino de acceso, Howie bajó la ventanilla y asomó la cabeza para hablar con uno de los dos policías de guardia.

—Las hijas de los Maitland están dentro. Es su responsabilidad que nadie las moleste, ¿queda claro?

No respondieron, se limitaron a mirar a Howie con semblante inexpresivo u hostil. Marcy no supo si lo uno o lo otro, pero se decantaba por lo segundo.

El júbilo y el alivio que había sentido al ver el video —Dios bendijera a Canal 81— perduraban, pero las unidades móviles de la televisión y los periodistas permanecían micrófono en mano delante de su casa. Terry seguía entre rejas…, «a la sombra», como había dicho Howie, una expresión horrible que parecía salida de una canción country del oeste. Unos desconocidos habían registrado su casa y se habían llevado lo que les había venido en gana. Pero lo peor era la expresión imperturbable de los policías, mucho más inquietante que los reflectores de televisión y las preguntas a gritos. Una máquina había engullido a su familia. Howie afirmaba que saldrían de esa indemnes, pero todavía no.

No, todavía no.

14

Marcy se sometió a un rápido registro a cargo de una funcionaria de ojos soñolientos, quien le indicó que vaciara el bolso en una bandeja de plástico y pasara por el detector de metales. La funcionaria se quedó sus licencias de conducir, las metió en una bolsita y la clavó a un tablón de anuncios junto con muchas otras.

—También el traje y los zapatos, señora.

Marcy se los entregó.

—Quiero verlo con ese traje y bien arreglado cuando venga a buscarlo mañana por la mañana —dijo Howie, y atravesó el detector de metales, que sonó.

—Se lo diremos a su mayordomo —repuso otro funcionario más allá del detector—. Ahora saque lo que lleva en los bolsillos y vuelva a intentarlo.

La causa del pitido resultó ser su llavero. Howie se lo entregó a la funcionaria y cruzó el detector por segunda vez.

—He estado aquí como cinco mil veces y siempre olvido las llaves —dijo a Marcy—. Debe de ser por algún conflicto freudiano.

Ella esbozó una sonrisa nerviosa y no contestó. Tenía la garganta seca y pensó que cualquier cosa que dijera sonaría a graznido.

Otro funcionario los guio a través de una puerta, y luego otra. Marcy oyó risas de niños y el murmullo de una conversación entre adultos. Atravesaron una sala de visitas con alfombra café. Había niños jugando. Los reclusos, con uniforme café, hablaban con sus mujeres, novias, madres. Un hombre corpulento con un lunar morado en un lado de la cara y un corte a medio cicatrizar en el otro ayudaba a su hija pequeña a redistribuir los muebles de una casa de muñecas.

Esto es una pesadilla, pensó Marcy. *Una pesadilla increíblemente vívida. Cuando me despierte, Terry estará a mi lado y le diré que he soñado que lo habían detenido por asesinato. Nos reiremos.*

Un recluso la señaló sin el menor disimulo. La mujer que se hallaba a su lado miró con los ojos muy abiertos y luego susurró algo a otra mujer. El funcionario que los acompañaba tuvo algún problema con la tarjeta que abría la puerta del extremo opuesto de la sala de visitas, y Marcy no habría jurado que no perdía el tiempo adrede. Antes de que se oyera el chasquido del cerrojo y el funcionario los hiciera pasar, dio la impresión de que todos los miraban. Incluso los niños.

Al otro lado de la puerta, siguieron por un pasillo en el que se sucedían pequeñas salas divididas por lo que parecía un cristal traslúcido. Terry esperaba sentado en una de ellas. Al verlo, perdido dentro de un uniforme café que le quedaba muy grande, Marcy se echó a llorar. Entró en su lado del habitáculo y contempló a su marido a través de lo que no era cristal sino una gruesa mampara de plexiglás. Levantó una mano, con los dedos extendidos, y él apoyó la suya al otro lado. En la mampara había unos agujeritos formando un círculo, como en los auriculares de los teléfonos antiguos, a través de los cuales se podía hablar.

—Deja de llorar, mi amor. Si no, empezaré a llorar yo también. Y siéntate.

Ella se sentó, y Howie se apretujó en la banca a su lado.

—¿Cómo están las niñas?

—Bien. Preocupadas por ti, pero hoy mejor. Tenemos muy buenas noticias. Cariño, ¿sabías que el canal de acceso público grabó la conferencia del señor Coben?

Terry se quedó boquiabierto y luego se echó a reír.

—Ahora que lo dices, me parece que la mujer que lo presentó comentó algo de eso, pero soltó tal rollo que la mayor parte del tiempo desconecté. Dios bendito.

—Sí, verdaderamente parece obra de Dios —intervino Howie, sonriente.

Terry se inclinó casi hasta tocar la mampara con la frente. Le brillaban los ojos y tenía una mirada intensa.

—Marcy…, Howie…, al final, cuando cedieron la palabra al público, le hice una pregunta a Coben. Sé que es un tiro al aire, pero tal vez quedó recogida en el audio. Si es así, quizá pueda utilizarse algún método de reconocimiento de voz, o algo por el estilo, y correlacionar las voces.

Marcy y Howie se miraron y se echaron a reír. Era un sonido poco corriente en la zona de visita de un módulo de máxima seguridad, y el celador situado al fondo del corto pasillo alzó la mirada con expresión ceñuda.

—¿Qué? ¿Qué he dicho?

—Terry, sales en el video haciendo tu pregunta —contestó Marcy—. ¿Lo entiendes? *Sales en el video*.

Por un instante Terry pareció no comprender. Hasta que de repente alzó los puños y los agitó junto a las sienes, gesto triunfal que ella le había visto a menudo cuando uno de sus equipos anotaba o realizaba una buena jugada defensiva. Sin pensarlo, levantó también ella las manos y lo imitó.

—¿Estás segura? ¿Totalmente? Parece demasiado bueno para ser verdad.

—Es verdad —confirmó Howie con una sonrisa—. En realidad, en el video te ves cinco o seis veces, cuando la toma se desplaza de Coben al público para mostrar las risas o los aplausos. La pregunta que hiciste es solo la cereza del pastel, la crema en lo alto del banana split.

—Entonces, caso cerrado, ¿no? ¿Mañana quedaré en libertad?

—No nos adelantemos a los acontecimientos —la sonrisa de Howie dio paso a una mueca un tanto lúgubre—. Mañana es la comparecencia, y disponen de un montón de pruebas forenses de las que están muy orgullosos...

—¿Cómo es posible? —prorrumpió Marcy—. ¿Cómo es *posible* si obviamente Terry estaba *allí*? ¡Esa cinta lo *demuestra*!

Howie alzó la mano en un gesto de alto.

—Nos preocuparemos por las pruebas contradictorias más adelante, aunque puedo decirles ya que las nuestras superan a las suyas. Las superan de calle. Pero se ha puesto en marcha cierta maquinaria...

—La máquina —dijo Marcy—. Sí. Conocemos esa máquina, ¿verdad, Ter?

Él asintió.

—Es como si hubiera entrado en una novela de Kafka, o en *1984*, y las hubiera arrastrado a ti y a las niñas.

—Alto ahí, alto ahí —terció Howie—. Tú no has arrastrado a nadie; han sido ellos. Esto va a resolverse, jóvenes. Se los promete el tío Howie, y el tío Howie siempre cumple sus promesas. Terry, mañana comparecerás a las nueve ante el juez Horton. Asistirás hecho un figurín con el bonito traje que te ha traído tu mujer y que ahora cuelga en el depósito de pertenencias de los reclusos. Tengo previsto reunirme con Bill Samuels para hablar de la fianza... esta noche si él accede, mañana por la mañana si no. No le gustará, insistirá en el arresto domiciliario, pero lo conseguiremos porque para entonces algún periodista habrá descubierto esa cinta de Canal 81 y las lagunas de la acusación serán vox populi. Imagino que tendrás que dejar la casa a modo de fianza, pero eso no debería implicar un gran riesgo, a menos que tengas intención de cortar la tobillera electrónica y largarte al monte.

—No pienso irme a ningún sitio —dijo Terry, muy serio. Se había sonrojado—. ¿Qué dijo aquel general en la Guerra de Secesión? «Estoy decidido a proseguir la lucha en este frente aunque me lleve todo el verano.»

—Muy bien, ¿y cuál es la próxima batalla? —preguntó Marcy.

—Diré al fiscal que no sería buena idea presentar una acusación ante el jurado. Y ese argumento se impondrá. Entonces saldrás en libertad.

Pero ¿será así?, se preguntó Marcy. *¿Saldrá? ¿Cuando afirmen que tienen sus huellas y que hay testigos que lo vieron raptar a ese niño y más tarde salir del Figgis Park manchado de sangre? ¿Volveremos a ser libres mientras el verdadero asesino siga suelto?*

—Marcy —Terry le sonreía—. Tranquila. Ya sabes lo que digo a los niños: vayamos base por base.

—Quiero preguntarte una cosa —dijo Howie—. Es solo un tiro al aire.

—Pregunta.

—Sostienen que cuentan con toda clase de pruebas forenses, aunque aún falta el ADN…

—Ahí *no puede* haber correlación —aseguró Terry—. Imposible.

—Eso mismo habría dicho yo sobre las huellas —repuso Howie.

—Quizá alguien le tendió una trampa —prorrumpió Marcy—. Ya sé que suena a paranoia, pero… —se encogió de hombros.

—Pero ¿por qué? —preguntó Howie con delicadeza—. Esa es la cuestión. ¿Saben de alguien capaz de llegar a semejantes límites con esa intención?

Los Maitland reflexionaron, uno a cada lado del plexiglás rayado, y finalmente negaron con la cabeza.

—Yo tampoco —dijo Howie—. La vida rara vez imita las novelas de Robert Ludlum. Aun así, tienen pruebas suficientes para haber practicado una detención precipitada que ahora sin duda lamentan. Mi miedo es que, aun cuando yo pueda sacarte de la máquina, la *sombra* de la máquina permanezca.

—Me he pasado casi toda la noche pensando en eso —admitió Terry.

—Yo sigo —dijo Marcy.

Howie se inclinó hacia delante con las manos entrelazadas.

—Nos sería útil disponer de alguna prueba física a la altura de las que tienen ellos. La cinta de Canal 81 está bien, y si añadimos a tus colegas, es muy probable que no necesitemos nada más, pero soy muy codicioso. Quiero más.

—¿Pruebas físicas de uno de los hoteles más frecuentados de Cap City y pasados cuatro días? —preguntó Marcy; ignoraba que estaba haciéndose eco de las palabras de Bill Samuels no mucho antes—. Parece imposible.

Terry, con las cejas juntas, miraba al vacío.

—No *completamente* imposible.

—¿Terry? —dijo Howie—. ¿En qué estás pensando?

Terry miró alrededor y sonrió.

—Puede que haya algo. Puede que sí.

15

En efecto, el Firepit abría para el brunch, de modo que Ralph fue allí en primer lugar. En ese momento tenían turno dos miembros del personal que estaban de servicio la noche del asesinato: la recepcionista y un camarero con el pelo a cepillo que parecía tener la edad mínima para comprar cerveza. La recepcionista no fue de ayuda («Esa noche teníamos esto a reventar, inspector»), y si bien el camarero recordaba vagamente haber atendido a un numeroso grupo de profesores, contestó con ambigüedad cuando Ralph le enseñó la foto de Terry del libro de la preparatoria de Flint City del año anterior. Dijo que sí, que «más o menos» recordaba a un hombre parecido a ese, pero no se atrevía a jurar que fuese el de la foto. Añadió que ni siquiera estaba muy seguro de que ese hombre formara parte del grupo de profesores. «Oiga, igual solo le serví unas alitas de pollo en la barra.»

Ahí quedó la cosa, pues.

Al principio Ralph no tuvo más suerte en el Sheraton. Le confirmaron que Maitland y William Quade se alojaron en la habitación 644 el martes por la noche, y el gerente del hotel le enseñó la factura, pero la firma era de Quade. Había utilizado su tarjeta American Express. El gerente también le dijo que la habitación 644 había estado ocupada todas las noches desde que Maitland y Quade la dejaron, y la habían limpiado todas las mañanas.

—Y por la noche ofrecemos servicio de apertura de cama —añadió el gerente, para colmo—. Lo que significa que la habitación se ha limpiado dos veces casi todos los días.

No, no había inconveniente en que el inspector Anderson examinara las imágenes de las cámaras de seguridad, y Ralph llevó a cabo la tarea sin quejarse de que antes se hubiera dado acceso a Alec Pelley. (Ralph no era policía de Cap City, y por tanto se imponía la diplomacia.) Las imágenes eran a todo color, y nítidas; nada de cámaras viejas a lo Zoney's Go-Mart para el Sheraton de Cap City. Vio a un hombre que se parecía a Terry en el vestíbulo, en la tienda de regalos, haciendo una tabla rápida de ejercicios el miércoles por la mañana en la sala de fitness del hotel, y frente al salón de baile, en la cola de los autógrafos. Las imágenes del vestíbulo y de la tienda de regalos eran discutibles, pero no cabía la menor duda —al menos en su cabeza— de que el hombre que firmaba en el registro para utilizar las máquinas en el gimnasio y el que esperaba en la fila para conseguir un autógrafo era el antiguo entrenador de su hijo. El que había enseñado a Derek el toque de arrastre, gracias a lo cual su apodo pasó de Swiffer a Dale.

En su cabeza, Ralph oía decir a su mujer que las pruebas forenses de Cap City eran la pieza faltante, la puerta al éxito. «Si Terry estaba aquí», había dicho Jeanette refiriéndose a que estaba en Flint City cometiendo el asesinato, «el que estuvo allí debía de ser el doble. Es la única explicación que tiene sentido».

—Nada tiene sentido —mascculló con la mirada fija en el monitor.

En la pantalla aparecía la imagen congelada de un hombre que ciertamente parecía Terry Maitland riéndose en la fila de los autógrafos con el jefe de su departamento, Roundhill.

—¿Cómo dice? —preguntó el guardia de seguridad del hotel que le había mostrado las grabaciones.

—No, nada.

—¿Quiere ver alguna otra cosa?

—No, pero gracias.

Había sido un esfuerzo inútil. En cualquier caso, con la grabación de la conferencia de Canal 81, las tomas de las cámaras de seguridad apenas tenían la menor trascendencia, porque el que aparecía durante la tanda de preguntas era Terry. De eso no había la menor duda.

Salvo que en un rincón de su mente, Ralph seguía dudando. La manera en que Terry se había puesto de pie para formular la pregunta, como si supiera que una cámara estaría enfocándolo, era condenadamente *perfecta*. ¿Cabía la posibilidad de que todo fuera un montaje? ¿Un número de prestidigitación asombroso pero en último extremo explicable? Ralph no entendía cómo era posible, pero tampoco sabía cómo había atravesado David Copperfield la Gran Muralla China y lo había visto por televisión. En tal caso, Terry Maitland no solo era un asesino: era un asesino que se reía de ellos.

—Inspector, solo a modo de aviso —dijo el guardia de seguridad del hotel—. Me ha llegado una nota de Harley Brigh, el jefe, en la que me dice que todo lo que usted acaba de examinar debe guardarse para un abogado, un tal Howard Gold.

—Me da igual lo que haga con eso —contestó Ralph—. Por mí, puede mandárselo a Sarah Palin a Giliflautas, Alaska. Yo me voy a casa.

Sí. Buena idea. Se iría a casa, se sentaría en el jardín de atrás con Jeannie y se repartirían un six pack de cervezas: cuatro para él, dos para ella. Y procuraría no volverse loco pensando en esa maldita paradoja.

El de seguridad lo acompañó a la puerta de la oficina.

—Según las noticias, han atrapado ya ustedes al hombre que mató a ese niño.

—En las noticias dicen muchas cosas. Gracias por su tiempo.

—Es siempre un placer ser de ayuda a la policía.

Ojalá lo hubiera sido, pensó Ralph.

Se detuvo al final del vestíbulo y, con la mano ya preparada para empujar la puerta giratoria, se le ocurrió una idea. Debía aprovechar que estaba allí para hacer una comprobación en otro sitio. Según Terry, Debbie Grant fue al baño de mujeres tan pronto como terminó la conferencia de Coben y estuvo ausente mucho rato. «Fui al puesto de periódicos con Ev y Billy», había dicho Terry. «Debbie se reunió allí con nosotros.»

El puesto de periódicos resultó ser un anexo a la tienda de regalos. Detrás del mostrador, una mujer de pelo cano, maquillada en exceso, reordenaba bisutería. Ralph se identificó y le preguntó si había trabajado allí la tarde del martes anterior.

—Encanto —dijo ella—, trabajo aquí *todos* los días a no ser que esté enferma. No recibo ningún extra por los libros y las revistas, pero en la bisutería y las tazas de recuerdo me llevo una comisión.

—¿Se acuerda de este hombre? Estuvo aquí el martes pasado con un grupo de profesores de literatura, para asistir a una conferencia.

Le enseñó la foto de Terry.

—Claro que me acuerdo. Me preguntó por el libro del condado de Flint. La primera persona que mostraba interés en ese libro desde hacía Dios sabe cuánto tiempo... No lo encargué yo, ese maldito libro ya estaba aquí cuando empecé a ocuparme de la tienda en el año 2010. Debería ponerlo en un estante más bajo, supongo, pero ¿con qué lo sustituyo? Todo lo que queda por encima o por debajo del nivel de los ojos no tiene salida, eso es algo que no tardas en descubrir cuando te haces cargo de un sitio como este. Al menos las cosas de los estantes inferiores son baratas. Esa altura se reserva para las publicaciones caras, con fotografías y papel satinado.

—¿De qué libro estamos hablando, señora…? —Consultó el nombre en su placa de identificación—. ¿Señora Levelle?

—De ese —respondió ella, y lo señaló—. *Historia en imágenes del condado de Flint, el condado de Douree y el municipio de Canning*. Menudo trabalenguas, ¿eh?

Ralph, al voltear, vio dos estantes de material de lectura junto a un estante de tazas y platos de recuerdo. Uno de los estantes contenía revistas; el otro, libros de bolsillo y novelas de reciente publicación en tapa dura. En el anaquel superior de este último había cinco o seis volúmenes más grandes, lo que Jeannie habría llamado «libros de mesita de centro». Estaban retractilados para que los mirones no ensuciaran las páginas ni doblaran las esquinas. Ralph se acercó y alzó la vista. Terry, que medía como mínimo ocho centímetros más que él, no habría tenido que alzar la vista ni ponerse de puntillas para tomar uno.

Tendió la mano hacia el libro que la señora Levelle había mencionado, pero cambió de idea. Volteó hacia ella.

—Dígame qué recuerda.

—¿Cómo? ¿Sobre ese hombre? Nada digno de mención. En la tienda de regalos había mucho ajetreo después de la conferencia, eso lo recuerdo, pero a mí solo me llegó un goteo de clientes. Ya sabe por qué, ¿no?

Ralph, haciendo acopio de paciencia, negó con la cabeza. Allí había algo, sin duda, y creyó —*esperó*— saber qué era.

—No querían perder su puesto en la fila, claro, y todos tenían ya el nuevo libro del señor Coben, que podían leer mientras esperaban. Sin embargo, esos tres caballeros sí entraron, y uno de ellos, el gordo, compró el nuevo libro en tapa dura de Lisa Gardner. Los otros dos se limitaron a ojear. Al final, una señora asomó la cabeza, dijo que ya estaba y se marcharon. Por sus autógrafos, supongo.

—Pero uno de ellos, el alto, se mostró interesado por el libro sobre el condado de Flint.

—Sí, pero me parece que la parte del título que captó su atención fue el municipio de Canning. ¿No dijo que su familia vivió allí durante mucho tiempo?

—No lo sé —contestó Ralph—. Dígamelo usted.

—Casi seguro que sí. Lo tomó, pero cuando vio el precio, setenta y nueve con noventa y nueve dólares, volvió a dejarlo en el estante.

Bingo, ahí estaba.

—¿Ha mirado alguien más ese libro desde entonces? ¿Lo ha tomado y manipulado alguien?

—¿Ese? Está usted bromeando.

Ralph se acercó al estante, se puso de puntillas y tomó el libro retractilado. Lo sostuvo por los costados, entre las palmas de las manos. Una fotografía en sepia de un antiguo cortejo fúnebre ilustraba la portada. Seis vaqueros, con ajados sombreros y pistolas al cinto, metían un ataúd de tablones en un cementerio polvoriento. Un predicador (también con un arma enfundada) los esperaba en el extremo de una tumba abierta con una Biblia en las manos.

A la señora Levelle se le iluminó el rostro.

—¿De verdad quiere comprarlo?

—Sí.

—Bien, démelo y lo pasaré por el lector.

—Mejor no.

Sostuvo el libro con el código de barras de cara a la señora Levelle y ella acercó el lector.

—Son ochenta y cuatro con catorce, impuestos incluidos, pero lo redondearemos en ochenta y cuatro.

Ralph apoyó el libro cuidadosamente sobre el borde para entregar la tarjeta de crédito. Se guardó el recibo en el bolsillo del pecho y después recogió el libro de nuevo sin tocarlo más que con las palmas, sosteniéndolo como un cáliz.

—Lo manipuló —dijo, no tanto para que ella lo corroborara como para confirmar su absurdo golpe de suerte—. Está usted segura de que el hombre de la foto que le he enseñado manipuló este libro.

—Lo tomó y dijo que la foto de la tapa se tomó en el municipio de Canning. Luego miró el precio y lo dejó. Tal como le he dicho. ¿Es una prueba o algo así?

—No lo sé —respondió Ralph observando la antigua comitiva fúnebre que ilustraba la portada—. Pero voy a averiguarlo.

16

El cadáver de Frank Peterson se llevó a la funeraria Hermanos Donelli el jueves por la tarde. Arlene Peterson había organizado eso y todo lo demás: la necrológica, las flores, el oficio de difuntos del viernes por la mañana, el funeral, el oficio junto a la tumba y la reunión de amigos y familiares del sábado por la noche. De eso tenía que ocuparse ella por fuerza. Fred, incluso en el mejor de los casos, era un inútil en cuestión de preparativos sociales.

Pero esta vez tengo que ocuparme yo, se dijo Fred cuando Ollie y él llegaron a casa del hospital. *Tengo que ocuparme yo porque no hay nadie más. Y ese hombre de Donelli me ayudará. Son expertos en esto.* Pero ¿cómo iba a pagar un *segundo* funeral tan seguido del primero? ¿Lo cubriría el seguro? No lo sabía. Arlene se encargaba también de eso. Tenían un acuerdo: él ganaba el dinero y ella pagaba las facturas. Tendría que buscar los papeles del seguro en el escritorio de Arlene. Se cansaba solo de pensarlo.

Se sentaron en la sala. Ollie encendió la televisión. Retransmitían un partido de futbol. Lo vieron durante un rato, aunque en realidad a ninguno de los dos le interesaba ese deporte; ellos eran aficionados al futbol americano. Al final, Fred se levantó, salió cansinamente al pasillo y regresó con la vieja agenda roja de Arlene. La abrió por la D, y sí, ahí estaba: Hermanos Donelli. La pulcra letra de su mujer aparecía allí vacilante, ¿y cómo no? Seguramente no había anotado el número de una funeraria *antes* de la muerte de Frank, ¿no? En principio los Peterson deberían haber tardado años en preocuparse por los ritos funerarios. Años.

Mirando la agenda, la piel roja descolorida y gastada, Fred pensó en tantas veces como la había visto en las manos de Arlene, anotando remites de los sobres antaño y direcciones de correo electrónico recientemente. Se echó a llorar.

—No puedo —dijo—. Sencillamente no puedo. No tan pronto después de Frankie.

En la televisión, el locutor exclamó «*¡GOL!*» y los jugadores de la camiseta roja se echaron unos encima de otros. Ollie la apagó y extendió la mano.

—Deja, yo lo hago.

Fred lo miró con ojos rojos y llorosos.

Ollie asintió.

—No te preocupes, papá. En serio. Me ocuparé yo de todos los detalles. ¿Por qué no subes y te acuestas?

Y aunque Fred sabía que probablemente no estaba bien dejar esa carga en manos de su hijo de diecisiete años, eso fue lo que hizo. Se prometió que acarrearía su parte del peso a su debido tiempo, pero en ese momento necesitaba una siesta. Estaba muy cansado.

17

Alec Pelley no pudo liberarse aquel domingo de sus propios compromisos familiares hasta las tres y media. Pasaban ya de las cinco cuando llegó al Sheraton de Cap City, pero el sol vespertino aún horadaba el cielo. Se estacionó ante el hotel, entregó diez dólares al valet parking y le dijo que lo dejara cerca. En el puesto de periódicos, Lorette Levelle reordenaba una vez más la bisutería. La visita de Alec a la tienda fue breve. Volvió a salir, se apoyó en su Explorer y telefoneó a Howie Gold.

—Llegué antes que Anderson a las grabaciones de las cámaras de seguridad y de la televisión, pero él se me ha adelantado con el libro. Y lo compró. Digamos que hemos quedado tablas.

—Maldición —dijo Howie—. ¿Cómo se ha enterado?

—No creo que lo supiera. Me parece que ha sido una combinación de suerte y trabajo policial a la antigua usanza. La mujer que atiende el puesto dice que un hombre tomó el libro el día de la conferencia de Coben, vio el precio, más de ochenta dólares, y volvió a dejarlo. No sabía que ese hombre era Maitland, así que supongo que no ve las noticias. Se lo ha contado a Anderson, y Anderson ha comprado el libro. Dice que ha salido sujetándolo por los lados con las palmas de las manos.

—Con la esperanza de encontrar huellas que no se correspondan con las de Terry —dijo Howie—, lo que induciría a pensar que quienquiera que manipulase ese libro *no* era Terry. No le servirá. Sabe Dios cuánta gente habrá tomado y manipulado ese libro.

—La encargada del puesto se permitiría discrepar. Dice que no lo ha tocado nadie en meses.

—Da igual.

Howie no parecía preocupado, así que Alec tuvo que preocuparse por los dos. Aquello era un detalle menor, pero ahí estaba. Un pequeño fallo en un caso que lucía tan bonito como un cuadro en un museo. Un *posible* fallo, se recordó, y Howie podría soslayarlo fácilmente; al jurado no les interesaba lo que *no existía*.

—Solo quería que lo supieras, jefe. Para eso me pagas.

—Muy bien, ahora lo sé. Mañana asistirás a la comparecencia, ¿no?

—No me la perdería por nada —contestó Alec—. ¿Has hablado con Samuels sobre la fianza?

—Sí. Ha sido una conversación breve. Ha dicho que se opondría en cuerpo y alma. Palabras textuales.

—Dios mío, ¿ese hombre tiene botón de apagado?

—Buena pregunta.

—¿La conseguirás igualmente?

—Es muy posible. No es seguro, pero soy más bien optimista.

—Si lo consigues, dile a Maitland que no salga de paseo por su barrio. Mucha gente tiene armas en casa, y ahora mismo él es el hombre menos apreciado de Flint City.

—Estará confinado en su domicilio, y no te quepa duda de que la policía vigilará la casa —Howie dejó escapar un suspiro—. Qué lástima lo del libro.

Alec puso fin a la llamada y subió de inmediato a su coche. Quería llegar a casa con tiempo de sobra para preparar unas palomitas antes de *Juego de tronos*.

18

Esa noche, Ralph Anderson y el inspector de la Policía del Estado Yunel Sablo se reunieron con el fiscal del condado de Flint en el estudio de la casa de Bill Samuels, en la zona norte de la ciudad, un barrio un tanto acomodado, de casas grandes que aspiraban al rango de mansión y no acababan de conseguirlo. Fuera, las dos hijas de Samuels se perseguían entre los aspersores del jardín trasero mientras la penumbra se disolvía lentamente en la oscuridad de la noche. La ex de Samuels se había quedado a prepararles la cena. Samuels había estado de buen humor durante toda la comida, a menudo le daba palmaditas en la mano, incluso se la tomó brevemente en alguna ocasión, a lo cual ella en apariencia no ponía ningún reparo. *Muchas confianzas para una pareja que vive separada*, pensó Ralph, y mejor para ellos. Pero ahora que habían terminado de cenar, la ex estaba recogiendo las cosas de las niñas y Ralph sospechaba que el buen ánimo del fiscal Samuels pronto se desvanecería.

Historia en imágenes del condado de Flint, el condado de Douree y el municipio de Canning se hallaba encima de la mesita de centro, dentro de una bolsa de plástico transparente que Ralph había sacado de un cajón de la cocina y deslizado con cuidado en torno al libro. El cortejo fúnebre se veía borroso porque el retractilado estaba cubierto de polvos reactivos. En la portada, cerca del lomo, se distinguía una huella de un pulgar, tan nítida como la fecha en una moneda nueva.

—En la parte de atrás hay otras cuatro aún mejores —señaló Ralph—. Así es como se sujeta un libro pesado: el pulgar delante, los otros dedos detrás, un poco abiertos, a modo de apoyo. Me habría gustado llevarlo a examinar allí mismo en Cap City, pero no disponía de las huellas de Terry para la comparación. Así que tomé lo que necesitaba en la comisaría y lo he hecho en casa.

Samuels enarcó las cejas.

—¿Te has llevado la ficha con sus huellas de la sección de pruebas?

—Claro que no, la fotocopié.

—No nos tengas en ascuas —dijo Sablo.

—No —dijo Ralph—. Se corresponden. Las huellas de este libro pertenecen a Terry Maitland.

El hombre que durante la cena, sentado junto a su ex, brillaba como el sol desapareció. Un hombre de semblante encapotado que amenazaba tormenta ocupó su lugar.

—No puedes estar seguro de eso sin una correlación por computadora.

—Bill, yo me dedicaba a esto antes de que esa técnica existiera *—en los tiempos en que tú todavía intentabas mirar debajo de las faldas de las niñas en el pasillo de la secundaria—*. Son las huellas de Maitland, y la comparación por computadora lo confirmará. Miren.

Sacó unas cuantas fichas del bolsillo interior de su blazer y las dispuso en dos filas sobre la mesita de centro.

—He aquí las huellas de Terry obtenidas anoche en el momento de ficharlo. Y he aquí las huellas de Terry en el plástico retractilado. A ver, ¿qué me dicen?

Samuels y Sablo se inclinaron hacia delante y, desplazando la vista de un lado a otro, compararon las fichas de la izquierda con las de la derecha. Sablo fue el primero en recostarse de nuevo.

—Me lo creo.

—Yo me niego hasta que tengamos la comparación por computadora —insistió Samuels. Su voz sonó poco natural porque apretaba los dientes. En otras circunstancias podría haber sido gracioso.

Ralph no contestó de inmediato. Sentía curiosidad por Bill Samuels y albergaba la esperanza (era optimista por naturaleza) de haberse equivocado en su anterior juicio sobre él: que casi con toda seguridad se rajaría si debía enfrentarse a un contraataque realmente enérgico. Su ex todavía le tenía cierta consideración, eso estaba claro, y las niñas lo querían con locura, pero eso solo dejaba ver una faceta de la personalidad de un hombre. Un hombre no era el mismo en su casa que en el trabajo, y menos si era ambicioso y se tropezaba con un súbito obstáculo que acaso frustrara sus grandes planes en ciernes. Para Ralph, esas cosas importaban. Importaban mucho, porque Samuels y él estaban juntos en ese caso, ganaran o perdieran.

—Es imposible —dijo Samuels al tiempo que se llevaba una mano a la cabeza para alisarse el remolino; pero esa noche no había remolino, esa noche su pelo se comportaba—. No pudo estar en dos sitios al mismo tiempo.

—Sin embargo, eso es lo que parece —comentó Sablo—. Hasta hoy no disponíamos de ninguna prueba forense en Cap City. Ahora sí la hay.

Samuels se animó momentáneamente.

—Tal vez manipuló el libro en una ocasión anterior. Preparando la coartada. Como parte del montaje.

Olvidaba, por lo visto, su interpretación previa, a saber, que el asesinato de Frank Peterson había sido fruto del impulso de un hombre que ya no podía controlar sus instintos.

—No puede descartarse —admitió Ralph—, pero he visto muchas huellas digitales, y estas parecen bastante recientes. La calidad del detalle de las crestas es muy buena. No sería así si se hubieran dejado semanas o meses atrás.

Con voz casi inaudible, Sablo dijo:

—'*Mano*, es como si tienes un doce y te sale una figura.

—¿Qué? —Samuels giró bruscamente la cabeza.

—En el blackjack —aclaró Ralph—. Quiere decir que habría sido mejor que no lo hubiéramos encontrado. Que no hubiéramos pedido carta.

Se quedaron pensativos. Cuando Samuels despegó los labios, sonó casi simpático..., un hombre pasando el rato.

—He aquí una hipótesis. ¿Y si hubieras espolvoreado ese plástico y no hubieras descubierto nada? ¿O solo algún que otro borrón no identificable?

—No estaríamos en mejor situación —dijo Sablo—, pero tampoco peor.

Samuels asintió con la cabeza.

—En ese caso, hipotéticamente hablando, Ralph no sería más que un hombre que ha comprado un libro bastante caro. No lo tiraría; lo consideraría una buena idea que no ha cuajado y lo colocaría en un estante. Después de quitar el retractilado y tirarlo a la basura, claro está.

Sablo miró primero a Samuels y luego a Ralph con semblante inexpresivo.

—¿Y estas fichas con las huellas? —preguntó Ralph—. ¿Qué pasa con ellas?

—¿Qué fichas? —preguntó Samuels—. Yo no veo ninguna ficha. ¿Y usted, Yune?

—No sé si las veo o no —contestó Sablo.

—Estás hablando de destrucción de pruebas —afirmó Ralph.

—Ni mucho menos. Todo esto es solo hipotético —Samuels levantó de nuevo la mano para alisarse el remolino inexistente—. Pero he aquí algo en lo que pensar, Ralph. Has ido primero a la comisaría, pero has hecho la comparación en casa. ¿Estaba allí tu mujer?

—Jeannie estaba en su club de lectura.

—Ya, y mira: el libro está en una bolsa de cocina, no en una oficial. No se ha registrado como prueba.

—Todavía no —admitió Ralph, pero ahora, en lugar de pensar en las distintas facetas de la personalidad de Bill Samuels, pensó en las distintas facetas de su propia personalidad.

—Solo digo que esa misma posibilidad hipotética podría haberte rondado a ti la cabeza.

¿Le había rondado la cabeza? Ralph era incapaz de contestar con franqueza a esa pregunta. Y si le había rondado la cabeza, *¿por qué?* ¿Para ahorrarse una mancha en su carrera ahora que ese asunto había descarrilado y corría el peligro de volcar?

—No —contestó—. Esto se registrará como prueba, se convertirá en parte del hallazgo. Porque ese niño está muerto, Bill. Lo que nos pase a nosotros es una nimiedad comparado con eso.

—Estoy de acuerdo —declaró Sablo.

—Claro que sí —dijo Samuels. Sonó cansado—. En cualquier caso, el teniente Yune Sablo sobrevivirá.

—Hablando de supervivencia —prosiguió Ralph—, ¿qué me dices de la de Terry Maitland? ¿Y si en realidad tenemos a un hombre inocente?

—No es así —dijo Samuels—. Las pruebas dicen que no es así.

Y con eso terminó la reunión.

Ralph regresó a la comisaría. Allí registró *Historia en imágenes del condado de Flint, el condado de Douree y el municipio de Canning* y lo guardó junto con el material del expediente, cada vez más copioso. Se alegró de librarse de él.

Mientras rodeaba el edificio de camino hacia su coche, sonó el celular. En la pantalla apareció la foto de su mujer, y cuando contestó, su tono de voz lo alarmó.

—¿Mi amor? ¿Has estado llorando?

—Ha llamado Derek. Del campamento.

A Ralph se le aceleró una pizca el corazón.

—¿Le ha pasado algo?

—Está bien. Bien *físicamente*. Pero algunos amigos suyos le han mandado e-mails sobre Terry y está inquieto. Ha dicho que tenía que ser un error, que el Entrenador T nunca haría algo así.

—Ah. ¿Eso es todo? —reanudó la marcha a la vez que buscaba a tientas las llaves con la mano libre.

—No, no es *todo* —repuso ella con vehemencia—. ¿Dónde estás?

—En la comisaría. A punto de irme a casa.

—¿Puedes pasar antes por la cárcel? ¿Y hablar con él?

—¿Con Terry? Supongo que podría, si él accede a verme, pero ¿por qué?

—Por un momento olvida las pruebas. Todas, las de uno y otro lado, y contesta sinceramente, con el corazón en la mano, a una pregunta. ¿Lo harás?

—Sí, está bien...

Oía el zumbido lejano de los tráileres en la interestatal. Más cerca, el plácido sonido estival de los grillos en el pasto que crecía junto al edificio de ladrillo donde había trabajado durante tantos años. Sabía qué iba a preguntarle.

—¿*Tú* crees que Terry Maitland mató a ese niño?

Ralph pensó en que el hombre que había subido al taxi de Sauce Agua de Lluvia para ir a Dubrow la había llamado «señora» en lugar de dirigirse a ella por su nombre, que debería haber conocido. Pensó en que el hombre que había estacionado la camioneta blanca en la parte de atrás del Shorty's Pub había pedido indicaciones para llegar a la clínica más cercana, pese a que Terry Maitland había vivido en Flint City toda su vida. Pensó en los profesores que jurarían que Terry había estado con ellos tanto a la hora del secuestro como del asesinato. Luego pensó en lo oportuno que era que Terry no solo hubiese hecho una pregunta en la charla del señor Harlan Coben, sino que además se hubiese *puesto de pie*, como para asegurarse de que lo veían y lo grababan. Incluso las huellas digitales en el libro... ¿no era ese un detalle perfecto?

—¿Ralph? ¿Sigues ahí?

—No lo sé —contesto él—. Quizá si hubiese entrenado con él como Howie..., pero yo solo lo vi entrenar a Derek. Así que la respuesta a tu pregunta, sinceramente y con el corazón en la mano, es que no lo sé.

—Entonces ve allí —insistió ella—. Míralo a los ojos y *pregúntaselo*.

—Samuels me hará un culo nuevo si se entera —contestó Ralph.

—Bill Samuels me tiene sin cuidado, pero nuestro hijo sí me importa. Y sé que a ti también. Hazlo por él, Ralph. Por Derek.

19

Resultó que Arlene Peterson sí tenía un seguro por fallecimiento, así que por ese lado ningún problema. Ollie encontró los papeles en el cajón inferior del pequeño escritorio de su madre, dentro de una carpeta, entre HIPOTECA (casi estaba ya pagada) y GARANTÍAS DE ELECTRODOMÉSTICOS. Telefoneó a la funeraria, donde un hombre con la voz queda propia de un doliente profesional —quizá uno de los hermanos Donelli, quizá no— le dio las gracias y le dijo: «Tu madre ha llegado». Como si hubiera ido hasta allí por propia iniciativa, quizá en un coche de Uber. El doliente profesional preguntó a Ollie si necesitaba un formulario para la necrológica del periódico. Ollie contestó que no. Tenía ante sí, en el escritorio, dos formularios en blanco. Su madre —meticulosa incluso en su aflicción— debía de haber hecho fotocopias de uno de los que le habían dado para Frank, por si cometía algún error. Por ese lado tampoco había problema, pues. ¿Pasaría por allí al día siguiente para los preparativos del funeral y el entierro? Ollie contestó que seguramente no. Pensó que eso le correspondía a su padre.

Una vez resuelto el asunto del pago por los ritos fúnebres de su madre, Ollie dejó caer la cabeza en el escritorio y lloró un rato. Lo hizo en silencio para no despertar a su padre. Cuando ya no le quedaban lágrimas, llenó uno de los formularios para la necrológica, todo en mayúsculas porque tenía una letra pésima. Concluida esa tarea, fue a la cocina y contempló el desastre: pasta en el linóleo, restos de pollo debajo del reloj, un montón de tuppers y platos tapados en las encimeras. Pensó en una frase que solía decir su madre después de las grandes comidas familiares: «Aquí han comido cerdos». Sacó una bolsa de basura grande de debajo del fregadero y lo echó todo dentro, empezando por la carcasa de pollo, que resultaba especialmente repugnante. Después trapeo el piso. En cuanto todo estuvo rechinando de limpio (otra expresión de su madre), descubrió que tenía hambre. Eso le pareció mal pero era un hecho. Las personas eran en esencia animales, comprendió. Incluso con tu madre y tu hermano pequeño muertos, tenías que comer y cagar lo que habías comido. El cuerpo lo exigía. Abrió el refrigerador y descubrió que estaba a rebosar: más cazuelas, más tuppers, más fiambres. Eligió un pastel de carne, su superficie una llanura nevada de puré de papa, y lo metió en el horno a 180 °C. Mientras estaba apoyado en la encimera esperando a que se calentara, sintiéndose como un visitante dentro de su propia cabeza, entró su padre. Tenía el cabello alborotado. «Tienes el pelo de punta», habría dicho Arlene Peterson. Necesitaba un afeitado. Tenía los ojos hinchados y mirada aturdida.

—Me he tomado una de las pastillas de tu madre y he dormido demasiado —dijo.

—No te preocupes, papá.

—Has limpiado la cocina. Debería haberte ayudado.

—No pasa nada.

—Tu madre…, el funeral…

Parecía no saber cómo seguir. Ollie se fijó en que llevaba el cierre abierto y lo invadió una incipiente lástima. Pero no iba a echarse a llorar otra vez, parecía que se había quedado sin lágrimas, al menos de momento. Otro problema menos. *Debo ver el lado bueno de las cosas*, pensó Ollie.

—Está todo controlado —informó a su padre—. Ella tenía un seguro de entierro, los dos, tú también, y la han llevado… allí. A ese sitio. Ya sabes, a esa sala.

Temía decir «funeraria» porque su padre podría venirse abajo. Y entonces *él* también podría venirse abajo otra vez.

—Ah. Bien —Fred se sentó y se apoyó la base de la mano en la frente—. Eso debería haberlo hecho yo. Era tarea mía. Responsabilidad mía. No debería haber dormido tanto.

—Puedes ir allí mañana. Elegir el ataúd y todo eso.

—¿Adónde?

—A Hermanos Donelli. Como Frank.

—Está muerta —dijo Fred, asombrado—. Ni siquiera me cabe en la cabeza.

—Ya —dijo Ollie, aunque él no tenía otra cosa en la cabeza. Esa necesidad de disculparse de su madre hasta el final. Como si todo fuera culpa suya cuando nada lo era—. El hombre de la funeraria ha dicho que hay que decidir algunas cosas. ¿Podrás encargarte tú de eso?

—Claro. Mañana estaré mejor. Huele bien.

—Pastel de carne.

—¿Lo preparó tu madre o lo trajo alguien?

—No lo sé.

—El caso es que huele bien.

Comieron sentados a la mesa de la cocina. Ollie dejó los platos en el fregadero, porque el lavavajillas estaba lleno. Fueron a la sala. En la tele estaban pasando el beisbol, Phillies contra Mets. Vieron el partido sin hablar, explorando cada uno a su manera los contornos del agujero que había aparecido en su vida, para no caer en él. Al cabo de un rato, Ollie salió a la escalera de atrás y se sentó allí a contemplar las estrellas. Había muchas. También vio una estrella fugaz, un satélite terrestre y varios aviones. Pensó en que su madre había muerto y no volvería a ver nada de eso. Era totalmente absurdo. Cuando entró de nuevo, el partido de beisbol iba por la novena entrada y estaba empatado, y su padre se había quedado dormido en su sillón. Ollie le dio un beso en la coronilla. Fred no se movió.

20

Ralph recibió un mensaje de texto cuando se dirigía hacia la cárcel del condado. Era de Kinderman, del departamento de Informática Forense de la Policía del Estado. Ralph se detuvo en el acto y devolvió la llamada. Kinderman contestó al primer timbrazo.

—¿Es que ustedes no descansan el domingo por la noche? —preguntó Ralph.

—Qué quiere que le diga, somos raros —de fondo, Ralph oyó el barullo de un grupo de heavy metal—. Además, siempre he pensado que las buenas noticias pueden esperar, pero las malas hay que darlas enseguida. No hemos acabado de examinar los discos duros de Maitland en busca de archivos ocultos, y algunos pederastas son muy hábiles al respecto, pero aparentemente está limpio. Ni porno infantil ni porno de ningún tipo. Ni en la computadora ni en la laptop ni en el iPad ni en el teléfono. La decencia personificada.

—¿Y su historial de navegación?

—Hay muchos sitios, pero todos previsibles: webs de compras como Amazon, blogs de noticias como el *Huffington Post*, media docena de páginas de deportes. Sigue los resultados de las grandes ligas y, según parece, es fanático de los Bay Rays de Tampa. Eso por sí solo indica que le falla algo en la cabeza. Ve *Ozark* en Netflix, y *The Americans* en iTunes. Esa a mí también me gusta.

—Siga buscando.

—Para eso me pagan.

Ralph se estacionó en un lugar de SOLO VEHÍCULOS OFICIALES detrás de la cárcel del condado, sacó de la guantera su tarjeta de policía de servicio y la dejó en el tablero. Lo esperaba un funcionario de prisiones —L. KEENE, según su placa identificativa—, que lo acompañó a una de las salas de interrogatorios.

—Esto va contra las normas, inspector. Son casi las diez.

—Sé qué hora es, y no estoy aquí con fines recreativos.

—¿Sabe el fiscal que ha venido?

—Eso está por encima de su rango, funcionario Keene.

Ralph se sentó a un lado de la mesa y esperó a ver si Terry se dignaba aparecer. No había porno ni en sus computadoras ni en la casa, al menos hasta el momento no lo habían encontrado. Pero, como Kinderman había señalado, los pederastas podían ser muy hábiles.

Aunque, ¿había sido muy hábil al mostrar su cara? ¿O al dejar huellas?

Sabía qué diría Samuels: Terry se hallaba en un estado de desenfreno. Antes (era como si hubiera pasado una eternidad) a Ralph le parecía que tenía sentido.

Keene hizo pasar a Terry. Vestía el uniforme café carcelario y unas chanclas de plástico baratas. Llevaba las manos esposadas delante.

—Quítele las esposas, funcionario.

Keene negó con la cabeza.

—Protocolo.

—Yo asumo la responsabilidad.

Keene esbozó una sonrisa desabrida.

—No, inspector, no la asume. Este es mi territorio, y si él decide saltar por encima de la mesa y estrangularlo, la culpa será mía. Pero le propongo una cosa: no lo sujetaré al anclaje de la mesa. ¿Qué le parece?

Terry sonrió al oírlo, como diciendo: «Ya ves lo que tengo que aguantar».

Ralph suspiró.

—Puede dejarnos, funcionario Keene. Y gracias.

Keene se marchó, pero se quedaría mirando a través del espejo unidireccional. Y probablemente escuchando. Samuels se enteraría; era inevitable.

Ralph miró a Terry.

—No te quedes ahí parado. Siéntate, por Dios.

Terry se sentó y entrelazó las manos sobre la mesa. La cadena de las esposas tintineó.

—A Howie Gold no le parecería bien que me reuniera contigo —seguía sonriendo.

—A Samuels tampoco, así que estamos empatados.

—¿Qué quieres?

—Respuestas. Si eres inocente, ¿cómo es que te han identificado cinco o seis testigos? ¿Por qué están tus huellas en la rama utilizada para sodomizar a ese niño y por toda la camioneta usada para el secuestro?

Terry movió la cabeza en un gesto de negación. La sonrisa se había desvanecido.

—Yo estoy tan desconcertado como tú. Solo doy gracias a Dios, a su único Hijo y a todos los santos por poder demostrar que estuve en Cap City. ¿Y si no pudiera, Ralph? Creo que los dos lo sabemos. Antes del verano estaría en la casa de la muerte de McAlester, y dos años después me pondrían la inyección. Puede que antes, porque los tribunales están manipulados y tu amigo Samuels pasaría por encima de mis apelaciones como un bulldozer sobre el castillo de arena de un niño.

Lo primero que acudió a los labios de Ralph fue: «No es mi amigo». Pero dijo:

—La camioneta me interesa. La que tiene placas de Nueva York.

—Con eso no puedo ayudarte. La última vez que estuve en Nueva York fue en mi luna de miel, y de eso hace dieciséis años.

Esta vez fue Ralph quien sonrió.

—No lo sabía, pero sí sabía que no habías estado allí recientemente. Hemos comprobado tus movimientos de los últimos seis meses. Nada aparte de un viaje a Ohio en abril.

—Sí, a Dayton. En las vacaciones de primavera de las niñas. Quería ver a mi padre, y ellas querían ir. Marcy también.

—¿Tu padre vive en Dayton?

—Si puede llamarse vivir a lo que hace ahora... Es una larga historia y no tiene nada que ver con esto. No hay por medio siniestras camionetas blancas, ni siquiera el coche de la familia. Fuimos en avión; volamos con Southwest. Me da igual cuántas huellas digitales encontraron en la camioneta que ese tipo utilizó para secuestrar a Frank Peterson; yo no la robé. Nunca la he visto. No espero que me creas, pero es la verdad.

—Nadie piensa que robaras la camioneta en Nueva York —dijo Ralph—. La teoría de Bill Samuels es que el ladrón la abandonó en algún sitio por estos alrededores, con la llave todavía en el contacto. Tú la *volviste* a robar y la escondiste en algún sitio hasta estar preparado para... hacer lo que hiciste.

—Muchas precauciones para un hombre que actuó a cara descubierta.

—Samuels dirá al jurado que entraste en un estado de desenfreno homicida. Y se lo creerán.

—¿Seguirán creyéndoselo después de oír los testimonios de Ev, Billy y Debbie? ¿Y después de que Howie enseñe al jurado esa grabación de la conferencia de Coben?

Ralph no quería entrar en eso. Al menos todavía.

—¿Conocías a Frank Peterson?

Terry soltó una carcajada.

—Esa es una de las preguntas que Howie no querría que contestase.

—¿Eso significa que no vas a contestarla?

—Pues sí, la voy a contestar. Lo conocía de vista, conozco a la mayoría de los niños del Lado Oeste, pero no lo conocía *conocía*, no sé si me entiendes. Él estaba aún en primaria y no practicaba ningún deporte. Aunque ese pelo rojo llamaba la atención. Como un letrero de alto. El suyo y el de su hermano. Tuve a Ollie en la liga infantil, pero no saltó a la liga interurbana cuando cumplió los trece. No era malo en el campo exterior, y bateaba aceptablemente, pero perdió el interés. A algunos les pasa.

—¿Entonces no tenías el ojo puesto en Frankie?

—No, Ralph. No siento atracción sexual por los niños.

—¿No lo viste casualmente empujar su bicicleta por el estacionamiento de la tienda de delicatessen Gerald's y dijiste: «Ajá, esta es la mía»?

Terry lo miró con un mudo desdén que a Ralph no le fue fácil soportar. Pero no bajó la vista. Al cabo de un momento Terry suspiró, levantó las manos esposadas en dirección al espejo unidireccional y anunció:

—Ya hemos terminado.

—No del todo —dijo Ralph—. Necesito que contestes a una pregunta más y quiero que me mires a los ojos al responder. ¿Mataste a Frank Peterson?

La mirada de Terry no vaciló.

—No.

El funcionario Keene se llevó a Terry. Ralph se quedó allí sentado, esperando a que Keene regresara y lo guiara a través de las tres puertas cerradas que separaban esa sala de interrogatorios del aire libre. Ya tenía la respuesta a la pregunta que Jeannie le había pedido que hiciera, y esa respuesta, expresada sin el menor titubeo y mirándolo a los ojos, había sido: «No».

Ralph quería creerlo.

Y no *podía*.

LA COMPARECENCIA

16 de julio

1

—No —dijo Howie Gold—. No, no, no.

—Es por su propia protección —contestó Ralph—. Sin duda comprenderá que...

—Lo que comprendo es que en el diario aparecerá una fotografía a toda plana. Lo que comprendo es que todas las cadenas encabezarán sus noticiarios con esa imagen: mi cliente entrando en el juzgado del distrito con un chaleco antibalas encima del traje. En otras palabras, con aspecto de haber sido ya declarado culpable. Con las esposas tenemos suficiente.

En la sala de visitas de la cárcel del condado, ahora con los juguetes guardados en sus cajas de plástico de colores y las sillas colocadas del revés sobre las mesas, había siete hombres. Terry Maitland se hallaba de pie, y Howie a su lado. Frente a ellos estaban el sheriff del condado Dick Doolin, Ralph Anderson y Vernon Gilstrap, ayudante del fiscal. Samuels estaría ya en el juzgado, esperándolos. El sheriff Doolin seguía tendiéndole el chaleco antibalas, sin decir palabra. En el chaleco, en un acusador amarillo vivo, se leían las letras DPCF, siglas del Departamento Penitenciario del Condado de Flint. Pendían tres correas de velcro: dos para los brazos, una para ceñir la cintura.

Junto a la puerta que daba al vestíbulo había dos funcionarios de prisiones (si alguien los llamaba «celadores», lo corregían) con sus robustos brazos cruzados. Uno había vigilado a Terry mientras se afeitaba con una rasuradora desechable; el otro había registrado los bolsillos del traje y la camisa que

Marcy había llevado, sin olvidarse de palpar la costura posterior de la corbata azul.

El ayudante del fiscal, Gilstrap, miró a Terry.

—¿Usted qué dice, amigo? ¿Está dispuesto a arriesgarse a que le peguen un tiro? Por mí no hay inconveniente. Ahórrele al estado los gastos de un sinfín de apelaciones hasta que le pongan la inyección.

—Eso está fuera de lugar —replicó Howie.

Gilstrap, un veterano que casi con toda seguridad optaría por la jubilación (y una jugosa pensión) si Bill Samuels perdía las inminentes elecciones, se limitó a esbozar una sonrisa de suficiencia.

—Eh, Mitchell —dijo Terry. El celador que había vigilado a Terry durante el afeitado, controlando que el detenido no tratara de rajarse el cuello con un rastrillo Bic de una sola hoja, levantó las cejas pero no descruzó los brazos—. ¿Hace mucho calor fuera?

—Veintinueve grados cuando llegué —contestó Mitchell—. Subirá a cerca de treinta y ocho al mediodía, según han dicho en el radio.

—Nada de chaleco —dijo Terry al sheriff, y desplegó una sonrisa que le confirió un aspecto muy juvenil—. No quiero presentarme ante el juez Horton con la camisa manchada de sudor. Entrené a su nieto en la liga infantil.

Gilstrap, aparentemente aturdido al oír eso, sacó un cuaderno del bolsillo interior de su saco de cuadros y anotó algo.

—En marcha —instó Howie. Tomó a Terry del brazo.

Entonces sonó el teléfono celular de Ralph. Lo soltó del lado izquierdo del cinturón (en el derecho llevaba su arma reglamentaria enfundada) y miró la pantalla.

—Un momento, un momento, tengo que contestar.

—*Vamos*, por favor —protestó Howie—. ¿Esto qué es? ¿Una comparecencia o un número de circo?

Ralph, sin prestarle atención, fue al rincón más alejado de la sala, donde había máquinas expendedoras de botanas y refrescos. Se detuvo bajo un cartel que decía DE USO EXCLUSIVO PARA

LAS VISITAS, habló brevemente, escuchó. Puso fin a la llamada y regresó junto a los demás.

—Muy bien. Vamos.

El agente Mitchell se había interpuesto entre Howie y Terry el tiempo suficiente para colocarle a Terry las esposas.

—¿Demasiado apretadas? —preguntó.

Terry negó con la cabeza.

—Pues vamos.

Howie se quitó el saco y cubrió las esposas con el. Gilstrap, pavoneándose como una bastonera, encabezó la marcha, seguido por los dos agentes que custodiaban a Terry.

Howie se situó junto a Ralph.

—Esto es una cagada monumental —dijo en voz baja. Y como Ralph no contestó, añadió—: Eso es, de acuerdo, no me diga nada si no quiere, pero entre este momento y el jurado de acusación tenemos que sentarnos a hablar…, usted, Samuels y yo. Pelley también, si no tienen inconveniente. Las circunstancias del caso no van a salir a la luz hoy, pero *saldrán* a la luz, y entonces no tendrán que preocuparse solo por la cobertura mediática a nivel estatal o regional. La CNN, la Fox, la MSNBC, los blogs de internet…, todos estarán aquí saboreando el extraño espectáculo. Será OJ se encuentra con *El exorcista*.

Sí, y Ralph intuía que Howie haría todo lo posible para que así fuese. Si lograba dirigir la atención de los periodistas a la aparente ubicuidad de ese hombre, evitaría que la centraran en el niño que había sido violado y asesinado, y quizá parcialmente devorado.

—Sé qué está pensando, pero el enemigo aquí no soy yo, Ralph. A menos que a usted todo le resulte indiferente excepto conseguir que Terry sea condenado, claro, y eso no lo creo. Eso es propio de Samuels, no de usted. ¿No quiere saber qué ha ocurrido?

Ralph no contestó.

Marcy Maitland esperaba en el vestíbulo; parecía muy pequeña entre la enormemente embarazada Betsy Riggins y Yune Sablo, de la Policía del Estado. Cuando vio a su marido, dio un paso al frente y Riggins intentó retenerla, pero Marcy se zafó con facilidad. Sablo observó inmóvil. A Marcy solo le dio tiempo de mirar a su marido a la cara y darle un beso en la mejilla antes de que el agente Mitchell la sujetara por los hombros y la apartara suavemente pero con firmeza en dirección al sheriff, que sostenía aún el chaleco antibalas, como si no supiera qué hacer con él ahora que lo habían rechazado.

—Por favor, señora Maitland —dijo Mitchell—. Eso no está permitido.

—¡Te quiero, Terry! —gritó Marcy mientras los agentes lo conducían hacia la puerta—. Y las niñas te mandan besos.

—Y yo les mando besos a las tres por duplicado —contestó Terry—. Diles que todo irá bien.

De pronto estaba en la calle, bajo el intenso sol de la mañana, asaeteado por infinidad de preguntas arrojadas todas al mismo tiempo. A Ralph, todavía en el vestíbulo, ese barullo de voces le sonó más a improperios que a interrogatorio.

Debía reconocer a Howie el mérito de la persistencia. No se había rendido.

—Usted es de los buenos. Nunca ha aceptado un soborno, nunca ha escondido pruebas, siempre ha seguido por el camino recto.

Me parece que anoche estuve cerca de esconder una prueba, pensó Ralph. *Me parece que faltó poco. Si Sablo no hubiese estado presente, si hubiésemos estado Samuels y yo solos...*

La expresión de Howie era casi de súplica.

—Nunca se había enfrentado a un caso como este. Ni usted ni ninguno de nosotros. Y ahora ya no se trata solo del niño. Su madre también ha muerto.

Ralph, que esa mañana no había encendido la televisión, se detuvo y se le quedó mirando.

—¿*Cómo* dice?

Howie asintió.

—Ayer. De un infarto. Eso la convierte en la segunda víctima. Ande, no me diga que no quiere saberlo, que no quiere aclarar este asunto.

Ralph no pudo seguir conteniéndose.

—*Ya* lo sé. Y como lo sé, voy a darle una información gratis, Howie. Esa llamada que acabo de recibir era del doctor Bogan, del departamento de Patología y Serología del Hospital General. Aún no dispone de todo el ADN, tardarán dos semanas como mínimo, pero han analizado la muestra de semen obtenida en las piernas del niño. Se corresponde con las muestras de la mejilla que tomamos el sábado por la noche. Su cliente mató a Frank Peterson, y lo sodomizó, y le arrancó pedazos de carne. Y todo eso lo excitó tanto que eyaculó encima del cadáver.

Se alejó rápidamente, y por un momento Howie Gold fue incapaz de moverse o hablar. Mejor así, porque la paradoja central persistía. El ADN no mentía. Pero los colegas de Terry tampoco; Ralph estaba seguro de eso. A lo cual debían añadirse las huellas en el libro del puesto de periódicos y el video de Canal 81.

Ralph Anderson era un hombre dividido, y esa doble visión lo estaba volviendo loco.

2

Hasta 2015 el juzgado del condado de Flint se hallaba junto a la cárcel del condado de Flint, lo cual resultaba muy práctico. Los detenidos que debían comparecer ante el juez simplemente eran trasladados de una mole de piedra gótica a otra, como niños grandes que salían de excursión (solo que, claro, los niños que salían de excursión rara vez iban esposados). Ahora ocupaba el espacio contiguo un centro cívico a medio construir, y los detenidos debían ser transportados hasta el nuevo juzgado, a seis manzanas de allí, un cubo de cristal de nueve plantas al que algún bromista había bautizado como el Gallinero.

Frente a la cárcel esperaban para efectuar el traslado dos coches patrulla con las luces de emergencia encendidas, un pequeño autobús azul y el resplandeciente todoterreno negro de Howie. De pie junto a este último se hallaba Alec Pelley; con su traje oscuro y sus gafas aún más oscuras, cualquiera habría dicho que era el chofer. Al otro lado de la calle, detrás de unas vallas de la policía, se encontraban los periodistas, los cámaras y una pequeña multitud de mirones. Algunos enarbolaban pancartas. En una decía: EJECUTEN AL ASESINO DE NIÑOS. En otra se leía: MAITLAND, ARDERÁS EN EL INFIERNO. Marcy se detuvo en lo alto de la escalinata y contempló las pancartas con consternación.

Los funcionarios de prisiones se quedaron al pie de la escalinata, cumplido ya su cometido. El sheriff Doolin y el ayudante del fiscal Gilstrap, en rigor los encargados del ritual jurídico de esa mañana, acompañaron a Terry hasta el primer coche patrulla. Ralph y Yunel Sablo se encaminaron hacia el de atrás. Howie tomó a Marcy de la mano y fueron hacia su Escalade.

—No levantes la vista. No dejes ver a los fotógrafos nada más que lo alto de tu cabeza.

—Esas pancartas... Howie, esas *pancartas...*

—No hagas caso y sigue adelante.

Hacía tanto calor que el autobús azul tenía las ventanillas abiertas. En su interior, los detenidos, casi todos ellos pendencieros ocasionales rumbo a sus propias comparecencias por los más diversos cargos menores, vieron a Terry. Apretaron la cara contra la tela metálica y lo abuchearon.

—¡Eh, maricón!

—¿Se te torció la verga al meterla?

—¡No te libras de la inyección, Maitland!

—¿Le chupaste el pito antes de arrancárselo de un mordisco?

Alec se disponía a rodear el Escalade para abrir la puerta del acompañante, pero Howie negó con la cabeza, le indicó que retrocediera y le señaló la puerta trasera. Deseaba mantener a Marcy lo más lejos posible de la multitud congregada al otro lado de la calle. Ella seguía con la cabeza agachada, el cabello le ocultaba el rostro, pero cuando Howie la guio hacia la puerta que Alec ya mantenía abierta, la oyó sollozar a pesar del bullicio general.

—*¡Señora Maitland!* —Ese era un periodista de voz atronadora que hablaba a gritos desde más allá de las vallas—. *¿Le contó él que iba a hacerlo? ¿Intentó usted impedírselo?*

—No levantes la vista, no respondas —dijo Howie. Deseó poder decirle que no escuchara—. Está todo bajo control. Sube y nos vamos.

Mientras él la ayudaba a entrar, Alec le susurró al oído:

—Qué bonito, ¿eh? La mitad de la policía municipal está de vacaciones y el intrépido sheriff del condado de Flint no sería capaz de controlar a la multitud en la parrillada de la Orden de los Alces.

—Conduce tú —dijo Howie—. Yo iré detrás, con Marcy.

En cuanto Alec se sentó al volante y todas las puertas estuvieron cerradas, los gritos procedentes de la calle y del autobús quedaron ahogadas. Delante del Escalade, los coches de policía y el autobús azul se pusieron en marcha, tan despacio como un cortejo fúnebre. Alec se incorporó a la fila. Howie vio que los periodistas se echaban a correr por la acera, indiferentes al calor, sin más objetivo que hallarse delante del Gallinero cuando Terry llegara. Las unidades de televisión ya estarían allí, estacionadas una tras otra como un rebaño de mastodontes pastando.

—Lo odian —dijo Marcy. El poco maquillaje de ojos que se había aplicado, sobre todo para disimular las ojeras, se le había corrido y le daba cierto aspecto de mapache—. No ha hecho más que desvivirse por el bien de esta ciudad y ahora lo odian.

—Eso cambiará en cuanto el jurado de acusación rechace los cargos —afirmó Howie—. Y eso es lo que va a ocurrir. Lo sé, y Samuels también lo sabe.

—¿Estás seguro?

—Sí. En algunos casos, Marcy, hay que hacer un verdadero esfuerzo para encontrar siquiera una duda razonable. En este *todo* son dudas razonables. Es imposible que el jurado de acusación decida procesarlo.

—No me refería a eso. ¿Estás seguro de que la gente cambiará de opinión?

—Claro que sí.

En el retrovisor vio que Alec hacía una mueca al oírlo; a veces era necesario mentir, y esa era una de esas veces. Hasta que se descubriera al verdadero asesino de Frank Peterson —si es que llegaba a descubrirse—, los ciudadanos de Flint City creerían que Terry Maitland había engañado al sistema y quedado impune de un asesinato. Lo tratarían en consonancia. Pero de momento lo único que Howie podía hacer era centrarse en la comparecencia.

3

Mientras Ralph se ocupaba de asuntos cotidianos prosaicos, cosas como qué había de cena, hacer la compra con Jeannie, una llamada de Derek desde el campamento a última hora del día (estas ya no eran tan frecuentes ahora que el chico los extrañaba menos), se encontraba relativamente bien. Pero cuando pensaba en Terry —como en ese momento—, una especie de conciencia *superior* tomaba el mando, como si su mente tratara de convencerse de que todo seguía igual que siempre: arriba era arriba, abajo era abajo, y si brotaban gotitas de sudor bajo su nariz era por efecto del calor veraniego dentro de ese coche en el que el aire acondicionado funcionaba mal. Había que disfrutar de cada uno de los días porque la vida era corta, eso lo entendía, pero sin pasarse. Cuando el filtro de la mente desaparecía, el panorama cambiaba. No había bosque, solo árboles. En el peor de los casos, ni árboles. Solo corteza.

Cuando la pequeña procesión llegó al juzgado del condado de Flint, Ralph se mantuvo pegado al coche patrulla del sheriff, con la mirada fija en los calientes destellos del sol en la defensa trasera: cuatro en total. Los periodistas que antes estaban en la cárcel empezaban a llegar, sumándose a una multitud dos veces mayor que la que se había aglomerado ante la prisión. Se apretujaban hombro con hombro en el pasto, flanqueando la escalinata. Vio los logos de diversas cadenas de televisión en las playeras polo de los periodistas de televisión, y círculos oscuros de sudor en sus axilas. La bonita presentadora rubia de Canal 7 en Cap City llegó con el cabello enmarañado y brechas de sudor en su maquillaje de corista.

También allí habían colocado vallas, pero las embestidas del gentío en movimiento habían desplazado ya algunas. Una docena de policías, la mitad municipales y la otra mitad del departamento del sheriff, hacían lo posible por mantener despejadas la escalinata y la acera. A juicio de Ralph, doce no eran suficientes ni de lejos, pero en verano siempre se quedaban sin efectivos.

Los periodistas se disputaron a empujones los mejores puestos en el césped y, sin contemplaciones, obligaron a retroceder a los espectadores a codazos. La presentadora rubia de Canal 7 intentó situarse en primera línea exhibiendo aquella sonrisa suya, famosa a nivel local, y el premio a sus esfuerzos fue un golpe con una pancarta. Esta representaba una aguja hipodérmica toscamente dibujada debajo del mensaje: MAITLAND, TOMA TU MEDICINA. El camarógrafo que la acompañaba dio un empujón al tipo de la pancarta y casi hizo caer a una anciana. Otra mujer detuvo su caída y le asestó al camarógrafo un bolsazo en la coronilla. El bolso, advirtió Ralph (en ese momento le era imposible no fijarse en todos los detalles), era de *imitación* de cocodrilo, y rojo.

—¿Cómo han podido llegar los buitres tan pronto? —dijo Sablo, maravillado—. Vaya, corren más que las cucarachas cuando se enciende una luz.

Ralph se limitó a negar con la cabeza; observaba el gentío con creciente consternación e intentó verlo en su conjunto, pero le fue imposible en su actual estado hiperalerta. Cuando el sheriff Doolin se bajó (la camisa café del uniforme medio salida por encima del cinturón Sam Browne, dejando a la vista una lonja rosada) y abrió la puerta trasera para que Terry saliese, alguien vociferó:

—*¡Inyección, inyección!*

La multitud se sumó, y todos canturrearon como fanáticos en un partido de futbol.

—*¡INYECCIÓN! ¡INYECCIÓN! ¡INYECCIÓN!*

Terry los observó. Un mechón se desprendió de su cabello bien peinado y quedó colgando sobre su ceja izquierda. (Ralph tuvo la impresión de que podría contar uno por uno los pelos que lo componían.) Por su expresión, parecía tristemente perplejo. *Está viendo a gente que conoce*, pensó Ralph. *Ha dado clase a sus hijos, ha entrenado a sus hijos, gente a la que ha invitado a parrilladas en su casa al final de la temporada. Todos desean su muerte.*

Una de las vallas se volcó y el travesaño se soltó. La gente se abalanzó hacia la acera. Algunos eran periodistas con micrófonos y cuadernos; los demás, ciudadanos que parecían decididos a colgar a Terry Maitland del farol más cercano. Al instante, dos de los policías encargados de controlar a la muchedumbre los obligaron a retroceder a empujones, sin la menor contemplación. Un tercero volvió a colocar la barricada, lo cual permitió a la multitud irrumpir por otro lugar. Ralph vio al menos veinte o treinta celulares tomando fotos y grabando videos.

—Vamos —dijo a Sablo—. Llevémoslo adentro antes de que corten el paso a la puta escalinata.

Salieron del coche y se encaminaron apresuradamente hacia la entrada del juzgado. Sablo indicó a Doolin y Gilstrap que avanzaran. Ralph vio a Bill Samuels al otro lado de una de las puertas del juzgado, y parecía estupefacto... pero ¿por qué? ¿Cómo podía no haber previsto eso? ¿Cómo podía no haberlo previsto el sheriff Doolin? Tampoco él estaba exento de culpa: ¿por qué no había insistido en que metieran a Terry por la puerta de atrás, por donde accedía la mayor parte del personal del juzgado?

—*¡Atrás todos!* —vociferó Ralph—. *¡Este es el proceso, dejemos que el proceso siga su curso!*

Gilstrap y el sheriff condujeron a Terry hacia la escalinata, sujetándolo cada uno por un brazo. Ralph tuvo tiempo de fijarse (otra vez) en el horrible saco de cuadros de Gilstrap y preguntarse si lo habría elegido su esposa. En tal caso, debía de odiarlo en secreto. En ese momento los detenidos que iban en el pequeño autobús —esperarían allí dentro, cociéndose en su propio sudor, hasta que concluyera la comparecencia del detenido estelar— sumaron sus voces al caos auditivo, algunos entonando *Inyección, Inyección*, otros solo gañendo como perros o aullando como coyotes, aporreando con los puños la tela metálica de las ventanillas abiertas.

Ralph se volvió hacia el Escalade y levantó la mano en un gesto de *alto*; quería que Howie y Alec Pelley retuvieran a Marcy hasta que Terry hubiera entrado y la gente se hubiera calmado. No sirvió de nada. La puerta trasera se abrió y Marcy salió. Cuando Howie Gold intentó sujetarla, ella bajó el hombro y esquivó su mano con la misma facilidad con la que se había escabullido de Betsy Riggins en el vestíbulo de la cárcel. Mientras corría hacia su marido, Ralph advirtió que calzaba unos zapatos de tacón bajo y tenía un corte de rasurada en la pantorrilla. *Debía de temblarle la mano*, pensó. Cuando Marcy llamó a Terry, las cámaras giraron hacia ella. Eran cinco en total, sus lentes semejantes a ojos vidriosos. Alguien le lanzó un libro. Ralph no alcanzó a leer el título, pero reconoció la tapa verde. *Ve y pon un centinela*, de Harper Lee. Su mujer lo había leído para su club de lectura. Una de las solapas se soltó y la cubierta se desprendió. El libro la golpeó en el hombro y rebotó. Ella ni se dio cuenta.

—¡Marcy! —exclamó Ralph al tiempo que abandonaba su puesto junto a la escalinata—. ¡Marcy, por aquí!

Ella miró alrededor, tal vez buscándolo, tal vez no. Parecía una mujer en un sueño. Al oír el nombre de su esposa, Terry se detuvo y se volvió. Cuando el sheriff Doolin intentó arrastrarlo hasta la escalinata, se resistió.

Howie alcanzó a Marcy antes que Ralph. En el instante en que la tomaba del brazo, un hombre robusto con overol de mecánico volcó una valla y corrió hacia ella.

—¿Lo has encubierto, maldita puta? ¿Eso has hecho?

Howie tenía sesenta años, pero se mantenía en forma. Y no era tímido. Mientras Ralph observaba la escena, Howie flexionó las rodillas, embistió con el hombro a aquel individuo fornido en el costado derecho, a media altura, y lo derribó.

—Déjeme ayudar —dijo Ralph.

—Yo me ocupo de ella —afirmó Howie. El rostro se le había teñido de rojo hasta el nacimiento del ralo cabello. Agarraba a Marcy por la cintura—. No queremos su ayuda. Limítense a meter a Terry. ¡Ahora mismo! ¡Por Dios! ¿En qué estaban pensando? ¡Esto es un circo!

Ralph pensó en decir: «Es el circo del sheriff, no mío», pero en parte sí lo era. ¿Y qué decir de Samuels? ¿Acaso él lo había previsto? ¿Tal vez incluso lo había deseado, por la amplia cobertura mediática que sin duda obtendría?

Volteó a tiempo de ver que un hombre con camisa vaquera sorteaba a uno de los agentes del cordón policial, se lanzaba a correr por la acera y soltaba un escupitajo a Terry en plena cara. Antes de que pudiera huir, Ralph le metió el pie y cayó de bruces en medio de la calle. Ralph vio la etiqueta de sus jeans: LEVI'S BOOT CUT. Vio el círculo descolorido de una lata de tabaco Skoal en el bolsillo posterior derecho. Hizo una seña a uno de los agentes del cordón policial.

—Espose a ese hombre y reténgalo en su coche patrulla.

—Nuestros co-coches están todos en la pa-parte de atrás —contestó el policía. Era un agente del condado, y no parecía mucho mayor que el hijo de Ralph.

—Entonces ¡reténgalo en el autobús!

—Y dejar que esta gente...

Ralph no oyó el resto de la frase porque estaba presenciando algo asombroso. Mientras Dooling y Gilstrap miraban a los espectadores, Terry ayudaba a levantarse al hombre de la camisa vaquera. Le dijo algo, pero Ralph no alcanzó a oírlo aunque aparentemente sus oídos estaban en sintonía con todo el universo. El de la camisa vaquera asintió y, mientras se alejaba, levantó un hombro para secarse el rasponazo de la mejilla. Más tarde Ralph recordaría ese breve instante dentro de la escena completa. Reflexionaría profundamente al respecto en las largas noches en que el sueño lo eludiera: Terry, con las manos esposadas, ayudando a levantarse a ese hombre pese a que su saliva aún le corría por la mejilla. Como una escena de la puta Biblia.

Los mirones ya eran multitud, y ahora la multitud rayaba en turba. Algunos habían llegado hasta los veintitantos peldaños de granito que conducían a las puertas del juzgado a pesar de los esfuerzos de los policías por obligarlos a retroceder. Un par de alguaciles —un varón corpulento, una mujer flaca— salieron para ayudar a dispersarlos. Algunos se fueron, pero otros permanecieron allí plantados.

Por si eso fuera poco, Gilstrap y Doolin discutían. Gilstrap quería que Terry volviera al coche hasta que se restableciera el orden. Doolin quería conducirlo al interior, y Ralph sabía que el sheriff tenía razón.

—Vamos —les dijo—. Yune y yo iremos delante.

—Desenfunden sus armas —ordenó Gilstrap, jadeante—. Así despejarán el camino.

Eso, naturalmente, no solo iba contra el protocolo sino que además era una locura, y tanto Doolin como Ralph lo sabían. El sheriff y el ayudante del fiscal, agarrando de nuevo a Terry por los brazos, reanudaron la marcha. Al menos la acera estaba despejada hasta el pie de la escalinata. Ralph veía el resplandor de las motas de mica incrustadas en el cemento. *Eso me dejará imágenes posteriores cuando estemos dentro*, pensó. *Flotarán ante mis ojos como una pequeña constelación.*

El autobús azul se balanceaba sobre sus amortiguadores mientras los jubilosos detenidos se lanzaban a un lado y a otro, entonando todavía «Inyección, Inyección» junto con la muchedumbre congregada fuera. Cuando dos jóvenes empezaron a saltar sobre un inmaculado Chevrolet Camaro, el uno en el cofre y el otro en el techo, se activó una alarma. Ralph vio las cámaras grabando y supo qué imagen darían los habitantes de la ciudad al resto del estado cuando esas escenas se emitieran en los noticiarios de las seis: igual que hienas. Veía a cada uno en vivo relieve, y todos se le antojaban grotescos. Vio a la presentadora rubia de Canal 7 caer otra vez de rodillas, golpeada nuevamente por la pancarta de la aguja hipodérmica, la vio levantarse y vio que una mueca de incredulidad torcía su bonito rostro cuando se tocó la cabeza y vio sus dedos manchados de sangre. Vio a un hombre con tatuajes en las manos, una pañoleta amarilla en la cabeza, y las facciones desdibujadas por efecto de lo que probablemente eran antiguas quemaduras que la cirugía no había podido corregir. *Un incendio al prenderse la grasa en la sartén*, pensó Ralph, *quizá mientras, borracho, se disponía a freír unas chuletas de cerdo.* Vio a un hombre agitando un sombrero vaquero como si aquello fuese el rodeo de Cap City. Vio a Howie guiar a Marcy hacia la escalinata, ambos con la cabeza gacha, como si avanzaran contra un fuerte viento, y vio a una mujer que se inclinó delante de ella y le enseñó un dedo. Vio a un hombre con una bolsa de lona de repartidor de periódicos al hombro y un gorro tejido calado hasta las orejas a pesar del calor del día. Vio que el alguacil corpulento recibía un empujón por detrás y que se libró de una mala caída porque una mujer negra de hombros anchos lo agarró por el cinturón. Vio a un adolescente que llevaba a su novia sobre los hombros. La chica blandía los puños y reía; el tirante del brasier le colgaba hasta el codo. El tirante era de vivo color amarillo. Vio a un muchacho de labio leporino con una camiseta en la que aparecía el rostro sonriente de Frank Peterson. RECUERDEN A LA VÍCTIMA, se leía en el pecho. Vio la ondulación de las pancartas. Vio bocas abiertas, vociferantes, todo dientes blancos y mucosa roja. Oyó el timbre de una bicicleta: *huuga-huuga-huuga.* Miró a Sablo, que extendía los brazos para contener al gentío, y leyó la expresión del inspector de la Policía del Estado: «Esto se está poniendo muy jodido».

Doolin y Gilstrap llegaron por fin al pie de la escalinata con Terry en medio. Howie y Marcy se unieron a ellos. Howie gritó algo al ayudante del fiscal y alguna otra cosa al sheriff. Ralph no distinguió sus palabras a causa del vocerío, pero lo que fuera los instó a ponerse otra vez en movimiento. Marcy tendió las manos hacia su marido. Doolin la apartó de un empujón. Alguien empezó a gritar «¡Muere, Maitland, muere!», y la multitud se sumó a la cantinela mientras Terry y quienes lo escoltaban subían por la escalinata.

Ralph volvió a posar la mirada en el hombre con la bolsa de repartidor de periódicos. En esta, a un lado, decía LEA EL *CALL* DE FLINT CITY en letras de un rojo deslavado, como si hubieran dejado la bolsa a la intemperie y bajo la lluvia. El hombre que llevaba un gorro tejido en un día de verano con alrededor de treinta grados. El hombre que en ese momento metía la mano en la bolsa. Ralph recordó de pronto su interrogatorio a la señora Stanhope, la anciana que había visto a Frank Peterson entrar con Terry en la camioneta blanca. «¿Está segura de que ese niño era Frank Peterson?», había preguntado él. «Oh, sí, era Frank», había dicho ella. «Los Peterson tienen dos hijos, los dos pelirrojos.» ¿Y no era pelo rojo lo que Ralph veía asomar debajo del gorro?

«Antes repartía el periódico que leíamos en casa», había dicho la señora Stanhope.

El hombre del gorro sacó la mano de la bolsa, y lo que sostenía no era un periódico.

Ralph respiró hondo y desenfundó su Glock.

—*¡Un arma! ¡Un ARMA!*

La gente alrededor de Ollie chilló y se dispersó. El ayudante del fiscal Gilstrap tenía a Terry sujeto por un brazo, pero cuando vio el antiguo Colt de cañón largo, lo soltó, se agachó y, andando como un sapo, retrocedió. El sheriff también soltó a Terry, pero para sacar su propia arma... o para intentarlo. Llevaba abrochada la tirilla de seguridad, y el arma permaneció en la funda.

Ralph no disponía de un buen ángulo para disparar. La presentadora rubia de Canal 7, aún aturdida por el golpe en la cabeza, estaba casi delante de Ollie Peterson. Un hilo de sangre le corría por la mejilla izquierda.

—*¡Al suelo, señora, al suelo!* —exclamó Sablo. Arrodillado, empuñaba su propia Glock con la mano derecha y se sujetaba la muñeca con la izquierda.

Terry tomó a su mujer por los antebrazos —la longitud de la cadena de las esposas apenas se lo permitió— y la empujó lejos justo cuando Ollie disparaba por encima del hombro de la presentadora rubia. Ella profirió un grito y se llevó una mano al oído, sin duda ensordecida. La bala alcanzó a Terry en la cabeza, abriéndole un surco a un lado y levantándole el pelo. Una lluvia de sangre roció el traje que Marcy había planchado con tanto esmero.

—*¡No te bastó con mi hermano, tuviste que matar también a mi madre!* —exclamó Ollie, y volvió a disparar.

Esta vez dio al Camaro estacionado en la otra acera. Los jóvenes que habían estado bailando encima chillaron y bajaron de un salto para refugiarse.

Sablo subió a zancadas por la escalinata, agarró a la periodista rubia, la obligó a echarse cuerpo a tierra y se colocó sobre ella.

—*¡Ralph, Ralph, ahora!* —gritó.

Ralph tenía ya un buen ángulo de tiro, pero justo cuando apretaba el gatillo, uno de los espectadores, en su huida, chocó con él. En lugar de alcanzar a Ollie, la bala dio en una cámara de televisión y la hizo añicos. El operario la soltó y retrocedió tambaleante, tapándose la cara con las manos. La sangre corrió entre sus dedos.

—*¡Cabrón!* —gritó Ollie—. *¡Asesino!*

Disparó por tercera vez. Terry soltó un gemido y dio unos pasos atrás. Se llevó las manos esposadas al mentón, como si lo hubiera asaltado un pensamiento que requería profunda reflexión. Marcy se abalanzó hacia él y lo abrazó por la cintura. Doolin seguía forcejeando con la culata de su automática reglamentaria, inmovilizada aún por la tirilla. Gilstrap corría y el faldón rajado de su horrible saco de cuadros flameaba a su espalda. Ralph apuntó con cuidado y disparó de nuevo. Esta vez nadie lo empujó, y la frente del muchacho se hundió como si hubiera recibido un martillazo. Los ojos se le salieron de las órbitas —la típica expresión de sorpresa de los dibujos animados— cuando la bala de nueve milímetros le reventó los sesos. Le fallaron las rodillas. Cayó sobre su bolsa de repartidor de periódicos y la pistola resbaló de sus dedos y descendió ruidosamente dos o tres peldaños hasta quedar inmóvil.

Ya podemos subir, pensó Ralph, todavía en postura de tirador. *Fin del problema, camino despejado.* Salvo que el grito de Marcy —«¡Que alguien lo ayude! ¡Dios mío, que alguien ayude a mi marido, por favor!»— le indicó que no existía ya razón alguna para subir. Ni ese día ni quizá nunca.

4

La primera bala de Ollie Peterson solo había abierto un surco en un lado de la cabeza de Terry Maitland, una herida muy aparatosa pero superficial, que le dejaría una cicatriz y una historia que contar. La tercera, en cambio, le había traspasado el saco, en el lado izquierdo del pecho, y, debajo, la camisa empezaba a teñirse de morado conforme se propagaba la sangre.

Habría dado en el chaleco si no se hubiese negado a ponérselo, pensó Ralph.

Terry yacía en la acera. Tenía los ojos abiertos. Movía los labios. Howie intentó agacharse junto a él. Ralph echó atrás el brazo con fuerza y obligó al abogado a retroceder. Howie cayó de espaldas. Marcy se aferraba a su marido y balbuceaba:

—No es grave, Ter, estás bien, sigue con nosotros.

Ralph apoyó la base de la mano en su pecho mullido y elástico y la apartó también. Terry Maitland seguía consciente, pero estaba a punto de morir. No quedaba mucho tiempo.

Una sombra se proyectó sobre él: un maldito camarógrafo de alguna maldita cadena de televisión. Yune Sablo lo agarró por la cintura y, haciéndolo girar, lo mandó lejos. El operario, manteniendo la cámara en alto para que no se dañara, dio un traspié y cayó.

—Terry —dijo Ralph. Veía caer las gotas de sudor de su frente en el rostro de Terry, donde se mezclaban con la sangre de la herida de la cabeza—. Terry, vas a morir. ¿Me entiendes? Te ha dado, y te ha dado de lleno. *Vas a morir.*

—*¡No!* —chilló Marcy—. *¡No puede morir! ¡Las niñas lo necesitan! ¡No puede morir!*

Intentaba llegar a él, y esta vez fue Alec Pelley —pálido y circunspecto— quien se lo impidió. Howie estaba de rodillas, pero ya no trató de inmiscuirse.

—¿Dónde… me ha dado?

—En el pecho, Terry. Te ha dado en el corazón, o un poco por encima. Es necesario que hagas una declaración *in articulo mortis*, ¿entendido? Debes admitir que mataste a Frank Peterson. Ahora tienes la oportunidad de limpiar tu conciencia.

Terry sonrió; sendos hilillos de sangre resbalaron por las comisuras de sus labios.

—Pero no fui yo —contestó él. Hablaba en voz baja, poco más que un susurro, pero claramente audible—. No fui yo, así que dime, Ralph..., ¿cómo vas a limpiar tú la tuya?

Cerró los ojos y luchó por abrirlos de nuevo. Por unos segundos asomó algo a ellos. Después nada. Ralph colocó los dedos ante la boca de Terry. Nada.

Volteó a mirar a Marcy Maitland. Le costó, porque la cabeza parecía pesarle quinientos kilos.

—Lo siento —dijo—. Tu marido ha fallecido.

—Si hubiera llevado el chaleco... —comentó el sheriff Doolin, pesaroso. Meneó la cabeza.

La reciente viuda miró con incredulidad a Doolin, pero fue Ralph Anderson sobre quien se abalanzó, y Alec Pelley se quedó con un jirón de su blusa en la mano.

—*¡Tú tienes la culpa de esto! ¡Si no lo hubieran detenido en público, esta gente no habría estado aquí! ¡Es como si lo hubieras matado tú!*

Ralph dejó que le arañara la mejilla izquierda antes de decidirse a agarrarle las muñecas. Dejó que le hiciera sangrar porque tal vez se lo merecía... o sin tal vez.

—Marcy —dijo—. El que ha disparado era el hermano de Frank Peterson, y él habría estado aquí al margen de dónde hubiésemos detenido a Terry.

Alec Pelley y Howie Gold ayudaron a Marcy a levantarse, evitando pisar el cuerpo de su marido en el proceso.

—Puede que eso sea verdad, inspector Anderson —dijo Howie—, pero no se habría reunido aquí ese montonal de gente. Ese muchacho habría destacado a la legua.

Alec miró a Ralph con frío desprecio. Ralph volteó hacia Yunel, pero este desvió la mirada y se agachó para ayudar a levantarse a la presentadora rubia de Canal 7, que sollozaba.

—Bueno, al menos ya tienes tu declaración *in articulo mortis* —dijo Marcy. Alzó hacia Ralph las palmas de las manos, manchadas de rojo por la sangre de su marido—. ¿No?

Como Ralph no contestó, se apartó de él. Vio entonces a Bill Samuels, que por fin había salido del juzgado y se hallaba entre los alguaciles en lo alto de la escalinata.

—*¡Ha dicho que no fue él!* —gritó Marcy—. *¡Ha dicho que es inocente! ¡Todos lo hemos oído, hijo de puta! ¡Mi marido, poco antes de morir, HA DICHO QUE ERA INOCENTE!*

Samuels no contestó, dio media vuelta y entró de nuevo.

Sirenas. La alarma del Camaro. El alborotado parloteo de los mirones que regresaban ahora que el tiroteo había terminado. Deseosos de ver el cadáver. Deseosos de fotografiarlo y colgar la imagen en su página de Facebook. El saco de Howie, con la que el abogado había cubierto las manos de Terry para ocultar las esposas a la prensa y las cámaras, estaba en el suelo, veteado de polvo y salpicado de sangre. Ralph lo recogió y tapó con él el rostro de Terry, lo que arrancó un atroz gemido de dolor a su esposa. Luego Ralph se acercó a la escalinata del juzgado, se sentó y agachó la cabeza entre las rodillas.

LAS PISADAS Y EL MELÓN CANTALUPO

18-20 de julio

1

Como Ralph no había hablado a Jeannie de su más negra sospecha en relación con el fiscal del condado de Flint —que tal vez esperaba que se congregara ante el juzgado una multitud de ciudadanos justamente indignados—, ella dejó entrar a Bill Samuels cuando este se presentó ante la puerta de la casa de los Anderson el miércoles por la noche, pero dejó muy claro que no tenía mucho interés en él.

—Está fuera, en la parte de atrás —indicó Jeannie al tiempo que se daba la vuelta y regresaba a la sala, donde Alex Trebek guiaba a los concursantes de *Jeopardy* en sus sucesivas rondas—. Ya conoces el camino.

Por un momento, Samuels, vestido esa noche con jeans, tenis deportivos y una sencilla camiseta gris, se quedó inmóvil en el recibidor, pensativo, y después la siguió. Frente a la televisión había dos sillones; uno de ellos, el más grande y aparentemente más usado, estaba vacío. Tomó el control remoto de la mesita situada entre ambos y quitó el sonido. Jeannie siguió mirando la pantalla, donde los concursantes en ese momento avanzaban sin problemas en una categoría llamada Villanos Literarios. La pregunta sobreimpresa era: «Pidió la cabeza de Alicia».

—Esa es fácil —dijo Samuels—. La Reina Roja. ¿Cómo está Ralph, Jeannie?

—¿Tú qué crees?

—Lamento el rumbo que han tomado los acontecimientos.

—Nuestro hijo se ha enterado de que su padre ha sido suspendido de su empleo —comentó ella sin apartar la mirada de la televisión—. Sale en internet. Está muy alterado por eso, claro, pero también porque asesinaron a su entrenador preferido frente al juzgado. Quiere volver a casa. Le he dicho que deje pasar unos días, a ver si cambia de idea. No quería decirle la verdad: que su padre aún no está preparado para verlo.

—No ha sido suspendido de su empleo. Simplemente le han concedido una baja administrativa. Con paga. Y es la norma después de un tiroteo.

—Llámalo como quieras —ahora la pregunta sobreimpresa en pantalla era: «Esta enfermera era malvada»—. Dice que puede estar hasta seis meses inactivo, y eso si accede a hacer el examen psicológico obligatorio.

—¿Por qué no iba a hacerlo?

—Está pensando en colgar los guantes.

Samuels se llevó la mano a lo alto de la cabeza, pero esa noche el remolino se comportaba —al menos de momento— y la bajó otra vez.

—En ese caso a lo mejor podríamos montar un negocio juntos. Esta ciudad necesita un buen túnel de lavado.

Esta vez ella sí lo miró.

—¿De qué hablas?

—He decidido no presentarme a la reelección.

Ella le dirigió una sonrisa afilada como un puñal que ni su propia madre habría reconocido.

—¿Abandonas antes de que la opinión pública te despida?

—Si quieres expresarlo así…

—Sí —dijo Jeannie—. Ve a la parte de atrás, señor Fiscal De Momento, y si quieres proponle una asociación. Pero más vale que estés preparado para esquivar el golpe.

2

Ralph estaba sentado en una silla plegable con una cerveza en la mano y una hielera de poliestireno al lado. Echó un vistazo atrás cuando la puerta mosquitera de la cocina se cerró, vio a Samuels y fijó de nuevo la atención en un almez poco más allá de la cerca trasera.

—Eso es un trepador —comentó señalando con el dedo—. No veía uno desde el año del caldo.

No había una segunda silla, así que Samuels se acomodó en el banco de la larga mesa de picnic. Se había sentado allí otras veces, en circunstancias más felices. Miró el árbol.

—No lo veo.

—Allí va —dijo Ralph cuando un pájaro pequeño emprendió el vuelo.

—Creo que eso es un gorrión.

—Va siendo hora de que te hagas un examen de la vista. —Ralph hundió la mano en la hielera y le pasó una Shiner.

—Jeannie dice que estás pensando en retirarte.

Ralph se encogió de hombros.

—Si lo que te preocupa es el examen psicológico, lo pasarás con buena calificación. Hiciste lo que tenías que hacer.

—No es eso. Ni siquiera es por lo del camarógrafo. ¿Sabes lo de ese hombre? Cuando la bala alcanzó su cámara, en mi primer disparo, saltaron fragmentos en todas direcciones. Y uno fue a parar a su ojo.

Samuels lo sabía, pero guardó silencio y tomó un sorbo de cerveza, pese a que aborrecía la Shiner.

—Es probable que lo pierda —continuó Ralph—. Los médicos del Dean McGee, en Oklahoma City, están intentando salvárselo, pero sí, es probable que lo pierda. ¿Crees que un camarógrafo tuerto puede seguir trabajando? ¿Probablemente, quizá o imposible?

—Ralph, alguien chocó contigo justo cuando ibas a disparar. Y piensa una cosa: si no hubiese tenido la cámara delante de la cara, seguramente ahora estaría muerto. Ese es el lado positivo.

—Sí, y vaya consuelo el lado positivo. Telefoneé a su mujer para disculparme, y me dijo: «Vamos a demandar al Departamento de Policía de Flint City y a pedir una indemnización de diez millones de dólares, y cuando la ganemos, iremos por usted». Luego colgó.

—Eso no puede salir adelante. Peterson iba armado, y tú estabas en acto de servicio.

—Igual que el camarógrafo.

—No es lo mismo. Él estaba allí por decisión propia.

—No, Bill —Ralph se volvió en la silla—. Él tenía un *empleo*. Y eso era un trepador, maldita sea.

—Ralph, ahora haz el favor de escucharme. Maitland mató a Frank Peterson. El hermano de Peterson mató a Maitland. La mayoría de la gente llama a eso «justicia fronteriza». ¿Y por qué no? Este estado *era* la frontera hace no mucho.

—Terry dijo que no fue él. Esa fue su declaración *in articulo mortis*.

Samuels se puso de pie y empezó a dar vueltas.

—¿Qué iba a decir estando su mujer allí mismo, arrodillada a su lado y llorando a lágrima viva? «Sí, claro, penetré por el culo al niño, y lo mordí, no necesariamente en ese orden, y luego, para rematar la faena, eyaculé encima», ¿eso iba a decir?

—Hay un montón de pruebas que respaldan la declaración que hizo Terry en sus últimos momentos.

Samuels, airado, volvió a acercarse a Ralph y se quedó mirándolo.

—La muestra de semen confirmó que era su puto ADN, y el ADN se impone a *todo*. Lo mató Terry. No sé cómo organizó lo demás, pero fue él.

—¿Has venido aquí para convencerme a mí o para convencerte a ti?

—No necesito que nadie me convenza. He venido a decirte que ya sabemos quién robó inicialmente la camioneta Econoline blanca.

—¿A estas alturas qué importancia tiene eso? —preguntó Ralph, pero Samuels detectó por fin un destello de interés en sus ojos.

—Si te refieres a si arroja alguna luz sobre este lío, no. Pero es fascinante. ¿Quieres oírlo o no?

—Claro.

—La robó un niño de doce años.

—¿Doce? ¿Me tomas el pelo?

—No, y llevaba meses en la carretera. Consiguió llegar hasta El Paso, y allí, en un estacionamiento de Walmart, dormido en un Buick robado, lo atrapó un policía. Robó cuatro vehículos en total, pero la camioneta fue el primero. La abandonó en Ohio, donde la cambió por otro automóvil. Dejó la llave en el contacto, tal como pensábamos —Samuels dijo esto con cierto orgullo, y Ralph supuso que estaba en su derecho; le complacía que al menos una de sus teorías se hubiese confirmado.

—Pero todavía no sabemos cómo llegó hasta aquí, ¿no? —preguntó Ralph. No obstante, algo lo inquietaba. Algún pequeño detalle.

—No —contestó Samuels—. Es solo un cabo suelto que ha dejado de estar suelto. He pensado que te gustaría saberlo.

—Y ahora ya lo sé.

Samuels bebió un trago de cerveza y dejó la lata en la mesa de picnic.

—No voy a presentarme a la reelección.

—¿No?

—No. Que ese holgazán estúpido de Richmond se quede el puesto, y a ver qué piensa la gente de él cuando se niegue a encausar el ochenta por ciento de los casos que lleguen a su mesa. Se lo he contado a tu mujer y no se ha mostrado lo que se dice empática.

—Bill, si crees que le he dicho que todo esto es culpa tuya, te equivocas. No he pronunciado ni una sola palabra en tu contra. ¿Por qué iba a hacerlo? Detenerlo durante el puto partido de beisbol fue idea mía, y cuando hable con los pesados de Asuntos Internos el viernes, lo dejaré claro.

—No esperaba menos.

—Pero, como creo que ya he apuntado, no puede decirse que intentaras disuadirme.

—Creíamos que era culpable. Yo *todavía* lo creo, con o sin declaración *in articulo mortis*. No verificamos la posibilidad de coartada porque conoce a todo el mundo en esta condenada ciudad y temíamos ahuyentarlo…

—Además, pensamos que no tenía sentido, y madre mía lo equivocados que estábamos a ese…

—Sí, de acuerdo, tomo maldita nota de tu pinche argumento. También creíamos que era sumamente peligroso, en especial para los niños, y el sábado pasado por la noche estaba rodeado de niños.

—Cuando fuimos al juzgado, deberíamos haberlo metido por la puerta de atrás —dijo Ralph—. Yo tendría que haber insistido en eso.

Samuels movió la cabeza en un gesto de negación tan vehemente que el remolino se puso en posición de firmes.

—No cargues tú con esa responsabilidad. El traslado desde la cárcel hasta el juzgado es competencia del sheriff, no de la policía municipal.

—Doolin me habría hecho caso —Ralph arrojó la lata vacía a la hielera y miró a Samuels a la cara—. Y te habría hecho caso a ti. Creo que eso ya lo sabes.

—Agua pasada no mueve molino. O no muele molino. O como se diga. Hemos terminado. Supongo que en rigor el caso podría considerarse abierto, pero…

—El término oficial es API, abierto pero inactivo. Así seguirá incluso si Marcy Maitland demanda por lo civil al departamento aduciendo que su marido murió asesinado a causa de una negligencia. Y esa es una demanda que sí podría ganar.

—¿Ha comentado ella esa posibilidad?

—No lo sé. Aún no he hecho acopio de valor para hablar con ella. Tal vez Howie pueda darte una idea de lo que se propone esa mujer.

—A lo mejor hablo con él. Un intento de echar un poco de agua al fuego.

—Esta noche eres un pozo de sabiduría en forma de metáforas, abogado.

Samuels tomó su lata de cerveza y volvió a dejarla con una leve mueca. Vio que Jeannie Anderson los miraba por la ventana de la cocina. Inmóvil, con rostro inescrutable.

—Mi madre era fiel seguidora de *Destino*.

—Yo también —dijo Ralph, taciturno—, pero después de lo que ha pasado con Terry, tengo mis dudas. Ese Peterson salió de la nada. *De la nada*.

Samuels esbozó una sonrisa.

—No me refería a la predestinación, sino a una revista de tamaño boletín llena de historias sobre fantasmas y círculos en campos de labranza y ovnis y Dios sabe qué más. Mi madre me las leía cuando yo era pequeño. Me fascinaba una en particular. «Pisadas en la arena», se titulaba. Trataba de una pareja de recién casados que fue en viaje de luna de miel al desierto de Mojave. A acampar. El caso es que una noche plantaron su tiendecita en una alameda, y cuando la joven novia despertó a la mañana siguiente, su marido había desaparecido. Se acercó al linde de la alameda, allí donde empezaba la arena, y vio las huellas de él. Lo llamó, pero no hubo respuesta.

Ralph emitió un sonido de película de terror: *Uuuuu-uuuu*.

—Siguió las huellas hasta la primera duna, luego hasta la segunda. Las huellas eran cada vez más recientes. Las siguió hasta la tercera...

—¡Y la cuarta, y la quinta! —apuntó Ralph con aparente sobrecogimiento—. *¡Y a día de hoy aún sigue andando!* Bill, siento mucho interrumpir tu historia de fogata de campamento, pero creo que voy a comerme una rebanada de pay, darme un regaderazo y meterme en la cama.

—No, escúchame. Solo llegó hasta la tercera duna. Las huellas llegaban a la mitad de la pendiente del otro lado y ahí desaparecían. Desaparecían sin más, y alrededor había únicamente hectáreas y hectáreas de arena. No volvió a verlo.

—¿Y tú te lo crees?

—No, estoy seguro de que es una patraña, pero aquí la fe no es lo que cuenta. Esa historia es una metáfora —Samuels intentó alisarse el remolino. El remolino se resistió—. Nosotros seguimos las huellas de *Terry*, porque ese es nuestro trabajo. Nuestra obligación, si prefieres llamarlo así. Las seguimos hasta que, el lunes por la mañana, desaparecieron. ¿Hay un misterio? Sí. ¿Siempre quedarán preguntas sin contestar? A menos que caiga en nuestras manos un nuevo dato asombroso, así será. A veces ocurre. Por eso la gente sigue preguntándose qué le pasó a Jimmy Hoffa. Por eso la gente sigue intentando averiguar qué le pasó a la tripulación del *Mary Celeste*. Por eso la gente discute sobre si Oswald actuó solo en el atentado contra JFK. A veces las huellas desaparecen y tenemos que convivir con eso.

—Hay una gran diferencia —dijo Ralph—. La mujer de tu historia sobre las pisadas podría creer que su marido aún vivía en algún sitio. Podría seguir creyéndolo hasta que fuera una anciana en lugar de una joven novia. Pero cuando Marcy llegó a la última huella de su marido, Terry estaba allí, muerto en la acera. Lo entierran mañana, según la necrológica del diario de hoy. Imagino que solo asistirán ella y sus hijas. Junto con cincuenta buitres de la prensa al otro lado de la valla, claro, haciéndole preguntas a gritos y tomando fotos.

Samuels suspiró.

—Dejémoslo. Me voy a casa. Ya te he contado lo del niño (se llama Merlin Cassidy, por cierto), y veo que no te interesa oír nada más.

—No, espera, siéntate un momento —dijo Ralph—. Tú me has contado una historia; ahora yo te contaré otra. Aunque esta no es de una revista de fenómenos paranormales. Se trata de una experiencia personal. Verdadera de principio a fin.

Samuels volvió a sentarse en el banco.

—Cuando *yo* era niño —empezó Ralph—, tendría diez u once años, más o menos la edad de Frank Peterson, mi madre a veces traía del mercado melones cantalupos cuando era temporada. Por entonces a mí me encantaban. Tienen un sabor dulce y denso, el de la sandía ni se le acerca. Así que un día trajo tres o cuatro en una bolsa de redecilla, y le pregunté si podía comer una tajada. «Claro», dijo ella. «Pero recuerda echar las pepitas en el fregadero.» La verdad es que no hacía falta que me lo dijera, a esas alturas yo ya había abierto no pocos cantalupos. ¿Me sigues?

—Ajá. Supongo que te cortaste, ¿no?

—No, pero mi madre pensó que sí, porque solté un chillido que seguramente se oyó en casa del vecino. Vino corriendo, y yo me limité a señalar el cantalupo, partido en dos encima de la cubierta de la cocina. Estaba lleno de gusanos y moscas. En serio, esos bichos se revolvían unos sobre otros. Mi madre tomó el Raid y roció a los que estaban en la cubierta. Luego tomó un paño de cocina, envolvió las dos mitades y las tiró al bote de basura de la parte de atrás. Desde ese día no soporto ver una rodaja de cantalupo, y menos aún comérmela. Esa es *mi* metáfora en relación con Terry Maitland, Bill. El cantalupo tenía buen aspecto. No estaba blando. La cáscara parecía entera. No había manera de que esos bichos entraran, pero allí estaban.

—A la mierda tu cantalupo —dijo Samuels—, y a la mierda tu metáfora. Me voy a casa. Piénsalo bien antes de dejar tu trabajo, Ralph, ¿de acuerdo? Según tu mujer, yo me marcho antes de que la opinión pública me despida, y puede que tenga razón, pero tú no has de enfrentarte a los votantes, sino solo a tres polis retirados que son la triste versión de esta ciudad para Asuntos Internos, y un psiquiatra que se embolsa un poco de lana de las arcas municipales para complementar una consulta privada con soporte vital. Ah, y otra cosa. Si lo dejas, la gente tendrá más razón para pensar que la cagamos en este asunto.

Ralph lo miró fijamente y al poco se echó a reír. Con ganas, una sucesión de carcajadas que le salían del vientre.

—Pero ¡claro que la cagamos! ¿Aún no te has dado cuenta? La cagamos. A lo grande. Compramos un cantalupo porque parecía un *buen* cantalupo, pero cuando lo abrimos delante de toda la ciudad, estaba lleno de gusanos. Era imposible que entraran, pero allí estaban.

Samuels se dirigió con andar cansino hacia la puerta de la cocina. Abrió la mosquitera y de pronto se giró y el remolino osciló airosamente. Señaló el almez.

—¡Eso era un *gorrión*, maldita sea!

3

Poco después de las doce la noche (más o menos a la hora en que el último superviviente de la familia Peterson aprendía a hacer un nudo corredizo por gentileza de Wikipedia), Marcy Maitland despertó al oír unos gritos procedentes de la habitación de su hija mayor. Al principio fue Grace —una madre siempre lo sabe—, pero luego se sumó Sarah y crearon una horrenda armonía a dos voces. Era la primera noche que las niñas pasaban fuera del dormitorio que Marcy había compartido con Terry, pero aún dormían las dos juntas, claro, y Marcy pensó que eso tal vez duraría un tiempo, lo cual le parecía bien.

Lo que no le parecía bien eran esos gritos.

Marcy no registró en su memoria la carrera por el pasillo hasta la habitación de Sarah. Solo recordaba que se levantó de la cama y acto seguido estaba ya en el umbral de la puerta abierta contemplando a sus hijas, ambas sentadas en la cama, abrazadas, a la luz de una luna llena de julio cuyo resplandor entraba a raudales por la ventana.

—¿Qué pasa? —preguntó Marcy mirando alrededor en busca de un intruso. Al principio, creyó ver a ese hombre (sin duda era un hombre) agazapado en el rincón, pero aquello solo era una pila de vestidos, camisetas y tenis.

—¡Ha sido ella! —exclamó Sarah—. ¡Ha sido G! ¡Ha dicho que había un hombre! ¡Dios mío, mamá, me puso un tremendo susto!

Marcy se sentó en la cama, desprendió a su hija menor de los brazos de Sarah y la estrechó entre los suyos. Seguía mirando alrededor. ¿Se habría escondido en el armario? Podía ser, las puertas de acordeón estaban cerradas. Podría haberlas cerrado al oírla acercarse. ¿O debajo de la cama? Todos los miedos de la infancia la invadieron mientras esperaba a que una mano se cerrara en torno a su tobillo. En la otra habría un cuchillo.

—¿Grace? ¿Gracie? ¿A quién has visto? ¿Dónde estaba?

Grace lloraba de tal modo que fue incapaz de contestar, pero señaló en dirección a la ventana.

Marcy fue hacia allá. A cada paso que daba temía que le fallaran las rodillas. ¿Seguía vigilando la policía la casa? Howie había dicho que durante un tiempo pasarían por allí regularmente, pero eso no significaba que permanecieran allí a todas horas, y además la ventana de la habitación de Sarah —las ventanas de *todas* sus habitaciones— daba al jardín trasero o al jardín lateral, que se extendía entre su casa y la de los Gunderson. Y los Gunderson estaban de vacaciones.

La ventana estaba cerrada. En el jardín, donde cada tallo de hierba parecía proyectar su sombra en el claro de luna, no había nadie.

Regresó a la cama, se sentó y acarició el pelo a Grace, apelmazado y sudoroso.

—Sarah... ¿Tú has visto algo?

—Yo... —Sarah reflexionó. Seguía abrazando a Grace, que sollozaba contra el hombro de su hermana mayor—. No. Puede que haya creído verlo, solo por un segundo, pero ha sido porque ella gritaba: «Ese hombre, ese hombre». Ahí no había nadie. —Y dirigiéndose a Grace, añadió—: Nadie, G. De verdad.

—Has tenido una pesadilla, cielo —dijo Marcy, y pensó: *Probablemente la primera de muchas.*

—Estaba *ahí* —susurró Gracie.

—Entonces debía de flotar —dijo Sarah con una lógica admirable en alguien que se había despertado asustada hacía solo unos minutos—. Porque estamos en la planta de arriba, ¿sabes?

—Me da igual. Lo he visto. Tenía el pelo corto y negro, de punta. Y bultos en la cara, como si fuera de plastilina. Tenía pajas en vez de ojos.

—Una pesadilla —sentenció Sarah con naturalidad, como si con eso diera por zanjado el asunto.

—Vamos, las dos —dijo Marcy, esforzándose en hablar también ella con naturalidad—. Dormirán conmigo el resto de la noche.

La acompañaron sin protestar, y al cabo de cinco minutos las tenía a las dos instaladas, una a cada lado, y Gracie, de diez años, dormía.

—¿Mamá? —susurró Sarah.

—¿Qué, cielo?

—Me da miedo el funeral de papá.

—A mí también.

—No quiero ir, y G tampoco.

—Ya somos tres, cariño. Pero iremos. Seremos valientes. Es lo que tu padre habría querido.

—Lo extraño tanto que no puedo pensar en nada más.

Marcy besó con delicadeza el hueco palpitante de su sien.

—Duerme, cielo.

Sarah por fin sucumbió al sueño. Marcy permaneció despierta entre sus hijas, mirando al techo y pensando en Grace, que se había volteado hacia la ventana en un sueño tan real que creía estar despierta.

«Tenía pajas en lugar de ojos.»

4

Poco después de las tres de la madrugada (más o menos a la hora en que Fred Peterson salía penosamente a su jardín trasero con un taburete de la sala en la mano izquierda y la soga sobre el hombro derecho), Jeanette Anderson se despertó porque quería hacer pipí. El otro lado de la cama estaba vacío. Después de ir al baño, bajó y encontró a Ralph sentado en su butaca modelo Papá Oso mirando la pantalla vacía de la televisión. Lo observó con ojos de esposa y advirtió que había perdido peso desde el hallazgo del cadáver de Frank Peterson.

Apoyó una mano en su hombro con delicadeza.

Él no volteó.

—Bill Samuels ha dicho una cosa que no puedo quitarme de la cabeza.

—¿Qué?

—Ese es el problema, no lo sé. Es como tener una palabra en la punta de la lengua.

—¿Tiene que ver con ese niño que robó la camioneta?

Ralph la había puesto al corriente de su conversación con Samuels cuando los dos yacían en la cama antes de apagar la luz. Se lo había contado no porque fuese importante, sino porque la historia de un niño de doce años que había viajado desde el centro del estado de Nueva York hasta El Paso en sucesivos vehículos robados tenía algo de asombroso. Tal vez no tan asombroso como para incluirlo en la revista *Destino*, pero aun así delirante. «Desde luego debía de odiar a su padrastro», había dicho Jeannie antes de apagar la luz.

—Creo que *sí* tiene que ver con el niño —contestó Ralph—. Y había un papel en esa camioneta. Quería comprobar ese detalle, pero con tanta confusión se me pasó. Me parece que no te lo había mencionado.

Ella sonrió y le alborotó el pelo, que —al igual que su cuerpo bajo la piyama— parecía haber perdido consistencia desde la primavera.

—Sí me lo mencionaste. Dijiste que podría ser el trozo de un menú de comida para llevar.

—Estoy casi seguro de que es una prueba.

—Eso también me lo dijiste, mi vida.

—Puede que me acerque mañana a la comisaría y le eche un vistazo. A lo mejor me ayuda a descubrir qué es lo que tanto me inquieta de lo que me ha contado Bill.

—Buena idea. Ya es hora de hacer algo aparte de rumiar. He releído aquel relato de Poe, ¿sabes? El narrador cuenta que de niño, cuando iba al colegio, era algo así como el gallo del gallinero. Pero un día llegó otro chico que se llamaba igual.

Ralph le tomó la mano y le dio un beso en actitud ausente.

—Bastante creíble por el momento. William Wilson no es un nombre tan corriente como Joe Smith, vale, pero tampoco es Zbigniew Brzezinski.

—Sí, pero entonces el narrador descubre que nacieron el mismo día y que se visten de manera parecida. Y lo peor de todo, son casi idénticos. La gente los confunde. ¿Te suena?

—Sí.

—Bueno, William Wilson Número Uno sigue encontrándose con William Wilson Número Dos más adelante en la vida, y esos encuentros acaban siempre mal para Número Uno, que cae en la delincuencia y culpa de ello a Número Dos. ¿Me sigues?

—Teniendo en cuenta que son las tres y cuarto de la madrugada, creo que estoy haciéndolo bastante bien.

—Bueno, al final William Wilson Número Uno clava una espada a William Wilson Número Dos, solo que cuando se mira en el espejo descubre que se la ha clavado a sí mismo.

—Porque nunca ha existido un segundo William Wilson, deduzco.

—Pero sí existía. Otras muchas personas *vieron* al segundo. Aunque al final William Wilson Número Uno tuvo una alucinación y se suicidó. Porque no resistía esa doble existencia, supongo.

Ella esperaba que Ralph se burlara, pero asintió.

—Vale, esa interpretación tiene sentido. Un buen análisis psicológico, de hecho. Sobre todo para... ¿De cuándo es? ¿Mediados del siglo diecinueve?

—Algo así, sí. En la universidad tenía una materia que se llamaba Literatura Gótica Estadounidense, y leímos muchos relatos de Poe, incluido ese. Según el profesor, la gente creía, equivocadamente, que Poe escribía cuentos fantásticos acerca de lo sobrenatural, cuando en realidad escribía cuentos realistas sobre psicología anormal.

—Pero eso fue antes de que se descubrieran las huellas digitales y el ADN —dijo Ralph con una sonrisa—. Vámonos a la cama. Creo que ahora podré conciliar el sueño.

Pero ella lo retuvo.

—Voy a preguntarte una cosa, marido mío. Probablemente porque es tarde y estamos solos. Nadie te oirá si te ríes de mí, pero por favor no lo hagas porque me pondría triste.

—No me reiré.

—Puede que sí.

—No.

—Me has contado la historia de Bill sobre las pisadas que desaparecían sin más, y me has contado tu anécdota sobre esos gusanos que se metieron, a saber cómo, en el cantalupo, pero los dos hablaban en metáforas. Igual que el cuento de Poe es una metáfora del yo dividido… o eso decía mi profesor. Pero si eliminamos las metáforas, ¿qué queda?

—No lo sé.

—Lo inexplicable —dijo ella—. Así que mi pregunta es muy sencilla. ¿Y si la única respuesta al enigma de los dos Terry es sobrenatural?

Él no se rio. No sintió el menor deseo de reír. Era ya muy entrada la noche para la risa. O demasiado temprano en la madrugada. Demasiado algo, en todo caso.

—No creo en lo sobrenatural. Ni en los fantasmas, ni en los ángeles, ni en la divinidad de Jesucristo. Voy a la iglesia, sí, pero solo porque es un sitio apacible donde a veces puedo escucharme a mí mismo. También porque es lo que se espera de mí. Sospecho que tú también vas por eso. O por Derek.

—Me gustaría creer en Dios —dijo ella—, porque no quiero creer que nuestra vida se acaba sin más, aunque eso iguale la ecuación: como venimos de la negrura, parece lógico suponer que es a la negrura adonde volvemos. Pero sí creo en las estrellas y en la infinitud del universo. Eso es el gran Ahí Fuera. Creo que aquí abajo hay otros universos en cada puñado de arena porque la infinitud es una calle de doble sentido. Creo que en mi cabeza se suceden diez pensamientos detrás de cada uno del que soy consciente. Creo en mi conciencia y en mi inconsciente, aunque no sé qué es lo uno ni lo otro. Y creo en Arthur Conan Doyle, que hizo decir a Sherlock Holmes: «Una vez que eliminamos lo imposible, lo que queda, por improbable que sea, tiene que ser la verdad».

—¿No era ese el tipo que creía en las hadas? —preguntó Ralph.

Jeannie suspiró.

—Vamos arriba y démonos un poco de gusto. Así luego a lo mejor los dos nos dormimos.

Ralph la siguió de buena gana, pero ni siquiera mientras hacían el amor (excepto en el momento del clímax, cuando todo pensamiento se borró) pudo dejar de pensar en la máxima de Doyle. Era inteligente. Lógica. ¿Podría modificarse para decir «Una vez que eliminamos lo natural, lo que queda tiene que ser sobrenatural»? No. Era incapaz de creer en cualquier explicación que transgrediese las reglas del mundo natural, no solo como inspector de policía sino como hombre. A Frank Peterson lo había matado una persona real, no un espectro salido de un cómic. ¿Qué quedaba, pues, por improbable que fuera? Solo una cosa. A Frank Peterson lo había asesinado Terry Maitland, ahora fallecido.

5

Aquel miércoles por la noche, la luna de julio se había alzado tan hinchada y naranja como una gigantesca fruta tropical. En la madrugada del jueves, cuando Fred Peterson se hallaba en su jardín trasero, subido al taburete donde tantos domingos por la tarde había descansado los pies mientras veía un partido de fútbol, esa luna se había encogido hasta quedar reducida a una fría moneda de plata que flotaba a gran altura en el cielo.

Se puso el lazo alrededor del cuello y corrió el nudo hasta que le quedó ajustado a uno de los ángulos de la mandíbula, como se especificaba en la entrada de Wikipedia (con una útil ilustración incluida). El otro extremo pendía de la rama de un almez como el que crecía más allá de la cerca de Ralph Anderson, aunque este era un ejemplar bastante más antiguo de la flora de Flint City, ya que había brotado aproximadamente cuando un bombardero estadounidense soltó su carga explosiva en Hiroshima (sin duda un acontecimiento sobrenatural para los japoneses que lo presenciaron a distancia suficiente para salvarse de la vaporización).

El taburete se tambaleaba precariamente bajo sus pies. Oyó los grillos y sintió en las mejillas húmedas de sudor la brisa nocturna, fresca y balsámica después de un día caluroso y antes de otro día que ya no esperaba ver. Parte de su decisión de poner fin a los Peterson de Flint City y cuadrar la ecuación se debía a la esperanza de que Frank, Arlene y Ollie no se hubieran ido lejos, al menos todavía. A lo mejor aún era posible alcanzarlos. Pero sobre todo se debía a la insoportable perspectiva de asistir por la mañana a una doble ceremonia fúnebre en el mismo emporio funerario —Hermanos Donelli— que por la tarde daría sepultura al hombre responsable de sus muertes. No se veía capaz de eso.

Echó un último vistazo alrededor y se preguntó si de verdad era *ese* su deseo. La respuesta fue sí, con lo cual apartó el taburete de un puntapié con la esperanza de que en algún rincón de su cabeza oiría el crujido del cuello al partirse antes de que el túnel de luz se abriera ante él, el túnel al final del cual su familia lo llamaría a una segunda y mejor vida donde nadie violara y asesinara a niños indefensos.

No hubo crujido. Había pasado por alto o había hecho caso omiso de la parte donde en Wikipedia se explicaba que la caída debía tener lugar desde cierta altura para que el cuello de un hombre de noventa y tres kilos se partiera. En lugar de morirse, empezó a asfixiarse. Cuando se le cerró la tráquea y los ojos se le salieron de las órbitas, su instinto de supervivencia, antes adormecido, despertó en medio de un clamor de timbres de alarma y un resplandor de luces de seguridad internas. En cuestión de tres segundos, su cuerpo se impuso a su cerebro y el deseo de morir se convirtió en la voluntad bruta de vivir.

Fred alzó las manos, buscó a tientas la soga y la encontró. Tiró con todas sus fuerzas. El nudo se aflojó y pudo respirar, aunque de manera superficial, porque el lazo seguía apretándole, el nudo se hincaba en un lado de su cuello como una glándula hinchada. Sujetándose con una mano, buscó a tientas con la otra la rama a la que había atado la soga. La rozó con los dedos por abajo y unos cuantos copos de corteza le cayeron en el pelo, pero eso fue todo.

No era un hombre de mediana edad en buena forma. Casi todo su ejercicio físico consistía en visitas al refrigerador para tomar otra cerveza durante los partidos de futbol de sus adorados Cowboys de Dallas, pero de adolescente, en las clases de educación física de la preparatoria, conseguía hacer como máximo cinco dominadas. Notó que le resbalaba la mano y se agarró a la cuerda con la otra; logró así reducir la tensión lo suficiente para tomar aire en otra media inhalación pero no elevarse. Sus pies oscilaban a veinte centímetros del pasto. Se le desprendió un tenis, después el otro. Intentó pedir ayuda, pero solo consiguió emitir un resuello áspero…, ¿y quién iba a estar despierto a esas horas de la mañana para oírlo? ¿La señora Gibson, esa vieja entrometida de la casa de al lado? Estaría durmiendo en su cama, con el rosario en la mano y soñando con el padre Brixton.

Las manos le resbalaron. La rama crujió. Fred dejó de respirar. Sintió palpitar la sangre atrapada en su cabeza, a un paso de reventarle el cerebro. Oyó un sonido ronco y pensó: *En principio esto debía ser de otra manera.*

Agitó la mano en busca de la cuerda, un hombre a punto de ahogarse intentando subir a la superficie del lago en el que había caído. Grandes esporas negras aparecieron ante sus ojos. Estallaron y cobraron forma de extrañas setas venenosas. Pero antes de que abarcaran toda su visión, alcanzó a ver a un hombre de pie en el patio a la luz de la luna, con una mano apoyada en actitud posesiva en la parrilla donde Fred nunca volvería a asar un filete. O quizá ni siquiera era un hombre. Sus facciones eran toscas, como modeladas a puñetazos por un escultor ciego. Y sus ojos eran pajas.

6

Casualmente era June Gibson quien había preparado la lasaña que Arlene Peterson se había echado por la cabeza antes de sufrir el infarto, y no dormía. Ni pensaba en el padre Brixton. Sobrellevaba su propio sufrimiento, que no era poco. Habían pasado tres años desde el último ataque de ciática, y se había atrevido a esperar que ese achaque no volviera a presentarse nunca más, pero allí estaba otra vez, un molesto visitante que irrumpía sin invitación y se quedaba. Ya había notado una reveladora rigidez detrás de la rodilla izquierda después de la reunión posfuneral en casa de los Peterson, sus vecinos, pero conocía las señales y suplicó al doctor Richland una receta de oxicodona, que él extendió a regañadientes. Las pastillas la ayudaban solo un poco. El dolor le bajaba por el lado izquierdo desde los riñones hasta el tobillo, donde se le ceñía como un grillete con púas. Uno de los atributos más crueles de la ciática —al menos de la suya— era que cuando se tumbaba el dolor arreciaba en vez de remitir. Así pues, permanecía sentada en la sala, en bata y piyama, alternando entre los publirreportajes de la televisión sobre cómo tener unos abdominales sexis y los solitarios en el iPhone que su hijo le había regalado el día de la Madre.

Estaba mal de la espalda y le fallaba la vista, pero había quitado el sonido del publirreportaje y no tenía problemas de oído. Oyó claramente un disparo en la casa de al lado y se puso de pie de un salto sin pensar en el latigazo que le recorrió el lado izquierdo del cuerpo de arriba abajo.

Dios bendito, Fred Peterson acaba de pegarse un tiro.

Tomó el bastón y, encorvada y decrépita, cojeó hasta la puerta de atrás. En el atrio, y a la luz de esa insensible luna plateada, vio a Peterson desmadejado en su jardín. No había sido un disparo. Tenía una soga alrededor del cuello, y serpenteaba hasta la rama rota a la que estaba atada.

Dejando el bastón —solo le serviría para retrasarla—, la señora Gibson bajó de costado los peldaños del atrio trasero y, con un trote inestable, recorrió con gran dificultad los treinta metros que separaban los dos jardines traseros, ajena a sus propios gritos de dolor ante las furiosas acometidas del nervio ciático que la traspasaban desde el descarnado trasero hasta la planta del pie izquierdo.

Arrodillándose junto al señor Peterson, observó su rostro hinchado y amoratado, la lengua salida, y la soga medio hundida en la abundante carne de su cuello. Insertó los dedos bajo la cuerda y tiró con todas sus fuerzas, lo que desencadenó otra andanada de sufrimiento. Sí fue consciente del grito que esto le arrancó: un alarido agudo, largo y ululante. Se encendieron luces en la acera de enfrente, pero la señora Gibson no las vio. La soga se aflojó por fin, gracias a Dios y a Jesús y a María y a todos los santos. Esperó a que el señor Peterson tomara aire.

Eso no ocurrió.

Durante la primera etapa de su vida laboral, la señora Gibson había sido cajera del First National Bank de Flint City. Cuando se retiró de ese puesto a los sesenta y dos años, la edad obligatoria, realizó los cursos necesarios para ejercer como cuidadora doméstica cualificada, trabajo con el que complementó los cheques de la jubilación hasta los setenta y cuatro años. Lógicamente uno de esos cursos versaba sobre la resucitación. Arrodillada junto a la considerable mole del señor Peterson, le echó la cabeza hacia atrás, le pinzó la nariz con dos dedos, le abrió la boca y apretó sus labios contra los de él.

Iba por la décima espiración, y empezaba a sentirse mareada, cuando el señor Jagger, que vivía en la acera de enfrente, se acercó a ella y le dio un golpecito en su huesudo hombro.

—¿Está muerto?

—No si puedo evitarlo —contestó la señora Gibson. Se agarró el bolsillo de la bata y palpó el rectángulo de su teléfono celular. Lo sacó y, sin mirar, lo lanzó a su espalda—. Llame al 911. Y si me desmayo, tendrá que sustituirme.

Pero no se desmayó. En su decimoquinta espiración —cuando estaba a punto de perder el conocimiento—, Fred Peterson tomó aire él mismo con una inhalación potente y babosa. Luego otra. La señora Gibson esperó a que abriera los ojos, y al ver que eso no sucedía, le levantó un párpado. Debajo solo apareció la esclerótica, no blanca sino roja a causa de los vasos sanguíneos reventados.

Fred Peterson respiró por tercera vez y luego paró de nuevo. La señora Gibson inició las compresiones de pecho en la medida de sus posibilidades, sin saber si servirían de algo pero con la idea de que daño no le harían. Se dio cuenta de que el dolor en la espalda y la pierna había disminuido. ¿Era posible que la ciática fuera expulsada del cuerpo por efecto de una conmoción? No, claro que no. Eso era absurdo. Se debía a la adrenalina, y en cuanto se agotara el suministro, se sentiría peor que antes.

Una sirena flotó en la oscuridad del amanecer, cada vez más cerca.

La señora Gibson volvió a impulsar su aliento por la garganta de Fred Peterson (su contacto más íntimo con un hombre desde la muerte de su marido en 2004), deteniéndose cada vez que se sentía a punto de precipitarse en un desvanecimiento gris. El señor Jagger no se ofreció a sustituirla, y ella no se lo pidió. Hasta que llegó la ambulancia, aquello fue un asunto entre ella y Peterson.

A veces, cuando se interrumpía, el señor Peterson tomaba aire con una de esas inhalaciones potentes y babosas. A veces no. La señora Gibson apenas advirtió el resplandor de las palpitantes luces rojas de la ambulancia que bañaban ya los dos jardines contiguos, iluminando de manera intermitente la dentada rama rota del almez en la que el señor Peterson había intentado ahorcarse. Uno de los auxiliares sanitarios la ayudó a levantarse, y ella permaneció de pie casi sin dolor. Era asombroso. Por pasajero que fuese el milagro, lo aceptaría con gratitud.

—Ahora nos ocupamos nosotros, señora —dijo el sanitario—. Lo ha hecho de maravilla.

—Desde luego que sí —dijo el señor Jagger—. ¡Lo ha salvado, June! ¡Le ha salvado la vida a este pobre desdichado!

Enjugándose la saliva de la barbilla —una mezcla de la suya y la de Peterson—, la señora Gibson contestó:

—Quizá sí. Y quizá habría sido mejor que no lo hubiera hecho.

7

A las ocho de la mañana del jueves, Ralph cortaba el pasto en el jardín trasero. Con todo un día por delante libre de quehaceres y responsabilidades, no había encontrado una tarea mejor a la que dedicar el tiempo... pero no su mente, que no hacía otra cosa que girar en su propia rueda de hámster: el cuerpo mutilado de Frank Peterson, los testigos, las imágenes de las grabaciones, el ADN, la multitud en el juzgado. Sobre todo esto último. Por alguna razón, se le había quedado grabada la imagen del tirante caído del brasier de aquella chica: una cinta de color amarillo vivo que se desplazaba arriba y abajo mientras ella, sentada sobre los hombros de su novio, blandía los puños.

Casi no oyó el tintineo de xilófono de su teléfono celular. Apagó la podadora y atendió la llamada, allí de pie, en tenis y con los tobillos desnudos salpicados de pasto.

—Anderson.

—Aquí Troy Ramage, jefe.

Uno de los dos agentes que habían efectuado la detención de Terry. Se le antojó que eso había ocurrido hacía mucho tiempo. En otra vida, como solía decirse.

—¿Qué pasa, Troy?

—Estoy en el hospital con Betsy Riggins.

Ralph sonrió, una expresión tan poco frecuente en los últimos tiempos que se le hizo raro notarla en la cara.

—Está dando a luz.

—No, todavía no. El jefe le ha pedido que venga porque usted está todavía de baja y Jack Hoskins sigue de pesca en el lago Ocoma. Me ha enviado para acompañarla.

—¿De qué se trata?

—Una ambulancia ha traído a Fred Peterson hace unas horas. Intentó ahorcarse en su jardín, pero la rama a la que ató la cuerda se rompió. La vecina, una tal señora Gibson, le dio respiración de boca a boca y lo revivió. Ha venido a ver cómo estaba Peterson, y el jefe quiere tomarle declaración, lo cual, supongo, forma parte del protocolo, pero a mí este asunto me parece muy claro. Bien sabe Dios que el pobre hombre tenía razones más que suficientes para tirar la toalla.

—¿En qué estado se encuentra?

—Según los médicos, tiene una función cerebral mínima. Las probabilidades de que vuelva en sí son de una entre cien. Betsy ha dicho que usted querría saberlo.

Por un momento Ralph pensó que iba a vomitar el plato de cereales que había desayunado y apartó la cara de la podadora para no estropearlo.

—¿Jefe? ¿Sigue ahí?

Ralph tragó una papilla acre de leche y Rice Chex.

—Aquí sigo. ¿Dónde está Betsy ahora?

—En la habitación de Peterson con esa tal Gibson. La inspectora Riggins me ha encargado que le llamara porque en la unidad de cuidados intensivos no se puede usar el celular. Los médicos les han ofrecido una sala donde hablar, pero Gibson ha dicho que quería contestar las preguntas de la inspectora Riggins delante de Peterson. Casi como si pensara que él la oye. Una anciana encantadora, pero la espalda la está matando, se nota en su manera de andar. No entiendo por qué ha venido. Esto no es una serie de médicos de la televisión, y no va a haber recuperación milagrosa.

Ralph adivinaba la razón. Seguramente esa señora Gibson había intercambiado recetas con Arlene Peterson y había visto crecer a Ollie y Frankie. Quizá Fred Peterson había limpiado el camino de su casa de nieve después de alguna de las infrecuentes nevadas de Flint City. Estaba allí por pena y por respeto, quizá incluso por culpabilidad, por no haber dejado que Peterson se fuera en lugar de condenarlo a una estancia indefinida en una habitación de hospital donde unas máquinas respirarían por él.

El horror de los últimos ocho días golpeó a Ralph con fuerza. El asesino no se había conformado con eliminar al niño; se había llevado a toda la familia Peterson por delante. De un plumazo, como solía decirse.

«El asesino» no; ese anonimato no era necesario. Terry. El asesino era Terry. No había nadie más en la mira.

—Pensó que querría usted saberlo —repitió Ramage—. Oiga, vea el lado positivo. Quizá Betsy se pone de parto mientras está aquí. Y su marido se ahorra el viaje.

—Dile que se vaya a casa —aconsejó Ralph.

—Entendido. Y... Ralph... Lamento lo que pasó en el juzgado. Fue un espectáculo de porquería.

—Eso lo resume bastante bien —contestó Ralph—. Gracias por llamar.

Volvió a centrarse en el pasto, empujaba lentamente la podadora vieja y ruidosa (debía pasar por Home Depot y comprar una nueva, era una tarea que ya no podía postergar; con tanto tiempo como tenía, no había excusa), y estaba terminando la última franja cuando en el teléfono empezó a sonar de nuevo el boogie al xilófono. Pensó que sería Betsy. La llamada procedía también del hospital general de Flint City, pero no era ella.

—Aún no han llegado los resultados de todas las pruebas de ADN —anunció el doctor Edward Bogan—, pero tenemos resultados de la rama utilizada para sodomizar al niño. La sangre, más los restos de piel del autor del hecho que quedaron adheridos cuando..., ya sabe, cuando agarró la rama y...

—Sí, ya sé —lo interrumpió Ralph—. No alargue la incertidumbre.

—Aquí de incertidumbre nada, inspector. Las muestras de la rama concuerdan con las de la mejilla tomadas a Maitland.

—Muy bien, doctor Bogan, gracias. Informe de eso al jefe Geller y al teniente Sablo de la Policía del Estado. Yo estoy de baja administrativa y probablemente seguiré así durante lo que queda de verano.

—Absurdo.

—Es el reglamento. No sé a quién asignará Geller el caso para que trabaje con Yune... Jack Hoskins continúa de vacaciones y Betsy Riggins traerá al mundo a su primer hijo de un momento a otro, pero encontrará a alguien. Y si uno se para a pensarlo, ahora que Maitland ha muerto, no hay caso en el que trabajar. Simplemente estamos llenando las lagunas.

—Las lagunas son importantes —dijo Bogan—. Puede que la mujer de Maitland decida poner una demanda civil. Esta prueba de ADN podría inducir a su abogado a cambiar de idea al respecto. Una demanda así sería una aberración, opino. Su marido asesinó a ese niño de la manera más cruel imaginable, y si ella no conocía sus... sus tendencias... es que no prestaba atención. Con los sádicos sexuales siempre hay señales de advertencia. Siempre. En mi opinión, deberían haberle puesto a usted una medalla en lugar de darlo de baja.

—Le agradezco que diga eso.

—Solo digo lo que pienso. Hay otras muestras pendientes. Muchas. ¿Quiere que lo mantenga informado a medida que vayan llegando?

—Sí —quizá el jefe Geller pidiera a Hoskins que se reincorporara antes, pero ese hombre era un cero a la izquierda incluso cuando estaba sobrio, cosa que últimamente no ocurría a menudo.

Ralph puso fin a la llamada y cortó la última franja de pasto. Luego llevó la podadora al estacionamiento. Mientras limpiaba el chasis, pensaba en otro relato de Poe, uno sobre un hombre emparedado en una cripta. No lo había leído, pero había visto la película.

«¡Por el amor de Dios, Montresor!», exclamaba el hombre mientras lo emparedaban, y el que lo encerraba coincidía con él: «Por el amor de Dios».

En este caso el emparedado era Terry Maitland, solo que los bloques de mampostería eran el ADN y él ya estaba muerto. Existían pruebas contradictorias, cierto, pero ahora tenían el ADN de Flint City y nada de Cap City. Estaban las huellas digitales en el libro del puesto de periódicos, sí, pero las huellas podían colocarse con fines incriminatorios. No era tan fácil como parecía en las películas, pero podía hacerse.

¿Y qué hay de los testigos, Ralph? Tres profesores que lo conocían desde hacía años.

Eso da igual. Piensa en el ADN. Pruebas sólidas. Las más sólidas que existen.

En el relato de Poe, Montresor es descubierto por un gato negro al que había emparedado inadvertidamente junto con su víctima. Sus maullidos alertaron a unas personas que visitaban la cripta. El gato, supuso Ralph, era otra metáfora: la voz de la conciencia del asesino. Pero en ocasiones un puro era solo un cigarro y un gato era solo un gato. No había razón para seguir recordando los ojos moribundos de Terry ni la declaración de Terry *in articulo mortis*. Como Samuels había dicho, su mujer estaba arrodillada junto a él cuando falleció, tomándolo de la mano.

Ralph se sentó en su banco de trabajo; sentía un profundo cansancio y no había hecho más que cortar el pasto de un modesto jardín. Las imágenes de los minutos previos al tiroteo no lo abandonaban. La alarma del coche. La desagradable mueca de la presentadora rubia al ver la mancha de sangre, probablemente solo un leve corte, pero estupendo para los índices de audiencia. El hombre quemado con tatuajes en las manos. El chico del labio leporino. Los destellos del sol en las complejas constelaciones de mica incrustada en la acera. El tirante del brasier amarillo de la muchacha, desplazándose arriba y abajo. Sobre todo eso. Parecía querer indicarle algo más, pero a veces el tirante de un brasier es solo el tirante de un brasier.

—Y un hombre no puede estar en dos sitios al mismo tiempo —masculló.

—¿Ralph? ¿Estás hablando solo?

Se sobresaltó y alzó la vista. Jeannie estaba en el umbral de la puerta.

—Seguramente, porque aquí no hay nadie más.

—Estoy *yo* —dijo ella—. ¿Estás bien?

—La verdad es que no —respondió Ralph, y a continuación le contó lo de Fred Peterson.

Ella se hundió de hombros.

—Dios mío. Con eso se acaba esa familia. A menos que se recupere.

—Se acaba tanto si se recupera como si no —Ralph se puso de pie—. Dentro de un rato iré a la comisaría, para echar un vistazo a ese papel. Ese menú o lo que sea.

—Antes báñate. Hueles a aceite y pasto.

Él esbozó una sonrisa y le hizo el saludo militar.

—Sí, señor.

Ella se puso de puntillas y lo besó en la mejilla.

—¿Ralph? Lo superarás. Seguro. Confía en mí.

8

Había muchas cosas de la baja administrativa que Ralph desconocía, pues nunca se había visto en esa situación. Una de ellas era si estaba autorizado a entrar siquiera en la comisaría. Con eso en mente, esperó hasta media tarde para pasarse por allí, porque a esas horas el pulso diario de la actividad policial era más lento. Cuando llegó, en la amplia sala principal solo estaba Stephanie Gould, todavía vestida de civil, redactando informes en una de las viejas computadoras que el ayuntamiento había prometido sustituir una y otra vez, y Sandy McGill en el conmutador, leyendo la revista *People*. El despacho del jefe Geller estaba vacío.

—Eh, inspector —saludó Stephanie cuando alzó la vista—. ¿Qué hace aquí? Me he enterado de que está de vacaciones pagadas.

—Procuro mantenerme ocupado.

—Yo puedo ayudarlo con eso, si quiere —Stephanie dio una palmada a la pila de carpetas amontonadas junto a su computadora.

—En otro momento, quizá.

—Siento mucho lo que ha pasado. Todos lo sentimos.

—Gracias.

Se acercó al conmutador y pidió a Sandy la llave del depósito de pruebas. Ella se la entregó sin vacilar, apartando apenas los ojos de su revista. Junto a la puerta del depósito de pruebas colgaban de un gancho un sujetapapeles y un bolígrafo. Ralph se planteó saltarse la firma, pero finalmente escribió su nombre, la fecha y la hora: 15:30. En realidad no tenía elección; Gould y McGill sabían que se hallaba allí y para qué había ido. Si alguien le preguntaba qué quería ver, no se andaría con tapujos. Al fin y al cabo solo estaba de baja administrativa, no suspendido del empleo.

En la sala, no mucho mayor que un armario, hacía un calor sofocante. Los fluorescentes del techo se encendieron con un parpadeo. Había que cambiarlos, como las computadoras. Flint City, con la ayuda de los dólares federales, velaba por que el

Departamento de Policía tuviera el armamento necesario y más. ¿Qué importaba que la infraestructura se desmoronara?

Si el asesinato de Frank Peterson se hubiese cometido en los tiempos en que Ralph ingresó en el cuerpo de policía, habrían tenido cuatro cajas con pruebas de Maitland, quizá incluso seis, pero la era informática había obrado prodigios en cuanto a compresión, y solo había dos, más la caja de herramientas encontrada en la parte de atrás de la camioneta. Esta contenía el habitual surtido de llaves, martillos y destornilladores. No habían encontrado huellas de Terry ni en ninguna de las herramientas ni en la propia caja. Para Ralph, eso indicaba que la caja estaba ya en la camioneta cuando la robaron y Terry no había examinado el contenido después de robarla para sus propios fines.

Una de las cajas de pruebas decía CASA DE MAITLAND. En la etiqueta de la segunda caja se leía CAMIONETA/SUBARU. Esa era la que interesaba a Ralph.

Después de una breve búsqueda, dio con una bolsa de pruebas que contenía el papel que él recordaba. Era azul y más o menos triangular. Arriba, en negrita, decía **TOMMY AND TUP**. Lo que venía después de **TUP** había desaparecido. En el ángulo superior se veía un pequeño dibujo de un pay cuya corteza humeaba. Si bien Ralph no recordaba eso en concreto, debía de haber sido lo que lo indujo a pensar que ese papel era parte de un menú de un restaurante de comida para llevar. ¿Qué había dicho Jeannie en su conversación de esa madrugada? «Creo que en mi cabeza se suceden diez pensamientos detrás de cada uno del que soy consciente.» Si eso era verdad, Ralph habría dado no poco dinero por acceder al que acechaba detrás del tirante del brasier amarillo. Porque lo había, de eso estaba casi seguro.

También estaba casi seguro del motivo por el cual ese papel se hallaba en el suelo de la camioneta. Alguien había colocado menús bajo los limpiaparabrisas de todos los vehículos de la zona en que estaba estacionada. El conductor —quizá el niño que la había robado en Nueva York, quizá quienquiera que la hubiese robado después de abandonarla el niño— había arrancado el papel, en lugar de levantar la varilla, y esa esquina triangular había quedado adherida al cristal. En un primer momento no se dio cuenta, pero una vez en marcha lo vio. Sacó la mano por la ventanilla, lo retiró y, en lugar de soltarlo al viento, lo dejó caer al suelo de la camioneta. Posiblemente porque no era una persona que fuera tirando basura por naturaleza, sino solo un ladrón. O tal vez porque había un coche de policía detrás de él, y no deseaba hacer nada, ni siquiera algo muy menor, que atrajera su atención. Incluso cabía la posibilidad de que hubiese *intentado* tirarlo por la ventanilla y un capricho del viento lo hubiera arrastrado hasta el interior de la cabina. Ralph había investigado accidentes de tráfico —uno de ellos especialmente horrendo— en los que había ocurrido eso al tirar una colilla.

Sacó su cuaderno del bolsillo trasero —con o sin baja administrativa, llevarlo encima era consustancial a él— y escribió TOMMY AND TUP en una hoja en blanco. Volvió a dejar la caja con la etiqueta CAMIONETA/SUBARU en el estante correspondiente, salió del depósito de pruebas (no olvidó anotar la hora de salida) y echó de nuevo la llave. Cuando se la devolvió a Sandy, sostuvo el cuaderno abierto ante ella, que apartó la vista de las últimas aventuras de Jennifer Aniston.

—¿Te dice algo?

—No.

Volvió a centrar la atención en su revista. Ralph se acercó a la agente Gould, que seguía introduciendo información en la base de datos y maldiciendo entre dientes cada vez que se equivocaba al pulsar una tecla, lo cual, por lo visto, ocurría a menudo. Echó una ojeada al cuaderno.

—*Tup*, en antiguo argot británico, significa «coger», me parece..., pero no se me ocurre nada más. ¿Es importante?

—No lo sé. Probablemente no.

—¿Por qué no lo buscas en Google?

Ralph, mientras esperaba a que su propia computadora desfasada arrancara, decidió echar mano de la base de datos con la que estaba casado. Jeannie contestó al primer timbrazo, y ni siquiera tuvo que pensarlo cuando se lo preguntó.

—Podría ser Tommy and Tuppence. Eran unos detectives encantadores sobre los que escribía Agatha Christie cuando no escribía sobre Hércules Poirot o Miss Marple. Si ese es el caso, seguramente encontrarás un restaurante propiedad de un par de expatriados británicos y especializado en cosas como col con papas.

—¿Col con papas?

—Da igual.

—Probablemente no signifique nada —repitió él. Pero tal vez sí. Uno perseveraba en esas tonterías para estar seguro, en un sentido o en otro; perseverar en tonterías, con perdón de Sherlock Holmes, era en lo que consistía la mayor parte del trabajo detectivesco.

—Siento curiosidad. Ya me contarás cuando vuelvas a casa. Ah, se nos ha acabado el jugo de naranja.

—Pasaré por Gerald's —dijo él, y colgó.

Entró en Google, escribió TOMMY AND TUPPENCE y añadió RESTAURANTE. Las computadoras del Departamento de Policía eran viejas, pero el wifi era nuevo y rápido. Encontró lo que buscaba en cuestión de segundos. El Tommy and Tuppence Pub and Café estaba en Northwoods Boulevard, en Dayton, Ohio.

Dayton. ¿De qué le sonaba Dayton? ¿No había salido ya antes en ese lamentable asunto? Si era así, ¿dónde? Se retrepó en la silla y cerró los ojos. Seguía escapándosele el vínculo que intentaba establecer inducido por aquel tirante amarillo, pero este otro sí lo localizó. Dayton había salido a colación durante su última conversación real con Terry Maitland. Hablaban de la camioneta, y Terry había dicho que no había vuelto a Nueva York desde que fue allí de luna de miel con su mujer. El único viaje reciente de Terry había sido a Ohio. En concreto a Dayton.

«En las vacaciones de primavera de las niñas. Quería ver a mi padre.» Y cuando Ralph preguntó si su padre vivía allí, Terry contestó: «Si puede llamarse vivir a lo que hace ahora...».

Telefoneó a Sablo.

—Eh, Yune, soy yo.

—Hola, Ralph, ¿cómo te va en tu retiro?

—Bien. Tendrías que ver mi jardín. Ha llegado a mis oídos que van a condecorarte por proteger el adorable cuerpo de aquella tarada, la periodista.

—Eso dicen. Te diré una cosa: la vida ha tratado bien a este hijo de unos pobres campesinos mexicanos.

—¿No me habías dicho que tu padre estaba al frente de la concesionaria de coches más grande de Yellow Car?

—Es posible, supongo. Pero, amigo, si tienes que elegir entre la verdad y la leyenda, quédate con la leyenda. Es el sabio consejo de John Ford en *El hombre que mató a Liberty Valence*. ¿Qué puedo hacer por ti?

—¿Te ha hablado Samuels del niño que robó inicialmente la camioneta?

—Sí. Vaya historia. Se llama Merlin, ¿lo sabías? Y desde luego debe ser una especie de mago para haber llegado al sur de Texas.

—¿Puedes ponerte en contacto con El Paso? Ahí terminó su huida, pero sé por Samuels que el niño abandonó la camioneta en Ohio. Lo que quiero saber es si fue en algún sitio cercano a un bar y cafetería que se llama Tommy and Tuppence, en Northwoods Boulevard, en Dayton.

—Podría intentar averiguarlo, supongo.

—Samuels me contó que ese Merlin el Mago pasó mucho tiempo en la carretera. ¿Puedes enterarte de *cuándo* abandonó la camioneta? ¿Si fue quizá en abril?

—También eso puedo intentarlo. ¿Quieres decirme por qué?

—Terry Maitland estuvo en Dayton el pasado mes de abril. Fue a visitar a su padre.

—¿En serio? —ahora Yune sonó muy interesado—. ¿Solo?

—Con su familia —respondió Ralph—, y viajaron en avión tanto de ida como de vuelta.

—Así que por ese lado, nada.

—Seguramente, pero, aun así, ejerce cierta peculiar fascinación en mi conciencia.

—Eso tendrás que explicármelo, inspector, solo soy el hijo de un campesino mexicano pobre.

Ralph suspiró.

—A ver qué puedo averiguar.

—Gracias, Yune.

En el preciso momento en que colgaba, entró el jefe Geller con una maleta deportiva y aspecto de recién bañado. Ralph lo saludó con la mano y obtuvo a cambio una expresión ceñuda.

—Se supone que no debería estar aquí, inspector.

Eso resolvía *sus* dudas.

—Váyase a casa. Corte el pasto, o lo que sea.

—Eso ya lo he hecho —contestó Ralph poniéndose de pie—. Ahora toca la limpieza del sótano.

—Estupendo, póngase manos a la obra —Geller se detuvo ante la puerta de su despacho—. Y otra cosa, Ralph. Siento mucho todo esto. Muchísimo.

No paran de repetirlo, pensó Ralph mientras salía al calor de la tarde.

9

Yune telefoneó esa noche a las nueve y cuarto, cuando Jeannie estaba en la regadera. Ralph lo anotó todo. No era gran cosa, pero sí lo suficiente para interesarle. Se acostó al cabo de una hora, y durmió profundamente por primera vez desde que Terry murió de un balazo al pie de la escalinata del juzgado. Despertó a las cuatro de la madrugada del viernes en medio de un sueño en el que la adolescente sentada en los hombros de su novio blandía los puños hacia el cielo. Se irguió al instante en la cama, todavía más dormido que despierto y sin darse cuenta de que gritaba hasta que su mujer, asustada, se incorporó a su lado y lo agarró por los hombros.

—¿Qué pasa? Ralph, *¿qué pasa?*

—¡No era el tirante! ¡Era el *color* del tirante!

—¿De qué estás hablando? —lo sacudió—. ¿Era un sueño, mi amor? ¿Una pesadilla?

«Creo que en mi cabeza se suceden diez pensamientos detrás de cada uno del que soy consciente.» Eso había dicho ella. Y eso mismo había sido el sueño —que se disolvía ya, como es propio de los sueños—, uno de esos pensamientos.

—Lo tenía —dijo él—. En el sueño lo tenía.

—¿Qué tenías, mi amor? ¿Algo sobre Terry?

—Sobre la muchacha. El tirante del brasier era amarillo chillón. Y había otra cosa que también era amarilla. En el sueño yo sabía qué era, pero ahora… —bajó los pies al suelo y se quedó sentado, sujetándose las rodillas con las manos por debajo de los anchos bóxers con los que dormía—. Se me ha escapado.

—Ya volverá. Acuéstate. Me has dado un susto de muerte.

—Lo siento —Ralph se tumbó de nuevo.

—¿Podrás volver a dormirte?

—No lo sé.

—¿Qué te dijo el teniente Sablo cuando llamó?

—¿No te lo he contado? —sabía que no lo había hecho.

—No, y no he querido insistir. Tenías cara de estar reflexionando.

—Te lo contaré por la mañana.

—Después de desvelarme con ese susto, bien podrías contármelo ahora.

—No hay mucho que contar. Yune localizó al niño a través del agente que lo detuvo. Al poli ese niño le cayó bien, digamos que se interesó por él, y ha estado siguiéndole la pista. Ahora mismo el joven señor Cassidy ha entrado en el sistema de acogida allí en El Paso. Tendrá que comparecer alguna que otra vez ante el tribunal de menores por robo de coches, pero no se sabe exactamente dónde. El sitio más probable es el condado de Dutchess, en Nueva York, pero no puede decirse que nadie muera de ganas por ocuparse de él, ni él muera de impaciencia por volver allí. Así que ahora mismo está en una especie de limbo legal, y al muchacho, al decir de Yune, eso ya le va bien. El padrastro se desquitaba con él cada dos por tres, según cuenta el propio niño. Y la madre hacía como si no lo viera. El habitual ciclo del maltrato.

—Pobre niño, no me extraña que se fugara. ¿Qué será de él?

—Bueno, al final lo devolverán. Las ruedas de la justicia giran despacio pero extraordinariamente bien. Saldrá con una sentencia condicional, o tal vez encuentren la manera de considerar como tiempo de condena el que ya haya pasado en acogida. Se alertará a la policía de su ciudad sobre su situación en casa, pero al final se volverá al punto de partida. Los maltratadores de niños a veces hacen una pausa, pero casi siempre reinciden.

Se llevó las manos detrás de la cabeza y pensó en Terry, que no había dado la menor señal de violencia anteriormente, ni siquiera empujar a un árbitro.

—En fin, el niño estaba en Dayton —prosiguió Ralph—, y para entonces la camioneta había empezado a preocuparle. Paró en un estacionamiento público, porque era gratis, porque no había vigilante, y porque vio los Arcos Dorados a unas manzanas de allí. No recuerda haber pasado por delante de la cafetería Tommy and Tuppence, pero sí a un joven con una camiseta en cuya espalda se leía «Tommy» y algo más. Ese joven llevaba un fajo de papeles azules e iba colocándolos bajo los limpiaparabrisas de los coches estacionados junto a la banqueta. Se fijó en el niño, Merlin, y le ofreció dos dólares por poner menús en los vehículos del estacionamiento. El niño dijo no, gracias, y siguió hacia McDonald's para comer algo. Cuando regresó, el repartidor de publicidad ya no estaba, pero había menús en todos los coches y camiones del estacionamiento. El muchacho era asustadizo y por alguna razón, sabe Dios por qué, interpretó eso como un mal augurio. El caso es que decidió que había llegado el momento de cambiar de medio de transporte.

—Si no hubiese sido asustadizo, probablemente lo habrían detenido mucho antes —observó Jeannie.

—Es verdad. El caso es que se dio una vuelta por el estacionamiento en busca de algún coche sin el seguro puesto. Comentó a Yune que le sorprendió ver que había muchos.

—Seguro que a ti no te sorprendió.

Ralph sonrió.

—La gente es descuidada. En el quinto o sexto que vio sin el seguro puesto, había una llave de repuesto detrás de la visera. Era el coche perfecto para él: un simple Toyota negro, como hay miles en las carreteras todos los días. Pero antes de que nuestro Merlin saliera de allí al volante de ese automóvil, dejó la llave de la camioneta en el contacto. Dijo a Yune que esperaba que otra persona la robara porque, y cito textualmente, «Así podría despistar a la policía». O sea, como si lo buscaran por asesinato en seis estados en lugar de ser un niño fugado que nunca se olvidaba de poner las intermitentes.

—¿Dijo eso? —a Jeannie le pareció gracioso.

—Sí. Ah, y tuvo que volver a la camioneta por otra cosa. Una pila de briks aplastados que utilizaba para sentarse encima y aparentar que era más alto tras el volante.

—Ese niño me cae bien. A Derek eso nunca se le habría ocurrido.

Nunca le hemos dado razones para actuar así, pensó Ralph.

—¿Sabes si dejó el menú bajo el limpiaparabrisas de la camioneta?

—Yune se lo preguntó, y el niño contestó que por supuesto, que por qué iba a llevárselo.

—Así que la persona que lo arrancó y dejó que ese trozo acabara dentro fue la misma que lo robó del estacionamiento de Dayton.

—Casi por fuerza. Y ahora viene la razón por la que tenía cara de estar reflexionando. El niño dijo que creía recordar que eso ocurrió en abril. Tomo eso con pinzas, porque dudo mucho que para él fuese muy importante andar mirando el calendario, pero sí dijo a Yune que era primavera, que los árboles tenían prácticamente todas las hojas, y aún no apretaba el calor. Así que *probablemente* sí lo era. Y abril es cuando Terry fue a Dayton a visitar a su padre.

—Pero viajó con su familia, y tomaron el avión de ida y de vuelta.

—Eso ya lo sé. Podría ser una coincidencia. Pero más tarde esa camioneta termina aquí, en Flint City, y me cuesta creer en dos coincidencias relacionadas con la misma camioneta Ford

Econoline. Yune ha dejado caer la posibilidad de que Terry tuviera un cómplice.

—¿Idéntico a él? —Jeannie levantó una ceja—. ¿Un hermano gemelo llamado William Wilson, quizá?

—Lo sé, es absurdo. Pero te das cuenta de lo raro que es, ¿no? Terry está en Dayton; la camioneta está en Dayton. Terry vuelve a Flint City, y la camioneta aparece en Flint City. Existe una palabra para eso, pero no la recuerdo.

—Puede que el término que buscas sea «confluencia».

—Quiero hablar con Marcy —dijo él—. Quiero preguntarle por el viaje de los Maitland a Dayton. Todo lo que recuerde. Aunque ella no querrá hablar conmigo, y no tengo manera de convencerla.

—¿Lo intentarás?

—Sí, claro que lo intentaré.

—¿Ahora podrás dormir?

—Eso creo. Te quiero.

—Yo también te quiero.

Él se adormecía ya cuando ella le habló al oído, firmemente y casi con aspereza, en un intento de sonsacárselo por sorpresa.

—Si no era el tirante del brasier, ¿qué era?

Por un momento Ralph vio con toda claridad la palabra NADA. Solo que las letras eran de un color verde azulado, no amarillas. Ahí había algo. Lo atrapó pero se le escurrió.

—Nada —dijo.

—Todavía no —contestó Jeannie—, pero lo encontrarás. Te conozco.

Se durmieron. Cuando Ralph despertó, eran las ocho y trinaban todos los pájaros.

10

A las diez de la mañana de ese viernes, Sarah y Grace habían tomado el álbum *A Hard Day's Night*, y Marcy pensó que iba a volverse loca.

Las niñas habían encontrado el tocadiscos de Terry —una ganga en eBay, había asegurado él a Marcy— en su taller del estacionamiento, junto con su colección de álbumes de los Beatles reunida con tanto afán. Habían llevado el tocadiscos y los álbumes a la habitación de Grace y habían empezado por *Meet The Beatles!*

—Vamos a ponerlos todos —anunció Sarah a su madre—. Para acordarnos de papá. Si no te importa.

Marcy no se opuso. ¿Qué iba a decir viendo sus caras pálidas y solemnes y sus ojos enrojecidos? Pero no había previsto hasta qué punto esas canciones la afectarían. Las niñas se las sabían todas, por supuesto; cuando Terry estaba en el estacionamiento, el plato del tocadiscos no paraba de girar llenando el taller con los grupos de la invasión británica que él no había oído de primera mano porque nació con un poco de retraso pero que le encantaban igualmente: los Searchers, los Zombies, los Dave Clark Five, los Kinks, T. Rex y —cómo no— los Beatles. Sobre todo ellos.

A las niñas les gustaban esos grupos y esas canciones porque le gustaban a su padre, pero ahí había todo un espectro emocional del que ellas no eran conscientes. No habían escuchado «I Call Your Name» fajando en el asiento de atrás del coche del padre de Terry, los labios de Terry en su cuello, la mano de Terry bajo su suéter. No habían oído «Can't Buy Me Love», cuyos acordes llegaban ahora del piso de arriba, sentadas en el sofá del primer departamento donde vivieron juntos, tomados de la mano, mientras veían *A Hard Day's Night* en la maltrecha videocasetera que habían comprado por veinte dólares en una tienda de artículos de segunda mano, los Cuatro Fabulosos, jóvenes y desenfrenados, en blanco y negro, Marcy convencida de que se casaría con el muchacho que estaba sentado a su lado pese a que él aún no lo supiera. ¿Había muerto ya John Lennon cuando vieron esa vieja cinta? ¿Muerto a tiros en la calle igual que su marido?

Marcy no lo sabía, no lo recordaba. Lo único que sabía era que ella, Sarah y Grace habían superado el funeral con la dignidad intacta, pero ahora, pasado ya el funeral, su vida como madre soltera (Dios, qué horrible expresión) se extendía ante ella, y la alegre música la enloquecía de pena. Las voces armonizadas, las hábiles improvisaciones de George Harrison, todo ello abría nuevas heridas. Se había levantado dos veces de la mesa de la cocina, donde estaba sentada con una taza de café ya casi frío delante de ella. Dos veces había ido hasta el pie de la escalera y tomado aire para gritar: «¡Ya estuvo bueno! ¡Apáguenlo!». Y las dos veces había vuelto a la cocina. También ellas sufrían la pérdida.

Esta vez, cuando se levantó, fue al cajón de los utensilios y lo sacó del todo. Pensó que no quedarían, pero encontró un paquete de Winston. Había tres cigarros. No, cuatro: uno estaba escondido al fondo. No fumaba desde que su hija pequeña cumplió los cinco, cuando tuvo un ataque de tos mientras mezclaba la masa para el pastel de Gracie y en ese mismo momento juró que lo dejaba para siempre. Sin embargo, en vez de tirar a la basura esos últimos soldados del cáncer, los echó en el cajón de los utensilios, como si una parte oscura y clarividente de sí misma supiera que con el tiempo volvería a necesitarlos.

Llevan aquí cinco años. Estarán pasadísimos. Seguramente toserás hasta desmayarte.

Bien. Tanto mejor.

Sacó uno del paquete, ya ávida. *Los fumadores nunca lo dejan del todo, solo hacen una pausa*, pensó. Se acercó a la escalera y ladeó la cabeza. «And I Love Her» había dado paso a «Tell Me Why» (la eterna pregunta). Se imaginaba a las niñas sentadas en la cama de Grace, sin hablar, solo escuchando. Agarradas de la mano, quizá. Tomando el sacramento de papá. Los álbumes de papá, algunos comprados en Turn Back the Hands of Time, la tienda de discos de Cap City, algunos comprados por internet, todos sostenidos con las manos que en otro tiempo habían tomado las de sus hijas.

Cruzó la sala hasta la pequeña estufa panzuda que encendían solo en noches muy frías de invierno y buscó a ciegas la caja de cerillos Diamond en el estante cercano, a ciegas porque en ese estante había también una hilera de fotografías que en ese momento no soportaba mirar. Tal vez pasado un mes sería capaz.

Tal vez pasado un año. ¿Cuánto tiempo se tardaba en superar esa primera etapa de dolor en carne viva? Seguramente encontraría una respuesta bastante concluyente en WebMD, pero no se atrevía a consultarlo.

Al menos después del funeral los periodistas se habían marchado, habían regresado a Cap City a toda prisa para informar sobre algún nuevo escándalo político. Marcy no quería arriesgarse a salir al patio trasero, donde una de las niñas podía asomarse a la ventana y ver que había recaído en su antiguo vicio. Tampoco quería ir al estacionamiento, donde tal vez notaran el olor a humo si iban por un nuevo montón de LP.

Abrió la puerta de la calle, y allí estaba Ralph Anderson, con el puño en alto a punto de llamar.

11

El horror con el que lo miró —como si fuera un monstruo, quizá un zombi de la serie de televisión— fue para Ralph como un golpe en el pecho. Vio su pelo alborotado, un manchón en la solapa de la bata (demasiado grande para ella; quizá fuera de Terry), el cigarro un poco doblado entre los dedos. Y algo más. Siempre había sido una mujer atractiva, pero empezaba a perder su belleza. Él habría pensado que eso era imposible.

—Marcy…

—No. No, tú aquí no. Márchate de aquí —hablaba en voz baja, sin aliento, como si alguien le hubiese dado un puñetazo.

—Necesito hablar contigo. Por favor, déjame hablar contigo.

—Tú mataste a mi marido. No hay nada más que hablar.

Marcy se dispuso a cerrar la puerta. Ralph se lo impidió con la mano.

—Yo no lo maté, pero sí, participé. Llámame cómplice si quieres. No debería haberlo detenido de esa manera. Eso estuvo mal en muchos sentidos. Yo tenía mis razones, pero no eran buenas razones. Yo…

—Aparta la mano de la puerta. Ya, o pediré que te detengan.

—Marcy…

—*No me llames así.* No tienes *derecho* a llamarme así después de lo que hiciste. La única razón por la que no me pongo a gritar a pleno pulmón es que mis hijas están arriba, escuchando los discos de su padre muerto.

—Por favor —Ralph pensó en decir «No me obligues a suplicar», pero eso no bastaba—. Te lo suplico. Por favor, hablemos.

Ella alzó el cigarro y profirió una horrenda carcajada.

—He pensado, ahora que esas pequeñas ratas se han ido, podré fumarme un cigarro en la puerta de mi casa. Y fíjate, aquí está la rata *mayor*, la rata entre todas las ratas. Último aviso, señor Rata culpable de la muerte de mi marido. *Lárgate… de mi puta puerta.*

—¿Y si resulta que no fue él?

Marcy abrió mucho los ojos y la presión de su mano en la puerta disminuyó, al menos por un momento.

—¿Cómo que y si…? ¡Por Dios, él mismo te *dijo* que no fue él! ¡Te lo dijo allí tendido mientras agonizaba! ¿Qué más quieres, un telegrama en mano del arcángel san Gabriel?

—Si no fue él, el culpable sigue suelto y es el responsable de la aniquilación de la familia Peterson, además de la tuya.

Marcy pensó en ello brevemente y por fin dijo:

—Oliver Peterson está muerto porque a ti y al hijo de puta de Samuels les dio por organizar ese circo. Y lo mataste *tú*, ¿no, inspector Anderson? Le pegaste un tiro en la cabeza. Liquidaste a tu hombre. Perdón, a tu *niño*.

Marcy cerró de un portazo ante su cara. Ralph volvió a levantar la mano para llamar, lo pensó mejor y dio media vuelta.

12

Marcy se quedó temblando a su lado de la puerta. Sintió que le flojeaban las rodillas y consiguió llegar a la banca colocada junto a la puerta para que la gente se sentara a quitarse las botas o los zapatos enlodados. Arriba, el Beatle que había muerto asesinado cantaba sobre todo lo que haría cuando llegara a casa. Marcy observó el cigarro que sostenía entre los dedos como si no supiera cómo había llegado hasta allí; luego lo partió en dos y se metió los trozos en el bolsillo de la bata (en efecto era de Terry). *Al menos me ha librado de caer otra vez en esta mierda*, pensó. *Quizá debería mandarle una nota de agradecimiento.*

Hacía falta valor para presentarse ante su puerta después de destrozar a su familia y seguir hasta que no quedaba piedra sobre piedra. Hacía falta *valor* para actuar con esa cruel desfachatez. Solo que...

«Si no fue él, el culpable sigue suelto.»

¿Y cómo iba ella a resolver eso cuando ni siquiera tenía fuerzas para entrar en WebMD y averiguar cuánto duraba la primera fase de la desolación por una pérdida? ¿Y por qué habría ella de hacer *algo*? ¿Por qué habría de hacerse responsable? La policía se equivocó de hombre e insistió obstinadamente aun después de verificar la coartada de Terry y constatar que era tan sólida como Gibraltar. Que buscaran ellos al verdadero culpable si es que tenían agallas. Su misión consistía en superar ese día sin volverse loca y después —en un futuro difícil de contemplar— pensar en cuál sería el siguiente paso en su vida. ¿Tenía que quedarse a vivir allí cuando, en opinión de media ciudad, el hombre que había asesinado a su marido obraba en nombre de Dios? ¿Tenía que condenar a sus hijas a esas sociedades caníbales conocidas como secundaria y preparatoria, donde incluso no acertar en la elección de tenis podía llevarte al ridículo y el ostracismo?

Echar a Anderson ha sido lo correcto. No puedo dejarlo entrar en mi casa. Sí, he percibido sinceridad en su voz —al menos eso me ha parecido—, pero ¿cómo iba a dejarlo pasar después de lo que ha hecho?

«Si no fue él, el culpable...»

—Cállate —susurró para sí—. Cállate, por favor, cállate.

«... sigue suelto.»

¿Y si volvía a hacerlo?

13

En Flint City, la mayor parte de los ciudadanos de clase acomodada pensaban que Howard Gold había nacido rico, o al menos en una familia pudiente. Aunque no se avergonzaba ni remotamente de su infancia de privaciones, no ponía mucho empeño en sacar de su engaño a esa gente. Resultaba que era hijo de un jornalero, en alguna etapa vaquero y de vez en cuando jinete de rodeo que había viajado por todo el sudoeste en una casa rodante Airstream con su mujer y sus dos hijos, Howard y Edward. Howard había llegado a la universidad, y luego ayudó a Eddie a conseguir eso mismo. Cuidó a sus padres cuando se jubilaron (Andrew Gold no había ahorrado ni un centavo), y aún le quedó más que suficiente.

Era miembro del club rotario y del club de campo Rolling Hills. Llevaba a cenar a los clientes principales a los mejores restaurantes de Flint City (había dos) y contribuía en diez o doce organizaciones benéficas distintas, incluidos los campos de deporte del Estelle Barga. Podía pedir buen vino con los mejores de ellos y enviar completas cestas navideñas de Harry & David a sus clientes más importantes. Sin embargo, en la soledad de su despacho, como ese viernes al mediodía, prefería comer como cuando era niño y viajaba entre Hoot, Oklahoma y Holler, Nevada, ida y vuelta, escuchando a Clint Black por el radio y estudiando sus lecciones junto a su madre cuando no iba al colegio de algún pueblo. Suponía que tarde o temprano la vesícula biliar pondría fin a esas comidas grasientas en solitario, pero a sus más de sesenta años aún no le había dado ningún aviso, así que agradecía a Dios la genética. Cuando sonó el teléfono estaba devorando un sándwich de huevo frito, cargado de mayonesa, y papas fritas tal como a él le gustaban, doradas, crujientes y bañadas en cátsup. En el borde del escritorio lo esperaba un trozo de pay de manzana con helado a medio fundir encima.

—Howard Gold al habla.

—Soy Marcy, Howie. Ralph Anderson ha venido aquí esta mañana.

Howie arrugó la frente.

—¿Ha ido a tu casa? No tiene nada que hacer ahí. Está de baja administrativa. Tardará un tiempo en volver a estar en activo, y eso suponiendo que decida reincorporarse. ¿Quieres que telefonee al jefe Geller y lo ponga al tanto?

—No. Le cerré la puerta en las narices.

—¡Bien hecho!

—No me he quedado bien. Ha dicho una cosa que no consigo quitarme de la cabeza. Howard, dime la verdad. ¿Crees que Terry mató a ese niño?

—No, por Dios. Hay pruebas que lo demuestran, los dos lo sabemos, pero otras muchas lo desmienten. Habría quedado en libertad. Pero eso ni lo pienses, sencillamente Terry era incapaz de un acto así. Además está su declaración *in articulo mortis*.

—La gente dirá que no quería admitirlo delante de mí. Probablemente ya lo dicen.

Cariño, pensó él, *dudo que supiese siquiera que estabas ahí.*

—Creo que decía la verdad.

—También yo, y en ese caso el culpable sigue libre, y si mató a un niño, tarde o temprano matará a otro.

—O sea que eso es lo que Anderson te ha metido en la cabeza —dijo Howie. Apartó lo que le quedaba de sándwich. Ya no se le antojaba—. No me sorprende, el recurso de la culpabilidad es un viejo truco de la policía, pero ha hecho mal en usarlo contigo. Conviene que Ralph pague por eso. Un firme regaño que conste en su expediente, como mínimo. Por Dios, acabas de enterrar a tu marido.

—Pero lo que ha dicho es verdad.

Quizá sí, pensó Howie, *pero de ahí la pregunta: ¿por qué te lo ha dicho precisamente a* ti?

—Y hay otra cosa —continuó ella—. Si no se encuentra al verdadero asesino, las niñas y yo tendremos que marcharnos de la ciudad. Quizá si estuviera sola, podría sobrellevar los cuchicheos y las habladurías, pero no es justo pedirles eso a las niñas. Solo se me ocurre ir a casa de mi hermana en Michigan, y eso no sería justo para Debra y Sam. Ellos tienen también dos hijos, y la casa es pequeña. Para mí, significaría empezar de cero, y me siento muy cansada para eso. Me siento... Howie, me siento rota.

—Lo entiendo. ¿Qué quieres que haga?

—Llama a Anderson. Dile que puede venir a casa esta noche y hacerme sus preguntas. Pero quiero que tú estés presente. Tú y ese investigador que trabaja para ti, si está libre y quiere venir. ¿Puede ser?

—Claro, si eso es lo que deseas. Y estoy seguro de que Alec vendrá. Pero quiero... no prevenirte exactamente, pero sí ponerte en guardia. Estoy seguro de que Ralph se siente fatal por lo que ha pasado, y deduzco que se ha disculpado...

—Me lo ha suplicado.

Eso en cierto modo era asombroso, pero quizá no fuera del todo impropio de Ralph.

—No es mal hombre —dijo Howie—; es un buen hombre que ha cometido un grave error. Pero, Marcy, sigue teniendo intereses creados en demostrar que Terry mató a ese niño, Peterson. Si lo consigue, encarrilará de nuevo su vida profesional. Si no llega a demostrarse nada de manera concluyente, ni en un sentido ni en otro, aún podrá encarrilar su vida profesional. Pero si el verdadero asesino aparece, Ralph está acabado como miembro de la policía de Flint City. Su siguiente empleo será de guarda de seguridad en Cap City por la mitad del salario. Por no hablar de las demandas a las que quizá se enfrente.

—Eso lo entiendo, pero...

—No he acabado. Cualquier pregunta suya guardará relación con Terry. Puede que solo esté dando palos de ciego, pero es posible que crea que tiene algo que vincula a Terry con el asesino de una manera distinta. Ahora, dime, ¿sigues queriendo que organice esa reunión?

Siguió un momento de silencio y al final Marcy dijo:

—Jamie Mattingly es mi mejor amiga en Barnum Court. Se llevó a las niñas cuando detuvieron a Terry en el campo de beisbol, pero ahora no contesta el teléfono cuando la llamo, y me ha bloqueado en Facebook. Mi mejor amiga me ha bloqueado oficialmente.

—Se le pasará.

—Eso será si detienen al verdadero asesino. Entonces acudirá a mí de rodillas. Puede que la perdone por ceder a las exigencias de su marido, porque eso es lo que ha pasado, dalo por hecho, pero puede que no. Esa es una decisión que me es imposible tomar hasta que las cosas cambien para mejor. Si es que cambian. Lo cual es mi manera de decir: adelante, organiza esa reunión. Tú estarás ahí para protegerme. El señor Pelley también. Quiero saber por qué Anderson ha reunido el valor para presentarse ante mi puerta.

14

A las cuatro de esa tarde, una vieja camioneta Dodge se zarandeaba por un camino de tierra a veinticinco kilómetros al sur de Flint City levantando una estela de polvo. Dejó atrás un molino abandonado con las aspas rotas, una casa de campo deshabitada con notorios agujeros allí donde en su día estuvieron las ventanas, un cementerio desatendido desde hacía mucho tiempo y que entre los lugareños se conocía como la Tumba del Vaquero, y un risco en cuyo costado se leía en letras descoloridas: TRUMP. PARA QUE ESTADOS UNIDOS VUELVA A SER GRANDE. TRUMP. Lecheras de hierro galvanizado rodaban por la caja de la camioneta y rebotaban ruidosamente contra los laterales. Un chico de diecisiete años que se llamaba Dougie Elfman iba al volante. Mientras manejaba, miraba una y otra vez el teléfono celular. Al llegar a la Interestatal 79, tenía dos barras de cobertura y pensó que con eso bastaría. Paró en el cruce, se bajó y echó un vistazo atrás. Nada. Claro que no había nada. Aun así, sintió alivio. Llamó a su padre. Clark Elfman contestó cuando el timbre sonaba por segunda vez.

—¿Estaban las lecheras en ese establo?

—Sí —contestó Dougie—. Me he llevado más de veinte, pero habrá que lavarlas a fondo. Todavía huelen a leche agria.

—¿Y los arreos?

—No quedaba ninguno, papá.

—Vaya, no es la mejor noticia de la semana, pero tampoco esperaba otra cosa. ¿Para qué me llamas, hijo? ¿Y por dónde andas? Parece que estés en la cara oculta de la luna.

—En el cruce con la 79. Oye, papá, alguien ha estado allí instalado.

—¿Cómo? ¿Te refieres a vagabundos o hippies?

—No, eso no. No está todo patas arriba..., no hay latas de cerveza ni envoltorios ni botellas, y tampoco hay señales de que alguien haya cagado por allí, a no ser que se fuera a quinientos metros, donde los arbustos más cercanos. Tampoco había restos de fogatas.

—A Dios gracias —dijo Elfman—, con lo seco que está todo. ¿Qué *has* encontrado? Aunque dudo que tenga mucha importancia, ahí no quedaba nada que robar, y esos edificios viejos están en ruinas y no valen un centavo.

Dougie seguía mirando atrás. El camino parecía vacío, desde luego, pero deseó que el polvo se posara más deprisa.

—He encontrado unos jeans que parecían nuevos, y unos calzones Jockey que parecían nuevos, y unos tenis caros, de esos con gel por dentro, que también parecían nuevos. Solo que todo está manchado de algo, y también el heno sobre el que estaban.

—¿Sangre?

—No, no es sangre. Esa cosa, sea lo que sea, ha ennegrecido el heno.

—¿Aceite? ¿Aceite de motor? ¿Algo así?

—No, solo estaba negro el heno, el *menjurje* en sí, no. No sé qué era.

Aunque sí sabía qué parecían aquellos manchones endurecidos en los jeans y los calzones; desde los catorce años se masturbaba tres o incluso cuatro veces al día, eyaculaba en una toalla vieja y después, cuando sus padres no estaban, la enjuagaba en la llave del jardín trasero. Pero a veces la olvidaba y en la toalla se formaba como una costra.

Había mucho de eso, *mucho*, y, la verdad, ¿quién eyacularía en unos Adipower nuevos, lo máximo en tenis, que costaban más de ciento cuarenta dólares incluso en Walmart? En otras circunstancias Dougie se habría planteado quedárselos, pero no con esa mugre encima, y menos después del otro detalle que había observado.

—Bueno, déjalo estar y vuelve a casa —dijo Elfman—. Al menos tienes esas lecheras.

—No, papá, tienes que avisar a la policía para que vaya allí. El cinturón de los jeans tenía una hebilla de plata reluciente con forma de cabeza de caballo.

—Eso no me dice nada, hijo, pero deduzco que a ti sí.

—En las noticias dijeron que Terry Maitland llevaba un cinturón así cuando lo vieron en la estación de Dubrow. Después de matar a aquel niño.

—¿Eso dijeron?

—Sí, papá.

—Uf, carajo. Espera ahí en el cruce hasta que te llame, pero supongo que la policía sí querrá ir. Yo también iré.

—Diles que los espero en Biddle's, la tienda.

—Biddle's... ¡Eso está casi a diez kilómetros de ahí viniendo hacia Flint!

—Ya lo sé. Pero no quiero quedarme aquí.

La polvareda se había posado y seguía sin verse nada, pero Dougie no se sentía del todo tranquilo. No había pasado un solo coche por la carretera desde que empezó a hablar con su padre, y deseaba estar en algún lugar donde hubiera gente.

—¿Qué te pasa, hijo?

—En el establo donde he encontrado la ropa..., para entonces ya había tomado las lecheras y buscaba los arreos que, según tú, a lo mejor estaban allí, he tenido una sensación extraña. Como si alguien me observara.

—Bah, eso es que te ha entrado el miedo. El hombre que mató a ese niño ya está muerto.

—Ya lo sé, pero dile a la policía que los esperaré en Biddle's y los acompañaré hasta allí, pero no voy a quedarme aquí solo —colgó antes de que su padre pudiera llevarle la contraria.

15

La reunión con Marcy se concertó a las ocho de esa noche en casa de los Maitland. Howie Gold telefoneó a Ralph para dar luz verde y le anunció que Alec Pelley también estaría presente. Ralph preguntó si podía acompañarlo Yune Sablo, en caso de que le fuera posible.

—Bajo ninguna circunstancia —contestó Howie—. Como traiga al teniente Sablo, o a cualquier otra persona, aunque sea su encantadora esposa, se cancelará la reunión.

Ralph accedió. No le quedaba más remedio. Para entretenerse, pasó un rato en el sótano desplazando cajas de un lado a otro y dejándolas al final en el mismo sitio. Luego cenó de mala gana. Con dos horas todavía por delante, abandonó la mesa.

—Voy al hospital a ver a Fred Peterson.

—¿Por qué?

—Siento que debo hacerlo.

—Si quieres, te acompaño.

Ralph negó con la cabeza.

—Desde allí iré directamente a casa de los Maitland.

—Te estás pasando. Vas a acabar hecho un guiñapo, como decía mi abuela.

—Estoy bien.

Jeannie le sonrió dando a entender que a ella no la engañaba y a continuación se puso de puntillas y le dio un beso.

—Llámame. Pase lo que pase, llámame.

Él le devolvió la sonrisa.

—De eso nada. Volveré y te lo contaré en persona.

16

Cuando Ralph entraba en el vestíbulo del hospital, se cruzó con el inspector ausente del departamento, que salía en ese momento. Jack Hoskins era un hombre menudo, prematuramente canoso, con ojeras y capilares rojos en la nariz. Vestía aún su indumentaria de pesca —camisa y pantalón de color caqui, ambos con muchos bolsillos—, pero llevaba la placa prendida del cinturón.

—¿Qué haces aquí, Jack? Pensaba que estabas de vacaciones.

—Me han obligado a volver tres días antes —contestó él—. No hace ni una hora que estoy en la ciudad. Todavía tengo en la camioneta la red, las botas de goma, las cañas y la caja de anzuelos. El jefe ha pensado que le convenía contar al menos con un inspector de servicio. Betsy Riggins está dando a luz en la quinta planta. El parto ha empezado a media tarde. He hablado con su marido y dice que va para largo. Como si él lo supiera. En cuanto a ti… —se interrumpió para mayor efecto—. Vaya problema en el que te has metido, Ralph.

Jack Hoskins no se esforzó en disimular su satisfacción. Un año antes Ralph y Betsy Riggins habían tenido que rellenar un formulario de evaluación rutinario sobre Jack cuando este era candidato a un aumento de sueldo. Betsy, la inspectora con menos antigüedad, puso todo lo que se esperaba de ella. Ralph devolvió el suyo al jefe Geller después de escribir solo dos palabras en la casilla correspondiente: «No opino». Eso no impidió a Hoskins recibir su aumento, pero en cualquier caso era una opinión. En principio, Hoskins no vería los formularios de evaluación, y quizá no los vio, pero sin duda había llegado a sus oídos la respuesta escrita por Ralph.

—¿Has pasado a ver a Fred Peterson?

—Pues sí —Jack torció el labio inferior y se apartó de un soplido un mechón de pelo de la frente—. En su habitación hay muchos monitores, y en todos se ven líneas planas. Dudo que vuelva.

—En fin, bienvenido.

—Vete al diablo, Ralph. Aún me quedaban tres días, el róbalo abundaba, y ni siquiera voy a poder quitarme esta camisa, que apesta a tripas de pescado. Me han llamado Geller y el sheriff Doolin, los dos. He de ir hasta ese páramo conocido como municipio de Canning. Según tengo entendido, tu colega Sablo ya está allí. Seguramente no llegaré a casa hasta las diez o las once.

Ralph podría haber dicho «¿Qué culpa tengo yo?», pero ¿a quién iba a culpar ese oportunista que no servía para casi nada? ¿A Betsy, por quedarse embarazada en noviembre del año anterior?

—¿Qué pasa en Canning?

—Unos jeans, unos calzones y unos tenis. Los ha encontrado un muchacho mientras buscaba lecheras para su padre. Además de un cinturón con la hebilla con forma de cabeza de caballo. Naturalmente, la unidad móvil del laboratorio de criminología ya estará allí, y mi presencia será tan útil como unas tetas en un toro, pero el jefe…

—Habrá huellas digitales en la hebilla —lo interrumpió Ralph—. Y puede que también marcas de las llantas de la camioneta, o del Subaru, o de los dos.

—No quieras enseñar el padrenuestro al obispo —advirtió Jack—. Yo llevaba ya una placa de inspector cuando tú aún ibas de uniforme —el subtexto era: «Y seguiré llevándola cuando tú estés trabajando de guardia de seguridad en un centro comercial de Southgate».

Se marchó. Ralph se alegró al verlo alejarse. Solo lamentaba no poder ir al municipio de Canning él personalmente. En ese momento cualquier prueba nueva podía ser muy valiosa. La parte buena era que Sablo ya habría llegado y supervisaría la labor de la Unidad Forense. Habrían terminado la mayor parte del trabajo antes de que Jack llegase y pudiese estropear algo, como había ocurrido ya dos veces que Ralph supiera.

Primero fue a la sala de espera de la sección de maternidad, pero todos los asientos estaban vacíos, así que supuso que el parto se había acelerado más de lo que Billy Riggins, nervioso y novato en esas cuestiones, preveía. Ralph abordó a una enfermera y le pidió que transmitiera sus buenos deseos a Betsy.

—Lo haré en cuanto tenga ocasión —contestó la enfermera—, pero ahora mismo está muy ocupada. Ese hombrecito tiene prisa por salir.

Ralph vio por un instante el cuerpo violado y ensangrentado de Frank Peterson y pensó: *Si ese hombrecito supiera cómo es este mundo, se resistiría a salir.*

Se subió al elevador y bajó dos plantas, a la unidad de cuidados intensivos. El último miembro de la familia Peterson ocupaba la habitación 304. Una gruesa venda le envolvía el cuello, y llevaba collarín. Se oía el resuello de un respirador; dentro, un artilugio parecido a un acordeón se contraía y se expandía. No había flores (Ralph creía recordar que en las unidades de cuidados intensivos no estaban permitidas), pero un par de globos mylar, atados a los pies de la cama, flotaban cerca del techo. Exhibían alegres palabras de ánimo que Ralph prefirió no mirar. Escuchó el resuello de la máquina que respiraba por Fred. Observó aquellos gráficos planos y recordó el comentario de Jack: «Dudo que vuelva».

Cuando se sentó en la cama lo asaltó un recuerdo de sus años de preparatoria, los tiempos en que Ciencias de la Tierra y Medio Ambiente se llamaban Ciencias Naturales. Estaban estudiando la contaminación. El señor Greer había sacado una botella de agua mineral Poland Spring y la había vaciado en un vaso. Invitó a una alumna —Misty Trenton, la de las encantadoras minifaldas— a acercarse a la tarima y le pidió que bebiera un sorbo. Ella así lo hizo. El señor Greer tomó a continuación un cuentagotas y lo introdujo en un tintero. Echó una gota en el vaso. Los alumnos observaron, fascinados, cómo aquella única gota se hundía dejando en su estela un tentáculo de color añil. El señor Greer movió el vaso con suavidad a uno y otro lado, y pronto el agua se tiñó de un azul tenue. «¿Beberías ahora?», preguntó a Misty. Ella negó con la cabeza tan categóricamente que se le desprendió un pasador, y todos, Ralph incluido, se rieron. Ahora no se reía.

No hacía ni dos semanas la familia Peterson no tenía el menor problema. De pronto cayó la gota de tinta contaminante. Podría pensarse que en este caso la gota fue la cadena de la bicicleta de Frankie Peterson, que el niño habría llegado sano y salvo si la cadena no se hubiese roto; pero *también* habría llegado a casa sano y salvo —solo que empujando la bicicleta en lugar de montado— si Terry Maitland no hubiese estado esperándolo en el estacionamiento de la tienda de alimentación. La gota de tinta era *Terry*, no la cadena de la bicicleta. Terry había contaminado y después aniquilado a toda la familia Peterson. Terry o quienquiera que llevase puesto el rostro de Terry.

«Pero si eliminamos las metáforas», había dicho Jeannie, «queda lo inexplicable. Lo sobrenatural».

Solo que eso no es posible. Lo sobrenatural puede existir en los libros y las películas, pero no en el mundo real.

No, no en el mundo real, donde borrachos incompetentes como Jack Hoskins recibían aumentos de sueldo. Toda la experiencia de Ralph en sus casi cincuenta años de vida desmentía esa idea. Desmentía la posibilidad misma de algo así. No obstante, mientras estaba allí sentado mirando a Fred (o lo que quedaba de él), tuvo que reconocer que había algo de diabólico en la forma en que se había propagado la muerte del niño, llevándose no solo a uno o dos miembros de su familia nuclear sino a todos, del primero al último. Y los Peterson no eran los únicos perjudicados. Nadie dudaba de que Marcy y sus hijas cargarían con las cicatrices durante el resto de su vida, tal vez incluso con incapacidades permanentes.

Ralph podía decirse a sí mismo que daños colaterales similares se producían después de toda atrocidad. ¿Acaso no lo había visto él mismo una y otra vez? Sí. Lo había visto. Sin embargo este caso, por alguna razón, resultaba muy personal. Casi como si esas personas hubiesen sido elegidas con ese fin. ¿Y qué podía decirse del propio Ralph? ¿No era él parte de los daños colaterales? ¿Y Jeannie? Incluso Derek, quien a su regreso de las colonias descubriría que muchas cosas que hasta ese momento daba por sentadas —el empleo de su padre, sin ir más lejos— ahora peligraban.

El respirador resollaba. El pecho de Fred Peterson subía y bajaba. De vez en cuando emitía un sonido denso extrañamente parecido a una risa. Como si todo aquello fuera una broma cósmica pero hubiera que estar en coma para entenderla.

Ralph no aguantó más. Salió de la habitación, y para cuando llegó al elevador casi corría.

17

Ya fuera, se sentó en un banco a la sombra y llamó a la comisaría. Contestó Sandy McGill, y cuando Ralph le preguntó si tenía noticias del municipio de Canning, se produjo un silencio.

—No puedo hablar contigo de eso, Ralph —dijo por fin, incómoda—. El jefe Geller ha dado órdenes concretas. Lo siento.

—No te preocupes —dijo Ralph, y se levantó. Su sombra se alargó, la sombra de un ahorcado, e inevitablemente eso lo llevó a pensar de nuevo en Frank Peterson—. Órdenes son órdenes.

—Te agradezco tu comprensión. Jack Hoskins ha vuelto y se dirige hacia allí.

—De acuerdo.

Colgó y se encaminó hacia el estacionamiento de corta duración diciéndose que daba igual; Yune lo mantendría informado.

Probablemente.

Abrió el coche, entró y encendió el aire acondicionado. Las siete y cuarto. Demasiado tarde para ir a su casa, demasiado pronto para ir a la de los Maitland. Eso lo llevó a circular sin rumbo por la ciudad como un adolescente ensimismado. Y a pensar. En que Terry había llamado «señora» a Sauce Agua de Lluvia. En que Terry había pedido indicaciones para llegar a la clínica más cercana pese a haber vivido toda su vida en Flint City. En que Terry había compartido habitación con Billy Quade y en lo oportuno que eso resultaba. En que Terry se había puesto de pie para hacer su pregunta al señor Coben, lo cual era aún más oportuno. A pensar en esa gota de tinta en el vaso de agua, coloreándola de un azul tenue; en las pisadas que terminaban sin más; en un hervidero de gusanos dentro de un melón cantalupo que por fuera tenía buen aspecto. A pensar en que si una persona empezaba a tener en cuenta posibilidades sobrenaturales, esa persona ya no podría considerarse totalmente *cuerda*, y a pensar que quizá no fuera buena señal que uno empezara a pensar en su cordura. Era como pensar en tus pulsaciones: si llegabas a ese punto, tal vez ya tenías problemas.

Encendió el radio del coche y buscó música estridente. Al final encontró a los Animals cantando «Boom Boom» a pleno pulmón. Siguió circulando en espera de que llegara el momento de ir a casa de los Maitland en Barnum Court. Por fin llegó la hora.

18

Cuando Ralph llamó, fue Alec Pelley quien acudió a la puerta y lo guio a la cocina a través de la sala. En el piso de arriba sonaban también los Animals. Esta vez se trataba de su gran éxito. «It's been the ruin of many a poor boy», gimoteaba Eric Burdon, «and God, I know I'm one».

Confluencia, pensó. La palabra de Jeannie.

Marcy y Howie Gold estaban sentados a la mesa de la cocina. Tomaban café. Había también una taza ante la silla que antes ocupaba Alec, pero nadie se ofreció a servir una a Ralph. *He venido al campamento enemigo*, pensó, y se sentó.

—Gracias por recibirme.

Marcy, sin contestar, se limitó a tomar la taza con el pulso no del todo firme.

—Esta es una situación dolorosa para mi clienta —dijo Howie—, así que procuremos abreviar. Le ha dicho a Marcy que quería hablar con ella…

—Que lo *necesitaba* —lo interrumpió Marcy—. Necesitaba hablar conmigo, eso ha dicho.

—Queda constancia. ¿De qué necesitaba hablar con ella, inspector Anderson? Si es para disculparse, hágalo con entera libertad, pero entienda que nos reservaremos todas nuestras opciones legales.

A pesar de todo, Ralph no estaba en realidad dispuesto a disculparse. Ninguna de aquellas tres personas había visto la rama ensangrentada asomar del trasero de Frank Peterson, pero Ralph sí.

—Ha salido a la luz nueva información. Puede que no tenga importancia, pero parece indicar algo, aunque no sé qué exactamente. Mi mujer lo ha llamado «confluencia».

—¿Puede ser más preciso? —preguntó Howie.

—Resulta que la camioneta utilizada para secuestrar al niño fue robada por un chico un poco mayor que el propio Frank Peterson. Se llama Merlin Cassidy. Huía de su padrastro, que lo maltrataba. A lo largo de su fuga desde Nueva York hasta el sur de Texas, donde por fin fue detenido, robó varios vehículos. Abandonó la camioneta en Dayton, Ohio, el pasado mes de abril. Marcy..., señora Maitland, usted y su familia estuvieron en Dayton en abril.

Marcy se disponía a levantar la taza para tomar otro sorbo, pero de pronto la posó ruidosamente.

—Ah, no. Eso no se lo vas a cargar a Terry. Viajamos en avión tanto de ida como de vuelta, y salvo cuando Terry se fue a visitar a su padre, estuvimos juntos todo el tiempo. Ahí se acaba la historia, y creo que ya va siendo hora de que te marches.

—Espera —dijo Ralph—. Sabemos que se trató de un viaje familiar, y que fueron en avión, casi desde el momento en que Terry pasó a ser objeto de interés para nosotros. Pero es que..., ¿no te das cuenta de lo raro que es? La camioneta está allí cuando tu familia está allí, y después aparece aquí. Terry me dijo que nunca la había visto y menos aún robado. Quiero creer que es verdad. Encontramos huellas suyas por toda esa condenada carcacha, pero aun así quiero creerlo. Y casi puedo.

—Lo dudo —intervino Howie—. No intente seguir engañándonos.

—¿Serviría para que me creyesen, quizá incluso para que confiasen en mí un poco, si les dijera que ahora disponemos de pruebas físicas de que Terry estuvo en Cap City? ¿Sus huellas digitales en un libro del puesto de periódicos del hotel? ¿Una testigo que declara que dejó esas huellas aproximadamente a la misma hora en que Peterson fue secuestrado?

—¿Lo dice en serio? —preguntó Alec Pelley. Parecía casi atónito.

—Sí.

Aun con el caso tan muerto a todos los efectos como el propio Terry, Bill Samuels montaría en cólera si se enterase de que Ralph había hablado a Marcy y a su abogado de *Historia en imágenes del condado de Flint, el condado de Douree y el municipio de Canning*, pero tenía la firme determinación de no permitir que esa reunión terminara sin antes haber obtenido unas cuantas respuestas.

Alec silbó.

—¡Caramba!

—Entonces ¡*ustedes saben* que él estuvo allí! —exclamó Marcy. Manchas rojas le teñían las mejillas—. ¡*Tienen* que saberlo!

Pero Ralph no quería volver sobre eso; ya le había dedicado demasiado tiempo.

—Terry mencionó ese viaje a Dayton la última vez que hablé con él. Me dijo que quería visitar a su padre, pero dijo ese *quería* con una mueca un tanto extraña. Y cuando le pregunté si su padre vivía allí, contestó: «Si puede llamarse vivir a lo que hace ahora...». ¿A qué se refería con eso?

—Se refería a que Peter Maitland tiene alzhéimer en fase avanzada —explicó Marcy—. Está en la Unidad de Memoria Heisman, que pertenece al complejo hospitalario Kindred.

—Así que era eso. Para Terry era duro ir a verlo, imagino.

—Durísimo —confirmó Marcy. Empezaba a animarse un poco. A Ralph le alegró ver que no había perdido todas sus aptitudes, pero aquello no se parecía en nada a estar en una sala de interrogatorios con un sospechoso. Tanto Howie como Alec Pelley permanecían en máxima alerta, dispuestos a interrumpirla si intuían que podía pisar una mina oculta—. Pero no solo porque Peter no reconocía ya a Terry. Hacía tiempo que no mantenían una buena relación.

—¿Por qué no?

—¿Qué tiene que ver eso con el caso, inspector? —preguntó Howie.

—No lo sé. Quizá nada. Pero, ya que no estamos en el juzgado, abogado, ¿qué tal si le deja contestar la maldita pregunta?

Howie miró a Marcy y se encogió de hombros. «Tú decide.»

—Terry era el único hijo de Peter y Melinda —respondió Marcy—. Se crio aquí, en Flint City, como sabes, y vivió aquí toda su vida excepto los cuatro años que estuvo estudiando en la Universidad Estatal de Oregón.

—¿Y fue allí donde lo conociste? —preguntó Ralph.

—Exacto. El caso es que Peter Maitland trabajaba para la compañía petrolera Cheery en la época en que aún se extraía mucho petróleo en esta zona. Se enamoró de su secretaria y se divorció de su mujer. Eso generó mucho rencor, y Terry se puso del lado de su madre. Terry..., la lealtad lo era todo para él incluso de niño. Su padre le parecía un farsante, lo que en efecto era, y las justificaciones de Peter no sirvieron más que para empeorar las cosas. En resumidas cuentas, Peter se casó con la secretaria, Dolores se llamaba, y pidió el traslado a la oficina central de la empresa.

—¿Que estaba en Dayton?

—Así es. Peter no pidió la custodia compartida ni nada por el estilo. Comprendió que Terry había elegido. Pero Melinda insistió en que Terry fuera a verlo de vez en cuando, afirmaba que un chico debía conocer a su padre. Terry accedía, pero solo por complacer a su madre. Nunca dejó de ver a su padre como la rata que se había fugado.

—Eso coincide con el Terry al que yo conocía —comentó Howie.

—Melinda murió en 2006. Un infarto. La segunda mujer de Peter murió dos años después de cáncer de pulmón. Terry siguió yendo a Dayton una o dos veces al año, por respeto a su madre, y mantuvo una relación razonablemente civilizada con su padre. Por el mismo motivo, supongo. En 2011, si no recuerdo mal, Peter empezó a perder la memoria. Dejaba los zapatos en la regadera en lugar de debajo de la cama, las llaves del coche en el refrigerador, cosas así. Como Terry es..., *era,* su único pariente cercano vivo, fue él quien tramitó su ingreso en la Unidad de Memoria Heisman. Eso fue en 2014.

—Esos sitios son caros —intervino Alec—. ¿Quién lo paga?

—El seguro. Peter Maitland tenía un seguro excelente. Dolores insistió. Peter fue un fumador empedernido toda su vida, y tal vez ella pensó que heredaría un buen pellizco cuando él muriera. Pero ella murió antes. Probablemente por haber sido fumadora pasiva.

—Hablas como si Peter Maitland hubiera muerto —dijo Ralph—. ¿Es así?

—No, aún vive —a continuación, repitiendo adrede las palabras de su marido, añadió—: Si puede llamarse vivir a eso. Incluso ha dejado de fumar. En Heisman está prohibido.

—¿Cuánto tiempo pasaron en Dayton en su última visita?

—Cinco días. Terry visitó a su padre tres veces mientras estábamos allí.

—¿Las niñas y tú no lo acompañaron ninguna vez?

—No. Terry no quería, y yo tampoco. Peter no habría tratado a Sarah y Grace como un abuelo, y Grace no lo habría entendido.

—¿Qué hicieron mientras él iba a visitar a su padre?

Marcy sonrió.

—Hablas como si Terry hubiese pasado una eternidad con su padre, y no fue así. Las visitas eran cortas; no duraban más de una o dos horas. La mayor parte del tiempo estuvimos los cuatro juntos. Cuando Terry iba a Heisman, nosotras nos quedábamos en el hotel y las niñas chapoteaban en la piscina cubierta. Un día fuimos las tres al Instituto de Arte, y una tarde las llevé a ver una película de Disney, a la primera sesión. Había un multicine cerca del hotel. Fuimos a ver otras dos películas, o quizá tres, pero toda la familia. También fuimos todos al Museo de las Fuerzas Aéreas y al Boonshoft, que es un museo de las ciencias. A las niñas les encantó. Fueron las típicas vacaciones en familia, detective Anderson, y Terry dedicó unas cuantas horas a cumplir con sus deberes filiales.

Y a lo mejor a robar una camioneta, pensó Ralph.

Era una posibilidad, Merlin Cassidy y la familia Maitland sin duda podrían haber coincidido en Dayton, pero eso parecía un tanto rebuscado. Incluso si hubiera sido así, quedaba la cuestión de cómo había trasladado Terry la camioneta a Flint City. O por qué habría de molestarse siquiera. En el área metropolitana de Flint City había vehículos que robar más que de sobra, prueba de ello era el Subaru de Barbara Nearing.

—Seguramente comieron fuera unas cuantas veces, ¿no? —preguntó Ralph.

Ante esto, Howie se echó hacia delante pero guardó silencio.

—Recurrimos mucho al servicio de habitaciones, a Sarah y a Grace les encantaba, pero sí, claro, también comimos fuera. Bueno, eso si el restaurante del hotel cuenta como *fuera.*

—Por casualidad ¿comieron en un establecimiento llamado Tommy and Tuppence?

—No. Me acordaría de un restaurante con ese nombre. Cenamos una noche en IHOP, y creo que dos en Cracker Barrel. ¿Por qué?

—Por nada en particular —respondió Ralph.

Howie le dirigió una sonrisa que daba a entender que a él no lo engañaba, pero volvió a reclinarse en la silla. Alec permanecía inmóvil, con los brazos cruzados ante el pecho y rostro inexpresivo.

—¿Eso es todo? —preguntó Marcy—. Porque ya estoy harta de esto. Y de ti.

—¿Ocurrió *algo* fuera de lo normal mientras estaban en Dayton? Cualquier cosa... Una de tus hijas estuvo un rato perdida, Terry dijo que se había encontrado con un viejo amigo, *tú* te encontraste con un viejo amigo, tal vez les entregaron un paquete...

—¿O vieron un platillo volador? —preguntó Howie—. ¿O a un hombre con gabardina y un mensaje en clave? ¿O a las Rockettes bailando en el estacionamiento?

—Eso no ayuda, abogado. Lo crea o no, pretendo ser parte de la solución en este asunto.

—No ocurrió nada —Marcy se levantó y empezó a recoger las tazas de café—. Terry visitó a su padre, disfrutamos de unas vacaciones agradables, volvimos a casa en avión. No comimos en Tommy como se llame, ni robamos una camioneta. Ahora desearía que te...

—Papá se cortó.

Todos voltearon hacia la puerta. Allí estaba Sarah Maitland, pálida y muy delgada con sus jeans y su camiseta de los Rangers.

—Sarah, ¿qué haces aquí abajo? —Marcy dejó las tazas en la encimera y se acercó a la niña—. Les he dicho a tu hermana y a ti que se quedaran arriba hasta que acabáramos de hablar.

—Grace ya está dormida —contestó Sarah—. Anoche se despertó otra vez con esas pesadillas absurdas sobre el hombre con pajas en lugar de ojos. Espero que esta noche no tenga. Si se despierta, deberías ponerle una inyección de Benadryl.

—Seguro que hoy duerme de un tirón. Ahora vete.

Pero Sarah no se movió. Miraba a Ralph no con la animosidad y desconfianza de su madre sino con una intensa curiosidad que lo incomodó. Le sostuvo la mirada, pero no le fue fácil.

—Dice mi madre que a mi padre lo mataron por tu culpa —dijo Sarah—. ¿Es verdad?

—No —acto seguido llegó por fin la disculpa y, para su sorpresa, le salió sin esfuerzo—. Pero sí tuve algo que ver, y lo siento muchísimo. Cometí un error con el que cargaré el resto de mi vida.

—Probablemente eso sea bueno —respondió Sarah—. Probablemente te lo merezcas. —Y volviéndose hacia su madre, dijo—: Me voy arriba, pero si Grace empieza a gritar en plena noche, iré a dormir a su cuarto.

—Antes de irte, Sarah, ¿puedes contarme lo de ese corte? —preguntó Ralph.

—Se lo hizo cuando fue a ver a su padre —contestó Sarah—. Enseguida se lo curó una enfermera. Le puso ese líquido, Betadine, y un curita. No era nada. Dijo que no le dolía.

—Sube ya —atajó Marcy.

—Está bien —la observaron encaminarse descalza hacia la escalera. Cuando llegó al pie, volteó—. Ese restaurante, el Tommy and Tuppence, estaba en la calle de nuestro hotel pero un poco más arriba. Cuando fuimos al museo de arte en el coche de alquiler, vi el cartel.

19

—Cuéntame lo de ese corte —dijo Ralph.

Marcy se puso en jarras.

—¿Por qué? ¿Para darle una importancia que no tiene? Porque no la tiene.

—Lo pregunta porque es lo único que tiene —intervino Alec—. Pero a mí también me interesa.

—Si estás muy cansada… —empezó a decir Howie.

—No, no te preocupes. *No* fue nada importante, en realidad solo un rasguño. ¿Cuándo fue? ¿La segunda vez que visitó a su padre? —Marcy agachó la cabeza con el entrecejo fruncido—. No, fue la última, porque a la mañana siguiente tomamos el avión de vuelta a casa. Cuando Terry salió de la habitación de su padre, tropezó con un celador. Según dijo, ninguno de los dos miraba por dónde iba. Todo habría quedado en un encontronazo y una disculpa, pero acababan de trapear el suelo, que aún estaba mojado. El celador resbaló y se agarró al brazo de Terry, pero aun así se cayó. Terry lo ayudó a levantarse, le preguntó si estaba bien, y el otro contestó que sí. Cuando Ter se alejaba por el pasillo, vio que le sangraba la muñeca. El celador debió de clavarle una uña al agarrarse para no perder el equilibrio. Una enfermera le desinfectó la herida y le puso un curita, como Sarah ha dicho. Y ahí se acaba la historia. ¿Resuelve eso el caso?

—No —respondió Ralph. Pero eso no era como el tirante amarillo del brasier. Eso era una conexión (una confluencia, por usar la palabra de Jeannie) que, pensó, podía investigar, pero necesitaría la ayuda de Yune Sablo. Se puso de pie—. Gracias por tu tiempo, Marcy.

Ella le obsequió una sonrisa fría.

—Para ti, señora Maitland.

—Entendido. Y, Howard, gracias por organizar esto —tendió la mano al abogado. Por un momento esta quedó suspendida en el aire, pero al final Howie se la estrechó.

—Lo acompañaré a la puerta —se ofreció Alec.

—Creo que encontraré el camino.

—No lo dudo, pero ya lo he acompañado antes hasta aquí, y así se equilibran las cosas.

Cruzaron la sala y recorrieron el corto pasillo. Alec abrió la puerta. Ralph salió y le sorprendió ver que Alec lo seguía.

—¿A qué viene tanto interés por ese corte?

Ralph lo observó.

—No sé a qué se refiere.

—Yo creo que sí lo sabe. Le ha cambiado la expresión.

—Un poco de acidez de estómago. Soy propenso, y esta ha sido una entrevista difícil. Pero no tanto como la mirada de la niña. Me he sentido como un insecto en un portaobjetos.

Alec cerró la puerta a sus espaldas. Ralph se hallaba dos peldaños más abajo, pero era alto y los ojos de ambos hombres quedaban casi a la par.

—Voy a decirle una cosa —anunció Alec.

—Adelante —Ralph se preparó.

—La detención fue una cagada. Una cagada monumental. Seguro que ahora usted ya lo sabe.

—Me parece que esta noche no necesito ya más regaños. —Ralph hizo ademán de irse.

—No he terminado.

Ralph volteó hacia él, la cabeza gacha, los pies un poco separados. Era una postura de luchador.

—No tengo hijos. Marie no podía. Pero si tuviera un hijo de la edad del suyo, y si albergara una prueba sólida de que un desviado sexual y homicida había sido importante para él, alguien a quien miraba con respeto, quizá yo habría hecho lo mismo, o algo peor. Lo que estoy diciendo es que entiendo por qué perdió usted la perspectiva.

—De acuerdo —contestó Ralph—. Eso no mejora las cosas, pero gracias.

—Si cambia de idea y decide explicarme a qué ha venido su interés por ese corte, llámeme. Puede que en esto estemos todos en el mismo bando.

—Buenas noches, Alec.

—Buenas noches, inspector. Cuídese.

20

Estaba contándole a Jeannie cómo había ido la reunión cuando sonó su teléfono. Era Yune.

—¿Podemos hablar mañana, Ralph? Había una cosa extraña en el establo donde ese chico encontró la ropa que Maitland llevaba puesta en la estación de tren. Más de una cosa, a decir verdad.

—Cuéntamelo ahora.

—No. Me marcho a casa. Estoy cansado. Y tengo que pensar en ello.

—Muy bien, mañana, pues. ¿Dónde?

—En algún sitio tranquilo y apartado. No me conviene que me vean hablar contigo. Estás de baja administrativa, y yo me he quedado fuera del caso. En realidad, *no hay* caso. No ahora que Maitland ha muerto.

—¿Qué va a pasar con esa ropa?

—La mandarán a Cap City para el examen forense. Después de eso, la devolverán al departamento del sheriff del condado de Flint.

—¿Bromeas? Debería guardarse con el resto de las pruebas de Maitland. Además, Dick Doolin es incapaz de sonarse la nariz sin consultar el manual de instrucciones.

—Puede que eso sea verdad, pero el municipio de Canning es parte del condado, no de la ciudad, es decir, jurisdicción del sheriff. He oído decir que el jefe Geller iba a enviar a un inspector, pero solo por cortesía.

—Hoskins.

—Sí, así se llama. Aún no está aquí, para cuando llegue ya se habrá ido todo el mundo. Igual se ha perdido.

Es más probable que haya parado en algún sitio a empinar el codo, pensó Ralph.

—Esa ropa —continuó Yune— acabará en una caja de pruebas en el departamento del sheriff y ahí seguirá cuando empiece el siglo veintidós. A nadie le importa un carajo. Parece que lo hizo Maitland, Maitland está muerto, pasemos a otra cosa.

—Yo no estoy preparado para eso —respondió Ralph, y sonrió cuando Jeannie, sentada en el sofá, cerró los puños y extendió los pulgares—. ¿Y tú?

—¿Estaría hablando contigo si lo estuviera? ¿Dónde nos vemos mañana?

—En Dubrow hay una cafetería pequeña cerca de la estación de tren. O'Malley's Irish Spoon, se llama. ¿La encontrarás?

—Seguro.

—¿A las diez?

—Me parece bien. Si me surge algo, te llamo y cambiamos de hora.

—Tienes las declaraciones de todos los testigos, ¿no?

—En mi laptop.

—No olvides llevarla. Todas mis cosas están en la comisaría, y en principio no debo poner los pies allí. Tengo mucho que contarte.

—Lo mismo digo —respondió Yune—. Todavía es posible que aclaremos esto, Ralph, pero no sé si nos gustará lo que averigüemos. Esto es un bosque terriblemente espeso.

En realidad, pensó Ralph a la vez que cortaba la comunicación, *es un cantalupo. Y el condenado está lleno de gusanos.*

21

Jack Hoskins se detuvo en el Gentlemen, Please de camino a la propiedad de los Elfman. Pidió un vodka tonic —pensaba que se lo merecía después de que le hubieran hecho volver de vacaciones antes de tiempo— y se lo acabó en un par de tragos. Pidió otro y lo bebió a sorbos. En el escenario había dos strippers, las dos aún totalmente vestidas (lo que en el Gentlemen equivalía a brasier y tanga), pero se restregaban la una contra la otra con una languidez que provocó en Jack una moderada erección.

Cuando sacó la cartera para pagar, el mesero rechazó el dinero con un gesto.

—Invita la casa.

—Gracias.

Jack dejó una propina en la barra y se fue de ahí un poco más animado. Cuando estaba otra vez en marcha, sacó un tubo de caramelos de menta de la guantera y masticó un par. Decían que el vodka no olía, pero eso era mentira.

Habían acordonado el camino de tierra con cinta policial amarilla: del condado, no municipal. Hoskins se bajó, apartó una de las estacas a las que estaba atada la cinta, avanzó con la camioneta y volvió a colocar la estaca. *Qué fastidio*, pensó, y esa sensación no hizo más que acrecentarse cuando llegó a un conjunto de construcciones decrépitas —un establo y tres cobertizos— y descubrió que no había nadie. Intentó llamar a la comisaría, deseoso de compartir su frustración con alguien, aunque fuera con Sandy McGill, a quien consideraba una remilgada de lo peor. En el radio todo era estática, y naturalmente, allí, en el culo del mundo, no había cobertura.

Empuñó su linterna de mango largo y salió de la camioneta, sobre todo para estirar las piernas; allí no había nada que hacer. Aquello era una misión absurda, y él era el incauto a quien se la habían endosado. Soplaba un fuerte viento, un aire caliente que sería el mejor amigo de un incendio en la maleza en caso de que hubiera uno. Un bosquecillo de álamos rodeaba un viejo surtidor de agua. Las hojas se mecían y susurraban y sus sombras se proyectaban en el suelo a la luz de la luna.

Otra tira de cinta amarilla impedía el paso al establo donde habían hallado la ropa. Metida en una bolsa y ya de camino a Cap City, por supuesto, pero sobrecogía pensar que Maitland había estado allí en algún momento después del asesinato del niño.

En cierto modo, pensó Jack, *estoy siguiendo sus pasos. Primero he dejado atrás el embarcadero donde se quitó la ropa ensangrentada, luego he pasado por el Gentlemen, Please. Desde el bar de topless fue a Dubrow, pero debió de dar un rodeo hasta... aquí.*

La puerta del establo era como una boca abierta. Hoskins no quería acercarse, no en aquel rincón perdido, y menos solo. Maitland había muerto y los fantasmas no existían; aun así, no quería acercarse. Por tanto, se obligó a hacer precisamente eso, paso a paso, muy despacio, hasta que pudo iluminar el interior con la linterna.

Al fondo del establo había alguien.

Jack soltó un grito ahogado, se llevó la mano a la pistola y cayó en la cuenta de que no la llevaba. La Glock estaba en la pequeña caja fuerte Gardall que tenía en la camioneta. La linterna se le cayó. Se agachó a recogerla y notó que el vodka se le subía a la cabeza, no lo suficiente para considerarlo borrachera, pero sí para sentirse mareado e inestable.

Volvió a iluminar el establo y se echó a reír. No había ningún hombre, sino solo el horcate de un viejo arnés, casi partido en dos.

Es hora de marcharse. A lo mejor paro en el Gentlemen a tomar otra copa, luego a casa y derecho a la ca...

Había alguien detrás de él, y eso no era una ilusión. Veía la sombra, larga y delgada. Y... ¿eso que oía era una respiración?

Dentro de un segundo me agarrará. He de echarme al suelo y rodar.

Pero no pudo. Estaba paralizado. ¿Por qué no había dado media vuelta al ver que allí no había nadie? ¿Por qué no había sacado el arma de la caja fuerte? ¿Por qué había salido, para empezar, de la camioneta? Comprendió de pronto que iba a morir al final de un camino de tierra en el municipio de Canning.

Fue entonces cuando percibió un contacto. La caricia en la nuca de una mano tan caliente como una bolsa de agua caliente. Intentó gritar y no pudo. Tenía el pecho tan cerrado como la caja fuerte que contenía la Glock. Pronto otra mano se uniría a la primera, y juntas lo estrangularían.

Pero la mano se apartó. Aunque no los dedos. Estos se deslizaron de aquí para allá —levemente, solo las yemas—, rozándole la piel y dejando estelas de calor.

Jack no supo cuánto tiempo permaneció allí plantado, incapaz de moverse. Tal vez fueron veinte segundos; tal vez dos minutos. El viento le alborotaba el pelo y le acariciaba el cuello como esos dedos. Las sombras de los álamos se agrupaban sobre la tierra y los hierbajos como un banco de peces fugitivos. La persona —o la cosa— seguía detrás de él, su sombra larga y delgada. Tocándolo y acariciándolo.

De repente desaparecieron tanto las yemas de los dedos como la sombra.

Jack se giró, y esta vez sí escapó de él un grito, largo y sonoro, cuando el faldón de su saco se hinchó detrás de él a causa del viento y flameó. Fijó la mirada en...

Nada.

Solo unas cuantas construcciones abandonadas y una media hectárea de polvo.

Allí no había nadie. En ningún momento había habido nadie. Nadie en el establo; solo un horcate partido. Ningún dedo en su nuca sudorosa; solo el viento. Regresó con grandes zancadas a la camioneta, mirando por encima del hombro una, dos, tres veces. Subió y, encogiéndose cuando una sombra movida por el viento surcó el retrovisor, puso el motor en marcha. Recorrió el camino de tierra a ochenta kilómetros por hora, dejó atrás el viejo cementerio y la casa de campo abandonada, y al llegar a la cinta amarilla no se detuvo sino que se limitó a atravesarla. Viró en la Interestatal 79 con un chirrido de neumáticos y enfiló hacia Flint City. Cuando entró en el límite municipal, se había convencido ya de que en ese establo abandonado no había ocurrido nada. Las palpitaciones en la nuca tampoco significaban nada.

Nada en absoluto.

AMARILLO

21-22 de julio

1

A las diez de la mañana del sábado, el O'Malley's Irish Spoon casi no podía estar más vacío. Cerca de la entrada había dos abuelos con sendos tazones de café y un tablero de ajedrez entre ellos. La única mesera miraba absorta la pequeña televisión de la barra, donde pasaban un infomercial. El artículo en venta era un tipo de palo de golf.

Yunel Sablo, con unos jeans descoloridos y una camiseta ajustada que le permitía exhibir su admirable musculatura (Ralph no tenía una musculatura admirable aproximadamente desde 2007), ocupaba una mesa del fondo. También estaba atento a la televisión, pero cuando vio a Ralph, levantó una mano y le hizo una seña.

Mientras Ralph se sentaba, Yune dijo:

—No me explico por qué la mesera está tan interesada en ese palo en particular.

—¿Acaso las mujeres no juegan golf? ¿En qué mundo machista vives, amigo?

—Ya sé que las mujeres juegan golf, pero ese palo en particular es hueco. La idea es que si en el hoyo catorce te aprieta la vejiga, puedas mear dentro del palo. Lleva incluso un pequeño delantal con el que cubrirte el chisme. A una mujer no le sirve una cosa así.

La mesera se acercó a tomar la orden. Ralph pidió huevos revueltos y pan tostado de centeno mirando la carta en lugar de a ella para no soltar una risotada. Era un impulso que no preveía tener que contener esa mañana, y a pesar de sus esfuerzos se le escapó una risita. La culpa fue del delantal.

La mesera no necesitaba ser adivina.

—Sí, puede parecer gracioso —dijo—. A no ser, claro, que a tu marido le apasione el golf, tenga la próstata del tamaño de una toronja, y no sepas qué regalarle en su cumpleaños.

Ralph y Yune se miraron y ahí acabó toda contención. Rompieron a reír en sonoras carcajadas, hasta el punto de que los ajedrecistas se volvieron con cara de desaprobación.

—¿Vas a pedir algo, encanto? —preguntó la mesera a Yune—. ¿O solo vas a tomar café y a reírte del Hierro Nueve Confort?

Yune pidió unos huevos rancheros. Cuando ella se fue, él comentó:

—Este es un mundo extraño, lleno de cosas extrañas. ¿No te parece?

—Teniendo en cuenta lo que nos ha traído aquí, no me queda otra que darte la razón. ¿Qué era eso tan extraño que encontraste en el municipio de Canning?

—Más de una cosa.

Yune llevaba el tipo de bolso de piel que Ralph había oído a Jack Hoskins llamar (despectivamente) «mariconera». Sacó un iPad Mini con una funda maltrecha que llevaba ya mucho recorrido a cuestas. Ralph se había fijado en que cada vez eran más los policías provistos de ese artilugio, y calculó que para 2020, como mucho para 2025, habría sustituido al tradicional cuaderno del poli. En fin, el mundo seguía su curso. Y o seguías con él o te quedabas atrás. Él habría preferido que para su cumpleaños le regalaran uno de esos aparatos en lugar del Hierro Nueve Confort.

Yune pulsó un par de botones y aparecieron sus notas.

—Un chico llamado Douglas Elfman encontró la ropa abandonada ayer por la tarde. Reconoció la hebilla con forma de cabeza de caballo por un reportaje en las noticias. Telefoneó a su padre, que se puso en contacto inmediatamente con la Policía del Estado. Yo llegué allí con la camioneta de la Unidad Forense a eso del cuarto para las seis. Los jeans..., vete tú a saber..., los jeans casi crecen en los árboles, pero reconocí la hebilla al instante. Mírala tú mismo.

Tocó la pantalla otra vez y un primer plano de la hebilla la abarcó totalmente. A Ralph no le cupo la menor duda de que era el mismo cinturón que Terry llevaba en las imágenes del Centro de Transporte Vogel de Dubrow.

—Muy bien, un eslabón más de la cadena —dijo tanto para sí como para Yune—. Abandona la camioneta en la parte de atrás del Shorty's Pub. Toma el Subaru. Lo abandona cerca del Puente de Hierro, se cambia de ropa...

—Unos jeans 501, unos calzones Jockey, unos calcetines de deporte blancos y unos tenis carísimos. Además del cinturón con la hebilla llamativa.

—De acuerdo. Vestido con ropa sin manchas de sangre, toma un taxi en Gentlemen, Please y va a Dubrow. Pero cuando llega a la estación, no toma el tren. ¿Por qué no?

—Tal vez pretendía dejar un rastro falso y su plan fue desde el principio volver sobre sus pasos. O... se me ocurre una idea descabellada. ¿Quieres oírla?

—Claro —dijo Ralph.

—Creo que Maitland se *proponía* huir. Se proponía tomar ese tren a Dallas-Fort Worth y luego seguir más allá. Quizá hasta México, quizá hasta California. ¿Por qué iba a querer quedarse en Flint City después de matar al niño sabiendo que varias personas lo habían visto? Pero...

—Pero ¿qué?

—Pero no soportó la idea de marcharse con ese partido tan importante pendiente. Quería llevar a sus niños a una victoria más. Meterlos en la final.

—Ciertamente descabellada.

—¿Más descabellada que matar al niño?

Ahí Yune lo atrapó, pero se libró de responder porque en ese momento llegó la comida. En cuanto la mesera se fue, Ralph preguntó:

—¿Había huellas en la hebilla?

Yune deslizó la pantalla de su iPad y le mostró otro primer plano de la cabeza de caballo. En esa toma, el lustre de la plata de la hebilla se veía empañado por el polvo blanco para levantar huellas. Ralph vio huellas superpuestas, como las pisadas en esos diagramas con los que antes se aprendían los pasos de baile.

—La Unidad Forense tenía las huellas digitales de Maitland en su computadora —dijo Yune—, y el programa las ha correlacionado de inmediato. Pero he aquí la primera cosa extraña, Ralph. Las crestas y las espirales de las huellas de la hebilla son tenues y están totalmente rotas en algunos sitios. Bastarían para que un tribunal diera por buena la correlación, pero según el perito que las examinó, y que ha trabajado con millares de huellas, parecían de una persona mayor. De ochenta o incluso noventa años. Le pregunté si eso podía deberse a que Maitland se movió deprisa, decidido a cambiarse de ropa y salir huyendo de allí. El perito dijo que era posible, pero, a juzgar por su expresión, no parecía muy convencido.

—Ya —dijo Ralph, y atacó sus huevos revueltos. Ese apetito, como las ganas de reír por el palo de golf multifunción, fue una sorpresa bien recibida—. Eso sí es extraño, pero no concluyente, creo.

¿Y hasta cuándo, se preguntó, seguiría desechando las anomalías que iban surgiendo en ese caso por considerarlas no concluyentes?

—Había otro juego de huellas —prosiguió Yune—. También borrosas…, tanto que el informático ni siquiera se molestó en enviarlas a la base de datos nacional del FBI, pero tenía todas las huellas sueltas de la camioneta y esas otras de la hebilla… A ver qué opinas.

Le entregó el iPad. Allí se mostraban dos juegos de huellas, uno etiquetado SUJETO DESCONOCIDO CAMIONETA; y el otro como SUJETO DESCONOCIDO HEBILLA DEL CINTURÓN. Se parecían, pero solo hasta cierto punto. En modo alguno se sostendrían como prueba en un juicio, y menos aún si el abogado defensor era un bulldog como Howie Gold y las ponía en duda.

No obstante, Ralph no estaba en la sala de un juzgado, y pensó que los dos juegos de huellas pertenecían al mismo sujeto desconocido, pues eso encajaba con lo que había averiguado la noche anterior a través de Marcy Maitland. No era una correlación perfecta, en absoluto, pero bastaba para un inspector de baja administrativa que no tenía que rendir cuentas a sus superiores... o a un fiscal con la mira puesta en la reelección.

Mientras Yune daba cuenta de sus huevos rancheros, Ralph lo puso al corriente de su reunión con Marcy, aunque reservó un detalle para más adelante.

—Todo tiene que ver con la camioneta —concluyó—. Puede que los técnicos forenses encuentren algunas huellas del chico que la robó inicialmente...

—Ya las han encontrado. La policía de El Paso nos mandó las huellas de Merlin Cassidy. El informático las correlacionó con algunas de las huellas sueltas de la camioneta, en particular con las de la caja de herramientas; Cassidy debió de abrirla para ver si contenía algo de valor. Son nítidas, y no son estas —volvió a la imagen de las huellas borrosas de SUJETO DESCONOCIDO, etiquetadas CAMIONETA Y HEBILLA DEL CINTURÓN.

Ralph se inclinó hacia delante y apartó el plato.

—Ves cómo encaja, ¿no? Sabemos que no fue Terry quien robó la camioneta en Dayton porque los Maitland volvieron en avión. Pero si las huellas borrosas de la camioneta y las de la hebilla *son* realmente las mismas...

—O sea que crees que sí tenía un cómplice. Un cómplice que trajo la camioneta desde Dayton hasta Flint City.

—Tuvo que ser así —dijo Ralph—. No hay otra explicación.

—¿Alguien que se parecía a él?

—Ya estamos otra vez con eso —se lamentó Ralph, y suspiró.

—Y los dos juegos de huellas estaban en la hebilla —continuó Yune—. Lo que significa que Maitland y su doble llevaban el mismo cinturón, quizá la misma ropa. Bueno, tendrían la misma talla, ¿no? Hermanos gemelos separados tras nacer. Solo que, según los archivos, Terry Maitland era hijo único.

—¿Qué más tienes? ¿Alguna otra cosa?

—Sí. Ahora viene lo más extraño —trasladó su silla al otro lado de la mesa y se sentó junto a Ralph. La imagen del iPad mostraba un primer plano de los jeans, los calcetines, los calzones y los tenis, todo revuelto, al lado de un indicador de pruebas de plástico marcado con un 1—. ¿Ves esas manchas?

—Sí. ¿Qué *es* esa mierda?

—No lo sé —respondió Yune—. Y los técnicos forenses tampoco, pero uno de ellos dijo que parecía semen y yo coincido. En la foto no se ve muy bien, pero...

—¿*Semen*? ¿En serio?

La mesera regresó. Ralph puso boca abajo la pantalla del iPad.

—¿Alguien quiere más café?

Los dos repitieron. Cuando ella se fue, Ralph volvió a mirar la foto de la ropa y separó los dedos sobre la pantalla para ampliar la imagen.

—Yune, hay en la entrepierna, en las piernas, en los dobladillos...

—En los calzones y en los calcetines —añadió Yune—. Así como en los tenis, encima y dentro; seco hasta tal punto que parece el craquelado de una pieza de cerámica. Habría suficiente de eso, sea lo que sea, para llenar un hierro nueve hueco.

Ralph no se rio.

—No puede ser semen. Ni siquiera John Holmes en su máximo apogeo...

—Lo sé. Y el semen no tiene estos efectos.

Deslizó la pantalla. La nueva imagen era una toma amplia del suelo del establo. Junto a una pila de heno había otro indicador de pruebas, este con un 2. O al menos Ralph pensó que era heno. En el lado izquierdo de la foto, cerca del borde, el indicador de pruebas número 3 estaba encima de una paca de heno medio deshecha que parecía llevar allí mucho mucho tiempo. Casi toda la parte de arriba presentaba un color negro, y también el costado, como si una sustancia corrosiva hubiese resbalado por ella hasta el suelo.

—¿Es lo mismo? —preguntó Ralph—. ¿Estás seguro?

—En un noventa por ciento. Y había más en el altillo. Si es semen, sería una polución nocturna digna de constar en el *Libro Guinness de los Récords*.

—No puede ser —dijo Ralph en voz baja—. Es otra cosa. Para empezar, el semen no ennegrecería el heno. No tiene sentido.

—Para mí tampoco, pero, claro, yo solo soy el hijo de unos pobres campesinos mexicanos.

—Pero los forenses están analizándolo.

Yune asintió.

—Ahora, mientras hablamos.

—Y me mantendrás informado.

—Sí. Ahora ya sabes a qué me refería cuando he dicho que este asunto es cada vez más extraño.

—Jeannie lo calificó de inexplicable —Ralph se aclaró la garganta—. En realidad utilizó la palabra «sobrenatural».

—Mi Gabriela ha dicho lo mismo —comentó Yune—. Quizá sea una de esas cosas de mujeres. O de mexicanos.

Ralph enarcó las cejas.

—Sí, señor —dijo Yune, y se echó a reír—. La madre de mi mujer murió joven, y ella se crio pegada a las faldas de su abuela. La anciana le llenó la cabeza de leyendas. Cuando hablaba con Gaby de este lío, me contó una sobre el hombre del costal mexicano. Se ve que el tipo estaba a punto de morirse de tuberculosis, ¿ves?, y un viejo sabio que vivía en el desierto, un ermitaño, le dijo que podía curarse bebiendo la sangre de los niños y frotándose su grasa en el pecho y sus partes íntimas. Así que eso hizo el hombre del costal, y ahora vivirá por siempre jamás. En principio solo se lleva a los niños que se portan mal. Los mete en un costal negro enorme. Gaby me contó que una vez, cuando era pequeña, debía de tener unos siete años, se puso a gritar cuando el médico llegó a la casa para visitar a su hermano, que tenía escarlatina.

—Porque el médico llevaba un maletín negro.

Yune asintió con la cabeza.

—¿Cómo se llamaba el hombre del costal? Lo tengo en la punta de la lengua, pero no me sale. ¿No te da rabia cuando te pasa eso?

—Entonces ¿crees que eso es lo que tenemos aquí? ¿El hombre del costal?

—No. Puede que sea hijo de unos pobres campesinos mexicanos, o tal vez de un vendedor de coches de Yellow Car, pero, sea como sea, no soy un tonto. A Frank Peterson lo mató un hombre tan mortal como tú y como yo, y ese hombre fue casi con toda seguridad Terry Maitland. Si pudiéramos descubrir qué pasó, todo encajaría y yo volvería a dormir de un tirón toda la noche. Porque este asunto me tiene hasta la coronilla —consultó su reloj—. Tengo que irme. Le he prometido a mi mujer que la llevaría a una feria de artesanía en Cap City. ¿Alguna otra pregunta? Deberías hacerme al menos una, porque todavía tienes ante las narices otra cosa muy rara.

—¿Había marcas de llantas de algún vehículo en el establo?

—No es eso en lo que estaba pensando, pero, ya que lo preguntas, sí había. Aunque no útiles: se ven las marcas y hay un poco de aceite, pero el dibujo de las llantas no se distingue lo suficiente para hacer comparaciones. Yo diría que eran de la camioneta que utilizó Maitland para secuestrar al niño. Estaban demasiado separadas para ser del Subaru.

—Ajá. Oye, en tu aparato mágico tienes guardados los interrogatorios de todos los testigos, ¿verdad? Antes de largarte, busca el que le hice a Claude Bolton. Es un cadenero del Gentlemen, Please. Aunque no estuvo muy conforme con esa palabra, si no recuerdo mal.

Yune abrió un archivo, negó con la cabeza, abrió otro y entregó el iPad a Ralph.

—Desliza el texto hacia abajo.

Ralph así lo hizo, se pasó de largo el párrafo que buscaba y por fin consiguió centrarlo.

—Aquí está. Bolton dijo: «Recuerdo otro detalle, nada excepcional pero pone los pelos de punta si de verdad fue él quien mató a ese niño». Bolton me contó que aquel hombre lo arañó. Cuando le pregunté a qué se refería, me explicó que dio las gracias a Maitland por el trabajo que había hecho con los sobrinos de su amigo y le tendió la mano. Maitland, al estrechársela, le arañó el dorso de la mano con la uña del meñique. No fue más que una pequeña herida. Bolton dijo que eso le recordó sus tiempos de drogadicto, porque algunos motociclistas con los que andaba se dejaban crecer la uña del meñique para meterse la coca. Por lo visto era una seña de identidad.

—¿Y eso tiene importancia por alguna razón? —Yune volvió a mirar el reloj con cierto descaro.

—Probablemente no. Probablemente no es…

No iba a repetir «concluyente». Cada vez que esa palabra salía de sus labios le gustaba menos.

—Probablemente no sea nada, pero es lo que mi mujer llama «confluencia». Terry se hizo una herida parecida cuando visitó a su padre en un centro para el tratamiento de la demencia en Dayton.

Ralph explicó brevemente la anécdota de cómo el celador había resbalado y, al agarrarse a Terry, lo había arañado.

Yune pensó en ello y al cabo de un momento se encogió de hombros.

—Parece pura coincidencia. Y en serio, tengo que irme si no quiero desencadenar la Cólera de Gabriela, pero hay algo que has pasado por alto, y no hablo de las rodadas. Incluso tu amigo Bolton la menciona. Vuelve a deslizar el texto hacia arriba y lo encontrarás.

Pero no fue necesario. Ralph lo tenía delante:

—Pantalón, calzones, calcetines y tenis…, pero no camisa.

—Exacto —dijo Yune—. O era su preferida, o no tenía otra que ponerse cuando salió del establo.

2

De regreso a Flint City, a medio camino, Ralph cayó por fin en la cuenta de cuál era el motivo de su inquietud en relación con el tirante del brasier.

Se detuvo en el enorme estacionamiento del almacén de bebidas alcohólicas Byron y pulsó uno de los números de su lista de contactos. Saltó el buzón de voz de Yune. Ralph cortó la comunicación sin dejar mensaje. Yune ya había hecho todo lo que podía y más; que disfrutara de su fin de semana. Y ahora que tenía un momento para pensar en ello decidió que esa era una confluencia que prefería no compartir con nadie excepto, quizá, con su mujer.

El tirante del brasier no fue lo único de color amarillo vivo que vio en esos momentos de hiperalerta antes de que le dispararan a Terry; el tirante era solo el sustituto que su cerebro asignó a otro elemento presente en la amplia galería de personajes grotescos, y que había quedado eclipsado por Ollie Peterson, que había extraído la vieja pistola de la bolsa de repartidor de periódicos solo unos segundos después. No era de extrañar que no lo hubiera retenido.

El hombre de las espantosas quemaduras en la cara y los tatuajes en las manos llevaba una pañoleta amarilla en la cabeza, posiblemente para ocultar otras cicatrices. Pero ¿*era* una pañoleta? ¿No podía ser otra cosa? ¿La camisa desaparecida, por ejemplo? ¿La que Terry llevaba en la estación de tren?

Estoy dando palos de ciego, pensó, y quizá fuera así, pero su subconsciente (esos pensamientos ocultos tras los pensamientos) venía gritándole al respecto desde el principio.

Cerró los ojos e intentó ver exactamente lo que había visto en aquellos últimos segundos de la vida de Terry. La desagradable mueca de la periodista rubia al mirarse la sangre en los dedos. La pancarta de la aguja hipodérmica en la que se leía MAITLAND, TOMA TU MEDICINA. El chico del labio deforme. La mujer inclinada delante de Marcy para enseñarle un dedo. Y el hombre de las quemaduras, de rostro tan desdibujado como si Dios, con un borrador gigante, le hubiese borrado casi todas las facciones y dejado solo protuberancias, piel rosada y orificios donde había una nariz antes de que el fuego imprimiese en su cara tatuajes mucho más virulentos que los que tenía en las manos. Y lo que Ralph vio en ese momento de rememoración no fue un pañuelo en la cabeza de aquel hombre sino algo mucho mayor, algo que le caía hasta los hombros como un tocado.

Sí, ese algo podría haber sido una camisa..., pero aun si lo era, ¿significaba eso que era *la* camisa? ¿La que Terry llevaba en las imágenes de las cámaras de seguridad? ¿Existía una manera de averiguarlo?

Pensó que la había, pero necesitaba la colaboración de Jeannie, que se manejaba mejor con la computadora que él. Además, tal vez hubiera llegado el momento de dejar de considerar a Howard Gold y Alec Pelley enemigos. «Puede que en esto estemos todos en el mismo bando», había dicho Pelley la noche anterior ante la puerta de la casa de los Maitland, y quizá fuera verdad. O pudiera llegar a serlo.

Ralph arrancó, puso rumbo a su casa y rebasó el límite de velocidad en todo el trayecto.

3

Ralph y su mujer estaban sentados a la mesa de la cocina con la laptop de Jeannie delante de ellos. En Cap City había cuatro canales de televisión principales, uno por cada una de las cadenas, además de Canal 81, de acceso público, que emitía noticias locales, reuniones del ayuntamiento y diversos actos comunitarios (como la conferencia de Harlan Coben en la que Terry había aparecido como estrella invitada imprevista). Los cinco canales habían enviado corresponsales al juzgado para cubrir la comparecencia de Terry, los cinco habían grabado el atentado, y todos incluían imágenes de la muchedumbre. En cuanto empezó el tiroteo, todas las cámaras enfocaron a Terry, naturalmente: Terry con sangre en un lado de la cara apartando a su mujer de la línea de fuego y desplomándose después en la calle al recibir el balazo certero. La toma de la CBS se interrumpía por completo antes de eso porque esa era la cámara alcanzada por la bala de Ralph, que la hizo añicos y dejó tuerto al operario.

Después de ver cada video dos veces, Jeannie volteó hacia él con los labios muy apretados. No dijo nada. No era necesario.

—Vuelve a poner el de Canal 81 —indicó Ralph—. La cámara grabó un poco a lo loco cuando empezó el tiroteo, pero es el que tiene las mejores imágenes de la multitud.

—Ralph —Jeannie le tocó el brazo—. ¿Estás bi...?

—Bien, sí, estoy bien —no era verdad. Tenía la sensación de que el mundo se ladeaba y de que él no tardaría en resbalar y caerse por el borde—. Ponlo otra vez, por favor. Y quita el volumen. El periodista que comenta la escena distrae.

Jeannie lo hizo, y miraron juntos las imágenes. Pancartas en movimiento. El griterío mudo de la gente, que abría y cerraba la boca como peces fuera del agua. En cierto momento la cámara se desvió rápidamente a un lado y hacia abajo, no grabó al hombre que había escupido a Terry en la cara pero sí a Ralph metiéndole el pie al alborotador, de modo que quedaba como una agresión no justificada. Vio cómo Terry ayudaba al hombre que le había escupido, caído a sus pies (*Como una escena de la puta Biblia*, recordó Ralph haber pensado), y acto seguido la cámara volvía a enfocar a la multitud. Vio a los dos alguaciles —uno rechoncho, el otro delgado— hacer lo posible por mantener despejada la escalinata. Vio a la corresponsal rubia de Canal 7 ponerse en pie, mirando aún con incredulidad sus dedos ensangrentados. Vio a Ollie Peterson, con la bolsa de repartidor de periódicos y unos cuantos mechones de pelo rojo asomando del gorro tejido, a unos segundos de convertirse en el protagonista del espectáculo. Vio al chico del labio leporino, y el camarógrafo de Canal 81 detuvo la toma el tiempo suficiente para que registrara el rostro de Frank Peterson en la camiseta de ese chico antes de seguir desplazándola...

—Para —dijo—. Congela la imagen, congélala ahí mismo.

Jeannie lo hizo y observaron la escena, un poco borrosa debido al rápido movimiento del camarógrafo, que intentaba captar un poco de todo.

Ralph tocó la pantalla.

—¿Ves a ese hombre que agita el sombrero vaquero?

—Claro.

—El hombre de las quemaduras estaba justo al lado.

—Bien —dijo ella, pero en un tono extraño y nervioso que Ralph no recordaba haberle oído antes.

—Te juro que estaba ahí. Lo vi, era como si me encontrase en pleno viaje de LSD o mescalina o algo así, y lo vi *todo*. Vuelve a poner los otros videos. Este tiene las mejores imágenes de la gente, pero las del canal afiliado a la Fox tampoco estaban mal y…

—No —Jeannie presionó el botón de apagado y cerró la laptop—. El hombre que tú viste no sale en ninguno de estos videos, Ralph. Lo sabes tan bien como yo.

—¿Crees que estoy loco? ¿Es eso? ¿Crees que estoy teniendo una…? Ya me entiendes…

—¿Una crisis nerviosa? —ella volvió a apoyar una mano en su brazo y esta vez le dio un delicado apretón—. Claro que no. Si dices que lo viste, lo viste. Si piensas que llevaba esa camisa a modo de protección contra el sol, o bandana, o no sé qué, probablemente así era. Has tenido un mal mes, seguramente el peor mes de tu vida, pero confío en tu capacidad de observación. Es solo que… ahora debes aceptar…

Su voz se apagó gradualmente. Ralph esperó. Ella hizo acopio de fuerzas y continuó:

—En este asunto hay algo muy anormal, y cuanto más averiguas, más anormal se vuelve. Me da miedo. Esa historia que te ha contado Yune me da miedo. En esencia es una historia de vampiros, ¿no? Leí *Drácula* en la secundaria, y una cosa que recuerdo es que los vampiros no se reflejan en los espejos. Y algo que no se refleja en un espejo probablemente tampoco se vería en las imágenes de un telediario.

—Eso es un disparate. Los fantasmas no existen, ni las brujas, ni los vam…

Jeannie dio una palmada en la mesa, y el ruido, un sonido sordo semejante a un disparo, lo sobresaltó. Ella tenía una mirada colérica, echaba chispas por los ojos.

—¡Despierta, Ralph! ¡Despierta a lo que tienes delante! *¡Terry Maitland estaba en dos sitios al mismo tiempo!* Si dejas de buscar una explicación para descartar esa posibilidad y te limitas a aceptarla…

—No puedo aceptarla, mi amor. Va contra todo aquello en lo que he creído a lo largo de mi vida. Si admitiera algo así, me volvería loco, eso sin duda.

—De ninguna manera. Eres más fuerte que eso. Pero ni siquiera tienes que considerarlo, eso es lo que intento decirte. Terry ha muerto. Puedes dejarlo pasar.

—Si hago eso, y en realidad no fue Terry quien mató a Frankie Peterson, ¿en qué situación queda Marcy? ¿En qué situación quedan sus hijas?

Jeannie se levantó, se acercó a la ventana que había encima del fregadero y miró el jardín de la parte de atrás. Apretaba los puños.

—Derek ha vuelto a telefonear. Sigue queriendo volver a casa.

—¿Qué le has dicho?

—Que aguante hasta que acabe el campamento, a mediados del mes que viene. Aunque me encantaría tenerlo aquí. Al final lo he convencido, y ¿sabes por qué? —se giró—. Porque no quiero que esté en esta ciudad mientras tú sigues escarbando en este asunto. Porque cuando se haga de noche, tendré miedo. Imagina que de verdad *se trata* de una especie de criatura sobrenatural, Ralph. ¿Qué pasará si descubre que la estás buscando?

Ralph la abrazó. Notó su temblor. Pensó: *Parte de ella lo cree realmente.*

—Yune me ha contado esa historia, pero él cree que el asesino es un hombre normal. Yo también.

Con la cara apoyada en su pecho, Jeannie dijo:

—Entonces ¿por qué el hombre de la cara quemada no sale en ninguno de los videos?

—No lo sé.

—Marcy me preocupa, claro que sí —alzó la vista, y Ralph vio que lloraba—. Y me preocupan sus hijas. Me preocupa *Terry,* si a eso vamos... y los Peterson... Pero me preocupan más Derek y tú. Ustedes son lo único que tengo. ¿No puedes dejar pasar este asunto? ¿Volver al trabajo, acudir a un psiquiatra y pasar página?

—No lo sé —respondió él, pero sí lo sabía. Prefería no decírselo a Jeannie en el extraño estado en que se encontraba. No podía pasar página.

Todavía no.

4

Esa noche, sentado a la mesa de picnic del jardín trasero, fumaba un Tiparillo y contemplaba el cielo. No había estrellas, pero distinguía la luna detrás de las nubes que se acercaban. La verdad a menudo era así, pensó: un círculo de luz borroso detrás de las nubes. A veces la luz se abría paso; a veces las nubes se espesaban y la luz desaparecía por completo.

Una cosa estaba clara: cuando anochecía, la historia del hombre flaco y tuberculoso que Yune Sablo le había contado pasaba a ser más plausible. No *creíble.* Ralph podía creer en una criatura así tanto como en Santa Claus, pero podía imaginarlo: una versión de Slender Man, terror de las chicas pubescentes en Estados Unidos, pero de piel más oscura. Sería alto y solemne, con su traje negro, su rostro semejante a una lámpara, y llevaría a cuestas una bolsa de tamaño suficiente para contener a un niño pequeño con las rodillas dobladas contra el pecho. Según Yune, el hombre del costal mexicano prolongaba su vida bebiendo la sangre de los niños y frotándose el cuerpo con su grasa..., y si bien no era exactamente eso lo que le había pasado a ese niño, Peterson, no andaba lejos. ¿Cabía la posibilidad de que el asesino —quizá Maitland, quizá el sujeto desconocido de huellas imprecisas— pensara que *era* un vampiro u otra criatura sobrenatural? ¿Acaso Jeffrey Dahmer no pensaba que estaba creando zombis cuando mató a todos aquellos indigentes?

Nada de eso aclara la duda de por qué el hombre quemado no aparece en las imágenes de los noticiarios.

Jeannie lo llamó.

—Entra, Ralph. Va a llover. Puedes fumarte esa cosa apestosa en la cocina si no queda más remedio.

Esa no es la razón por la que quieres que entre, pensó Ralph. *Quieres que entre porque parte de ti no puede evitar pensar que el hombre del costal de Yune está al acecho aquí fuera, poco más allá de la luz del jardín.*

Absurdo, por supuesto, pero comprendía su desasosiego. También él se sentía así. ¿Cómo había dicho Jeannie? «Cuanto más averiguas, más anormal se vuelve.»

Ralph entró, apagó el Tiparillo bajo el grifo del fregadero y tomó el teléfono del soporte cargador. Cuando Howie contestó, Ralph dijo:

—¿Podrían venir aquí mañana el señor Pelley y usted? Tengo muchas cosas que contarles, y algunas son francamente difíciles de creer. Vengan a comer. Compraré sándwiches en el Rudy's.

Howie accedió en el acto. Ralph colgó y vio a Jeannie en el umbral de la puerta. Lo miraba con los brazos cruzados ante el pecho.

—¿No puedes dejarlo pasar?

—No, mi amor. No puedo. Lo siento.

Ella suspiró.

—¿Tendrás cuidado?

—Extremaré la cautela.

—Más te vale, o yo no tendré la *menor* cautela contigo. Y no hace falta que vayas a Rudy's por sándwiches. Yo prepararé algo.

5

El domingo llovía, así que se sentaron a la mesa del comedor de los Anderson, que rara vez usaban: Ralph, Jeannie, Howie y Alec. Yune Sablo, en su casa de Cap City, se unió a ellos vía Skype en la pantalla del portátil de Howie Gold.

Ralph empezó resumiendo lo que ya sabían todos y a continuación cedió la palabra a Yune, quien explicó a Howie y Alec lo que habían encontrado en el establo de Elfman. Cuando terminó, Howie dijo:

—Nada de esto tiene sentido. De hecho, está a años luz de tener sentido.

—¿Esa persona dormía allí, en el altillo de un establo abandonado? —preguntó Alec a Yune—. ¿Escondido? ¿Eso es lo que piensan?

—Esa es la hipótesis de trabajo —contestó Yune.

—En ese caso no era Terry —dijo Howie—. El sábado estuvo todo el día en la ciudad. Esa mañana llevó a las niñas a la piscina municipal, y pasó toda la tarde preparando el campo en el Estelle Barga; como entrenador del equipo local, era su responsabilidad. En ambos lugares había muchos testigos.

—Y desde el domingo hasta el lunes —intervino Alec— estuvo entre rejas en la cárcel del condado. Como usted bien sabe, Ralph.

—En cuanto al paradero de Terry, tenemos los más diversos testigos en casi todas las etapas del camino —admitió Ralph—. Esa ha sido siempre la raíz del problema, pero olvidémoslo por un momento. Quiero enseñarles una cosa. Yune ya la ha visto; ha revisado las imágenes esta mañana. Pero le he hecho una pregunta *antes* de verlas, y ahora quiero hacérsela a ustedes. Cuando estábamos delante del juzgado, ¿se fijó alguno de ustedes en un hombre muy desfigurado? Llevaba algo en la cabeza, pero no voy a decirles qué era. ¿Lo vieron?

Howie dijo que no. Tenía toda la atención puesta en su cliente y la mujer de su cliente. En cambio Alec Pelley era otra cuestión.

—Sí, yo lo vi. Parecía que se hubiera quemado en un incendio. Y lo que llevaba en la cabeza… —se interrumpió y abrió mucho los ojos.

—Adelante —le animó Yune desde su sala en Cap City—. Suéltelo, amigo. Se sentirá mejor.

Alec se frotaba las sienes, como si le doliera la cabeza.

—En ese momento pensé que era una bandana o un pañuelo. Ya me entienden, el pelo se le quemó en el incendio, quizá no había vuelto a crecerle a causa de las cicatrices y quería protegerse el cráneo del sol. Pero podría haber sido una camisa. La que no se encontró en el establo, ¿es eso lo que piensan? ¿La que Terry llevaba en las tomas de las cámaras de seguridad de la estación?

—Ha ganado la muñeca Kewpie —dijo Yune.

Howie miraba a Ralph con expresión ceñuda.

—¿Sigue empeñado en endosarle esto a Terry?

Jeannie tomó la palabra por primera vez.

—Solo pretende llegar a la verdad..., lo cual, de hecho, quizá no sea muy buena idea.

—Alec, mire esto —dijo Ralph—. Y señale al hombre quemado.

Ralph puso las imágenes de Canal 81, luego las imágenes de Fox, y después, a petición de Alec (ahora tan cerca de la computadora de Jeannie que casi tocaba la pantalla con la nariz), otra vez las de Canal 81. Finalmente se recostó de nuevo.

—No sale. Lo cual es imposible.

—Estaba al lado del hombre que agita el sombrero vaquero, ¿no? —preguntó Yune.

—Creo que sí —contestó Alec—. Al lado de ese hombre y por encima de la periodista rubia que recibió el golpe de pancarta en la crisma. Veo a la periodista y al tipo de la pancarta, pero a él no lo veo. ¿Cómo es posible?

Nadie le contestó.

—Volvamos un momento a las huellas digitales —dijo Howie—. ¿Cuántos juegos de huellas distintos había en la camioneta, Yune?

—Según los técnicos forenses, hasta media docena.

Howie gimió.

—Tranquilo. Hemos descartado al menos cuatro: las del granjero de Nueva York dueño de la camioneta, las del hijo mayor del granjero que a veces la conducía, las del niño que la robó, y las de Terry Maitland. Eso nos deja con un juego de huellas sin identificar, que podrían ser de un amigo del granjero o de alguno de sus hijos pequeños que hubiera estado jugando dentro, y esas otras borrosas.

—Las mismas huellas borrosas que han encontrado en la hebilla del cinturón.

—Probablemente, pero no podemos asegurarlo. En esas hay unas pocas crestas y espirales visibles, pero no los puntos de identificación nítidos que se necesitan para que sean aceptadas como pruebas cuando un caso va a juicio.

—Ah, de acuerdo, entendido. Permítanme preguntarles una cosa a los tres. ¿No es posible que un hombre que ha padecido graves quemaduras, tanto en las manos como en la cara, deje unas huellas como esas? ¿Unas huellas borrosas hasta el punto de no ser reconocibles?

—Sí —contestaron al unísono Yune y Alec, sus voces solo se solaparon parcialmente por el breve retraso de la transmisión por computadora.

—El problema con eso —dijo Ralph— es que el hombre quemado que estaba delante del juzgado tenía tatuajes en las manos. Si se le quemaron las huellas, ¿no tendrían que habérsele quemado también los tatuajes?

Howie negó con la cabeza.

—No necesariamente. Si estoy ardiendo, es probable que use las manos para apagar el fuego, pero no el dorso, ¿no creen? —a modo de demostración, empezó a darse palmadas en su considerable pecho—. Lo hago con las palmas.

Siguió un silencio. Finalmente, en voz baja, casi inaudible, Alec Pelley dijo:

—El hombre quemado estaba allí. Lo juraría sobre un montón de Biblias.

—Cabe suponer —dijo Ralph— que la Unidad Forense analizará la sustancia que ennegreció el heno en el establo, pero ¿podemos hacer nosotros algo entretanto? Estoy abierto a sugerencias.

—Retrocedamos a Dayton —propuso Alec—. Sabemos que Maitland estuvo allí, y sabemos que la camioneta también estuvo allí. Puede que al menos parte de las respuestas estén también allí. Yo no puedo trasladarme personalmente, demasiadas redes tendidas ahora mismo, pero conozco a la persona adecuada. Permítanme hacer una llamada para ver si está disponible.

Ahí lo dejaron.

6

Grace Maitland, de diez años, dormía poco y mal desde el asesinato de su padre, y cuando conciliaba el sueño la asaltaban pesadillas. En la tarde de aquel domingo, todo el cansancio acumulado le cayó encima sin remedio. Mientras su madre y su hermana preparaban un pastel en la cocina, ella subió a su habitación y se tumbó en la cama. Pese a la lluvia, era un día claro, y menos mal, ahora la oscuridad la asustaba. Oía abajo las voces de su madre y Sarah. Eso también estaba bien. Cerró los ojos, y cuando volvió a abrirlos, aunque tuvo la sensación de que solo habían pasado uno o dos minutos, debían de haber transcurrido horas, porque llovía a cántaros y la luz tenía una coloración gris. Las sombras llenaban la habitación.

Un hombre sentado en su cama la miraba. Vestía jeans y una camiseta verde. En las manos tenía tatuajes que le subían por los brazos: serpientes, una cruz, un puñal, una calavera. Ya no daba la impresión de que su cara la hubiese moldeado en plastilina un niño con poco talento, pero lo reconoció igualmente. Era el hombre al que había visto al otro lado de la ventana en la habitación de Sarah. Al menos ahora no tenía pajas en lugar de ojos. Ahora tenía los ojos de su padre. Grace habría reconocido esos ojos en cualquier sitio. Se preguntó si de verdad estaba ocurriendo o era un sueño. En tal caso, era mejor que las pesadillas. Al menos un poco.

—¿Papá?

—Sí, soy yo —contestó el hombre. La camiseta verde se convirtió en el uniforme de los Golden Dragons de su padre, y entonces supo que en efecto era un sueño. Después, esa camiseta se transformó en una prenda blanca y ancha y luego volvió a ser la camiseta verde—. Te quiero, Gracie.

—Esa no es su voz —dijo Grace—. Lo estás imitando.

El hombre se inclinó hacia ella. Con la mirada fija en los ojos de su padre, Grace se encogió. Los ojos se parecían más que la voz con la que había dicho «Te quiero», pero seguía sin ser él.

—Quiero que te vayas —dijo la niña.

—No lo dudo, y la gente en el infierno quiere agua fresca. ¿Estás triste, Grace? ¿Echas de menos a tu papá?

—*¡Sí!* —Grace rompió a llorar—. ¡Quiero que te vayas! Esos no son de verdad los ojos de mi padre, ¡solo *finges* que eres él!

—No esperes que me compadezca de ti —dijo el hombre—. Creo que es bueno que estés triste. Espero que estés triste mucho tiempo, y que llores. Bua bua *bua*, como un bebé.

—¡Vete, por favor!

—¿El bebé quiere su biberón? ¿El bebé se ha hecho pipí en el pañal y está todo *mojado*? ¿El bebé se pone bua bua bua?

—*¡Para!*

El hombre se echó hacia atrás.

—Pararé si haces una cosa por mí. ¿Harás una cosa por mí, Grace?

—¿Qué?

El hombre se lo dijo, y luego Sarah estaba zarandeándola y diciéndole que bajara a comer un trozo de pastel, así que sí había sido un sueño, una pesadilla, y no tenía que hacer *nada*, pero si lo hacía, quizá ese sueño no se repitiera.

Se obligó a comer un poco de pastel, aunque en realidad no se le antojaba, y cuando su madre y Sarah estaban sentadas en el sofá viendo una bobada de película, Grace dijo que no le gustaban las películas de amor y que iba a subir a jugar a Angry Birds. Pero, en lugar de eso, entró en el dormitorio de sus padres (ahora solo de su madre, lo que le daba mucha tristeza) y tomó el teléfono de su madre del tocador. El policía no salía en la lista de contactos del celular, pero el señor Gold sí. Sujetando el teléfono con las dos manos para que no temblara, lo llamó. Rogó que el señor Gold contestara, y contestó.

—¿Marcy? ¿Qué pasa?

—No, soy Grace. Estoy llamando con el teléfono de mi mamá.

—Vaya, Grace, hola. Me alegro de oírte. ¿Para qué me llamas?

—Porque no sabía cómo llamar al inspector. El que detuvo a mi padre.

—¿Para qué quieres...?

—Tengo que darle un mensaje. Me lo ha dicho un hombre. Sé que seguramente solo era un sueño, pero por si acaso. Se lo diré a usted, y usted puede decírselo al inspector.

—¿Qué hombre, Grace? ¿Quién te ha dado el mensaje?

—La primera vez que lo vi tenía pajas por ojos. Dice que si le doy el mensaje al inspector Anderson no volverá más. Ha intentado hacerme creer que tenía los ojos de mi papá, pero no eran los suyos, en realidad no. Ahora la cara se le ve mejor, pero todavía da miedo. No quiero que vuelva, aunque sea solo un sueño. ¿Se lo dirá al inspector Anderson?

Ahora su madre la observaba en silencio desde el umbral de la puerta, y Grace pensó que seguramente la reñiría, pero le dio igual.

—¿Qué debo decirle, Grace?

—Que pare. Si no quiere que pase algo malo, dígale que tiene que parar.

7

Grace y Sarah estaban sentadas en el sofá de la sala. Marcy, entre ellas, las rodeaba con sus brazos. Howie Gold ocupaba el sillón que había sido de Terry hasta que el mundo se volvió del revés. Incluía un taburete a juego. Ralph Anderson lo acercó al sofá y se sentó en él. Tenía las piernas tan largas que las rodillas casi le enmarcaban el rostro. Suponía que ofrecía un aspecto un tanto cómico, pero si eso tranquilizaba un poco a Grace Maitland, tanto mejor.

—Ese sueño debía de dar mucho miedo, Grace. ¿Estás segura de que *era* un sueño?

—Claro —contestó Marcy. Tenía la cara tensa y pálida—. No había ningún hombre en esta casa. Es imposible que haya subido al piso de arriba sin que lo viéramos.

—O al menos lo oyéramos —añadió Sarah, pero se la notaba vacilante. Asustada—. La escalera cruje una barbaridad.

—Has venido por una razón, para tranquilizar a mi hija —dijo Marcy—. ¿Podrías limitarte a eso, por favor?

—Fuera lo que fuese —continuó Ralph—, sabes que aquí no hay ahora ningún hombre, ¿verdad, Grace?

—Sí —parecía segura de eso—. Se ha ido. Ha dicho que se iría si le daba a usted ese mensaje. No creo que vuelva, tanto si era un sueño como si no.

Sarah dejó escapar un suspiro teatral y dijo:

—Vaya *alivio*.

—Tú calla, niña —ordenó Marcy.

Ralph sacó su cuaderno.

—Dime cómo era. El hombre del sueño. Porque soy inspector, y ahora estoy seguro de que ha sido un sueño.

Aunque Marcy Maitland no sentía la menor simpatía por él, ni probablemente la sentiría nunca, sus ojos se lo agradecieron.

—Tenía mejor cara —contestó Grace—. Ya no parecía de plastilina.

—Ese aspecto tenía antes —aclaró Sarah a Ralph—. Según *ella*.

—Sarah, ve a la cocina con el señor Gold y trae un trozo de pastel para cada uno, ¿quieres? —ordenó Marcy.

Sarah miró a Ralph.

—¿Pastel incluso para él? ¿Ahora nos cae bien?

—Pastel para todos —respondió Marcy eludiendo limpiamente la pregunta—. Eso se llama hospitalidad. Ahora ve.

Sarah se levantó del sofá y cruzó la sala hacia Howie.

—Me están echando.

—No podrían echar a una persona más encantadora —dijo Howie—. Estoy contigo en un santiamén.

—¿En un qué?

—No importa, cielo —fueron juntos a la cocina.

—Abrevia, por favor —pidió Marcy a Ralph—. Estás aquí porque Howie ha dicho que es importante. Que podría tener algo que ver con... ya sabes.

Ralph asintió sin apartar la mirada de Grace.

—Ese hombre que la primera vez tenía la cara de plastilina…

—Y pajas en lugar de ojos —añadió Grace—. Le sobresalían, como en los dibujos animados, y los círculos negros que tiene la gente en los ojos eran agujeros.

—Ya —en su cuaderno, Ralph anotó: «¿Pajas por ojos?»—. Cuando dices que su cara parecía de plastilina, ¿podría ser porque la tenía quemada?

La niña reflexionó.

—No. Era más bien como si no estuviera del todo *hecho*. Del todo… ya sabe…

—¿Terminado? —preguntó Marcy.

Grace asintió y se metió el pulgar en la boca. Ralph pensó: *Esta niña de diez años que se chupa el pulgar y tiene cara de tristeza… es obra mía.* Cierto, y eso nunca cambiaría pese a la aparente contundencia de las pruebas que lo habían inducido a actuar como había actuado.

—¿Hoy cómo era, Grace? El hombre de tu sueño.

—Tenía el pelo negro y corto, de punta, como un puercoespín, y una barbita alrededor de la boca. Tenía los ojos de mi padre, pero en realidad no eran los suyos. Tenía tatuajes en las manos y por los brazos. Algunos eran serpientes. Al principio llevaba una camiseta verde, que luego se ha convertido en el uniforme de beisbol de mi papá, con el dragón dorado, y luego en una bata blanca, como la que lleva la señora Gerson cuando peina a mi mamá.

Ralph miró a Marcy, que dijo:

—Creo que se refiere a un blusón.

—Sí —dijo Grace—. Eso. Pero luego ha vuelto a ser la camiseta verde, por eso sé que era un sueño. Solo que… —le temblaron los labios y se le saltaron las lágrimas, que resbalaron por sus mejillas sonrojadas—. Solo que ha dicho cosas malas. Ha dicho que se alegraba de que estuviera triste. Me ha llamado bebé.

Escondió la cara entre los pechos de su madre y sollozó. Marcy miró a Ralph por encima de su cabeza; por un momento no estaba enfadada con él, sino solo asustada por su hija. *Sabe que no ha sido solo un sueño,* pensó Ralph. *Se da cuenta de que significa algo para mí.*

Cuando el llanto de la niña remitió, Ralph dijo:

—Todo eso está muy bien, Grace. Gracias por contarme tu sueño. Ahora todo ha terminado, ¿de acuerdo?

—Sí —contestó la pequeña con la voz empañada por el llanto—. Se ha ido. He hecho lo que me ha dicho y se ha ido.

—Nos comeremos el pastel aquí —dijo Marcy—. Ve a ayudar a tu hermana con los platos.

Grace se marchó corriendo. Cuando se quedaron solos, Marcy dijo:

—Está siendo muy difícil para las dos niñas, sobre todo para Grace. Diría que todo se reduce a eso, pero Howie no piensa lo mismo, y me parece que tú tampoco. ¿No?

—Señora Maitland... Marcy... No sé qué pensar. ¿Has mirado en la habitación de Grace?

—Por supuesto. En cuanto me ha explicado por qué llamaba a Howie.

—¿Ninguna señal de un posible intruso?

—No. La ventana estaba cerrada, la mosquitera seguía en su sitio, y lo que ha dicho Sarah sobre la escalera es verdad. Esta casa es vieja, y todos los peldaños crujen.

—¿Y la cama? Grace ha dicho que el hombre se sentó allí.

Marcy dejó escapar una risa de consternación.

—Ella se revuelve tanto que vete tú a saber... —se llevó una mano a la cara—. Esto es horrible.

Ralph se levantó y se acercó al sofá, sin más intención que ofrecerle consuelo, pero ella se tensó y se apartó.

—Por favor, no te sientes. Y no me toques. Estás aquí porque no hay más remedio, inspector. Con suerte, esta noche mi hija pequeña dormirá y no gritará hasta que el techo se caiga abajo.

Ralph se libró de contestar porque Howie y las niñas volvieron en ese momento, Grace llevando cuidadosamente un plato en cada mano. Marcy se enjugó los ojos, en un gesto tan rápido que apenas se vio, y dirigió una sonrisa radiante a Howie y sus hijas.

—¡Hurra por el pastel! —exclamó.

Ralph tomó su trozo y dio las gracias. Pensó que se lo había contado todo a Jeannie sobre esa pesadilla de caso, pero no tenía intención de hablarle del sueño de esa niña. No, de eso no.

8

Alec Pelley creía tener entre sus contactos el número que necesitaba, pero, cuando llamó, una voz grabada le anunció que el número solicitado ya no existía. Consultó en su vieja agenda negra (en otro tiempo una fiel compañera que iba con él a todas partes, pero, ahora, en esta época informatizada, relegada a un cajón del escritorio, y de hecho a uno de los de abajo) y probó otro número.

—Finders Keepers —dijo la voz al otro lado de la línea. Convencido de que hablaba con una máquina (una suposición razonable teniendo en cuenta que era domingo por la noche), Alec esperó a oír el mensaje con los horarios de oficina, seguido de un menú de opciones a las que podía acceder pulsando diversas extensiones, y por último la invitación a dejar un mensaje después de la señal. En lugar de eso, en un tono un tanto quejumbroso, la voz dijo—: ¿Y bien? ¿Hay alguien ahí?

Alec se dio cuenta de que conocía esa voz, aunque no consiguió ponerle nombre. ¿Cuánto tiempo había pasado desde la última vez que habló con la dueña de esa voz? ¿Dos años? ¿Tres?

—Voy a colgar a…

—No. Estoy aquí. Me llamo Alec Pelley, y quería hablar con Bill Hodges. Trabajé con él en un caso hace unos años, poco después de retirarme de mi puesto en la Policía del Estado. Un mal actor, un tal Oliver Madden, robó un avión a un magnate del petróleo texano que se llamaba…

—Dwight Cramm. Me acuerdo. Y también me acuerdo de usted, señor Pelley, aunque no llegamos a conocernos. El señor Cramm no nos pagó con la debida prontitud, lamento decir.

Tuve que reenviarle la factura cinco o seis veces por lo menos, y después amenazarlo con poner el asunto en manos de abogados. Espero que a usted le fuera mejor.

—Me costó un poco —respondió Alec, y al recordarlo sonrió—. El primer cheque lo devolvieron, pero el segundo lo hicieron efectivo sin problemas. Usted es Holly, ¿verdad? No recuerdo su apellido, pero Bill hablaba muy bien de usted.

—Holly Gibney —dijo ella.

—Bien, me alegro mucho de volver a hablar con usted, señorita Gibney. He llamado al número de Bill, pero imagino que ha cambiado de número.

Silencio.

—¿Señorita Gibney? ¿Se ha cortado la comunicación?

—No —contestó ella—. Aquí sigo. Bill murió hace dos años.

—Vaya por Dios. Lo siento mucho. ¿Fue un problema de corazón?

Alec había visto a Hodges solo una vez (habían tratado sus asuntos básicamente por teléfono y correo electrónico), pero recordaba que tiraba a obeso.

—Cáncer. De páncreas. Ahora me ocupo yo de la agencia, junto con Peter Huntley. Era el compañero de Bill cuando estaban en el cuerpo.

—Pues eso está muy bien.

—No —respondió Holly—. No para mí. El negocio va sobre ruedas, pero renunciaría al instante por tener a Bill vivo y sano. El cáncer es una mierda.

En ese momento Alec estuvo a punto de darle las gracias, reiterar sus condolencias y cortar la llamada. Más adelante se preguntó cuántas cosas habrían acabado de manera distinta si hubiese colgado. Pero recordó un comentario que Bill había hecho sobre esa mujer durante la recuperación del King Air de Dwight Cramm. «Es una excéntrica, un poco obsesivo-compulsiva, y el trato personal no es lo suyo, pero no se le escapa una. Holly habría sido una inspectora de policía fenomenal.»

—Confiaba en poder encargar a Bill un trabajito de investigación —explicó—, pero tal vez pueda ocuparse usted. Hablaba muy pero que muy bien de usted.

—Me complace oírlo, señor Pelley, pero dudo que yo sea la persona indicada. En Finders Keepers nos dedicamos principalmente a perseguir a fugitivos en libertad bajo fianza y localizar a personas desaparecidas. —Tras un breve silencio, añadió—: También está el hecho de que nos encontramos a una distancia considerable de usted, a no ser que esté llamando desde algún lugar del nordeste.

—Pues no, pero casualmente el asunto que me interesa ocurrió en Ohio, y no me viene bien viajar hasta allí personalmente; me retienen aquí ciertas cuestiones. ¿A cuántos kilómetros está Dayton de ahí?

—Un momento —dijo ella, y casi de inmediato contestó—: A trescientos setenta y tres kilómetros, según MapQuest, que es un programa excelente. ¿Qué necesita investigar, señor Pelley? Y antes de que me responda debo decirle que si conlleva una mínima posibilidad de violencia, me veré obligada a rechazar el caso. Detesto la violencia.

—No habrá violencia —aseguró él—. Sí la hubo, el asesinato de un niño, pero eso sucedió aquí, y el hombre que fue detenido por el asesinato ha muerto. La duda es si él fue el autor del crimen, y para aclararlo es necesario verificar algunos datos de un viaje que ese hombre hizo a Dayton con su familia en abril.

—Entiendo, ¿y quién pagaría los servicios de la agencia? ¿Usted?

—No, un abogado, Howard Gold.

—Por lo que usted sabe, ¿el abogado Gold paga con más prontitud que Dwight Cramm?

Alec sonrió ante esa pregunta.

—No le quepa duda.

Y si bien el anticipo lo *abonaría* Howie, el total de los honorarios de Finders Keepers —en el supuesto de que la señorita Holly Gibney aceptara la investigación en Dayton— procedería de Marcy Maitland, quien para entonces podría permitírselo. La compañía de seguros no habría estado muy dispuesta a pagar por un hombre acusado de asesinato, pero, como Terry no había sido declarado culpable de nada, no le quedaría más remedio. A eso se sumaba el pleito por homicidio negligente que Howie interpondría en nombre de Marcy; había comentado a Alec que probablemente el ayuntamiento accedería a una indemnización algo superior al millón de dólares. Una sustanciosa suma en el banco no le devolvería a su marido, pero le *permitiría* costear una investigación, y cambiar de lugar de residencia si lo consideraba oportuno, y pagar la universidad a sus dos hijas cuando llegara el momento. El dinero no aliviaba la pena, reflexionó Alec, pero te permitía llorar la pérdida con relativa comodidad.

—Hábleme del caso, señor Pelley, y le diré si puedo aceptarlo.

—Eso nos llevará un tiempo. Si lo prefiere, le telefonearé mañana en horario de oficina.

—Esta noche está bien, no se preocupe. Déjeme solo un momento para detener la película que estaba viendo.

—Estoy interrumpiendo su velada.

—En realidad no. He visto *Senderos de gloria* más de diez veces. Es una de las mejores del señor Kubrick. Mucho mejor que *El resplandor* y *Barry Lyndon*, en mi opinión, pero cuando la rodó era mucho más joven, claro. Los artistas jóvenes están mucho más dispuestos a asumir riesgos, en mi opinión.

—No soy un gran cinéfilo —contestó Alec, y recordó la descripción de Hodges: «excéntrica y un poco obsesivo-compulsiva».

—El cine ilumina el mundo, eso pienso yo. Un segundo... —de fondo, los leves acordes de una banda sonora cesaron. Luego Holly volvió—. Explíqueme qué necesita que haga en Dayton, señor Pelley.

—No solo es una historia larga; también es extraña. Se lo advierto de antemano.

Ella se rio, un sonido mucho más rico que cuando hablaba en su habitual tono cauto. La hacía más joven.

—La suya no será la primera historia extraña que oiga, créame. Cuando estaba con Bill..., bueno, dejémoslo. Pero si va a ser una conversación larga, mejor será que me llame Holly. Voy a conectar el altavoz para tener las manos libres. Espere..., ya, ahora cuéntemelo todo.

Animado, Alec empezó a hablar. De fondo, en lugar de una banda sonora, ahora oía el regular golpeteo del teclado mientras Holly tomaba notas. Antes de terminar, Alec ya se alegraba de no haber colgado. Ella le planteó preguntas pertinentes, preguntas sagaces. Las rarezas del caso no parecieron desconcertarla en absoluto. Era una verdadera lástima que Bill Hodges hubiese muerto, pero Alec pensó que tal vez había encontrado un reemplazo más que válido.

Cuando por fin acabó, preguntó:

—¿Te intriga?

—Sí. Señor Pelley...

—Alec. Tú eres Holly, y yo Alec.

—De acuerdo, Alec. Finders Keepers acepta el caso. Te pasaré informes periódicos por teléfono, correo electrónico o FaceTime, aplicación que considero muy superior a Skype. Cuando tenga toda la información que pueda reunir, te enviaré un resumen completo.

—Gracias. Eso parece muy...

—Sí. Ahora permíteme que te dé un número de cuenta para que puedas hacer la transferencia del anticipo a nuestro banco por la cantidad que hemos acordado.

HOLLY

22-24 de julio

1

Volvió a poner el teléfono de la oficina (que siempre se llevaba a casa, a pesar de que Pete se burlaba de ella por eso) en su soporte junto al teléfono particular y permaneció inmóvil delante de la computadora durante quizá treinta segundos. Luego pulsó el botón de su Fitbit para comprobarse el pulso. Setenta y cinco, entre ocho y diez pulsaciones más que de costumbre. No le sorprendió. El asunto de Maitland recién expuesto por Pelley le había despertado más entusiasmo e interés que ningún otro caso desde que acabaron con el difunto (y francamente horrendo) Brady Hartsfield.

Solo que eso no era del todo cierto. La verdad era que nada le había despertado gran entusiasmo desde la muerte de Bill. No tenía queja de Pete Huntley, pero era —allí, en el silencio de su acogedor piso, podía reconocerlo— poco exigente. Se contentaba con seguir la pista a morosos, fugitivos en libertad bajo fianza, coches robados, mascotas extraviadas y padres denunciados por impago de la pensión alimenticia. Y aunque Holly no había mentido a Alec Pelley —ciertamente detestaba la violencia, excepto en las películas; le revolvía el estómago—, nunca había vuelto a sentirse tan viva como cuando dio caza a Hartsfield. Lo mismo podía decir de Morris Bellamy, un aficionado a la literatura que había matado a su escritor preferido.

En Dayton no habría ningún Brady Hartsfield ni ningún Morris Bellamy esperándola, y tanto mejor, porque Pete estaba de vacaciones en Minnesota y su joven amigo Jerome se había ido de vacaciones con su familia a Irlanda.

«Besaré la piedra de Blarney por ti, cariño», le había dicho en el aeropuerto, adoptando un dejo irlandés tan deplorable como su acento de negro de la serie *Amos 'n Andy*, que todavía imitaba de vez en cuando, más que nada por ofenderla.

«Mejor que no —había contestado ella—. Piensa en la de gérmenes que habrá ahí. Uf.»

Alec Pelley pensaba que una cosa tan rara me disuadiría, se dijo con un asomo de sonrisa. *Pensaba que diría: «Es imposible, nadie puede estar en dos sitios al mismo tiempo, y nadie puede desaparecer de las imágenes de archivo de un noticiario. Eso es una broma de mal gusto, o un engaño». Pero Alec Pelley no sabe —y yo no se lo diré— que algunas personas* sí *pueden estar en dos sitios al mismo tiempo. Brady Hartsfield lo hizo, y cuando Brady por fin murió, ocupó el cuerpo de otro hombre.*

—Todo es posible —dijo a la habitación vacía—. Absolutamente todo. El mundo está lleno de extraños recovecos.

Entró en Firefox y buscó la dirección del Tommy and Tuppence Pub. El alojamiento más cercano era el hotel Fairview, en Northwoods Boulevard. ¿Sería el mismo en el que se había hospedado la familia Maitland? Se lo preguntaría a Alec Pelley por correo electrónico, pero era lo más probable, a juzgar por el comentario de la hija mayor de Maitland. Holly consultó en Trivago y vio que podía disponer de una habitación aceptable por noventa y dos dólares la noche. Se planteó reservar otra de un nivel superior, una pequeña suite, pero fue solo un momento. Eso sería inflar la cuenta de gastos, una práctica mezquina y un precedente peligroso.

Llamó al Fairview (por el teléfono de la oficina, ya que era un gasto legítimo), hizo una reserva para tres noches a partir del día siguiente y abrió Math Cruncher en su computadora. En su opinión, era el mejor programa para solucionar los problemas cotidianos. La hora de entrada en el Fairview era a las tres, y la velocidad en autopista a la que su Prius optimizaba el consumo de combustible era de ciento un kilómetros por hora.

Incluyó una parada para llenar el tanque y comer, sin duda un almuerzo de mala calidad en un restaurante de carretera, más cuarenta y cinco minutos por la inevitable reducción de la velocidad debido a obras en la calzada…

—Saldré a las diez —dijo—. No, mejor a las nueve cincuenta, para más seguridad —y para mayor seguridad aún, buscó una ruta alternativa con su aplicación Waze, por si acaso.

Se bañó (así no tendría que hacerlo por la mañana), se puso el camisón, se lavó los dientes, se pasó el hilo dental (según los últimos estudios, el hilo dental no servía para prevenir las caries, pero formaba parte de la rutina de Holly y lo usaría gustosamente hasta el final de sus días), se quitó los pasadores y los dejó en fila, luego entró descalza en la habitación extra.

Ese cuarto era su filmoteca. En las estanterías se alineaban numerosos DVD, algunos con las vistosas fundas de las tiendas, pero la mayoría eran copias hechas en casa por gentileza de la grabadora de última generación de Holly. Había miles (4,375 en ese momento), pero le fue fácil encontrar el que buscaba porque los discos estaban dispuestos por orden alfabético. Lo tomó y lo dejó en su mesilla de noche, donde con toda seguridad lo vería cuando hiciese la maleta por la mañana.

Resuelto esto, se arrodilló, cerró los ojos y entrelazó las manos. Rezar por la mañana y por la noche había sido idea de su analista, y cuando Holly protestó y dijo que ella no creía exactamente en Dios, su analista repuso que expresar con palabras sus preocupaciones y planes a una hipotética entidad superior la ayudaría aunque no creyese. Y en efecto eso parecía.

—Soy otra vez Holly Gibney, y sigo esforzándome todo lo que puedo. Si estás ahí, protege por favor a Pete mientras pesca, porque solo un idiota sale en lancha si no sabe nadar. Protege por favor a la familia Robinson, allí en Irlanda, y si Jerome de verdad se propone besar la piedra de Blarney, te ruego que lo piense dos veces. Bebo Boost para aumentar un poco de peso, porque el doctor Stonefield dice que estoy muy delgada. No me gusta, pero en la etiqueta dice que cada lata contiene doscientas cuarenta calorías. Tomo el Lexapro, y no fumo. Mañana voy a

Dayton. Líbrame por favor de todo peligro en el coche y de la tentación de incumplir las normas de tráfico, y ayúdame a sacar el máximo partido a la información de que dispongo. Que es interesante —hizo una pausa—. Sigo echando de menos a Bill. Me parece que es todo por esta noche.

Se metió en la cama y a los cinco minutos ya dormía.

2

Holly llegó al hotel Fairview a las 15:17 horas, que no era lo óptimo pero no estaba mal. Calculó que habrían sido las 15:12 de no ser porque, tras salir de la autopista, todos los malditos semáforos se confabularon contra ella. La habitación le pareció bien. Las toallas de baño colgadas en la puerta de la regadera estaban un poco torcidas, pero, después de usar el escusado y lavarse las manos y la cara, rectificó ese detalle. La televisión no llevaba incorporado reproductor de DVD, pero por noventa y dos dólares la noche tampoco lo esperaba. Si la embargaba la necesidad de ver la película que se había llevado, su laptop sería más que suficiente. Realizada con pocos recursos, y rodada en probablemente no más de diez días, no era el tipo de película que requería alta resolución y sonido Dolby.

El Tommy and Tuppence se hallaba a menos de una manzana. Holly vio el letrero en cuanto salió de debajo de la marquesina del hotel. Se acercó y examinó la carta colgada en la ventana. En el ángulo superior izquierdo había un pastel de corteza humeante. Debajo se leía: EL PAY DE CARNE Y RIÑONES ES NUESTRA ESPECIALIDAD.

Recorrió otra manzana y llegó a un estacionamiento, lleno más o menos en sus tres cuartas partes. ESTACIONAMIENTO MUNICIPAL, decía en la entrada. TIEMPO LÍMITE: 6 HORAS. Entró en busca de multas en los parabrisas o marcas de gis en las llantas hechas por un vigilante. No vio ni lo uno ni lo otro, lo que significaba que nadie velaba por el cumplimiento del límite de seis horas. Respetarlo dependía estrictamente de la propia conciencia. En Nueva York no serviría, pero seguramente en Ohio el resultado era aceptable. Sin vigilancia era imposible saber cuánto tiempo había estado allí la camioneta después de que Merlin Cassidy la abandonara, pero supuso que, sin el seguro puesto y con las llaves colgando tentadoramente, no debió de ser mucho.

Regresó al Tommy and Tuppence, se presentó a la mesera y dijo que investigaba un caso relacionado con un hombre que se había alojado cerca de allí la primavera pasada. Resultó que la mesera era también copropietaria y, como aún faltaba una hora para los agobios de la cena, se mostró más que dispuesta a hablar. Holly preguntó si recordaba cuándo habían repartido la carta del restaurante por la zona a modo de publicidad.

—¿Qué ha hecho ese hombre? —quiso saber la mesera.

Se llamaba Mary, no Tuppence, y tenía acento de New Jersey más que de Newcastle.

—No estoy autorizada a decírselo —respondió Holly—. El asunto está en manos de abogados. Compréndalo.

—Pues sí me acuerdo —dijo Mary—. Sería raro que no me acordara.

—¿Y eso por qué?

—Cuando abrimos, hace dos años, esto se llamaba Fredo's Place. Como en *El padrino*, ¿sabe?

—Sí —respondió Holly—, aunque a Fredo se lo recuerda más por *El padrino, Parte II*, sobre todo por la secuencia en que su hermano Michael le da un beso y dice: «Sé que fuiste tú, Fredo, me has roto el corazón».

—Eso no lo sé, pero sí sé que en Dayton hay unos doscientos restaurantes italianos, y eso nos estaba matando. Así que decidimos probar con la comida inglesa, que no puede llamarse exactamente «cocina», pescado y papas fritas, salchichas y puré de papa, incluso alubias con pan tostado, y pasamos a llamarlo Tommy and Tuppence, como en los libros de Agatha Christie. Tal como estaban las cosas, pensamos que no teníamos nada que perder. ¿Y sabe qué? Dio resultado. Me llevé una sorpresa, pero en el buen sentido, créame —se inclinó, y Holly percibió olor a ginebra en su aliento, intenso y nítido—. ¿Quiere que le cuente un secreto?

—Me encantan los secretos —contestó Holly, y no mentía.

—El pay de carne y riñones nos llega congelado de un proveedor de Paramus. Nosotros solo lo calentamos en el horno. ¿Y sabe una cosa? Al crítico del *Dayton Daily News* le gustó muchísimo. ¡Nos puso cinco estrellas! ¡No la engaño! —Se inclinó un poco más y, en un susurro, añadió—: Si se lo cuenta a alguien, tendré que matarla.

Holly se deslizó un pulgar sobre los delgados labios, como si cerrara un zíper, y giró una llave invisible, gesto que había visto hacer a Bill Hodges en muchas ocasiones.

—O sea, que cuando reabrieron con el nuevo nombre o la nueva carta, o tal vez un poco antes…

—Johnny, mi maridito, quería empapelar el barrio una semana antes, pero yo insistí en que eso no era buena idea, la gente se olvidaría, así que lo hicimos el día antes. Contratamos a un muchacho e imprimimos cartas suficientes para abarcar un área de nueve manzanas a la redonda.

—Incluido el estacionamiento que hay en esta misma calle.

—Sí. ¿Eso es importante?

—¿Sería tan amable de consultar su agenda y decirme qué día fue eso?

—No hace falta. Lo tengo *incustrado* en la memoria. —Se tocó la frente con un dedo—. El 19 de abril. Un jueves. Abrimos, en realidad *re*abrimos, en viernes.

Holly contuvo el impulso de corregir a Mary, le dio las gracias y dio media vuelta para marcharse.

—¿No podría decirme qué hizo ese hombre?

—Lo siento mucho, pero perdería mi empleo.

—Bueno, al menos venga a cenar si se queda en la ciudad.

—Lo haré —respondió Holly, pero no lo haría. A saber qué otros platos de la carta llegaban congelados de Paramus.

3

El siguiente paso era visitar la Unidad de Memoria Heisman y mantener una conversación con el padre de Terry Maitland, si tenía un día lúcido (en el supuesto de que *aún* tuviera días lúcidos). Si él estaba en las nubes, quizá pudiera hablar con algunas de las personas que trabajaban en el centro. Entretanto, allí estaba ella, en su aceptable habitación de hotel. Encendió la laptop y envió a Alec Pelley un e-mail con el título INFORME DE GIBNEY N.º 1.

> Las cartas de Tommy & Tuppence se repartieron en forma de folletos publicitarios en un área de nueve manzanas a la redonda el jueves 19 de abril. Basándome en mi entrevista con la copropietaria del establecimiento, MARY HOLLISTER, tengo la certeza de que esa fecha es correcta. En tal caso, no cabe la menor duda de que MERLIN CASSIDY abandonó la camioneta en el estacionamiento cercano en esa fecha. Obsérvese que la FAMILIA MAITLAND llegó a Dayton a eso de las doce del mediodía del sábado 21 de abril. Estoy casi segura de que para entonces la camioneta ya no estaba allí. Mañana acudiré a la policía local, con la esperanza de descartar una posibilidad más, y después visitaré la Unidad de Memoria Heisman. Para cualquier consulta, mándame un correo electrónico o llámame al celular.
>
> Holly Gibney
> Finders Keepers

Resuelto esto, bajó al restaurante del hotel y pidió una cena ligera (nunca se planteaba utilizar el servicio de habitaciones, siempre exorbitantemente caro). En el canal de películas del hotel encontró una de Mel Gibson que no había visto y la solicitó (9.99 dólares que deduciría de su informe de gastos antes de presentarlo). No era gran cosa, pero Gibson hacía lo que podía con lo que tenía. Anotó el título y la duración en su diario de cine del momento (ya había llenado veintitantos) y le dio tres estrellas. Resuelto esto, comprobó que había echado los dos pestillos de la puerta, pronunció sus oraciones (acabó, como siempre, diciendo que añoraba a Bill) y se acostó. Durmió ocho horas, sin sueños. O al menos ninguno que recordara.

4

A la mañana siguiente, después de un café, un enérgico paseo de cinco kilómetros, un desayuno en una cafetería cercana y un regaderazo caliente, Holly telefoneó al Departamento de Policía de Dayton y pidió que la comunicara con la División de Tráfico. Tras una espera satisfactoriamente breve, un agente, de nombre Linden, tomó la llamada y le preguntó en qué podía ayudarla. Esto complació sobremanera a Holly. Un policía cortés siempre le alegraba el día. Aunque, en honor a la verdad, en el Medio Oeste casi todos lo eran.

Se identificó, expuso su interés en una camioneta Econoline blanca que habían abandonado en un estacionamiento público de Northwoods Boulevard en abril, y quiso saber si el Departamento de Policía de Dayton comprobaba regularmente los estacionamientos sin vigilancia.

—Por supuesto —contestó el agente Linden—, pero no para hacer cumplir el límite de las seis horas. Son policías, no guardias de tráfico.

—Entiendo —dijo Holly—, pero están atentos a posibles vehículos abandonados, ¿no?

Linden se echó a reír.

—Su agencia debe de recuperar muchos coches por impago.

—Eso y la localización de fugitivos en libertad bajo fianza es lo que nos da de comer.

—Entonces ya sabe de qué va. Nos interesan sobre todo los coches caros que llevan ya un tiempo estacionados, tanto en la ciudad como en el estacionamiento de larga duración del aeropuerto. Los Denali, los Escalade, los Jaguar y los BMW. ¿Dice que esa camioneta tenía placas de Nueva York?

—Correcto.

—Seguramente una camioneta de esas características no habría atraído la atención el primer día..., por extraño que parezca, a Dayton vienen neoyorquinos, pero si seguía allí el segundo día... Podría ser.

Lo cual dejaba un margen de todo un día antes de la llegada de los Maitland.

—Gracias, agente.

—Si quiere, puedo preguntar en el depósito de vehículos retirados de la vía pública.

—No será necesario. Esa camioneta apareció a mil quinientos kilómetros al sur de aquí.

—¿A qué se debe su interés, si no es indiscreción?

—En absoluto —respondió Holly. Al fin y al cabo, hablaba con un agente de policía—. Se utilizó para secuestrar a un niño que posteriormente fue asesinado.

5

Una vez segura en un noventa y nueve por ciento de que la camioneta no estaba ya allí mucho antes de la llegada de Terry Maitland a Dayton con su mujer y sus hijas el 21 de abril, Holly fue en su Prius a la Unidad de Memoria Heisman. Era un edificio bajo y alargado de arenisca en medio de más de una hectárea y media de jardín bien cuidado. Una arboleda lo separaba del hospital Kindred, probablemente la institución a la que pertenecía, que la gestionaba y que, por consiguiente, obtenía pingües beneficios; desde luego no parecía un establecimiento barato. *Peter Maitland tenía un buen colchón, un excelente seguro, o las dos cosas*, pensó Holly con aprobación. En el estacionamiento había lugares vacíos para visitantes de sobra a esa hora de la mañana, pero Holly eligió uno en el extremo más alejado.

Su objetivo Fitbit era doce mil pasos diarios, y cada pequeño trecho contribuía.

Se detuvo un momento a observar a tres celadores que paseaban a tres residentes (daba la impresión de que uno de estos sabía dónde estaba) y después entró. El vestíbulo era un espacio agradable de techo alto, pero, debajo de los aromas a cera de suelo y a abrillantador de muebles, Holly percibió un leve olor a orina procedente del interior del edificio. Y algo más, algo más intenso. Habría sido absurdo y melodramático decir que era el olor de la esperanza perdida, pero a Holly le pareció que olía a eso. *Posiblemente porque me pasé buena parte de la primera etapa de mi vida mirando el agujero en lugar de la dona*, pensó.

En un letrero que había en recepción se leía: TODOS LOS VISITANTES DEBEN REGISTRARSE AL LLEGAR. La recepcionista (la señora Kelly, según la pequeña placa colocada en el mostrador) recibió a Holly con una sonrisa de bienvenida.

—Hola. ¿En qué puedo ayudarla?

Hasta ahí, todo normal, nada digno de mención. La situación cambió cuando Holly preguntó si podía visitar a Peter Maitland. La sonrisa permaneció en los labios de la señora Kelly pero desapareció de sus ojos.

—¿Es usted pariente?

—No —dijo Holly—. Soy *amiga* de la familia.

Eso, se dijo, no era exactamente mentira. Trabajaba para el abogado de la señora Maitland, y este trabajaba para la señora Maitland, y eso podía considerarse una especie de amistad, ¿no?, la habían contratado para limpiar el nombre del difunto marido de la viuda.

—Sintiéndolo mucho, eso no basta —respondió la señora Kelly. Lo que quedaba de su sonrisa era ya meramente superficial—. Si no es usted pariente, sintiéndolo mucho tendré que pedirle que se marche. En todo caso el señor Maitland no la reconocería. Su estado se deterioró este verano.

—¿A partir de este verano, o desde que Terry vino a verlo en primavera?

La sonrisa se había esfumado ya por completo.

—¿Es usted periodista? Si lo es, está obligada por ley a decírmelo, y le pediré que abandone el recinto de inmediato. Si se niega, avisaré a seguridad y la acompañarán a la salida. Ya han venido personas como usted más que suficientes.

Eso le resultó interesante. Tal vez no tenía nada que ver con el asunto que había ido a investigar, pero quizá sí. A fin de cuentas, esa mujer no se había puesto hecha un energúmeno hasta que Holly mencionó el nombre de Peter Maitland.

—No soy periodista.

—Aceptaré su palabra, pero si no es usted pariente, debo pedirle que se marche.

—De acuerdo —contestó Holly. Se apartó de la recepción uno o dos pasos. De pronto se le ocurrió una idea y dio media vuelta—. ¿Y si le pidiera al hijo del señor Maitland, Terry, que llamara y respondiera por mí? ¿Eso serviría?

—Supongo —respondió la señora Kelly, al parecer a regañadientes—. Pero tendría que contestar a unas cuantas preguntas mías para convencerme de que no es uno de sus *colegas* haciéndose pasar por el señor Maitland. Tal vez le parezca un comportamiento un tanto paranoico, señorita Gibney, pero es mucho lo que hemos tenido que aguantar aquí, *mucho*, y yo me tomo mis responsabilidades muy en serio.

—Lo entiendo.

—Puede que sí o puede que no, pero en cualquier caso no le valdría de nada hablar con Peter. Eso ya lo comprobó la policía. Tiene alzhéimer en fase terminal. Si habla con el hijo del señor Maitland, él mismo se lo dirá.

El hijo del Maitland no me dirá nada, señora Kelly, porque murió hace una semana. Pero usted eso no lo sabe ¿verdad?

—¿Cuándo fue la última vez que la policía intentó hablar con Peter Maitland? Lo pregunto como amiga de la familia.

La señora Kelly reflexionó y después dijo:

—No le creo, y no voy a contestar a sus preguntas.

En ese punto Bill habría adoptado una actitud cercana y confidencial, la señora Kelly y él quizá incluso habrían acabado intercambiando sus direcciones de correo electrónico y se habrían prometido mantener el contacto por Facebook, pero, aunque Holly era una excelente pensadora deductiva, tenía que seguir trabajando en lo que su analista llamaba «aptitudes sociales». Se marchó, un poco desanimada pero sin perder la esperanza.

Aquello se ponía más interesante.

6

A las once de la mañana de aquel martes soleado y radiante, Holly se sentó en un banco a la sombra en el Andrew Dean Park a tomar un latte de un Starbucks cercano y pensar en su peculiar encuentro con la señora Kelly.

Esa mujer no sabía que Terry había muerto, probablemente ningún miembro del personal de Heisman lo sabía, y eso no sorprendió mucho a Holly. Los asesinatos de Frank Peterson y Terry Maitland habían ocurrido en una ciudad pequeña a cientos de kilómetros de allí; si había llegado a las noticias nacionales durante una semana en que un simpatizante del ISIS había abatido a ocho personas en un centro comercial de Tennessee y un tornado había arrasado un pueblo de Indiana, no debía de haber sido más que un comentario menor en el *Huffington Post*, muy en segundo plano y fugaz. Tampoco cabía pensar que Marcy Maitland se hubiera puesto en contacto con su suegro para darle la triste noticia… ¿Por qué habría de hacerlo teniendo en cuenta el estado de ese hombre?

«¿Es usted periodista?», había preguntado la señora Kelly. «Ya han venido aquí personas como usted más que suficientes.»

A ver, la prensa había estado allí, la policía también, y la señora Kelly, la persona que daba la cara en la Unidad de Memoria Heisman, había tenido que lidiar con ellos. Pero sus preguntas no hacían referencia a Terry Maitland, porque de lo contrario ella habría sabido que estaba muerto. Así pues, ¿qué puñetero asunto había suscitado tanta atención?

Holly dejó el café a un lado, sacó el iPad de la bolsa, lo encendió y comprobó que tenía cinco barras, lo cual le ahorraría tener que volver al Starbucks. Pagó una pequeña suma para acceder a los archivos del periódico local (anotándolo debidamente para su informe de gastos) e inició su búsqueda a partir del 19 de abril, el día que Merlin Cassidy abandonó la camioneta. También el día que casi con toda seguridad volvieron a robarla. Leyó la información local detenidamente, y no encontró nada en relación con la Unidad de Memoria. Lo mismo ocurría en los cinco días siguientes, si bien abundaban las noticias: accidentes de tráfico, dos allanamientos de morada, un incendio en un club nocturno, una explosión en una gasolinera, un escándalo por malversación en el que estaba implicado un departamento de enseñanza, el rastreo de dos hermanas desaparecidas (blancas) en la cercana localidad de Trotwood, un agente de policía acusado de disparar contra un adolescente desarmado (negro), una sinagoga profanada con una esvástica.

De pronto, el 25 de abril un gran titular en primera plana informaba que Amber y Jolene Howard, las niñas desaparecidas de Trotwood, habían sido halladas muertas y mutiladas en un barranco no muy lejos de su casa. Según una fuente policial no identificada, «Las dos niñas fueron sometidas a actos de una brutalidad inconcebible». Y sí, las dos habían sufrido abusos sexuales.

Terry Maitland estaba en Dayton el 25 de abril. Lo acompañaba su familia, sí, pero...

No había novedades al respecto ni el 26 de abril, el día que Terry Maitland visitó a su padre por última vez, ni el 27, el día que la familia Maitland regresó a Flint City en avión. Después, el sábado 28 la policía anunció que estaba interrogando a «una persona de interés». Al cabo de dos días, esa persona de interés fue detenida. Se llamaba Heath Holmes, tenía treinta y cuatro años, vivía en Dayton y trabajaba de celador en la Unidad de Memoria Heisman.

Holly sujetó su latte, bebió la mitad a grandes tragos y a continuación, con los ojos muy abiertos, fijó la mirada en las umbrías profundidades del parque. Consultó su Fitbit. El corazón le galopaba a ciento diez pulsaciones por minuto, y eso no solo era efecto de la cafeína.

Volvió a concentrarse en la hemeroteca del *Daily News* y, pasando de mayo a junio, siguió el hilo de la noticia. A diferencia de Terry Maitland, Heath Holmes había sobrevivido a su comparecencia ante el juez, pero, al igual que Terry (Jeannie Anderson lo habría llamado «confluencia») nunca sería procesado por los asesinatos de Amber y Jolene Howard. Se suicidó en la cárcel del condado de Montgomery el 7 de junio.

Consultó otra vez su Fitbit y el pulso le había subido a ciento veinte. Aun así, se tomó el resto del latte. Viviendo peligrosamente.

Bill, ojalá estuvieras en esto conmigo. No sabes cuánto lo deseo. Y Jerome también. Los tres habríamos agarrado las riendas de este poni y lo habríamos montado hasta que dejara de correr.

Pero Bill había muerto, Jerome estaba en Irlanda, y ella no podría acercarse más a la solución del misterio. Al menos sola. Pero eso no significaba que su cometido en Dayton hubiera terminado. No, no del todo.

Regresó al hotel, pidió un sándwich al servicio de habitaciones (al demonio los gastos) y abrió la laptop. Añadió lo que ahora sabía a las notas que había tomado durante la conversación telefónica con Alec Pelley. Miró fijamente la pantalla, y mientras deslizaba el texto arriba y abajo, acudió a su memoria una vieja frase de su madre: «Macy's no se lo cuenta a Gimbels». La policía de Dayton no estaba informada del asesinato del Frank Peterson, y la policía de Flint City no estaba informada de los asesinatos de las hermanas Howard. ¿Por qué iban a estarlo? Los homicidios se habían cometido en distintas regiones del país y con meses de diferencia. Nadie sabía que Terry Maitland había estado en los dos sitios, y nadie conocía la conexión con la Unidad de Memoria Heisman. Un cauce de información atravesaba todos los casos, y en este el caudal se había secado como mínimo en dos sitios.

—Pero *yo* sí lo sé —dijo Holly—. Al menos en parte. Lo sé. Solo que...

Se sobresaltó al oír que llamaban a la puerta. Dejó entrar al mesero del servicio al cuarto, firmó la cuenta, añadió una propina del diez por ciento (después de asegurarse de que el servicio no estaba incluido) y lo apuró a marcharse. Luego se paseó por la habitación devorando un sándwich de tocino, lechuga y tomate que apenas saboreó.

¿Que no sabía qué *podía* saberse? La inquietaba, casi la obsesionaba, la idea de que en el rompecabezas que intentaba resolver faltaban piezas. No porque Alec Pelley le hubiera ocultado datos intencionadamente, eso no lo pensaba en absoluto, sino quizá porque había información —información *vital*— que él no consideraba importante.

Pensó que podía telefonear a la señora Maitland, pero la mujer se echaría a llorar, se pondría triste, y Holly no sabría cómo consolarla, nunca sabía. Una vez, no hacía mucho tiempo, había ayudado a la hermana de Jerome Robinson a superar unas horas bajas, pero por norma esas cosas le salían fatal. Además, esa pobre mujer tendría la cabeza nublada por el dolor, y también ella podía pasar por alto datos importantes, esos pequeños detalles que permiten crear un todo a partir de fragmentos, como las tres o cuatro piezas de un rompecabezas que siempre se caen de la mesa y van a parar al suelo, y uno no ve el todo hasta que las busca y las encuentra.

La persona más indicada para conocer todos los detalles, tanto los pequeños como los grandes, era el inspector que había interrogado a la mayoría de los testigos y detenido a Maitland. Después de haber trabajado con Bill Hodges, Holly tenía mucha fe en los inspectores de policía. No todos eran buenos, eso por descontado; sentía poco respeto por Isabelle Jaynes, la compañera de Pete Huntley tras retirarse Bill del cuerpo, y ese otro, Ralph Anderson, había cometido un grave error al detener a Maitland en un lugar público. Pero una mala decisión no lo convertía forzosamente en un mal inspector, y Pelley le había explicado la circunstancia atenuante esencial: Terry Maitland había estado en estrecho contacto con el hijo de Anderson. Ciertamente los interrogatorios realizados por Anderson parecían exhaustivos. Holly concluyó que casi con toda seguridad era él quien tenía las piezas perdidas.

Era algo en lo que pensar. Entretanto tocaba volver a visitar la Unidad de Memoria Heisman.

7

Llegó con el coche a las dos y media, y esta vez rodeó el edificio hasta la fachada izquierda, donde unos letreros anunciaban ESTACIONAMIENTO DEL PERSONAL y NO OBSTRUIR ENTRADA AMBULANCIAS. Eligió una plaza al fondo del estacionamiento y entró de reversa para poder observar el edificio. Como al cuarto para las tres empezaron a llegar coches, los de los trabajadores que hacían el turno de tres a once. Alrededor de las tres, empezaron a marcharse los empleados del turno de día: muchos celadores, algunas enfermeras y un par de hombres trajeados, probablemente médicos. Uno de los hombres con traje se fue al volante de un Cadillac, el otro en un Porsche. Eran médicos, sin duda. Holly evaluó a los demás atentamente y escogió a su objetivo. Una enfermera de mediana edad que llevaba una casaca con un estampado de ositos danzarines. Su coche era un Honda Civic viejo, con óxido en los laterales, una luz de posición agrietada y remendada con cinta adhesiva, y una calcomanía descolorida de ESTOY CON HILLARY en el parabrisas. Antes de entrar, se detuvo y se encendió un cigarro. El coche era viejo y el tabaco caro. Mejor que mejor.

Holly salió del estacionamiento detrás de ella y la siguió a lo largo de cinco kilómetros en dirección oeste, donde la ciudad primero daba paso a una agradable zona residencial y luego a otra no tan agradable. Allí la mujer giró en la entrada de una casa unifamiliar en una calle donde había otras casas idénticas pegaditas, muchas de ellas con juguetes de plástico baratos abandonados en pequeñas franjas de césped. Holly se estacionó junto a la banqueta, pronunció una breve oración para pedir fortaleza, paciencia y sabiduría, y salió del coche.

—¿Señora? ¿Enfermera? Disculpe un momento.

La mujer volteó. Tenía el rostro arrugado y el pelo prematuramente cano propios de una fumadora empedernida, así que era difícil calcularle la edad. Quizá cuarenta y cinco, quizá cincuenta. No llevaba anillo.

—¿Puedo ayudarla en algo?

—Sí, y pagaré por su ayuda —contestó Holly—. Cien dólares en efectivo si me habla de Heath Holmes y de su relación con Peter Maitland.

—¿Me ha seguido desde el trabajo?

—La verdad es que sí.

La mujer arrugó la frente.

—¿Es usted periodista? La señora Kelly ha dicho que una periodista andaba rondando por allí, y ha prometido que despedirá a cualquiera que hable con ella.

—La mujer a la que se refiere soy yo, pero no soy periodista. Soy investigadora, y la señora Kelly nunca se enterará de que ha hablado usted conmigo.

—Enséñeme algún documento de identidad.

Holly le entregó la licencia de conducir y una tarjeta de Finders Keepers en su calidad de agencia fiadora. La mujer las examinó con atención y se las devolvió.

—Me llamo Candy Wilson.

—Encantada de conocerla.

—Ya, me parece muy bien, pero si voy a poner mi empleo en peligro por usted, va a costarle doscientos. —Hizo una pausa y añadió—: Cincuenta.

—De acuerdo —respondió Holly.

Supuso que podía llegar a un acuerdo por doscientos, quizá incluso por ciento cincuenta, pero regatear no era lo suyo (su madre siempre decía «baratear»). Además, parecía que esa mujer lo necesitaba.

—Mejor será que entre —dijo Wilson—. Los vecinos de esta calle son muy aficionados a meterse donde no los llaman.

8

La casa apestaba a tabaco, lo cual despertó en Holly el intenso anhelo de fumarse un cigarro por primera vez en siglos. Wilson se desplomó en un sillón que, como los cuartos de su coche, estaba remendado con cinta adhesiva. Al lado se alzaba un cenicero de pie. Holly no veía uno igual desde que su abuelo murió (de enfisema). Wilson extrajo un paquete de tabaco del bolsillo del pantalón de nailon, sacó un cigarro y lo encendió con un Bic. No le ofreció el paquete a Holly, lo cual no era de extrañar, teniendo en cuenta el precio del tabaco en esos tiempos, pero Holly lo agradeció de todos modos. Tal vez habría aceptado uno.

—Primero el dinero —dijo Candy Wilson.

Holly, que no había olvidado parar en un cajero automático en su segundo viaje a la Unidad de Memoria, sacó la cartera de la bolsa y separó la cantidad exacta. Wilson volvió a contar los billetes y se los guardó en el bolsillo junto al tabaco.

—Espero que eso de que tendrá la boca cerrada sea verdad, Holly. Bien sabe Dios que necesito este dinero, el cabrón de mi marido vació la cuenta corriente cuando se fue, pero la señora Kelly no se anda con bromas. Podría ser uno de los dragones de esa serie de los tronos.

Holly volvió a deslizar la uña del pulgar sobre los labios a modo de cierre y giró la llave invisible. Candy Wilson sonrió y pareció relajarse. Holly echó un vistazo a la sala, que era pequeña y oscura y estaba amueblada al estilo Venta de Garage Americana primera etapa.

—Qué feo es este puto sitio, ¿eh? Teníamos una casa bonita en el lado oeste. No una mansión, pero mejor que esta choza. El cabrón la vendió cuando yo aún vivía allí y puso rumbo a poniente. Ya sabe lo que dicen: no hay más ciego que el que no quiere ver. Casi desearía haber tenido hijos, así podría volverlos contra él.

Bill habría sabido qué responder a eso, pero Holly no supo qué decir, así que sacó su cuaderno y abordó el asunto que llevaba entre manos.

—Heath Holmes trabajaba de celador en Heisman.

—Pues sí. El Apuesto Heath, lo llamábamos. En parte era broma y en parte no. No era un Chris Pine ni un Tom Hiddleston, pero no costaba mirarlo. Además, era buen tipo. Todo el mundo lo pensaba. Lo cual sirve solo para demostrar que nunca se sabe qué esconde el corazón de un hombre. Eso yo ya lo había averiguado con el cabrón de mi marido, pero al menos él nunca violó ni mutiló a ninguna niña. ¿Ha visto las fotos de las niñas en el diario?

Holly asintió. Dos rubias muy monas con una sonrisa idéntica preciosa. De doce y diez años, las edades de las hijas de Terry Maitland. Otro de esos detalles en los que se intuía una conexión. Tal vez no lo fuera, pero el murmullo de que esos dos casos eran uno solo sonaba cada vez más fuerte en su cabeza. Unos cuantos datos más en la buena dirección, y se convertiría en un grito.

—¿Quién hace una cosa así? —dijo Wilson, pero era una pregunta retórica—. Un monstruo, ¿quién, si no?

—¿Cuánto tiempo trabajó con él, señora Wilson?

—Llámame Candy, ¿quieres? Cuando alguien me paga los suministros del mes siguiente, dejo que me tutee. Trabajé con él durante siete años, y nunca sospeché nada.

—Según el periódico, Holmes estaba de vacaciones cuando mataron a las niñas.

—Sí, se fue a Regis, a unos cincuenta kilómetros al norte de aquí. A casa de su madre. Que dijo a la policía que él estuvo allí todo el tiempo —Wilson alzó la vista al techo.

—En el periódico decían también que tenía antecedentes.

—Bueno, sí, pero nada serio, una simple correría en un coche robado a los diecisiete años —miró el cigarro con expresión ceñuda—. Se supone que eso no debería haber salido en los diarios, ya sabes, era menor y en principio esos datos son secretos. Si no lo fueran, seguramente no habría conseguido el empleo en Heisman, ni siquiera con toda su formación militar y sus cinco años de experiencia en Walter Reed. Puede que sí, pero probablemente no.

—Hablas de él como si lo conocieras muy bien.

—No estoy defendiéndolo, no saques esa idea. Salí de copas con él, eso sí, pero no estábamos enrollados ni nada por el estilo. A veces íbamos unos cuantos al Shamrock después del trabajo..., eso en los tiempos en que yo disponía de algo de dinero y podía pagar una ronda cuando me tocaba. Esos días han quedado atrás, cariño. Entre nosotros nos llamábamos los Cinco del Olvido por...

—Creo que me hago una idea —la interrumpió Holly.

—Sí, seguro que sí, nos sabíamos todos los chistes sobre el alzhéimer. Muchos de ellos son un poco crueles, y la verdad es que la mayoría de nuestros pacientes son encantadores, pero los contábamos como para... no sé...

—¿Quien canta sus males espanta? —aventuró Holly.

—Sí, eso. ¿Quieres una cerveza, Holly?

—Sale. Gracias —no le gustaba mucho la cerveza, y beber cuando tomaba Lexapro no era muy recomendable, pero quería que la conversación siguiera siendo fluida.

Wilson volvió con un par de Bud Lights. Ni cigarro ni vaso.

—Sabía lo de esa correría con el coche robado, sí —dijo Wilson, sentada de nuevo en el sillón remendado. Este soltó un resoplido de cansancio—. Lo sabíamos todos. La gente habla mucho después de unas cuantas copas. Pero eso no tuvo nada que ver con lo que hizo en abril. Aún me cuesta creerlo. El año pasado le di un beso a ese tipo bajo el muérdago en la fiesta de Navidad —se estremeció o fingió estremecerse.

—Así que la semana del 23 de abril estaba de vacaciones...

—Si tú lo dices. Yo solo sé que fue en primavera, por mis alergias —dicho esto, encendió otro cigarro—. Contó que se iba a Regis, contó que su madre y él iban a encargar un oficio por su padre, que había muerto hacía un año. «Un oficio conmemorativo», dijo. Y quizá fue allí, pero volvió para matar a esas niñas de Trotwood. Sobre eso no hay duda, la gente lo vio y en un video de una cámara de vigilancia de una gasolinera aparecía llenando el tanque.

—El tanque ¿de qué? —preguntó Holly—. ¿Una camioneta?

Eso era inducir al testigo, y Bill no lo habría aprobado, pero no pudo evitarlo.

—No lo sé. No estoy muy segura de que eso saliera en los diarios. Probablemente de su camioneta todoterreno. Tenía una Tahoe muy tuneada. Llantas especiales, mucho cromado. Y preparada para dormir. Podría haberlas metido allí. Drogadas, quizá, hasta estar listo para..., ya me entiendes, utilizarlas.

—Uf —dijo Holly. No pudo contenerse.

Candy Wilson asintió.

—Sí. Es una de esas cosas que no quieres ni imaginar pero no puedes evitarlo. Al menos yo no puedo. También encontraron su ADN, eso seguro que lo sabes porque salió en el diario.

—Sí.

—Y *yo* lo vi esa semana, porque un día vino al trabajo. «No puedes pasar mucho tiempo lejos de aquí, ¿eh?», le dije. No me contestó; solo me dirigió una sonrisa escalofriante y siguió andando sin detenerse por el pabellón B. Nunca lo había visto sonreír así, nunca. Seguro que aún tenía la sangre de esas niñas debajo de las uñas. Quizá incluso en el pito y los huevos. Dios mío, me dan escalofríos solo de pensarlo.

A Holly también, pero no lo dijo; se limitó a tomar un sorbo de cerveza y preguntó qué día ocurrió eso.

—Así a bote pronto no lo sé, pero fue después de que desaparecieran esas niñas. Un momento. Me parece que puedo darte la fecha exacta, porque ese mismo día tenía cita en la peluquería después del trabajo. Para teñirme. Desde entonces no he vuelto, como ves con tus propios ojos. Espera un segundo.

Se acercó a un pequeño escritorio situado en una esquina de la sala, volvió con una agenda y la hojeó.

—Aquí está, Debbie's Hairport. El 26 de abril.

Holly lo anotó y añadió un signo de exclamación. Coincidía con el día que Terry visitó por última vez a su padre. Su familia y él tomaron el avión rumbo a casa al día siguiente.

—¿Conocía Peter Maitland al señor Holmes?

Wilson se echó a reír.

—Peter Maitland ya no *conoce* a nadie, cariño. El año pasado tuvo algún que otro día lúcido, e incluso a principios de este año conservaba la memoria lo justo para ir a la cafetería y pedir un chocolate..., las cosas que les gustan de verdad son las que más tardan en olvidar. Ahora simplemente se queda ahí sentado con la mirada perdida. Si a mí me pasa eso, pienso tomarme un puñado de píldoras y morirme cuando aún tenga suficientes neuronas operativas para acordarme de cuál es la utilidad de las pastillas. Pero si me preguntas si Heath conocía a Maitland, la respuesta es sí, claro que sí. Algunos celadores cambian de sección, pero Heath se ocupaba casi siempre de las suites impares del pabellón B. Decía que, por más que casi todo su cerebro hubiese desaparecido, una parte de ellos lo conocía. Y Maitland ocupa la suite B-5.

—¿Visitó la habitación de Maitland el día que lo viste?

—Seguramente. Sé una cosa que no salió en el diario pero que puedes apostarte lo que quieras a que habría dado mucho juego en el juicio de Heath.

—¿Qué, Candy? ¿Qué fue? ¿Qué?

—Cuando la poli se enteró de que Heath había estado en la Unidad de Memoria después de los asesinatos, registraron todas las suites del pabellón B y dedicaron especial atención a la de Maitland porque Cam Melinsky dijo que vio salir de ahí a Heath. Cam es un portero. Se fijó en Heath porque estaba trapeando el suelo del pasillo, me refiero a Cam, y Heath resbaló y se cayó de culo.

—¿Estás segura de eso, Candy?

—Sí, y ahora viene lo gordo. Penny Prudhomme, mi mejor amiga entre las enfermeras, oyó hablar a un poli por teléfono después de registrar la B-5. Dijo que habían encontrado pelo en la habitación, y era *rubio*. ¿Qué te parece eso?

—Me parece que debieron de someterlo a la prueba de ADN para ver si pertenecía a una de las hermanas Howard.

—Puedes jugarte lo que quieras a que sí. Como en la mismísima *CSI*.

—Esos resultados no se hicieron públicos —dijo Holly—. ¿No?

—No. Pero sabes qué encontró la poli en el sótano de la señora Holmes, ¿verdad?

Holly asintió. Ese detalle *sí* se hizo público, y para los padres leerlo debió de ser como si les atravesaran el corazón con una flecha. A alguien se le había ido la lengua y el periódico lo había publicado. Probablemente también había salido por televisión.

—*Muchos* asesinos sexuales se quedan trofeos —continuó Candy con mucha autoridad—. Lo he visto en *Crímenes imperfectos* y en *Dateline.* Es un comportamiento corriente en esos degenerados.

—Aunque a ti Heath Holmes nunca te pareció un degenerado.

—Lo disimulan —afirmó Candy Wilson en un tono inquietante.

—Pero no se esforzó mucho en ocultar el crimen, ¿no? Lo vieron algunas personas, y luego está ese video de la cámara de vigilancia.

—¿Y qué? Se volvió loco, y a los locos les importa todo un carajo.

Seguro que el inspector Anderson y el fiscal del condado de Flint dijeron eso mismo sobre Terry Maitland, pensó Holly. *Aunque algunos asesinos en serie* —asesinos sexuales, *por usar la misma expresión que Candy Wilson— quedan impunes durante años. Ted Bundy sin ir más lejos, o John Wayne Gacy, por citar otro caso.*

Holly se puso en pie.

—Muchísimas gracias por tu tiempo.

—Gracias a ti por asegurarte de que la señora Kelly no se entere de que he hablado contigo.

—Cuenta con ello —prometió Holly.

Cuando salía por la puerta, Candy añadió:

—Sabes lo de su madre, ¿no? ¿Lo que hizo después de que Heath se matase en la cárcel?

Holly, con las llaves en la mano, se detuvo.

—No.

—Fue un mes después. Imagino que no has llegado tan lejos en tus investigaciones. Se ahorcó. Igual que él, pero no en una celda sino en su sótano.

—¡Carajo! ¿Dejó una nota?

—Eso no lo sé —respondió Candy—, pero fue en el sótano donde la poli encontró aquellos calzones ensangrentados. Los que tenían el estampado de Winnie, Tigger y Rito. Si tu único hijo hace algo así, ¿quién necesita dejar una nota?

9

Casi siempre que Holly no estaba segura de qué hacer a continuación, buscaba una International House of Pancakes o un Deny's. En los dos establecimientos servían desayunos todo el día, comida reconfortante que podías saborear lentamente sin molestias tales como la carta de vinos y los meseros insistentes. Encontró una IHOP cerca del hotel.

Una vez sentada a una mesa para dos en un rincón, pidió panqueques (una pila no muy alta), un solo huevo revuelto, y *hash browns* (los *hash browns* de IHOP eran siempre deliciosos). Mientras esperaba la comida, encendió la laptop y buscó el número de teléfono de Ralph Anderson. No lo encontró, lo cual no la sorprendió demasiado; los policías preferían no constar en las guías. Aun así, casi seguro que podía conseguirlo —Bill le había enseñado todos los trucos—, y quería hablar con él a toda costa porque estaba convencida de que los dos tenían las piezas del rompecabezas que al otro le faltaban.

—Él es Macy's, yo soy Gimbels —dijo.

—¿Cómo, encanto? —era la mesera, con su almuerzo vespertino.

—Decía que me muero de hambre —contestó Holly.

—Más te vale, porque esto es mucha comida —dejó los platos en la mesa—. Pero no te vendrá mal engordar un poco, si no te importa que te lo diga. Estás flaquísima.

—Yo tenía un amigo que me decía eso a todas horas —comentó Holly, y de pronto le entraron ganas de llorar. Fue por esa frase: «Yo tenía un amigo». Había pasado el tiempo, y probablemente el tiempo curaba todas las heridas, pero, Dios, algunas tardaban tanto en curarse... Y la diferencia entre *tengo* y *tenía* lo era todo.

Comió despacio, excediéndose con el jarabe de los hot cakes. No era el auténtico, el de maple, pero sabía igual de bien, y era grato disfrutar de una comida sentada y con calma.

Para cuando terminó, a su pesar, había llegado a una decisión.

Telefonear al inspector Anderson sin informar a Pelley podía costarle el caso, y ella quería llegar al fondo del asunto, como decía Bill. Más importante aún, no sería ético.

La mesera volvió para ofrecerle más café, y Holly aceptó. En Starbucks no rellenaban las tazas. Y el café de IHOP, aunque no era de gourmet, no estaba nada mal. Como el jarabe. *Y como yo*, pensó Holly. Su terapeuta decía que esos momentos de autorreafirmación a lo largo del día eran muy importantes. *Puede que no sea Sherlock Holmes —ni Tommy y Tuppence, a decir verdad—, pero no lo hago mal, y sé qué tengo que hacer. Puede que el señor Pelley me lo discuta, y detesto las discusiones, pero si hace falta discutiré. Sacaré al Bill Hodges que llevo dentro.*

Se aferró a esa idea mientras hacía la llamada. Cuando Pelley contestó, ella dijo:

—Terry Maitland no mató a Peterson.

—¿Cómo? ¿Has dicho lo que creo que has...?

—Sí. He descubierto cosas muy interesantes en Dayton, señor Pelley, pero antes de redactar mi informe necesito hablar con el inspector Anderson. ¿Tiene usted algo que objetar?

Contra lo que ella temía, Pelley no discutió.

—Tendría que hablar de eso con Howie Gold, y Marcy debería autorizarlo. Pero no creo que ninguno de los dos se oponga.

Holly se relajó y tomó un sorbo de café.

—Eso está bien. Consiga su autorización lo antes posible, por favor, y facilíteme el número de teléfono del inspector Anderson. Quisiera hablar con él esta noche.

—Pero ¿por qué? ¿Qué has averiguado?

—Déjeme hacerle una pregunta. ¿Sabe si en la Unidad de Memoria Heisman ocurrió algo fuera de lo normal el día que Terry Maitland visitó a su padre por última vez?

—Fuera de lo normal ¿en qué sentido?

Esta vez Holly no indujo la respuesta del testigo.

—En cualquier sentido. Para usted podría tenerlo o no tenerlo. Si Terry comentó algo a su mujer al volver al hotel, por ejemplo. Cualquier cosa.

—No..., a menos que te refieras al tropezón de Terry con un celador cuando salía de la habitación. El celador se cayó porque el suelo estaba mojado, pero fue una de esas cosas que pasan. Ninguno de los dos resultó herido ni nada.

Holly agarró el teléfono con tal fuerza que le crujieron los nudillos.

—No me había dicho usted nada de eso.

—No pensé que fuera importante.

—Por eso necesito hablar con el inspector Anderson. Faltan piezas. Usted acaba de proporcionarme una. Tal vez él tenga alguna otra. Además, él puede averiguar cosas que para mí son inaccesibles.

—¿Quieres decir que un tropezón sin más consecuencias cuando Maitland salía de la habitación puede tener alguna relevancia? Si es así, ¿de qué se trata?

—Primero déjeme hablar con el inspector Anderson. *Por favor.*

Siguió un largo silencio y finalmente Pelley dijo:

—Veré qué puedo hacer.

La mesera dejó la cuenta en la mesa mientras Holly se guardaba el teléfono en el bolsillo.

—Parecía una conversación intensa.

Holly sonrió.

—Gracias por tan excelente servicio.

La mesera se marchó. La cuenta ascendía a dieciocho dólares con veinte centavos. Holly dejó una propina de cinco dólares debajo del plato. Era bastante más que la cantidad recomendada, pero rebosaba emoción.

10

Acababa de regresar a su habitación cuando le sonó el teléfono. NÚMERO DESCONOCIDO, anunció la pantalla.

—Hola... Aquí Holly Gibney, ¿con quién hablo?

—Soy Ralph Anderson. Alec Pelley me ha dado su número, señorita Gibney, y me ha puesto al corriente de lo que está usted haciendo. Mi primera pregunta es: ¿*Sabe* lo que está haciendo?

—Sí —Holly tenía muchas preocupaciones, y era una persona muy indecisa incluso después de años de terapia, pero de eso estaba segura.

—Ya, ya, bueno, puede que lo sepa y puede que no, no tengo manera de comprobarlo, ¿no?

—No —admitió Holly—. Al menos, de momento.

—Alec me ha dicho que, según usted, Terry Maitland no mató a Frank Peterson. Ha dicho que parecía muy convencida. Siento curiosidad por saber cómo puede hacer una afirmación así cuando está usted en Dayton y el asesinato de Peterson se cometió aquí, en Flint City.

—Porque aquí se cometió un crimen similar en las fechas en que Maitland estuvo en la ciudad. La víctima no fue un niño, sino dos niñas. El *modus operandi* fue en esencia el mismo: violación y mutilación. El hombre a quien la policía detuvo declaró que había estado con su madre en un pueblo a cincuenta kilómetros de distancia, y ella lo corroboró, pero él también fue visto en Trotwood, la zona residencial donde secuestraron a las niñas. Se lo ve en las imágenes de una cámara de vigilancia. ¿Le suena?

—Me suena pero no me sorprende. La mayor parte de los asesinos presentan alguna coartada cuando los atrapan. Puede que usted eso no lo sepa por su experiencia en la localización de fugitivos en libertad bajo fianza, señorita Gibney, Alec me ha contado a qué se dedica básicamente su agencia, pero imagino que lo ha visto en la televisión.

—Ese hombre era celador de la Unidad de Memoria Heisman y, aunque supuestamente estaba de vacaciones, fue a Heisman al menos una vez la misma semana en que el señor Maitland visitó allí a su padre. En la última visita al señor Maitland, el 26 de abril, esos dos presuntos asesinos tropezaron el uno con el otro. Literalmente, quiero decir.

—¿Me está tomando el pelo? —preguntó Anderson casi a gritos.

—No. Esto es lo que mi antiguo socio en Finders Keepers habría llamado una auténtica situación para pocas bromas. ¿Despierta eso su interés?

—¿Le ha contado Pelley que el celador arañó a Maitland al caerse? ¿Que se agarró a él y le clavó la uña en el brazo?

Holly guardó silencio. Estaba pensando en la película que había metido en la bolsa de viaje. No tenía por costumbre autocongratularse —todo lo contrario—, pero ahora ese detalle parecía una genialidad intuitiva. ¿Aunque acaso había dudado ella en algún momento de que el caso Maitland presentaba elementos que se salían de lo normal? No. Sobre todo debido a su propia vinculación con el monstruoso Brady Wilson Hartsfield. Algo así ampliaba tus perspectivas.

—Y no fue ese el único arañazo —daba la impresión de que Anderson hablaba consigo mismo—. Hubo otro. Pero aquí. Después del asesinato de Frank Peterson.

Esa era otra de las piezas que faltaban.

—Cuéntemelo, inspector. ¡Cuente, cuente, cuente!

—Me parece..., por teléfono no. ¿Puede tomar un avión y venir aquí? Deberíamos sentarnos a hablar. Usted, yo, Alec Pelley, Howie Gold y un inspector de la Policía del Estado que también trabaja en el caso. Y quizá Marcy. Ella también.

—Me parece buena idea, pero debería comentárselo a mi cliente, el señor Pelley.

—Hable mejor con Howie Gold. Le daré su número.

—El protocolo...

—Howie es quien ha contratado a Alec, así que el protocolo no es problema.

Holly reflexionó al respecto.

—¿Puede ponerse usted en contacto con el Departamento de Policía de Dayton y el fiscal del condado de Montgomery? Para mí no es posible averiguar todo lo que quiero saber sobre los asesinatos de esas niñas, las hermanas Howard, y acerca de Heath Holmes, el celador, pero creo que usted sí podría.

—¿Ese individuo está todavía pendiente de juicio? Si es así, seguramente no querrán dar mucha infor...

—El señor Holmes murió —hizo una pausa—. Como Terry Maitland.

—Dios mío —musitó Anderson—. Esto es cada vez más raro.

—Y lo será aún más —dijo Holly. Otra cosa de la que no le cabía duda.

—Lo será aún más —repitió él—. Gusanos en el cantalupo.

—¿Cómo dice?

—Nada. Llame al señor Gold, ¿de acuerdo?

—Sigo pensando que sería mejor llamar antes al señor Pelley. Solo para andar sobre seguro.

—Como usted vea. Y otra cosa, señorita Gibney... Me parece que sí sabe usted lo que hace.

Eso arrancó una sonrisa a Holly.

11

Holly recibió luz verde del señor Pelley y telefoneó a Howie Gold de inmediato. Caminaba en un círculo de preocupación por la alfombra barata del hotel y pulsaba obsesivamente el Fitbit para comprobar el pulso. Sí, el señor Gold pensó que sería buena idea que volara a Flint City, y no, no era necesario que viajara en clase turista.

—Reserve un billete en business —dijo—. Hay más espacio para las piernas.

—De acuerdo —sintió un mareo—. Eso haré.

—¿De verdad cree que Terry no mató al niño?

—En igual medida que creo que Heath Holmes no mató a esas dos niñas —contestó ella—. Creo que fue otra persona. Creo que fue alguien llegado de otro sitio.

VISITAS

25 de julio

1

El inspector Jack Hoskins del Departamento de Policía de Flint City despertó a las dos de la madrugada de aquel miércoles sumido en un triple padecimiento: tenía cruda, se había quemado con el sol, y necesitaba ir a cagar. *Eso me pasa por comer en Los Tres Molinos*, pensó..., pero ¿*había* comido allí? Estaba casi seguro de que sí —enchiladas rellenas de carne de cerdo y aquel queso picante—, pero no del todo. Tal vez había cenado en Hacienda. Conservaba un vago recuerdo de la noche anterior.

Tengo que dejar el vodka. Las vacaciones han terminado.

Sí, y habían terminado antes de tiempo. Porque en ese momento su pequeño departamento de mierda solo contaba con un inspector en activo. A veces la vida era un asco. A menudo, de hecho.

Se levantó de la cama. Al apoyar los pies en el suelo, frotándose la quemadura de la nuca, sintió un mazazo sordo en la cabeza e hizo una mueca. Se quitó los calzones, tomó el periódico de la mesilla y se encaminó despacio hacia el baño para atender sus necesidades. Sentado cómodamente en la taza, esperando a que saliera el chorro semilíquido que siempre manaba seis horas después de ingerir comida mexicana (¿nunca aprendería?), abrió el *Call* y pasó las páginas ruidosamente hasta llegar a las tiras cómicas, la única parte del periódico local que valía un poco la pena.

Leía con los ojos entornados los diminutos globos de *Get Fuzzy* cuando oyó agitarse la cortina de la regadera. Alzó la vista y vio una sombra detrás de las margaritas estampadas. El corazón se le subió a la garganta. Había alguien en la tina. Un intruso, y no un vulgar ladrón, no un yonki que se había colado por la ventana del baño y había buscado refugio en el único sitio disponible al ver que se encendía la luz del dormitorio. No. Era el mismo individuo que se le había acercado por detrás en el puto establo abandonado del municipio de Canning. Lo sabía con la misma certeza con que sabía su propio nombre. Ese encuentro (si *había* sido un encuentro) no se le iba de la cabeza, y era casi como si esperara ese... *regreso*.

Sabes que eso es absurdo. Te pareció que viste a un hombre en el establo, pero al enfocar la linterna en esa dirección resultó que no era más que un artilugio de la granja roto. Ahora crees que hay un hombre en tu tina, pero lo que parece una cabeza es la regadera, y lo que parece un brazo es el cepillo de mango largo encajado en el asidero de la pared. El ruido que has oído o era una corriente de aire o estaba en tu cabeza.

Cerró los ojos. Volvió a abrirlos y fijó la mirada en la cortina de la regadera con sus ridículas flores de plástico, la clase de cortina que solo podía gustar a tu ex. Ahora que estaba totalmente despierto, la realidad se reafirmó. Solo la regadera; solo el mango del cepillo encajado en el asidero. Era un idiota. Un idiota con *cruda*, lo peor. Era...

La cortina de la regadera se agitó otra vez. Se agitó porque de lo que él había querido creer que era el cepillo surgieron unos dedos imprecisos y avanzaron hasta tocar el plástico. La regadera había girado y parecía mirarlo a través de la cortina traslúcida. El periódico se le escurrió entre los dedos laxos y fue a parar a las losetas con un golpe suave. Sentía un sordo martilleo en la cabeza. La nuca le ardía cada vez más. Se le relajaron los intestinos, y el olor de lo que había sido su última cena —Jack lo supo con repentina certeza— inundó el pequeño baño. La mano se deslizaba hacia el borde de la cortina. Al cabo de un segundo —dos a lo sumo—, la retiraría y Jack tendría ante sus ojos algo tan horrendo que, en comparación, la peor de sus pesadillas parecería una dulce ensoñación.

—No —susurró—. No —intentó levantarse del escusado, pero las piernas no lo sostenían y su considerable trasero volvió a caer sobre el asiento—. Por favor, no. No.

Una mano asomó por el borde de la cortina, pero los dedos, en lugar de retirarla, se doblaron alrededor. Tatuada en esos dedos se leía una palabra: NADA.

—Jack.

Fue incapaz de contestar. Permaneció sentado en el escusado, desnudo, goteándole aún la mierda y oyendo el chorreo en la taza; su corazón, un motor fuera de control en el pecho. Pensó que no tardaría en salírsele del cuerpo y que lo último que vería en este mundo sería su corazón caído en las losetas salpicando sangre, con sus últimos latidos trémulos, sus tobillos y la tira cómica del *Call* de Flint City.

—Eso no es una quemadura por el sol, Jack.

Deseó desmayarse. Desplomarse desde el escusado, y si acababa con una conmoción cerebral por el golpe contra el suelo, o incluso con una fractura de cráneo, ¿qué más daba? Al menos escaparía de aquello. Pero su conciencia persistió obstinadamente. Como persistió aquella silueta imprecisa en la bañera. Como persistieron aquellos dedos en la cortina: NADA, en desvaídas letras azules.

—Tócate la nuca, Jack. Si no quieres que aparte esta cortina y me muestre, hazlo ya.

Hoskins levantó una mano y se apretó la nuca. La reacción de su cuerpo fue inmediata: aterradoras punzadas de dolor le subieron a las sienes y le bajaron a los hombros. Se miró la mano y vio que la tenía manchada de sangre.

—Tienes cáncer —informó la silueta desde detrás de la cortina—. En los ganglios linfáticos, en la garganta y en los senos. En los *ojos*, Jack. Está devorándote los *ojos*. Pronto incluso podrás verlo: bultitos grises de células cancerígenas malignas flotando en tu campo de visión. ¿Sabes cuándo lo contrajiste?

Claro que lo sabía. Cuando esa criatura lo tocó en el municipio de Canning. Cuando lo *acarició*.

—Te lo causé yo, pero puedo quitártelo. ¿Querrías que te lo quitara?

—Sí —susurró Jack. Empezó a llorar—. Quítamelo. *Por favor*, quítamelo.

—¿Harás algo si yo te lo pido?

—Sí.

—¿No vacilarás?

—¡No!

—Te creo. Y no me darás ninguna razón para *no* creerte, ¿verdad?

—¡No! *¡No!*

—Bien. Ahora límpiate. Apestas.

La mano con la palabra NADA se retiró, pero la forma detrás de la cortina de la regadera aún lo miraba. No era un hombre. Era algo mucho peor que el peor hombre que jamás hubiera existido. Hoskins echó mano al papel higiénico y se dio cuenta de que se ladeaba en el asiento y de que simultáneamente el mundo se oscurecía y menguaba. Y mejor así. Cayó, pero no sintió dolor. Había perdido el conocimiento antes de chocar contra el suelo.

2

Jeannie Anderson despertó a las cuatro de esa madrugada con la vejiga llena, como acostumbraba a ocurrirle a esas horas. Normalmente habría ido al baño del dormitorio, pero Ralph dormía mal desde el asesinato de Terry Maitland y esa noche lo había notado más inquieto. Se levantó de la cama y fue al baño del final del pasillo, más allá de la puerta de la habitación de Derek. Pensó en si jalar el escusado después de aliviarse y decidió que tal vez eso lo despertara. Podía esperar hasta la mañana.

Dos horas más, Dios mío, pensó mientras salía del baño. *Dos horas más de buen sueño, eso es lo único que qui...*

Se detuvo en medio del pasillo. El piso de abajo estaba a oscuras cuando había salido del dormitorio, ¿no? Aunque más dormida que despierta, se habría dado cuenta de una luz encendida.

¿Estás segura?

No, no del todo, pero ahora abajo había una luz encendida. Una luz blanca. Tenue. La de encima de los fogones.

Se acercó a la escalera y, desde lo alto, con la frente arrugada, devanándose los sesos, miró hacia la luz. ¿Habían conectado la alarma antirrobo antes de acostarse? Sí. Esa era una norma de la casa. Ella la conectó y Ralph la comprobó antes de subir. Uno u otro activaba siempre la alarma, pero lo de comprobarla, igual que el sueño agitado de Ralph, no había empezado hasta la muerte de Terry Maitland.

Se preguntó si debía despertar a Ralph y lo descartó. Necesitaba dormir. Pensó en volver atrás para tomar la pistola reglamentaria de Ralph, que guardaba en una caja en el último estante del armario, pero la puerta del armario chirriaba y lo despertaría. ¿Y no era esa una reacción un tanto paranoica? Seguramente la luz estaba *ya* encendida cuando fue al baño y no se dio cuenta. O tal vez se había encendido sola, por una avería. Descendió por la escalera con sigilo, desplazándose a la izquierda en el tercer peldaño y a la derecha en el noveno para evitar los crujidos; ni siquiera tuvo que pensarlo.

Se acercó a la puerta de la cocina y, sintiéndose al mismo tiempo estúpida y en absoluto estúpida, se asomó. Dejó escapar un suspiro que le agitó el flequillo. La cocina estaba vacía. Avanzó hacia la luz de encima de los fogones. En torno a la mesa de la cocina debería haber habido cuatro sillas: tres para la familia y la que llamaban «la silla del invitado». Pero en ese momento había solo tres.

—No se mueva —dijo alguien—. Si se mueve, la mato. Si grita, la mato.

Ella se detuvo; el pulso acelerado, el vello de la nuca erizado. Si no hubiese hecho sus necesidades antes de bajar, la orina correría por sus piernas y se encharcaría en el suelo. El hombre, el intruso, estaba sentado en la silla del invitado pero en la sala, lo bastante lejos del arco de acceso para que ella lo viera solo de rodillas para abajo. Vestía unos jeans descoloridos y mocasines sin calcetines. Tenía los tobillos plagados de manchas rojizas, tal vez psoriasis. La parte superior de su cuerpo era una silueta imprecisa. Lo único que Jeannie distinguía eran los hombros, anchos y un poco caídos, pero no como si estuviera cansado sino como si no pudiera cuadrarlos de tan musculados. Era curioso la de detalles en que uno se fijaba en un momento así. El terror había paralizado la facultad de su cerebro para clasificar, y todo fluía en él sin prejuicios. Ese era el hombre que había matado a Frank Peterson. El hombre que lo mordió como un animal salvaje y lo violó con una rama. Ese hombre se hallaba ahora en su casa, y ahí estaba ella, con su piyama de pantalón corto y sus pezones despuntando como faros.

—Escúcheme —dijo él—. ¿Me escucha?

—Sí —susurró Jeannie, pero había empezado a balancearse, al borde del desmayo, y temía perder el conocimiento antes de que él dijera lo que había ido a decir. Si eso ocurría, él la mataría. Después, tal vez se marchara o tal vez subiera a matar a Ralph. Lo haría antes de que a Ralph se le despejase la cabeza lo suficiente para saber qué sucedía.

Y Derek, al volver del campamento, se encontraría con que era huérfano.

No. No. *No.*

—¿Q-Qué quiere?

—Dígale a su marido que aquí en Flint City esto ya ha terminado. Dígale que pare. Dígale que si para todo volverá a la normalidad. Dígale que si no para lo mataré. Los mataré a todos.

Su mano surgió de entre las sombras de la sala y penetró en la tenue luz proyectada por el fluorescente de una sola barra. Era una mano grande. Cerró el puño.

—¿Qué dice en mis dedos? Léamelo.

Jeannie fijó la mirada en las letras de un azul descolorido. Intentó hablar pero no pudo. Su lengua no era más que un bulto adherido al velo del paladar.

Él se inclinó hacia delante. Ella vio unos ojos bajo una frente ancha y prominente. Pelo negro, tan corto como para erizarse. Ojos negros no solo posados en ella sino dentro de ella, escrutando su corazón y su mente.

—Dice DEBE —apuntó él—. Lo ve, ¿no?

—S-s-s...

—Y lo que debe hacer es decirle que pare —unos labios rojos moviéndose sobre una perilla negra—. Dígale que si él o cualquiera de ellos intenta encontrarme los mataré y dejaré sus tripas en el desierto para los buitres. ¿Me entiende?

Sí, intentó decir ella, pero la lengua no le respondió y las rodillas le flojearon. Tendió los brazos al frente para parar la caída y no llegó a saber si lo conseguía porque estaba ya sumida en la oscuridad antes de chocar contra el suelo.

3

Jack despertó a las siete, un radiante sol veraniego entraba por la ventana y bañaba su cama. Fuera los pájaros gorjeaban. Se incorporó en el acto y miró alrededor como un loco, apenas consciente de que le palpitaba la cabeza a causa del vodka de la noche anterior.

Se levantó de la cama, abrió el cajón de la mesilla de noche y sacó el Pathfinder calibre 38 que guardaba allí para protección del hogar. Cruzó el dormitorio a zancadas sosteniendo el arma junto a la mejilla derecha, el cañón corto apuntado al techo. Apartó los calzones con el pie, y cuando llegó a la puerta, que estaba abierta, se detuvo a un lado y pegó la espalda a la pared. De dentro emanaba un tufillo ligero pero familiar: las secuelas de sus aventuras con la enchilada la noche anterior. Se *había* levantado a evacuar; eso al menos no lo había soñado.

—¿Hay alguien ahí? Si es así, conteste en voz alta. Voy armado y dispararé.

Nada. Jack respiró hondo y, agachado, giró en torno al quicio de la puerta y barrió de un lado a otro el baño con el cañón de la 38. Vio la tapa del escusado levantada y el asiento bajado. Vio el periódico en el suelo, abierto por la sección de tiras cómicas. Vio la tina, con la cortina de flores traslúcida corrida. Vio formas detrás, pero eran las de la regadera, el asidero, el cepillo.

¿Estás seguro?

Antes de perder el valor, dio un paso al frente, resbaló en el tapete y se agarró a la cortina de la regadera para no acabar con el trasero en el suelo. Esta se desprendió de las anillas y le tapó la cara. Lanzó un grito, la apartó a manotazos y apuntó el 38 hacia la tina, donde no había nada. Nadie. Ningún hombre del costal. Escrutó el fondo de la tina. No era muy escrupuloso en cuestiones de limpieza, si alguien hubiese pisado allí, habría dejado huellas, pero en la costra seca de jabón y champú no había marca alguna. Todo había sido un sueño. Una pesadilla especialmente vívida.

Aun así, examinó la ventana del baño y las tres puertas que daban al exterior. Todo estaba bien cerrado.

De acuerdo, pues. Hora de relajarse. O casi. Regresó al baño a echar otro vistazo, y esta vez miró en el armario de las toallas (nada) y palpó con los dedos de los pies la cortina de la regadera caída; le dio manía. Ya era hora de sustituir esa porquería. Iría ese mismo día a Home Depot.

Distraídamente, se llevó la mano a la nuca para frotársela y soltó un silbido de dolor en cuanto notó el contacto de los dedos. Se acercó al lavabo y se dio la vuelta, pero tratar de verse la nuca mirando por encima del hombro no servía de nada. Abrió el cajón superior del mueble del lavabo y encontró solo las cosas para rasurar, peines, una venda elástica medio desenrollada y el tubo más viejo del mundo de Monistat: otro pequeño recuerdo de los tiempos de Greta. Como la ridícula cortina de la regadera.

En el cajón de abajo encontró lo que buscaba, un espejo con el mango roto. Retiró el polvo de la superficie reflectante, se dio la vuelta y, con el trasero apoyado en el borde del lavabo, sostuvo el espejo en alto. Su nuca presentaba un encendido color rojo y tenía pequeñas ampollas que parecían perlas irregulares. ¿Cómo podía ser si se había embadurnado de protector solar y no tenía una sola quemadura en ninguna otra parte?

Eso no es una quemadura por el sol, Jack.

Hoskins gimoteó. Por supuesto que no había nadie en su tina esa madrugada, ningún tipejo espeluznante con la palabra NADA tatuada en los dedos —*por supuesto* que no—, pero una cosa era cierta: en su familia se habían dado casos de cáncer de piel. Su madre y un tío suyo habían muerto de eso. «Es propio de pelirrojos», había dicho su padre después de que le extirparan acrocordones del brazo expuesto al sol cuando conducía, lunares precancerosos de las pantorrillas y un carcinoma de células basales de la nuca.

Jack se acordó de un enorme lunar negro (que crecía, siempre crecía) en la mejilla de su tío; se acordó de las llagas en carne viva en el esternón de su madre y en cómo le devoraban el brazo izquierdo. La piel era el órgano más grande del cuerpo, y cuando se volvía loca el resultado no era agradable.

«¿Querrías que te lo quitara?», había preguntado el hombre desde detrás de la cortina.

—Eso ha sido un sueño —dijo Hoskins—. En Canning me entró miedo, y anoche me pegué un atracón de mala comida mexicana, así que he tenido una pesadilla. Eso es todo, no hay más que hablar.

Aunque no por ello dejó de palparse las axilas, bajo los ángulos de la mandíbula y dentro de la nariz en busca de bultos. Nada. Solo cierto exceso de sol en la nuca. Pero no tenía ninguna otra quemadura solar. Únicamente esa franja palpitante. En realidad no sangraba —lo que en cierto modo demostraba que su encuentro de esa madrugada había sido solo una pesadilla—, pero ya habían empezado a aparecer ampollas. Probablemente tendría que ir al médico, y lo haría… después de dejar pasar unos días para que se curara por sí solo, claro.

«¿Harás algo si yo te lo pido? ¿No vacilarás?»

Nadie vacilaría, pensó Jack examinándose la nuca en el espejo. Si la alternativa era ser devorado de fuera hacia dentro —devorado vivo—, nadie vacilaría.

4

Jeannie despertó con la mirada fija en el techo del dormitorio, al principio incapaz de entender por qué notaba en la boca el sabor a cobre del pánico, como si hubiese evitado por poco una mala caída, o por qué tenía las manos en alto, las palmas abiertas en un gesto de protección. Vio entonces la mitad vacía de la cama a su izquierda, oyó a Ralph en la regadera, y pensó: *Ha sido un sueño. La pesadilla más vívida de todos los tiempos, eso desde luego, pero nada más.*

Solo que eso no le proporcionó el menor alivio, porque no se lo creyó. No se desvanecía como suele ocurrir con los sueños al despertar, incluso con los peores. Lo recordaba todo: desde el momento en que vio la luz encendida en el piso de abajo hasta el hombre sentado en la silla del invitado más allá del arco de la sala. Recordó la mano emerger en la tenue luz y cerrarse en un puño para que ella leyera las letras tatuadas entre los nudillos: DEBE.

«Lo que debe hacer es decirle que pare.»

Apartó la sábana y salió de la habitación; no corría pero casi. En la cocina, la luz de encima de los fogones estaba apagada, y las cuatro sillas ocupaban su lugar de costumbre en torno a la mesa donde solían comer. Eso debería haberla tranquilizado.

No fue así.

5

Cuando Ralph bajó remetiéndose la camisa en el pantalón con una mano y sosteniendo los tenis con la otra, encontró a su mujer sentada a la mesa de la cocina. Delante de ella, ni taza de café matutino, ni jugo, ni cereal. Le preguntó si se encontraba bien.

—No. Anoche había aquí un hombre.

Él se detuvo en el acto, un faldón de la camisa ya en su sitio, el otro colgando por encima del cinturón. Dejó caer los tenis.

—¿*Qué* dices?

—Un hombre. El que mató a Frank Peterson.

Ralph miró alrededor, de pronto totalmente alerta.

—¿Cuándo? ¿De qué hablas?

—Anoche. Ya se ha ido, pero me dio un mensaje para ti. Siéntate, Ralph.

Él obedeció, y ella le contó lo ocurrido. Escuchó sin pronunciar una sola palabra, mirándola a los ojos. Solo vio en ellos una absoluta convicción. Cuando Jeannie concluyó, él se levantó a comprobar la consola de la alarma antirrobo situada junto a la puerta de atrás.

—Está activada, Jeannie. Y la puerta cerrada con llave. Al menos esta.

—Ya sé que está activada. Y todas las puertas están bien cerradas. Lo he comprobado. Las ventanas también.

—Entonces ¿cómo...?

—No lo sé, pero estaba aquí.

—Sentado ahí —Ralph señaló hacia el arco.

—Sí. Como si no quisiera adentrarse demasiado en la luz.

—¿Y era grande, dices?

—Sí. Puede que no tan grande como tú, no sabría decir cuál era su estatura, pero tenía los hombros anchos y musculados. Como un hombre que se pasa tres horas al día en el gimnasio. O levantando pesas en el patio de una cárcel.

Ralph dejó la mesa y se arrodilló allí donde el suelo de parquet de la cocina lindaba con la alfombra de la sala. Jeannie sabía qué buscaba, y sabía que no lo encontraría. Ella también lo había comprobado, y no por eso cambió de idea. Si no estabas loco, diferenciabas los sueños de la realidad incluso cuando la realidad distaba mucho de los límites de la vida normal. Antes quizá habría dudado de eso (como sabía que Ralph estaba dudando ahora), pero ya no. Ahora veía las cosas claras.

Él se irguió.

—Esta alfombra es nueva, mi amor. Si un hombre hubiese estado ahí sentado, incluso brevemente, las patas de la silla habrían dejado marcas en el pelo. Y no hay nada.

Ella asintió.

—Ya lo sé. Pero estaba ahí.

—¿Qué quieres decir? ¿Que era un fantasma?

—No sé qué era, pero sé que tenía razón. Debes parar. Si no, pasará algo grave —se acercó a él y echó atrás la cabeza para mirarlo directamente a la cara—. Algo espantoso.

Ralph la tomó de las manos.

—Han sido unos días muy estresantes. Para ti tanto como para m...

Ella se apartó.

—No sigas por ahí, Ralph. Eso no. Estaba *aquí*.

—Pongamos que es así, solo como hipótesis. Ya me han amenazado antes. Todo policía que se precie ha sido amenazado.

—¡Las amenazas no solo iban dirigidas contra ti! —Jeannie tuvo que hacer esfuerzos para no gritar. Aquello era como verse atrapada en una de esas absurdas películas de terror en las que nadie cree a la heroína cuando dice que Jason o Freddy o Michael Myers ha vuelto—. ¡Estaba en nuestra *casa*!

Él pensó en repetirlo todo otra vez: las puertas y ventanas cerradas, la alarma antirrobo activada pero en silencio. Pensó en recordarle que esa mañana había despertado sana y salva en su propia cama. Veía en su cara que nada de eso serviría. Y discutir con su mujer en su actual estado era el último de sus deseos.

—¿Tenía quemaduras, Jeannie? ¿Como el hombre que yo vi ante el juzgado?

Ella negó con la cabeza.

—¿Estás segura? Porque has dicho que estaba en la oscuridad.

—En cierto momento se inclinó hacia delante, y vi un poco. Vi suficiente —se estremeció—. Frente ancha, prominente por encima de los ojos. Tenía los ojos oscuros, quizá negros, quizá castaños, quizá de un azul intenso, no sabría decir. Llevaba el pelo corto y de punta. Alguna que otra cana, pero básicamente todavía negro. Tenía barbilla. Los labios muy rojos.

En la cabeza de Ralph sonó una campanilla cuando oyó esa descripción, pero no se fio; probablemente se trataba de un falso positivo motivado por la vehemencia de Jeannie. Dios sabía que deseaba creerlo. Si hubiera habido el menor asomo de una prueba empírica...

—¡Un momento, los pies! Llevaba unos mocasines sin calcetines y se le veían unas manchas rojas. Pensé que era psoriasis, pero supongo que podrían ser quemaduras.

Ralph encendió la cafetera.

—No sé qué decirte, Jeannie. Te has despertado en la cama, y no hay la menor señal de que alguien haya...

—Hace mucho tiempo tú abriste un melón cantalupo y estaba lleno de gusanos —dijo ella—. Eso ocurrió, tú lo sabes. ¿Por qué no puedes creer que *esto* ha ocurrido?

—Aunque lo creyera, no puedo parar. ¿No te das cuenta?

—De lo que me doy cuenta es de que el hombre sentado en nuestra sala tenía razón sobre una cosa: *se acabó.* Frank Peterson está muerto. Terry está muerto. Tú volverás al servicio activo, y nosotros... nosotros podemos... podríamos...

Su voz se apagó, porque vio en el rostro de Ralph que continuar era inútil. No era incredulidad. Era decepción por el hecho de que ella pudiese siquiera pensar que para él era posible pasar página. Detener a Terry Maitland en el campo de beisbol del Estelle Barga había sido la primera pieza de dominó, la que había iniciado la reacción en cadena de violencia y sufrimiento. Y ahora él y su mujer discutían por el hombre que no estuvo allí. Todo era culpa suya, eso creía Ralph.

—Si no paras —dijo ella—, tendrás que volver a tomar tu arma. Yo desde luego pienso llevar encima la pequeña de calibre 22 que me regalaste hace tres años. Entonces me pareció un regalo absurdo, pero seguramente tenías razón. A lo mejor fue un acto de clarividencia por tu parte.

—Jeannie...

—¿Quieres unos huevos?

—Supongo, sí —no tenía apetito, pero si lo único que podía hacer por ella esa mañana era comerse lo que cocinara, eso haría.

Jeannie sacó los huevos del refrigerador y le habló sin voltear.

—Quiero que tengamos protección policial por la noche. No hace falta que sea desde que oscurezca hasta el amanecer, pero sí que alguien haga rondas regulares. ¿Puedes solicitarlo?

La protección policial no servirá de mucho contra un fantasma, pensó él, pero llevaba demasiado tiempo casado para decirlo.

—Creo que sí.

—Deberías avisar también a Howie Gold y los demás. Aunque parezca una locura.

—Cariño...

Pero ella lo interrumpió.

—Dijo que tú o cualquiera de ellos. Dijo que dejaría sus tripas en el desierto para los buitres.

Ralph pensó en recordarle que, aunque de vez en cuando veían algún buitre trazar círculos en el cielo (en especial el día de la recogida de basuras), no podía decirse que en las inmediaciones de Flint City hubiera mucho desierto. Eso por sí solo ya inducía a pensar que la aparición había sido un sueño, pero tampoco dijo nada. No tenía intención de reactivar la discusión cuando parecía que empezaba a amainar.

—Lo haré —respondió, y era una promesa que se proponía cumplir. Había que ponerlo todo sobre la mesa. Hasta el último elemento de aquel desvarío—. Ya sabes que vamos a reunirnos en el despacho de Howie Gold, ¿no? Con la mujer que Alec Pelley ha contratado para que investigue los detalles del viaje de Terry a Dayton.

—La que afirma categóricamente que Terry es inocente.

Esta vez lo que Ralph pensó y no dijo (por lo visto había infinidad de conversaciones no mantenidas entre los matrimonios de larga duración) fue: *Uri Geller afirmó categóricamente que podía doblar cucharas concentrándose en ellas.*

—Sí. Llega hoy en avión. Igual resulta que todo es una sarta de idioteces, pero en esa agencia suya trabajaba con un ex poli condecorado, y su manera de proceder parece de lo más sólida, así que quizá de verdad ha encontrado algo en Dayton. Desde luego se la notaba muy segura de sí misma.

Jeannie empezó a romper los huevos.

—Seguirías adelante incluso si al bajar hubiera descubierto la alarma antirrobo desactivada, la puerta abierta y sus huellas en las losetas. Aun así, seguirías adelante.

—Sí —ella merecía la verdad, sin adornos.

Jeannie se volvió hacia él con la espátula en alto, como un arma.

—Permíteme decirte que, en mi opinión, estás actuando como un estúpido.

—Puedes decir lo que quieras, pero debes recordar dos cosas, mi amor. Tanto si Terry era inocente como si era culpable, yo soy en parte responsable de su muerte.

—Tú...

—Calla —atajó él, y la señaló con el dedo—. Estoy hablando, y es necesario que lo entiendas.

Ella calló.

—Y si él *era* inocente, hay un asesino de niños por ahí suelto.

—Eso lo entiendo, pero puede que estés abriendo la puerta a cosas que escapan a tu comprensión. O a la mía.

—¿Cosas sobrenaturales? ¿A eso te refieres? Porque eso no puedo creerlo. Nunca lo creeré.

—Cree lo que quieras —dijo ella al tiempo que se volvía hacia los fogones—, pero ese hombre estuvo aquí. Le vi la cara, y le vi la palabra escrita en los dedos. DEBE. Daba... miedo. No se me ocurre otra manera de expresarlo. Al ver que no me crees, me entran ganas de llorar, o de tirarte a la cabeza este sartén con los huevos, o... no sé.

Ralph se acercó a ella y le rodeó la cintura.

—Creo que *tú* sí lo crees. De eso no cabe duda. Y he aquí una promesa: si de la reunión de esta noche no sale nada en claro, me verás mucho más abierto a la idea de dejarlo pasar. Entiendo que hay límites. ¿Te parece bien eso?

—Supongo, al menos por ahora. Sé que en el campo de beisbol te equivocaste. Sé que intentas expiar tu culpa. Pero ¿y si por seguir adelante cometes un error aún más grave?

—Supón que la víctima del Figgis Park hubiese sido Derek —contraatacó él—. ¿Querrías entonces que lo dejara pasar?

A Jeannie le ofendió la pregunta, le pareció un golpe bajo, pero no encontró respuesta. Porque si la víctima hubiese sido Derek, ella habría deseado que Ralph persiguiera a ese hombre —o ese *ser*— hasta el fin del mundo. Y ella habría estado a su lado.

—De acuerdo. Tú ganas. Pero una cosa más, y no es negociable.

—¿Qué?

—Cuando vayas esta noche a esa reunión, te acompañaré. Y no me salgas con el cuento de que es un asunto policial porque los dos sabemos que no lo es. Y ahora cómete esos huevos.

6

Jeannie mandó a Ralph al Kroger con la lista de la compra, porque independientemente de quién hubiese estado en la casa la noche anterior —humano, fantasma o solo el personaje de un sueño extraordinariamente vívido—, los señores Anderson tenían que seguir comiendo. Y a medio camino del supermercado las piezas encajaron en la cabeza de Ralph. No tuvo nada de extraordinario, los hechos principales habían estado ahí desde el principio, literalmente ante sus narices, en una sala de interrogatorios del Departamento de Policía. ¿Había interrogado al verdadero asesino de Frank Peterson en calidad de testigo, le había dado las gracias por su ayuda y lo había dejado marcharse? Parecía imposible, dadas las innumerables pruebas que vinculaban a Terry con el asesinato, pero...

Se detuvo y telefoneó a Yune Sablo.

—Descuida, allí estaré esta noche —dijo Yune—. No me perdería por nada las novedades que traen de Ohio sobre este lío. Estoy investigando el asunto de Heath Holmes. Aún no tengo gran cosa, pero para cuando nos veamos debería haber reunido bastante información.

—Bien, pero no te llamo por eso. ¿Puedes conseguir los antecedentes de Claude Bolton? Es el guarro del Gentlemen,

Please. Encontrarás sobre todo delitos de posesión, y quizá lo hayan atrapado un par de veces por posesión con intención de venta, puede que con rebaja de condena por reconocimiento de culpa.

—Este es el que prefiere que lo consideren vigilante de seguridad, ¿no?

—Exacto, ese es nuestro Claude.

—¿Qué pasa con él?

—Te lo diré esta noche, si es que de verdad hay algo detrás. Por el momento lo único que puedo decir es que parece haber una concatenación de acontecimientos que lleva de Holmes a Maitland y de este a Bolton. Podría estar equivocado, pero no lo creo.

—No me tengas en vilo, Ralph. ¡Habla!

—Todavía no. Quiero estar seguro. Y necesito otra cosa. Bolton es un anuncio de tatuajes ambulante, y estoy casi seguro de que tenía alguno en los dedos. Debería haberme fijado, pero ya sabes qué pasa cuando interrogas a alguien, más si quien está al otro lado de la mesa tiene antecedentes.

—No apartas la vista de su cara.

—Eso. Siempre atento a la cara. Porque cuando los tipos como Bolton empiezan a mentir, es como si levantaran una pancarta y anunciaran: «Miento más que hablo».

—¿Crees que Bolton mintió cuando dijo que Maitland entró para llamar por teléfono? La taxista más o menos confirmó su declaración.

—En su momento no lo pensé, pero ahora cuento con algún dato más. A ver si puedes averiguar qué tiene tatuado en los dedos. Si es que tiene algo.

—¿Qué *crees* que podría tener tatuado?

—No quiero decirlo, pero si estoy en lo cierto, constará en su historial. Otra cosa. ¿Puedes enviarme una foto por e-mail?

—Con mucho gusto. Dame unos minutos.

—Gracias, Yune.

—¿Tienes previsto ponerte en contacto con el señor Bolton?

—Todavía no. No quiero que sepa que estoy interesado en él.

—¿Y de verdad vas a explicar todo esto esta noche?

—Todo lo que pueda, sí.

—¿Servirá de algo?

—Si te digo la verdad, no lo sé. ¿Se sabe algo más sobre esa mugre que se encontró en la ropa y el heno de aquel establo?

—Todavía no. Déjame ver qué puedo averiguar sobre Bolton.

—Gracias.

—¿Qué tienes ahora entre manos?

—La compra.

—Espero que no hayas olvidado tomar los cupones de tu mujer.

Ralph sonrió y miró el asiento contiguo, donde había una pila de cupones sujetos con una goma elástica.

—Ella no permitiría que me olvidara —dijo.

7

Salió del Kroger con tres bolsas de comida, las metió en la cajuela y luego consultó su teléfono. Dos mensajes de Yune Sablo. Abrió primero el que incluía un adjunto con la foto. En el retrato de su ficha policial, Claude Bolton aparentaba muchos menos años que el hombre a quien Ralph había interrogado antes de que detuvieran a Maitland. También parecía drogado hasta las chanclas: mirada perdida, arañazo en la mejilla y algo en el mentón que podría haber sido restos de huevo o de vómito. Ralph recordó que Bolton había dicho que ahora acudía a las reuniones de Narcóticos Anónimos y hacía cinco o seis años que no consumía. Tal vez fuera verdad, tal vez no.

El adjunto del segundo e-mail de Yune contenía los antecedentes. Incluían numerosas detenciones, la mayoría por delitos menores, y numerosas señas particulares, entre ellas una cicatriz en la espalda, otra en el costado izquierdo por debajo de las costillas, otra en la sien derecha, y más de veinte tatuajes, entre ellos un águila, un cuchillo con la punta ensangrentada, una sirena, una calavera con velas en las cuencas de los ojos, y otros muchos que no le interesaron. Sí le interesaron, en cambio, las palabras tatuadas en sus dedos: NADA en la derecha, DEBE en la izquierda.

El hombre quemado de delante del juzgado tenía tatuajes en los dedos, pero ¿eran NADA y DEBE? Ralph cerró los ojos e intentó verlo, pero no lo consiguió. Sabía por experiencia que los tatuajes en los dedos eran habituales entre aquellos que habían cumplido condena en la cárcel; seguramente lo veían en las películas. AMOR y ODIO gozaban de gran popularidad, igual que BIEN y CAOS. Recordó que Jack Hoskins le había hablado de un ladronzuelo con cara de rata que lucía JODE y MAMA en las falanges, añadiendo que eso poco debía de ayudarlo a encontrar novia.

Lo único de lo que Ralph estaba seguro era de que el hombre de las quemaduras no tenía ningún tatuaje en los brazos. Bolton sí exhibía muchos, pero, claro, el fuego que había causado estragos en la cara del hombre quemado podía habérselos borrado. Solo que…

—Solo que era imposible que el hombre del juzgado fuese Bolton —dijo al tiempo que abría los ojos y miraba a la gente que entraba y salía del supermercado—. Imposible. Bolton no tenía quemaduras.

«Esto es cada vez más raro», había dicho a esa tal Gibney la noche anterior por teléfono. «Y lo será aún más», había contestado ella. Y qué razón tenía.

8

Jeannie y él guardaron juntos la compra. Terminada esta tarea, Ralph le dijo que quería enseñarle una cosa en su teléfono.

—¿Por qué?

—Tú mira, ¿está bien? Y piensa que la persona de la foto ahora tiene muchos más años.

Le pasó el teléfono. Ella miró fijamente la foto de la ficha policial durante diez segundos, luego le devolvió el celular. Había perdido el color en las mejillas.

—Es él. Ahora tiene el pelo más corto, y barbilla en lugar de ese bigotito, pero es el hombre que estuvo anoche en casa. El que dijo que te mataría si no parabas. ¿Cómo se llama?

—Claude Bolton.

—¿Vas a detenerlo?

—Todavía no. No estoy muy seguro de que pudiera aunque quisiera, estando de baja administrativa y demás.

—Entonces ¿qué vas a hacer?

—¿Ahora mismo? Averiguar dónde está.

En un primer momento pensó en llamar otra vez a Yune, pero andaría ocupado en las indagaciones sobre el asesino de Dayton, Holmes. Lo segundo que se le ocurrió, y que descartó de inmediato, fue acudir a Jack Hoskins; ese hombre era un borracho y un indiscreto. Pero tenía una tercera opción.

Telefoneó al hospital, donde le informaron que Betsy Riggins había vuelto a casa con su angelito, y la llamó allí. Después de preguntarle cómo estaba el bebé (lo que dio pie a una exposición de diez minutos sobre todos los detalles relativos al pequeño, desde las tomas hasta el dineral que se iba en pañales), le preguntó si tendría inconveniente en echar un cable a un hermano de baja haciendo una llamada, o quizá dos, en calidad de inspectora. Le explicó lo que quería.

—¿Tiene esto que ver con Maitland? —preguntó ella.

—Bueno, Betsy, considerando mi actual situación, eso es algo que mejor tú no preguntas y yo no contesto.

—En ese caso, podría caerte una buena. Y *a mí* podría caerme una buena por ayudarte.

—Si lo que te preocupa es el jefe Geller, por mí no se enterará.

Siguió un largo silencio. Ralph esperó a que fuera ella quien lo rompiera. Por fin Betsy dijo:

—Mira, me da mucha pena la mujer de Maitland. Mucha pena. Me recuerda esas imágenes que se ven en los noticiarios después de un atentado suicida, cuando los supervivientes van de aquí para allá con sangre en el pelo y sin entender qué ha pasado. ¿Serviría esto para echarle una mano a ella?

—Es posible —contestó él—. No me atrevo a ir más allá de eso.

—Veremos qué puedo hacer. John Zellman no es un cabrón total, y ese local de striptease suyo en el límite municipal necesita renovar la licencia todos los años para seguir en funcionamiento. Eso podría animarle a colaborar. Te llamaré si la cosa no sale bien. Si ocurre lo que preveo, te llamará él.

—Gracias, Betsy.

—Esto queda entre nosotros, Ralph. Cuento con tener un empleo al que volver cuando termine la baja por maternidad. Dime que lo has oído.

—Alto y claro.

9

John Zellman, dueño y responsable directo de Gentlemen, Please, telefoneó a Ralph al cabo de un cuarto de hora. Más curioso que irritado, se mostró dispuesto a cooperar. No, no tenía la menor duda de que Claude Bolton se encontraba en el club cuando secuestraron y asesinaron a ese pobre niño.

—¿Por qué está tan seguro, señor Zellman? Pensaba que Bolton no entraba a trabajar hasta las cuatro de la tarde.

—Sí, pero ese día llegó antes. A eso de las dos. Necesitaba un poco de tiempo libre para ir a la gran ciudad con una de las strippers. Dijo que ella tenía un problema personal —Zellman soltó un bufido—. El que tenía un problema personal era él. Justo debajo de la bragueta.

—¿Una tal Carla Jeppeson? —preguntó Ralph mientras deslizaba la transcripción del interrogatorio de Bolton en su iPad—. ¿También conocida como Hada Primor?

—La misma —respondió Zellman, y se echó a reír—. Si no tener tetas se valora, esa chica tiene mucho futuro por delante. A algunos hombres les gusta, y no me pregunte por qué. Claude y ella tienen una aventura, pero eso no durará. Ahora el marido de ella está en McAlester..., por un asunto de cheques sin fondos, creo, pero sale en Navidad. Lo suyo con Claude es solo un pasatiempo. Yo se lo advertí, pero ya conoce el dicho: la jodienda no tiene enmienda.

—¿Está seguro de que ese fue el día que él llegó antes? ¿El 10 de julio?

—Claro que sí. Lo anoté, porque no tenía la menor intención de pagarle a Claude dos días en Cap City cuando le faltaban menos de dos semanas para las vacaciones..., *pagadas*, que conste.

—Indignante, desde luego. ¿Se planteó despedirlo?

—No. Al menos fue sincero al respecto, ¿eh? Y le diré una cosa. Claude es de los buenos, y esos escasean más que los dientes de gallina. La mayoría de los guardias de seguridad son cobardes, se hacen los duros pero se desentienden si se monta una pelea delante del escenario, como pasa a veces, o tipos que se ponen en plan Hulk cada vez que un cliente les sale con la menor impertinencia. Claude es tan capaz de echar a alguien como el que más, pero en la mayoría de los casos no hace falta llegar a ese punto. Se le da bien tranquilizarlos. Tiene mano. Yo diría que es por todas esas reuniones a las que va.

—De Narcóticos Anónimos. Ya me lo contó.

—Sí, no lo esconde. La verdad es que se siente orgulloso, e imagino que está en su derecho. Cuando te enganchas a eso, te las ves negras. Es difícil. Pocos lo dejan.

—Sigue limpio, ¿no?

—Si no fuera así, lo sabría. Reconozco a un yonqui en cuanto lo veo, inspector Anderson, créame. El Gentlemen es un establecimiento limpio.

Ralph tenía sus dudas, pero lo dejó pasar.

—¿Sin deslices?

Zellman se rio.

—Todos tienen deslices, al menos al principio, pero no desde que trabaja para mí. Tampoco bebe. Una vez le pregunté por qué, dado que su problema eran las drogas. Contestó que las dos cosas eran lo mismo. Dijo que si tomaba una copa, aunque fuera una cerveza, luego saldría a buscar coca o algo aún más fuerte. —Zellman hizo una pausa y añadió—: Puede que fuera un cabrón cuando consumía, pero ya no lo es. Es un tipo decente. En un negocio en el que la clientela viene a beber margaritas y a mirar coños afeitados, eso es poco común.

—Le creo. ¿Bolton está ahora de vacaciones?

—Sí. Desde el domingo. Diez días.

—¿Vacaciones en casa?

—¿Quiere decir que si se ha quedado en Flint City? No. Ha ido a Texas, a algún sitio cerca de Austin. Él es de allí. Un momento, he sacado su expediente antes de llamarlo —se oyó un susurro de papeles y enseguida Zellman volvió a ponerse al teléfono—. Marysville, así se llama el pueblo. Una simple mancha en la carretera, a juzgar por lo que él dice. Tengo la dirección porque cada dos semanas envío allí parte de su paga. Para su madre. Es mayor y no anda muy sobrada de fuerzas. Encima tiene enfisema. Claude ha ido allí ahora para ver si es posible internarla en uno de esos centros tutelados para la tercera edad, pero no tenía grandes esperanzas. Según él, es una vieja muy testaruda. Con lo que Claude gana aquí, no entiendo cómo puede permitírselo. El Estado debería ayudar a las personas corrientes como él en el cuidado de los ancianos, pero ¿lo hace? Para nada.

Dice el hombre que probablemente votó por Donald Trump, pensó Ralph.

—Bueno, gracias, señor Zellman.

—¿Puedo preguntarle por qué quiere hablar con él?

—Tengo un par de preguntas de seguimiento que hacerle —respondió Ralph—. Detalles menores.

—Para poner los puntos sobre las íes, ¿eh?

—Exacto. ¿Puede darme la dirección?

—Claro, ahí es adonde mando el dinero. ¿Tiene un lápiz?

Lo que tenía era su inseparable iPad abierto en la aplicación Quick Notes.

—Adelante.

—Buzón 397, Carretera Rural 2, Marysville, Texas.

—¿Y cómo se llama la madre?

Zellman soltó una alegre risotada.

—Lovie. ¿No es gracioso? Lovie Ann Bolton.

Ralph le dio las gracias y colgó.

—¿Y bien? —preguntó Jeannie.

—Espera —dijo Ralph—. ¿No ves que tengo puesta la cara de pensar?

—Ah, es verdad. ¿Se te antoja un té helado mientras piensas? —Sonreía. La favorecía, esa sonrisa. Parecía un paso en la dirección correcta.

—Cómo no.

Volvió a centrarse en su iPad (preguntándose cómo se las arreglaba antes sin ese condenado artefacto) y encontró Marysville a unos ciento diez kilómetros al oeste de Austin. Era poco más que un punto en el mapa; solo destacaba por algo llamado Agujero de Marysville.

Ralph reflexionó sobre el siguiente paso mientras tomaba el té helado, y después telefoneó a Horace Kinney, de la Policía de Carretera de Texas. Kinney era ahora capitán y vivía instalado detrás de un escritorio, pero Ralph había colaborado con él en varios casos interestatales cuando Kinney era un simple agente y recorría ciento cincuenta mil kilómetros al año en el norte y el oeste de Texas.

—Horace —dijo Ralph cuando terminaron las cortesías de rigor—, necesito un favor.

—¿Grande o pequeño?

—Mediano, y requiere cierta sutileza.

Kinney se echó a reír.

—Si necesitas sutileza, tendrás que ir a Nueva York o Connecticut. Esto es Texas. ¿Qué quieres?

Ralph se lo explicó. Kinnie dijo que tenía al hombre adecuado para eso, y casualmente estaba en la zona.

10

A eso de las tres de esa tarde, la operadora del Departamento de Policía de Flint City, Sandy McGill, alzó la vista y vio a Jack Hoskins delante de su escritorio pero de espaldas a ella.

—¿Jack? ¿Necesitas algo?

—Mírame la nuca y dime qué ves.

Perpleja pero bien dispuesta, ella se levantó y echó un vistazo.

—Acércate un poco más a la luz. —Y cuando él lo hizo—: Uf, vaya quemadura. Tendrías que pasar a Walgreens y comprar una crema de aloe vera.

—¿Con eso se me quitará?

—Solo se te quitará con el tiempo, pero la crema te aliviará un poco el picor.

—Pero es solo una quemadura, ¿no?

Ella arrugó la frente.

—Sí, pero bastante seria: ya han salido ampollas en algunos sitios. ¿No sabes que tienes que ponerte protector solar cuando vas de pesca? ¿Quieres acabar con cáncer de piel?

Solo de oír esas palabras en voz alta, Hoskins sintió la nuca más caliente.

—Supongo que lo olvidé.

—¿Tienes los brazos igual de mal?

—No tanto —de hecho, ahí no tenía ninguna quemadura; era solo en la nuca. Donde alguien le había tocado en su visita al establo abandonado. Acariciado con la punta de los dedos—. Gracias, Sandy.

—Los rubios y los pelirrojos son los más sensibles al sol. Si no mejora, más vale que te revisen.

Hoskins se marchó sin contestar, pensaba en el hombre de su sueño. El que estaba al acecho detrás de la cortina de la regadera.

«Te lo causé yo, pero yo puedo quitártelo. ¿Querrías que te lo quitara?»

Pensó: *Se me irá sola, como cualquier otra quemadura.*

Tal vez sí, tal vez no, y la verdad era que ahora le dolía más. Apenas soportaba tocársela, y las llagas abiertas que devoraron la carne de su madre acudían una y otra vez a su memoria. Al principio el cáncer se propagó lentamente, pero en cuanto se instaló de verdad, empezó a galopar. Al final le devoró la garganta y las cuerdas vocales, y sus gritos se convirtieron en gruñidos, pero Jack Hoskins, a sus once años, pegado a la puerta cerrada de la habitación de la enferma, oía lo que ella le decía a su padre: que la librara de su desgracia. «Lo harías por un perro», chillaba ella. «¿Por qué no lo haces por mí?»

—Solo una quemadura solar —dijo él poniendo la camioneta en marcha—. Nada más. Una puta *quemadura solar.*

Necesitaba una copa.

11

Eran las cinco de esa tarde cuando un coche de la Policía de Carretera de Texas dejó la Carretera Rural 2 y enfiló el camino de acceso a la altura del buzón 397. Lovie Bolton estaba sentada en su mecedora en el pórtico delantero, un cigarro en la mano y la botella de oxígeno en el soporte rodante.

—¡Claude! —gritó con voz ronca—. ¡Tenemos visita! ¡Es la Policía de Carretera! ¡Mejor será que vengas a ver qué quieren!

Claude, en el jardín trasero, lleno de hierbajos, del pequeño bungalow, recogía la ropa tendida y la colocaba bien doblada en una cesta de mimbre. La lavadora de su madre funcionaba bien, pero la secadora se había descompuesto poco antes de llegar él, y últimamente ella respiraba con tal dificultad que no podía descolgar la ropa por sí sola. Tenía previsto comprarle una secadora nueva antes de irse, pero lo postergaba una y otra vez. Y ahora la Policía de Carretera, a menos que su madre se equivocara, y probablemente no se equivocaba. La aquejaban muchos problemas de salud, pero la vista no le fallaba.

Rodeó la casa y vio a un poli alto salir de un todoterreno negro y blanco. Al ver el logotipo dorado de Texas en la puerta del conductor, sintió un nudo en el estómago. Nada en su comportamiento justificaba una detención desde hacía mucho mucho tiempo, pero ese nudo era un acto reflejo. Se llevó la mano al bolsillo y la cerró en torno a su medallón de Narcóticos Anónimos; llevaba seis años con él, y era algo que hacía casi sin darse cuenta en momentos de estrés.

El agente se guardó los lentes oscuros en el bolsillo del pecho mientras la madre de Claude intentaba levantarse de la mecedora con visible esfuerzo.

—No, señora, no se levante. No lo merezco.

Ella dejó escapar una risa áspera y se acomodó de nuevo.

—Vaya está usted hecho un hombretón. ¿Cómo se llama, agente?

—Sipe, señora. Cabo Owen Sipe. Mucho gusto.

Estrechó a la anciana la mano que no sostenía el cigarrillo evitando apretarle las articulaciones hinchadas.

—Lo mismo digo. Este es mi hijo, Claude. Ha venido de Flint City para echarme una mano.

Sipe se volvió hacia Claude, que soltó su medallón y tendió también él la mano.

—Encantado de conocerlo, señor Bolton —retuvo por un momento la mano de Claude y la observó—. Veo que tiene algún que otro tatuaje en los dedos.

—Hay que ver las dos manos para captar el mensaje —dijo Claude. Mostró la otra mano—. Me los hice yo mismo, en la cárcel. Pero si ha venido aquí para verme a mí, seguramente ya lo sabe.

—NADA y DEBE —leyó el agente Sipe pasando por alto el comentario—. Había visto tatuajes en los dedos, pero nunca estos.

—Verá, cuentan una historia —explicó Claude—, y yo la transmito siempre que tengo ocasión. Es mi manera de reparar el daño causado. Ahora estoy limpio, pero fue una verdadera lucha. Cuando estaba entre rejas fui a muchas reuniones de Alcohólicos Anónimos y Narcóticos Anónimos. Al principio solo iba porque daban donas de Krispy Kreme, pero lo que decían me hizo mella. Aprendí que todo adicto sabe dos cosas: *debe* consumir y no puede consumir *nada*. Ese es el nudo que uno tiene en la cabeza, ¿entiende? No puede cortarlo ni desatarlo, así que tiene que aprender a alzarse por encima. No es imposible, pero para lograrlo es necesario recordar el conflicto básico. *Debe* y *nada*.

—Ah —dijo Sipe—. Una especie de parábola, ¿no?

—Hoy día ni bebe ni se droga —intervino Lovie desde su mecedora—. Ni siquiera consume esta mierda —arrojó la colilla al suelo de tierra—. Es un buen chico.

—Nadie piensa que haya hecho usted algo malo, no estoy aquí por eso —contestó Sipe con gentileza, y Claude se relajó. Un poco. Nunca convenía relajarse demasiado cuando la Policía de Carretera se presentaba en una visita inesperada—. Hemos recibido una llamada de Flint City, por el cierre de un caso, diría yo, y necesitan que verifique usted algo en relación con un tal Terry Maitland.

Sipe sacó el teléfono, lo manipuló y mostró una fotografía a Claude.

—¿Es esta la hebilla del cinturón que llevaba ese Maitland la noche que usted lo vio? Y no me pregunte a qué viene eso, porque le aseguro que no lo sé. Me han mandado aquí solo a hacerle la pregunta.

No era esa la razón por la que habían enviado a Sipe, pero el mensaje de Ralph Anderson, transmitido a Sipe por el capitán Horace Kinney, era que se asegurara de que todo transcurría cordialmente y que no despertaba la menor sospecha.

Claude examinó la imagen en el teléfono y después lo devolvió.

—No estoy seguro, hace ya un tiempo de eso, pero desde luego lo parece.

—Bien, gracias. Gracias a los dos —Sipe se guardó el teléfono en el bolsillo y se dio la vuelta para marcharse.

—¿Eso es todo? —preguntó Claude—. ¿Ha venido hasta aquí solo para hacerme una pregunta?

—En resumidas cuentas, sí. Supongo que alguien necesita saberlo a toda costa. Gracias por su tiempo. Pasaré la información en el camino de regreso a Austin.

—Eso es un largo viaje, agente —dijo Lovie—. ¿Por qué no entra y se toma un vaso de té dulce? No es casero, pero no está mal.

—Bueno, entrar y sentarme no porque quiero llegar a casa antes de que se haga de noche, pero sí lo tomaría aquí fuera, si no les importa.

—No nos importa en absoluto. Claude, ve a buscar un vaso de té para este buen hombre.

—Un *vasito* —precisó Sipe separando apenas el pulgar y el índice—. Un par de tragos y vuelvo a la carretera.

Claude entró. Sipe apoyó un hombro en la pared del pórtico y miró a Lovie Bolton, cuyo rostro afable era un cúmulo de arrugas.

—Su chico la trata muy bien, ¿no?

—Sin él estaría perdida —afirmó Lovie—. Me manda dinero cada quince días y viene a verme siempre que puede. Quiere buscarme una residencia en Austin, y a lo mejor un día de estos ingreso en alguna si él puede permitírselo, pero ahora mismo le es imposible. No hay otro hijo como él, agente Sipe: alborotador de joven, digno de confianza después.

—Eso he oído —comentó Sipe—. Dígame, ¿la lleva alguna vez al Big 7, ese que está cerca de aquí, en la carretera? Preparan unos desayunos increíbles.

—No me fío de los restaurantes de carretera —contestó ella al tiempo que sacaba el tabaco del bolsillo de la bata y se ponía un cigarro entre la dentadura—. Una vez, en el 74, tuve una intoxicación de tomaína por comer en un sitio de Abilene y pensé que me iba a morir. Mi hijo se ocupa de cocinar cuando está aquí. No es un Emeril, pero no lo hace mal. Se las arregla bien con la sartén, no quema el tocino.

Al encender el cigarro le guiñó un ojo y Sipe sonrió; esperaba que la botella de oxígeno estuviese herméticamente cerrada, no fueran a salir los dos volando.

—Seguro que esta mañana le ha preparado el desayuno —dijo Sipe.

—Seguro que sí. Café, pan de pasas tostado y huevos revueltos con mucha mantequilla, como a mí me gustan.

—¿Es usted muy madrugadora, señora? Lo pregunto porque con el oxígeno y demás…

—Los dos, él y yo —contestó la mujer—. Nos levantamos con el sol.

Claude regresó con tres vasos de té helado en una charola, dos altos y uno pequeño. Owen Sipe se bebió el suyo en dos tragos, se relamió y dijo que tenía que marcharse. Los Bolton lo observaron irse, Lovie en su mecedora, Claude sentado en los peldaños y contemplando con expresión ceñuda la estela de polvo que indicaba el regreso del agente a la carretera principal.

—¿Ves lo amables que son los polis cuando no has hecho nada malo? —preguntó Lovie.

—Sí —contestó Claude.

—Ha venido hasta aquí solo para preguntarte por una hebilla. ¡Ya ves tú!

—No ha venido por eso, mamá.

—¿No? ¿Por qué, entonces?

—No estoy seguro, pero no ha sido por eso —Claude dejó el vaso en el peldaño y se miró los dedos. El NADA y el DEBE, el nudo por encima del cual finalmente había logrado alzarse. Se levantó—. Mejor será que acabe de descolgar la ropa. Luego quiero acercarme a casa de Jorge y preguntarle si quiere que mañana lo ayude. Está reparando el tejado.

—Eres buen chico, Claude —él vio lágrimas en sus ojos y se emocionó—. Ven aquí y dale un fuerte abrazo a tu madre.

—Sí, señora —dijo Claude, y eso hizo.

12

Ralph y Jeannie Anderson se preparaban para asistir a la reunión en el despacho de Howie Gold cuando sonó el teléfono de Ralph. Era Horace Kinney. Ralph habló con él mientras Jeannie se ponía los aretes y los zapatos.

—Gracias, Horace. Te debo una —puso fin a la llamada.

Jeannie lo miraba expectante.

—¿Y bien?

—Horace ha enviado a un agente de la Policía de Carretera a casa de los Bolton en Marysville. Iba con un pretexto, pero la verdadera razón era...

—Ya sé cuál era.

—Ajá. Según la señora Bolton, Claude le ha preparado el desayuno esta mañana a eso de las seis. Si has visto a Bolton abajo a las cuatro...

—Miré el reloj cuando me levanté para ir al baño —afirmó Jeannie—. Eran las cuatro y seis.

—Según MapQuest, entre Flint City y Marysville hay seiscientos noventa y dos kilómetros. Imposible que Bolton llegara allí a tiempo para preparar el desayuno a las seis, mi amor.

—A lo mejor la madre ha mentido. —Lo dijo sin mucha convicción.

—Sipe, el agente que Horace ha enviado, ha dicho que no ha percibido eso en su radar, y cree que lo habría notado.

—Así que se repite la situación de Terry —observó ella—. Un hombre en dos sitios al mismo tiempo. Porque estuvo aquí, Ralph. *Estuvo*.

Antes de que él pudiera contestar, sonó el timbre de la puerta. Ralph se puso un saco para ocultar la Glock que llevaba al cinto y bajó. Ante la puerta se hallaba el fiscal Bill Samuels, y con jeans y una sencilla camiseta azul no parecía el mismo.

—Me telefoneó Howard. Me ha dicho que iba a haber una reunión. «Un encuentro informal sobre el asunto de Maitland», así lo ha expresado él. En su despacho, y ha añadido que quizá me gustaría ir. He pensado que podríamos ir juntos, si no hay inconveniente.

—Supongo que no —contestó Ralph—, pero oye, Bill..., ¿a quién más se lo has dicho? ¿Al jefe Geller? ¿Al sheriff Doolin?

—A nadie. No soy un genio, pero tampoco me di un golpe en la cabeza al caer del árbol de los tontos.

Jeannie se reunió con Ralph en la puerta mientras comprobaba el contenido de su bolsa.

—Hola, Bill. Me sorprende verte aquí.

En la sonrisa de Samuels no se advertía ni rastro de humor.

—A decir verdad, también a mí me sorprende estar aquí. Este caso es como un zombi, se niega a seguir muerto.

—¿Qué piensa tu ex de todo esto? —preguntó Ralph, y cuando Jeannie lo miró con el entrecejo fruncido, añadió—: Si me he metido donde no me llaman, no tienes más que decírmelo.

—Ah, lo hemos comentado —respondió Samuels—. Aunque eso no es del todo exacto. *Ella* lo ha comentado y yo he escuchado. Opina que en parte fui responsable de la muerte de Maitland, y algo de razón tiene —intentó sonreír y no lo consiguió del todo—. Pero ¿cómo íbamos a saberlo nosotros, Ralph? Dime. Estaba cantado, ¿no? En retrospectiva, sabiendo lo que sabíamos, ¿dirías sinceramente que habrías actuado de manera distinta?

—Sí —contestó Ralph—. No lo habría detenido delante de toda la puta ciudad, y me habría asegurado de que entrara en el juzgado por la puerta de atrás. Anda, vámonos o llegaremos tarde.

MACY'S SE LO CUENTA A GIMBELS

25 de julio

1

Al final, Holly no viajó en clase business, aunque podría haberlo hecho si hubiese optado por el vuelo de Delta de las diez y cuarto de la mañana, con el que habría llegado a Cap City a las doce y media. Pero necesitaba quedarse un poco más en Ohio, así que reservó un arduo viaje con tres escalas a bordo de cacharros que no pararían de traquetear en las turbulencias de julio. Sin mucho espacio ni grandes comodidades, pero tolerable. Menos tolerable fue saber que no llegaría a Flint City hasta las seis de la tarde, y eso si ningún detalle de sus planes fallaba. La reunión en el despacho del abogado Gold estaba prevista para las siete, y si había algo que Holly detestaba por encima de todo era llegar tarde a una cita concertada. Llegar tarde no era la mejor manera de empezar con buen pie.

Recogió sus escasas pertenencias, pagó el hotel en recepción y recorrió en coche los cincuenta kilómetros hasta Regis. Visitó primero la casa de la madre de Heath Holmes, donde este había pasado sus vacaciones. Estaba cerrada y tenía las ventanas tapiadas, seguramente porque los vándalos la habían utilizado como blanco en sus prácticas de tiro. En el jardín, cuyo césped requería atención urgente, un cartel anunciaba: EN VENTA, PÓNGANSE EN CONTACTO CON EL FIRST NATIONAL BANK DE DAYTON.

Holly observó la casa, supo que los niños del vecindario pronto dirían en susurros que estaba encantada (si no lo decían ya), y reflexionó sobre la naturaleza de la tragedia. Al igual que el sarampión, las paperas o la rubeola, la tragedia era contagiosa.

Pero, a diferencia de esas enfermedades, para la tragedia no existía vacuna. La muerte de Frank Peterson en Flint City había contagiado a su desventurada familia y se había propagado por toda la ciudad. Dudaba que ese fuera el caso en esa comunidad residencial, donde eran pocos los que mantenían lazos duraderos, pero ciertamente la familia Holmes había desaparecido; no quedaba de ellos más que esa casa vacía.

Pensó en fotografiar la casa tapiada, con el EN VENTA en primer plano —una representación del dolor y la pérdida donde las hubiera—, y lo descartó. Algunas de las personas con las que iba a reunirse tal vez lo comprendieran, tal vez sintieran eso mismo, pero la mayoría probablemente no. Para ellos sería solo una fotografía.

Desde el domicilio de los Holmes fue en coche al cementerio Peaceful Rest, en las afueras de la ciudad. Allí encontró a la familia reunida: padre, madre y único hijo. No había flores, y la lápida que marcaba el lugar de descanso de Heath Holmes estaba volcada. Imaginó que acaso había ocurrido lo mismo con la lápida de Terry Maitland. El dolor era contagioso; la ira también. La de Holmes era una losa pequeña sin nada más que el nombre, las fechas y una mancha seca de mugre que quizá fueran los restos de un huevo lanzado. Con cierto esfuerzo, volvió a enderezarla. No esperaba que fuera a permanecer así, pero una hacía lo que podía.

—Usted no mató a nadie, señor Holmes, ¿verdad? Solo estaba en el lugar y el momento equivocados —encontró unos ramilletes en una tumba cercana, tomó unos cuantos prestados y los esparció sobre la de Heath. Las flores cortadas no cumplían bien la función de recordatorio (morían), pero eran mejor que nada—. Sin embargo, ha de cargar con eso. Aquí nadie creería la verdad. Posiblemente la gente con la que voy a reunirme esta noche tampoco la crea.

En todo caso intentaría convencerlos. Una hacía lo que podía, ya fuera enderezar lápidas, ya fuera tratar de convencer a hombres y mujeres del siglo XXI de que en el mundo había monstruos y que su mayor ventaja era la renuencia de la gente racional a creer.

Holly echó una ojeada alrededor y vio una cripta en una colina de escasa altura (en esa parte de Ohio todas las colinas eran de escasa altura). Se acercó hasta allí, miró el nombre cincelado en el granito del dintel, GRAVES, y descendió los tres peldaños de piedra. Observó los bancos de piedra y meditó sobre los Graves de antaño allí sepultados. ¿Se había ocultado allí el visitante una vez consumada su inmunda tarea? No lo creía, porque cualquiera —quizá incluso uno de los vándalos que habían volcado la lápida de Heath Holmes— podía acercarse hasta esa cripta para echar un vistazo. Además, el sol debía de iluminar el espacio de meditación durante una o dos horas por la tarde, proporcionando una pizca de calor fugaz. Si el visitante era lo que ella creía que era, preferiría la oscuridad. No siempre, no, pero sí durante determinados periodos. Determinados periodos cruciales. Aún no había terminado su investigación, pero de eso estaba casi segura. Y también de otra cosa: tal vez el asesinato fuese la obra de su vida, pero su alimento era la aflicción. La aflicción y la ira.

No, no había descansado en esa cripta, pero Holly creía que sí había estado en ese cementerio, quizá incluso antes de la muerte de Mavis Holmes y su hijo. Holly creyó oler su presencia (sabía que podía tratarse de una simple fantasía). Brady Hartsfield emanaba ese mismo olor, el hedor de lo antinatural. Bill lo sabía; las enfermeras que atendían a Hartsfield lo sabían también, por más que se hallara supuestamente en un estado de semicatatonia.

Se encaminó despacio hacia el pequeño estacionamiento que había más allá de la verja del cementerio, notando el golpeteo de la bolsa en la cadera. El único vehículo que esperaba allí, en el sofocante calor del verano, era su Prius. Lo pasó de largo y dio un lento giro de trescientos sesenta grados escrutando detenidamente todos los detalles del entorno circundante. Había cerca campos de labranza —olía el fertilizante—, pero aquello era una zona industrial en proceso de abandono, fea y yerma. Los folletos promocionales de la Cámara de Comercio (en el supuesto de que en Regis hubiese Cámara de Comercio) no incluirían fotos de aquello. No había puntos de interés. No había nada que llamara la atención; más bien la repelía, como si la propia tierra dijese: «Márchate, aquí no hay nada para ti, adiós, no vuelvas». Bueno, estaba el cementerio, pero pocos visitarían Peaceful Rest cuando llegara el invierno, y a esos pocos los ahuyentaría el gélido viento del norte no mucho después de acudir a presentar sus respetos a los muertos.

Más al norte se veían vías de tren, pero los rieles estaban oxidados y crecían hierbajos entre las traviesas. Había una estación en desuso desde hacía mucho, sus ventanas tapiadas como las de la casa de los Holmes. Más allá, en un ramal, quedaban dos vagones de mercancías solitarios, enterradas sus ruedas entre las zarzas. Daba la impresión de que llevaran allí desde los tiempos del Vietnam. Cerca de la estación desierta se alzaban almacenes abandonados desde hacía años y lo que, supuso Holly, eran tinglados obsoletos destinados a tareas de reparación. Más allá de estos se alzaba una fábrica en ruinas parcialmente hundida entre girasoles y arbustos. Alguien había pintado con aerosol una esvástica en los deteriorados ladrillos de color rosa que en un tiempo muy muy lejano habían sido rojos. A un lado de la carretera que la llevaría de regreso al pueblo, una valla publicitaria inclinada proclamaba: ¡EL ABORTO INTERRUMPE LOS LATIDOS DE UN CORAZÓN! **¡ELIGE LA VIDA!** Al otro lado había un edificio bajo y alargado con un letrero en la azotea en el que decía: TÚNEL DE LAVADO SPE DY ROBO. En su estacionamiento vacío se veía otro cartel, uno que ya había visto otra vez ese mismo día: EN VENTA, PÓNGANSE EN CONTACTO CON EL FIRST NATIONAL BANK DE DAYTON.

Creo que estuviste aquí. No en la cripta pero sí cerca. Donde podías oler las lágrimas cuando el viento soplaba en la dirección adecuada. Donde podías oír las risas de los hombres o los muchachos que volcaron la lápida de Heath Holmes y luego seguramente orinaron en su tumba.

A pesar del calor que hacía, Holly sintió frío. Con más tiempo, quizá hubiese investigado esos lugares vacíos. No existía el menor peligro; el visitante se había marchado de Ohio hacía tiempo. Muy probablemente se había marchado también de Flint City.

Tomó cuatro fotografías: la estación, los vagones de mercancías, la fábrica, el túnel de lavado desierto. Las examinó y decidió que valían. Tendrían que valer. Ella tenía que tomar un avión.

Sí, y convencer a cierta gente.

Si podía, claro. En ese momento se sintió muy pequeña y sola. Era fácil imaginar risas y escarnio; para ella, pensar en cosas así era algo natural. Pero lo intentaría. No le quedaba más remedio. Por los niños asesinados, sí —Frank Peterson y las hermanas Howard y todas las víctimas anteriores—, pero también por Terry Maitland y Heath Holmes. Una hacía lo que podía.

Aún tenía que ir a otro sitio. Por suerte le quedaba de camino.

2

En el parque comunitario de Trotwood, un anciano sentado en un banco le dio gustosamente indicaciones para llegar al lugar donde habían hallado los cuerpos de «esas pobres niñas». No estaba lejos, dijo, y lo reconocería cuando llegase.

Así fue.

Holly paró, se bajó y contempló un barranco que los dolientes —y los buscadores de emociones disfrazados de dolientes— habían intentado convertir en santuario. Había vistosas tarjetas en las que predominaban palabras como DOLOR y CIELO. Había globos, algunos medio desinflados, otros recientes, pese a que Amber y Jolene Howard habían sido encontradas allí hacía casi tres meses. Había una estatua de la Virgen María que algún bromista había adornado con un bigote. Había un osito de peluche que a Holly le provocó un escalofrío. El moho cubría su cuerpo orondo y café.

Levantó el iPad, tomó una fotografía.

Allí no se percibía el menor asomo del olor que había notado (o imaginado) en el cementerio, pero estaba segura de que el visitante había estado allí en algún momento después de que se hallaran los cadáveres de Amber y Jolene, saboreando el dolor de los peregrinos que acudían a ese santuario improvisado como si se tratara de un excelente borgoña añejo. Y también la excitación de aquellos —no muchos pero sí unos cuantos, siempre había unos cuantos— que iban allí para meditar sobre las sensaciones que uno experimentaba al realizar las atrocidades a las que habían sido sometidas las hermanas Howard, y oír sus gritos.

Sí, viniste, pero no muy pronto. Esperaste a venir cuando no atrajeras atención no deseada, como hiciste el día que el hermano de Frank Peterson mató a tiros a Terry Maitland.

—Solo que entonces no pudiste resistirte, ¿verdad? —musitó Holly—. Habría sido como un hombre famélico intentando resistirse a una cena de Acción de Gracias con todos sus acompañamientos.

Un miniván se detuvo delante del Prius de Holly. A un lado de la defensa llevaba una calcomanía en la que se leía TAXI DE MAMÁ. En la adherida en el extremo opuesto decía CREO EN LA SEGUNDA ENMIENDA, Y VOTO. Salió de él una mujer bien vestida, regordeta, bonita, de treinta y tantos años. Sostenía un ramo de flores. Se arrodilló, las dejó al lado de una cruz de madera que tenía escrito en un brazo NIÑAS y en el otro CON JESÚS. Luego se levantó.

—Qué triste, ¿verdad? —dijo a Holly.

—Sí.

—Soy cristiana, pero me alegro de que el culpable haya muerto. Me *alegro*. Y me alegro de que esté en el infierno. ¿Está mal por mi parte?

—No está en el infierno —dijo Holly.

La mujer reculó como si le hubieran dado una bofetada.

—*Trae* el infierno.

Holly fue al aeropuerto de Dayton. Llevaba un poco de retraso, pero contuvo el impulso de rebasar el límite de velocidad. Las leyes eran las leyes por una razón.

3

Tomar vuelos de corto recorrido (Líneas Aéreas Hojalata, las llamaba Bill) tenía sus ventajas. Para empezar, el último tramo la dejó en el aeródromo de Kiowa, en el condado de Flint, lo que le ahorró un viaje en coche de ciento diez kilómetros desde Cap City. Además, el viaje por etapas le proporcionó la oportunidad de seguir con sus investigaciones. Durante las breves escalas entre vuelos, utilizó las redes wifi de los aeropuertos para descargarse toda la información posible y lo más deprisa posible. Durante los vuelos leyó lo que se había descargado; se desplazaba por los textos rápidamente y tan concentrada que apenas oyó los chillidos de horror cuando su segundo avión, un turbohélice de treinta plazas, entró en una bolsa de aire y cayó como un ascensor.

Llegó a su destino solo con cinco minutos de retraso y, apretando el paso, consiguió ser la primera en acceder a Hertz, lo cual le valió una mirada hostil del representante comercial con exceso de equipaje al que superó en un esprint final. De camino a la ciudad, viendo lo cerca que estaba de recortar ese tiempo de demora, cedió a la tentación y superó el límite de velocidad. Pero solo en diez kilómetros por hora.

4

—Es ella. Tiene que serlo.

Howie Gold y Alec Pelley estaban delante del edificio donde Howie tenía su despacho. Este señalaba a una mujer esbelta que se acercaba al trote por la acera; vestía un traje gris formal y una blusa blanca y llevaba al hombro una bolsa de viaje enorme que le golpeteaba la delgada cadera. Tenía el cabello muy corto, la cara pequeña y un flequillo canoso que le caía casi hasta las cejas. Un toque de bilé descolorido le realzaba los labios, pero por lo demás no iba maquillada. Aunque el sol ya se ponía, el calor seguía apretando y un hilillo de sudor le resbalaba por la mejilla.

—¿Señorita Gibney? —preguntó Howie dando un paso al frente.

—Sí —dijo ella con un jadeo—. ¿Llego tarde?

—En realidad dos minutos antes de la hora —contestó Alec—. ¿Me permites que te ayude con la bolsa? Parece que pesa mucho.

—Estoy bien —respondió ella, que apartó la mirada del abogado robusto y ya un poco calvo y se fijó en el investigador que la había contratado. Pelley superaba al menos en quince centímetros a su jefe, tenía el pelo entrecano y peinado hacia atrás, y esa noche vestía un pantalón de color tostado y una camisa blanca con el cuello desabrochado—. ¿Han llegado ya los demás?

—Casi todos —contestó Alec—. El inspector Anderson…, ah, hablando del rey de Roma.

Holly se volvió y vio aproximarse a tres personas. Una era una mujer que conservaba los vestigios de su belleza juvenil a una mediana edad muy avanzada, aunque sus ojeras, solo parcialmente ocultas mediante crema base y polvos, inducían a pensar que de un tiempo a esa parte no dormía bien. A su izquierda iba un hombre flaco y de aspecto nervioso; un remolino escapaba de su pelo, por lo demás rígidamente controlado. Y a su derecha…

El inspector Anderson era un hombre alto, con los hombros caídos y el principio de lo que probablemente se convertiría en una barriga si no empezaba a hacer más ejercicio y a controlar lo que comía. Mantenía la cabeza un poco adelantada, y sus ojos, de un vivo azul, la escrutaron de la cabeza a los pies y de lado a lado. No era Bill, claro que no; Bill había muerto hacía dos años y nunca volvería. Además, ese hombre era mucho más joven que Bill cuando Holly lo conoció. El parecido estribaba en la intensa curiosidad que reflejaba su rostro. Iba de la mano de la mujer, lo que indicaba que ella era la señora Anderson. Resultaba interesante que lo acompañara.

Se hicieron las presentaciones. El hombre delgado del remolino era el fiscal del condado de Flint, William («llámeme Bill, por favor») Samuels.

—Subamos y escapemos de este calor —dijo Howie.

La señora Anderson —Jeanette— preguntó a Holly si había tenido buen viaje, y Holly dio la respuesta oportuna. Luego se volvió hacia Howie y preguntó si en la sala había un equipo audiovisual que pudieran usar. Él contestó que desde luego que sí, y que si tenía material que exponer podía utilizarlo sin problema. Cuando salieron del ascensor, Holly preguntó por el baño de mujeres.

—Necesito un par de minutos. He venido directamente desde el aeropuerto.

—Claro. Al final del pasillo, a la izquierda. Debería estar abierto.

Holly temía que la señora Anderson se ofreciera a acompañarla, pero no fue así. Tanto mejor. Tenía que orinar («desbeber», como siempre decía su madre), pero otro asunto más importante requería su atención y solo podía atenderlo en total privacidad.

En el baño, con la falda remangada y la bolsa de viaje entre sus cómodos mocasines, cerró los ojos. Consciente de que los espacios revestidos de azulejos eran amplificadores naturales, rezó en silencio.

Soy Holly Gibney otra vez, y necesito ayuda. Ya sabes que no se me da bien estar con desconocidos, ni siquiera de uno en uno, y esta noche tengo que enfrentarme a seis. Siete, si viene la viuda del señor Maitland. No estoy aterrorizada, pero mentiría si dijera que no tengo miedo. Bill hacía bien estas cosas, pero yo no soy él. Ayúdame a hacerlo tal como lo haría él. Ayúdame a entender la incredulidad natural de estas personas y a no tenerles miedo.

Para acabar, añadió en un susurro:

—Por favor, Dios mío, ayúdame a no regarla. —Guardó silencio un momento y dijo—: No estoy fumando.

5

La reunión se celebraría en la sala de juntas de Howard Gold y, aunque era más pequeña que la de *The Good Wife* (Holly había visto las siete temporadas y había empezado ya con la secuela), era muy acogedora. Cuadros de buen gusto, una mesa de caoba abrillantada, butacas de piel. La señora Maitland, en efecto, había llegado. Se sentó a la derecha del señor Gold, que ocupaba la cabecera de la mesa y le preguntó con quién había dejado a las niñas.

Marcy le dirigió una sonrisa lánguida.

—Lukesh y Chandra Patel se han ofrecido como voluntarios. Su hijo jugaba en el equipo de Terry. De hecho, Baibir estaba en la tercera base cuando... —miró al inspector Anderson—. Cuando sus hombres lo detuvieron. Baibir se quedó desolado. No lo entendió.

Anderson se cruzó de brazos y guardó silencio. Su mujer apoyó una mano en su hombro y le musitó algo que nadie más debía oír. Anderson asintió con la cabeza.

—Voy a dar por iniciada la sesión —anunció el señor Gold—. No hay orden del día, pero quizá nuestra invitada quiera empezar. Les presento a Holly Gibney, detective privada a la que Alec contrató para que investigara la parte de este asunto relacionada con Dayton, en el supuesto de que los dos casos estén conectados. Esa es una de las cosas que nos proponemos determinar aquí, si es posible.

—No soy detective privada —objetó Holly—. Mi socio, Peter Huntley, es quien tiene licencia de investigador privado. Nuestra agencia se dedica principalmente a la recuperación de bienes impagados y la localización de fugitivos en libertad bajo fianza. Aceptamos alguna que otra investigación criminal en la que el riesgo de recibir regaños de la policía es bajo. Hemos tenido suerte, por ejemplo, con las mascotas perdidas.

Eso sonaba un tanto pobre, y Holly notó el calor de la sangre en la cara.

—La señorita Gibney está siendo un poco demasiado modesta —intervino Alec—. Si no me equivoco, participó en la búsqueda de un fugitivo violento llamado Morris Bellamy.

—Eso fue un caso de mi socio —aclaró Holly—. Mi *primer* socio. Bill Hodges. Falleció un tiempo después, señor Pelley, Alec, como ya sabes.

—Sí —dijo Alec—. Te acompaño en el sentimiento.

El hispano a quien el inspector Anderson había presentado como Yunel Sablo, de la Policía del Estado, se aclaró la garganta.

—Según tengo entendido —intervino—, el señor Hodges y usted participaron también en un caso en que se utilizó un vehículo para cometer un homicidio en masa y en un frustrado atentado terrorista. Obra de un joven llamado Hartsfield. Y que usted personalmente, señorita Gibney, fue quien lo detuvo antes de que pudiera activar unos explosivos en un auditorio abarrotado. Lo cual habría podido costar la vida a miles de jóvenes.

Un murmullo corrió en torno a la mesa. Holly sintió aún más calor en la cara. Habría deseado aclararles que había fracasado en su empeño, que solo había atajado las ambiciones homicidas de Brady temporalmente, que este había vuelto y había causado más muertes antes de que pusieran fin a sus intenciones de manera definitiva, pero no era el momento ni el lugar.

El teniente Sablo no había terminado.

—Me parece que el ayuntamiento le concedió una condecoración, ¿no es así?

—Bueno, fuimos tres los condecorados, pero todo quedó en una llave de oro y un bono de autobús válido para diez años —miró alrededor, consciente, para su disgusto, de que seguía ruborizada como una quinceañera—. De eso hace mucho. En lo que se refiere a este caso, preferiría reservar mi informe para el final. Y mis conclusiones.

—Como el último capítulo en una de esas antiguas novelas de misterio inglesas —comentó el señor Gold con una sonrisa—. Todos contaremos lo que sabemos, y después usted se pondrá en pie y nos asombrará explicándonos quién lo hizo y cómo.

—Pues que tenga suerte —dijo Bill Samuels—. Solo de pensar en el caso Peterson me entra dolor de cabeza.

—Creo que tenemos casi todas las piezas —contestó Holly—, pero creo que no están todas sobre la mesa, ni siquiera ahora. Me viene una y otra vez a la cabeza, y seguramente ustedes lo considerarán una bobada, ese viejo dicho sobre la renuencia de Macy's a contárselo a Gimbels. Pero ahora Macy's y Gimbels están aquí...

—Además de Saks, Nordstrom's y Needless Markup —dijo Howie. A continuación, viendo la expresión de Holly, añadió—: No me burlo, señorita Gibney; estoy de acuerdo con usted. Todo sobre la mesa. ¿Quién empieza?

—Debería empezar Yune —propuso Anderson—. Yo estoy de baja administrativa.

Yune colocó un maletín en la mesa y sacó su laptop.

—Señor Gold, ¿puede enseñarme cómo se usa el proyector?

Howie así lo hizo, y Holly observó atentamente, para poder imitarlo cuando le llegara el turno. Una vez conectados los cables correspondientes, Howie atenuó un poco las luces.

—Muy bien —comenzó Yune—. Discúlpeme, señorita Gibney, si me anticipo a usted con parte del material que descubrió en Dayton.

—Ningún inconveniente —contestó Holly.

—Hablé con el capitán Bill Darwin, del Departamento de Policía de Dayton, y con el sargento George Highsmith del de Trotwood. Cuando les dije que teníamos un caso similar al suyo, posiblemente conectados ambos mediante una camioneta robada que había estado cerca de su escenario del crimen y del nuestro, se mostraron dispuestos a colaborar, y gracias a la magia de la telecomunicación debería tenerlo todo aquí. Si este aparato funciona, claro está.

El escritorio de la computadora de Yune apareció en la pantalla. Dio click en una carpeta titulada HOLMES. La primera imagen era la de un hombre con el uniforme naranja de los presos del condado. Tenía el pelo castaño rojizo, cortado a cepillo, y un visible asomo de barba en las mejillas. Era un poco bizco, lo que le confería un aspecto que podría parecer un tanto siniestro o sencillamente una expresión de perplejidad ante el súbito giro que había dado su vida. Holly había visto la foto de la ficha policial en la primera plana del *Dayton Daily News* del 30 de abril.

—Este es Heath James Holmes —dijo Yune—. Treinta y cuatro años. Detenido por los asesinatos de Amber y Jolene Howard. Tengo imágenes de las niñas en el lugar del crimen, pero no voy a enseñárselas. No dormirían. Son las peores mutilaciones que he visto en mi vida.

Silencio entre las siete personas atentas a la pantalla. Jeannie apretaba el brazo de su marido. Marcy, tapándose la boca con una mano, miraba como hipnotizada la foto de Holmes.

—Aparte de una detención cuando era menor de edad por irse de paseo en un coche robado y un par de multas por exceso de velocidad, Holmes no tenía antecedentes. Sus evaluaciones de trabajo semestrales, primero en el hospital Kindred y después en la Unidad de Memoria Heisman, son excelentes. Los compañeros de trabajo y los pacientes no tenían más que buenas palabras sobre él. Incluyen comentarios como «siempre amable» y «sinceramente afectuoso» y «hace más de lo que se le exige».

—La gente decía eso mismo de Terry —musitó Marcy.

—Eso no significa nada —declaró enérgicamente Samuels—. Lo mismo se decía de Ted Bundy.

Yune prosiguió:

—Holmes dijo a sus compañeros de trabajo que tenía previsto pasar su semana de vacaciones con su madre en Regis, un pueblo a unos cincuenta y cinco kilómetros al norte de Dayton y Trotwood. A mediados de esa semana de vacaciones, un cartero, en su ronda de reparto, descubrió los cadáveres de las hermanas Howard. Vio una gran bandada de cuervos congregados en un barranco a menos de dos kilómetros de la casa de la familia Howard, y se detuvo a investigar. Visto lo que encontró, probablemente se haya arrepentido.

Clicó, y la mirada bizca y el asomo de barba de Heath Holmes dio paso a dos niñas rubias. La foto se había tomado en una feria ambulante o en un parque de atracciones; Holly vio una montaña rusa en segundo plano. Amber y Jolene sonreían y sostenían en alto, como trofeos, cucuruchos de algodón de azúcar.

—No es cuestión aquí de culpar a las víctimas, pero las hermanas Howard eran problemáticas. Madre alcohólica, padre en paradero desconocido, familia de bajos ingresos en un vecindario pésimo. El colegio las tenía catalogadas como «alumnas en riesgo de exclusión», y se habían ido de pinta en varias ocasiones. Como fue el caso el lunes 23 de abril a eso de las diez de la mañana. Amber tenía una hora libre, y Jolene dijo que tenía que ir al baño, así que probablemente lo habían planeado con antelación.

—La fuga de Alcatraz —comentó Bill Samuels.

Nadie se rio.

Yune prosiguió:

—Fueron vistas poco antes de las doce del mediodía en una tienda de alimentación a unas cinco manzanas del colegio. He aquí un fotograma tomado por la cámara de vigilancia de la tienda.

La imagen en blanco y negro era nítida, como extraída de una antigua película de cine negro, pensó Holly. Observó a las dos niñas rubias, una con un par de refrescos y la otra con un par de caramelos. Vestían jeans y camiseta. No parecían contentas; la de los caramelos señalaba algo con la boca muy abierta y la frente arrugada.

—El dependiente, sabiendo que tenían que estar en el colegio, se negó a venderles —explicó Yune.

—No me diga —dijo Howie—. A la mayor casi se la oye ponerlo en su lugar.

—Cierto —convino Yune—, pero eso no es lo interesante. Fíjense en el ángulo superior derecho de la imagen. En la acera, la persona que mira a través del cristal. Vean, acercaré un poco la imagen.

Marcy susurró algo muy bajito. Tal vez dijera «Dios».

—Es él, ¿no? —dijo Samuels—. Es Holmes. Observándolas.

Yune asintió.

—Ese dependiente fue la última persona que informó haber visto a Amber y Jolene vivas. Pero las captó al menos otra cámara.

Hizo clic, y en la pantalla, al fondo de la sala de juntas, apareció la toma de otra cámara de vigilancia. Enfocaba con su ojo electrónico las bombas de una gasolinera. El registro horario, en un ángulo, marcaba: 12:19 horas, 23 de abril. Holly pensó que esa debía de ser la foto que había mencionado su informante, la enfermera. Candy Wilson había supuesto que el vehículo que aparecía era la camioneta todoterreno de Holmes, una Tahoe Chevrolet tuneada, pero se había equivocado. La imagen mostraba a Heath Holmes caminando en dirección a una camioneta en cuyo lateral se leía JARDINERÍA PAISAJÍSTICA Y PISCINAS DAYTON. Cabía deducir que, una vez pagada la gasolina, regresaba al vehículo con un refresco en cada mano. Asomada a la ventanilla del lado del conductor para tomarlos, se veía a Amber, la mayor de las hermanas Howard.

—¿Cuándo se robó esa camioneta? —preguntó Ralph.

—El 14 de abril —dijo Yune.

—La tuvo escondida hasta que estuvo preparado. Lo que significa que planeó el crimen.

—Eso parece, sí.

—Y esas niñas... —dijo Jeannie— ¿se subieron con él sin más?

Yune se encogió de hombros.

—Tampoco aquí se trata de culpar a las víctimas, no se puede culpar a dos niñas de esa edad por tomar decisiones equivocadas, pero esta imagen indica que estaban con él voluntariamente, al menos al principio. La señora Howard dijo al sargento Highsmith que la mayor tenía por costumbre pedir aventón cuando quería ir algún sitio, pese a habérsele dicho repetidamente que eso era peligroso.

Holly pensó que las dos fotos de las cámaras de vigilancia contaban una historia sencilla. El visitante había visto que el dependiente de la tienda de alimentación se negaba a atender a las niñas, y se ofreció a comprarles refrescos y caramelos un poco más adelante, cuando volviera a cargar gasolina. Después de eso quizá les dijera que las llevaría a casa o a cualquier otro sitio adonde desearan ir. Un buen hombre que ayudaba a un par de niñas que se iban de pinta, al fin y al cabo también él había sido niño.

—Holmes fue visto posteriormente, ya pasadas las seis de la tarde —continuó Yune—. En un Waffle House de las afueras de Dayton. Tenía sangre en la cara, las manos y la camisa. Explicó a la mesera y al cocinero que le había sangrado la nariz y se limpió en el baño. Al salir, pidió algo de comida para llevar. Cuando se marchaba, el cocinero y la mesera vieron que también tenía manchados de sangre la espalda de la camisa y los fondillos del pantalón, con lo que su explicación resultó un poco menos verosímil, puesto que la mayoría de la gente tiene la nariz delante. La mesera anotó su número de placa y avisó a la policía. Más tarde los dos identificaron a Holmes en una rueda de reconocimiento. Ese pelo castaño rojizo es inconfundible.

—¿Aún conducía la camioneta cuando se detuvo en el Waffle House? —preguntó Ralph.

—Ajá. Apareció abandonada en el estacionamiento municipal de Regis poco después de que se encontraran los cuerpos de las niñas. En la parte de atrás había mucha sangre, y las huellas digitales de él y las de las niñas estaban por todas partes. Algunas marcadas en sangre. También a este respecto las similitudes con el asesinato de Frank Peterson son notables. Sorprendentes, de hecho.

—¿La camioneta estaba muy cerca de su casa en Regis cuando la encontraron? —preguntó Holly.

—A menos de un kilómetro. La hipótesis de la policía es que la abandonó, volvió a pie a casa, se quitó la ropa ensangrentada y le preparó a su madre una buena cena. La policía descubrió la correlación de las huellas casi de inmediato, pero tardó un par de días en resolver los trámites burocráticos y conseguir el nombre.

—Porque la única vez que detuvieron a Holmes, por el paseo en un coche robado, aún era menor de edad —dijo Ralph.

—Sí, señor. El 26 de abril Holmes fue a la Unidad de Memoria Heisman. Cuando la responsable, la señora June Kelly, le preguntó qué hacía allí si estaba de vacaciones, él contestó que tenía que recoger algo de su casillero y ya de paso había pensado en entrar a ver a un par de pacientes. A ella le chocó un poco, porque si bien es cierto que las enfermeras disponen de casilleros, los celadores solo cuentan con una especie de cajas de plástico en la sala de descanso. Además, los celadores aprenden de buen comienzo que la palabra adecuada para referirse a los clientes de pago es «residentes», y Holmes tenía por costumbre llamarlos sus chicos y chicas. Todo pura cordialidad. El caso es que uno de los «chicos» a los que entró a ver aquel día fue el padre de Terry Maitland, y la policía encontró cabellos rubios en su baño. Cabellos que, según identificó el laboratorio forense, pertenecían a Jolene Howard.

—No podía ser más oportuno —comentó Ralph—. ¿Nadie planteó que tal vez fuese una prueba falsa?

—Por cómo se fueron acumulando las pruebas, se limitaron a dar por supuesto que era un hombre descuidado o que quería que lo detuvieran —respondió Yune—. La camioneta, las huellas digitales, las imágenes de las cámaras de vigilancia, los calzones de las niñas encontrados en el sótano, y finalmente la cereza del pastel: la correlación del ADN. Las muestras obtenidas de las mejillas mientras estaba en custodia se correspondían con el semen del autor del delito hallado en el lugar de los hechos.

—Dios mío —exclamó Bill Samuels—. Realmente es un *déjà vu* total.

—Con una gran excepción —precisó Yune—. Heath Holmes no tuvo la suerte de que lo grabaran en una conferencia que casualmente se celebraba a la misma hora en la que fueron secuestradas y asesinadas las hermanas Howard. Su madre juró que él había estado en Regis todo el tiempo, dijo que no había ido a Heisman, y desde luego tampoco a Trotwood. «¿Para qué iba a ir?», dijo la mujer. «Es una ciudad de mierda llena de gente de mierda.»

—Cualquier jurado habría ignorado del todo su testimonio —afirmó Samuels—. A ver, si tu madre no miente por ti, ¿quién va a hacerlo?

—Durante su semana de vacaciones lo vieron otras personas del barrio —continuó Yune—. Le cortó el césped a su madre, le arregló los canalones, le pintó la entrada, y ayudó a la vecina de enfrente a plantar flores. Eso coincidió con el día que desaparecieron las hermanas Howard. Además, esa camioneta tuneada suya no pasaba desapercibida cuando iba de aquí para allá haciendo recados.

—En cuanto a la vecina de enfrente, ¿pudo situarlo en algún momento cercano a la hora de la muerte de esas dos niñas? —preguntó Howie.

—Dijo que estuvo con ella a eso de las diez de la mañana. Casi una coartada, pero no perfecta. Regis está mucho más cerca de Trotwood que Flint de Cap City. Según la hipótesis de la policía, nada más terminar de ayudar a la vecina con sus petunias o lo que fuese, fue en su Tahoe al estacionamiento municipal, la cambió por la camioneta y se marchó de caza.

—Terry *tuvo* más suerte que el señor Holmes —dijo Marcy, mirando primero a Ralph y luego a Bill Samuels. Ralph le sostuvo la mirada; Samuels no pudo o no quiso—. Pero no la suficiente.

—Hay una cosa más —prosiguió Yune—. Otra pieza del rompecabezas, como diría la señorita Gibney. Pero voy a reservármela hasta que Ralph resuma la investigación del caso Maitland, tanto los pros como los contras.

Ralph abrevió al máximo, empleando frases concisas, como si atestiguara en un juicio. Hizo especial hincapié en la declaración de Claude Bolton: que Terry le había arañado con una uña al estrecharle la mano. Después de hablarles del hallazgo de la ropa en el municipio de Canning —pantalón, calzones, calcetines, tenis, pero no camisa—, volvió a referirse al hombre que había visto en la escalinata del juzgado. Admitió no tener la total certeza de que ese individuo estuviese ocultándose la cabeza, presuntamente cubierta de cicatrices y sin pelo, con la camisa que llevaba Terry en la estación de Dubrow, pero creía que era posible.

—Debía de haber cobertura televisiva en el juzgado —observó Holly—. ¿La han comprobado?

Ralph y el teniente Sablo cruzaron una mirada.

—Sí —contestó Ralph—, pero ese hombre no aparece. En ninguna de las grabaciones.

Se produjo un revuelo generalizado, y Jeannie volvió a sujetarle el brazo, a agarrárselo en realidad. Ralph le dio una palmada tranquilizadora en la mano, pero tenía la mirada puesta en la mujer que había volado hasta allí desde Dayton. Holly no parecía desconcertada. Parecía satisfecha.

6

—El hombre que mató a las hermanas Howard utilizó una camioneta —dijo Yune—, y cuando ya no la necesitó, la abandonó en un lugar fácil de descubrir. El hombre que mató a Frank Peterson hizo lo mismo con la camioneta que utilizó para secuestrar al niño; de hecho, llamó la atención sobre ella dejándola detrás del Shorty's Pub y hablando con un par de testigos, tal como Holmes habló con el cocinero y la mesera en el Waffle House. La policía de Ohio encontró muchas huellas digitales en la camioneta, tanto las del asesino como las de las víctimas. Nosotros encontramos muchas en la camioneta, pero las huellas de esta incluían al menos un juego que no llegó a identificarse. O sea, hasta última hora de hoy.

Ralph se inclinó, muy atento.

—Voy a enseñarles una cosa —Yune manipuló su laptop. En la pantalla aparecieron dos huellas digitales—. Estas son del chico que robó la camioneta en el norte del estado de Nueva York. Una huella de la camioneta y una de su ficha cuando fue detenido en El Paso. Ahora fíjense en esto.

Manipuló un poco más y las dos huellas se superpusieron a la perfección.

—Esto en lo que atañe a Merlin Cassidy. Ahora veamos las de Frank Peterson: una huella tomada por el forense y una de la camioneta.

La superposición mostró de nuevo una correlación perfecta.

—A continuación, Maitland. Una huella de la camioneta..., una de tantas, podría añadir, y la otra de su ficha en el Departamento de Policía de Flint City.

Las juntó y de nuevo la correlación fue perfecta. Suspiró.

—Muy bien, ahora prepárense para quedarse de una pieza. A la izquierda, una huella de un sujeto desconocido encontrada en la camioneta; a la derecha, una huella de Heath Holmes extraída de *su* ficha en el condado de Montgomery, Ohio.

Las juntó. Esta vez no coincidían perfectamente, pero se asemejaban mucho. En opinión de Holly, un jurado habría dado por buena la correlación. Ella desde luego la habría aceptado.

—Observarán algunas diferencias menores —dijo Yune—. Eso se debe a que la huella de Holmes obtenida en la camioneta está un poco degradada, tal vez por el paso del tiempo. Pero yo veo puntos de coincidencia suficientes para convencerme de que son de la misma persona. Heath Holmes estuvo en esa camioneta en algún momento. Esto es información nueva.

La sala quedó en silencio.

Yune proyectó dos huellas más. La de la izquierda era clara y nítida. Holly se dio cuenta de que ya la habían visto antes. Ralph también lo advirtió.

—De Terry —dijo—. Obtenida en la camioneta.

—Correcto. Y a la derecha una de la hebilla del cinturón abandonado en el establo.

Las espirales eran iguales, pero se las veía extrañamente borrosas en algunos sitios. Cuando Yune las superpuso, la huella de la camioneta completó los vacíos de la huella de la hebilla.

—Sin duda son la misma —afirmó Yune—. Las dos de Terry Maitland. Solo que la de la hebilla parece proceder del dedo de un hombre mucho mayor.

—¿Cómo es posible? —preguntó Jeannie.

—No lo es —intervino Samuels—. Vi unas huellas de Maitland en su ficha policial tomadas unos días *después* de tocar esa hebilla. Eran firmes y claras. Cada cresta y espiral intacta.

—También levantamos una huella de un sujeto desconocido en la hebilla —informó Yune—. Es esta.

Desde luego esa no la aceptaría ningún jurado; se veían algunas crestas y espirales, pero muy débiles, casi inexistentes. La mayor parte de la huella era solo una mancha imprecisa.

—Es imposible saberlo con certeza —continuó Yune—, dada la mala calidad, pero dudo que sea una huella digital del señor Maitland, y *no* puede ser de Holmes, porque murió mucho antes de que viéramos esa hebilla por primera vez en el video de la estación. Y sin embargo… Heath Holmes *estuvo* en la camioneta que se utilizó para secuestrar a Peterson. Con respecto al cuándo, el cómo o el porqué, no tengo explicación, pero no exagero si digo que daría mil dólares por saber quién dejó esa huella borrosa en la hebilla del cinturón, y al menos quinientos por saber por qué la huella de Maitland en la hebilla parece tan vieja.

Desconectó la laptop y se sentó.

—Tenemos un montón de piezas encima de la mesa —dijo Howie—, pero apuesto a que no forman una imagen. ¿Alguien tiene alguna más?

Ralph se volvió hacia su mujer.

—Cuéntaselo —dijo—. Cuéntales con quién soñaste que estaba en casa.

—No fue un sueño —respondió ella—. Los sueños se desvanecen. La realidad no.

Al principio despacio, pero acelerándose gradualmente, Jeannie les contó que había visto luz en el piso de abajo y encontrado al hombre sentado más allá del arco, en una de las sillas de su mesa de la cocina. Terminó con la advertencia que el individuo le había transmitido, recalcándola mediante las letras de un azul descolorido tatuadas en sus dedos. «DEBE decirle que pare.»

—Me desmayé. Eso no me había pasado en la vida.

—Ha despertado en la cama —aclaró Ralph—. Ninguna puerta ni ventana forzada. La alarma antirrobo estaba conectada.

—Un sueño —afirmó Samuels categóricamente.

Jeannie negó con la cabeza en un gesto tan enérgico que se le agitó el cabello.

—Estaba *allí.*

—*Algo* pasó —dijo Ralph—. De eso estoy seguro. El hombre de la cara quemada tenía tatuajes en los dedos…

—El hombre que no aparece en las películas —intervino Howie.

—Ya sé que parece un disparate. Pero en este caso hay una persona que tiene tatuajes en los dedos, y de repente me he acordado de quién era. Le he pedido a Yune que me mandase una foto, y Jeannie lo ha reconocido. El hombre a quien Jeannie vio en el sueño…, o en casa, es Claude Bolton, el cadenero del Gentlemen, Please. El que se llevó un arañazo al dar la mano a Maitland.

—Igual que se llevó un arañazo Terry cuando tropezó con el celador —comentó Marcy—. Ese celador era Heath Holmes, ¿no?

—Oh, claro —afirmó Holly, casi distraídamente. Mantenía la mirada fija en uno de los cuadros de la pared—. ¿Quién iba a ser, si no?

Alec Pelley tomó la palabra:

—¿Ha verificado alguno de ustedes el paradero de Bolton?

—Yo —respondió Ralph, y se explicó—: Está en un pueblo del oeste de Texas que se llama Marysville, a setecientos kilómetros de aquí, y a no ser que tenga un avión privado escondido en algún sitio, allí estaba cuando Jeannie lo vio en casa.

—A no ser que *su* madre mintiera —apuntó Samuels—. Como se ha señalado anteriormente, las madres suelen estar dispuestas a eso cuando sus hijos están bajo sospecha.

—Jeannie ha pensado lo mismo, pero en este caso es improbable. Un policía se ha presentado allí con un pretexto y, según él, los dos se veían relajados y receptivos. Sin las angustias propias del autor de un crimen.

Samuels cruzó los brazos ante el pecho.

—No me convence.

—¿Marcy? —dijo Howard—. Me parece que ahora te toca a ti añadir una pieza al rompecabezas.

—La... la verdad es que prefiero no hacerlo. Dejémoselo al inspector. Grace habló con él.

Howie le tomó la mano.

—Hazlo por Terry.

Marcy suspiró.

—De acuerdo. Grace también vio a un hombre. Dos veces. La segunda en la casa. Pensé que eran pesadillas por lo alterada que estaba a causa de la muerte de su padre, como le pasaría a cualquier niña...

Se interrumpió y se mordió el labio inferior.

—Por favor —terció Holly—. Es muy importante, señora Maitland.

—Sí —coincidió Ralph—. Lo es.

—¡Yo estaba convencida de que no era real! ¡Totalmente!

—¿Lo describió? —preguntó Jeannie.

—Más o menos. La primera vez fue hace alrededor de una semana. Sarah y ella dormían juntas en la habitación de Sarah, y Grace dijo que ese hombre flotaba al otro lado de la ventana. Dijo que tenía la cara de plastilina y pajas por ojos. *Cualquiera* habría pensado que eso era una pesadilla, ¿no?

Todos guardaron silencio.

—La segunda vez fue el domingo. Dijo que se despertó de la siesta y el hombre estaba sentado en su cama. Explicó que ya no tenía ojos por pajas, que tenía los ojos de su padre, pero aun así le dio miedo. Tenía los brazos tatuados. Y las manos.

Ralph intervino:

—A mí me dijo que antes su cara parecía de plastilina pero ya no. Que tenía el pelo negro y corto, de punta. Bigote y una barbita debajo de los labios.

—Barbilla —precisó Jeannie. Parecía que se encontrara mal—. Era el mismo hombre. A lo mejor la primera vez fue una pesadilla, pero la segunda... era Bolton. Tenía que serlo.

Marcy se llevó las manos a las sienes y se las apretó con las palmas, como si le doliera la cabeza.

—Sé que da esa impresión, pero *tuvo* que ser un sueño. Dijo que la camisa de ese hombre cambiaba de color mientras le hablaba, y esas cosas pasan en los sueños. Inspector Anderson, ¿quiere contar el resto?

Él negó con la cabeza.

—Está haciéndolo muy bien.

Marcy se restregó los ojos.

—Dijo que se burló de ella. La llamó bebé, y cuando ella se puso a llorar, dijo que le parecía bien que estuviera triste. Luego añadió que tenía un mensaje para el inspector Anderson. Que debía parar o sucedería alguna desgracia.

—Según Grace —continuó Ralph—, la primera vez que el hombre apareció, daba la impresión de que no estaba del todo hecho. Acabado. La segunda vez que se presentó, Grace describió a un hombre que desde luego se parece a Claude Bolton. Solo que él está en Texas. Piensen lo que quieran.

—Si Bolton está *allí*, no podía estar *aquí* —señaló Bill Samuels, aparentemente exasperado—. Eso resulta bastante evidente.

—También parecía evidente con Terry Maitland —repuso Howie—. Y con Heath Holmes, como ahora hemos descubierto —volvió la atención hacia la señorita Holly—. Esta noche no contamos con Miss Marple, pero sí con la señorita Gibney. ¿Puede usted ordenar todas estas piezas para nosotros?

Holly no pareció oírlo. Mantenía la mirada fija en el cuadro de la pared.

—Pajas por ojos —repitió—. Sí. Claro. Pajas... —su voz se apagó gradualmente.

—¿Señorita Gibney? —dijo Howie—. ¿Tiene algo que ofrecernos o no?

Holly regresó de dondequiera que estuviese.

—Sí. Puedo explicar qué está pasando. Lo único que les pido es que mantengan una actitud abierta. Será más rápido, creo, si les pongo una parte de una película que he traído. La tengo en la bolsa, en un DVD.

Con otra breve oración para pedir fuerzas (y para que Bill Hodges la guiara cuando esa gente empezara a expresar su incredulidad y, quizá, su indignación), se levantó y colocó la laptop en el extremo de la mesa donde antes estaba el de Yune. A continuación sacó su lector de DVD externo y lo conectó.

7

Con el pretexto de la quemadura solar, Jack Hoskins se había planteado pedir la baja por enfermedad haciendo hincapié en la predisposición al cáncer de piel en su familia, pero decidió que era mala idea. Pésima, a decir verdad. Casi con toda seguridad el jefe Geller lo echaría del despacho, y cuando corriera la voz (Rodney Geller tenía la lengua larga), el inspector Hoskins se convertiría en el hazmerreír del departamento. En el improbable caso de que el jefe accediera, Jack se vería en la obligación de ir al médico, y no estaba preparado para eso.

Ahora bien, le habían hecho volver tres días antes de tiempo, y eso no era justo si tenías en cuenta que había reservado esas fechas para las malditas vacaciones ya en mayo. Considerando que estaba en su derecho (*absoluto* derecho) de convertir esos tres días en lo que Ralph Anderson habría llamado «vacaciones en casa», dedicó el miércoles a ir de bar en bar. En su tercera escala casi había conseguido olvidarse del escalofriante paréntesis en el municipio de Canning, y en la cuarta ya no le preocupaba tanto la quemadura ni la peculiar circunstancia de que le hubiera aparecido de noche.

Hizo su quinta escala en el Shorty's Pub. Allí pidió a la mesera —una mujer muy guapa cuyo nombre no acudió en ese momento a su memoria, aunque sí tenía muy presentes sus estupendas piernas en unos ceñidos pantalones Wrangler— que le mirara la nuca y le dijera qué veía. Ella se prestó gustosa.

—Es una quemadura del sol —dijo la mesera.

—*Solo* una quemadura del sol, ¿no?

—Sí, solo una quemadura del sol. —Y al cabo de un momento añadió—: Pero una quemadura gorda. Se ven unas cuantas ampollitas. Debería ponerse un poco de…

—Aloe, sí. Eso he oído.

Después de cinco vodkas tonic (o tal vez fueron seis), volvió a casa respetando escrupulosamente el límite de velocidad, muy erguido y con la mirada por encima del volante. No convenía que lo pararan. En ese estado la tasa máxima de alcoholemia permitida era de 0.8.

Llegó al viejo bungalow aproximadamente a la misma hora a la que Holly Gibney iniciaba su presentación en la sala de conferencias de Howard Gold. Se quedó en calzones, se acordó de echar el cerrojo a todas las puertas y entró en el baño para vaciar con urgencia la vejiga. Realizada esta tarea, tomó de nuevo el espejo de mano para examinarse la nuca. Seguramente la quemadura ya había empezado a mejorar, quizá incluso ya se estaba pelando. Pero no. La quemadura se había ennegrecido. Hondas fisuras se entrecruzaban en su nuca. Hilillos perlados de pus rezumaban de dos de ellas. Dejó escapar un gemido, cerró los ojos, volvió a abrirlos y exhaló un suspiro de alivio. No había piel negra. Ni fisuras. Ni pus. Pero *sí* tenía la nuca de un rojo intenso, y en efecto se habían formado algunas ampollas. No le dolía tanto al tacto como antes, pero ¿cómo iba a dolerle con la tajada de anestésico ruso que llevaba a cuestas?

No debería beber tanto, pensó. *Ver cosas que no existen es una señal muy clara. Incluso podría considerarse un aviso.*

Como no tenía pomada de aloe vera, se aplicó bien de gel de árnica. Le escoció, pero el dolor pasó pronto (o al menos se redujo a un latido sordo). Eso era bueno, ¿no? Extendió una toalla encima de la almohada para no mancharla, se acostó y apagó la luz. Pero la oscuridad no ayudó. Tenía la sensación de que a oscuras el dolor aumentaba, y era muy fácil imaginar que había algo en la habitación con él. Ese algo que estaba detrás de él en aquel establo abandonado.

Lo único que había allí era fruto de mi imaginación. Igual que esa piel negra ha sido fruto de mi imaginación. Y las fisuras. Y el pus.

Todo era cierto, tan cierto como que al encender la luz de la mesilla se sintió mejor. Su último pensamiento fue que con una buena noche de sueño se arreglaría todo.

8

—¿Quiere que atenúe las luces un poco más? —preguntó Howie.

—No —contestó Holly—. Esto es simple información, no entretenimiento, y aunque es una película corta, solo ochenta y siete minutos, no hace falta que la veamos entera, ni siquiera la mayor parte —no estaba tan nerviosa como temía. Al menos de momento—. Pero antes de ponerla, he de dejar clara una cosa, una cosa que a estas alturas creo que ustedes ya saben pero que quizá aún no estén del todo preparados para admitir a nivel consciente.

La miraron en silencio. Todos esos ojos. Le costaba creer que fuese ella, Holly Gibney —la niña encogida que siempre se sentaba al fondo del aula, que nunca levantaba la mano, que los días de Educación Física se ponía el equipo de gimnasia debajo de la falda y la blusa—, quien estuviese haciendo aquello. Holly Gibney, que a los veintitantos no se atrevía a contestarle a su madre. Holly Gibney, que había perdido la cabeza en dos ocasiones.

Pero todo eso fue antes de Bill. Él confiaba en que yo mejorase, y por él mejoré. Y seré mejor ahora, por estas personas.

—Terry Maitland no asesinó a Frank Peterson y Heath Holmes no asesinó a las hermanas Howard. Esos asesinatos los cometió un visitante. Utiliza nuestra ciencia moderna, nuestra ciencia forense, contra nosotros, pero su verdadera arma es nuestra incredulidad. Estamos predispuestos a guiarnos por los hechos, y a veces, cuando los hechos son contradictorios, percibimos el rastro de ese visitante, pero nos negamos a seguirlo. Él lo sabe. Lo utiliza.

—Señorita Gibney —dijo Jeannie Anderson—, ¿está usted diciendo que cometió los asesinatos un ser sobrenatural? ¿Algo así como un vampiro?

Holly, mordiéndose los labios, reflexionó. Finalmente respondió:

—No quiero contestar a eso. Todavía no. Antes prefiero mostrarles parte de la película que he traído. Es mexicana, subtitulada en inglés y estrenada en este país hace cincuenta años para exhibirse en la sesión doble de los autocinemas. Aquí se tituló *Mexican Wrestling Women Meet the Monster*, o sea, «Luchadoras mexicanas se enfrentan al monstruo», pero en la versión original...

—¡Pero vamos! —dijo Ralph—. Esto es absurdo.

—Calla —ordenó Jeannie. Aunque no levantó la voz, todos advirtieron su tono de enfado—. Dale una oportunidad.

—Pero...

—Tú no estabas allí anoche. Yo sí. *Dale una oportunidad.*

Ralph cruzó los brazos ante el pecho, tal como había hecho Samuels. Era un gesto que Holly conocía bien. Un gesto de rechazo. Un gesto de «Me niego a escuchar». Holly se mantuvo firme.

—El título mexicano es *Rosita Luchadora y amigas conocen a El Cuco.*

—¡Eso es! —exclamó Yune, y todos se sobresaltaron—. ¡Ese es el nombre que tenía en la punta de la lengua cuando estábamos comiendo en el restaurante el sábado! ¿Te acuerdas de aquel cuento, Ralph? ¿El que la abuela de mi mujer le contaba cuando era pequeña?

—¿Cómo iba a olvidarme? —dijo Ralph—. El tipo del costal negro que mata a los niños y se frota con su grasa... —se interrumpió, pensó a su pesar en Frank Peterson y las hermanas Howard.

—Que hace ¿qué? —preguntó Marcy Maitland.

—Se bebe su sangre y se frota con su grasa —repitió Yune—. Se supone que así se conserva joven. El Cuco.

—Sí —confirmó Holly—. En España se lo conoce como El Hombre del Saco o El Coco. En Portugal es Cabeza de Calabaza. Cuando los niños de Estados Unidos hacen agujeros en las calabazas para Halloween, están esculpiendo el retrato de El Cuco, igual que los niños de hace cientos de años en la península Ibérica.

—Había una cancioncilla sobre El Cuco —dijo Yune—. La abuela la cantaba a veces por la noche. Duérmete, mi niño, duérmeteme ya..., no me acuerdo del resto.

—Duérmete, mi niño, duérmeteme ya —tradujo Holly al inglés—, porque viene El Cuco y te comerá.

—Bonita canción de cuna —comentó Alec—. Seguro que después los niños tenían sueños felices.

—Dios —susurró Marcy—. ¿Cree que algo así ha estado en nuestra *casa*? ¿Sentado en la *cama* de mi hija?

—Sí y no —respondió Holly—. Permítanme que ponga la película. Puede que baste con los diez primeros minutos.

9

Jack soñó que conducía por una carretera desierta de dos carriles, entre descampados y bajo miles de kilómetros de cielo azul. Iba al volante de un camión, quizá un camión cisterna, porque olía a gasolina. Sentado junto a él viajaba un hombre de cabello negro corto y barbilla. Numerosos tatuajes le cubrían los brazos. Hoskins lo conocía porque iba al Gentlemen, Please con frecuencia (aunque rara vez en su calidad de policía) y había mantenido muchas conversaciones amenas con Claude Bolton, que tenía antecedentes pero desde que se había rehabilitado no era en absoluto mala persona. Solo que esta versión de Claude *sí* era un tipo malísimo. Ese Claude era el que había asomado la mano por la cortina de la regadera para que Hoskins leyera en sus dedos: NADA.

El camión pasó por delante de un cartel en el que decía MARYSVILLE, POB. 1280.

—El cáncer se propaga deprisa —dijo Claude, y sí, esa era la voz que había oído detrás de la cortina de la regadera—. Mírate las manos, Jack.

Él bajó la vista. Sus manos, apoyadas en el volante, se habían ennegrecido. De pronto, ante sus mismísimos ojos, se le desprendieron de los brazos. El camión cisterna se salió de la carretera, se ladeó, estaba a punto de volcar. Jack comprendió que iba a estallar y se obligó a salir del sueño antes de que eso ocurriera, con la respiración entrecortada y la mirada fija en el techo.

—Dios santo —susurró, y comprobó que conservaba aún las manos, y también el reloj. No llevaba dormido más de una hora—. Dios bendi...

A su izquierda se movió alguien. Por un instante se preguntó si la guapa mesera de las piernas largas lo había acompañado a casa, pero no, estaba solo. Además, una joven como esa no querría saber nada de él. Para ella, él sería solo un cuarentón borracho y obeso que estaba perd...

Miró alrededor. La mujer que yacía en la cama con él era su madre. Supo que era ella por el prendedor de concha que colgaba de los pocos mechones de pelo que le quedaban. Había llevado ese prendedor en su funeral. En la funeraria la habían maquillado, parecía una muñeca de cera, pero en conjunto no estaba mal. Ahora la cara casi había desaparecido, la carne se había desprendido del hueso por efecto de la putrefacción. El camisón, empapado de pus, se le adhería al cuerpo. Apestaba a carne podrida. Jack intentó gritar; no pudo.

—Este cáncer te está esperando, Jack —anunció ella. Él vio el repiqueteo de los dientes, pues no tenía labios—. Te está devorando. Ahora él todavía puede quitártelo, pero pronto ya será demasiado tarde incluso para él. ¿Harás lo que quiere?

—Sí —susurró Hoskins—. Sí, lo que sea.

—Entonces atiende.

Jack Hoskins atendió.

En los créditos de la película de Holly no aparecía advertencia alguna del FBI, lo que no sorprendió a Ralph. ¿Quién se molestaría en registrar la autoría de semejante reliquia que además era una porquería? La música era una mezcla cursi de violines ondulantes e improvisaciones en acordeón norteño chirriantemente alegre. La copia estaba rayada, como si la hubiese puesto muchas veces un proyeccionista muerto hacía mucho tiempo a quien le tenía sin cuidado la cinta.

Me cuesta creer que esté aquí sentado, pensó Ralph. *Esto es de locos.*

Sin embargo, tanto su mujer como Marcy Maitland miraban con la concentración propia de los estudiantes que se preparan para un examen final, y los demás, aunque a todas luces no tan absortos, prestaban mucha atención. Yune Sablo tenía una leve sonrisa en los labios. No era la sonrisa de alguien que cree que lo que está viendo es ridículo, pensó Ralph, sino la de un hombre que atisba una pizca del pasado, una leyenda infantil que cobraba vida.

La película empezaba con una escena nocturna en una calle donde aparentemente todos los locales eran bares o burdeles, o las dos cosas. La cámara seguía a una mujer guapa, con un vestido muy escotado, que llevaba de la mano a su hija, de unos cuatro años. Tal vez ese paseo tardío por un mal barrio de la ciudad con una niña que debería haber estado en la cama se explicara más adelante en la película, pero no en la parte que Ralph y los demás estaban viendo.

Un borracho se acercaba tambaleante a la mujer y, mientras su boca decía una cosa, el doblador decía «Eh, nena, ¿quieres salir conmigo?» con un acento mexicano parecido al de Speedy Gonzales. Ella lo rechazó con un gesto y siguió adelante. A continuación, en un tramo en penumbra entre dos faroles, surgió de un callejón un individuo que vestía una larga capa negra como salida de una película de Drácula. Llevaba un costal negro en una mano. Con la otra agarró a la niña. La madre chilló y corrió tras él, lo alcanzó bajo la luz del siguiente farol y echó mano al costal. El individuo giró sobre sus talones, y la oportuna luz del farol iluminó el rostro de un hombre de mediana edad con una cicatriz en la frente.

El de la capa gruñó y dejó a la vista unos grandes colmillos falsos. La mujer retrocedió con las manos en alto, más como una cantante de ópera a punto de acometer un aria de *Carmen* que como una madre aterrorizada. El raptor de la niña envolvió a la pequeña con un golpe de capa y huyó, pero no antes de que un tipo que salía de uno de los numerosos bares de la calle se dirigiera a él, también con un espantoso acento de Speedy Gonzales: «Eh, profesor Espinoza, ¿adónde va? ¡Le invito una copa!».

En la escena siguiente la madre era conducida hasta la morgue de la ciudad (DEPÓSITO DE CADÁVERES, se leía en el cristal esmerilado de la puerta), y profirió el previsible alarido histriónico cuando, al levantar la sábana, quedó a la vista la niña, cabía suponer, mutilada. Después vino la detención del hombre de la cicatriz, que resultó ser un respetado profesor de una universidad cercana.

A eso seguía uno de los juicios más breves de la historia del cine. La madre prestó testimonio; lo mismo hicieron un par de tipos con acento de Speedy Gonzales, incluido el que se había ofrecido a invitar al profesor una copa; el jurado se retiró a deliberar. Para añadir un toque surrealista a la situación por lo demás previsible, en la última fila había cinco mujeres vestidas con peculiares trajes que parecían disfraces de superheroína, máscaras raras incluidas. Por lo visto, nadie en la sala, ni siquiera el juez, las consideró fuera de lugar. El jurado volvió a entrar; el profesor Espinoza fue declarado culpable del más vil asesinato; agachó la cabeza y adoptó un aire de culpabilidad. Una de las enmascaradas se puso en pie de un salto y proclamó:

—¡Esto es un error judicial! ¡El profesor Espinoza nunca haría daño a un niño!

—¡Pero yo lo vi! —exclamó la madre—. ¡Esta vez te equivocas, Rosita!

Las enmascaradas con trajes de superheroínas abandonaron la sala en tropel con sus vistosas botas, y la imagen, con un fundido, dio paso a la soga de un verdugo. La cámara retrocedió para mostrar un patíbulo y una multitud de espectadores que lo rodeaban. Condujeron al profesor Espinoza escalera arriba. Cuando le colocaron el lazo alrededor del cuello, fijó la mirada en un hombre encapuchado con hábito de monje al fondo de la muchedumbre. Entre los pies, calzados con sandalias, tenía un costal negro.

Era una película tonta y mal hecha, pero Ralph sintió un hormigueo descendente en los brazos y cubrió la mano de Jeannie con la suya cuando ella la acercó. Sabía exactamente qué iban a ver a continuación. El monje echó atrás la capucha y dejó a la vista el rostro del profesor Espinoza, con la cicatriz en la frente y todo. Sonriendo, mostró aquellos ridículos colmillos de plástico…, señaló el costal negro… y rio.

—*¡Allí!* —exclamó el profesor verdadero desde el patíbulo—. *¡Allí está, allí!*

La muchedumbre volteó, pero el hombre del costal negro había desaparecido. Espinoza recibió su propio costal negro: una capucha mortuoria con la que le cubrieron la cabeza. Con el rostro ya cubierto, vociferó: «El monstruo, el monstruo, el mon…». Se abrió la trampilla, y él cayó de golpe.

En la siguiente secuencia las superheroínas enmascaradas perseguían por los tejados al falso monje, y en ese punto Holly detuvo la grabación.

—Hace veinticinco años vi una versión subtitulada en lugar de este doblaje —dijo—. Lo que el profesor grita al final es: «El Cuco, El Cuco».

—¿Qué más? —musitó Yune—. Por Dios, no había vuelto a ver una película de las Luchadoras desde que era pequeño. Debía de haber como diez o doce —miró a los demás como si saliera de un sueño—. Y la protagonista de esta, Rosita, era famosa. Tendrían que verla sin la máscara. ¡Ay, caramba! —sacudió la mano como si acabara de tocar algo caliente.

—No hay solo diez o doce; hay al menos cincuenta películas —corrigió Holly en voz baja—. En México todo el mundo adoraba a las Luchadoras. Venían a ser como las películas de superhéroes de hoy día. Con mucho menos presupuesto, desde luego.

De buena gana los habría aleccionado sobre ese retazo fascinante (para ella, lo era) de la historia del cine, pero no era el momento, no viendo que el inspector Anderson tenía cara de haber mordido algo repugnante. No les diría que también a ella le habían encantado las películas de las Luchadoras. En la cadena local de Cleveland, que emitía *Shlock Theater* todos los sábados por la noche, las ponían como motivo de risa. Holly supuso que los universitarios de la ciudad se emborrachaban y la sintonizaban para atacarse de risa con el deplorable doblaje y el vestuario, que sin duda consideraban cursi, pero las Luchadoras no tenían nada de gracioso para la estudiante de secundaria asustada e infeliz que era ella. Carlotta, María y Rosita eran fuertes y valientes, y siempre ayudaban a los pobres y los desamparados. Rosita Muñoz, la más famosa, incluso se hacía llamar con orgullo «cholita», que era como se sentía esa infeliz estudiante de secundaria la mayor parte del tiempo: una mestiza. Un bicho raro.

—La mayoría de las películas mexicanas de las Luchadoras eran recreaciones de leyendas antiguas. Esta no es distinta. ¿Se dan cuenta de la similitud con estos asesinatos?

—Perfectamente —contestó Bill Samuels—. Eso lo admito. El único problema es que es un disparate. Sin pies ni cabeza. Si de verdad cree usted en El Cuco, señorita Gibney, es que está usted mal de la cabeza.

Lo dice el hombre que me habló de aquellas pisadas que desaparecían, pensó Ralph. Él no creía en El Cuco, pero que esa mujer les hubiera mostrado esa película, pese a prever sin duda su reacción, demostraba agallas. Sintió curiosidad por ver cómo respondía la señorita Gibney de Finders Keepers.

—Se dice que El Cuco vive de la sangre y la grasa de los niños —empezó Holly—, pero en el mundo, en nuestro mundo *real*, no sobreviviría solo de eso, sino también gracias a personas que piensan como usted, señor Samuels. Que piensan como todos ustedes, supongo. Permítanme enseñarles una cosa más. Solo un trocito, lo prometo.

Pasó al capítulo nueve del DVD, el antepenúltimo. La acción arrancaba en el momento en que una de las Luchadoras —Carlotta— arrinconaba al monje encapuchado en un almacén vacío. Él intentó huir por una oportuna escalera de mano. Carlotta lo agarró por la capa ondeante, lo jaló y lo lanzó por encima de su hombro. El monje voló por el aire y cayó de espaldas. La capucha se le salió y dejó a la vista un rostro que no era en absoluto un rostro sino una masa deforme. Carlotta gritó cuando dos púas relucientes asomaron donde deberían haber estado los ojos. Sin duda poseían algún místico poder repelente, porque Carlotta retrocedió tambaleándose hasta topar contra la pared, donde alzó una mano ante su máscara de luchadora para protegerse.

—Basta —dijo Marcy—. Dios mío, por favor.

Holly pulsó en el acto una tecla de la laptop. La imagen desapareció de la pantalla, pero Ralph aún podía verla: un efecto óptico prehistórico en comparación con las imágenes generadas por computadora que uno podía ver hoy día en cualquier Cineplex, pero bastante eficaz si uno había oído antes el relato de cierta niña sobre el intruso en su habitación.

—¿Cree usted que eso es lo que vio su hija, señora Maitland? —preguntó Holly—. No exactamente, no quiero decir eso, sino…

—Sí. Por supuesto. Pajas por ojos. Eso dijo. Pajas por ojos.

11

Ralph se levantó. Habló con voz serena y desapasionada.

—Con el debido respeto, señorita Gibney, y teniendo en cuenta sus pasadas…, este, hazañas no me cabe duda de que merece respeto, diré que, a mi juicio, no existe ningún monstruo sobrenatural llamado El Cuco que viva de la sangre de los niños.

Soy el primero en reconocer que este caso…, los dos casos, si es que están relacionados, y cada vez parece más y más evidente que lo están, contiene ciertos elementos muy extraños, pero el rumbo por el que quiere llevarnos es falso.

—Déjala acabar —instó Jeannie—. Antes de cerrar tu mente por completo, déjala explicarse, por Dios.

Ralph advirtió que la ira de su mujer ahora rayaba en furia. Entendió la razón, podía incluso aceptarla. Jeannie pensaba que él, con su rechazo a esa ridícula historia de El Cuco expuesta por Gibney, se negaba también a creer lo que ella misma había visto en la cocina de su casa esa madrugada. Y en realidad él quería creerlo, no solo porque la amaba y la respetaba, sino porque el hombre a quien había descrito coincidía punto por punto con Claude Bolton, y para eso no tenía explicación. Aun así, acabó de decir lo que tenía que decir, a todos y en especial a Jeannie. Debía hacerlo. Era la inamovible verdad sobre la que se fundamentaba su vida entera. Sí, el cantalupo contenía gusanos, pero estos habían entrado allí por medios naturales. El desconocimiento de esos medios no alteraba ni contradecía ese hecho.

—Si creemos en monstruos, en lo sobrenatural —dijo—, ¿cómo vamos a creer en cualquier otra cosa?

Ralph se sentó e intentó tomar la mano a Jeannie. Ella la apartó.

—Entiendo cómo se siente —respondió Holly—. Lo comprendo, créame, lo comprendo. Pero, inspector Anderson, he visto cosas que me permiten creer en esto. No, no me refiero a la película, ni siquiera a la leyenda en que se basa la película, exactamente. Pero en toda leyenda hay una pizca de verdad. Dejemos eso por ahora. Me gustaría enseñarles una cronología que he elaborado antes de salir de Dayton. ¿Puede ser? No me llevará mucho tiempo.

—Tiene la palabra —dijo Howie. Parecía perplejo.

Holly abrió un documento y lo proyectó en la pared. Su letra era pequeña pero clara. Ralph pensó que esa cronología sería aceptada en cualquier juzgado. Eso debía reconocérselo.

—Jueves, 19 de abril. Merlin Cassidy deja la camioneta en un estacionamiento de Dayton. Creo que la robaron el mismo día. No llamaremos al ladrón El Cuco; lo llamaremos el visitante. Así el inspector Anderson se sentirá más cómodo.

Ralph guardó silencio, y esta vez, cuando buscó la mano de Jeannie, ella le permitió tomársela, aunque no cerró los dedos en torno a los de él.

—¿Dónde la escondió? —preguntó Alec—. ¿Alguna idea?

—Ya llegaremos a eso, ¿puedo ceñirme de momento a la cronología de Dayton?

Alec levantó una mano para indicarle que siguiera.

—Sábado, 21 de abril. Los Maitland viajan en avión a Dayton y se alojan en su hotel. Heath Holmes, el verdadero, está en Regis, en casa de su madre.

»Lunes, 23 de abril. Amber y Jolene Howard son asesinadas. El visitante se come parte de su carne y bebe de su sangre. —miró a Ralph—. No, no lo sé. No con toda seguridad. Pero, después de leer entre líneas la noticia en la prensa, estoy convencida de que faltaban partes de los cuerpos y los cadáveres estaban casi desangrados. ¿Se parece eso a lo que le ocurrió al otro niño, Peterson?

Bill Samuels intervino:

—Puesto que el caso Maitland está cerrado y aquí mantenemos una conversación informal, no tengo inconveniente en decirle que así es. Faltaban trozos de carne en el cuello, el hombro derecho, la nalga derecha y el muslo izquierdo de Frank Peterson.

Marcy emitió un ruido ahogado. Cuando Jeannie se disponía a acercarse a ella, Marcy le indicó con un gesto que no era necesario.

—Estoy bien. O sea..., no, no estoy bien, pero no voy a vomitar ni a desmayarme ni nada.

Al observar la palidez de su piel, Ralph no estuvo tan seguro.

—El visitante abandona la camioneta que utilizó para secuestrar a las niñas cerca de casa de Holmes —continuó Holly, y sonrió—, donde tiene la certeza de que la encontrarán y se convertirá en una prueba más contra el chivo expiatorio elegido. Deja la ropa interior de las niñas en el sótano de Holmes, otro ladrillo en el muro.

»Miércoles, 25 de abril. Hallan en Trotwood, entre Dayton y Regis, los cuerpos de las hermanas Howard.

»Jueves, 26 de abril. Mientras Heath Holmes está en Regis, ayudando a su madre en la casa y haciendo mandado, el visitante se presenta en la Unidad de Memoria Heisman. ¿Buscaba concretamente al señor Maitland, o podría haber sido cualquiera? No lo sé con certeza, pero me parece que tenía a Terry Maitland en la mira, porque sabía que los Maitland procedían de otro estado, lejos de allí. El visitante, sea natural, antinatural o sobrenatural, es en cierto modo como muchos asesinos en serie. Le gusta ir de aquí para allá. Señora Maitland, *¿podría* haber sabido Heath Holmes que su marido tenía previsto visitar a su padre?

—Supongo que sí —contestó Marcy—. En el Heisman siempre quieren saber por adelantado cuándo van a llegar parientes de otras partes del país. En esos casos se esmeran: arreglan el pelo a los residentes (un corte, un permanente) y organizan visitas fuera de la unidad cuando es posible. Con el padre de Terry no lo era. Sus problemas mentales estaban demasiado avanzados —se inclinó hacia delante con la mirada fija en Holly—. Pero si ese visitante no era Holmes, aunque *se pareciera* a Holmes, ¿cómo podía saberlo?

—Ah, eso es fácil si se acepta la premisa básica —intervino Ralph—. Si ese tipo está *replicando* a Holmes, por así decirlo, probablemente tiene acceso a todos los recuerdos de Holmes. ¿Lo he interpretado bien, señorita Gibney? ¿Van por ahí los tiros?

—Digamos que sí, al menos en cierta medida, pero no nos detengamos ahí. Estoy segura de que estamos todos cansados y la señora Maitland querrá volver a casa con sus hijas.

Esperemos que antes de desmayarse, pensó Ralph.

Holly prosiguió:

—El visitante sabe que en la Unidad de Memoria Heisman lo verán y notarán su presencia. Es lo que quiere. Y hace todo lo posible por dejar más pruebas que incriminen al verdadero señor Holmes: cabello de una de las niñas asesinadas. Pero creo que el principal motivo por el que fue allí el 26 de abril fue sacar sangre a Terry Maitland, tal como después sacó sangre al señor Claude Bolton. La pauta es siempre la misma. Primero se producen los asesinatos. Después marca a su víctima siguiente. Su identidad siguiente, podríamos decir. A continuación se esconde. Aunque en realidad se trata de una especie de hibernación. Como un oso, puede moverse de un lado a otro de vez en cuando, pero durante determinado tiempo permanece en una guarida preseleccionada, descansando, mientras se produce el cambio.

—En las leyendas, la transformación requiere años —observó Yune—. Generaciones enteras, tal vez. Pero eso es la leyenda. Usted no cree que dure tanto, ¿verdad, señorita Gibney?

—Dura solo unas semanas, creo, a lo sumo meses. Durante el proceso de transformación de Terry Maitland en Claude Bolton, podía parecer que tuviera la cara modelada en plastilina... —volteó y miró directamente a Ralph; le costaba, pero a veces no quedaba más remedio— o quemada.

—No me lo trago —respondió Ralph—. Por decir poco.

—Entonces ¿por qué el hombre quemado no salía en las imágenes? —preguntó Jeannie.

Ralph suspiró.

—No lo sé.

—En la mayoría de las leyendas hay una pizca de verdad —dijo Holly—, pero no son *la* verdad, no sé si me explico. En los cuentos, El Cuco vive de sangre y carne, como un vampiro, pero yo creo que esta criatura se alimenta también de malos sentimientos. Sangre *psíquica*, podríamos decir —volteó hacia Marcy—. Le dijo a su hija que se alegraba de su pena y su tristeza. Creo que eso era verdad. Creo que ese ser estaba *comiéndose* su tristeza.

—Y la mía —dijo Marcy—. Y la de Sarah.

—No voy a decir que algo de eso sea verdad —intervino Howie—, no voy a decirlo en absoluto, pero la familia Peterson encaja en ese planteamiento, ¿no? Todos eliminados excepto el padre, y este se encuentra en estado vegetativo persistente. Una criatura que vive de la infelicidad, un comedolor en lugar de un comepecados, se lo pasaría en grande con los Peterson.

—¿Y qué decir del relajo de delante del juzgado? —comentó Yune—. Si de verdad hubiera un monstruo que come emociones negativas, eso habría sido para él una cena de Acción de Gracias.

—¿Están oyéndose? —preguntó Ralph—. ¿Hablan en serio?

—Despierta —repuso Yune con aspereza, y Ralph parpadeó como si lo hubieran abofeteado—. Sé que es un disparate, todos lo sabemos. No hace falta que nos lo digas una y otra vez, como si fueras el único cuerdo en el manicomio. Pero aquí hay algo que escapa a nuestra experiencia. El hombre del juzgado, el que no aparecía en las imágenes de ningún canal de televisión, es solo una parte.

Ralph sintió un creciente calor en el rostro, pero calló y aceptó el regaño.

—Deja de resistirte a esto a cada paso. Sé que este rompecabezas no te gusta, a mí tampoco, pero al menos reconoce que las piezas encajan. Hay una concatenación. Lleva de Heath Holmes a Terry Maitland y de este a Claude Bolton.

—Sabemos dónde está Claude Bolton —dijo Alec—. En mi opinión, el siguiente paso lógico sería un viaje a Texas para interrogarlo.

—Pero ¿por qué, Dios mío? —preguntó Jeannie—. ¡Vi al hombre que se le parece *aquí* anoche!

—Deberíamos hablar de eso —señaló Holly—, pero antes quiero hacerle una pregunta a la señora Maitland. ¿Dónde está enterrado su marido?

Marcy pareció desconcertada.

—¿Dónde...? Aquí, claro. En la ciudad. En el cementerio Memorial Park. No habíamos..., ya me entiende, no habíamos hecho planes para eso ni nada por el estilo. ¿Por qué íbamos a hacerlos? Terry cumplía los cuarenta en diciembre... Pensábamos que teníamos años..., que nos merecíamos años, como cualquiera que lleva una buena vida...

Jeannie sacó un pañuelo del bolso y se lo entregó. Marcy se enjugó los ojos despacio, como si estuviera en trance.

—Yo no sabía qué debía..., sencillamente estaba..., ya me entiende, atónita... intentando asimilar que él se había ido. El director de la funeraria, el señor Donelli, propuso el Memorial porque Hillview está casi lleno... y además en la otra punta de la ciudad...

Interrúmpala, quiso decir Ralph a Howie. *Es doloroso y no tiene sentido. Da igual dónde esté enterrado, salvo para Marcy y sus hijas.*

Pero una vez más calló y lo aceptó, porque aquello era otra forma de reprimenda, ¿no? Aunque tal vez no fuera esa la intención de Marcy Maitland. Se dijo que con el tiempo eso terminaría y él podría descubrir una vida más allá del puto Terry Maitland. Necesitaba creer que la habría.

—Yo sabía que existía ese otro sitio —continuó Marcy—, claro, pero ni se me ocurrió mencionárselo al señor Donelli. Terry me llevó allí una vez, pero está en las afueras, muy lejos... y es un lugar muy solitario...

—¿A qué otro sitio se refiere? —preguntó Holly.

Una imagen cobró forma espontáneamente en la cabeza de Ralph: seis vaqueros con un ataúd de tablones a cuestas. Intuía la llegada de otra confluencia.

—El viejo camposanto del municipio de Canning —respondió Marcy—. Terry me llevó allí una vez, y daba la impresión de que no habían enterrado allí a nadie desde hacía mucho tiempo, ni lo visitaban siquiera. No había flores ni banderínes conmemorativos. Solo unas cuantas losas medio desintegradas. En la mayoría de ellas no se leían los nombres.

Asombrado, Ralph lanzó una mirada a Yune, que movió la cabeza en un leve gesto de asentimiento.

—De ahí su interés en aquel libro del puesto de periódicos —comentó Bill Samuels en voz baja—. *Historia en imágenes del condado de Flint, el condado de Douree y el municipio de Canning.*

Marcy siguió enjugándose los ojos con el pañuelo de Jeannie.

—Por fuerza tenía que interesarle un libro así. Hay Maitland en esta parte del estado desde la Carrera por la Tierra de Oklahoma de 1889. Los tatarabuelos de Terry, o quizá incluso una generación anterior a esa, no lo sé con seguridad, se establecieron en Canning.

—¿No en Flint City? —preguntó Alec.

—Entonces Flint City no *existía*. Solo había una aldea llamada Flint, un ensanchamiento de la carretera. Hasta que esto adquirió categoría de estado, a principios del siglo veinte, Canning era la principal población de la zona. El nombre le venía del hacendado más poderoso, claro. En lo que se refería a hectáreas, los Maitland eran los segundos o los terceros. Canning fue una localidad importante hasta que las grandes tormentas de polvo de los años veinte y treinta se llevaron la mayor parte del suelo fértil. Ahora allí solo queda una tienda y una iglesia a las que no va casi nadie.

—Y el cementerio —añadió Alec—. La gente enterraba allí a los suyos hasta que el pueblo se extinguió. Incluidos unos cuantos antepasados de Terry.

Marcy esbozó una débil sonrisa.

—Ese cementerio... me pareció horrible. Como una casa vacía de la que nadie se ocupa.

—Si el visitante absorbió los pensamientos y recuerdos de Terry a medida que evolucionaba la transformación —dijo Yune—, debía de conocer la existencia de ese camposanto.

Habló con la mirada fija en uno de los cuadros de la pared, pero Ralph sabía qué le rondaba la mente. También le rondaba a él. El establo. La ropa abandonada.

—Según las leyendas (en internet pueden encontrarse docenas de leyendas sobre El Cuco) —dijo Holly—, a esas criaturas les gustan los lugares relacionados con la muerte. Es donde se sienten más como en casa.

—Si hay criaturas que comen tristeza —dijo Jeannie, pensativa—, un camposanto sería un buen restaurante, ¿no?

Ralph lamentaba profundamente que su mujer lo hubiera acompañado. De no ser por ella, él habría salido por la puerta hacía diez minutos. Sí, el establo donde se había hallado la ropa estaba cerca de aquel osario viejo y polvoriento. Sí, la mugre que había ennegrecido el heno era desconcertante, y sí, quizá había habido un visitante. Esa era una teoría que estaba dispuesto a aceptar, al menos de momento. Explicaba muchas cosas. Un visitante que estaba recreando conscientemente una leyenda mexicana explicaría aún más, pero no explicaba la desaparición del hombre en el juzgado, o cómo era posible que Terry Maitland estuviera en dos sitios al mismo tiempo. Seguía topando contra esos hechos; eran como piedritas alojadas en su garganta.

—Permítanme que les enseñe unas fotos que tomé en otro camposanto. Puede que abran una línea de investigación más normal. Eso si el inspector Anderson o el teniente Sablo se prestan a hablar con la policía del condado de Montgomery, Ohio, claro está.

—A estas alturas —dijo Yune—, hablaría hasta con el Papa si sirviera para aclarar este asunto.

Holly proyectó las fotos en la pantalla: la estación, la fábrica con la esvástica pintada en la fachada lateral, el túnel de lavado abandonado.

—Las tomé desde el estacionamiento del cementerio Peaceful Rest de Regis. Es donde está enterrado Heath Holmes con sus padres.

Volvió a reproducir las imágenes en el mismo orden: estación, fábrica, túnel de lavado.

—Me parece que el visitante se llevó la camioneta robada del estacionamiento de Dayton a uno de estos lugares, y me parece que si lograran convencer a la policía del condado de Montgomery de que los registre, hallarían allí algún rastro. Es posible que encontraran incluso algún rastro de *él*. Allí, o quizá aquí.

Esta vez proyectó la fotografía de los vagones de mercancías, solitarios y abandonados en las vías muertas.

—No podría haber escondido la camioneta en ninguno de estos sitios, pero sí podría haberse instalado en alguno de ellos. Están incluso más cerca del cementerio.

Ahí tenía Ralph por fin algo a lo que aferrarse. Algo real.

—Sitios resguardados. *Podría* haber rastros. Aun después de tres meses.

—Huellas de llantas —observó Yune—. Tal vez más ropa abandonada.

—U otras cosas —añadió Holly—. ¿Lo comprobarán? Deberían ir preparados para realizar la prueba de la fosfatasa ácida.

Manchas de semen, pensó Ralph, y recordó la sustancia del establo. ¿Qué había dicho Yune al respecto? «Una polución nocturna digna de constar en el *Libro Guinness de los Récords*», ¿no?

—Conoce usted su oficio, señora —dijo Yune con manifiesta admiración.

Holly se sonrojó y bajó la vista.

—Bill Hodges era muy bueno en lo suyo. Me enseñó mucho.

—Yo puedo telefonear al fiscal del condado de Montgomery, si quieren —se ofreció Samuels—. Que manden a alguien del Departamento de Policía con jurisdicción en ese pueblo, ¿Regis?, para que se coordine con la Policía del Estado. En vista de lo que ese muchacho, Elfman, encontró en el establo del municipio de Canning, vale la pena comprobarlo.

—¿Qué? —preguntó Holly, inmediatamente alerta—. ¿Qué encontró aparte de la hebilla del cinturón con las huellas?

—Algunas prendas —contestó Samuels—. Un pantalón, unos calzones, unos tenis. Estaba todo manchado de una sustancia, y el heno también. El heno se ennegreció —hizo una pausa—. Pero no había camisa. La camisa no estaba.

—Puede que esa camisa —intervino Yune— fuera lo que llevaba en la cabeza, a modo de pañuelo, el hombre de las quemaduras cuando lo vimos delante del juzgado.

—¿A qué distancia está ese establo del camposanto? —preguntó Holly.

—A poco más de medio kilómetro —respondió Yune—. La sustancia de la ropa parecía semen. ¿Estaba pensando en eso, señorita Gibney? ¿Por eso quiere que la policía de Ohio realice la prueba de la fosfatasa ácida?

—No puede ser semen —intervino Ralph—. Había demasiado.

Yune no prestó atención. Mantenía la mirada fija en Holly, como si lo fascinara.

—¿Está pensando que la sustancia del establo es una especie de residuo de la transformación? Hemos enviado a examinar unas muestras, pero aún no hemos recibido los resultados.

—No sé qué estoy pensando —contestó Holly—. Hasta el momento mi investigación sobre El Cuco se reduce a unas cuantas leyendas que leí en el avión de camino aquí, y no son fiables. Se transmitieron por vía oral, de generación en generación, mucho antes de existir la ciencia forense. Solo digo que la policía de Ohio debería examinar los lugares que aparecen en mis fotografías. Puede que no encuentren nada, pero creo que sí encontrarán algo. Eso espero. Rastros, como ha dicho el inspector Anderson.

—¿Ha terminado, señorita Gibney? —preguntó Howie.

—Sí, me parece que sí —Holly se sentó.

Ralph pensó que parecía agotada, ¿y cómo no iba a estarlo? Había tenido unos días muy ajetreados; y además la propia locura debía de ser extenuante.

—Señoras y señores —dijo Howie—, ¿alguna idea sobre cómo proceder en esto? Se admiten sugerencias.

—El próximo paso parece evidente —dijo Ralph—. Ese visitante podría estar aquí, en Flint City, así parecen indicarlo los testimonios de mi mujer y de Grace Maitland, pero es necesario que alguien vaya a Texas e interrogue a Claude Bolton para ver qué sabe. Si es que sabe algo. Me ofrezco yo mismo.

—Yo lo acompaño —propuso Alec.

—Creo que yo también querría hacer ese viaje —dijo Howie—. ¿Teniente Sablo?

—Me gustaría, pero tengo dos casos en el juzgado. Si no presto declaración, podrían quedar libres un par de muchachos muy malos. Telefonearé al ayudante del fiscal de Cap City y veré si existe alguna posibilidad de aplazamiento, pero no me hago muchas ilusiones. Y ni se me ocurriría decirle que ando tras los pasos de un monstruo mexicano que cambia de forma.

Howie sonrió.

—Lo entiendo. ¿Y usted, señorita Gibney? ¿Quisiera viajar un poco más al sur? Seguiría siendo un trabajo remunerado, por supuesto.

—Sí, iré. Puede que el señor Bolton sepa cosas que necesitamos averiguar. Si podemos hacerle las preguntas adecuadas, claro está.

—¿Y tú, Bill? —preguntó Howie—. ¿Quieres ver el final de este asunto?

Samuels esbozó una parca sonrisa, negó con la cabeza y se levantó.

—Todo esto ha sido interesante, a su manera demencial, pero, por lo que a mí se refiere, el caso está cerrado. Haré unas llamadas a la policía de Ohio, pero ahí termina mi participación. Señora Maitland, lamento su pérdida.

—Es su deber —repuso Marcy.

Él hizo una mueca al oírla, pero prosiguió:

—Señorita Gibney, ha sido fascinante. Le doy las gracias por su arduo trabajo y su debida diligencia. Además, ha hecho una argumentación sorprendentemente persuasiva en favor de lo fantástico, y lo digo sin la menor ironía. Pero ahora me marcho a casa. Sacaré una cerveza del refrigerador y empezaré a olvidarme de todo este asunto.

Lo observaron recoger su maletín y salir. Cuando cruzó la puerta, el remolino se agitó en su cabeza en dirección a ellos como un dedo admonitorio.

En cuanto se fue, Howie anunció que se ocuparía de organizar el viaje.

—Fletaré el King Air que uso a veces. Los pilotos conocerán la pista de aterrizaje más cercana. También pediré un coche. Si vamos solo nosotros cuatro, un sedán o un pequeño todoterreno bastará.

—Reserve un asiento para mí —dijo Yune—. Por si acaso puedo librarme del juzgado.

—Con mucho gusto.

—Alguien tiene que ponerse en contacto con el señor Bolton esta noche para anunciarle la visita.

Yune levantó la mano.

—Eso sí puedo hacerlo.

—Déjele claro que nadie lo persigue por hacer algo ilegal —instó Howie—. No nos conviene que ahora de pronto se escabulla.

—Llámame después de hablar con él —dijo Ralph a Yune—. Da igual lo tarde que sea. Quiero saber cómo reacciona.

—Yo también —añadió Jeannie.

—Debería decirle otra cosa —intervino Holly—. Debería decirle que se ande con cuidado. Porque, si no estoy equivocada, él es el siguiente de la lista.

12

Era ya de noche cuando Ralph y los otros salieron del edificio del despacho de Howie Gold. Howie seguía arriba, ocupándose de los preparativos del viaje, y su investigador se había quedado con él. Ralph se preguntó de qué hablarían a solas.

—Señorita Gibney, ¿dónde se aloja? —preguntó Jeannie.

—En el motel Flint Luxury. He reservado una habitación.

—Uy, no, ni se le ocurra —dijo Jeannie—. A pesar del nombre, lo más lujoso que hay allí es el letrero de la fachada. Ese sitio es una pocilga.

Holly parecía desconcertada.

—Bueno, debe de haber un Holiday Inn...

—Venga a casa —ofreció Ralph, adelantándose a Jeannie con la esperanza de ganar puntos para más tarde. Bien sabía Dios que los necesitaría.

Holly vaciló. No se sentía cómoda en casas ajenas. Ni siquiera se sentía cómoda en la casa donde se había criado cuando volvía cada trimestre para ver a su madre. Sabía que en casa de esos desconocidos se quedaría desvelada hasta tarde y se despertaría temprano, oiría los crujidos de las paredes y los suelos con los que no estaba familiarizada, escucharía los susurros de los Anderson y se preguntaría si hablaban de ella..., como así sería seguramente. Y si tenía que levantarse por la noche a desbeber imploraría para sí que no la oyeran. Necesitaba dormir. Bastante estrés había padecido ya en la reunión, y la permanente presión del inspector Anderson, con sus manifestaciones de incredulidad, había sido comprensible pero agotadora.

Pero, como habría dicho Bill Hodges. Pero.

La incredulidad de Anderson era el pero. Era la razón por la que *debía* aceptar la invitación, y así lo hizo.

—Gracias, es usted muy amable, pero antes tengo algo que hacer. No me llevará mucho tiempo. Denme su dirección, y mi iPad me guiará hasta ustedes.

—¿Es algo en lo que pueda ayudarla? —preguntó Ralph—. Con mucho gusto...

—No. De verdad. Me las arreglaré —estrechó la mano a Yune—. Venga con nosotros si puede, teniente Sablo. No dudo que ese es su deseo.

Él sonrió.

—Lo es, créame, pero, como dice el poema: tengo promesas que cumplir.

Marcy Maitland permanecía aparte, sola, sujetando la bolsa contra el vientre, en apariencia conmocionada. Jeannie se acercó a ella sin vacilar. Ralph observó con interés cómo en un primer momento Marcy retrocedió como alarmada y acto seguido se dejó abrazar. Poco después incluso apoyó la cabeza en el hombro de Jeannie Anderson y le devolvió el abrazo. Parecía una niña cansada. Cuando las dos mujeres se separaron, ambas lloraban.

—Lamento muchísimo tu pérdida —dijo Jeannie.

—Gracias.

—Si puedo hacer algo por ti o las niñas, lo que sea...

—Tú no puedes, pero él sí —se volvió hacia Ralph y, aunque tenía los ojos llorosos, su mirada era fría, escrutadora—. Ese visitante..., quiero que lo encuentres. No lo dejes escapar solo porque no crees en él. ¿Lo harás?

—No lo sé —contestó Ralph—, pero lo intentaré.

Marcy no añadió nada más, se limitó a aceptar el brazo que le ofreció Yune Sablo y se dejó guiar por él hasta su coche.

13

A media manzana, estacionado frente a un Woolworth's abandonado hacía mucho tiempo, Jack bebía de una anforita y observaba desde su camioneta al grupo reunido en la acera. Los identificó a todos menos a una mujer delgada que vestía uno de esos trajes que se ponían las ejecutivas cuando se iban de viaje. Tenía el pelo corto y un flequillo canoso un poco irregular, como si se lo hubiese cortado ella misma. El bolsón que llevaba colgado al hombro era tan grande que podría haber albergado un radio de onda corta. Esa mujer se quedó mirando a Sablo, el teniente chicano de la Policía del Estado, mientras acompañaba a la señora Maitland. La desconocida se dirigió después a su coche, seguramente un automóvil de alquiler del aeropuerto por lo anodino que era. Por un momento Hoskins se planteó seguirla, pero decidió pegarse a los Anderson. Al fin y al cabo, había sido Ralph quien lo había llevado hasta allí, ¿y no decía una máxima que volvieses a casa con la chica que te había llevado al baile?

Además, vigilar a Anderson merecía la pena. Nunca le había caído bien, y desde la soberbia evaluación en dos palabras que había hecho hacía un año («No opino», había escrito…, como si su mierda no oliera), lo detestaba. Había disfrutado cuando Anderson metió la pata con la detención de Maitland, y no le sorprendía descubrir que ese hijo de puta, el muy moralista, anduviera ahora entrometiéndose en asuntos que era mejor dejar quietos. Un caso cerrado, por ejemplo.

Volvió a tocarse la nuca, hizo una mueca y puso en marcha la camioneta. Supuso que podría marcharse a casa en cuanto viera que los Anderson entraban en la suya, pero al final decidió que se quedaría estacionado en la calle y permanecería atento. A ver qué ocurría. Tenía una botella de Gatorade en la que podría mear, y tal vez podría incluso echar una cabezada si la constante palpitación caliente de la nuca se lo permitía. No sería la primera vez que durmiese en la camioneta; lo había hecho en varias ocasiones desde el día en que lo dejó su media naranja.

Jack no estaba muy seguro de qué sería lo siguiente, pero tenía una idea clara de la tarea básica: poner fin a la intromisión. Exactamente a *qué* intromisión no lo sabía, solo que tenía algo que ver con aquel niño, Peterson. Y con el establo del municipio de Canning. Por el momento eso le bastaba, y —quemadura solar aparte, posible cáncer de piel aparte— empezaba a interesarle.

Intuía que cuando llegara el momento de dar el siguiente paso se lo dirían.

14

Con la ayuda de su navegador, Holly llegó enseguida y sin el menor problema al Walmart de Flint City. Le encantaban los Walmart, su tamaño, su anonimato. Los clientes no parecían mirar a otros clientes como en otras tiendas; era como si todos se hallaran en su propia cápsula privada comprando ropa o videojuegos o papel higiénico en grandes cantidades. Utilizando el sistema de autopago ni siquiera era necesario hablar con quien atendiera la caja. Como Holly siempre hacía. Su compra fue rápida, sabía qué quería exactamente. Fue primero a MATERIAL DE OFICINA, luego a ROPA DE HOMBRE Y NIÑO, y finalmente a ACCESORIOS PARA AUTOMÓVIL. Llevó la cesta al sistema de autopago y se guardó el ticket de compra en el billetero. Esos eran gastos de trabajo que esperaba le reembolsaran. Si salía viva de aquello, claro está. Tenía la impresión («Una de las famosas intuiciones de Holly», oyó decir a Bill Hodges) de que había más probabilidades de que eso ocurriese si Ralph Anderson —tan parecido a Bill en algunos aspectos, tan distinto de él en otros— conseguía atravesar la línea divisoria de su mente.

Regresó al coche y fue a casa de los Anderson. Pero antes de dejar el estacionamiento pronunció una breve oración. Por todos ellos.

15

El teléfono de Ralph sonó justo cuando Jeannie y él entraban en la cocina. Era Yune. Había conseguido el número de Lovie Bolton en Marysville por medio de John Zellman, el propietario de Gentlemen, Please, y había localizado a Claude sin problemas.

—¿Qué le has dicho? —preguntó Ralph.

—Poco más o menos lo que hemos acordado en el despacho de Howie: que queremos hacerle unas preguntas para aclarar ciertas dudas sobre la culpabilidad de Terry Maitland. He insistido en que él estaba libre de toda sospecha y en que las personas que irán a verlo actuarán estrictamente como ciudadanos particulares. Ha preguntado si tú serías uno de ellos. He dicho que sí. Espero que no te importe. Por lo visto a él no le importaba.

—Me parece bien —contestó Ralph. Jeannie había subido directamente al piso de arriba, y él oyó el aviso de arranque de la computadora de escritorio que compartían—. ¿Qué más?

—He dicho que si a Maitland *se le incriminó* mediante pruebas falsas, él, Bolton corría el mismo peligro, y más siendo un hombre con antecedentes.

—¿Cómo ha reaccionado a eso?

—Bien. No se ha puesto a la defensiva ni nada. Pero después ha dicho algo interesante. Me ha preguntado si yo estaba seguro de que la persona a quien él vio en el club la noche en que Peterson fue asesinado era realmente Terry Maitland.

—¿Ha dicho eso? ¿Por qué?

—Porque Maitland actuó como si no lo hubiera visto nunca, y cuando Bolton le preguntó cómo le iba al equipo de beisbol, Maitland salió del paso con una vaguedad. Sin entrar en detalles, a pesar de que el equipo estaba en la fase eliminatoria. También me ha dicho que Maitland llevaba unos tenis caros. «Como esos en los que los muchachos invierten sus ahorros para parecer malotes», ha dicho. Según Bolton, él nunca había visto a Maitland calzado así.

—Son los tenis que encontramos en el establo.

—Es imposible demostrarlo, pero seguramente así es.

En el piso de arriba Ralph oyó el gemido chirriante de su vieja impresora Hewlett-Packard y se preguntó qué demonios estaría haciendo Jeannie.

—¿Recuerdas eso que nos ha contado Gibney de que encontraron cabello en la habitación del padre de Maitland en ese centro geriátrico? —preguntó Yune—. ¿De una de las niñas asesinadas?

—Claro.

—¿Cuánto apuestas a que si revisamos las compras a crédito de Maitland, encontraremos un cargo correspondiente a esos tenis… y un resguardo con una firma idéntica a la de Maitland?

—Imagino que ese hipotético visitante podría hacer algo así —dijo Ralph—, pero solo si robó una de las tarjetas de crédito de Terry.

—Ni siquiera habría tenido que hacer eso. Recuerda que los Maitland han vivido en Flint City prácticamente toda la vida. Seguramente tienen cuentas a crédito en media docena de tiendas de la ciudad. A ese tipo le bastaba con entrar en la sección de artículos de deporte, elegir esos tenis llamativos y firmar. ¿Quién iba a ponerlo en duda? En la ciudad lo conoce todo el mundo. Es lo mismo que el cabello y la ropa interior de las niñas, ¿no te das cuenta? Ese individuo se apropia de sus caras y comete la fechoría, pero no tiene suficiente con eso. También teje la soga que los ahorca. Porque se alimenta de la tristeza. *¡Se alimenta de la tristeza!*

Ralph permaneció en silencio, se cubrió los ojos con la mano, se apretó una sien con los dedos índice y medio y la otra con el pulgar.

—¿Ralph? ¿Sigues ahí?

—Sí. Pero, Yune… estás dando un salto que yo no estoy dispuesto a dar.

—Lo entiendo. Yo mismo no estoy convencido de esto al cien por cien. Pero al menos debes considerar esa posibilidad.

Pero no es una posibilidad, pensó Ralph. *Es una imposibilidad.*

Preguntó a Yune si había advertido a Bolton que se anduviera con cuidado.

Yune se echó a reír.

—Sí. Se ha reído. Ha dicho que en la casa había tres armas, dos rifles y una pistola, y que su madre tiene más puntería que él, a pesar del enfisema. Ay, ojalá pudiera acompañarlos.

—Haz lo posible.

—Lo haré.

Cuando Ralph puso fin a la llamada, Jeannie bajó con unas cuantas hojas de papel.

—He estado haciendo indagaciones sobre Holly Gibney. Te diré que esa mujer que habla en voz tan baja y no tiene ningún gusto para la ropa ha pasado no pocas peripecias.

Cuando Ralph tomó los papeles, unos faros iluminaron el camino de acceso. Jeannie se los arrancó de la mano y solo le dio tiempo a ver al titular de periódico de la primera página: POLICÍA RETIRADO Y OTRAS DOS PERSONAS SALVAN A MILES DE ESPECTADORES EN EL CONCIERTO DEL AUDITORIO MINGO. Supuso que la señorita Holly Gibney era una de esas otras dos personas.

—Ve a ayudarla con el equipaje —dijo Jeannie—. Ya lo leerás en la cama.

16

El equipaje de Holly consistía en una maleta colgada al hombro que contenía su computadora portátil, una bolsa de mano no muy grande para poder meterla en el compartimento superior del avión, y una bolsa de plástico de Walmart. Dejó que Ralph tomara la bolsa de mano, pero insistió en no separarse de la que llevaba al hombro y lo que fuese que había comprado en Walmart.

—Muchas gracias por acogerme, es usted muy amable —dijo a Jeannie.

—Es un placer. ¿Puedo llamarte Holly?

—Sí, por favor. Eso estaría bien.

—La habitación de invitados está al final del pasillo de arriba. Ya hay sábanas limpias y tienes tu propio baño. Pero cuidado, no vayas a tropezar con mi máquina de coser si tienes que ir al baño en plena noche.

Una inequívoca expresión de alivio asomó al rostro de Holly, que sonrió.

—Lo procuraré.

—¿Se te antoja un chocolate con leche? Puedo preparar. ¿O quizá algo más fuerte?

—Prefiero acostarme ya, creo. No lo tomes como una descortesía, pero ha sido un día muy largo.

—Claro. Te acompaño.

Pero Holly se quedó allí parada y observó la sala de los Anderson a través del arco.

—¿El intruso estaba sentado ahí cuando bajaste?

—Sí. En una de las sillas de la cocina —señaló, y a continuación cruzó los brazos agarrándose los codos—. Al principio lo veía solo de rodillas para abajo. Luego vi la palabra escrita en sus dedos. DEBE. Luego se inclinó y le vi la cara.

—La cara de Bolton.

—Sí.

Holly se quedó pensativa y de pronto desplegó una radiante sonrisa que sorprendió tanto a Ralph como a su mujer. Le confirió un aspecto mucho más juvenil.

—Si me disculpan, me voy al país de los sueños.

Jeannie, sin dejar de parlotear, la precedió escalera arriba. *Intenta que se sienta como en casa de una manera que para mí sería imposible*, pensó Ralph. *Es un don, y probablemente surtirá efecto incluso con esta mujer en extremo peculiar.*

Por peculiar que fuese, también resultaba extrañamente agradable, pese a sus ideas descabelladas sobre Terry Maitland y Heath Holmes.

Ideas descabelladas que casualmente coinciden con los hechos.

Pero era imposible.

Que coinciden a la perfección.

—Imposible aun así —musitó.

Arriba, las dos mujeres se rieron. Ralph sonrió. Esperó sin moverse hasta que oyó los pasos de Jeannie de camino a su dormitorio, y entonces subió también él. La puerta de la habitación de invitados, al fondo del pasillo, estaba cerrada. En su almohada lo esperaban los papeles fruto de las apresuradas indagaciones de Jeannie. Se desvistió, se tumbó y empezó a leer la información sobre la señorita Holly Gibney, copropietaria de una agencia de localización de fugitivos en libertad condicional llamada Finders Keepers.

17

Fuera, a cierta distancia en esa misma manzana, Jack observó a la mujer del traje mientras entraba en el camino de acceso de los Anderson. Anderson salió a ayudarla con sus pertenencias. Viajaba ligera de equipaje. Una de las bolsas era de Walmart. Así que ahí era adonde había ido. Quizá a comprar un camisón y un cepillo de dientes. A juzgar por su aspecto, el camisón debía de ser feo y las cerdas del cepillo tan duras como para hacerle sangrar las encías.

Se echó un trago de la anforita y, mientras enroscaba el tapón y se planteaba irse a casa (por qué no, todos los niños buenos estaban ya recogidos), cayó en la cuenta de que tenía compañía en la camioneta. Alguien ocupaba el asiento contiguo. Acababa de aparecer en la periferia de su visión. Eso era imposible, por supuesto, no podía haber estado ahí desde el principio. ¿O sí?

Hoskins mantuvo la mirada al frente. La quemadura de la nuca, que hasta ese momento apenas se había dejado notar, empezó a palpitarle de nuevo, y muy dolorosamente.

De reojo vio acercarse flotando una mano. Le pareció que se transparentaba y casi veía el asiento a través de ella. En los dedos, en tinta azul descolorida, se leía la palabra DEBE. Hoskins cerró los ojos e imploró que su acompañante no lo tocara.

—Tienes que dar un paseo en coche —dijo su acompañante—. A no ser que quieras morir como murió tu madre, claro. ¿Recuerdas sus gritos?

Sí, Jack se acordaba. Hasta que ya no pudo gritar más.

—Hasta que ya no pudo gritar más —dijo su acompañante.

La mano le tocó el muslo, apenas un roce, y Jack supo que ahí la piel pronto empezaría a escocerle, igual que en la nuca. El pantalón no lo protegería. El veneno lo traspasaría.

—Sí, lo recuerdas. ¿Cómo ibas a olvidarlo?

—¿Adónde quieres que vaya?

Su acompañante se lo dijo, y al instante desapareció el contacto de aquella mano horrenda. Jack abrió los ojos y miró alrededor. En el asiento contiguo no había nadie. Las luces en casa de los Anderson estaban apagadas. Consultó su reloj y vio que faltaban quince minutos para las once. Se había quedado dormido. Casi podría haber creído que aquello había sido un sueño. Un muy mal sueño. Salvo por un detalle.

Arrancó el motor y puso primera. Se detendría a llenar el tanque en la gasolinera Hi de la Estatal 17 en las afueras de la ciudad. Ese era el lugar idóneo, porque el encargado del turno de noche —Cody, se llamaba— siempre tenía un buen surtido de pastillitas blancas. Cody se las vendía a los camioneros que viajaban a toda velocidad hacia el norte, camino de Chicago, o hacia el sur, camino de Texas. A Jack Hoskins, del Departamento de Policía de Flint City, no se las cobraría.

El tablero de la camioneta estaba cubierto de polvo. En el primer alto, se inclinó a su derecha y borró la palabra que su acompañante había dejado escrita allí con el dedo.

DEBE.

EL UNIVERSO NO TIENE LÍMITES

26 de julio

1

Ralph apenas consiguió dormir, tuvo un sueño ligero interrumpido por pesadillas. En una de ellas, Terry Maitland estaba en sus brazos, moribundo, y decía: «Me has robado a mis hijas».

Despertó a las cuatro y media y supo que no volvería a conciliar el sueño. Se sentía como si hubiese entrado en un plano de la existencia hasta entonces insospechado, y se dijo que todo el mundo se sentía así a esas horas de la madrugada. Con eso se fue al baño y se lavó los dientes.

Jeannie dormía como siempre, con la colcha tan arriba que no era nada más que un bulto con una mata de pelo en lo alto. En ese cabello se veían ahora asomos de gris, como también en el de él. Todavía no mucho, pero pronto aparecería más. Ningún problema. El paso del tiempo era un misterio, pero era un misterio *normal.*

La brisa del aire acondicionado había tirado al suelo algunas de las hojas impresas por Jeannie. Volvió a dejarlas en la mesilla de noche, recogió sus jeans, decidió que le servirían un día más (sobre todo en el polvoriento sur de Texas) y se acercó a la ventana con el pantalón en la mano. La primera luz grisácea del alba se filtraba en el día. Haría calor, y en el lugar adonde iban todavía más.

Observó —sin gran sorpresa, aunque no habría sabido decir por qué— que Holly Gibney estaba abajo, en jeans y sentada en la silla plegable que Ralph había ocupado cuando Bill Samuels lo visitó hacía poco más de una semana. La noche que Bill le contó la historia de las pisadas que desaparecían y Ralph le correspondió con el relato del cantalupo infestado.

Se puso el pantalón y una camiseta de los Oklahoma Thunder, volvió a echar un vistazo a Jeannie y salió de la habitación con los mocasines viejos y gastados que usaba a modo de pantuflas de andar por casa colgando de los dedos de la mano izquierda.

2

Cinco minutos después, Ralph salió por la puerta de atrás. Holly volteó al oírlo acercarse. En su pequeño rostro se formó una expresión cauta y alerta, pero no hostil (o eso esperaba él). De pronto vio los tazones en la vieja bandeja de Coca-Cola y una sonrisa radiante le iluminó la cara.

—¿Es eso lo que yo espero que sea?

—Lo es si espera café. Yo lo tomo solo, pero he traído todo lo demás por si quiere. Mi mujer lo toma con azúcar y leche. «Muy dulce, como yo», dice —sonrió.

—Solo está bien. Muchas gracias.

Ralph dejó la bandeja en la mesa de picnic. Ella se sentó delante de él, tomó un tazón y bebió un sorbo.

—Vaya, qué bueno está. Bien cargado. No hay nada mejor que un café solo bien cargado por la mañana. Al menos eso pienso yo.

—¿Cuánto tiempo lleva levantada?

—No duermo mucho —dijo ella, eludiendo limpiamente la pregunta—. Esto es muy agradable. Con este aire tan limpio.

—No tan limpio cuando el viento sopla del oeste, créame. Entonces llega el olor de las refinerías de Cap City. Me provoca dolor de cabeza.

Se calló y la miró. Holly desvió la vista, sostenía el tazón ante la cara, como a modo de protección. Ralph se acordó de la noche anterior, de que ella parecía armarse de valor antes de cada apretón de manos. Tenía la impresión de que para esa mujer muchos de los gestos e interacciones corrientes de este mundo eran bastante difíciles. Y sin embargo había hecho cosas asombrosas.

—Anoche leí sobre usted. Alec Pelley tenía razón. Vaya currículum el suyo.

Holly no contestó.

—Además de impedir que aquel individuo, Hartsfield, volara por los aires a un montón de adolescentes, usted y su socio, el señor Hodges...

—*Inspector* Hodges —corrigió ella—. Retirado.

Ralph asintió.

—Además de eso, usted y el inspector Hodges salvaron a una niña secuestrada por un loco llamado Morris Bellamy. Bellamy resultó muerto durante el rescate. También se vieron envueltos en un tiroteo con un médico desquiciado que mató a su mujer, y el año pasado localizó a unos tipos que se dedicaban a robar perros de razas poco comunes para devolvérselos a sus dueños a cambio de un rescate o para venderlos si los dueños se negaban a pagar. Cuando dijo que parte de su trabajo consistía en encontrar animales extraviados, no bromeaba.

Ella volvió a sonrojarse, desde la base del cuello hasta la frente. Estaba claro que esa enumeración de sus anteriores hazañas no solo la incomodaba, sino que le resultaba muy dolorosa.

—El mérito de todo eso debe atribuirse básicamente a Bill Hodges.

—No lo de los secuestradores de perros. Él falleció un año antes de ese caso.

—Sí, pero para entonces yo contaba con Pete Huntley. El ex *inspector* Huntley —lo miró a la cara. Se obligó. Tenía los ojos de color azul claro—. Pete es bueno, no podría mantener la agencia sin él, pero Bill era mejor. Lo que yo soy, sea lo que sea, es gracias a Bill. Se lo debo todo. Le debo la vida. Ojalá estuviera aquí ahora.

—En mi lugar, ¿se refiere a eso?

Holly no contestó. Lo cual ya *era* una respuesta, naturalmente.

—¿Habría creído él en ese Cuco que cambia de forma?

—Sí, claro —Holly contestó sin vacilar—. Porque él... y yo... y nuestro amigo Jerome Robinson, que estaba con nosotros, tuvimos la suerte de vivir ciertas experiencias que usted no ha vivido. Aunque puede llegar a vivirlas, según cómo vayan las cosas en los próximos días. Incluso puede que hoy mismo antes de ponerse el sol.

—¿Puedo acompañarlos?

Era Jeannie, con su taza de café.

Ralph le indicó que tomara asiento.

—Si te hemos despertado, lo siento mucho —se disculpó Holly—. Ha sido muy amable por su parte acogerme en casa.

—Me ha despertado Ralph saliendo de puntillas como un elefante —dijo Jeannie—. Podría haberme dormido otra vez, pero he olido el café. A eso no puedo resistirme. Ah, qué bien, has traído la leche y la crema.

—No fue el médico —dijo Holly.

Ralph enarcó las cejas.

—¿Cómo dice?

—Se llamaba Babineau, y se desquició, eso desde luego, pero fue otra persona quien lo llevó a ese estado, y él no mató a la señora Babineau. Eso lo hizo Brady Hartsfield.

—Según lo que leí en los artículos que mi mujer encontró en internet, Hartsfield murió en el hospital antes de que Hodges y usted localizaran a Babineau.

—Ya sé lo que dijo la prensa, pero se equivocaron. ¿Puedo contarles la verdadera historia? No me gusta contarla, ni siquiera me gusta recordar esas cosas, pero quizá convenga que usted lo oiga. Porque vamos a ponernos en peligro, y si usted sigue creyendo que vamos detrás de un hombre... retorcido, perverso, criminal, pero solo un hombre, correrá usted un peligro mayor.

—El peligro está aquí —afirmó Jeannie—. Ese visitante, el que se parece a Claude Bolton..., yo lo vi *aquí.* ¡Ya lo dije anoche, en la reunión!

Holly asintió.

—Creo que el visitante estuvo aquí, quizá incluso podría demostrárselo, pero no creo que estuviera aquí *totalmente*. Y no creo que esté aquí ahora. Está *allí*, en Texas, porque Bolton está allí, y el visitante se quedará cerca de él. Tiene que quedarse cerca, porque ha estado... —se interrumpió y se mordió el labio—. Creo que ha estado agotándose. No está acostumbrado a que la gente lo persiga. A que la gente sepa lo que es.

—No lo entiendo —dijo Jeannie.

—¿Me permiten que les cuente la historia de Brady Hartsfield? Eso podría ser útil —Holly se volvió hacia Ralph y de nuevo hizo el esfuerzo de mirarlo a los ojos—. Tal vez no lo lleve a usted a creer, pero le permitirá entender por qué yo sí *puedo*.

—Adelante —dijo Ralph.

Holly empezó a hablar. Para cuando terminó, el sol asomaba, rojo, por el este.

3

—Guau —dijo Ralph. No se le ocurrió nada más.

—¿Eso es verdad? —preguntó Jeannie—. Brady Hartsfield... ¿qué? ¿Traspasó su conciencia a ese médico que lo atendía?

—Sí. Tal vez tuvo que ver con los fármacos experimentales que Babineau le administraba, pero nunca he creído que se debiera solo a eso. En Hartsfield había ya algo, y el golpe en la cabeza que yo le di lo sacó a la luz. Eso es lo que yo pienso —se volvió hacia Ralph—. *Usted* no se lo cree, ¿verdad? Seguramente podría localizar a Jerome por teléfono, y él le contaría lo mismo..., pero a él tampoco le creería.

—No sé qué creer —respondió Ralph—. Esa serie de suicidios provocados por los mensajes subliminales de los videojuegos..., ¿los periódicos informaron de eso?

—Los periódicos, la televisión, internet. Está todo ahí.

Holly guardó silencio y se miró las manos. Tenía las uñas sin pintar pero bastante cuidadas; había dejado de mordérselas, tal como había dejado de fumar. Se obligó a abandonar el hábito. A veces pensaba que su peregrinación hacia algo que al menos se aproximaba a la estabilidad mental (si es que no era auténtica salud mental) había estado marcada por el abandono ritual de los malos hábitos. Había sido difícil desprenderse de ellos. Eran amigos.

Habló sin mirar a ninguno de los dos, con la vista puesta en el horizonte.

—A Bill le diagnosticaron un cáncer de páncreas justo cuando empezó el asunto de Babineau y Hartsfield. Después pasó un tiempo en el hospital, pero más adelante volvió a casa. Para entonces todos sabíamos cómo iba a acabar aquello..., él también, aunque nunca lo dijo y luchó contra el puñetero cáncer hasta el final. Yo iba a verlo casi cada noche, en parte para asegurarme de que comía algo, en parte solo por estar con él. Por hacerle compañía, pero también para... no sé...

—¿Llenarte de él? —dijo Jeannie—. ¿Cuando aún lo tenías?

Otra vez la sonrisa, esa tan radiante que la hacía parecer joven.

—Sí, eso. Exactamente. Una noche, no mucho antes de volver al hospital, hubo un apagón en su barrio. Un árbol cayó en un cable o algo así. Cuando llegué a casa de Bill, estaba sentado delante de la puerta mirando las estrellas. «Nunca se ven así cuando los faroles están encendidos», dijo. «¡Fíjate cuántas hay y cuánto brillan!» Aquella noche daba la impresión de que podía verse toda la Vía Láctea. Nos quedamos allí sentados un ratito..., cinco minutos, calculo, sin hablar, solo mirando. De pronto dijo: «Los científicos empiezan a creer que el universo no tiene límites. Lo leí en el *The New York Times* la semana pasada. Y cuando ves todas esas estrellas, y sabes que más allá hay todavía más, es fácil creerlo». Nunca hablamos de Brady Hartsfield y lo que le hizo a Babineau después de que Bill enfermara gravemente, pero creo que en ese momento me hablaba de eso.

—«Hay más cosas en el cielo y en la tierra de las que ha soñado vuestra filosofía» —dijo Jeannie.

Holly sonrió.

—Shakespeare lo expresó mejor. Casi todo lo expresó mejor, diría yo.

—Quizá no hablaba de Hartsfield y Babineau —comentó Ralph—. Quizá intentaba conciliarse con su propia… situación.

—Por supuesto que sí —convino Holly—. Con eso y con todos los misterios. Que es lo que nosotros necesitamos para…

El teléfono de Holly emitió un gorjeo. Lo sacó del bolsillo de atrás, miró la pantalla y leyó el mensaje.

—Es de Alec Pelley —dijo—. El avión que ha fletado el señor Gold estará listo para despegar a las nueve y media. ¿Su plan de hacer ese viaje sigue adelante, señor Anderson?

—Sin ninguna duda. Y como estamos juntos en esto, sea lo que sea *esto*, mejor será que empiece a llamarme Ralph —se acabó el café en dos tragos y se puso de pie—. Voy a pedir que un par de agentes de uniforme vigilen la casa en mi ausencia, Jeannie. ¿Algún problema con eso?

Ella respondió con un pestañeo.

—Que sean guapos.

—Procuraré que sean Troy Ramage y Tom Yates. Ninguno de los dos pasaría por actor de cine, pero son los que llevaron a cabo la detención de Terry Maitland en el campo de beisbol. Parece correcto que al menos tengan algún papel en esto.

—Debo comprobar una cosa —dijo Holly—, y me gustaría hacerlo ahora, antes de que amanezca del todo. ¿Podemos entrar en casa?

4

A petición de Holly, Ralph bajó los estores de la cocina y Jeannie cerró las cortinas de la sala. Holly se sentó a la mesa de la cocina con los rotuladores y el rollo de diúrex que había comprado en la sección de material de oficina de Walmart. Arrancó dos trozos cortos de diúrex y los pegó sobre el flash del iPhone. Pintó el diúrex de azul. Arrancó un tercer trozo, lo pegó encima de las tiras azules y lo pintó de morado.

Se levantó y señaló en dirección a la silla más cercana al arco.

—¿Ahí es donde se sentó?

—Sí.

Holly tomó dos fotos del asiento con el flash activado; se acercó al arco y señaló de nuevo.

—Y aquí es donde estaba la silla.

—Sí. Justo ahí. Pero por la mañana no había marcas en la alfombra. Ralph lo comprobó.

Holly apoyó una rodilla en el suelo, tomó otras cuatro fotos de la alfombra y se levantó.

—Muy bien. Con esto debería bastar.

—Ralph, ¿tienes idea de lo que está haciendo? —preguntó Jeannie.

—Ha convertido el teléfono en una lámpara ultravioleta improvisada —*algo que podría haber hecho yo mismo si de verdad hubiese creído a mi mujer; conozco este truco en particular desde hace al menos cinco años*—. Estás buscando manchas, ¿no? Residuos, como la sustancia esa del establo.

—Sí, pero si hay, será mucho menos; si no, lo habrían visto. Se puede comprar un kit online para hacer esta prueba, se llama CheckMate, pero esto debería servir. Me lo enseñó Bill. A ver qué tenemos. Si es que tenemos algo.

Ralph y Jeannie se acercaron y se situaron uno a cada lado de Holly. Por una vez no la incomodó la cercanía física, abstraída como estaba, y esperanzada. *Con la esperanza que me caracteriza*, se dijo.

Allí estaban las manchas. Una leve salpicadura amarillenta en el asiento de la silla donde el intruso se había sentado y varias más —como gotitas de pintura— en la alfombra al borde del arco.

—Carajo —masculló Ralph.

—Fíjense en esta —dijo Holly. Separó los dedos para ampliar un manchurrón en la alfombra—. Forma un ángulo recto, ¿lo ven? Eso es una de las patas de la silla.

Regresó a la silla y tomó otra foto con flash, pero esta vez de más abajo. Se reunieron de nuevo en torno al iPhone. Holly volvió a separar los dedos, y una de las patas de la silla saltó al frente.

—Por ahí goteó. Si quieren, ya pueden levantar los estores y descorrer las cortinas.

Cuando la luz de la mañana bañó de nuevo la cocina, Ralph tomó el teléfono de Holly y examinó otra vez las fotos, pasándolas de una en una y vuelta atrás. Sintió que el muro de su incredulidad empezaba a resquebrajarse, y resultó que al final había bastado con unas cuantas fotos en la pequeña pantalla de un iPhone.

—¿Qué significa esto? —preguntó Jeannie—. O sea, en términos prácticos. ¿Estuvo aquí o no estuvo?

—Ya te lo he dicho, no he tenido ocasión de llevar a cabo toda la investigación necesaria para dar una respuesta de la que me sienta segura. Pero si me viera obligada a aventurarme, diría... lo uno y lo otro.

Jeannie meneó rápido la cabeza, como para despejársela.

—No lo entiendo.

Ralph estaba pensando en las puertas bien cerradas y la alarma antirrobo que no se había activado.

—¿Estás diciendo que ese hombre era un...? —*fantasma* fue la palabra que acudió a su cabeza, pero no era la correcta.

—No estoy diciendo nada —respondió Holly, y Ralph pensó: *No, no lo estás diciendo. Porque quieres que lo diga yo.*

—¿Que era una proyección? ¿O un avatar, como en los videojuegos de nuestro hijo?

—Una idea interesante —comentó Holly. Le chispeaban los ojos.

Ralph tuvo la impresión (lo cual en cierto modo lo enfureció) de que Holly estaba conteniendo una sonrisa.

—Hay residuos, pero la silla no dejó marcas en la alfombra —observó Jeannie—. Si estuvo aquí en un sentido físico, era... ligero. Quizá no más pesado que un cojín de plumas. ¿Estás diciendo que el hacer esa... esa proyección... lo agota?

—Parece lógico..., o al menos a mí me lo parece —dijo Holly—. De lo que podemos estar seguros es de que *algo* estuvo aquí cuando bajaste ayer de madrugada. ¿Estaría de acuerdo con eso, inspector Anderson?

—Sí. Y si no empiezas a llamarme Ralph, Holly, ordenaré que te detengan.

—¿Cómo volví al piso de arriba? —preguntó Jeannie—. ¿Acaso él...? Por favor, dime que no me llevó en brazos después de desmayarme.

—Lo dudo —dijo Holly.

—Quizá fue una especie de... —intervino Ralph—, solo estoy haciendo conjeturas, ¿una especie de sugestión hipnótica?

—No lo sé. Hay muchas cosas que a lo mejor nunca sabremos. Me gustaría darme un regaderazo rápido, si no hay inconveniente.

—Claro —contestó Jeannie—. Prepararé huevos revueltos para todos. —Y de pronto, cuando Holly se disponía a salir, exclamó—: Dios mío.

Holly se dio media vuelta.

—La luz de la cocina. Estaba encendida. La que hay encima de los fogones. Tiene un interruptor —cuando Jeannie había visto las fotografías parecía nerviosa. Ahora parecía asustada—. Hay que pulsarlo para encender la luz. Había lo suficiente de él aquí para hacer eso.

Holly no dijo nada. Ralph tampoco.

5

Después del desayuno, Holly regresó a la habitación de invitados, supuestamente para recoger sus cosas. Ralph sospechó que en realidad estaba dejándole un rato de intimidad para despedirse de su mujer. Esa Holly Gibney tenía sus rarezas pero tonta no era.

—Ramage y Yates rondarán por aquí cerca y permanecerán atentos —le dijo a Jeannie—. Los dos han recurrido a sus días de asuntos propios.

—¿Han hecho eso por ti?

—Y por Terry, creo. Se sienten casi tan mal como yo por cómo se desarrollaron las cosas.

—¿Llevas tu arma?

—De momento en la bolsa de mano. Cuando aterricemos me la prenderé al cinturón. Y Alec llevará la suya. Saca la tuya de la caja fuerte. Tenla a la mano.

—¿De verdad piensas...?

—No sé qué pensar, en eso coincido con Holly. Tú tenla a la mano. Y no vayas a pegarle un tiro al cartero.

—Oye, quizá sería mejor que los acompañara.

—Eso no me parece buena idea.

Prefería que ese día no estuvieran los dos en el mismo sitio, pero no quería explicarle por qué ni preocuparla aún más. Tenían un hijo en el que pensar, un hijo que en ese momento estaría jugando beisbol o tirando con arco a dianas colocadas en fardos de heno o confeccionando cinturones de cuentas. Derek, quien, como casi todos los niños, sencillamente daba por sentado que sus padres eran inmortales.

—Puede que tengas razón —convino ella—. Alguien ha de estar aquí por si telefonea D, ¿no crees?

Ralph asintió con la cabeza y le dio un beso.

—Eso mismo estaba pensando yo.

—Ten cuidado.

Lo miraba con los ojos muy abiertos, y a Ralph lo asaltó el súbito y desgarrador recuerdo de esos ojos mirándolo de esa manera tan tierna, esperanzada e inquieta. Fue el día de su boda, hacía dieciséis años, cuando intercambiaron votos delante de sus amigos y familiares.

—Sí. Siempre tengo cuidado.

Hizo ademán de separarse de Jeannie. Ella lo retuvo. Le agarraba fuerte los brazos.

—Sí, pero este caso no se parece a ningún otro de los que has llevado. Eso lo sabemos ya los dos. Si puedes atraparlo, atrápalo. Si no puedes..., si te encuentras con algo que escapa a tu control, retrocede. Retrocede y vuelve a casa conmigo, ¿queda claro?

—Bien.

—No digas «bien»; di que lo harás.

—Lo haré —volvió a pensar en el día de su boda.

—Espero que lo digas en serio —todavía con esa mirada desgarradora, rebosante de amor e inquietud. La mirada con la que había dicho: «He puesto mi suerte en tus manos; por favor, no permitas que me arrepienta»—. Tengo que decirte una cosa, y es importante. ¿Me escuchas?

—Sí.

—Tú eres bueno, Ralph. Eres un hombre bueno que cometió un grave error. No fuiste el primero y no serás el último. Tienes que vivir con eso, y yo te ayudaré. Arregla un poco las cosas si puedes, pero, por favor, no las empeores. *Por favor.*

Holly bajó por la escalera con cierto estrépito para tener la seguridad de que la oían acercarse. Ralph aún permaneció un momento ahí quieto, contemplando los ojos muy abiertos de su mujer, igual de hermosos entonces que muchos años atrás. Luego la besó y dio un paso atrás. Ella le apretó las manos, con fuerza, y lo dejó ir.

6

Holly y Ralph fueron al aeropuerto en el coche de Ralph. Ella iba muy erguida en el asiento, con la bolsa en la falda y las rodillas juntas en actitud recatada.

—¿Tiene tu mujer un arma de fuego? —preguntó.

—Sí. E hizo el curso de capacitación en el pabellón de tiro del departamento. Aquí las mujeres y las hijas de los policías están autorizadas a eso. ¿Y tú, Holly?

—Por supuesto que no. Vine aquí en avión, y no era un vuelo chárter.

—Seguramente podríamos conseguirte algo. A fin de cuentas, vamos a Texas, no a Nueva York.

Ella negó con la cabeza.

—No disparo un arma desde que Bill aún vivía, concretamente desde el último caso en que trabajamos juntos. Y fallé el tiro.

Ralph no volvió a hablar hasta que se hubieron incorporado al denso tráfico de la autopista en sentido al aeropuerto y Cap City. Una vez culminada esa peligrosa hazaña, dijo:

—Esas muestras del establo están en el laboratorio forense de la Policía del Estado. ¿Qué crees que encontrarán cuando por fin se decidan a someterlas a todos esos aparatos tan sofisticados suyos? ¿Tienes idea?

—Basándome en lo que apareció en la silla y la alfombra, diría que será básicamente agua pero con un pH alto. Diría que contendrá restos de una especie de mucosidad del tipo que producen las glándulas bulbouretrales, también conocidas como glándulas de Cowper, nombre que deben al anatomista William Cowper, que...

—O sea, *crees* que es semen.

—Más bien líquido preseminal —se le tiñeron las mejillas levemente de rojo.

—Conoces tu oficio.

—Hice un curso de patología forense después de la muerte de Bill. Hice varios cursos, en realidad. Con los cursos... pasaba el tiempo.

—Se encontró semen en los muslos de Frank Peterson. Mucho, pero no una cantidad anormal. El ADN coincidía con el de Terry Maitland.

—Los residuos del establo y de tu casa no son semen, ni líquido preseminal, por similares que sean. Cuando el laboratorio analice la sustancia encontrada en el municipio de Canning, hallará, creo, elementos desconocidos y los desecharán por considerarlos contaminación. Se alegrarán de no tener que utilizar las muestras ante un tribunal. No considerarán la posibilidad de que se trate de una sustancia desconocida: la que exuda, o de la que se desprende , cuando muda. En cuanto al semen hallado en el cuerpo de Peterson, estoy segura de que el visitante también dejó semen al matar a las hermanas Howard. O en su ropa o en sus cuerpos. Una tarjeta de visita más, como el mechón de pelo en el baño del señor Maitland y las huellas que ustedes encontraron.

—No olvides los testigos presenciales.

—Sí —coincidió Holly—. A esa criatura le gustan los testigos. ¿Por qué no, si puede adoptar la cara de otro hombre?

Ralph, siguiendo los indicadores, se dirigió hacia la compañía chárter de la que era cliente Howard Gold.

—Entonces ¿no crees que hayan sido realmente delitos sexuales? ¿Solo ha pretendido presentarlos así?

—Yo no diría tanto, pero… —se volvió hacia él—. ¿Esperma en la parte de atrás de las piernas del niño, pero no…, ya me entiendes, no dentro de él?

—No. Lo penetró, lo violó, con una rama.

—Uf —Holly torció el gesto—. Dudo que en las autopsias de las niñas se encontrara semen dentro de ellas. Quizá en estos homicidios haya un componente sexual, pero es posible que él no sea capaz de un verdadero coito.

—Ese es el caso de muchos asesinos en serie normales —se rio de sus palabras (un oxímoron donde los hubiera), pero no las retiró porque la otra única posibilidad que se le ocurría era «asesinos en serie *humanos*».

—Si se alimenta de la tristeza, también debe de alimentarse del dolor de las víctimas mientras mueren —el rubor de sus mejillas había dado paso a la palidez—. Imagino que eso es para él algo exquisito, como comida gourmet o un excelente whisky escocés añejo. Y sí, es posible que eso lo excite sexualmente. No me gusta pensar en esas cosas, pero creo que conviene conocer al enemigo. Deberíamos…, me parece que debería usted doblar a la izquierda ahí, inspector Anderson —señaló con el dedo.

—Ralph.

—Sí. Gira a la izquierda, Ralph. Ese es el acceso de Regal Air.

7

Howie y Alec ya estaban allí, y Howie sonreía.

—El despegue se ha retrasado un poco —anunció—. Sablo viene de camino.

—¿Cómo lo ha conseguido? —preguntó Ralph.

—Él no, yo. Bueno, yo he conseguido la mitad. El juez Martínez está hospitalizado por una úlcera perforada, y eso ha sido obra de Dios. O puede que de un exceso de salsa picante. Yo también soy aficionado a la Texas Pete, pero ver a ese hombre echársela a chorros me ponía los pelos de punta. En cuanto al otro caso en el que debía atestiguar el teniente Sablo, el ayudante del fiscal me debía un favor.

—¿He de preguntar por qué? —dijo Ralph.

—No —contestó Howie, ahora con una sonrisa tan amplia que se le veían hasta las últimas muelas.

Para matar el tiempo, se sentaron los cuatro en la salita de espera —mucho más pequeña que las salas de embarque— y contemplaron los aviones que despegaban y aterrizaban. Howie dijo:

—Anoche, cuando llegué a casa, entré en internet y leí cosas sobre los dobles. Porque eso es este visitante, ¿no les parece?

Holly se encogió de hombros.

—Llámelo como quiera.

—En la literatura, el más famoso sale en un cuento de Edgar Allan Poe. Se titula «William Wilson».

—Ese Jeannie lo conocía —comentó Ralph—. Hablamos de él.

—Pero en la vida real ha habido muchos. Centenares, por lo visto. Incluido uno en el transatlántico *Lusitania.* En primera clase viajaba una pasajera que se llamaba Rachel Withers, y durante la travesía varias personas vieron a otra mujer que era su vivo retrato, tenían hasta el mismo mechón de cabello blanco. Algunos dijeron que esa doble viajaba en tercera. Otros dijeron que formaba parte de la tripulación. La señorita Withers y un caballero amigo suyo fueron a buscarla, y supuestamente la encontraron justo segundos antes de que un torpedo de un submarino alemán los alcanzara por estribor. La señorita Withers murió, pero su amigo sobrevivió. Describió a la doble como «una aparición premonitoria». El escritor francés Guy de Maupassant se tropezó con su doble un día mientras paseaba por París:

la misma estatura, el mismo cabello, los mismos ojos, el mismo bigote, el mismo acento.

—Los franceses ya se sabe —dijo Alec encogiéndose de hombros—. ¿Qué podía esperarse? Seguramente Maupassant le invitó una copa de vino.

—El caso más famoso ocurrió en 1845, en un colegio de niñas de Letonia. Mientras el profesor escribía en el pizarrón, entró en el aula su doble exacto, que se colocó a su lado e imitó todos sus movimientos, pero sin gis. Luego se marchó. Lo vieron diecinueve alumnas. ¿No es asombroso?

Nadie contestó. Ralph pensaba en un cantalupo infestado, y en pisadas que desaparecían, y en unas palabras del amigo muerto de Holly: «El universo no tiene límites». Suponía que para mucha gente debía de ser un concepto estimulante, incluso hermoso. Para Ralph, hombre anclado a los hechos durante toda su vida profesional, era aterrador.

—Bueno, a *mí* me parece asombroso —dijo Howie, un tanto disgustado.

—Dime una cosa, Holly —intervino Alec—. Si ese individuo absorbe los pensamientos y los recuerdos de sus víctimas cuando se apropia de su cara (mediante una especie de transfusión de sangre mística, supongo), ¿cómo es que no sabía dónde estaba la clínica más cercana? Y luego está lo de Sauce Agua de Lluvia, la taxista. Maitland la conocía por la competición de basquetbol infantil, la del YMCA, pero el hombre a quien llevó a Dubrow se comportó como si no la conociera de nada. No la llamó Sauce, ni señorita Agua de Lluvia. La llamó «señora».

—No lo *sé* —contestó Holly con cierto enojo—. Lo poco que sé lo agarré al vuelo, y lo digo literalmente, porque lo leí mientras viajaba en avión. Solo puedo hacer conjeturas, y de eso ya me he cansado.

—Puede que sea como la lectura rápida —aventuró Ralph—. Los lectores rápidos se enorgullecen mucho de ser capaces de leerse un libro de cabo a rabo de una sentada, pero básicamente retienen solo lo esencial. Si se les pregunta por los detalles, normalmente se quedan en blanco —calló un momento—. O al menos eso dice mi mujer. Pertenece a un club de lectura, y hay allí una señora que alardea de su capacidad lectora. A Jeannie la saca de quicio.

Observaron a la tripulación de tierra repostando el King Air y a los dos pilotos realizando las comprobaciones de rigor previas al vuelo. Holly sacó su iPad y empezó a leer (Ralph pensó que avanzaba muy rápidamente en su lectura). Al cuarto para las diez un Subaru Forester accedió al pequeño estacionamiento de Regal y Yune Sablo se bajó de él; llevaba una mochila de camuflaje al hombro y se acercó hablando por el celular. Cortó la llamada al entrar.

—¡Amigos! ¿Cómo están?

—Bien —dijo Ralph al tiempo que se levantaba—. Pongámonos en marcha.

—Estaba hablando con Claude Bolton. Irá a recibirnos al aeropuerto de Plainville. Está a unos noventa kilómetros de Marysville, donde él vive.

Alec enarcó las cejas.

—¿Y eso por qué?

—Está preocupado. Dice que anoche apenas durmió, se levantó cinco o seis veces. Tenía la sensación de que alguien vigilaba la casa. Ha dicho que le recordó su época en la cárcel, cuando a veces todo el mundo sabía que algo iba a pasar pero nadie sabía qué, excepto que sería malo. Ha dicho que su madre estaba un poco inquieta. Me ha preguntado qué está sucediendo exactamente, y le he dicho que lo pondríamos al corriente cuando llegáramos.

Ralph se volvió hacia Holly.

—Si ese visitante existe, y si estuviera cerca de Bolton, ¿percibiría Bolton su presencia?

En lugar de volver a protestar porque se le exigieran conjeturas, Holly respondió con voz baja pero firme:

—No me cabe duda.

BIENVENIDOS A TEXAS

26 de julio

1

Jack Hoskins cruzó la línea divisoria de Texas a eso de las dos de la madrugada del 26 de julio y se alojó en un tugurio llamado Indian Motel justo cuando asomaba por el este la primera luz del alba. Usando su MasterCard —la única tarjeta en la que le quedaba saldo—, pagó al soñoliento conserje por una semana y pidió una habitación en un extremo del destartalado edificio.

La habitación olía a alcohol y a humo de tabaco. En la desvencijada cama, la colcha estaba raída y la funda de la almohada se veía amarillenta por los años, el sudor o ambas cosas. Se sentó en la única silla que había y comprobó en su celular, rápido y sin mucho interés, los mensajes de texto y de voz (estos últimos habían cesado alrededor de las cuatro de la mañana, cuando el buzón se llenó). Todos eran de la comisaría, muchos del jefe Geller en persona. Se había cometido un doble asesinato en el Lado Oeste. Ausentes Ralph Anderson y Betsy Riggins, él era el único inspector de servicio, dónde se había metido, lo necesitaban en el lugar de los hechos inmediatamente, bla, bla, bla.

Se tumbó en la cama, primero boca arriba, pero en esa posición le dolía demasiado la quemadura. Se volvió de costado y los resortes emitieron un chirrido de protesta bajo su considerable peso. *Si el cáncer se extiende, perderé peso*, pensó. *Al final, mamá era un esqueleto envuelto en piel. Un esqueleto que gritaba.*

—Eso no va a pasar —aseguró a la habitación vacía—. Solo necesito unas horas de sueño, maldita sea. Esto acabará bien.

Bastarían cuatro horas. Cinco con un poco de suerte. Pero su cerebro no desconectaba; era como un motor en punto muerto. Cody, el traficante de poca monta de la gasolinera Hi, sí tenía las pastillitas blancas, y también un buen suministro de coca que, según afirmaba, era casi pura. A juzgar por cómo Jack se sentía en ese momento, tendido en aquella mierda de cama (ni se le pasó por la cabeza meterse dentro; sabía Dios qué podía andar rondando por las sábanas), debía de ser verdad. Solo se había hecho unas pocas rayas —en las primeras horas de la madrugada, pasadas las doce, cuando parecía que el viaje no terminaría nunca—, y ahora tenía la sensación de que no volvería a pegar ojo en la vida, la sensación de que podría poner el tejado de una casa y después correr diez kilómetros. Aun así, al cabo de un rato sí se durmió, pero fue un dormir ligero interrumpido por sueños en que aparecía su madre una y otra vez.

Cuando despertó, pasaban ya de las doce del mediodía y en la habitación hacía un calor sofocante a pesar del patético aire acondicionado. Fue al baño, meó e intentó mirarse la palpitante nuca. No pudo, y quizá mejor así. Volvió a la habitación y se sentó en la cama para ponerse los zapatos, pero solo encontró uno. Buscó el otro a tientas y alguien se lo colocó en la mano.

—Jack.

Paralizado, se le puso la piel de gallina en los brazos y se le erizó el vello de la nuca. El hombre que se había ocultado en su regadera, allá en Flint City, estaba ahora debajo de la cama, como los monstruos que tanto miedo le daban de niño.

—Escúchame bien, Jack. Voy a decirte qué tienes que hacer exactamente.

Cuando aquella voz terminó por fin de darle instrucciones, Jack advirtió que no sentía ya el tormento del cuello (así había llamado siempre a su media naranja, «tormento», lo cual tenía su gracia). O casi no lo sentía. Y lo que debía hacer parecía sencillo, aunque un tanto drástico. Lo cual no era un problema porque estaba casi seguro de que podía llevarlo a cabo sin ser descubierto, y darle el pasaporte a Anderson sería un gustazo. Al fin y al cabo, Anderson era el entrometido mayor; el bueno del señor No Opino se lo había buscado. Lo sentía por los otros, pero qué culpa tenía él. Era Anderson quien los había arrastrado hasta allí.

—Mala suerte, qué le vamos a hacer —musitó.

Una vez calzado, Jack se arrodilló y miró debajo de la cama. Había allí mucho polvo, y en parte parecía recién removido, pero no vio nada más. Mejor así. Era un alivio. Que su acompañante *había* estado allí, Jack lo tenía claro, como también qué era lo que llevaba tatuado en los dedos que habían empujado el zapato hacia su mano: NADA.

Con el dolor de la quemadura reducido a un susurro y la cabeza relativamente despejada, pensó que no le vendría mal comer algo. Un filete y unos huevos, tal vez. Tenía una tarea que llevar a cabo, y debía mantener alto el nivel de energía. No solo de coca y anfetas vivía el hombre. Si no comía, igual se desmayaba bajo el intenso sol, y entonces se quemaría.

Hablando de sol, este lo golpeó en la cara como un puño cuando salió, y percibió en la nuca una palpitación de advertencia. Para su consternación, se acordó de que no le quedaba protector solar y había olvidado la pomada de aloe vera. Cabía la posibilidad de que vendieran algo así en la cafetería anexa al motel, junto con los demás cachivaches que siempre tenían expuestos al lado de la caja en sitios como ese: camisetas y gorras y CD de música country y souvenires de los indios navajo hechos en Camboya. Debían de vender algún que otro producto indispensable además de esas baratijas, porque el pueblo más cercano estaba...

Iba a abrir la puerta de la cafetería cuando miró a través del cristal polvoriento y se detuvo en seco. Estaban allí. Anderson y su alegre banda de pendejos, incluida la mujer flaca del flequillo canoso. Había también una vieja en silla de ruedas y un hombre musculoso de cabello negro corto y barbilla. La vieja empezó a reírse de algo y de pronto tuvo un ataque de tos. Jack la oía incluso desde fuera, sonaba como una condenada excavadora circulando a baja velocidad. El hombre de la barbilla le dio unas palmadas en la espalda, y a continuación todos se rieron.

No se reirán tanto cuando acabe con ustedes, pensó Jack, pero en realidad le convino que rieran. De lo contrario, quizá habrían reparado en su presencia.

Dio media vuelta y trató de interpretar lo que acababa de ver. No las carcajadas del grupo, eso lo tenía sin cuidado, pero cuando el Hombre Barbilla había alargado la mano para dar palmadas en la espalda a la Mujer Silla de Ruedas, Jack había visto que tenía tatuajes en los dedos. El cristal estaba cubierto de polvo y la tinta descolorida, pero sabía cuál era la palabra escrita en ellos: NADA. Cómo ese hombre había podido llegar tan deprisa desde debajo de su cama hasta la cafetería era un misterio que Jack Hoskins ni siquiera se planteó. Tenía un trabajo pendiente, con eso le bastaba, y deshacerse del cáncer que le crecía en la piel era solo la mitad de la tarea. Deshacerse de Ralph Anderson era la otra mitad, y sería un placer.

El bueno del señor No Opino.

2

El aeródromo de Plainville se hallaba entre matorrales en las afueras de la localidad pequeña y cansina que se beneficiaba de sus servicios. Disponía de una única pista, que a Ralph se le antojó horriblemente corta. El piloto frenó a fondo en cuanto las ruedas tocaron tierra, y dentro del aparato los objetos sueltos salieron despedidos. Se detuvieron ante una raya amarilla al final de la estrecha franja de alquitrán, a no más de diez metros de un barranco lleno de maleza, agua estancada y latas de cerveza Shiner.

—Bienvenidos a ningún sitio en particular —comentó Alec mientras el King Air avanzaba lentamente hacia el edificio prefabricado de la terminal; a juzgar por su aspecto, quizá no resistiera el siguiente vendaval.

Los esperaba una camioneta Dodge cubierta de polvo del camino. Ralph reconoció que era el modelo Companion, con accesibilidad para silla de ruedas, aun antes de ver la placa de discapacitado. Al lado estaba Claude Bolton, alto y musculoso, con jeans descoloridos, camisa azul informal, gastadas botas camperas y una gorra con el logo de los Rangers de Texas.

Ralph, el primero en bajar del avión, le tendió la mano. Después de una fugaz vacilación, Claude se la estrechó. Sin poder contenerse, Ralph lanzó una mirada a las letras desvaídas en sus dedos: NADA.

—Gracias por facilitarnos las cosas —dijo—. No tenía ninguna obligación, y se lo agradezco —presentó a los demás.

Holly fue la última en darle la mano, y dijo:

—Esos tatuajes que lleva en los dedos... ¿tienen que ver con la bebida?

Exacto, pensó Ralph. *Esa es una pieza del rompecabezas que olvidé sacar de la caja.*

—Sí, señora, así es —Bolton habló como quien imparte una lección bien aprendida y muy apreciada—. La gran paradoja, como lo llaman aquí en las reuniones de Alcohólicos Anónimos. La oí por primera vez en la cárcel. Uno *debe* beber, pero no puede beber *nada*.

—Yo siento eso mismo en relación con el tabaco —dijo Holly.

Bolton sonrió, y Ralph pensó en lo raro que era que la persona menos sociable de su pequeño grupo fuese la que había conseguido distender a Bolton. Aunque en realidad Bolton no parecía muy preocupado, sino más bien en guardia.

—Sí, señora, el tabaco tiene lo suyo. ¿Y usted cómo lo lleva?

—Hace casi un año que no fumo ni un solo cigarro —contestó Holly—. Pero es un objetivo que me planteo día a día. *Debe* y *nada.* Me gusta.

Ralph no habría sabido decir si ella conocía ya desde el principio el significado de esos tatuajes.

—La única manera de romper la paradoja *debe-nada* es con la ayuda de un poder superior, así que me busqué uno. Y siempre tengo a mano mi medallón de la sobriedad. Me enseñaron que si te entran unas ganas locas de beber una copa, te metes el medallón en la boca y, si se funde, puedes beber.

Holly sonrió; fue una de esas sonrisas radiantes que a Ralph empezaban a gustarle mucho.

Se abrió la puerta lateral de la camioneta, y una rampa oxidada se desplegó con un chirrido. Una mujer corpulenta con una extravagante corona de cabello blanco bajó en silla de ruedas. En el regazo tenía una pequeña botella verde de oxígeno con un tubo de plástico conectado a la cánula insertada en su nariz.

—¡Claude! ¿Por qué tienes a esa gente ahí con el calor que hace? Si hay que moverse, movámonos ya. Son casi las doce.

—Esta es mi madre —dijo Claude—. Mamá, te presento al inspector Anderson, el que me interrogó sobre aquello de lo que te hablé. A los demás acabo de conocerlos.

Howie, Alec y Yune se presentaron a la anciana. Holly fue la última.

—Encantada de conocerla, señora Bolton.

Lovie se echó a reír.

—Bueno, ya veremos si sigue opinando lo mismo cuando me conozca de verdad.

—Voy por el coche de alquiler —dijo Howie—. Creo que es ese estacionado junto a la puerta.

Señaló un todoterreno azul oscuro de tamaño medio.

—Yo iré delante, en la camioneta —propuso Claude—. No les costará seguirme; en la carretera de Marysville no hay mucho tráfico.

—¿Por qué no viene usted con nosotros, querida? —preguntó Lovie Bolton a Holly—. Así le hará compañía a una vieja.

Ralph pensó que Holly rehusaría el ofrecimiento, pero ella accedió en el acto.

—Deme un minuto.

Holly dirigió una seña con los ojos a Ralph, y él la siguió hacia el King Air mientras Claude observaba a su madre subir de nuevo con la silla por la rampa. En ese momento despegaba una avioneta y Ralph no oyó lo que Holly le preguntaba. Se inclinó hacia ella.

—¿Qué les digo, Ralph? Seguro que me preguntan a qué hemos venido.

Ralph meditó un momento y luego dijo:

—¿Por qué no les resumes lo más destacado y ya está?

—¡No me creerán!

Ante esto Ralph sonrió.

—Holly, considero que manejas la incredulidad bastante bien.

3

Como muchos ex presidiarios (por lo menos los que no querían correr el riesgo de volver a la cárcel), Claude Bolton conducía la Dodge Companion a exactamente diez kilómetros por hora por debajo del límite de velocidad. Después de media hora de viaje, salió de la carretera y se detuvo en el estacionamiento del Indian Motel & Café. Se bajó y, casi en tono de disculpa, se dirigió a Howie, al volante del vehículo de alquiler.

—Espero que no le importe que comamos algo —dijo—. A veces mi madre si no come con regularidad se siente mal, y no le ha dado tiempo de preparar sándwiches. Me preocupaba llegar tarde al aeródromo —bajó la voz, como para confiarle un secreto indecoroso—. Es el azúcar. Cuando le baja, se marea.

—Seguro que a todos nos vendrá bien comer algo —respondió Howie.

—Esa historia que nos ha contado la señora…

—¿Por qué no hablamos de eso cuando lleguemos a su casa, Claude? —dijo Ralph.

Claude asintió con la cabeza.

—Sí, puede que sea mejor.

En la cafetería flotaba un olor —no desagradable— a grasa, alubias y carne frita. En la rocola Neil Diamond cantaba «I Am, I Said». Los platos del día (que no eran muchos) se anunciaban detrás de la barra. Por encima de la ventanilla de la cocina colgaba una fotografía de Donald Trump pintarrajeada: el pelo negro, un bucle sobre la frente y bigote. Debajo alguien había escrito en español: «Yanqui vete a casa». Por un momento a Ralph le extrañó —Texas era un estado republicano, al fin y al cabo, republicano como el que más—, pero luego recordó que en esa zona, ya muy cerca de la frontera, la población de piel blanca estaba en minoría o poco le faltaba.

Se sentaron al fondo del comedor; Alec y Howie ocuparon una mesa para dos y los demás una más grande cercana. Ralph pidió hamburguesa; Holly optó por la ensalada, que resultó consistir básicamente en lechuga iceberg mustia; Yune y los Bolton se decantaron por un combinado mexicano: un taco, un burrito y una empanada. La camarera plantó una jarra de té dulce en la mesa sin que nadie se lo pidiera.

Lovie Bolton observaba a Yune, sus ojos brillantes como los de un pájaro.

—Sablo, ha dicho que se llama, ¿no? Vaya nombre tan raro.

—Sí, no abunda —contestó Yune.

—¿Viene del otro lado o nació aquí?

—Nací aquí, señora —dijo Yune. De un solo bocado engulló la mitad de su taco bien relleno—. Segunda generación.

—¡Bien, bravo por usted! ¡Hecho en Estados Unidos! Conocí a un Augustin Sablo cuando vivía más al sur, antes de casarme. Conducía un camión de reparto de pan en Laredo y Nuevo Laredo. Cuando pasaba delante de casa, mis hermanas y yo salíamos a pedirle a gritos churros rellenos de crema. ¿No sería pariente suyo?

La tez aceitunada de Yune se oscureció un poco —sin llegar a sonrojarse—, pero lanzó a Ralph una mirada risueña.

—Sí, señora, ese debía de ser mi papi.

—¡El mundo es un pañuelo! —exclamó Lovie, y se echó a reír. Las risas dieron paso a un ataque de tos, y la tos dio paso a un ataque de ahogo. Claude le asestó tales palmadas en la espalda que la cánula salió despedida de su nariz y cayó en el plato—. Eh, hijo, mira lo que has hecho —dijo cuando recobró el aliento—. Ahora hay mocos en el burrito —se reacomodó la cánula—. Bah, qué demonios. Han salido de mí; bien pueden volver a mí. Daño no me hará —masticó.

Ralph empezó a reírse y los demás sumaron sus risas a la suya. Incluso Howie y Alec se rieron pese a haberse perdido la mayor parte del monólogo. Ralph pensó que la risa acercaba a la gente y se alegró de que Claude hubiese llevado a su madre. Era simpatiquísima.

—Un pañuelo —repitió ella—. Vaya que sí —se inclinó sobre la mesa y empujó el plato hacia delante con su considerable busto. Seguía mirando a Yune con aquellos ojos brillantes de pájaro—. ¿Conoce ya la historia que nos ha contado esta mujer?

Señaló con la mirada a Holly, que picoteaba su ensalada con expresión un poco ceñuda.

—Sí, señora.

—¿Se lo cree?

—No lo sé. Me... —Yune bajó la voz—. Me parece que sí.

Lovie asintió y bajó también la voz.

—¿Ha visto alguna vez la procesión de Nuevo? ¿La Procesión de los Pasos? ¿A lo mejor de niño?

—Sí, señora.

Ella bajó aún más la voz.

—¿Y qué me dice de *él*? ¿Del farnicoco? ¿A él lo ve?

—Sí —respondió Yune, y pese a que Lovie Bolton era todo lo blanca que se podía ser, Ralph pensó que Yune había pasado al español sin darse cuenta siquiera.

Ella bajó la voz todavía más.

—¿Y le provoca pesadillas?

Tras un titubeo, Yune dijo:

—Sí, muchas pesadillas.

Lovie Bolton se echó hacia atrás, satisfecha pero muy seria. Miró a Claude.

—Haz caso a esta gente, hijo. Tienes un gran problema, me parece —guiñó el ojo a Yune, pero no en broma; mantenía una expresión grave—. Muy grande.

4

Cuando la pequeña caravana de vehículos volvió a la carretera, Ralph preguntó a Yune por la Procesión de los Pasos.

—Es una procesión que se organiza en Semana Santa —explicó Yune—. La Iglesia no la aprueba pero hace la vista gorda.

—¿Y el farnicoco? ¿Es lo mismo que El Cuco de Holly?

—Peor —contestó Yune con expresión sombría—. Peor aún que el hombre del costal. Farnicoco es el Encapuchado. Es Señor Muerte.

5

Para cuando llegaron a casa de los Bolton en Marysville, eran casi las tres de la tarde y hacía un calor aplastante. Se apretujaron en la pequeña sala, donde el aire acondicionado —un ruidoso aparato lo bastante viejo para ser de la Seguridad Social, pensó Ralph— hacía lo que podía con tantos cuerpos calientes allí reunidos. Claude fue a la cocina y volvió con latas de Coca-Cola en una hielera de poliestireno.

—Si esperaban cerveza, no están de suerte —anunció—. Nunca hay.

—Así está bien —dijo Howie—. Dudo mucho que ninguno de nosotros beba alcohol hasta que zanjemos este asunto en la medida de nuestras posibilidades. Cuéntenos qué pasó anoche.

Bolton miró a su madre de soslayo. Ella se cruzó de brazos y asintió.

—Bueno —empezó—, en realidad no fue nada, ya se vio. Me acosté después del último noticiero, como de costumbre, y entonces me encontraba bien…

—Tonterías —lo interrumpió Lovie—. Te noto raro desde que llegaste. Nervioso… —recorrió a los demás con la mirada—. No tiene apetito… Habla en sueños…

—Mamá, ¿quieres que lo cuente? ¿Sí o sí?

Con un brusco gesto de la mano, Lovie Bolton le indicó que siguiera y bebió un sorbo de su lata de Coca-Cola.

—En fin, no va desencaminada —admitió Bolton—, pero no me gustaría que mis compañeros de trabajo se enteraran. Se supone que el personal de seguridad de un local como Gentlemen,

Please no se asusta así como así. Pero yo sí he tenido miedo. Aunque nunca como anoche. Anoche fue distinto. Me desperté a eso de las dos, por una pesadilla, y me levanté a echar el cerrojo a las puertas. Aquí nunca lo echo, pero a mi madre sí le pido que lo haga cuando los asistentes a domicilio de Plainville se van, a las seis, y se queda sola.

—¿Qué soñó? —preguntó Holly—. ¿Se acuerda?

—Había alguien debajo de la cama, ahí tendido, mirando hacia arriba. Solo recuerdo eso.

Le indicó que prosiguiera con un gesto de asentimiento.

—Antes de echar el cerrojo de la puerta de entrada, salí al pórtico y me di cuenta de que todos los coyotes habían dejado de aullar. Normalmente aúllan sin parar en cuanto sale la luna.

—Salvo cuando hay alguien cerca —apuntó Alec—. Entonces callan. Como los grillos.

—Ahora que lo pienso, tampoco se oían los grillos. Y por lo general el huerto de mi madre, en la parte de atrás, está lleno de grillos. Volví a la cama, pero no podía dormirme. Recordé que no había echado los pasadores de las ventanas y me levanté a cerrarlas bien. Los pestillos chirrían, y el ruido despertó a mi madre. Me preguntó qué hacía, y le dije que volviera a dormirse. Me metí otra vez en la cama, y ya empezaba a entrarme el sueño, debían de rondar las tres, cuando me acordé de que no había echado el pestillo de la ventana del baño, la que hay encima de la tina. Se me metió en la cabeza que alguien estaba entrando por ahí, así que me levanté y fui corriendo a ver. Ya sé que parece una tontería, pero...

Los miró y advirtió que ninguno sonreía ni tenía cara de escepticismo.

—De acuerdo. De acuerdo. Supongo que si se han tomado la molestia de venir hasta aquí seguramente *no* les parece una tontería. El caso es que tropecé con el maldito reposapiés de mi madre, y esta vez ella se levantó. Me preguntó si alguien intentaba entrar en la casa, y le dije que no, pero que se quedara en su habitación.

—Cosa que yo no hice —intervino Lovie, muy ufana—. Nunca he obedecido a ningún hombre, excepto a mi marido, y él no está entre nosotros desde hace mucho tiempo.

—No había nadie en el baño, y nadie intentaba entrar por la ventana, pero tuve la sensación..., y no se imaginan lo intensa que era, de que ese alguien seguía fuera, escondido y esperando su ocasión.

—¿No debajo de su cama? —preguntó Ralph.

—No, fue el primer sitio donde miré. Absurdo, desde luego, pero... —se interrumpió—. No conseguí dormirme hasta el amanecer. Mi madre me despertó para decirme que teníamos que salir hacia el aeropuerto para recibirlos.

—Lo he dejado dormir todo lo que he podido —añadió Lovie—. Por eso no he preparado los sándwiches. El pan está encima del refrigerador, si intento tomarlo de ahí arriba me quedo sin aliento.

—¿Y cómo se encuentra ahora? —preguntó Holly a Bolton.

Él suspiró; se pasó la mano por la cara y oyeron el roce áspero de la barba.

—No muy bien. Dejé de creer en el hombre del costal más o menos a la misma edad a la que dejé de creer en Santa Claus, pero estoy tenso y paranoico como cuando tomaba coca. ¿Viene ese tipo a buscarme? ¿De verdad creen eso?

Los miró a la cara uno por uno. Fue Holly quien le contestó:

—*Yo* sí —dijo.

6

Permanecieron en silencio unos instantes, absortos en sus pensamientos. Finalmente Lovie tomó la palabra.

—Usted lo llama El Cuco —dijo a Holly.

—Sí.

La mujer asintió y tamborileó en la botella de oxígeno con los dedos hinchados por la artritis.

—Cuando era pequeña, los niños mexicanos lo llamaban Cucuy y los anglos lo llamaban Kookie, o Chookie, o solo Chook. Yo tenía incluso un cuento ilustrado sobre ese cabrón.

—Seguro que yo tenía el mismo —dijo Yune—. Me lo regaló mi abuela. ¿Un gigante con una oreja roja y enorme?

—Sí, amigo —Lovie sacó el paquete de tabaco y encendió un cigarro. Echó una bocanada de humo, tosió y continuó—: En el cuento salían tres hermanas. La pequeña guisaba y limpiaba y se ocupaba de todas las tareas de la casa. Las dos mayores, unas holgazanas, se burlaban de ella. Venía el Cucuy. La casa estaba bien cerrada, pero ese hombre se parecía a su papi, y lo dejaban entrar. Se llevaba a las hermanas malas y les daba una lección. Dejaba a la buena, la hacendosa, con el papá, que criaba a las niñas él solo. ¿Se acuerda?

—Cómo no —respondió Yune—. Los cuentos que oyes de niño nunca los olvidas. En la versión de ese libro, El Cucuy supuestamente era bueno, pero yo solo recuerdo el miedo que me daba cuando se llevaba a las niñas a rastras montaña arriba hacia su cueva. Las niñas lloraban y le rogaban que las soltara.

—Sí —dijo Lovie—. Y al final las soltaba y las niñas malas cambiaban de comportamiento. Esa es la versión del libro. Pero el Cucuy real no suelta a los niños, por más que lloren y rueguen. Eso lo saben ya todos ustedes, ¿no? Han visto su obra.

—O sea que usted también lo cree —dijo Howie.

Lovie se encogió de hombros.

—Como suele decirse, ¿quién sabe? ¿He creído alguna vez en el chupacabras del que hablan los indios viejos? —soltó un bufido—. No más que en Pie Grande. Pero pasan cosas raras igualmente. Una vez, en Viernes Santo, en la iglesia del Santísimo Sacramento de Galveston Street, vi llorar lágrimas de sangre a una imagen de la Virgen María. Todos lo vimos. Después el padre Joaquim dijo que era solo herrumbre caída de los aleros que le corría por la cara, pero todos sabíamos de sobra qué era. El padre también; se le adivinaba en los ojos —volvió a posar la mirada en Holly—. Dice usted que ha visto cosas por sí misma.

—Sí —contestó Holly en voz queda—. Creo que existe algo. Puede que no sea el tradicional Cuco, pero ¿es acaso el ser en el que se basan las leyendas? Eso sospecho.

—En cuanto al niño y esas hermanas de las que han hablado, ¿se bebió su sangre y se comió su carne… ese visitante?

—Podría ser —respondió Alec—. Basándonos en los escenarios de los crímenes, es posible.

—Y ahora soy yo —dijo Bolton—. Eso es lo que piensan. Solo necesitó un poco de mi sangre. ¿Se la bebió?

Nadie contestó, pero Ralph imaginó al ser que se parecía a Terry Maitland haciendo precisamente eso. Pudo imaginarlo con atroz claridad. Hasta ese punto había llegado la demencia en su cabeza.

—¿Estuvo aquí anoche ese hombre, al acecho?

—Puede que no físicamente —dijo Holly—, y puede que aún no sea usted. Tal vez todavía esté *transformándose* en usted.

—Quizá estaba reconociendo el terreno —comentó Yune.

Quizá buscaba información sobre nosotros, pensó Ralph. *Y de ser así, la encontró. Claude sabía que veníamos.*

—¿Y qué va a pasar ahora? —quiso saber Lovie—. ¿Matará a un niño o dos más en Plainville o Austin e intentará cargarle las culpas a mi hijo?

—No lo creo —respondió Holly—. Dudo que tenga ya fuerzas suficientes. Entre los casos de Heath Holmes y Terry Maitland pasaron meses. Y ha estado… activo.

—Hay algo más —intervino Yune—. Un aspecto práctico. Esta zona del país ya no es segura para él. Si es listo, y debe de serlo para haber sobrevivido tanto tiempo, querrá seguir su camino.

Eso parecía lógico. Ralph imaginó a ese visitante de Holly subiendo a un autocar o un tren en Austin con el rostro de Claude Bolton y el cuerpo musculado de Claude Bolton poniendo rumbo al prometedor oeste. Las Vegas, tal vez. O Los Ángeles. Donde podría producirse otro encuentro accidental con un hombre (o incluso una mujer, quién sabía) y se derramaría un poco más de sangre. Otro eslabón en la cadena.

Del bolsillo del pecho de Yune emergieron los acordes iniciales de «Baila esta cumbia» de Selena. Pareció sobresaltarse.

Claude sonrió.

—Pues sí. Incluso aquí tenemos cobertura. Esto es el siglo veintiuno, amigo.

Yune sacó el teléfono, miró la pantalla y dijo:

—Departamento de Policía del condado de Montgomery. Mejor será que conteste. Disculpen.

Holly pareció asustarse, incluso alarmarse, cuando Yune aceptó la llamada y salió al pórtico diciendo:

—Sí, aquí el teniente Sablo.

Holly se excusó también y lo siguió.

—A lo mejor tiene que ver… —empezó a decir Howie.

Ralph negó con la cabeza sin saber por qué. Al menos en su pensamiento consciente no lo sabía.

—¿Dónde está el condado de Montgomery? —preguntó Claude.

—En Arizona —dijo Ralph adelantándose a Howie y Alec—. Es otro asunto. No tiene nada que ver con esto.

—¿Y qué vamos a hacer exactamente con *esto*? —preguntó Lovie—. ¿Saben cómo atrapar a ese tipo? Tengan en cuenta que mi hijo es lo único que tengo.

Holly volvió a entrar. Se acercó a Lovie, se inclinó y le susurró algo al oído. Cuando Claude se ladeó para escuchar, Lovie lo apartó con un gesto.

—Hijo, ve a la cocina y trae esas espirales de chocolate, si no se han fundido con este calor.

Claude, educado para la obediencia, se fue a la cocina. Holly siguió susurrando, y Lovie abrió mucho los ojos. Asintió. Claude regresó con la bolsa de galletas justo cuando Yune entraba desde el pórtico guardándose el celular en el bolsillo.

—Era… —empezó a decir, pero se interrumpió.

Holly se había vuelto parcialmente hacia él, de modo que daba la espalda a Claude. Se llevó un dedo a los labios y movió la cabeza en un gesto de negación casi imperceptible.

—Nada importante —dijo Yune—. Han detenido a un tipo, pero no es el que buscamos.

Claude dejó en la mesa las galletas (tristemente fundidas en la bolsa de celofán) y miró alrededor con expresión de recelo.

—Me parece que no es eso lo que iba a decir. ¿Qué está pasando aquí?

Ralph pensó que era una buena pregunta. Fuera, en la carretera rural, una vagoneta avanzaba despacio; los dardos de sol reflejados en la caja acoplada a la plataforma lo cegaron.

—Hijo —dijo Lovie—. Quiero que tomes el coche, vayas a Tippit y nos traigas unos pollos del Highway Heaven para la cena. Ese sitio está bastante bien. Daremos de comer a esta gente, y luego podrán volver al Indian a pasar la noche. No es gran cosa, pero es un techo.

—¡Tippit está a sesenta kilómetros! —protestó Claude—. ¡Una cena para siete personas nos costará una fortuna, y estará fría cuando llegue aquí!

—Lo calentaré todo en el horno —contestó ella sin inmutarse—, y así parecerá recién hecho. Anda, ve.

Ralph vio con agrado que Claude se ponía en jarras y la miraba con una mezcla de buen humor y exasperación.

—¡Pretendes librarte de mí!

—Así es —admitió ella al tiempo que apagaba la colilla en un cenicero de hojalata lleno a rebosar—. Porque si la señorita Holly aquí presente tiene razón, lo que *tú* sabes lo sabe también *él*. Puede que dé igual, puede que ya haya descubierto el pastel, pero a lo mejor no da igual. Así que sé buen hijo y ve a buscar esa cena.

Howie sacó la cartera.

—Déjeme pagar, Claude.

—No hace falta —contestó Claude, un tanto molesto—. Puedo pagar. No estoy en la ruina.

Howie desplegó su amplia sonrisa de abogado.

—Pero ¡yo insisto!

Claude aceptó el dinero y se lo guardó en la billetera que llevaba prendida del cinturón con una cadena. Miró a los invitados intentando exhibir su malhumor, pero de pronto se rio.

—Mi madre casi siempre se sale con la suya —dijo—. Imagino que a estas alturas ya se habrán dado cuenta.

7

El camino vecinal que llevaba a casa de los Bolton, la carretera Rural Star 2, al cabo de un trecho iba a dar a una carretera de verdad: la 190, que nacía en Austin. Antes de llegar ahí, una pista de tierra —de cuatro carriles de anchura pero en estado de deterioro— se desviaba a la derecha. El cartel que lo anunciaba también se hallaba en estado de deterioro. Mostraba a una familia feliz bajando por una escalera de caracol. Sostenían lámparas de gas que iluminaban su expresión de admiración al contemplar las estalactitas suspendidas a gran altura por encima de ellos. La frase publicitaria escrita bajo la familia era: VISITE EL AGUJERO DE MARYSVILLE, UNA DE LAS MAYORES MARAVILLAS DE LA NATURALEZA. Claude sabía lo que decía el letrero porque lo recordaba de otros tiempos, cuando era un adolescente inquieto atrapado en Marysville, pero ahora solo se leía: VISITE EL AGUJERO DE M Y LLAS DE LA NATURALEZA. Lo cubría una tira ancha que anunciaba CERRADO HASTA NUEVO AVISO (también descolorida).

Una sensación de mareo lo invadió al pasar por delante de lo que los chicos de la zona llamaban (con risitas de complicidad) el Camino al Agujero, pero se le pasó al subir un poco el aire acondicionado. Pese a sus protestas, en realidad se alegraba de haberse ido de la casa. Ya no se sentía observado. Encendió el radio, sintonizó Outlaw Country, en la que sonaba Waylon Jennings (¡el mejor!), y empezó a cantar con él.

Cenar pollo de Highway Heaven quizá no era tan mala idea. Pediría una ración de aros de cebolla y se los comería en el camino de vuelta, todavía calientes y grasientos.

8

Jack esperó en su habitación del Indian Motel, escrutando entre las cortinas corridas, hasta que vio una camioneta con una placa de discapacitado incorporarse a la carretera. Ese tenía que ser el vehículo de la vieja. Lo seguía un todoterreno azul, ocupado sin duda por los entrometidos de Flint City.

Cuando los perdió de vista, Jack fue a la cafetería, donde primero comió y después inspeccionó lo que había a la venta. No tenían pomada de aloe vera ni protector solar, así que compró dos botellas de agua y un par de pañuelos exorbitantemente caros. No servirían de gran cosa contra el intenso sol de Texas, pero eran mejor que nada. Subió a su camioneta y tomó rumbo al sudoeste, la misma dirección que los entrometidos, hasta llegar al cartel y la pista que llevaba al Agujero de Marysville. Allí giró.

Al cabo de unos siete kilómetros llegó a una cabaña erosionada plantada en medio del camino. Debió de ser una taquilla cuando el Agujero era una empresa en marcha, supuso. La pintura, en otro tiempo de un rojo vivo, era de un rosa desvaído, como sangre diluida en agua. En la entrada, un rótulo advertía ATRACCIÓN CERRADA, DÉ LA VUELTA EN ESTE PUNTO. Más allá de la taquilla, una cadena cerraba el paso. Jack la circundó, y avanzó zarandeándose por el suelo de lodo endurecido, aplastando plantas rodadoras y sorteando matas de artemisa. Tras una última sacudida, la camioneta regresó al camino, si podía llamárselo así. A ese lado de la cadena el camino se reducía a una sucesión de socavones invadidos por malas hierbas y torrenteras que nunca se habían rellenado. Su camioneta Ram —con amortiguadores regulables y tracción en las cuatro ruedas— rebasó las torrenteras con facilidad, lanzando tierra y piedras desde los enormes neumáticos.

Tres lentos kilómetros y diez minutos después, llegó a un estacionamiento vacío de unos cuatro mil metros cuadrados; las líneas amarillas de las plazas estaban descoloridas, reducidas casi a espectros, el asfalto, agrietado y levantado en placas. A la izquierda, al pie de un escarpado monte cubierto de matorrales, había una tienda de regalos abandonada con un letrero caído que debía leerse al revés: RECUERDOS Y ARTESANÍA INDIA AUTÉNTICA. Justo delante se encontraban los restos de un ancho camino de cemento que llevaba a una abertura en la ladera. Mejor dicho, lo que en otro tiempo había sido una abertura; ahora estaba tapiada y erizada de carteles en los que se leía NO ENTRE, PROHIBIDO EL PASO, PROPIEDAD PARTICULAR y EL SHERIFF DEL CONDADO PATRULLA EN ESTA ZONA.

Ya, pensó Jack. *Seguro que vienen por aquí cada 29 de febrero.*

Otra carretera hecha polvo partía del estacionamiento y dejaba atrás la tienda de regalos. Ascendía por una ladera y descendía por la otra. Lo llevó primero a unas cuantas cabañas ruinosas para turistas (también tapiadas) y después hasta un cobertizo de servicios de algún tipo; quizá antiguamente guardaban ahí los vehículos y las máquinas de la empresa. Había más letreros de NO ENTRE, además de uno muy alegre que advertía: CUIDADO CON LAS SERPIENTES DE CASCABEL.

Jack se estacionó a la exigua sombra de ese edificio. Antes de salir se ató uno de los pañuelos a la cabeza (eso le dio un extraño parecido con el hombre al que Ralph había visto ante el juzgado el día que asesinaron a Terry Maitland). Con el otro se envolvió el cuello para evitar que la puta quemadura empeorara. Sacó una llave y abrió la caja acoplada a la plataforma de la camioneta y, con actitud reverente, extrajo la funda que contenía su mayor tesoro: un Winchester 300, un rifle de cerrojo, el mismo que Chris Kyle había utilizado para disparar contra todos aquellos árabes (Jack había visto *El francotirador* ocho veces). Con la mira telescópica Leupold VX-1, podía dar en el blanco a dos mil metros. Bueno, cuatro de cada seis veces en un buen día, y sin viento, y ni mucho menos preveía tener que disparar a esa distancia llegado el momento. Si es que llegaba.

Avistó unas cuantas herramientas olvidadas entre los matojos y se hizo con una horca oxidada por si se topaba con alguna serpiente de cascabel. Más allá del edificio, un sendero subía por detrás de la ladera en la que se hallaba la entrada del Agujero. Ese lado era más rocoso, más un peñasco erosionado que una colina. Unas cuantas latas de cerveza salpicaban el camino, y en varias rocas había pintadas del tipo SPANKY II y FULANITO ESTUVO AQUÍ.

A media cuesta el camino se bifurcaba otra vez trazando un círculo de regreso a la extinta tienda de regalos y el estacionamiento. Allí había un cartel de madera, gastado y agujereado a balazos, que mostraba a un jefe indio con su tocado de plumas. Debajo había una flecha con un mensaje tan descolorido que apenas se leía: POR AQUÍ LOS MEJORES PICTOGRAMAS. Más recientemente un listillo había dibujado con plumón un globo que salía de la boca del gran jefe. Decía: CAROLYN ALLEN ME CHUPA LA VERGA DE PIEL ROJA.

Ese camino era más ancho, pero Jack no había ido hasta allí para admirar el arte indio, así que siguió subiendo. El ascenso no era especialmente peligroso, pero en los últimos años la actividad física de Jack se había reducido a empinar el codo en distintos bares. Tras recorrer tres cuartas partes de la cuesta, le faltaba el aliento. La camisa y los dos pañuelos se habían oscurecido por el sudor. Dejó el arma y la horca en el suelo, se agachó y se agarró las rodillas hasta que las motas oscuras que danzaban ante sus ojos desaparecieron y los latidos del corazón se le acompasaron de nuevo en un ritmo casi normal. Había ido allí para evitar una muerte atroz causada por un ávido cáncer devorador de piel como el que se había llevado a su madre. Morir de un infarto de miocardio en ese empeño sería una broma amarga.

Empezó a erguirse y de pronto, entornando los ojos, se detuvo. A la sombra de un saliente rocoso, a salvo de los peores efectos de los elementos, había más pintadas. Pero si esas eran obra de algún chico, llevaba mucho tiempo muerto, cientos de años. Una mostraba hombres de palotes con lanzas alrededor de lo que acaso fuera un antílope, o al menos algo con cuernos. En otra, unos hombres de palotes permanecían de pie ante algo semejante a un tipi. En una tercera, casi tan desdibujada que apenas se distinguía, un hombre de palotes se erguía ante el cuerpo caído de otro hombre de palotes blandiendo su lanza en actitud triunfal.

Pictogramas, pensó Jack, *y ni siquiera los mejores, según ese gran jefe indio de allí abajo. Unos preescolares podrían hacerlo mejor, pero aquí seguirán mucho después de que yo me haya ido. Sobre todo si el cáncer acaba conmigo.*

La idea lo enfureció. Tomó una piedra afilada y golpeó con ella los pictogramas hasta borrarlos.

Ahí tienen, pensó. *Ahí tienen, pinches muertos. Ustedes han desaparecido, y yo gano.*

Se le ocurrió que quizá estaba enloqueciendo... o había enloquecido ya. Se quitó la idea de la cabeza y continuó subiendo. Cuando llegó a lo alto del peñasco, descubrió que desde allí gozaba de una excelente vista del estacionamiento, la tienda de regalos y la entrada tapiada al Agujero de Marysville. El visitante de los tatuajes en los dedos no sabía con certeza si los entrometidos irían allí, pero si iban, Jack debía ocuparse de ellos. Cosa que haría con el Winchester, a ese respecto no albergaba la menor duda. Si no se presentaban —si regresaban a Flint City después de hablar con el hombre con quien habían ido a hablar—, la tarea de Jack habría terminado. En cualquiera de los dos casos, según le había asegurado el visitante, quedaría como nuevo. Sin cáncer.

¿Y si miente? ¿Y si puede causarlo pero no quitarlo? ¿O si ni siquiera es cáncer? ¿Y si él no existe? ¿Y si sencillamente estás loco?

Apartó de su mente también esas ideas. Abrió la funda del arma, sacó el Winchester, y montó la mira. Esta acercó el estacionamiento y la entrada de la cueva hasta ponérselos justo delante. Si se presentaban, serían tan grandes como la taquilla que había circundado.

Se agachó y se arrastró hasta un hueco a la sombra de una roca colgante (antes comprobó que no hubiera serpientes, escorpiones u otra fauna). Allí bebió un trago de agua y se tomó a la vez un par de anfetas. Añadió una pizca del frasco de cuatro gramos que Cody le había vendido (en lo tocante a coca colombiana no se hacían regalos). Ahora todo se reducía a una misión de vigilancia, como las docenas que había hecho a lo largo de su vida en la policía. Esperó, adormilándose de manera intermitente con el Winchester cruzado sobre el regazo pero siempre lo bastante alerta para detectar movimiento, hasta que el sol estuvo bajo en el cielo. Entonces se puso en pie e hizo una mueca por el entumecimiento de los músculos.

—No vienen —dijo—. Al menos hoy.

No, convino el hombre de los tatuajes en los dedos. (O Jack imaginó que convino.) *Pero mañana volverás aquí, ¿no?*

Ciertamente volvería. Durante una semana, si era necesario. Incluso un mes.

Bajó con cuidado; lo último que necesitaba después de horas expuesto al sol abrasador era romperse un tobillo. Guardó el rifle en la caja, bebió un poco más de agua de la botella que había dejado en la cabina de la camioneta (ahora tibia tirando a caliente) y regresó a la carretera, esta vez doblando hacia Tippit, donde quizá pudiera comprar provisiones: el protector solar, desde luego. Y vodka. No demasiado, tenía una responsabilidad que cumplir, pero quizá lo suficiente para poder tumbarse en la cama desvencijada de mierda sin pararse a pensar en cómo había llegado el zapato hasta su mano. Por Dios, ¿qué necesidad tenía de ir a aquel puto establo del municipio de Canning?

Se cruzó con el coche de Claude Bolton, que iba hacia el lado contrario. Ninguno de los dos se fijó en el otro.

9

—Muy bien —dijo Lovie Bolton cuando Claude estaba ya en la carretera y lo habían perdido de vista—. ¿A qué viene todo esto? ¿Qué es lo que no querían que oyera mi hijo?

Yune, sin prestarle atención, volteó hacia los demás.

—La oficina del sheriff del condado de Montgomery ha enviado a un par de agentes a examinar los sitios fotografiados por Holly. Han encontrado una pila de ropa manchada de sangre en aquella fábrica abandonada con la esvástica en la fachada. Una de las prendas era una casaca de un celador de hospital, y en la etiqueta cosida se leía PROPIEDAD DE UMH.

—Unidad de Memoria Heisman —dijo Howie—. Cuando analicen la sangre de esa ropa, ¿cuánto apuestan a que es de una de las hermanas Howard o de las dos?

—Habrá además huellas digitales que, como se verá, pertenecen a Heath Holmes —añadió Alec—. Si él había iniciado su transformación es posible que estén borrosas.

—O no —intervino Holly—. No sabemos cuánto tiempo tarda en producirse la transformación, ni siquiera si tarda siempre el mismo tiempo.

—El sheriff de allí tiene preguntas —continuó Yune—. Le he dado largas. Sabiendo lo que parece que tenemos entre manos, ojalá pudiera darle largas indefinidamente.

—Amigos, les agradecería que dejaran de hablar entre sí y me pusieran al corriente —pidió Lovie—. Por favor. Estoy preocupada por mi hijo. Es tan inocente como esos otros dos hombres, y los dos están muertos.

—Entiendo su preocupación —dijo Ralph—. Solo un momento. Holly, mientras informabas a los Bolton en el viaje desde el aeropuerto, ¿les has hablado de los cementerios? No, ¿verdad?

—No. «Expón solo los puntos destacados», me has dicho, y eso he hecho.

—A ver, un momento —dijo Lovie—. Alto ahí. De niña, en Laredo, vi una película, una de la serie de las Luchadoras.

—*Luchadoras mexicanas se enfrentan al monstruo* —recordó Howie—. La vimos. La señorita Gibney trajo una copia. No era como para un Oscar, pero tenía su interés.

—En esa salía Rosita Muñoz —prosiguió Lovie—. La cholita luchadora. Todas queríamos ser como ella, mis amigas y yo. Yo incluso me disfracé de ella una vez en Halloween. Mi madre me hizo el traje. Esa película sobre El Cuco daba miedo. Aparecía un profesor..., o un científico, no recuerdo qué, pero El Cuco se apropiaba de su cara, y cuando al final las Luchadoras lo localizaban, vivía en una cripta o un mausoleo en el cementerio del pueblo. ¿No era ese el argumento?

—Sí —contestó Holly—, porque eso forma parte de la leyenda, al menos en su versión hispana. El Cuco duerme con los muertos. Como se supone que hacen los vampiros.

—Si ese ser existe de verdad —comentó Alec—, *es* un vampiro, o al menos algo parecido. Necesita sangre para formar el siguiente eslabón de la cadena. Para perpetuarse.

Ralph volvió a pensar: *¿Oyen lo que están diciendo?* Holly Gibney le caía muy bien, pero al mismo tiempo lamentaba haberla conocido. Gracias a ella se libraba en su cabeza una guerra, y deseaba profundamente una tregua.

Holly se volvió hacia Lovie.

—Esa fábrica vacía donde la policía de Ohio ha encontrado la ropa manchada de sangre está cerca del cementerio donde enterraron a Heath Holmes y sus padres. También se encontró ropa en un establo no muy lejos del viejo cementerio donde están enterrados algunos antepasados de Terry Maitland. He aquí, pues, la pregunta: ¿hay algún cementerio cerca de aquí?

Lovie reflexionó. Esperaron. Por fin dijo:

—Hay un osario en Plainville, pero en Marysville no hay nada. Demonios, ni siquiera tenemos iglesia. Antes sí había una, Nuestra Señora del Perdón, pero se quemó hace veinte años.

—Mierda —masculló Howie.

—¿Y alguna parcela de tumbas familiares? —preguntó Holly—. A veces la gente entierra en su propia finca, ¿no?

—Bueno, no sé los demás —contestó la anciana—, pero *nosotros* nunca hemos tenido nada así. A mis padres los enterraron en Laredo, y a los padres de ellos también. Las generaciones anteriores estarán en Indiana, que es de donde emigró mi familia después de la Guerra de Secesión.

—¿Y su marido? —preguntó Howie.

—¿George? Todos los suyos eran de Austin, y allí está enterrado, al lado de sus padres. Antes iba de vez en cuando a visitarlo en autobús, normalmente el día de su cumpleaños, le llevaba flores y tal, pero desde que tengo esta condenada enfermedad pulmonar no he vuelto.

—Bueno, supongo que con eso está todo dicho —dijo Yune.

Lovie pareció no oírlo.

—Yo antes cantaba, ¿saben? Cuando aún no me fallaba el fuelle. Y tocaba la guitarra. Al terminar la preparatoria me marché de Laredo y vine a Austin por la música. Nashville South, lo llamaban. Conseguí un empleo en la fábrica de papel de Brazos Street mientras esperaba mi gran oportunidad en el Carousel o el Broken Spoke o donde fuera. Hacía sobres. La gran oportunidad nunca llegó, pero me casé con el capataz. Ese era George. Nunca lo lamenté, hasta que él se jubiló.

—Me parece que nos estamos desviando del tema —observó Howie.

—Déjela hablar —terció Ralph. Sentía cierto hormigueo, la sensación de que estaba a punto de desvelarse algo. Todavía más allá del horizonte, pero sí, a punto—. Siga, señora Bolton.

Ella lanzó una mirada de recelo a Howie, pero cuando Holly asintió y sonrió, Lovie le devolvió la sonrisa, encendió otro cigarro y continuó:

—Bueno, después de treinta años de trabajo, ya con su pensión, George decidió que nos trasladáramos a este rincón perdido. Claude tenía solo doce años; nació tarde, cuando ya hacía tiempo que habíamos llegado a la conclusión de que Dios no iba a darnos hijos. A Claude nunca le gustó Marysville. Echaba de menos el brillo de las luces y a los inútiles de sus amigos, las malas compañías fueron siempre la perdición de mi hijo, y a mí esto tampoco me gustaba mucho al principio, aunque con el tiempo he aprendido a disfrutar de esta paz. Cuando te haces mayor, prácticamente solo quieres paz. Puede que ahora no me crean, pero ya lo descubrirán. Y esa idea de la parcela familiar no es mala, ahora que lo pienso. No me disgustaría acabar enterrada en el jardín de atrás, pero supongo que Claude al final arrastrará mi carne y mis huesos hasta Austin para que pueda yacer con mi marido, como hice en vida. Y ya no falta mucho para eso.

Tosió, observó el cigarro con aversión y lo enterró con los demás en el cenicero rebosante, donde siguió consumiéndose malignamente.

—¿Saben por qué terminamos en Marysville? A George se le metió en la cabeza criar alpacas. Cuando estas se murieron, cosa que no tardó en ocurrir, le dio por los goldendoodles. Por si no lo saben, el goldendoodle es un cruce entre golden retriever y poodle. ¿Creen que la evolución ha aprobado alguna vez una mezcla semejante? Lo dudo mucho, maldita sea. Su hermano le metió la idea en la cabeza. No ha habido en este mundo mayor necio que Roger Bolton, pero George pensó que así harían fortuna. Roger se trasladó aquí con su familia, y los dos hermanos se asociaron. El caso es que los cachorros de goldendoodle se murieron, igual que las alpacas. Después de eso George y yo andábamos un poco justos de dinero, pero nos daba para salir adelante. En cambio Roger había metido todos sus ahorros en ese plan absurdo. Así que empezó a buscar trabajo y...

Se interrumpió, su rostro demudado en una expresión de asombro.

—¿Qué pasó con Roger? —preguntó Ralph.

—Maldita sea —dijo Lovie Bolton—. Soy vieja, pero eso no es excusa. Lo tenía justo delante de las narices.

Ralph se inclinó y le tomó una mano.

—¿De qué habla, Lovie? —el nombre de pila, como siempre hacía tarde o temprano en la sala de interrogatorios.

—Roger Bolton y sus dos hijos, los primos de Claude, están enterrados a menos de siete kilómetros de aquí, junto con otros cuatro hombres. O quizá fueran cinco. Y aquellos niños, claro, los gemelos —meneó la cabeza lentamente—. Me puse como una fiera cuando a Claude le cayeron seis meses en Gatesville por robo. Y me morí de vergüenza. Fue entonces cuando empezó a consumir droga. Pero más tarde comprendí que había sido misericordia divina. Porque si hubiese estado aquí, los habría acompañado. Su padre no, para entonces George ya había tenido dos ataques al corazón y no pudo ir, pero Claude sí los habría acompañado.

—¿Adónde? —preguntó Alec. Inclinado al frente, la miraba con atención.

—Al Agujero de Marysville —contestó ella—. Allí murieron esos hombres, y allí siguen.

10

Les contó que había sido como esa parte de *Tom Sawyer* en la que Tom y Becky se pierden en la cueva, solo que al final Tom y Becky salieron. Los gemelos Jamieson, que tenían solo once años, no lo consiguieron. Y los que intentaron rescatarlos tampoco. El Agujero de Marysville se los tragó a todos.

—¿Ahí es donde su cuñado encontró trabajo después del fracaso en el negocio de los perros? —preguntó Ralph.

Ella asintió.

—Había explorado un poco la cueva, no la parte abierta al público sino el lado Ahiga, así que cuando presentó la solicitud lo contrataron como guía en un abrir y cerrar de ojos. Los otros guías y él solían bajar con turistas en grupos de una docena poco más o menos. Es la cueva más grande de todo Texas, pero la parte más popular, la que la gente de verdad quería ver, era la cámara principal. Es un sitio imponente, hay que reconocerlo. Como una catedral. Lo llamaban la Cámara del Sonido, por... como se diga... la acústica. Uno de los guías se ponía al fondo, cien o ciento cincuenta metros más abajo, pronunciaba en susurros el Juramento de Lealtad a la Bandera, y arriba la gente lo oía palabra por palabra. El eco parecía alargarse eternamente. Además, las paredes estaban llenas de dibujos indios, no me acuerdo de cómo los llaman...

—Pictogramas —apuntó Yune.

—Eso. Para poder verlos, o para contemplar las estalactitas que cuelgan del techo, había que llevar una lámpara Coleman de gas. Una escalera de caracol de hierro descendía hasta el fondo, cuatrocientos peldaños o más, vueltas y vueltas y vueltas. Allí debe de seguir, supongo, aunque yo ya no me fiaría mucho. Aquello es muy húmedo, y el hierro se oxida. La única vez que bajé, me mareé de mala manera, y eso que ni siquiera miraba las estalactitas, como la mayoría de la gente. Para subir, tomé el elevador, eso por descontado. Bajar es una cosa, pero hay que ser tonto para subir cuatrocientos peldaños sin necesidad.

»El fondo tenía doscientos o trescientos metros de anchura. Había luces de colores para realzar las vetas de mineral en la roca, un bar, y seis u ocho pasadizos que explorar, cada uno con su propio nombre. No me acuerdo de todos, pero estaban la Galería de Arte Navajo, donde había más pictogramas, y el Tobogán del Diablo, y el Vientre de la Serpiente, donde, en algunos sitios, había que pasar agachado o incluso a rastras. ¿Se imaginan?

—Sí —dijo Holly—. Uf.

—Esos eran los principales. Y de *esos* aún salían más pasadizos, pero estaban cerrados, porque el Agujero no es una sola cueva sino docenas, que bajan y bajan, algunas no exploradas.

—Es fácil perderse —comentó Alec.

—Puede estar seguro. Y les contaré lo que ocurrió. De uno de los pasadizos, el Vientre de la Serpiente, partían dos o tres aberturas que *ni estaban* tapiadas ni cortaba el paso barrera alguna; eran demasiado pequeñas para tomarse la molestia.

—Pero no eran demasiado pequeñas para los gemelos —dedujo Ralph.

—Equilicuá, ha dado usted en el clavo. Carl y Calvin Jamieson. Un par de chiquitines en busca de problemas, y vaya si los encontraron. Iban con el grupo que entró en el Vientre de la Serpiente, los últimos de la fila, justo detrás de sus padres, pero cuando el grupo salió, ellos ya no estaban. Los padres…, en fin, no hace falta que les diga cómo reaccionaron, ¿no? Mi cuñado no guiaba al grupo de la familia Jamieson, pero sí se unió al equipo de búsqueda que fue por ellos. Se puso al frente, supongo, pero no hay manera de saberlo.

—¿Sus hijos se unieron al equipo? —preguntó Howie—. ¿Los primos de Claude?

—Sí. Los chicos trabajaban también a tiempo parcial en el Agujero, y fueron en cuanto se enteraron. Se reunió allí mucha gente, porque la noticia corrió como la pólvora. Al principio pensaron que el rescate no sería difícil. Oían a los niños llamar desde todas las aberturas que salían del Vientre de la Serpiente y sabían exactamente por cuál habían entrado, porque cuando uno de los guías iluminó la cavidad con su linterna, vieron un pequeño jefe Ahiga de plástico que el señor Jamieson había comprado a uno de los niños en la tienda de regalos. Debió de caérsele del bolsillo cuando iba a gatas. Como digo, los oían gritar, pero en aquel agujero no cabía ningún adulto. Ni siquiera conseguían llegar con la mano hasta el juguete. A gritos, indicaron a los niños que se orientaran por el sonido de sus voces, y que si les faltaba espacio para dar la vuelta, sencillamente se echaran para atrás. Alumbraban el interior con las luces, que movían de acá para allá, y en un primer momento dio la impresión de que los niños se acercaban, pero al cabo de un rato sus voces empezaron a apagarse, y se apagaron un poco más, hasta que al final dejaron de oírse. Si quieren saber mi opinión, creo que en realidad nunca llegaron a acercarse.

—La acústica traicionera —dijo Yune.

—Sí, señor. Entonces Roger propuso rodear el monte para acceder por el lado Ahiga, que él conocía bastante bien por sus exploraciones, lo que llaman espeleología. Cuando llegaron allí, volvieron a oír las voces de los niños, claras como el agua. Lloraban y gritaban. Así que fueron por cuerda y lámparas al edificio del material y entraron a buscarlos. Parecía lo correcto, pero ese fue su final.

—¿Qué pasó? —preguntó Yune—. ¿Lo sabe? ¿Lo sabe alguien?

—Bueno, como les he dicho, aquello es un laberinto de mil demonios. Dejaron un hombre atrás para ir tendiendo cuerda y atar más en caso de que la necesitaran. Ese era Ev Brinkley. Se marchó del pueblo poco después. Se fue a Austin. Estaba desolado..., pero al menos estaba vivo, podía caminar bajo el sol. Los otros... —Lovie suspiró—. Para ellos allí se acabó el sol.

Ralph pensó en eso —en el horror que había en aquello— y vio reflejado en el rostro de los demás lo mismo que él sentía.

—A Ev le quedaban unos treinta metros de cuerda cuando oyó algo que, según él, sonó como cuando un niño echa un petardo dentro del escusado y cierra la tapa. Lo que debió de pasar es que algún cretino disparó una pistola, con la esperanza de guiar a los niños hacia el equipo de rescate, y se produjo un derrumbe en la cueva. Eso no fue cosa de Roger, apostaría mil dólares a que no fue él. El bueno de Rog era un cretino en muchos sentidos, sobre todo con aquello de los perros, pero no tanto como para disparar un arma en una cueva, donde la bala podía rebotar hacia cualquier sitio.

—O donde el ruido podía causar el desplome de un trozo de techo —añadió Alec—. Debió de ser como cuando se dispara una escopeta en la montaña para provocar un alud.

—O sea que murieron aplastados —dijo Ralph.

Lovie suspiró y se reacomodó la cánula, que se le había torcido.

—Qué va. Más les habría valido. Al menos así habría sido una muerte rápida. Pero no, la gente que había en la caverna grande, la Cámara del Sonido, los oyó pedir ayuda, como antes a los niños perdidos. Para entonces había allí sesenta o setenta hombres y mujeres deseosos de hacer lo que pudieran. Mi George tenía que estar allí, al fin y al cabo su hermano y sus sobrinos estaban entre los atrapados, y al final desistí de retenerlo en casa. Lo acompañé, para asegurarme de que no hiciera ninguna tontería, como tratar de echar una mano. Eso le habría costado la vida con toda seguridad.

—Y cuando se produjo ese accidente, ¿Claude estaba en el reformatorio? —preguntó Ralph.

—Escuela de Adiestramiento de Gatesville, creo que lo llamaban, pero sí, un reformatorio es lo que era.

Holly había sacado un bloc de papel pautado de su bolsa de viaje y tomaba nota inclinada sobre él.

—Para cuando llegué al Agujero con George, era ya de noche. El estacionamiento es muy amplio, pero estaba casi lleno. Habían instalado grandes focos en postes y, con todas aquellas camionetas y la gente corriendo de un lado a otro, era como si rodasen una película de Hollywood. Accedieron por la entrada Ahiga con linternas potentes, cascos y unas chaquetas acolchadas que parecían chalecos antibalas. Siguieron la cuerda hasta la zona del desprendimiento. Un largo trecho, en algunas partes a través de agua estancada. El derrumbe era considerable. Tardaron toda esa noche y la mitad de la mañana siguiente en abrir paso. Para entonces, desde la cueva grande ya no se oían las voces de los que se habían perdido.

—Deduzco que el grupo de su cuñado no esperó el rescate al otro lado —dijo Yune.

—No, se habían ido. Tal vez Roger o alguno de los otros pensaron que conocían un camino de regreso a la cueva grande, o tal vez temieron que se desprendiera otro trozo de techo. Es imposible saberlo. Pero dejaron un rastro, al menos al principio; marcas en las paredes y cosas tiradas por el suelo, monedas y pedazos de papel. Un hombre dejó incluso su credencial del boliche Tippit Lanes. Un pleno más y habría conseguido una partida gratuita. Salió en el periódico.

—Como Hansel y Gretel dejando migas a su paso —dijo Alec, pensativo.

—Más adelante el rastro se interrumpía —prosiguió Lovie—. Justo en medio de una galería. Las marcas, las monedas, las bolas de papel. Se interrumpía.

Como las pisadas en el relato de Bill Samuels, pensó Ralph.

—La segunda partida de rescate siguió adelante durante un rato, llamando a los otros y agitando las luces de las linternas, pero nadie contestó. El reportero que escribía para el diario de Austin entrevistó después a varios de esos hombres del segundo equipo de rescate, y todos dijeron lo mismo: había demasiados caminos entre los que escoger, todos descendentes, algunos sin salida y otros que iban a dar a chimeneas tan oscuras como pozos. En principio no debían levantar mucho la voz para no provocar otro derrumbe, pero al final uno gritó de todos modos, y efectivamente un trozo de techo se vino abajo. En ese punto decidieron que era mejor salir corriendo.

—Imagino que no abandonaron la búsqueda después de un solo intento —dijo Howie.

—No, claro que no —Lovie extrajo otra Coca-Cola del refrigerador, tiró de la anilla y se bebió la mitad de un trago—. No estoy acostumbrada a hablar tanto, y tengo la boca reseca —comprobó la botella de oxígeno—. Esto también se ha acabado casi, pero hay otra en aquel baño, con el resto de mi condenado botiquín. Si alguien es tan amable de ir a buscarla...

Alec Pelley se encargó de eso, y Ralph vio con alivio que la mujer no encendía otro cigarro durante el cambio de botella. En cuanto el oxígeno fluyó otra vez, reanudó su relato.

—A lo largo de los años entró allí una *docena* de partidas, justo hasta el terremoto de 2007. Después de eso se consideró demasiado peligroso. Fue solo de tres o cuatro en la escala de Richter, pero las cuevas son frágiles, como ya lo saben. La Cámara del Sonido lo soportó bastante bien, pero se desprendieron unas cuantas estalactitas del techo. En cambio, algunos pasadizos se desplomaron. Por ejemplo, la Galería de Arte, según dijeron. El Agujero de Marysville está cerrado desde el terremoto. La entrada principal está cerrada, y me parece que la entrada Ahiga también.

Por un momento nadie habló. Ralph no sabía qué rondaba la cabeza a los demás, pero se preguntaba cómo debió de ser esa muerte lenta a gran profundidad y a oscuras. No quería pensar en ello pero no podía evitarlo.

—¿Saben qué me dijo Roger una vez? —preguntó Lovie—. Fue, como mucho, seis meses antes de su muerte. Dijo que a lo mejor el Agujero de Marysville bajaba hasta el infierno. Y si es así, ese visitante del que han hablado se sentiría allí como en casa, ¿no creen?

—Ni una palabra de esto cuando Claude vuelva —instó Holly.

—Ah, él ya lo sabe —contestó Lovie—. Esa era su gente. No apreciaba mucho a sus primos, eran mayores y lo avasallaban sobremanera, pero eran su familia de todos modos.

Holly esbozó una sonrisa, pero no la radiante; apenas se reflejó en sus ojos.

—Doy por supuesto que lo sabe, pero no sabe que *nosotros* lo sabemos. Y así han de quedar las cosas.

11

Lovie, visiblemente cansada por no decir exhausta, anunció que, como la cocina era demasiado pequeña para alojar a siete personas sin apreturas, sacarían la comida a la parte de atrás, lo que ella llamó «el cenador». Les contó (con orgullo) que se lo había construido Claude, con un kit comprado en Home Depot.

—Al principio puede que haga un poco de calor, pero en esta época del año suele haber brisa, y hay mosquiteras para que no entren bichos.

Holly sugirió a la anciana que se acostara un rato y que ellos se encargarían de prepararlo todo fuera.

—Pero ¡no saben dónde están las cosas!

—Por eso no se preocupe —respondió Holly—. Me gano la vida encontrando cosas, ya sabe. Y estos caballeros ayudarán, no lo dudo.

Lovie cedió y se fue en su silla de ruedas al dormitorio, de donde les llegó un gruñido de esfuerzo seguido de un rechinido de resortes de box spring.

Ralph salió al pórtico delantero a telefonear a Jeannie, que contestó en cuanto sonó el timbre.

—E.T. telefonea a casa —dijo, animada.

—¿Todo en calma ahí?

—Excepto por la televisión. Los agentes Ramage y Yates han estado viendo una carrera de la NASCAR. Algo me dice que han hecho apuestas, aunque eso es solo una sospecha; lo que sí sé seguro es que se han comido todos los brownies.

—Lamento oírlo.

—Ah, y Betsy Riggins ha pasado por aquí a presentar a su nuevo bebé. Esto no puedo decírselo a ella, pero se parece un poco a Winston Churchill.

—Vaya. Oye, creo que Troy o Tom deberían quedarse esta noche.

—Yo había pensado que mejor los dos. Aquí conmigo. Acurrucados. Incluso acaramelados.

—Qué buena idea. Toma fotos —se acercaba un coche; Claude Bolton a su regreso de Tippit con el pollo para la cena—. No olvides cerrar bien todo y conectar la alarma antirrobo.

—Los cerrojos y la alarma no sirvieron de nada la otra noche.

—Hazlo igualmente, por complacerme.

El hombre idéntico al individuo que había visitado a su mujer la otra noche salía en ese momento de su coche, y Ralph experimentó una extraña sensación de visión doble.

—Muy bien. ¿Han averiguado algo?

—Es difícil saberlo —eso era eludir la verdad; Ralph creía que habían averiguado muchas cosas y ninguna buena—. Intentaré llamarte más tarde, ahora tengo que dejarte.

—Está bien. Ten cuidado.

—Sí. Te quiero.

—Yo también te quiero. Y lo digo en serio: *ten cuidado.*

Ralph bajó del pórtico para ayudar a Claude con media docena de bolsas de plástico del Highway Heaven.

—La comida se ha enfriado, ya lo dije. Pero ¿alguna vez hace caso a alguien? Jamás, y nunca lo hará.

—Nos las arreglaremos.

—El pollo recalentado siempre queda duro. He traído puré de papa, porque las papas fritas recalentadas... ni hablar.

Se encaminaron hacia la casa. Claude se detuvo al pie de los peldaños del pórtico.

—¿Han tenido una buena charla con mi madre?

—Pues sí —contestó Ralph. No sabía cómo manejar esa situación, pero, como enseguida vio, Claude asumió esa responsabilidad por él.

—No me la cuente. Ese tipo podría leerme el pensamiento.

—Entonces ¿cree que existe? —Ralph sentía sincera curiosidad.

—Creo que esa chica cree. Esa Holly. Y creo que es posible que alguien rondara por aquí anoche. O sea que no quiero saber de qué han hablado, sea lo que sea.

—Mejor así, quizá. Pero, Claude..., me parece que esta noche uno de nosotros debería quedarse aquí, con usted y su madre. El teniente Sablo, quizá.

—¿Prevé problemas? Porque ahora mismo yo no percibo nada, aparte de hambre.

—No problemas exactamente —respondió Ralph—. Pero si cerca de aquí ocurriera alguna desgracia, y si casualmente un testigo dijera que el culpable se parecía mucho a Claude Bolton, le convendría a usted tener un poli a mano que atestiguara que no salió en ningún momento de la casa de su madre.

Claude lo consideró.

—Puede que no sea mala idea. Lo que pasa es que no tenemos habitación de invitados ni nada por el estilo. El sofá es convertible en cama, pero a veces mi madre, cuando no puede dormir, se levanta y va a la sala a ver la tele. Le gustan esos predicadores de pacotilla que andan siempre reclamando donativos —se le iluminó la cara—. Pero en la entrada de atrás hay un colchón libre, y esta noche va a hacer calor. Supongo que podría acampar ahí.

—¿En el cenador?

Claude sonrió.

—¡Exacto! Construí esa chulada yo mismo.

12

Holly puso el pollo en el asador durante cinco minutos, y se oyeron apetecibles crujidos. Comieron los siete en el cenador —disponía de una rampa para la silla de ruedas de Lovie—, y la conversación fue amena y animada. Claude resultó ser todo un narrador, y les contó anécdotas sobre su pintoresca carrera como «guardia de seguridad» en Gentlemen, Please. Eran anécdotas graciosas, pero ni malévolas ni subidas de tono, y nadie se rio más a gusto que su madre. Cuando Howie contó que uno de sus clientes, en un esfuerzo por demostrar que su salud mental no le permitía someterse a juicio, se quitó el pantalón en la sala y lo agitó ante el juez, la anciana prorrumpió en tales carcajadas que tuvo otro ataque de tos.

La razón de su viaje a Marysville no se mencionó siquiera.

La siesta de Lovie antes de la cena había sido breve, y cuando acabaron, anunció que volvía a la cama.

—Con la comida preparada no se ensucian muchos platos —comentó—, y los que hay los lavaré por la mañana. Puedo hacerlo sin levantarme de la silla, ¿saben? Aunque tengo que tener cuidado con la condenada botella de oxígeno —volteó hacia Yune—. ¿Seguro que estará bien aquí fuera, agente Sablo? ¿Y si alguien ronda por aquí, como anoche?

—Voy armado, señora —informó Yune—, y afuera se está muy bien.

—Bueno..., entre cuando quiera. A veces a partir de las doce el viento arrecia. La puerta de atrás estará cerrada, pero encontrará una llave debajo de esa vasija de barro —la señaló y luego, cruzando las manos ante su admirable busto, les dirigió una pequeña reverencia—. Son ustedes buena gente, les doy las gracias por haber venido hasta aquí y por intentar cuidar a mi hijo.

Dicho esto, se alejó en su silla. Los seis permanecieron allí sentados un rato más.

—Qué buena mujer —dijo Alec.

—Sí —convino Holly—. Lo es.

Claude encendió un Tiparillo.

—La poli de mi lado —dijo—. Eso sí es una experiencia nueva. Me gusta.

—¿Hay un Walmart en Plainville, señor Bolton? —preguntó Holly—. Necesito hacer unas compras, y Walmart me encanta.

—No, y mejor así, porque a mi madre también le encanta y no habría forma de sacarla de allí. Lo más parecido que tenemos aquí es el Home Depot de Tippit.

—Eso funciona —respondió ella, y se puso en pie—. Lavaremos los platos para que Lovie no tenga que hacerlo por la mañana y luego nos pondremos en marcha. Mañana volveremos para recoger al teniente Sablo y después nos iremos a casa. Me parece que ya hemos hecho aquí todo lo que podía hacerse. ¿Estás de acuerdo, Ralph?

Ella le indicó con la mirada cuál debía ser su respuesta, y él obedeció.

—Desde luego.

—¿Señor Gold? ¿Señor Pelley?

—Ya está, sí —dijo Howie.

Alec siguió la corriente.

—Aquí ya prácticamente hemos terminado.

13

Aunque entraron en la casa solo quince minutos después que Lovie, se oían ya ásperos ronquidos procedentes de su habitación. Yune llenó el fregadero de agua jabonosa, se arremangó y empezó a lavar la escasa vajilla que habían utilizado. Ralph la secó; Holly la guardó. La luz vespertina era aún intensa, y Claude recorría la finca acompañado de Howie y Alec en busca de cualquier indicio del intruso de la noche anterior..., si es que de verdad lo hubo.

—Si hubiera dejado la pistola en casa no sería problema —comentó Yune—. He tenido que atravesar el dormitorio de la señora Bolton para entrar en su baño, donde guarda el oxígeno, y he visto que está bien pertrechada. En el tocador tiene una Ruger American de diez balas más una en la recámara, con un cargador de repuesto al lado, y apoyado en la pared, junto al aspirador, un Remington de calibre 12. No sé qué tendrá por ahí guardado el bueno de Claudie, pero seguro que algo tiene.

—¿No es ex presidiario? —preguntó Holly.

—Sí —contestó Ralph—, pero estamos en Texas. Y a mí me parece que está rehabilitado.

—Sí —convino ella—. Eso parece, ¿no?

—Yo también lo creo —dijo Yune—. Es como si le hubiera dado la vuelta a su vida. Ya había visto eso mismo en gente que acude a Alcohólicos Anónimos o Narcóticos Anónimos. Cuando da resultado, es como un milagro. Aun así, ese visitante no podría haber elegido una cara mejor tras la que esconderse, ¿verdad? Dados sus antecedentes en la venta de droga y sus condenas en prisión, por no hablar de su etapa en la banda de los Siete de Satanás, ¿quién lo creería si dijera que pretendían cargarle un delito que no había cometido?

—Nadie creyó a Terry Maitland —dijo Ralph con pesadumbre—, y Terry era un ciudadano intachable.

14

Anochecía cuando llegaron a Home Depot, y pasaban de las nueve cuando regresaron al Indian Motel (observados por Jack Hoskins, que de nuevo escrutaba entre las cortinas de su habitación y se frotaba obsesivamente la nuca).

Llevaron las compras a la habitación de Ralph y las dispusieron sobre la cama: cinco linternas cortas de luz ultravioleta (con pilas de repuesto) y cinco cascos amarillos.

Howie tomó una de las linternas y observó con una mueca el intenso resplandor morado.

—¿De verdad esto detectará su rastro? ¿Su *reguero*?

—Si lo hay, lo detectará —contestó Holly.

—Ah —Howie dejó caer la linterna en la cama, se puso un casco y se acercó al espejo del tocador para mirarse—. Estoy ridículo.

Nadie discrepó.

—¿De verdad vamos a hacerlo? ¿A *intentarlo*, al menos? No es una pregunta retórica, que conste. Trato de convencerme de que esto es real.

—Creo que nos costaría mucho persuadir a la Policía de Carretera de Texas para que nos echara una mano —respondió Alec con delicadeza—. ¿Qué les diríamos? ¿Que creemos que en el Agujero de Marysville hay un monstruo escondido?

—Si no lo hacemos —dijo Holly—, matará a más niños. De eso vive.

Howie se volvió hacia ella casi con actitud acusadora.

—¿Cómo vamos a entrar? Según la anciana, está todo cerrado a cal y canto. E incluso si lo consiguiéramos, ¿dónde está la cuerda? ¿No venden cuerda en Home Depot? Tienen que vender cuerda.

—En principio no vamos a necesitarla —contestó ella sin levantar la voz—. Si está ahí dentro, y casi seguro que está, no habrá bajado a gran profundidad. Para empezar, temería perderse o quedar atrapado a causa de un derrumbe. Por otro lado, creo que está débil. Debe encontrarse en la etapa de hibernación de su ciclo, y sin embargo ha estado haciendo esfuerzos.

—¿Al proyectarse? —preguntó Ralph—. Eso es lo que crees.

—Sí. Lo que vio Grace Maitland, lo que vio tu mujer... creo que eran proyecciones. Me parece que una pequeña parte de su ser físico *estaba* presente, por eso quedaron residuos en su sala, por eso pudo mover la silla y encender la luz de la cocina, pero no lo suficiente para dejar marcas en la alfombra. Hacer eso tiene que agotarlo. Diría que solo se ha mostrado plenamente en carne y hueso una vez: delante del juzgado el día que mataron a Terry Maitland. Porque tenía hambre y sabía que allí habría comida de sobra.

—¿Estuvo allí en carne y hueso pero no apareció en ninguna de las grabaciones de la televisión? —preguntó Howie—. ¿Como un vampiro que no se refleja en los espejos?

Lo dijo como si esperara que Holly lo negase, pero ella lo confirmó:

—Exacto.

—Entonces cree que es sobrenatural. Un ser sobrenatural.

—No sé lo que es.

Howie se quitó el casco y lo lanzó encima de la cama.

—Conjeturas. Solo tiene eso.

Holly pareció dolida al oírlo, y fue incapaz de encontrar una respuesta. No se daba cuenta de lo que Ralph sí advirtió, y estaba seguro de que Alec también había advertido: Howard Gold tenía miedo. Si aquello se torcía, no habría ningún juez a quien presentar objeciones. No podría solicitar la anulación del proceso.

—A mí —terció Ralph— todavía me cuesta aceptar todo eso de El Cuco o los seres que cambian de forma, pero *hubo* un visitante, eso ahora lo acepto. Por la conexión de Ohio y porque Terry Maitland no podía estar en dos sitios al mismo tiempo.

—Eso fue un error del visitante —dijo Alec—. No sabía que Terry estaría en el congreso de Cap City. Seguramente los chivos expiatorios que escoge son como Heath Holmes, gente con coartadas sin consistencia.

—Eso no tiene lógica —observó Ralph.

Alec enarcó las cejas.

—Si se apropió de los…, no sé cómo decirlo. De los recuerdos de Terry, eso, pero no se trata *solo* de los recuerdos. Sino de una especie de…

—Una especie de mapa de su conciencia —apuntó Holly en voz baja.

—Vale, llamémoslo así —convino Ralph—. Puedo aceptar que pasara por alto algunas cosas, como en la lectura rápida en diagonal se pasan por alto muchos detalles, pero ese congreso debía de ser algo importante para Terry.

—Entonces ¿por qué, a pesar de eso, El Cuco…? —empezó a decir Alec.

—Quizá no le quedó más remedio —Holly tomó una linterna de luz ultravioleta y enfocó la pared, donde captó la fantasmal huella de una mano de un huésped anterior. Era algo que Ralph habría preferido no ver—. Quizá estaba famélico y no podía esperar una ocasión mejor.

—O quizá le daba igual —dijo Ralph—. Los asesinos en serie suelen llegar a ese punto poco antes de ser detenidos. Bundy, Speck, Gacy…, llega un momento en que empiezan a creer que ellos son la ley. Como los dioses. Se vuelven arrogantes y quieren ir más allá de sus posibilidades. Y en realidad ese visitante tampoco fue mucho más allá de sus posibilidades, ¿no? Parémonos a pensarlo. Nos proponíamos hacer comparecer a Terry y llevarlo a juicio por el asesinato de Frank Peterson a pesar de todo lo que sabíamos. Estábamos seguros de que su coartada era falsa, por sólida que fuera.

Y parte de mí todavía quiere creerlo. La alternativa pone patas arriba todo lo que creía entender sobre el mundo en el que vivo.

Se sentía febril y tenía el estómago un poco revuelto. ¿Cómo podía un hombre normal del siglo XXI aceptar la existencia de un monstruo que cambiaba de forma? Si creías en el visitante de Holly Gibney, El Cuco, entonces cualquier cosa era posible. El universo no tenía límites.

—Ha dejado de ser arrogante —dijo Holly en voz baja—. Después de matar estaba acostumbrado a quedarse en un mismo sitio durante meses, transformándose. Solo seguía adelante cuando la transformación había terminado, o casi. Eso creo yo, basándome en lo que he leído y en lo que descubrí en Ohio. Pero su pauta habitual se ha alterado. Tuvo que huir de Flint City en cuanto aquel chico descubrió que había estado en ese establo. Sabía que la policía iría allí. Así que vino aquí antes de tiempo, para estar cerca de Claude Bolton, y encontró un hogar ideal.

—El Agujero de Marysville —dijo Alec.

Holly asintió.

—Pero ignora que lo sabemos. Esa es nuestra ventaja. Claude sabe que su tío y sus primos están enterrados allí, sí. Lo que no sabe es que el visitante hiberna en los lugares de los muertos o cerca, preferiblemente en los que descansan los antepasados de la persona en la que se está transformando. Estoy segura de que funciona así. No puede ser de otro modo.

Porque así es como quieres que sea, pensó Ralph. Con todo, no advertía la menor laguna en su lógica. Siempre y cuando uno aceptara el postulado básico de la existencia de un ser sobrenatural que debía atenerse a determinadas normas, por tradición o por algún imperativo desconocido que ninguno de ellos alcanzaría a entender jamás.

—¿Podemos estar seguros de que Lovie no se lo dirá? —preguntó Alec.

—Creo que sí —contestó Ralph—. Callará por el bien de su hijo.

Howie tomó una linterna, iluminó el ruidoso aparato de aire acondicionado y aparecieron numerosas huellas digitales con un resplandor espectral. La apagó y dijo:

—¿Y si cuenta con un ayudante? Entonces ¿qué? El conde Drácula tenía a aquel tal Renfield. El doctor Frankenstein tenía a un jorobado, Igor...

—Ese es un error generalizado —dijo Holly—. En la película *Frankenstein* original, el ayudante del doctor se llamaba Fritz, y lo interpretaba Dwight Frye. Más tarde, Bela Lugosi...

—Admito mi error —la interrumpió Howie—, pero mantengo la pregunta: ¿y si nuestro visitante tiene un cómplice? ¿Alguien a quien ha ordenado seguirnos? ¿No sería lo lógico? Aunque no sepa que hemos averiguado lo del Agujero de Marysville, sí sabe que estamos peligrosamente cerca.

—Entiendo tu razonamiento, Howie —intervino Alec—, pero los asesinos en serie prefieren la soledad, y los que permanecen en libertad más tiempo son errantes. Hay excepciones, pero no creo que nuestro hombre sea una de ellas. Saltó a Flint City desde Dayton. Si pudiéramos seguirle la pista desde Ohio y hacia atrás, tal vez descubriríamos que asesinó a niños en Tampa (Florida) o en Portland (Maine). Según un proverbio africano, «Quien viaja solo viaja más deprisa». Y en términos prácticos, ¿a quién podría contratar para un trabajo así?

—A un chiflado —respondió Howie.

—Vale —dijo Ralph—, pero ¿cómo? ¿Entró en una tienda de chiflados y eligió uno?

—De acuerdo —aceptó Howie—. Está solo, a resguardo en el Agujero de Marysville, allí muerto de miedo, esperando a que aparezcamos y lo atrapemos. A que lo saquemos a rastras al sol o le clavemos una estaca en el corazón, o lo uno y lo otro.

—En la novela de Stoker —dijo Holly—, cuando encuentran a Drácula, lo decapitan y le llenan la boca de ajo.

Howie lanzó la linterna a la cama y levantó las manos.

—También muy bien. Pararemos en Shopwell y compraremos un poco de ajo. Además de un cuchillo de carnicero, porque en Home Depot se nos ha olvidado la sierra de arco.

—Un balazo en la cabeza y asunto resuelto —dijo Ralph.

Consideraron esto en silencio y después Howie anunció que iba a acostarse.

—Pero antes me gustaría saber cuál es el plan para mañana.

Ralph esperó a que Holly ilustrara a Howie al respecto, pero ella lo que hizo fue mirar a Ralph. Él se fijó, sorprendido y conmovido, en las ojeras y las arrugas aparecidas en las comisuras de sus labios. El propio Ralph estaba cansado, suponía que como todos los demás, pero Holly Gibney rayaba en el agotamiento y a esas alturas se sostenía solo a base de tensión nerviosa. Teniendo en cuenta que era una persona en extremo reservada, para ella mostrarse así debía de ser como caminar sobre espinas. O sobre cristales rotos.

—Nada antes de las nueve —dijo Ralph—. Todos necesitamos como mínimo ocho horas de sueño, más si es posible. Luego haremos las maletas, pagaremos la cuenta, iremos a casa de los Bolton y recogeremos a Yune. De allí iremos al Agujero de Marysville.

—Esa es la dirección equivocada si queremos que Claude piense que regresamos a casa —observó Alec—. Se preguntará por qué no volvemos a Plainville.

—De acuerdo, diremos a Claude y a Lovie que antes tenemos que pasar por Tippit… mmm, no sé, ¿para hacer alguna compra más en Home Depot?

—Poco convincente —comentó Howie.

—¿Cómo se llamaba el agente de la Policía del Estado que fue a hablar con Claude? —preguntó Alec—. ¿Se acuerda?

Ralph no lo tenía en mente, pero guardaba en su iPad las anotaciones sobre el caso. La rutina era la rutina incluso cuando uno iba en pos del hombre del costal.

—Owen Sipe. Cabo Owen Sipe.

—Bien. Dígales a Claude y a su madre (será lo mismo que decírselo al visitante, si de verdad este puede meterse en la cabeza de Claude) que lo ha llamado el cabo Sipe para decirle que en Tippit se busca a un hombre cuya descripción coincide aproximadamente con la de Claude para interrogarlo por un atraco o el robo de un coche o quizá un allanamiento de morada. Yune puede confirmar que Claude estuvo en casa toda la noche...

—No si durmió fuera en el cenador —adujo Ralph.

—¿Quiere decir que no habría oído arrancar el coche de Claude? Esa carcacha necesita un silenciador nuevo desde hace dos años.

Ralph sonrió.

—Entiendo.

—Bien, pues dígale que vamos a Tippit a comprobarlo y, si esa pista no lleva a ninguna parte, volveremos a Flint City. ¿Le parece bien?

—Me parece perfecto —dijo Ralph—. Pero asegurémonos de que Claude no ve las linternas y los cascos.

15

Pasadas las once, Ralph yacía en la cama medio hundida de su habitación; sabía que debía apagar la luz pero se resistía a hacerlo. Había telefoneado a Jeannie y charlado con ella durante casi media hora, en parte sobre el caso, en parte sobre Derek, pero básicamente sobre intrascendencias. Después intentó ver la televisión, pensó que los predicadores nocturnos de Lovie Bolton podían ser un buen somnífero —o al menos servirle para acallar el incesante trasiego de pensamientos en su cabeza—, pero lo único que salió en la pantalla cuando encendió el aparato fue el mensaje: EN ESTOS MOMENTOS NUESTRA CONEXIÓN VÍA SATÉLITE NO ESTÁ DISPONIBLE, GRACIAS POR SU PACIENCIA.

Tendía ya la mano hacia la lámpara cuando oyó unos golpecitos en la puerta. Cruzó la habitación, iba a echar mano a la manija pero lo pensó mejor y acercó el ojo a la mirilla. El cristal estaba tan sucio que no le sirvió de nada.

—¿Quién es?

—Yo —contestó Holly con una voz casi tan inaudible como los golpes en la puerta.

Ralph abrió. Holly llevaba la camiseta sin remeter, y el saco, que se había puesto para protegerse del frío nocturno, cómicamente ladeado. El viento cada vez más intenso le agitaba el pelo, gris y corto. Sostenía su iPad. De pronto Ralph cayó en la cuenta de que él iba en calzones y con la bragueta sin botones sin duda un poco abierta. Recordó algo que decían de niños: «¿Quién te ha dado permiso de vender salchichas?».

—Te desperté —dijo ella.

—No. Pasa.

Holly vaciló, luego entró en la habitación y se sentó en la única silla mientras él se ponía el pantalón.

—Tienes que dormir un poco, Holly. Te ves muy cansada.

—Lo estoy. Pero a veces tengo la impresión de que cuanto más cansada estoy, más me cuesta dormirme. Sobre todo si me asaltan las preocupaciones y la ansiedad.

—¿Has probado con Ambien?

—No se recomienda a personas que toman antidepresivos.

—Entiendo.

—He investigado un poco. A veces así me entra el sueño. He empezado consultando los artículos de prensa sobre la tragedia de la que nos ha hablado la madre de Claude. Hubo mucha cobertura, y mucha información de fondo. He pensado que a lo mejor querías oírlo.

—¿Nos servirá de algo?

—Creo que sí.

—Entonces quiero oírlo.

Se fue hacia la cama, y Holly se sentó en el borde de la silla, con las rodillas juntas.

—Bien. Lovie ha mencionado una y otra vez el lado Ahiga, y ha dicho que a uno de los gemelos Jamieson se le cayó del bolsillo un jefe Ahiga de plástico —abrió su iPad—. Esto es de 1888.

La fotografía en sepia mostraba a un indio de aspecto noble de perfil. Lucía un tocado que le caía hasta media espalda.

—Durante un tiempo el jefe vivió con un pequeño contingente de navajos en la reserva de Tigua, cerca de El Paso; más tarde se casó con una mujer blanca y se trasladó primero a Austin, donde fue maltratado, y después a Marysville, donde fue aceptado como miembro de la comunidad tras cortarse el pelo y convertirse a la fe cristiana. Su mujer tenía un poco de dinero y abrieron la posta de Marysville. Lo que con el tiempo se convirtió en el Indian Motel and Café.

—Hogar dulce hogar —dijo Ralph recorriendo con la mirada la mísera habitación.

—Sí. Aquí tenemos al jefe Ahiga en 1926, dos años antes de morir. Para entonces había cambiado de nombre, se llamaba Thomas Higgins —le enseñó una segunda fotografía.

—¡Joder! —exclamó Ralph—. Parece que se integró, pero desde luego perdió sus raíces.

Era el mismo perfil noble, pero ahora la mejilla vuelta hacia la cámara presentaba profundas arrugas y el tocado había desaparecido. El antiguo caudillo navajo llevaba anteojos sin montura, camisa blanca y corbata.

—Además de estar al frente del único negocio próspero de Marysville —continuó Holly—, el jefe Ahiga, también conocido como Thomas Higgins, fue quien descubrió el Agujero y organizó las primeras visitas. Tuvieron mucho éxito.

—Pero pusieron a la cueva el nombre del pueblo, no el suyo —observó Ralph—. Lo cual tiene su lógica. Aunque fuese cristiano y un próspero hombre de negocios, para la comunidad seguía siendo un piel roja. Aun así, supongo que los lugareños lo trataron mejor que los cristianos de Austin. Démosles cierta confianza. Sigue.

Holly le mostró otra foto. Esta era de un cartel de madera en el que aparecía una versión pintada del jefe Ahiga con su tocado; debajo se leía POR AQUÍ LOS MEJORES PICTOGRAMAS. Amplió la imagen con los dedos, y Ralph vio un camino entre las rocas.

—La cueva lleva el nombre del pueblo —dijo ella—, pero al menos el jefe consiguió la entrada Ahiga, mucho menos espectacular que la Cámara del Sonido pero comunicada directamente con esta. Por Ahiga era por donde el personal metía los suministros, y era una vía de salida en caso de emergencia.

—¿Por ahí accedieron los equipos de rescate con la esperanza de encontrar una ruta alternativa que los condujera hasta los niños?

—Correcto —Holly se inclinó hacia delante, le brillaban los ojos—. La entrada principal no solo está cerrada a cal y canto, Ralph, está tapiada con cemento. No querían perder a ningún niño más. La entrada Ahiga, el acceso posterior, está también cerrada, pero en ninguno de los artículos que he leído se dice nada de cemento.

—Eso no significa que no lo haya.

Holly movió la cabeza en un impaciente gesto de negación.

—Lo sé, pero *si* no lo hubiera...

—Por ahí entró. El visitante. Eso crees.

—Deberíamos ir primero a ese lado, y si hay indicios de que se ha forzado...

—Entiendo —dijo él—, y parece un buen plan. Bien pensado. Eres una detective de primera, Holly.

Ella le dio las gracias con la mirada baja y la voz vacilante de una mujer que no sabe cómo manejar un halago.

—Qué amable de tu parte decir algo así.

—No es amabilidad. Eres mejor que Betsy Riggins, y *mucho* mejor que ese inútil de Jack Hoskins. No tardará en jubilarse; si estuviera en mis manos, te daría su puesto.

Holly meneó la cabeza, pero sonreía.

—Me conformo con los fugitivos en libertad condicional, los bienes impagados y los perros perdidos. No quiero participar nunca más en la investigación de un asesinato.

Ralph se puso en pie.

—Es hora de que vuelvas a tu habitación y te eches un sueño. Si vas bien encaminada en algo de esto, mañana va a ser un día digno del mismísimo John Wayne.

—Un minuto. Tenía otra razón para venir aquí. Mejor será que te sientes.

16

Pese a ser mucho más fuerte de lo que era antes de tener la fortuna de conocer a Bill Hodges, Holly no acostumbraba a decirle a nadie que debía cambiar de comportamiento o que se equivocaba rotundamente. Esa otra mujer más joven era una cobarde miedosa y huidiza que a veces pensaba que el suicidio sería la mejor solución para sus sentimientos de terror, de ineptitud y de vergüenza descontrolada. El día que Bill se sentó a su lado en la parte de atrás de una funeraria en la que ella no se atrevía a entrar, sintió sobre todo que había perdido algo vital; no únicamente un bolso o una tarjeta de crédito, sino la vida que habría podido llevar si las cosas hubieran sido un poco distintas, o si Dios hubiera considerado oportuno añadir solo un poco más de alguna sustancia química importante en su organismo.

«Me parece que ha perdido esto», había dicho Bill, sin en realidad decirlo. «Tenga, mejor será que se lo guarde en el bolsillo.»

Bill había muerto y ahí estaba ahora ese otro hombre, tan parecido a Bill en muchos sentidos: su inteligencia, sus esporádicos destellos de buen humor y, sobre todo, su tenacidad. Sabía que a Bill le habría caído bien, porque el inspector Ralph Anderson también creía en la necesidad de llegar al fondo del asunto.

Pero también había diferencias, y que Ralph tuviese treinta años menos que Bill en el momento de su muerte no era la única. El hecho de que hubiese cometido un error garrafal al detener a Terry Maitland en público, antes de comprender la verdadera dimensión del caso, era solo una de esas diferencias, y probablemente no la más importante, por más que a él lo obsesionara.

Dios, ayúdame a decirle lo que he de decirle, porque esta es la única oportunidad que voy a tener. Y ayúdale a él a oírme. Por favor, Señor, ayúdale a oírme.

—Cada vez que tú y los demás hablan del visitante, lo hacen en condicional —dijo ella.

—No sé si te entiendo, Holly.

—Yo creo que sí. «*Si* existe. En el *supuesto* de quc exista. *Caso de que* exista.»

Ralph guardó silencio.

—Los otros me dan igual, pero necesito que tú creas, Ralph. *Necesito que tú creas.* Yo creo, pero eso no basta.

—Holly...

—No —atajó ella con vehemencia—. *No.* Escúchame. Sé que es un disparate. Pero ¿acaso la idea de El Cuco es más inexplicable que algunas de las cosas horrendas que pasan en el mundo? No me refiero a las catástrofes naturales ni a los accidentes, sino a las cosas que algunas personas hacen a otras. ¿No era Ted Bundy una versión de El Cuco, un ser que cambiaba de forma, con una cara para las personas que lo conocían y otra para las mujeres a las que mataba? Lo último que esas mujeres veían era su otra cara, su cara interior, la cara de El Cuco. Hay otros. Caminan entre nosotros. Tú lo sabes. Son seres extraños. Monstruos que escapan a nuestra comprensión. Sin embargo, crees que *existen.* Tú has quitado a algunos de circulación, o incluso has presenciado su ejecución.

Ralph reflexionó en silencio.

—Déjame hacerte una pregunta —dijo Holly—. ¿Y si quien mató a ese niño, y desgarró su carne, e hincó una rama en él *hubiese* sido realmente Terry Maitland? ¿Sería él menos inexplicable que el ser que quizá esté escondido en esa cueva? ¿Serías capaz de decir «entiendo la oscuridad y la maldad que se ocultan detrás de la máscara de ese entrenador de equipos infantiles y buen ciudadano de la comunidad, sé exactamente qué lo llevó a hacerlo»?

—No. He detenido a hombres que han hecho cosas horrendas... y a una mujer que ahogó a su hija recién nacida en la bañera... y *nunca* lo he entendido. En la mayoría de los casos ellos mismos no se entienden.

—No más de lo que yo entendí por qué Brady Hartsfield planeó matarse en un concierto y llevarse consigo a más de mil niñas inocentes. Lo que te pido es sencillo. Cree en esto. Aunque solo sea durante las próximas veinticuatro horas. ¿Puedes?

—¿Conseguirás dormir un poco si digo que sí?

Holly asintió sin apartar la mirada de él.

—Entonces lo creo. Al menos durante las próximas veinticuatro horas El Cuco existe. Está por ver si se esconde en el Agujero de Marysville, pero existe.

Holly exhaló un suspiro y se puso en pie; el cabello alborotado, el saco ladeado, la camiseta por fuera. Ralph pensó que ofrecía un aspecto adorable y a la vez sumamente frágil.

—Bien. Me voy a la cama.

La acompañó a la puerta y abrió. Cuando Holly salía, él dijo:

—El universo no tiene límites.

Holly lo miró con expresión solemne.

—Así es. El muy maldito no tiene límites. Buenas noches, Ralph.

EL AGUJERO DE MARYSVILLE

27 de julio

1

Jack despertó a las cuatro de la madrugada.

Fuera soplaba el viento, un viento fuerte, y le dolía todo. No solo el cuello, sino también los brazos, las piernas, el vientre, el trasero. Como si tuviera quemaduras solares. Apartó la sábana, se sentó en el borde de la cama y encendió la lámpara del buró, que proyectó un resplandor amarillento de sesenta watts. Se examinó y no vio nada en su piel, pero el dolor estaba presente. Estaba *dentro*.

—Haré lo que quieras —dijo al visitante—. Los detendré. Lo prometo.

No hubo respuesta. El visitante no respondía o no estaba allí. Al menos en ese momento. Pero sí estuvo ante aquel condenado establo. Solo un ligero roce, casi una caricia, pero bastó con eso. Ahora rebosaba veneno. Veneno en forma de *cáncer.* Y sentado en la habitación de aquel motel de mierda, mucho antes del amanecer, no tenía ya la certeza de que el visitante pudiera quitarle lo que le había inoculado, pero ¿qué elección tenía? Debía intentarlo. Si no daba resultado...

—¿Me pegaré un tiro? —Al concebir esa posibilidad, se sintió un poco mejor. Su madre no había tenido esa opción. Lo repitió, con determinación—: Me pegaré un tiro.

No más resacas. No más viajes de vuelta a casa respetando a rajatabla el límite de velocidad, deteniéndose en todos los semáforos para que no lo pararan, consciente de que, al soplar, daría al menos 1 o quizá incluso 1.2. No más llamadas de su ex para recordarle que una vez más se retrasaba con el cheque mensual. Como si él no lo supiera. ¿Qué haría ella si esos cheques dejaban de llegar? Tendría que trabajar, descubrir cómo vivía la otra mitad del mundo, bua, bua. No más días enteros sentado en casa viendo a Ellen y a la juez Judy en la televisión. Qué lástima.

Se vistió y salió. El viento no era exactamente frío, pero sí fresco, y pareció traspasarlo. Era caliente cuando se marchó de Flint City, y ni se le pasó por la cabeza agarrar una chamarra. Ni una muda. Ni siquiera el cepillo de dientes.

Muy propio de ti, cariño, oyó decir a su antigua media naranja. *Pero muy propio. Un día tarde y un dólar menos.*

Había unos cuantos coches, camionetas y casas rodantes arrimados al edificio del motel como cachorros lactantes. Jack recorrió un trecho del pasadizo cubierto para cerciorarse de que el todoterreno azul de los entrometidos seguía allí. Allí estaba. Permanecían a resguardo en sus habitaciones, soñando sin duda con experiencias gratas y desprovistas de dolor. Coqueteó brevemente con la fantasía de ir de habitación en habitación y matarlos a todos a tiros. La idea era sugerente pero absurda. No sabía en qué habitaciones se alojaban, y al final alguien —no necesariamente el entrometido jefe— empezaría también a disparar. Al fin y al cabo aquello era Texas, donde la gente se complacía en creer que vivían aún en los tiempos del arreo de ganado y los pistoleros.

Era mejor esperarlos allí adonde el visitante había dicho que quizá irían. Podría eliminarlos casi con la total seguridad de quedar impune; no había nadie en kilómetros a la redonda. Si una vez completado el trabajo, el visitante podía retirar el veneno, todo acabaría bien. Si no podía, Jack se metería en la boca el cañón de la Glock reglamentaria y apretaría el gatillo. Las fantasías sobre su ex sirviendo mesas o trabajando en la fábrica de guantes durante los siguientes veinte años tenían su gracia, pero no eran el punto más importante. No estaba dispuesto a pasar por lo que había pasado su madre, con la piel desgarrándose cada vez que intentaba moverse. Ese era el punto fundamental.

Tiritando, se subió a la camioneta y se encaminó hacia el Agujero de Marysville. La luna flotaba cerca del horizonte, parecía una piedra fría. La tiritona se intensificó, tanto que pisó la línea blanca discontinua un par de veces. No había problema; los grandes tráileres utilizaban la Estatal 190 o la interestatal. A esa hora intempestiva no circulaba nadie por la carretera Rural Star, solo él.

En cuanto el motor de la Ram se calentó, puso la calefacción al máximo y se sintió mejor. El dolor en la mitad inferior del cuerpo empezó a remitir. La nuca aún le palpitaba como un demonio, eso sí; se la frotó y la palma de la mano le quedó impregnada de escamas de piel muerta. Se le ocurrió que acaso el dolor de la nuca fuese en realidad una quemadura solar corriente y que todo estuviese en su imaginación. Psicosomático, como las absurdas migrañas de su antigua media naranja. ¿Podía un dolor psicosomático despertarte de un sueño profundo? Lo ignoraba, pero sabía que el visitante oculto detrás de la cortina de la regadera era real, y uno no se hacía el pendejo con alguien así. Con alguien así uno obedecía al pie de la letra.

Además, estaba el puto Ralph Anderson, que siempre lo había traído mortificado. El señor No Opino, el causante de que lo hubieran arrancado de sus vacaciones y de su pesca al ser suspendido de empleo, porque esa era la situación del bueno de Ralphie y no ese cuento de la baja administrativa. El puto Ralph Anderson era la razón por la que él, Jack Hoskins, había ido al municipio de Canning en lugar de estar sentado en su cabañita, viendo DVD y bebiendo vodka con tónica.

Al doblar a la altura de la valla publicitaria (CERRADO HASTA NUEVO AVISO), lo asaltó una repentina sospecha: ¡el puto Ralph Anderson *igual lo había mandado a Canning expresamente*! Tal vez supiera que el visitante estaría allí esperando, y lo que haría. Hacía años que el bueno de Ralphie quería deshacerse de él, y si incluías ese elemento en la ecuación todo encajaba. La lógica era incuestionable. Lo único que el bueno de Ralphie no había tenido en cuenta era que el hombre de los tatuajes jugara en dos bandos.

En cuanto a cómo acabaría esa situación de mierda, Jack veía tres posibilidades. Quizá el visitante fuera capaz de eliminar el veneno que ahora corría por el organismo de Jack. Esa era la primera. Si se trataba de algo psicosomático, al final se le iría sin más. Esa era la segunda. O tal vez era algo real y el visitante *no podía* quitárselo. Esa era la tercera.

El madito señor No Opino sería agua pasada independientemente de cuál de las tres posibilidades se cumpliese. Esa era una promesa que Jack no hacía al visitante sino a sí mismo. Anderson iba a *pagarla*, y los otros con él. Un pleno. Jack Hoskins, el francotirador.

Llegó a la taquilla abandonada y circundó la cadena. Seguramente el viento amainaría cuando el sol estuviera más alto y la temperatura empezara otra vez a apretar de firme, pero de momento todavía soplaba, levantaba cortinas de polvo y grava, y eso estaba bien. Una preocupación menos: los entrometidos no verían sus huellas. Si es que aparecían, claro.

—Si no, ¿puedes curarme igualmente? —preguntó.

No esperaba respuesta, pero la recibió.

Sí, por supuesto, quedarás como nuevo.

¿Era una voz real o era la suya?

¿Qué más daba?

2

Jack pasó delante de las ruinosas cabañas turísticas preguntándose por qué se gastaría nadie un buen puñado de dinero en alojarse cerca de lo que en esencia era un agujero en la tierra (al menos el nombre del lugar era veraz). ¿No tenían un sitio mejor adonde ir? ¿Yosemite? ¿El Gran Cañón? Incluso el Ovillo de Cordel Más Grande del Mundo sería mejor que un agujero en la tierra en medio de semejante secarral en Texas.

Se estacionó al lado del cobertizo de mantenimiento, como en su visita anterior, tomó la linterna de la guantera y luego sacó el Winchester y un cartón de munición de la caja acoplada.

Se llenó los bolsillos de cartuchos y se dirigió hacia el camino. De pronto se volvió y, pensando que tal vez en el cobertizo hubiera algo que pudiera resultarle útil, alumbró con la linterna a través de una de las polvorientas ventanas de la persiana de estilo garage. No lo había, pero lo que vio le arrancó una sonrisa: un utilitario cubierto de polvo, probablemente un Honda o un Toyota. En la luna trasera, en una calcomanía ponía: ¡MI HIJO ESTÁ EN EL CUADRO DE HONOR DE LA PREPARATORIA! Envenenado o no, Jack conservaba intactas sus rudimentarias aptitudes de investigador. El visitante estaba allí, sin duda; había viajado desde Flint City en ese coche robado.

Sintiéndose mejor —incluso con apetito por primera vez desde que la mano tatuada asomó en torno a la cortina de la regadera—, Jack regresó a la camioneta y revolvió un poco más en la guantera. Por fin desenterró un paquete de galletas de mantequilla de cacahuete y medio tubo de caramelos para la acidez de estómago. No podía decirse que fuera el desayuno de los campeones, pero era mejor que nada. Empezó a subir por el sendero masticando una galleta, con el Winchester en la mano izquierda. El rifle tenía correa, pero si se lo colgaba al hombro le rozaría el cuello. Podía sangrar. Los bolsillos, por el peso de los cartuchos, oscilaban y le golpeaban en las piernas.

Ante el cartel descolorido del indio (el viejo jefe Uajú declarando que Carolyn Allen le chupaba la verga de piel roja), cayó en la cuenta de un pequeño detalle y se detuvo. Cualquiera que descendiese por la pista de acceso en dirección a las cabañas turísticas vería su Ram estacionada junto al cobertizo de mantenimiento y se preguntaría qué hacía allí esa camioneta. Se planteó volver para moverla, pero decidió que no había necesidad de preocuparse. Si los entrometidos se presentaban, se estacionaría cerca de la entrada principal. En cuanto se bajaran de su vehículo para echar un vistazo, abriría fuego desde su posición de tiro en lo alto del peñasco y antes de que se dieran cuenta de lo que ocurría ya habría abatido a dos o tres. Los otros echarían a correr como pollos en una tormenta. Los alcanzaría antes de que pudieran ponerse a salvo.

No tenía por qué preocuparse de lo que quizá pudieran ver desde las cabañas turísticas, porque el señor No Opino y sus amigos nunca saldrían del estacionamiento.

3

El sendero que ascendía a lo alto del peñasco era traicionero en la oscuridad aun con ayuda de la linterna, y Jack se lo tomó con calma. Bastantes problemas tenía ya para encima caerse y romperse algo. Cuando llegó a su puesto de vigilancia, la primera luz vacilante del alba empezaba a filtrarse en el cielo. Iluminó la horca que había dejado allí el día anterior; se disponía a tomarla pero de pronto reculó. Esperó que eso no fuera un augurio de cómo iba a transcurrir el resto de la jornada, pero la circunstancia tenía su ironía, e incluso en su situación Jack supo apreciarla.

Había llevado la horca para protegerse de las serpientes, y ahora había una justo ahí al lado y parcialmente encima de la horca. Era una serpiente de cascabel, y no pequeña; un auténtico monstruo. No podía dispararle, una bala tal vez solo hiriese al condenado bicho, en cuyo caso probablemente lo atacaría, y él llevaba tenis, no había tenido la precaución de comprarse unas botas en Tippit. Además, existía el riesgo de que la bala rebotase y le causase a él graves daños.

Sujetó el rifle por el extremo de la culata y alejó despacio el cañón tanto como pudo. Lo puso debajo de la serpiente adormilada y, antes de que pudiera escabullirse, la lanzó a gran altura por encima de su hombro. La muy cabrona fue a caer en el sendero, a seis o siete metros por detrás de él, se enroscó y empezó a emitir su sonido característico, el ruido que produciría una calabaza hueca con un puñado de cuentas dentro al agitarla. Jack agarró el rastrillo, dio un paso al frente e intentó hincárselo. La serpiente huyó hacia una grieta entre dos rocas apoyadas la una en la otra y desapareció.

—Así está mejor —dijo Jack—. Y no vuelvas. Este es *mi* sitio.

Se echó en el suelo y escrutó a través de la mira. Allí estaba el estacionamiento con sus espectrales líneas amarillas; allí estaba la decrépita tienda de regalos; allí estaba la entrada cerrada de la cueva cerrada, el letrero en lo alto, desvaído pero todavía legible: BIENVENIDOS AL AGUJERO DE MARYSVILLE.

Solo quedaba esperar. Jack se dispuso a ello.

4

«Nada antes de las nueve», había dicho Ralph, pero a las ocho y cuarto ya estaban todos en la cafetería del Indian Motel. Ralph, Howie y Alec pidieron filete y huevos. Holly prescindió del filete pero pidió un omelette de tres huevos con papas fritas a la ranchera, y Ralph vio con satisfacción que se lo comía todo. Holly vestía otra vez chamarra con camiseta y jeans.

—Con ese saco luego pasarás calor —advirtió Ralph.

—Sí, y está muy arrugado, pero tiene unos bolsillos enormes para mis cosas. Llevaré también la bolsa, aunque si tenemos que caminar la dejaré en el coche —se inclinó y bajó la voz—. En sitios como este a veces las camareras roban en las habitaciones.

Howie se tapó la boca, quizá para ahogar un eructo, quizá para ocultar una sonrisa.

5

Fueron a la casa de los Bolton, donde encontraron a Yune y a Claude sentados tomando café en los peldaños del pórtico. Lovie, junto a la fachada lateral, desherbaba su pequeño huerto desde la silla de ruedas: la botella de oxígeno en el regazo, un cigarro entre los labios y un enorme sombrero de paja bien calado.

—¿Todo bien anoche? —preguntó Ralph.

—Estupendamente —contestó Yune—. Se oye mucho el viento en la parte de atrás, pero en cuanto me entró el sueño dormí como un bebé.

—¿Y usted, Claude? ¿Todo en orden?

—Si se refiere a si volví a tener la sensación de que alguien rondaba cerca, no. Mi madre tampoco.

—Bueno, puede que haya una razón para eso —dijo Alec—. Anoche, en Tippit, alguien denunció la presencia de un intruso. El dueño de la casa oyó ruido de cristales rotos, tomó su escopeta y ahuyentó al tipo. Dijo a la policía que el intruso tenía el pelo negro, barbilla y muchos tatuajes.

Claude se indignó.

—¡Anoche no salí de mi habitación!

—Nosotros no lo dudamos —contestó Ralph—. Podría ser el hombre al que andamos buscando. Vamos a ir a Tippit a comprobarlo. Si se ha marchado, como probablemente así ha sido, volveremos a Flint City y decidiremos cuál ha de ser el siguiente paso.

—Yo no sé qué más *podemos* hacer —añadió Howie—. Si no anda cerca de aquí y no está en Tippit, podría estar en cualquier sitio.

—¿Ninguna otra pista? —preguntó Claude.

—Ninguna —respondió Alec.

Lovie se acercó a ellos en su silla.

—Si deciden volver a casa, pasen por aquí de camino al aeropuerto. Les prepararé unos sándwiches con las sobras del pollo. Siempre y cuando no les importe comer dos veces lo mismo, claro.

—Eso haremos —dijo Howie—. Gracias a los dos.

—Soy yo quien debe darles las gracias —contestó Claude.

Dio la mano a todos, y Lovie abrió los brazos para estrechar a Holly. Esta pareció azorada pero lo aceptó.

—Vuelva, ¿eh? —le susurró Lovie al oído.

—Volveré —contestó Holly con la esperanza de poder cumplir esa promesa.

6

Howie iba al volante, Ralph en el asiento del copiloto y los otros tres detrás. El sol estaba alto, iba a ser otro día caluroso.

—Me gustaría saber cómo es que la policía de Tippit se ha puesto en contacto con ustedes —dijo Yune—. Dudo que ninguna autoridad sepa que estamos aquí.

—En efecto, no lo saben —contestó Alec—. Si ese visitante de verdad existe, más vale no despertar sospechas en los Bolton sobre por qué vamos en dirección contraria.

Ralph no necesitaba ser mentalista para saber qué estaba pensando Holly en ese momento: «Cada vez que tú y los demás hablan del visitante, lo hacen en condicional».

Ralph se revolvió en el asiento.

—Escúchenme. Se acabó el si o el quizá. Hoy el visitante *existe*. Hoy el visitante puede leer el pensamiento de Claude Bolton siempre que quiera, y, a menos que nos llegue algún dato que lo contradiga, se halla en el Agujero de Marysville. No más suposiciones, solo convicción. ¿Pueden comprometerse a eso?

Por un momento nadie contestó. Finalmente Howie dijo:

—Oiga, soy abogado defensor. Puedo creerme cualquier cosa.

7

Llegaron a la valla publicitaria en la que una familia con lámparas de gas miraba alrededor fascinada. Howie ascendió despacio por el asfalto agrietado de la vía de acceso, eludiendo los socavones en la medida de lo posible. La temperatura, que no llegaba a quince grados al salir esa mañana, pasaba ya de los veinte. Y seguiría subiendo.

—¿Ven aquel cerro? —Holly señaló el montículo—. La entrada principal de la cueva está en la falda. O lo estaba, hasta que la bloquearon. Deberíamos mirar primero ahí. Si intentó entrar por ese lado, puede que haya algún indicio.

—Por mí, de acuerdo —convino Yune. Miraba el paisaje—. Dios santo, qué desolación.

—La pérdida de esos niños y de la gente que fue a buscarlos fue una desgracia atroz para sus familias —dijo Holly—, pero también fue una calamidad para Marysville. El Agujero era la única fuente de empleo del pueblo. Cuando se cerró, se marcharon muchos vecinos.

Howie frenó.

—Eso debía de ser la taquilla, y alcanzo a ver una cadena que cruza la carretera.

—Rodéela —dijo Yune—. Haga trabajar un poco a la suspensión de esta monada.

Howie esquivó la cadena; sus pasajeros, con el cinturón de seguridad puesto, se tambalearon.

—Muy bien, amigos, oficialmente acabamos de traspasar una propiedad privada.

Al acercarse, un coyote abandonó su escondrijo y se alejó a todo correr; su esbelta sombra lo seguía. Ralph advirtió huellas de llantas erosionadas por el viento y supuso que los chicos de la zona —debían de quedar unos cuantos en Marysville— iban allí con sus cuatrimotos. Tenía la atención puesta en el peñasco que se alzaba al frente, emplazamiento de lo que en su día fue la única atracción turística de Marysville. Su *raison d'être*, por decirlo de una manera elegante.

—Vamos todos armados —dijo Yune, sentado muy erguido y con los ojos fijos al frente, alerta—. ¿Es así?

Los hombres contestaron afirmativamente. Holly Gibney calló.

8

Desde su posición en lo alto del peñasco, Jack los vio aproximarse mucho antes de que llegaran al amplio estacionamiento. Comprobó su arma: totalmente cargada, con una en la recámara. Había colocado una piedra plana en el borde del precipicio. Yacía cuan largo era con el cañón apoyado en la piedra. Observó a través de la mira, centró la cruz en el parabrisas en el lado del conductor. El reflejo del sol lo cegó momentáneamente. Hizo una mueca, apartó la cabeza y se frotó el ojo hasta que la mancha flotante se desvaneció; luego volvió a escudriñar a través de la mira.

Vamos, pensó. *Paren en medio del estacionamiento. Eso sería lo ideal. Paren ahí y salgan del coche.*

En lugar de eso, el todoterreno cruzó el estacionamiento en diagonal y se detuvo frente a la entrada cerrada de la cueva. Se abrieron todas las puertas y salieron cinco personas, cuatro hombres y una mujer. Cinco pequeños entrometidos, todos en fila, encantador. Por desgracia, tenía un ángulo de mierda. El sol proyectaba una sombra sobre la entrada de la cueva. Jack podría haber asumido ese riesgo —la mira Leupold era una puta maravilla—, pero luego estaba el problema del todoterreno, que en ese momento ocultaba al menos a tres de los cinco, incluido el señor No Opino.

Permaneció tendido con la mejilla apoyada en la culata del rifle; sentía el pulso lento y estable en el pecho y la garganta. Ya no era consciente de la palpitación de la nuca; tenía toda la atención puesta en los entrometidos agrupados bajo el letrero de BIENVENIDOS AL AGUJERO DE MARYSVILLE.

—Salgan de ahí —susurró—. Salgan y echen un vistazo alrededor. Saben que eso es lo que quieren.

Esperó a que lo hicieran.

9

Obstruían la entrada abovedada del Agujero dos docenas de tablones fijados a un bloque de cemento con enormes tornillos oxidados. Con esa doble protección contra exploradores no autorizados no hacían falta carteles de «No pasar», pero aun así había un par. También había unas cuantas pintas descoloridas; Ralph supuso que las habían dejado los muchachos que iban allí con sus cuatrimotos.

—¿Alguien diría que se ha forzado la entrada de algún modo? —preguntó Yune.

—No —contestó Alec—. Lo que me intriga es por qué se molestaron en poner tablones. Haría falta una buena carga de dinamita para abrir una brecha en ese bloque de cemento.

—Lo que probablemente terminaría el trabajo empezado por el terremoto —añadió Howie.

Holly se volvió y señaló por encima del cofre del todoterreno.

—¿Ven esa pista que hay al otro lado de la tienda de regalos? Lleva a la entrada Ahiga. No se permitía a los turistas acceder a la cueva por ahí, pero hay muchos pictogramas interesantes.

—¿Y cómo sabe usted eso? —preguntó Yune.

—El mapa que entregaban a los turistas sigue colgado en internet. Hoy día *todo* está en internet.

—Es lo que se llama investigar, amigo —dijo Ralph—. Deberías intentarlo alguna vez.

Volvieron a montarse en el todoterreno, de nuevo Howie al volante y Ralph de copiloto. Cruzaron despacio el estacionamiento.

—Esa pista tiene muy mala pinta —comentó Howie.

—No debería haber problemas —dijo Holly—. Al otro lado de la cuesta hay cabañas para turistas. Según la prensa, la segunda partida de rescate las utilizó como base. Además, en cuanto se conoció la noticia seguro que vinieron muchos periodistas y parientes preocupados.

—Por no hablar de los típicos mirones —añadió Yune—. Esos probablemente…

—Para, Howie —lo interrumpió Alec—. So.

Se hallaban poco más allá del centro del estacionamiento, el frente del todoterreno orientado hacia la pista que subía a las cabañas. Y supuestamente a la entrada trasera del Agujero.

Howie frenó.

—¿Qué pasa?

—Quizá estamos complicando esto más de lo necesario. El visitante no tiene por qué estar en la cueva; en Canning se escondió en un establo.

—¿Qué quieres decir con eso?

—Que deberíamos mirar antes en la tienda de regalos. Ver si se ha forzado la entrada.

—Yo me encargo —se ofreció Yune.

Howie abrió la puerta del conductor.

—¿Por qué no vamos todos?

10

Los entrometidos se apartaron de la entrada tapiada y volvieron al todoterreno. El tipo medio calvo y robusto rodeó el frente del vehículo hacia el asiento del conductor, ofreciendo a Jack un buen blanco. Centró el punto de mira en el rostro de ese individuo, tomó aire, contuvo la respiración y apretó el gatillo. Este no se movió. Durante un momento aterrador pensó que el Winchester estaba averiado, pero de pronto cayó en la cuenta de que había olvidado quitar el seguro. ¿Hasta dónde podía llegar la propia estupidez? Trató de retirarlo sin apartar el ojo de la mira. El pulgar, sudoroso, resbaló y, para cuando hubo quitado el seguro, el hombre robusto se había sentado ya al volante y cerraba la puerta. Los otros también estaban dentro.

—¡Mierda! —susurró Jack—. ¡Mierda, mierda, *mierda*!

Observó con creciente pánico que el todoterreno atravesaba el estacionamiento y se dirigía a la vía de servicio por la que se alejarían de su línea de tiro. Rebasarían el primer montículo, verían las cabañas, verían el cobertizo de mantenimiento, y verían su camioneta estacionada al lado. ¿Sabría Ralph Anderson a quién pertenecía ese vehículo? Claro que sí. Si no por las calcomanías de peces saltando que llevaba en el lateral, por la de la defensa trasera: CUANDO NO MONTO EN ESTO, MONTO A TU MADRE.

No puedes dejarlos subir por esa pista.

No sabía si era la voz del visitante o la suya, pero no le importaba; en cualquier caso tenía razón. Debía detener ese todoterreno, y dos o tres balas de gran calibre en el bloque motor bastarían. Luego empezaría a disparar a las ventanillas. Probablemente no los alcanzaría a todos, el sol reflejaba en el cristal, pero los que quedaran se dispersarían por el estacionamiento vacío, quizá heridos, sin duda aturdidos.

Enroscó el dedo en torno al gatillo, pero antes de que pudiese descerrajar el primer tiro, el todoterreno paró por sí solo cerca de la tienda de regalos abandonada con el letrero caído. Las puertas se abrieron.

—Gracias, Dios mío —murmuró Jack.

Volvió a acercar el ojo a la mira y esperó a que saliera el señor No Opino. Todos tenían que morir, pero el entrometido jefe sería el primero.

11

La serpiente de cascabel salió de la grieta donde había buscado refugio. Reptó hacia los pies separados de Jack, se detuvo, saboreó el aire cada vez más caliente con su lengua en movimiento y siguió avanzando. No tenía intención de atacar, su finalidad era solo exploratoria, pero cuando Jack disparó por primera vez, la serpiente levantó la cola y agitó los discos. Jack, que además del cepillo de dientes había olvidado los tapones o algodón para los oídos, ni la oyó.

12

Howie fue el primero en salir del todoterreno. Con las manos en jarras, examinó el letrero caído en el que se leía RECUERDOS Y ARTESANÍA INDIA AUTÉNTICA. Alec y Yune abandonaron el asiento trasero por el lado del conductor. Ralph se bajó del asiento del copiloto y abrió la puerta de atrás a Holly, que tenía problemas con la manija. Al hacerlo, algo en el pavimento agrietado llamó su atención.

—Vaya —dijo—. Fíjate en eso.

—¿Qué es? —preguntó Holly cuando Ralph ya se agachaba—. ¿Qué, qué?

—Creo que es una punta de fle…

Resonó la detonación de un disparo, el restallido casi líquido de un rifle de gran alcance. Ralph sintió el paso de la bala, lo que significaba que no lo había alcanzado en la cabeza por tres o cuatro centímetros. El espejo retrovisor del lado del copiloto saltó por los aires hecho añicos, cayó en el resquebrajado asfalto y rodó con una sucesión de relucientes destellos.

—*¡Arma!* —grito Ralph, y agarrando a Holly por los hombros la obligó a arrodillarse—. *¡Arma, arma, arma!*

Howie miró alrededor. Sorprendido y confuso.

—¿Cómo dice? ¿Ha…?

Sonó el segundo disparo y la coronilla de Howie Gold desapareció. Por un momento permaneció allí de pie, con la sangre corriéndole por las mejillas y la frente. Luego se desplomó. Alec corrió hacia él, y el tercer disparo lo lanzó contra el cofre del todoterreno. La sangre manó a través de su camisa por encima del cinturón. Hubo un cuarto disparo. Ralph vio la bala desgarrar el costado del cuello de Alec, y acto seguido el investigador de Howie cayó detrás del coche.

—*¡Al suelo!* —exclamó Ralph dirigiéndose a Yune—. *¡Al suelo, está en ese peñasco!*

Yune se arrodilló y se desplazó a rastras. Siguieron otros tres disparos en rápida sucesión. Una llanta del todoterreno empezó a silbar. El parabrisas se agrietó en una telaraña lechosa y se hundió en torno a un agujero encima del volante. El tercer balazo traspasó la chapa del lado de conductor y abrió un boquete de salida del tamaño de una pelota de tenis en el lado del copiloto, cerca de donde permanecían agachados Ralph y Yune, flanqueando a Holly. Tras una pausa, siguió una nueva descarga: esta vez cuatro disparos. Las ventanas traseras se rompieron, provocando una lluvia de esquirlas de los cristales de seguridad. Otro de aquellos orificios irregulares apareció en la parte trasera.

—No podemos quedarnos aquí —dijo Holly. Parecía muy serena—. Aunque no nos dé a nosotros, alcanzará el depósito de gasolina.

—Tiene razón —dijo Yune—. Y Alec y Gold, ¿qué crees? ¿Alguna esperanza?

—No —dijo Ralph—. Están…

Otro de aquellos restallidos líquidos. Los tres se encogieron, y otra llanta comenzó a silbar.

—Están muertos —concluyó Ralph—. Tenemos que correr hacia la tienda de recuerdos. Vayan ustedes dos primero. Yo los cubriré.

—Yo me encargo de cubrirlos —dijo Yune—. Corran Holly y tú.

De la posición del francotirador llegó un grito. De dolor o de rabia, Ralph no habría sabido decirlo.

Yune se levantó y, separando las piernas y sujetando la pistola con las dos manos, empezó a disparar hacia lo alto del cerro.

—*¡Corran!* —gritó—. *¡Ya! ¡Corran, corran, corran!*

Ralph se puso en pie. Holly se levantó con él. Como el día del asesinato de Terry Maitland, Ralph tuvo la sensación de que lo veía todo. Rodeaba la cintura de Holly con el brazo. En el cielo un pájaro volaba en círculos con las alas desplegadas. Se oía el silbido de las llantas. El todoterreno se inclinaba hacia el lado del conductor. En lo alto del cerro veía un destello intermitente y en movimiento que debía de ser la mira del rifle de aquel cabrón. Ralph no entendía por qué se movía de esa manera pero no le importó. Se oyó un segundo grito, luego un tercero, el último casi un alarido. Holly agarró a Yune del brazo y lo jaló. Yune la miró con expresión de asombro, como si lo hubiera arrancado bruscamente de un sueño, y Ralph supo que se había preparado para morir. Esperaba morir. Los tres echaron a correr para ponerse a cubierto tras la tienda de regalos, y aunque no debía de haber más de sesenta metros desde el todoterreno mortalmente herido, era como si corrieran a cámara lenta, como un trío de buenos amigos al final de una estúpida comedia romántica. Solo que en esas películas nadie pasaba de largo los cuerpos maltrechos de dos hombres que noventa segundos antes estaban vivos y sanos. En esas películas nadie pisaba un charco de sangre reciente y dejaba a su paso huellas de color rojo intenso. Resonó otro disparo, y Yune gritó:

—¡Me ha dado! ¡Ese hijo de puta me ha dado!

Cayó.

13

Jack estaba cargando de nuevo, con un zumbido en los oídos, cuando la serpiente de cascabel decidió que ya estaba harta de la molesta intrusión de ese individuo en su territorio. Lo mordió en lo alto de la pantorrilla derecha. Sus colmillos traspasaron la tela de los pantalones sin el menor problema, y las glándulas estaban rebosantes de veneno. Jack se dio la vuelta, sostenía el rifle en alto con la mano derecha, y empezó a gritar, pero no de dolor, justo empezaba a notarlo: la serpiente reptaba por su pierna agitando la lengua bífida, sus negros ojos brillantes y fijos. Lo horrorizó sentir sobre su cuerpo el peso en movimiento del reptil. Lo mordió de nuevo, esta vez en el muslo, y prosiguió su sinuoso camino ascendente sin dejar de cascabelear. La tercera mordedura podía ser en los huevos.

—*¡Aparta! ¡APÁRTATE DE MÍ, CARAJO!*

Intentar librarse de ella con el rifle no le serviría, la serpiente podía escapar, así que soltó el arma y la agarró con las dos manos. La serpiente trató de morderle la muñeca derecha, falló al primer intento pero no al segundo, le dejó dos orificios del tamaño de los dos puntos en el titular de un periódico, pero las glándulas del veneno estaban ya vacías. Jack ni lo sabía ni le importaba. La retorció entre sus manos como quien escurre una prenda recién lavada y vio rajarse su piel. Abajo, alguien disparaba repetidamente —una pistola, a juzgar por el sonido—, pero la distancia era grande y los balazos ni se acercaron. Jack lanzó la serpiente, la vio caer en la rocalla y alejarse reptando.

Acaba con ellos, Jack.

—Sí, muy bien, de acuerdo.

¿Había hablado o solo estaba pensando? No lo sabía. La reverberación en sus oídos se había convertido en un zumbido agudo, como un cable de acero que vibrara por efecto de un golpe.

Agarró el rifle, se volvió boca abajo, apoyó el cañón en la piedra plana, observó por la mira. Los tres restantes corrían a refugiarse tras la tienda de regalos, la mujer en medio. Trató de fijar la mira en Anderson, pero le temblaban las manos —una con varias mordeduras—, y alcanzó al tipo de piel aceitunada. Necesitó dos intentos, pero le dio. Su brazo voló hacia atrás por encima de la cabeza, como un pitcher preparándose para lanzar su mejor bola rápida, y cayó de costado. Los otros dos se detuvieron a ayudarlo. Esa era su mejor oportunidad, y quizá la última. Si no los liquidaba entonces, se ocultarían detrás del edificio.

El dolor le subía por la pierna desde la primera mordedura y notaba que la carne de la pantorrilla se le hinchaba, pero eso no era lo peor. Lo peor era el calor que ahora se propagaba como una fiebre repentina. O como una quemadura solar del infierno. Volvió a disparar, y por un momento pensó que había alcanzado a la mujer, pero fue solo un rasguño. Ella sujetó al hombre aceitunado por el brazo ileso. Anderson le rodeó la cintura y lo puso en pie de un tirón. Jack apretó otra vez el gatillo, y oyó solo un chasquido seco. Buscó a tientas más cartuchos en el bolsillo, introdujo dos y tiró el resto. Se le dormían las manos. Se le dormía la pierna mordida. Tenía la sensación de que la lengua se le hinchaba en la boca. Gritó de nuevo, esta vez de frustración. Cuando aplicó el ojo de nuevo a la mira, habían desaparecido. Vio fugazmente sus sombras, y luego también estas desaparecieron.

14

Con Holly a un lado y Ralph al otro, Yune logró llegar a la fachada astillada de la tienda de regalos, donde, jadeante, se dejó caer de espaldas contra la pared. Tenía el rostro ceniciento, la frente perlada de sudor. La sangre le empapaba la manga izquierda hasta el puño.

Gimió.

—Carajo, cómo *duele*, carajo.

Desde el cerro, el francotirador disparó de nuevo. La bala rebotó en el asfalto con un zumbido.

—¿Es grave? —preguntó Ralph—. Déjame ver.

Desabrochó el puño de la camisa y, aunque se la remangó con delicadeza, Yune soltó un alarido y enseñó los dientes. Holly se había llevado el celular al oído.

Cuando la herida quedó a la vista, Ralph comprobó que no era tan grave como se temía; probablemente la bala no había hecho mucho más que abrirle un surco. En una película, Yune se habría reincorporado a la refriega, pero estaban en la vida real, y en la vida real las cosas eran distintas. La bala de gran calibre le había destrozado el codo. La carne de alrededor, ya hinchada, empezaba a amoratarse, como si la hubieran golpeado con un palo.

—Dime que solo tengo el codo dislocado —dijo Yune.

—Me gustaría, pero me parece que está roto —respondió Ralph—. Aun así, has tenido suerte. Si te hubiera dado de pleno, creo que te habría arrancado el brazo. No sé con qué está disparando, pero es un arma potente.

—El hombro seguro que sí lo tengo dislocado —dijo Yune—. De cuando se me ha ido el brazo hacia atrás. *¡Demonios!* ¿Qué vamos a hacer, amigo? Estamos atrapados.

—¿Holly? —preguntó Ralph—. ¿Alguna novedad?

Ella negó con la cabeza.

—En casa de los Bolton tenía cuatro barras, pero aquí ni una. «Apártate de mí.» ¿No es eso lo que ha gritado? ¿Alguno de los dos lo ha o…?

El tirador disparó de nuevo. El cuerpo de Alec Pelley saltó y volvió a quedar inmóvil.

—*¡Acabaré contigo, Anderson!* —fueron las palabras que llegaron desde lo alto del cerro—. *¡Acabaré contigo, Ralphie! ¡Acabaré con todos ustedes!*

Yune miró a Ralph, sobresaltado.

—Nos equivocamos —dijo Holly—. El visitante sí tenía un Renfield, un ayudante. Y quienquiera que sea, te conoce, Ralph. ¿Lo conoces tú a él?

Ralph negó con la cabeza. El tirador había gritado a pleno pulmón, casi aullando, y había eco. Podría haber sido cualquiera.

Yune se examinó el brazo herido. Ya no sangraba tanto, pero la hinchazón iba en aumento. Pronto la articulación del codo ya ni se distinguiría.

—Me duele más que cuando me arrancaron la muela del juicio. Dime que tienes alguna sospecha, Ralph.

Ralph corrió hacia el otro extremo del edificio, hizo bocina con las manos y gritó:

—*¡La policía viene en camino, estúpido! ¡La Patrulla de Carreteras! ¡Ni se molestarán en pedirte que te rindas! ¡Te pegarán un tiro como a un perro rabioso! ¡Si quieres vivir, más vale que te largues cuanto antes!*

Siguió un silencio, y después otro grito. Podría haber sido de dolor, una carcajada, o las dos cosas. Luego otros dos disparos. Uno impactó en el edificio por encima de la cabeza de Ralph, desprendió una tabla y provocó una lluvia de astillas.

Ralph retrocedió y miró a los otros dos supervivientes de la emboscada.

—Creo que eso ha sido un no.

—Parece que está histérico —observó Holly.

—Desquiciado —coincidió Yune. Apoyó la cabeza en la pared—. Dios, qué calor hace en el asfalto. Y a mediodía apretará aún más. *Mucho calor*. Si seguimos aquí, nos asaremos.

—¿Dispara usted con la mano derecha, teniente Sablo? —preguntó Holly.

—Sí. Y dado que un chiflado con un rifle nos tiene inmovilizados, ¿por qué no me llamas Yune, como el jefe aquí presente?

—Vaya hasta el extremo del edificio, donde está Ralph. Y tú, Ralph, ven aquí conmigo. Cuando el teniente Sablo empiece a disparar, nosotros nos echaremos a correr hacia la pista que sube a las cabañas turísticas y la entrada Ahiga. Calculo que no estaremos al descubierto más de cincuenta metros. Podemos recorrer esa distancia en quince segundos. Quizá doce.

—Doce segundos bastarían para que alcanzara a alguno de los dos, Holly.

—Creo que podemos conseguirlo.

Tan fría como la brisa de un ventilador girando encima de una hielera. Era increíble. Al entrar en la sala de conferencias del bufete de Howie, hacía dos días, estaba tan tensa que una tos un poco fuerte la habría hecho saltar hasta el techo.

Ha estado antes en situaciones como esta, pensó Ralph. *Y quizá sea en situaciones como esta donde aflora la verdadera Holly Gibney.*

Otra detonación, seguida de un sonido metálico. Luego otra.

—Quiere darle al tanque de gasolina del todoterreno —dijo Yune—. A los de la agencia de alquiler no va a gustarles.

—Tenemos que irnos, Ralph —Holly lo miraba a los ojos, otra cosa que antes le costaba, pero no ahora. No, ahora no—. Piensa en todos los Frank Peterson a los que asesinará si lo dejamos escapar. Se irán con él porque creerán que lo conocen. O porque parece amable, como debió de sucederles a las hermanas Howard. No me refiero al que está ahí arriba sino al que ese está protegiendo.

Otros tres disparos en rápida sucesión. Ralph vio aparecer orificios a baja altura en la lámina trasera del todoterreno. Sí, apuntaba al tanque.

—¿Y qué hacemos si el señor Renfield baja a reunirse con nosotros? —preguntó Ralph.

—Puede que no baje. Puede que se quede donde está, en una posición elevada. Solo tenemos que llegar hasta el camino que lleva a la entrada Ahiga. Si baja antes de que lleguemos, dispárale.

—Por mí encantado, si no me dispara él antes.

—Creo que le pasa algo —dijo Holly—. Esos gritos.

Yune asintió.

—«Apártate de mí.» Yo también lo he oído.

El siguiente balazo perforó el depósito del todoterreno y la gasolina empezó a derramarse en el asfalto. No se produjo una explosión inmediata, pero si el tipo apostado en el cerro volvía a alcanzar el tanque, el todoterreno estallaría casi con toda seguridad.

—Está bien —dijo Ralph. La única alternativa que se le ocurría era quedarse allí agazapado y esperar a que el cómplice del visitante empezara a disparar sus balas de gran calibre contra la tienda de regalos en el intento de eliminar a alguno de ellos o más—. Yune... Cúbrenos cuanto puedas.

Pegado a la pared, Yune se acercó a la esquina del edificio; resoplaba de dolor a cada movimiento. Sostenía la Glock contra el pecho con la mano derecha. Holly y Ralph fueron hacia el otro extremo. Ralph observó la vía de servicio que ascendía monte arriba hacia las cabañas turísticas. Flanqueaban el acceso dos grandes rocas. En una había pintada una bandera estadounidense; en la otra, la bandera de la estrella solitaria de Texas.

En cuanto lleguemos detrás de la que tiene la bandera de Estados Unidos, deberíamos estar a salvo.

Eso era casi verdad, porque cincuenta metros nunca se habían parecido tanto a quinientos. Pensó en Jeannie, que debía de estar en casa haciendo yoga o en el centro ocupándose de algún trámite. Pensó en Derek, en el campamento, quizá en la sala de manualidades con sus nuevos amigos, hablando de programas de televisión, videojuegos o muchachas. Incluso le dio tiempo de preguntarse en quién estaría pensando Holly.

En él, por lo visto.

—¿Listo?

Antes de que pudiera contestar, el francotirador alcanzó el depósito del todoterreno, que estalló en una bola de fuego anaranjado. Yune se asomó desde su esquina y empezó a disparar hacia lo alto del cerro.

Holly apretó a correr. Ralph la siguió.

15

Jack vio el todoterreno envuelto en llamas y profirió un grito triunfal, aunque no tenía el menor sentido; al fin y al cabo no había nadie dentro. De pronto un movimiento captó su atención y vio a dos de los entrometidos correr hacia la vía de servicio. La mujer iba delante, Anderson justo detrás. Jack desplazó el rifle hacia ellos y observó a través de la mira. Antes de que pudiera apretar el gatillo, oyó el zumbido de una bala. Esquirlas de roca le azotaron el hombro. El que habían dejado atrás estaba disparando, y aunque la gran distancia impedía afinar la puntería usando una pistola, fuera cual fuese la de ese individuo, el último balazo había dado peligrosamente cerca. Jack encogió la cabeza y, al apretar el mentón contra el cuello, notó las glándulas de esa zona hinchadas y palpitantes, como si rebosaran pus. Le dolía la cabeza, le ardía la piel y tenía la sensación de que los ojos no le cabían en las cuencas.

Echó un vistazo por la mira justo a tiempo de ver desaparecer a Anderson tras una de aquellas grandes rocas. Los había perdido. Eso no era todo. Del todoterreno en llamas se elevaba una columna de humo negro, y ahora, en pleno día, ya no soplaba el viento para dispersarlo. ¿Y si alguien lo veía y avisaba al penoso departamento de bomberos voluntarios que pudiera haber en ese pueblo de mala muerte?

Baja.

Esta vez no hizo falta que se preguntara de quién era la voz.

Tienes que alcanzarlos antes de que lleguen al camino Ahiga.

Jack no tenía la menor idea de qué era Ahiga, pero entendía perfectamente a qué se refería su acompañante, ahora dentro de su cabeza: el camino indicado en el cartel del jefe Uajú. Se encogió cuando otra bala disparada por el cabrón de abajo arrancó fragmentos de roca de un afloramiento cercano, dio un primer paso hacia atrás por donde había subido y se desplomó. Por un momento el dolor borró todo pensamiento. A continuación se sujetó a un arbusto que asomaba entre dos rocas y, tirando de él, consiguió levantarse. Se examinó la mitad inferior del cuerpo y fue incapaz de creer en qué se había convertido. El grosor de la pierna mordida por la serpiente se había duplicado. La tela del pantalón le apretaba. Peor aún, tenía un bulto en la entrepierna. Era como si se hubiese metido un pequeño cojín bajo el pantalón.

Baja, Jack. Llega hasta ellos y te quitaré el cáncer.

Ya, pero en ese preciso momento lo asaltaban preocupaciones más inmediatas, ¿no? Estaba hinchándose como una esponja empapada.

El veneno de serpiente también. Te curaré.

Jack no sabía hasta qué punto podía creer al hombre de los tatuajes, pero comprendió que no le quedaba otra. Además, estaba Anderson. El señor No Opino no debía salir impune de aquello. Todo era culpa suya, y no tenía que salir impune.

Cojeando, empezó a bajar por el camino utilizando el Winchester a modo de bastón. La segunda caída se produjo cuando unas piedras sueltas se deslizaron bajo su pie izquierdo y la pierna derecha, hinchada y palpitante, fue incapaz de contrarrestar el súbito desequilibrio. En la tercera, se le rajó el pantalón y dejó a la vista una carne necrótica de un color negro violáceo. Se agarró a las rocas y volvió a levantarse; tenía el rostro tumefacto y sudoroso. Estaba bastante seguro de que iba a morir en ese páramo cubierto de riscos y mala hierba dejado de la mano de Dios, pero por sus muertos que no se iría solo.

16

Ralph y Holly corrieron cuesta arriba por el camino, doblados por la cintura y con la cabeza agachada. En lo alto del primer tramo se detuvieron a recuperar el aliento. Abajo y a la izquierda vieron el círculo de las ruinosas cabañas turísticas. A la derecha se alzaba un edificio alargado, probablemente un almacén de equipo y suministros en los tiempos en que el Agujero de Marysville era una empresa en funcionamiento. Al lado había una camioneta estacionada. Ralph la miró, desvió la vista, y al instante volvió a posarla en ella.

—Dios mío.

—¿Qué? *¿Qué?*

—No me extraña que me conozca. Esa es la mini-van de Jack Hoskins.

—¿Hoskins? ¿El otro inspector de Flint City?

—Sí, ese.

—¿Y por qué habría de...? —Holly sacudió la cabeza con tal vehemencia que se le agitó el flequillo—. Da igual. Ha dejado de disparar, seguramente eso significa que viene hacia aquí. Tenemos que seguir.

—Quizá Yune lo ha alcanzado —dijo Ralph. Cuando ella le dirigió una mirada de incredulidad, añadió—: Ya, está bien.

Dejaron atrás apresuradamente el almacén. Al otro lado nacía un camino que llevaba a la ladera opuesta del cerro.

—Yo primero —dijo Ralph—. Yo voy armado.

Holly no se opuso.

Subieron al trote por el sendero estrecho y tortuoso. Las piedras sueltas se deslizaban y chirriaban bajo sus zapatos y el peligro de caerse era continuo. Tras dos o tres minutos de ascenso, Ralph oyó rodar piedras más arriba. Hoskins, en efecto, iba a reunirse con ellos.

Rodearon un afloramiento de roca, Ralph con la Glock al frente, Holly detrás de él, a su derecha. El siguiente tramo del sendero era una recta de unos quince metros. El descenso de Hoskins era allí más estrepitoso, pero el laberinto de riscos impedía saber a qué distancia se hallaba.

—¿Dónde está el maldito ramal que lleva a la entrada posterior? —preguntó Ralph—. Está acercándose. Esto se parece demasiado al juego del cobarde de aquella película de James Dean.

—Sí, *Rebelde sin causa*. No lo sé, pero no puede estar lejos.

—Si nos tropezamos con él antes de salir de esta especie de Calle Mayor, habrá un tiroteo. Y las balas rebotarán. En cuanto lo veas, tírate al suelo...

Ella le dio una palmada en la espalda.

—Si llegamos antes al sendero, no habrá ningún tiroteo y no tendré que tirarme al suelo. *¡Camina!*

Ralph siguió corriendo por el tramo recto, se dijo que debía sacar fuerzas de flaqueza. En realidad era imposible sacar de donde no había, pero convenía mantener una actitud positiva. Holly, detrás de él, le daba palmadas en el hombro, bien para apremiarlo, bien para confirmarle que seguía allí. Llegaron al siguiente recodo del sendero. Ralph se asomó temiendo toparse con la boca del cañón del rifle de Hoskins. Lo que vio fue un cartel de madera con el retrato desvaído del jefe Ahiga.

—Vamos —dijo—. Deprisa.

Corrieron hacia el cartel; Ralph oía el jadeo del francotirador cada vez más cerca. Era casi un sollozo. Rodaron piedras y siguió un grito de dolor. Al parecer, Hoskins se había caído.

¡Bien! ¡Quédate en el suelo!

Pero enseguida volvieron a oírse ruidosos pasos y resbalones. Muy cerca. Cada vez más. Ralph agarró a Holly y la empujó hacia el sendero Ahiga. El sudor corría por su rostro, pequeño y pálido. Apretaba mucho los labios y hundía las manos en los bolsillos del saco, ahora cubierto de polvo y salpicado de sangre.

Ralph se llevó un dedo a los labios. Ella asintió. Él se escondió detrás del cartel. Debido al calor seco de Texas, las tablas se habían contraído un poco y pudo mirar por una rendija. Vio a Hoskins en cuanto apareció, tambaleante. Su primera impresión fue que Yune había tenido suerte y le había metido una bala en el cuerpo, pero eso no explicaba la raja en el pantalón ni la grotesca hinchazón en la pierna. *No me extraña que se haya caído*, pensó Ralph. Era asombroso que con esa pierna hubiera llegado tan abajo por ese escarpado camino. Llevaba el rifle que había utilizado para matar a Gold y a Pelley, pero lo utilizaba a modo de bastón y sus dedos no estaban ni remotamente cerca del gatillo. Ralph dudaba que fuera capaz de dar en un blanco ni siquiera a corta distancia. No con ese temblor de manos. Tenía los ojos inyectados en sangre y hundidos en las cuencas. El polvo había convertido su rostro en una máscara kabuki, pero allí donde el sudor abría hilillos se le veía la piel enrojecida, como si padeciera un sarpullido atroz.

Ralph salió detrás del cartel empuñando la Glock con las dos manos.

—Alto ahí, Jack, y suelta el rifle.

Jack resbaló y se detuvo, tambaleante, a unos diez metros, pero seguía sujetando el rifle por el cañón. Eso no era lo óptimo, pero Ralph podía aceptarlo. Si Hoskins hacía ademán de levantarlo, su vida habría terminado.

—No deberías estar aquí —replicó Jack—. Como decía mi abuelo, ¿naciste así de tonto o llevas años practicando?

—No me interesa oír tus tonterías. Has matado a dos hombres y herido a otro. Les has disparado en una emboscada.

—No deberían haber venido —dijo Jack—, pero han venido, así que tienen lo que se merecen por meterse en asuntos ajenos.

—¿Y qué asuntos ajenos son esos, señor Hoskins? —preguntó Holly.

Cuando Hoskins sonrió, los labios se le agrietaron y brotaron gotitas de sangre.

—El hombre de los tatuajes. Como creo que ya sabes, puta entrometida.

—Muy bien —dijo Ralph—, ahora que ya te has desahogado, deja el rifle. Ya has causado bastante daño con él. Basta con que lo sueltes; si te agachas, caerás de cara. ¿Eso te lo ha hecho una serpiente?

—La serpiente ha sido un pequeño extra. Tienen que marcharse. Los dos. O los envenenará como me ha envenenado a mí. A buen entendedor…

Holly dio un paso hacia Jack.

—¿Cómo lo ha envenenado?

Ralph apoyó en su brazo una mano de advertencia.

—Solo me tocó. En la nuca. Le bastó con eso —movió la cabeza en un gesto de cansado asombro—. En aquel establo de Canning. —Temblando de indignación, levantó la voz—: ¡Adonde *tú* me mandaste!

Ralph negó con la cabeza.

—Debió de ser el jefe, Jack. Yo no sabía nada de eso. No voy a repetirte que dejes el arma. Para ti esto ya ha terminado.

Jack reflexionó… o esa impresión dio. A continuación levantó el rifle muy despacio y deslizó las manos por el cañón hacia la guarda del gatillo.

—No voy a acabar como mi madre. Eso ni hablar. Primero le pegaré un tiro a tu amiga, Ralph, y luego te lo pegaré a ti. A menos que me lo impidas.

—Jack, no. Último aviso.

—Métete el aviso en…

Intentó apuntar a Holly con el arma. Ella no se movió. Pero Ralph se interpuso y le pegó tres tiros; ensordecedoras detonaciones en aquel espacio estrecho. Una por Howie, una por Alec, una por Yune. La distancia era un poco excesiva para una pistola, pero la Glock era una buena arma y él siempre había superado sin problema las pruebas en el pabellón de tiro. Jack Hoskins se desplomó, y a Ralph le pareció que una expresión de alivio asomó a su rostro moribundo.

17

Ralph, con la respiración entrecortada, se sentó en un saliente de roca ante el cartel. Holly se acercó a Hoskins, se arrodilló y le dio la vuelta. Echó un vistazo y luego regresó.

—Tenía más de una mordedura.

—Ha debido ser una serpiente de cascabel, y grande.

—Antes lo envenenó otra cosa. Algo peor que cualquier serpiente. Él lo ha llamado «el hombre de los tatuajes», nosotros lo llamamos «el visitante». El Cuco. Tenemos que poner fin a esto.

Ralph pensó en Howie y Alec, muertos al otro lado de aquel peñasco perdido. Tenían familia. Y Yune —todavía vivo pero herido, sufriendo, probablemente en estado de shock— también tenía familia.

—Supongo que tienes razón. ¿Quieres esta pistola? Si la quieres, yo tomo el rifle.

Holly negó con la cabeza.

—De acuerdo. Vamos allá.

18

Pasado el primer recodo, el sendero Ahiga se ensanchaba y empezaba a descender. Se sucedían los pictogramas a ambos lados. Un sinfín de pintas con aerosol embellecían o cubrían totalmente algunas de las antiguas imágenes.

—Sabrá que vamos —dijo Holly.

—Lo sé. Deberíamos haber traído una de esas linternas.

Ella metió la mano en uno de sus grandes bolsillos laterales —el que abultaba— y sacó una de las pequeñas y gruesas linternas de luz ultravioleta de Home Depot.

—Eres increíble —dijo Ralph—. No llevarás ahí un par de cascos, ¿eh?

—No te ofendas, Ralph, pero tu sentido del humor deja un poco que desear. Deberías hacer algo al respecto.

Superada la siguiente curva del camino, llegaron a una cavidad natural en la roca, más o menos a un metro del suelo. Encima había una frase en pintura negra descolorida: NUNCA OLVIDAREMOS. En el hueco descansaba un jarrón polvoriento del que asomaban unas delgadas ramas semejantes a dedos esqueléticos. Los pétalos que en su día adornaron esas ramas habían desaparecido hacía tiempo, pero perduraba otra cosa. Dispersos alrededor de la base del jarrón había cinco o seis jefes Ahiga de juguete como el que los gemelos Jamieson habían dejado atrás al entrar a rastras en las entrañas de la tierra, para no salir nunca más. Los muñecos amarilleaban por el paso del tiempo, y el sol había agrietado el plástico.

—Aquí ha venido gente —observó Holly—. Adolescentes, diría yo, a juzgar por las pintadas. Pero esto no lo destrozaron.

—Ni siquiera lo tocaron, por lo que se ve —dijo Ralph—. Sigamos. Yune está al otro lado con una herida de bala y un codo roto.

—Sí, y seguro que le duele mucho. Pero tenemos que andarnos con cuidado. Y eso significa avanzar despacio.

Ralph la sujetó por el codo.

—Si ese tipo acaba con nosotros dos, Yune se quedará solo. A lo mejor deberías volver.

Holly señaló el cielo, hacia donde se elevaba el humo negro del todoterreno incendiado.

—Alguien verá eso y vendrá. Y si nos pasa algo, Yune será el único que conozca la razón.

Se zafó de su mano con una sacudida y reanudó el ascenso por el sendero. Ralph lanzó una mirada más al pequeño santuario, intacto después de tantos años, y la siguió.

19

Justo cuando Ralph empezaba a pensar que el sendero Ahiga no iba a llevarlos más que a la parte de atrás de la tienda de regalos, una cerrada curva a la izquierda, casi de ciento ochenta grados, terminó en lo que a todas luces parecía la entrada de un cobertizo de herramientas en una zona residencial. Solo que la pintura verde había perdido el color y estaba desconchada, y la puerta sin ventana en el centro se hallaba entreabierta. Flanqueaban la puerta carteles de advertencia. El plástico que los envolvía se había empañado con el tiempo, pero los rótulos aún eran legibles: QUEDA TERMINANTEMENTE PROHIBIDO EL PASO, a la izquierda, y TERRENOS EXPROPIADOS POR ORDEN DEL AYUNTAMIENTO DE MARYSVILLE, a la derecha.

Ralph, con la Glock a punto, se acercó a la puerta. Indicó a Holly que se arrimara a la pared rocosa del sendero y acto seguido, tras abrir la puerta de un empujón, flexionó las rodillas y apuntó con el arma. Dentro había un pequeño recibidor, vacío salvo por los restos de unas tablas que habían tapado una grieta, de más de un metro y medio de alto, que se adentraba en la oscuridad. Los extremos astillados seguían clavados a la roca con esos enormes tornillos oxidados.

—Ralph, mira esto. Es interesante.

Holly sujetaba la puerta y, agachada, examinaba la cerradura, prácticamente destrozada. A Ralph no le pareció obra de una palanca o una barra; pensó que alguien la había golpeado con una piedra hasta que por fin cedió.

—¿Qué, Holly?

—Cierra solo en una dirección, ¿ves? Solo desde fuera. Conservaban la esperanza de que los gemelos Jamieson, o alguien de la primera partida de rescate, siguieran vivos. Querían asegurarse de que, si encontraban el camino hasta aquí, no se quedaran encerrados.

—Pero nadie lo encontró.

—No —cruzó el recibidor hasta la grieta en la roca—. ¿Hueles eso?

Ralph lo olió y supo que se hallaban en el acceso a un mundo distinto. Olía a humedad rancia y a algo más: el aroma dulzón y penetrante de la carne descompuesta. Tenue pero perceptible. Se acordó del cantalupo y de los insectos que se revolvían en su interior.

Se adentraron en la oscuridad. Ralph era alto, pero la grieta lo era aún más y no tuvo que agacharse. Holly encendió la linterna. Primero iluminó el pasadizo de piedra descendente, luego dirigió el haz hacia sus pies. Los dos vieron una serie de gotitas relucientes que conducían a las tinieblas. Holly tuvo la delicadeza de no señalar que era la misma sustancia que su lámpara ultravioleta improvisada había detectado en la sala de la casa de Ralph.

Solo pudieron caminar uno al lado del otro a lo largo de los primeros veinte metros poco más o menos. Después el pasadizo se estrechaba, y Holly entregó la linterna a Ralph. Este la tomó con la mano izquierda y conservó la pistola en la derecha. En las paredes resplandecían misteriosas vetas de mineral, algunas rojas, algunas lavanda, algunas de un tono amarillo verdoso. De vez en cuando iluminaba arriba para comprobar que El Cuco no estaba allí, arrastrándose entre las protuberancias de las estalactitas por el desigual techo. El aire no era frío —había leído en algún sitio que la temperatura en las cuevas era más o menos la misma que la temperatura media de la región en la que se encontraban—, pero, por contraste con el calor exterior, lo parecía, y naturalmente los dos seguían bañados en el sudor del miedo. Una corriente de aire llegaba de las profundidades, acariciándoles el rostro y arrastrando aquel tenue olor a podrido.

Ralph se detuvo, y Holly tropezó con él, sobresaltándolo.

—¿Qué pasa? —susurró ella.

En lugar de contestar, Ralph iluminó una grieta en la roca a su izquierda. Al lado había dos palabras pintadas con aerosol: COMPROBADO y NADA.

Siguieron adelante muy muy despacio. Ralph ignoraba cómo se sentía Holly, pero él experimentaba un miedo creciente, la certeza cada vez mayor de que no volvería a ver a su mujer y su hijo. O la luz del día. Era asombroso lo rápido que se podía echar de menos la luz del día. Tuvo la sensación de que si llegaban a salir de ahí, podría beber la luz del día como si fuera agua.

—Qué lugar tan horrible, ¿verdad? —susurró Holly.

—Sí. Deberías volver.

La respuesta de Holly fue un ligero empujón en el centro de la espalda.

Pasaron ante varias grietas más en las paredes del pasadizo descendente, todas ellas marcadas con las dos mismas palabras. ¿Cuánto tiempo hacía que las habían escrito? Si Claude Bolton era por entonces un adolescente, debían de haber pasado al menos quince años, tal vez veinte. ¿Y quién podía haber entrado allí desde entonces, es decir, aparte del visitante? ¿Acaso había entrado alguien? ¿Por qué iban a entrar? Holly tenía razón: ese lugar era horrible. A cada paso crecía en él la sensación de que lo estaban enterrando vivo. Se obligó a recordar el claro del Figgis Park. Y a Frank Peterson. Y la rama que sobresalía de su cuerpo, con sangrientas huellas digitales allí donde la corteza se había desprendido por efecto de las violentas embestidas. Y a Terry Maitland preguntando a Ralph cómo iba a limpiar su propia conciencia. Preguntándoselo mientras yacía moribundo.

Siguió adelante.

Súbitamente el pasadizo se estrechó más, no porque las paredes estuvieran más cerca, sino porque había escombros amontonados a ambos lados. Ralph iluminó hacia arriba y vio una profunda cavidad en el techo de roca. Pensó en el hueco que queda en una encía después de arrancar una muela.

—Holly…, aquí es donde se derrumbó el techo. Probablemente la segunda partida de rescate extrajo con carretillas los escombros más grandes. Estos… —recorrió con el haz las pilas de escombros y vieron el espectral resplandor de otro par de manchas.

—Estos son los restos que no se molestaron en retirar —completó Holly—. Solo los apartaron.

—Sí.

Reanudaron la marcha, al principio muy despacio. Ralph, de cuerpo ancho, tuvo que situarse de lado. Entregó a Holly la linterna y alzó la mano de la pistola hasta colocársela junto a la cara.

—Ilumina por debajo de mi brazo. Mantenla enfocada al frente. Para ahorrarnos sorpresas.

—E-está bien.

—Parece que tienes frío.

—*Tengo* frío. Deberías hablar en voz baja. Podría oírnos.

—¿Y qué? Ya sabe que venimos. *Crees* que una bala lo matará, ¿no? Crees…

—*¡Para, Ralph, para!* ¡Vas a pisarlo!

Él se detuvo de inmediato, con el corazón acelerado. Ella dirigió el haz un poco más allá de sus pies. Encima de la última pila de escombros antes de que el pasadizo volviera a ensancharse vieron el cuerpo de un perro o un coyote. Parecía más bien un coyote, pero era imposible saberlo con certeza porque la cabeza había desaparecido. Tenía el vientre abierto y eviscerado.

—Esto es lo que olíamos —dijo ella.

Ralph pasó por encima con cuidado. Unos tres metros más adelante volvió a detenerse. El animal era un coyote: allí estaba la cabeza. Parecía mirarlos con una exagerada expresión de sorpresa, y Ralph no entendió por qué.

Holly estuvo un poco más rápida en su interpretación.

—Le faltan los ojos —observó—. No le ha bastado con comerse las entrañas. Se ha comido los ojos recién arrancados de la cabeza de ese pobre animal. Uf.

—O sea que el visitante no solo come carne y sangre humanas —guardó silencio un momento—. O tristeza.

—Gracias a nosotros... —dijo Holly en voz baja—, sobre todo a ti y al teniente Sablo, ha estado muy activo en lo que normalmente es su época de hibernación. Y se ha visto privado de su alimento preferido. Debe de estar famélico.

—Y débil. Dijiste que debía de estar débil.

—Esperemos que así sea —respondió Holly—. Esto da mucho miedo. Me horrorizan los espacios cerrados.

—Si quieres...

Ella le dio otro de sus ligeros empujones.

—Sigue. Y cuidado dónde pisas.

20

El reguero de gotas ligeramente luminosas proseguía. Ralph había empezado a considerarlas el sudor de aquella criatura. ¿Quizá sudor causado por el miedo, como el de ellos? Eso esperaba. Esperaba que ese cabrón hubiese sentido pánico, y lo sintiese todavía.

Allí también había grietas, pero no pintura; eran poco más que fisuras, tan pequeñas que ni siquiera un niño cabría. O conseguiría escapar. Holly pudo colocarse otra vez junto a Ralph, aunque iban un tanto apretados. A lo lejos oían un goteo de agua, y en cierto momento él percibió una nueva brisa, esta en la mejilla izquierda. Era como recibir la caricia de unos dedos fantasmales. Provenía de una de esas fisuras y emitía un lamento hueco, casi vítreo, como el soplido en la boca de una botella de cerveza. Un lugar horrible, sin duda. Casi le costaba entender que la gente hubiera pagado por explorar esa cripta de piedra, pero, claro, ellos no sabían lo que él sabía, y ahora creía. Era asombroso cómo el hecho de hallarte en las entrañas de la tierra te ayudaba a creer algo que antes parecía no solo imposible sino risible.

—Cuidado —advirtió Holly—. Hay más.

Esta vez encontraron un par de taltuzas despedazadas. Más allá vieron los restos de una serpiente de cascabel, desaparecida toda ella excepto algunos jirones de piel con sus característicos rombos.

Poco después llegaron a lo alto de un empinado trecho descendente, su superficie tan bruñida y lisa como una pista de baile. Ralph pensó que posiblemente lo había formado algún antiguo río subterráneo cuyas aguas fluían en los tiempos de los dinosaurios y se secaron antes de que Jesús caminara por la Tierra. A un lado contaba con una barandilla de acero, ahora salpicada de cúmulos de herrumbre. Holly la recorrió con la luz de la linterna, y no solo vieron gotas dispersas de luminiscencia, sino huellas de dedos y palmas de manos. Huellas que se corresponderían con las de Claude Bolton, a ese respecto Ralph no albergaba la menor duda.

—El hijo de puta se ha andado con cuidado, ¿eh? No quería resbalar.

Holly asintió.

—Me parece que este es el pasadizo que Lovie llamó Tobogán del Diablo. Cuidado dónde pi…

En algún lugar a sus espaldas, por debajo de ellos, la roca chirrió y notaron en los pies un retumbo ahogado, apenas audible. Ralph recordó que incluso el hielo sólido a veces podía desplazarse. Holly lo miró con los ojos muy abiertos.

—Creo que no hay peligro. Esta vieja cueva lleva mucho tiempo hablando sola.

—Sí, pero seguro que la conversación ha sido más animada desde el terremoto del que nos habló Lovie. El del año 2007.

—Si quieres…

—No vuelvas a decirlo. Necesito ver el final de esto.

Ralph supuso que así era.

Agarrándose a la barandilla pero eludiendo el contacto con las huellas de aquel que los había precedido, descendieron por la pendiente. Al final se leía un letrero:

BIENVENIDOS AL TOBOGÁN DEL DIABLO
POR SU SEGURIDAD
SUJÉTENSE A LA BARANDILLA

Al otro lado del Tobogán, el pasadizo se ensanchaba aún más. Vieron otro de aquellos accesos abovedados, pero parte del revestimiento de madera se había desprendido dejando a la vista la obra de la naturaleza: unas fauces de contorno irregular.

Holly ahuecó las manos alrededor de la boca y en un susurro dijo:

—¿Hola?

Su voz regresó nítidamente en una sucesión de ecos superpuestos: *hola... la... la...*

—Lo que pensaba —dijo—. Es la Cámara del Sonido. Esa grande de la que Lovie...

—Hola.

Hola... la... la...

Pronunciado en voz baja, pero a Ralph se le cortó la respiración. Notó que Holly se aferró a su brazo con una mano que parecía una garra.

—Ahora que están aquí...

Están... tan... aquí... qui...

—... y se han tomado tantas molestias para encontrarme, ¿por qué no entran?

21

Cruzaron el arco uno al lado del otro; Holly se agarraba al brazo de Ralph como una novia con pánico escénico. Ella sostenía la linterna; Ralph llevaba su Glock, y estaba decidido a utilizarla en cuanto tuviese un blanco a la vista. Un disparo. Solo que no había blanco, al menos al principio.

Más allá del arco sobresalía un reborde de piedra que formaba una suerte de balcón a algo más de veinte metros por encima del suelo de la caverna principal. Desde allí bajaba una escalera de caracol. Holly miró hacia arriba y sintió vértigo. La escalera se elevaba otros sesenta metros o más, hasta una abertura que probablemente en su día fue la entrada principal, y después seguía hasta el techo erizado de estalactitas. Comprendió que todo el peñasco era hueco por dentro, como un pastel falso en una pastelería. En su tramo inferior, la escalera parecía en buen estado. Por encima de ellos, una sección se había desprendido de los pernos grandes como puños que la sujetaban y pendía oscilante a considerable altura.

Esperándolos al fondo, a la luz de una lámpara de pie corriente —de esas que se pueden ver en cualquier sala razonablemente bien amueblada—, estaba el visitante. El cable de la lámpara serpenteaba hasta una caja roja, con la palabra HONDA a un lado, que emitía un leve zumbido. En el exterior del círculo de luz había un camastro con una manta arrugada a los pies.

Ralph había detenido a muchos fugitivos a lo largo de su vida, y el ser que habían ido a buscar allí podría haber sido cualquiera de ellos: ojos hundidos, flaco, consumido. Vestía jeans, un chaleco de cuero color crudo sobre una camisa blanca sucia y botas camperas gastadas. Parecía desarmado. Los miraba con el rostro de Claude Bolton: cabello negro, pómulos prominentes que parecían indicar ascendencia india unas cuantas generaciones atrás, barbilla. Ralph no alcanzaba a ver los tatuajes de sus dedos, pero sabía que estaban ahí.

«El hombre de los tatuajes», había dicho Hoskins.

—Si de verdad quieren hablar conmigo, tendrán que arriesgarse a bajar por la escalera. A mí me sostiene, pero la verdad es que no es muy estable —sus palabras, aunque pronunciadas en un tono normal, se superponían, duplicándose y triplicándose, como si no hubiera solo un visitante sino muchos, un conciliábulo de ellos oculto entre las sombras y las grietas donde la luz de esa única lámpara no llegaba.

Holly se encaminó hacia la escalera. Ralph la detuvo.

—Yo primero.

—Mejor yo. Peso menos.

—Yo primero —repitió él—. Cuando llegue abajo, si es que llego, ven tú —hablaba en voz baja, pero supuso que, teniendo en cuenta la acústica, el visitante oía cada palabra. *Al menos eso espero*, pensó Ralph—. Pero quédate como a doce peldaños del final. Tengo que hablar con él.

La miraba mientras decía esto, y la miraba con mucha intensidad. Ella lanzó una ojeada a la Glock y él asintió en un gesto casi imperceptible. No, no habría conversación, no habría un inacabable interrogatorio. Todo eso había terminado. Un disparo a la cabeza y saldrían de allí. Eso en el supuesto de que el techo no se derrumbara sobre ellos, claro.

—De acuerdo —dijo Holly—. Ve con cuidado.

Eso era imposible —la vieja escalera de caracol resistiría o no—, pero intentó creerse más ligero a medida que bajaba. La escalera gemía y chirriaba y se estremecía.

—De momento va bien —comentó el visitante—. Péguese a la pared, es lo más seguro.

Eguro... uro... uro...

Ralph llegó al final. El visitante permaneció inmóvil cerca de su lámpara extrañamente doméstica. ¿La habría comprado, junto con el generador y el camastro, en el Home Depot de Tippit? Le pareció probable. Era el establecimiento de visita obligada en aquel rincón perdido del estado de la estrella solitaria. Aunque eso poco importaba. Detrás de él, la escalera empezó a rechinar y gemir de nuevo a medida que Holly descendía.

Ahora que se hallaba al mismo nivel que el visitante, lo observó con curiosidad casi científica. Parecía humano, pero, aun así resultaba extrañamente inaprensible. Era como mirar una imagen con los ojos un poco bizcos. Uno sabía qué era lo que estaba viendo, pero todo aparecía torcido y un tanto irreal. Aquel era el rostro de Claude Bolton, pero el mentón no coincidía, no era redondeado sino cuadrado, y un poco hendido. La mandíbula era más larga en el lado derecho que en el izquierdo, lo que, en conjunto, confería al rostro un aspecto sesgado rayano en lo grotesco. El cabello era el de Claude, negro y reluciente como el ala de un cuervo, pero con mechas de un matiz castaño rojizo más claro. Lo más llamativo eran los ojos. Uno era café, como cafés eran los de Claude, pero el otro era azul.

Ralph conocía ese mentón hendido, la mandíbula larga, el cabello castaño rojizo. Y el ojo azul, eso sobre todo. Había visto apagarse la luz en él cuando Terry Maitland murió en la calle una calurosa mañana de julio hacía no mucho tiempo.

—Aún está mutando, ¿no? La proyección que vio mi mujer quizá se parecía exactamente a Claude, pero su cuerpo real aún no se ha formado, ¿no? No está del todo ahí.

Su intención era que esas fuesen las últimas palabras que el visitante oyera. Los gemidos de protesta de la escalera habían cesado, lo que significaba que Holly se había detenido a la altura suficiente para quedar fuera de peligro. Alzó la Glock y se sujetó la muñeca derecha con la mano izquierda.

El visitante levantó los brazos a los lados, ofreciéndose.

—Máteme si quiere, inspector, pero así matará a su amiga y se matará a sí mismo. No tengo acceso a sus pensamientos, como lo tengo a los de Claude, pero me formo una idea bastante aproximada de lo que le ronda la cabeza: está pensando que un disparo es un riesgo aceptable. ¿Me equivoco?

Ralph guardó silencio.

—Seguro que no, y debo decirle que en realidad sería un *gran* riesgo. —Alzando la voz, exclamó—: *¡ME LLAMO CLAUDE BOLTON!*

El eco pareció aún más sonoro que el grito. Holly dejó escapar un chillido de sorpresa cuando a gran altura un fragmento de estalactita, quizá ya muy agrietada, se desprendió del techo como un puñal de piedra. Cayó al fondo, fuera del débil círculo de luz de la lámpara, no representó peligro para ninguno de ellos, pero Ralph tomó buena nota.

—Puesto que sabían lo suficiente para encontrarme aquí, puede que ya sepan esto —dijo el visitante al tiempo que bajaba los brazos—, pero, por si acaso no es así, dos niños se extraviaron en las cuevas y los pasadizos que hay debajo de esta, y cuando un equipo de rescate fue a buscarlos...

—Alguien disparó un arma y una parte del techo se desprendió —concluyó Holly desde la escalera—. Sí, estamos enterados.

—Eso ocurrió en el pasadizo del Tobogán del Diablo, donde la detonación debió de quedar amortiguada —sonrió—. A saber qué ocurrirá si el inspector Anderson dispara aquí. Seguramente caerá una lluvia de estalactitas, las de mayor tamaño. Aun así, quizá puedan esquivarlas. Si no, por supuesto los aplastarán. También está la posibilidad de que eso provoque el desprendimiento de todo el techo y quedemos enterrados los tres. ¿Quiere correr ese riesgo, inspector? No me cabe duda de que esa era su intención al bajar por la escalera, pero debo decirle que las probabilidades no lo favorecerían.

La escalera chirrió brevemente cuando Holly bajó otro peldaño. Quizá dos.

Mantente a distancia, pensó Ralph, pero era imposible obligarla. Esa mujer iba por libre.

—También sabemos por qué ha venido aquí —dijo ella—. Aquí están el tío y los primos de Claude. Enterrados.

—Así es —ahora la sonrisa de aquel hombre, aquel ser, era más amplia. El diente de oro que relucía en esa sonrisa era el de Claude, como las letras de sus dedos—. Junto con muchos otros, incluidos los dos niños a quienes tenían la esperanza de salvar. Los percibo bajo tierra. Algunos están cerca. Roger Bolton y sus hijos están allí, a no más de seis metros por debajo del Vientre de la Serpiente —señaló con el dedo—. Es a ellos a quienes percibo con más intensidad, no solo por lo cerca que están, sino también porque son la sangre en la que me estoy convirtiendo.

—Pero no comestible, deduzco —dijo Ralph.

Miraba el camastro. Al lado, apenas visible en el suelo de piedra, había un montón de huesos y piel abandonado descuidadamente junto a una hielera de poliestireno.

—No, claro que no —el visitante lo miró con impaciencia—. Pero los restos irradian un resplandor. Una especie de…, no sé, no tengo por costumbre hablar de estas cosas…, una especie de emanación. Incluso aquellos dos niños estúpidos irradian ese resplandor, aunque tenue. Están muy abajo. Podría decirse que murieron explorando regiones desconocidas del Agujero de Marysville —al decir esto, volvió a sonreír, exhibiendo no solo el diente de oro sino casi toda la dentadura.

Ralph se preguntó si sonreía de esa manera cuando asesinó a Frank Peterson, mientras comía su carne y bebía el sufrimiento agónico del niño junto con su sangre.

—¿Un resplandor como el de una lamparilla nocturna? —preguntó Holly. Parecía sentir sincera curiosidad. La escalera rechinó cuando descendió uno o dos peldaños más.

Ralph deseó con toda su alma que ella estuviera yendo en la dirección contraria: hacia arriba y hacia fuera, de regreso al intenso sol de Texas.

El visitante se limitó a encogerse de hombros.

Retrocede, pensó Ralph en el intento de transmitírselo a Holly. *Da media vuelta y retrocede. Cuando esté seguro de que te ha dado tiempo de salir por el acceso Ahiga, dispararé. Aunque mi mujer quede viuda y mi hijo huérfano, dispararé. Se lo debo a Terry y a cuantos lo precedieron.*

—Una lamparilla nocturna —repitió Holly, y bajó otro peldaño—. Ya sabe, para dar tranquilidad. Yo tenía una de niña.

El visitante la miraba por encima del hombro de Ralph. De espaldas a la lámpara de pie y con el semblante en la penumbra, un extraño brillo apareció en sus ojos disparejos. Solo que eso no era del todo exacto. El brillo no estaba *dentro* de ellos sino que salía *de* ellos, y Ralph comprendió entonces a qué se refería Grace Maitland cuando dijo que el ser que había visto tenía pajas por ojos.

—¿Tranquilidad? —el visitante pareció reflexionar sobre esa palabra—. Sí, supongo que sí, aunque nunca me lo he planteado en esos términos. Pero también dan información. Incluso muertos, destilan su esencia *Bolton*.

—¿Se refiere a los recuerdos? —otro paso adelante.

Ralph retiró la mano izquierda de la muñeca derecha y le indicó con un gesto que retrocediera, a sabiendas de que ella no obedecería.

—No, eso no.

Volvía a dar señales de impaciencia, pero ahora se percibía también otra cosa. Cierto anhelo que Ralph conocía de muchas salas de interrogatorios. No todos los sospechosos querían hablar, pero la mayoría sí, porque habían vivido solos en la habitación cerrada de su pensamiento. Y ese ser debía de haber vivido solo en compañía de sus pensamientos durante muchísimo tiempo. O sea, totalmente solo. Bastaba con mirarlo para saberlo.

—Entonces ¿qué es? —ella continuaba en el mismo sitio.

Algo es algo, pensó Ralph.

—El linaje. Hay algo en el linaje que va más allá del recuerdo o las similitudes físicas que se transmiten de generación en generación. Es una manera de ser. Una manera de ver. No es alimento, pero *es* fuerza. Sus almas han desaparecido, su *ka*, pero algo queda en su cerebro y su cuerpo muertos.

—Una especie de ADN —apuntó ella—. Quizá algo tribal, quizá racial.

—Supongo. Si quiere llamarlo así —dio un paso hacia Ralph y tendió al frente la mano en cuyos dedos llevaba escrito DEBE—. Es como estos tatuajes. No están vivos, pero contienen cierta infor...

—*¡Alto!* —exclamó ella, y Ralph pensó: *Dios, está aún más cerca. ¿Cómo lo ha conseguido sin que yo la oiga?*

El eco se elevó, como si se expandiera, y cayó algo más. Esta vez no fue una estalactita, sino un fragmento de roca de una de las escarpadas paredes.

—No haga eso —dijo el visitante—. A no ser que quiera que todo esto se nos caiga encima, no alce así la voz.

Cuando Holly volvió a hablar, bajó la voz pero mantuvo el tono apremiante.

—Ralph, recuerda lo que ha dicho el inspector Hoskins. Envenena con su contacto.

—Solo cuando estoy en esta fase de transformación —dijo el visitante sin alterarse—. Es una forma de protección natural, y casi nunca fatal. Es más una urticaria que una radiación. El inspector Hoskins era... impresionable, digamos. Cuando toco a alguien, a menudo, no siempre pero sí a menudo, consigo entrar en su mente. O en la mente de sus seres queridos. Eso hice con la familia de Frank Peterson. Solo un poco, lo suficiente para empujarlos en las direcciones en las que ya iban.

—Quédese donde está —instó Ralph.

El visitante levantó las manos tatuadas.

—Claro. Como he dicho, es usted el hombre armado. Pero no puedo dejarlo marchar. Estoy muy cansado para trasladarme, compréndalo. Tuve que desplazarme aquí demasiado pronto, y proveerme de algunas cosas, lo que me agotó aún más. Parece que estamos en un punto muerto.

—Se ha metido usted solo en esta situación —dijo Ralph—. Es consciente, ¿no?

El visitante lo miró con un rostro que conservaba aún los vestigios recesivos de Terry Maitland y permaneció en silencio.

—Heath Holmes, de acuerdo. Los otros antes de Holmes, de acuerdo. Pero Maitland fue un error.

—Supongo que sí —el visitante parecía perplejo y aun así satisfecho de sí mismo—. Sin embargo he eliminado a otros que tenían sólidas coartadas y reputaciones intachables. Con pruebas y testigos presenciales, las coartadas y las reputaciones no sirven de nada. La gente está ciega a las explicaciones que se sitúan fuera de su percepción de la realidad. Usted no debería haberme buscado. Ni siquiera debería haberme *percibido*, por sólida que fuese la coartada de Maitland. Y sin embargo lo hizo. ¿Es porque me presenté en el juzgado?

Ralph calló. Holly había descendido hasta el último peldaño y ahora se hallaba junto a él.

El visitante suspiró.

—Eso fue un error, debería haber dado más importancia a la presencia de cámaras de televisión, pero aún tenía hambre. Así y todo, *podría* haberme quedado a distancia. La avidez pudo más.

—Y se confió, añada eso —dijo Ralph—. Y cuando uno se confía, tiene descuidos. Eso es algo que los policías vemos con frecuencia.

—Bueno, puede que fuesen las tres cosas. Pero creo que de todos modos podría haber salido impune —miraba con curiosidad a la mujer pálida y canosa al lado de Ralph—. Es a usted a quien debo agradecer la situación en que me encuentro, ¿verdad? Holly. Dice Claude que se llama Holly. ¿De dónde ha sacado la capacidad para creer? ¿Cómo convenció a un grupo de hombres modernos que probablemente no creen en nada que quede fuera del alcance de sus cinco sentidos para que vinieran hasta aquí? ¿Ha visto a otro como yo en algún sitio? —el anhelo en su voz era inconfundible.

—No hemos venido aquí para contestar a sus preguntas —respondió Holly. Tenía una mano dentro del bolsillo del saco arrugado. Con la otra empuñaba la linterna de luz ultravioleta, que en ese momento no estaba encendida; la única iluminación procedía de la lámpara de pie—. Hemos venido aquí a matarlo.

—No sé cómo espera conseguirlo..., Holly. Tal vez su amigo se arriesgaría a disparar si aquí estuviéramos solo él y yo, pero dudo que quiera poner en peligro también su vida. Y si tratasen de agredirme físicamente, descubrirían, creo, que soy sorprendentemente fuerte, además de un poco venenoso. Sí, incluso en mi actual estado de agotamiento.

—Es un punto muerto de momento —dijo Ralph—, pero no por mucho tiempo. Hoskins ha herido al teniente Yunel Sablo de la Policía del Estado, pero no lo ha matado. A estas alturas ya habrá dado aviso.

—Loable intento, pero eso aquí no es posible —contestó el visitante—. No hay cobertura en diez kilómetros al este y unos veinte al oeste. ¿Creía que no lo comprobaría?

Ralph abrigaba esa esperanza, pero sin mucha convicción. Con todo, tenía otro as en la manga.

—Además, Hoskins ha volado el vehículo en el que hemos venido. Hay humo. Mucho humo.

Por primera vez advirtió genuina alarma en el rostro del visitante.

—Eso sí cambia las cosas. Tendré que huir. En mi actual estado será difícil y doloroso. Inspector, si quería enfurecerme, lo ha conseguido...

—Me ha preguntado si había visto antes a alguno de los de su especie —lo interrumpió Holly—. Yo no…, bueno, no exactamente, pero seguro que Ralph sí. Si prescindimos de los cambios de forma, la absorción de los recuerdos y el brillo en los ojos, es usted un vulgar sádico sexual y un pederasta corriente.

El visitante dio un respingo, como si lo hubiera abofeteado. Por un momento pareció olvidarse del todoterreno en llamas que enviaba señales de humo desde el estacionamiento abandonado.

—Eso es ofensivo, ridículo y falso. Yo como para vivir, nada más. Los de su especie hacen lo mismo cuando sacrifican cerdos y vacas. Para mí, ustedes solo son eso: reses.

—Miente —Holly dio un paso al frente, y cuando Ralph intentó sujetarla por el brazo, se zafó de él. En sus mejillas pálidas habían empezado a florecer rosas rojas—. Su capacidad para asemejarse a alguien que no es, *algo* que no es, le asegura la confianza de los demás. Podría haber liquidado a cualquiera de los amigos del señor Maitland. Podría haber liquidado a su *mujer*. Pero eligió a un niño. *Siempre* elige a niños.

—¡Son el alimento más dulce y nutritivo! ¿Han comido alguna vez lechón? ¿O hígado de ternera?

—No solo se los come, eyacula encima —Holly torció los labios en una mueca de repugnancia—. Se *viene* encima. ¡Uf!

—¡Para dejar el ADN! —exclamó él.

—¡Podría dejarlo de otra forma! —gritó ella, y se desprendió otro trozo del frágil techo—. Pero no les mete la cosa, ¿verdad? ¿Acaso es impotente? —Holly levantó un dedo y lo encogió gradualmente—. ¿Lo es lo es *lo es*?

—¡Cállese!

—Mata a niños porque es un violador de niños que no puede hacerlo con el pene y tiene que utilizar una…

Él corrió hacia ella con el rostro contraído en una expresión de odio en la que no quedaba nada de Claude Bolton ni de Terry Maitland; ese era él mismo, tan negro y horrendo como las profundidades de la tierra donde los gemelos Jamieson habían perdido la vida. Ralph levantó el arma, pero Holly se interpuso en su línea de tiro antes de que pudiera apretar el gatillo.

—*¡No dispares, Ralph, no dispares!*

Cayó otro fragmento del techo, esta vez tan grande que aplastó el camastro y la hielera del visitante y despidió esquirlas de piedra con destellos minerales a lo ancho del suelo bruñido.

Holly sacó algo de un bolsillo del saco del lado que siempre llevaba torcido. Era un objeto alargado y blanco, muy tenso, como si contuviera un pesado lastre. Encendió la linterna de luz ultravioleta y la dirigió hacia la cara del visitante. Este hizo una mueca, soltó un gruñido y volteó la cabeza; aún tendía hacia ella las manos tatuadas de Claude Bolton. Holly alzó el objeto blanco ante sus pequeños pechos, hasta su hombro, y lo golpeó con todas sus fuerzas. El extremo cargado impactó contra la sien del visitante, justo debajo del nacimiento del pelo.

Lo que Ralph vio a continuación poblaría sus sueños durante años. La mitad izquierda de la cabeza del visitante se hundió como si fuera de cartón piedra en lugar de hueso. El ojo castaño saltó de la cuenca. La criatura cayó de rodillas y su rostro pareció licuarse. Ralph vio sucederse un centenar de facciones en cuestión de segundos, aparecían y desaparecían: frentes prominentes seguidas de otras huidizas; cejas pobladas y otras tan rubias que apenas se veían; ojos hundidos y otros saltones; labios carnosos y delgados. Asomaron unos dientes de conejo y se esfumaron; mentones sobresalieron y se encogieron. Pero la última cara, la que duró más tiempo, casi con toda seguridad la *verdadera* cara del visitante, no presentaba ningún rasgo definido. Era la cara de alguien con quien podrías cruzarte por la calle, verlo y olvidarlo al segundo.

Holly arremetió de nuevo, y esta vez lo alcanzó en el pómulo y convirtió aquel rostro olvidable en una horrenda medialuna. Parecía algo salido de un libro infantil demencial.

A fin de cuentas, no es nada, pensó Ralph. *Nadie. Lo que parecía Claude, lo que parecía Terry, lo que parecía Heath Holmes… nada. Solo engañosas fachadas. Simple atrezo.*

Unas cosas rojizas semejantes a gusanos empezaron a brotar del agujero abierto en la cabeza del visitante, de su nariz, de la hendidura en forma de lágrima que era lo único que quedaba de su cambiante boca. Un efervescente enjambre de gusanos cayó al suelo de piedra de la Cámara del Sonido. El cuerpo de Claude Bolton primero tembló, luego se convulsionó, luego menguó dentro de la ropa.

Holly soltó la linterna y levantó el objeto blanco por encima de su cabeza (era un calcetín, advirtió Ralph, un calcetín de deporte blanco y largo), ahora con las dos manos. Descargó un último golpe, en lo alto de la cabeza de la criatura. Su rostro se partió en dos, como una calabaza podrida. No había cerebro en la cavidad expuesta, solo un efervescente nido de gusanos. Ralph pensó inevitablemente en el melón cantalupo de tanto tiempo atrás. Los que ya habían abandonado el cuerpo reptaban por el suelo hacia los pies de Holly.

Ella retrocedió, tropezó con Ralph y cayó de rodillas. Él la agarró y la ayudó a levantarse. Estaba pálida. Le corrían lágrimas por las mejillas.

—Suelta el calcetín —le dijo él al oído.

Ella lo miró aturdida.

—Hay bichos de esos en el calcetín.

Al ver que ella no reaccionaba y lo miraba con una mezcla de asombro y aturdimiento, Ralph intentó arrancárselo del puño. Al principio no pudo. Holly lo agarraba como una posesa. Él le forzó los dedos; esperaba no tener que rompérselos para conseguir que soltara el calcetín, pero lo haría si no le quedaba otro remedio. Si era necesario. Si esos bichos la tocaban, serían mucho peor que una urticaria. Y si penetraban bajo su piel…

Holly pareció volver en sí —al menos un poco— y abrió la mano. El calcetín cayó, y la punta produjo un sonido metálico al golpear el suelo de piedra. Ralph se apartó de los gusanos, que seguían buscando a ciegas (o tal vez ni mucho menos a ciegas; iban derechos hacia ellos dos), y tiró de la mano de Holly, aún agarrotada después de empuñar el calcetín con tal ferocidad. Ella bajó la vista, vio el peligro y respiró hondo.

—No grites —ordenó él—. No podemos arriesgarnos a que caiga otro trozo de techo. *Subamos.*

Ralph la arrastró escalera arriba. Después de los cuatro o cinco primeros peldaños, Holly pudo seguir subiendo por sí sola. Avanzaban de espaldas para no perder de vista los gusanos, que seguían brotando de la cabeza hendida del visitante. También de la boca en forma de lágrima.

—Para —susurró ella—. Para, míralos, solo dan vueltas. No pueden subir por la escalera. Y empiezan a morir.

Tenía razón. Se movían ya más despacio, y muchos de ellos, apelotonados cerca del visitante, permanecían totalmente quietos. Pero el cuerpo sí se movía; algo dentro de él, la fuerza que lo animaba, aún intentaba vivir. La criatura en forma de Bolton corcoveaba y se sacudía, agitaba los brazos sin control. Mientras lo observaban, se le acortó el cuello. Los restos de la cabeza empezaron a desaparecer dentro de la camisa. El cabello negro de Claude Bolton primero se erizó, luego se desvaneció.

—¿Qué es? —susurró Holly—. ¿Qué *son*?

—Ni lo sé ni me importa —contestó Ralph—. Solo sé que durante el resto de tu vida nunca tendrás que pagarte una copa, al menos cuando estés conmigo.

—Rara vez bebo alcohol —contestó ella—. Está contraindicado con mi medicación. Me parece que ya te lo ha...

De repente se inclinó sobre la barandilla y vomitó. Él la sostuvo.

—Lo siento —dijo.

—Descuida. Salgamos...

—De *aquí* por piernas —completó ella.

22

La luz del sol nunca se les había antojado tan grata.

Cuando llegaron hasta el cartel del jefe Ahiga, Holly anunció que estaba mareada y necesitaba sentarse. Ralph localizó una roca plana en la que cabían los dos y se sentó a su lado. Ella miró de reojo el cuerpo desmadejado de Jack Hoskins, soltó un gemido de desolación y se echó a llorar. Al principio el llanto brotó en una sucesión de sollozos remisos y ahogados, como si alguien le hubiera dicho que no estaba nada bien llorar delante de otra persona. Ralph le rodeó los hombros, que le parecieron lamentablemente delgados. Ella apoyó la cara en la pechera de su camisa y comenzó a sollozar sin control. Debían volver junto a Yune, tal vez estaba más grave de lo que pensaban; al fin y al cabo, cuando lo examinaron los estaban atacando, no era la situación idónea para un diagnóstico preciso. En el mejor de los casos tendría un codo roto y un hombro dislocado. Pero Holly necesitaba al menos un rato, y se lo había ganado haciendo lo que él, el corpulento inspector, no había sido capaz de hacer.

Después de cuarenta y cinco segundos la tormenta empezó a amainar. Pasado un minuto, cesó. Era buena. Era fuerte. Holly lo miró con los ojos enrojecidos y empañados. A Ralph le dio la sensación de que ella no sabía dónde estaba. Ni quién era él, para el caso.

—No puedo volver a hacerlo, Bill. Nunca más. Nunca nunca *¡nunca!* Y si este también vuelve, como Brady, me suicidaré. ¿Me oyes?

Ralph la sacudió con delicadeza.

—No volverá, Holly. Te lo prometo.

Ella parpadeó.

—Ralph. Quería decir Ralph. ¿Has visto lo que le salía de...? ¿Has visto esos gusanos?

—Sí.

—¡Uf! *¡Uf!* —tuvo una arcada y se tapó la boca.

—¿Quién te enseñó a fabricar un mazo con un calcetín? ¿Y lo fuerte que puede ser el golpe si el calcetín es largo? ¿Fue Bill Hodges?

Holly asintió.

—¿Qué llevaba dentro?

—Bolas de rodamiento, como el de Bill. Las compré en la sección de accesorios para automóvil de Walmart, en Flint City.

Porque no puedo usar armas. Aunque no creía que tuviera que utilizar la cachiporra, fue solo un impulso.

—O una intuición —Ralph sonrió casi sin darse cuenta; sentía todo el cuerpo entumecido y miraba una y otra vez alrededor para asegurarse de que ningún gusano reptaba hacia ellos, desesperado por sobrevivir dentro de un nuevo huésped—. ¿Así lo llamas? ¿Cachiporra?

—Así la llamaba Bill. Ralph, tenemos que irnos. Yune...

—Lo sé. Pero antes tengo que hacer una cosa. Quédate aquí sentada.

Se acercó al cadáver de Hoskins y se obligó a registrarle los bolsillos. Encontró las llaves de la camioneta y regresó junto a Holly.

—Listo.

Empezaron a bajar por el sendero. Holly tropezó una vez y él la sujetó. Luego fue Ralph quien estuvo a punto de caer y ella quien lo agarró.

Como una pareja de inválidos, maldita sea, pensó él. *Pero después de lo que hemos visto...*

—Son muchas las cosas que no sabemos —dijo ella—. De dónde vino. Si esos bichos eran una enfermedad, o tal vez incluso una forma de vida alienígena. Quiénes fueron sus víctimas, no solo los niños a los que mató sino también las personas a las que culparon de los asesinatos. Han debido de ser muchos. *Muchos*. ¿Has visto su cara al final? ¿Cómo cambiaba?

—Sí —contestó Ralph. Nunca lo olvidaría.

—No sabemos cuánto tiempo ha vivido. Ni cómo podía proyectarse. Ni qué *era*.

—Eso sí lo sabemos —dijo Ralph—. Ese hombre, esa criatura, era El Cuco. Ah, y otra cosa: el muy hijo de puta está muerto.

23

Habían recorrido casi todo el camino de bajada cuando empezaron a oírse breves bocinazos intermitentes. Holly se detuvo y se mordió los labios, ya muy maltratados.

—Relájate —dijo Ralph—. Me parece que es Yune.

Allí el sendero era más ancho y menos escarpado, lo que les permitió avanzar más deprisa. Cuando rodearon el almacén, vieron que en efecto era Yune: sentado medio dentro medio fuera de la camioneta de Hoskins, tocaba el claxon con la mano derecha. El brazo izquierdo, inflamado y ensangrentado, yacía en su regazo como un leño.

—No hace falta que sigas —dijo Ralph—. Papá y mamá ya han llegado. ¿Cómo estás?

—Tengo un dolor de mil demonios en el brazo, pero por lo demás estoy bien. ¿Han acabado con él? ¿Con El Cuco?

—Hemos acabado con él —contestó Ralph—. *Holly* ha acabado con él. No era humano, pero ha muerto igualmente. Sus días de matar niños han terminado.

—¿*Holly* ha acabado con él? —La miró—. ¿Cómo?

—Ya hablaremos de eso más tarde —respondió ella—. Ahora mi mayor preocupación eres tú. ¿Has perdido la conciencia? ¿Estás mareado?

—Me daba vueltas la cabeza cuando venía hacia aquí. Me parecía que no iba a llegar nunca, he tenido que descansar un par de veces. Pensaba ir a esperarlos a la salida de la cueva. Bueno, eso quería. Entonces ví esta camioneta. Debe de ser del francotirador. John P. Hoskins, según la documentación. ¿Es quien yo creo que es?

Ralph asintió.

—De la policía de Flint City. Es no, *era*. También está muerto. Lo maté yo.

Yune abrió los ojos asombrado.

—¿Qué demonios hacía aquí?

—Lo envió el visitante. Cómo se las arregló, no lo sé.

—He pensado que a lo mejor había dejado las llaves, pero no ha habido suerte. Y en la guantera no he encontrado nada para calmar el dolor. Solo los documentos, la tarjeta del seguro y un montón de basura.

—Las llaves las tengo yo —informó Ralph—. Las llevaba él en el bolsillo.

—Y yo tengo algo para el dolor —dijo Holly.

Metió la mano en uno de los grandes bolsillos laterales de su maltrecho saco y sacó un enorme frasco café. No tenía etiqueta.

—¿Qué más llevas ahí dentro? —preguntó Ralph—. ¿Un hornillo de camping? ¿Una cafetera? ¿Un radio de onda corta?

—Trabaja ese sentido del humor, Ralph.

—No pretendía ser gracioso, era sincera admiración.

—No puedo estar más de acuerdo —dijo Yune.

Holly abrió su botiquín de viaje, se echó diversas pastillas en la palma de la mano y, con cuidado, dejó el frasco en el tablero de la camioneta.

—Zoloft..., Paxil..., Valium, que ya rara vez tomo..., y esto —con cuidado, metió el resto de las pastillas en el frasco, excepto dos de color naranja—. Motrin. Lo tomo para las cefaleas tensionales. También para el dolor de la articulación temporomandibular, aunque de eso estoy mejor desde que empecé a utilizar una férula por la noche. Tengo el modelo híbrido. Es caro pero no hay nada mejor en el... —los vio mirarla—. ¿Qué pasa?

—Solo es más admiración, querida —dijo Yune. Me encantan las mujeres que van preparadas para cualquier imprevisto —agarró las pastillas, se las tragó a palo seco y cerró los ojos—. Gracias. Muchísimas gracias. Que la férula nunca te falle.

Holly lo miró sin saber cómo interpretarlo y se guardó el frasco en el bolsillo.

—Tengo otras dos para cuando las necesites. ¿Has oído alguna sirena de bomberos?

—No —respondió Yune—. Empiezo a pensar que no van a venir.

—Vendrán —dijo Ralph—, pero tú no estarás aquí cuando lleguen. Tienes que ir al hospital. Plainville está un poco más cerca que Tippit, y además la casa de los Bolton está de camino. Tendrán que parar allí. Holly, ¿estás bien para conducir si yo me quedo aquí?

—Sí, pero ¿por qué...? —de pronto se dio una palmadita en la frente—. El señor Gold y el señor Pelley.

—Sí. No tengo intención de dejarlos donde han caído.

—Las manipulaciones en la escena del crimen no están muy bien vistas —comentó Yune—. Creo que ya lo sabes.

—Sí, pero no estoy dispuesto a dejar que dos buenos hombres se asen al sol y al lado de un vehículo en llamas. ¿Algún problema con eso?

Yune negó con la cabeza. Unas gotitas de sudor brillaron entre su pelo erizado, cortado al estilo marine.

—Por supuesto que no.

—Iremos en la camioneta hasta el estacionamiento y allí la dejaré en manos de Holly. ¿Notas algún alivio con ese Motrin, amigo?

—La verdad es que sí. Ninguna maravilla pero estoy mejor.

—Bien. Porque antes de ponernos en marcha, tenemos que hablar.

—¿De qué?

—De cómo vamos a explicar esto —dijo Holly.

24

En cuanto llegaron al estacionamiento, Ralph se bajó. Se cruzó con Holly delante de la camioneta cuando ambos la rodeaban, y esta vez fue ella quien le dio un abrazo. Breve pero fuerte. El todoterreno de alquiler había ardido casi por completo, y el humo era ya menos espeso.

Yune se desplazó —con cautela y varias muecas y resoplidos de dolor— al asiento del copiloto. Cuando Ralph se inclinó junto a la ventanilla, él preguntó:

—¿Seguro que está muerto? *¿Seguro?*

Ralph supo que no preguntaba por Hoskins.

—Sí. No se ha disuelto exactamente como la Cruel Bruja del Oeste, pero casi. Cuando se arme aquí la gorda, solo encontrarán su ropa y quizá un puñado de gusanos muertos.

—¿Gusanos? —Yune arrugó la frente.

—Viendo lo deprisa que morían —dijo Holly—, creo que los gusanos se descompondrán muy rápidamente. Pero quedará el ADN en la ropa, y si llegaran a compararlo con el de Claude, posiblemente se corresponderían.

—O una mezcla del de Claude y el de Terry, porque su transformación no era completa. Te has dado cuenta de eso, ¿no?

Holly asintió.

—Con lo que no serviría de nada. Creo que Claude no tendrá problemas —Ralph sacó el celular del bolsillo y se lo puso a Yune en la mano ilesa—. ¿Podrás hacer las llamadas en cuanto aparezca alguna barra?

—Claro.

—¿Y sabes el orden de las llamadas?

Mientras Yune las enumeraba, oyeron el lejano sonido de unas sirenas acercarse desde Tippit. Al final, por lo visto, alguien había divisado el humo, pero ese alguien no se había tomado la molestia de acercarse a investigar. Y quizá mejor así.

—El fiscal Bill Samuels. Después tu mujer. Luego el jefe Geller. Por último, el capitán Horace Kinney de la Patrulla de Carreteras de Texas. Todos los números están en tus contactos. Con los Bolton hablaremos en persona.

—*Yo* hablaré con ellos —dijo Holly—. Tú te quedarás sentado con el brazo en reposo.

—Es muy importante que Claude y Lovie respalden la versión —insistió Ralph—. Ahora váyanse. Si los bomberos los encuentran aquí, ya no podrán irse.

Una vez hubo ajustado el asiento y el retrovisor a su satisfacción, Holly se volvió hacia Yune y Ralph, este todavía inclinado junto a la puerta del copiloto. Se la veía cansada pero no exhausta. Se le había pasado el llanto. Él no vio en su cara más que concentración y determinación.

—Debemos presentarlo de manera sencilla —dijo Holly—. Lo más sencilla y cercana a la verdad posible.

—Tú ya has pasado antes por esto —observó Yune—. O algo parecido. ¿Verdad?

—Sí. Y nos *creerán*, incluso si quedan algunas preguntas sin respuesta. Los dos saben por qué. Ralph, esas sirenas se acercan y tenemos que irnos.

Ralph cerró la puerta y los observó alejarse en la camioneta del inspector muerto de Flint City. Pensó en el trecho en mal estado que Holly tendría que atravesar para circundar la cadena, y llegó a la conclusión de que se las arreglaría perfectamente, sortearía los peores socavones y torrenteras en atención al brazo de Yune. Justo cuando creía que no podía sentir ya más admiración por ella..., la sintió.

Se acercó primero al cuerpo de Alec, porque era el más difícil de rescatar. El incendio casi se había extinguido, pero el vehículo irradiaba un calor bárbaro. Alec tenía el rostro y los brazos ennegrecidos, y el fuego lo había dejado sin pelo. Ralph lo agarró por el cinturón y tiró de él hacia la tienda de regalos procurando no pensar en los restos quemados y los pedazos fundidos que quedaban atrás. Ni en lo mucho que Alex se parecía en ese momento al hombre que días atrás se hallaba ante el juzgado. *Solo le falta la camisa amarilla en la cabeza*, pensó, y eso lo desbordó. Soltó el cinturón y, tambaleante, logró alejarse veinte pasos antes de inclinarse, sujetarse las rodillas y vomitar todo lo que tenía en el estómago. Hecho esto, regresó y terminó lo que había empezado: arrastró primero a Alec y después a Howie Gold hasta la sombra de la tienda de regalos.

Descansó para recobrar el aliento y luego examinó la puerta de la tienda. Tenía un candado, pero la puerta en sí parecía deteriorada y frágil. Al segundo golpe, las bisagras cedieron. En el interior en penumbra hacía un calor infernal. Los estantes no estaban del todo vacíos; quedaban todavía unas cuantas camisetas de recuerdo con la frase YO EXPLORÉ EL AGUJERO DE MARYSVILLE. Tomó dos y sacudió el polvo lo mejor que pudo. Fuera, las sirenas sonaban ya muy cerca. Pensó que preferirían no arriesgarse a pasar con su caro equipo por el tramo en mal estado; se detendrían a cortar la cadena. Aún disponía de un poco de tiempo.

Se arrodilló y cubrió el rostro de los dos hombres. Buenos hombres que confiaban en tener aún años de vida por delante. Hombres con una familia que lloraría su pérdida. El único aspecto positivo (si es que allí podía haber algo positivo) era que su dolor no serviría de alimento a un monstruo.

Se sentó junto a ellos, los antebrazos apoyados en las rodillas, el mentón contra el pecho. ¿Era responsable también de esas muertes? En parte, quizá, porque la concatenación de acontecimientos siempre volvía a la detención en público de Terry Maitland, una insensatez de consecuencias catastróficas. Pero incluso en su agotamiento tenía la impresión de que no necesitaba considerarse culpable de todo lo ocurrido.

Nos creerán, había dicho Holly. *Y los dos saben por qué.*

Ralph lo sabía. Se creerían incluso una historia poco convincente, porque las pisadas no desaparecen sin más y porque no puede haber gusanos dentro de un cantalupo maduro con la dura corteza intacta. Se lo creerían porque admitir cualquier otra posibilidad era poner en tela de juicio la propia realidad. La ironía era ineludible: lo mismo que había protegido al visitante durante su larga vida homicida los protegería ahora a ellos.

El universo no tiene límites, pensó Ralph, y esperó a la sombra de la tienda de regalos a que llegaran los camiones de los bomberos.

25

Holly conducía rumbo a la casa de los Bolton muy erguida, con las manos en el volante a las diez y a las dos, escuchando a Yune mientras hacía las llamadas. Bill Samuels se horrorizó al enterarse de que Howie Gold y Alec Pelley habían muerto, pero Yune interrumpió sus preguntas. No era momento para preguntas y respuestas; ya habría tiempo más tarde. Samuels tenía que volver a hablar con todos los testigos a los que habían interrogado, empezando por Sauce Agua de Lluvia. A esta debía decirle a las claras que habían surgido serias dudas sobre la identidad del hombre al que había llevado en su taxi desde el club de striptease hasta la estación de ferrocarril de Dubrow. ¿Estaba aún segura de que esa persona era Terry Maitland?

—Procure plantearlo de manera que le genere dudas —indicó Yune—. ¿Podrá hacerlo?

—Claro que sí —contestó Samuels—. Llevó haciendo eso mismo ante el jurado desde hace cinco años. Y a juzgar por su declaración, la señorita Agua de Lluvia tiene ya unas cuantas dudas. Lo mismo que los otros testigos, sobre todo desde que la grabación de Terry en el congreso de Cap City se hizo pública. Tiene medio millón de visualizaciones en YouTube. Ahora hábleme de Howie y Alec.

—Más tarde. El tiempo apremia, señor Samuels. Hable con los testigos, empezando por Agua de Lluvia. Y otra cosa: en cuanto a la reunión que mantuvimos hace dos noches..., esto es muy importante, así que atienda.

Samuels atendió, Samuels accedió, y Yune pasó a llamar a Jeannie Anderson. Esa conversación fue más larga; ella necesitaba y merecía una explicación más completa. Cuando terminó, Jeannie se echó a llorar, pero quizá sobre todo de alivio. Era horrible que unos hombres hubieran muerto, que el propio Yune estuviera herido, pero su hombre —el padre de su hijo— estaba ileso. Yune le indicó qué debía hacer, y ella accedió de inmediato.

Se disponía a realizar la tercera llamada, a Rodney Geller, jefe de policía de Flint City, cuando oyeron más sirenas, esta vez acercándose. Dos coches de la Patrulla de Carreteras de Texas pasaron a toda velocidad junto a ellos, rumbo al Agujero de Marysville.

—Si tenemos suerte —comentó Yune—, a lo mejor uno de esos agentes es el hombre que habló con los Bolton. Stape, creo que se llamaba.

—Sipe —corrigió Holly—. Owen Sipe. ¿Qué tal el brazo?

—Todavía tengo un dolor de mil demonios. Voy a tomarme esos otros dos Motrin.

—No. Una dosis muy alta puede ser mala para el hígado. Haz las otras llamadas. Pero primero ve a Recientes y borra las que has hecho al señor Samuels y la señora Anderson.

—Habrías sido una delincuente de cuidado, señorita.

—Solo soy prudente —no apartó la mirada de la carretera. No había tráfico, pero ella era esa clase de conductora—. Hazlo, y después sigue con las otras llamadas.

26

Resultó que Lovie Bolton guardaba unos Percocet que antes usaba para el dolor de espalda. Yune tomó dos en lugar del Motrin, y Claude, que había hecho un curso de primeros auxilios durante su tercera y última etapa en la cárcel, le vendó la herida mientras Holly explicaba la situación. Habló muy rápidamente, y no solo porque quisiera proporcionar verdadera atención médica al teniente Sablo. Necesitaba que los Bolton comprendieran su papel en todo aquello antes de que se presentara algún agente. Eso no tardaría en ocurrir, porque los policías de la Patrulla de Carreteras harían preguntas a Ralph, y él tendría que contestar. Al menos en esa casa no encontró incredulidad; Lovie y Claude habían percibido la presencia del visitante dos noches atrás, y Claude incluso antes: una sensación de desasosiego, desplazamiento, y de que lo observaban.

—Claro que lo sentía —comentó Holly sombríamente—. Le estaba saqueando la mente.

—Usted lo ha visto —dijo Claude—. Estaba escondido en esa cueva, y usted lo ha visto.

—Sí.

—Y se parecía a mí.

—Era casi idéntico.

Lovie intervino, parecía asustada.

—¿Habría notado yo la diferencia?

Holly sonrió.

—A simple vista. Estoy segura. Teniente Sablo... Yune... ¿estás en condiciones de ponerte en marcha?

—Sí —se levantó—. Una de las grandes ventajas de los fármacos potentes es que te sigue doliendo todo pero te importa un carajo.

Claude soltó una carcajada y, formando una pistola con la mano, lo señaló.

—Ahí ha dado en el clavo, hermano —vio que Lovie lo miraba con expresión ceñuda y añadió—: Perdona, mamá.

—¿Les ha quedado claro lo que tienen que decir? —preguntó Holly.

—Sí, señora —contestó Claude—. Es tan sencillo que no hay manera de meter la pata. La fiscalía de Flint se propone reabrir el caso Maitland, y todos ustedes vinieron aquí a interrogarme.

—¿Y usted qué nos dijo? —preguntó Holly.

—Que cuanto más lo pienso, más seguro estoy de que la persona a quien vi aquella noche no era el Entrenador Terry, sino alguien que se le parecía.

—¿Qué más? —preguntó Yune—. Muy importante.

Esta vez respondió Lovie:

—Ustedes han pasado por aquí esta mañana para despedirse y para preguntarnos si se nos había quedado algo en el tintero. Cuando estaban a punto de irse, han llamado por teléfono.

—Al fijo —añadió Holly, y pensó: *Gracias a Dios que todavía tienen.*

—Eso, al fijo. Era un hombre, y ha dicho que trabajaba con el inspector Anderson.

—Y el inspector ha atendido la llamada —dijo Holly.

—Eso. El hombre ha dicho al inspector Anderson que el tipo a quien ustedes buscaban, el verdadero asesino, estaba escondido en el Agujero de Marysville.

—Aténgase a ese guion —instó Holly—. Y gracias a los dos.

—Somos nosotros quienes debemos darles las gracias —contestó Lovie, y abrió los brazos—. Venga aquí, señorita Holly Gibney, y dele a la vieja Lovie un abrazo.

Holly se acercó a la silla de ruedas y se inclinó. Después de la experiencia en el Agujero de Marysville, los brazos de Lovie Bolton la reconfortaron. Incluso le parecieron necesarios. Permaneció en aquel abrazo tanto como pudo.

27

Marcy Maitland había empezado a recelar de las visitas inesperadas desde la detención en público de su marido, por no hablar de su ejecución en público, así que, cuando llamaron a la puerta, se acercó a la ventana, apartó apenas la cortina y echó un vistazo. En la escalera de la entrada estaba la mujer del inspector Anderson, y aparentemente había llorado. Marcy corrió a abrir. Sí, eran lágrimas, y en cuanto Jeannie advirtió su cara de preocupación, sucumbió de nuevo al llanto.

—¿Qué pasa? ¿Qué ha ocurrido? ¿Están todos bien?

Jeannie entró.

—¿Dónde están tus hijas?

—En la parte de atrás, debajo del árbol grande, jugando cribbage con el tablero de Terry. Estuvieron jugando ayer tarde hasta la noche y esta mañana temprano han empezado otra vez. ¿Ha pasado algo?

Jeannie la tomó por el brazo y la condujo a la sala.

—Será mejor que te sientes.

Marcy se quedó inmóvil.

—¡Tú dímelo!

—Hay buenas noticias y también malísimas noticias. Ralph y esa mujer, Gibney, están bien. El teniente Sablo está herido de bala, aunque, según parece, su vida no corre peligro. Pero Howie Gold y el señor Pelley... han muerto. A tiros. Un hombre con el que trabaja mi marido les tendió una emboscada. Un inspector. Jack Hoskins, se llama.

—¿Muertos? *¿Muertos?* ¿Cómo es posible...? —Marcy se dejó caer pesadamente en lo que había sido el sillón de Terry. O se sentaba o se habría desplomado en el suelo. Miró a Jeannie con cara de incomprensión—. ¿Y eso de que hay buenas noticias? ¿Cómo puede haber...? Dios mío, esto se pone cada vez *peor*.

Se llevó las manos al rostro. Jeannie se arrodilló junto al sillón y se las apartó en un gesto delicado pero firme.

—Tienes que serenarte, Marcy.

—No puedo. Mi marido está muerto, y ahora esto. Dudo que vuelva a serenarme nunca. Ni siquiera por Grace y Sarah.

—Basta —Jeannie lo dijo en voz baja, pero Marcy parpadeó como si la hubiera abofeteado—. Nada puede devolverte a Terry, pero dos buenos hombres han muerto por redimir su nombre y darles a tus hijas una oportunidad en esta ciudad. También ellos tienen familia; cuando salga de aquí tendré que ir a hablar con Elaine Gold. Eso va a ser muy difícil. Yune ha resultado herido, y mi marido ha arriesgado su vida. Sé que estás sufriendo, pero ahora no tienes que pensar en ti. Ralph necesita tu ayuda. Los otros también. Así que serénate y escucha.

—De acuerdo. Sí.

Jeannie tomó su mano y la sostuvo entre las suyas. Tenía los dedos fríos y supuso que ella misma no debía de tenerlos mucho más calientes.

—Todo lo que nos contó Holly Gibney era verdad. Sí había un visitante, y no era un hombre. Era... otra cosa. Llamémoslo El Cuco, llamémoslo Drácula, llamémoslo Hijo de Sam o Satanás, da igual. Estaba allí, en una cueva. Lo han encontrado y lo han matado. Ralph ha dicho que se parecía a Claude Bolton, a pesar de que el verdadero Claude Bolton estaba a kilómetros de allí. Antes de venir he hablado con Bill Samuels. Él piensa que si todos contamos la misma historia, esto saldrá bien. Es probable que podamos limpiar el buen nombre de Terry. *Si todos contamos la misma historia.* ¿Puedes hacerlo?

Jeannie vio que la esperanza inundaba los ojos de Marcy Maitland como agua que llenara un pozo.

—Sí. Sí, podré. Pero ¿cuál es la historia?

—El objetivo de la reunión que tuvimos era *solo* limpiar el nombre de Terry. Nada más.

—Solo limpiar su nombre.

—En esa reunión, Bill Samuels accedió a volver a hablar con todos los testigos a los que antes interrogaron Ralph y los demás agentes, empezando por Sauce Agua de Lluvia y remontándose hacia atrás. ¿De acuerdo?

—Sí, de acuerdo.

—No podían empezar por Claude Bolton porque el señor Bolton está en Texas ayudando a su madre enferma. Howie propuso que Alec, Holly, mi marido y él fueran allí a interrogar a Claude. Yune dijo que si podía los acompañaría. ¿Lo recuerdas?

—Sí —respondió Marcy, y movió la cabeza en un rápido gesto de asentimiento—. A todos nos pareció una idea excelente. Pero no recuerdo por qué estaba la señorita Gibney en la reunión.

—Era la investigadora a la que contrató Alec Pelley para verificar los movimientos de Terry en Ohio. Se interesó en el caso, y vino a ver si podía seguir ayudando. ¿Lo recuerdas ahora?

—Sí.

Con la mano de Marcy entre las suyas, mirándola a los ojos, Jeannie le explicó la última parte, la más importante:

—En ningún momento hablamos de seres que cambian de forma, ni de Cucos, ni de proyecciones fantasmales, ni de nada que pueda considerarse sobrenatural.

—No, en absoluto, ni se nos pasó por la cabeza, ¿Por qué habríamos de pensar una cosa así?

—Creímos que alguien que se parecía a Terry mató a ese niño, Peterson, e intentó achacárselo a él. A esa persona la llamamos el visitante.

—Sí —dijo Marcy, y dio un apretón a Jeannie en la mano—. Así lo llamamos. El visitante.

FLINT CITY

(Después)

1

El avión alquilado por el difunto Howard Gold aterrizó en el aeropuerto de Flint City poco después de las once de la mañana. Ni Howie ni Alec viajaban a bordo. En cuanto el forense concluyó su trabajo, trasladaron los cadáveres a Flint City en un coche fúnebre de la funeraria de Plainville. Ralph, Yune y Holly compartieron los gastos, así como los de un segundo coche fúnebre que transportó los restos de Jack Hoskins. Yune habló en nombre de todos cuando dijo que ese hijo de puta por nada del mundo volvería a casa con los hombres a los que había asesinado.

En la pista los esperaba Jeannie Anderson, junto con la esposa y los dos hijos de Yune. Cuando los chicos vieron a su padre, que llevaba el brazo entablillado y en cabestrillo, echaron a correr como rayos y casi se llevaron por delante a Jeannie (faltó poco para que uno de ellos, un preadolescente fornido llamado Hector, no la tirara al suelo). Yune los rodeó como pudo con el brazo ileso, se desprendió de ellos, e hizo una seña a su mujer. Ella se acercó corriendo. Jeannie también; su falda ondeaba tras ella. Echó los brazos alrededor de Ralph y lo estrechó con vehemencia.

Los Sablo y los Anderson permanecieron unidos cerca de la puerta de la pequeña terminal privada, abrazados y riendo, hasta que Ralph miró alrededor y vio a Holly sola junto al ala del King Air, observándolos. Vestía un traje pantalón nuevo que se había visto obligada a comprar en una tienda de ropa de mujer de Plainville, ya que el Walmart más próximo estaba a setenta kilómetros, en las afueras de Austin.

Ralph le indicó que se acercara. Ella avanzó, un poco tímidamente, y se detuvo a unos pasos, pero Jeannie no iba a permitirlo. La tomó de la mano, la jaló y la abrazó. Ralph las rodeó a las dos con los brazos.

—Gracias —susurró Jeannie al oído de Holly—. Gracias por traérmelo de regreso.

—Teníamos la esperanza de volver inmediatamente después de la investigación forense —dijo Holly—, pero los médicos obligaron al teniente Sablo, a Yune, a quedarse un día más. Tenía un coágulo de sangre en el brazo y querían disolverlo —se zafó del abrazo, sonrojada pero aparentemente complacida. A tres metros, Gabriella Sablo exhortaba a sus hijos a dejar en paz a papi o volverían a romperle el brazo.

—¿Qué sabe Derek de esto? —preguntó Ralph a su mujer.

—Sabe que su padre estuvo envuelto en un tiroteo en Texas y que estás bien. Sabe que murieron otros dos hombres. Ha pedido que lo dejemos volver a casa antes.

—¿Y qué le has dicho?

—Que sí. Volverá la semana que viene. ¿Te parece bien?

—Sí.

Sería bonito ver otra vez a su hijo: bronceado, saludable, con algo más de musculatura gracias a la natación, el remo y el tiro con arco. Y en el lugar que le correspondía. Eso era lo más importante.

—Esta noche cenamos todos en casa —dijo Jeannie a Holly—, y tú te quedarás otra vez con nosotros. Sin discusiones. La habitación de invitados está preparada.

—Eso estaría bien —respondió Holly, y sonrió. Su sonrisa se desvaneció cuando se volvió hacia Ralph—. Estaría mejor si el señor Gold y el señor Pelley pudieran sentarse a cenar con nosotros. Es una gran desgracia que hayan muerto. Es que parece…

—Ya lo sé —la interrumpió Ralph, y la rodeó con un brazo—. Ya sé lo que parece.

2

Ralph asó unos filetes en una parrilla que, gracias a su baja administrativa, estaba limpia como una patena. Había también ensalada, mazorcas de maíz y, de postre, pay de manzana *à la mode*.

—Una comida muy americana, señor —comentó Yune mientras su mujer le cortaba el filete.

—Está todo delicioso —dijo Holly.

Bill Samuels se dio unas palmadas en el estómago.

—Creo que no me entrará nada más hasta septiembre, y entonces ya veremos.

—Tonterías —dijo Jeannie. Tomó una botella de cerveza de la hielera colocada junto a la mesa de picnic y sirvió la mitad en el vaso de Samuels y la otra mitad en el suyo—. Estás flaco. Necesitas una esposa que te alimente.

—Igual cuando me pase a la práctica privada mi ex vuelve... Aquí habrá mucho trabajo para un buen abogado ahora que Howie... —de repente se dio cuenta de lo que estaba diciendo y se llevó la mano a la cabeza para alisarse el remolino (que, gracias a un corte de pelo reciente, ya no tenía)—. Un buen abogado siempre encuentra trabajo, eso quería decir.

Guardaron silencio un momento y finalmente Ralph levantó la botella de cerveza.

—Por los amigos ausentes.

Bebieron por eso. Holly dijo en voz casi inaudible:

—A veces la vida puede ser una verdadera mierda.

Nadie se rio.

El opresivo calor de julio había pasado, gran parte de los bichos habían desaparecido, y en el jardín de los Anderson se estaba muy bien. Concluida la cena, los dos hijos de Yune y las dos hijas de Marcy Maitland se acercaron a la canasta de basquetbol, en la zona próxima al estacionamiento, y empezaron a jugar al veintiuno.

—Veamos, pues —dijo Marcy. Pese a que los niños estaban a una distancia considerable y abstraídos en su juego, bajó la voz—. La investigación forense. ¿Se sostuvo la historia?

—Sí —contestó Ralph—. Hoskins llamó a casa de los Bolton y echó el anzuelo para que fuéramos al Agujero de Marysville. Allí la emprendió a tiros contra nosotros; mató a Howie y también a Alec e hirió a Yune. Expresé mi convicción de que iba por mí. Habíamos tenido nuestras diferencias a lo largo de los años, y cuanto más bebía, más debía de carcomerle eso por dentro. Se presupone que tenía algún cómplice, todavía no identificado, que le suministraba alcohol y droga, el forense descubrió restos de cocaína en su organismo, y alimentaba su paranoia. La Policía de Carreteras entró en la Cámara del Sonido, pero no encontró al cómplice.

—Solo ropa —añadió Holly.

—Y están seguros de que ha muerto —intervino Jeannie—. El visitante. Están *seguros.*

—Sí —respondió Ralph—. Si lo hubieras visto, lo sabrías.

—Alégrate de no haberlo visto —dijo Holly.

—¿Se ha acabado ya? —preguntó Gabriella Sablo—. Eso es lo único que me importa. ¿Se ha acabado realmente?

—No —dijo Marcy—. Para las niñas y para mí no. No a menos que se limpie el nombre de Terry. ¿Y eso cómo puede hacerse? Lo asesinaron antes de que pudiera defenderse en los tribunales.

—Estamos ocupándonos de eso —informó Samuels.

(1 de agosto)

3

A la luz del primer amanecer tras su regreso a Flint City, Ralph, de nuevo de pie ante la ventana de su dormitorio, con las manos entrelazadas a la espalda, miraba a Holly Gibney, de nuevo sentada en una de las sillas plegables del jardín trasero. Echó un vistazo a Jeannie, advirtió que dormía y roncaba ligeramente, y bajó. No le sorprendió ver en la cocina la bolsa de viaje que contenía las escasas pertenencias de Holly, ya preparada para el vuelo de vuelta al norte. Además de ser una mujer con las ideas claras, no se dormía en sus laureles. Y Ralph supuso que estaría deseando perder de vista Flint City.

La otra mañana, cuando él estaba fuera con Holly, el olor del café despertó a Jeannie, así que en esta ocasión llevó jugo de naranja. Quería a su mujer y valoraba su compañía, pero prefería que aquello quedara entre Holly y él. Compartían un vínculo, y eso permanecería para siempre, aunque nunca más volvieran a verse.

—Gracias —dijo ella—. Nada mejor que el jugo de naranja por la mañana —contempló el vaso con satisfacción y después se bebió la mitad—. El café puede esperar.

—¿A qué hora es el vuelo?

—A las once y cuarto. Saldré de aquí a las ocho —esbozó una sonrisa de ligera vergüenza al ver su expresión de sorpresa—. Lo sé, soy de una puntualidad compulsiva. El Zoloft ayuda en muchos sentidos, pero por lo visto para eso no sirve.

—¿Has dormido?

—Un poco. ¿Y tú?

—Un poco.

Permanecieron un rato en silencio. Trinó el primer pájaro, un sonido tierno y dulce. Otro le respondió.

—¿Pesadillas? —preguntó él.

—Sí. ¿Y tú?

—Sí. Los gusanos.

—Después de lo de Brady Hartsfield también tuve pesadillas. Las dos veces —Holly le tocó la mano, un leve roce, y retiró los dedos—. Al principio tenía muchas, pero con el tiempo fueron disminuyendo.

—¿Crees que llegarán a desaparecer por completo?

—No. Y no sé hasta qué punto quiero que desaparezcan. Los sueños son lo que nos permite tocar el mundo invisible, eso creo yo. Son un don especial.

—¿Incluso los malos?

—Incluso los malos.

—¿Seguiremos en contacto?

Ella pareció sorprenderse.

—Por supuesto. Querré saber cómo acaba todo. Soy una persona muy curiosa. A veces me meto en líos por culpa de eso.

—Y a veces sales de líos gracias a eso.

Holly sonrió.

—Me gusta creer eso —apuró el jugo—. El señor Samuels te ayudará, me parece. Me recuerda un poco a Scrooge después de ver a los tres fantasmas. En realidad tú también.

Ralph se rio.

—Bill va a hacer todo lo que esté en su mano por Marcy y sus hijas. Yo lo ayudaré. Los dos tenemos mucho que compensar.

Holly asintió.

—Haz lo que puedas, desde luego. Pero después… deja atrás este puñetero asunto. Si no puedes superar el pasado, los errores que has cometido te devorarán vivo —se volvió hacia él y lo miró fijamente a los ojos, como tan pocas veces hacía—. Te lo digo yo, y sé de qué hablo.

Se encendió la luz de la cocina. Jeannie se había levantado. Pronto los tres tomarían el café allí fuera, alrededor de la mesa de picnic, pero Ralph tenía algo más que decir, algo importante, y tenía que aprovechar ese momento que les quedaba a solas.

—Gracias, Holly. Gracias por venir, y gracias por creer. Gracias por obligar*me* a creer. De no ser por ti, él seguiría allí.

Ella sonrió. Era la sonrisa radiante.

—No hay de qué, pero con mucho gusto volveré a buscar morosos, fugitivos en libertad bajo fianza y animales perdidos.

Desde la puerta, Jeannie preguntó:

—¿Quién quiere café?

—¡Los dos! —contestó Ralph alzando la voz.

—¡Trabajando! ¡Apártenme un lugar!

Holly habló en voz tan baja que él tuvo que inclinarse para oírla.

—Era malo. Pura maldad.

—Eso no te lo discuto —contestó Ralph.

—Pero sigo dándole vueltas a una cosa: el papel que encontraron en la camioneta. El del Tommy and Tuppence. Barajamos posibles explicaciones de cómo acabó allí, ¿te acuerdas?

—Sí.

—Todas me parecen improbables. No pintaba nada allí, y sin embargo allí estaba. Y de no ser por ese papel, por el vínculo con lo que ocurrió en Ohio, puede que ese ser aún anduviera suelto.

—¿Adónde quieres llegar?

—Muy sencillo —contestó Holly—. En el mundo hay una fuerza en favor del bien. También en eso creo. En parte para no volverme loca cuando pienso en todas las atrocidades que ocurren, supongo, pero además..., bueno, las pruebas parecen confirmarlo, ¿no te parece? No solo aquí, sino en todas partes. Existe una fuerza que intenta restaurar el equilibrio. Cuando lleguen las pesadillas, Ralph, procura recordar ese trocito de papel.

Él permaneció en silencio, y Holly le preguntó en qué pensaba. La puerta mosquitera se cerró sonoramente: Jeannie con el café. Su tiempo a solas casi había terminado.

—Pensaba en el universo. Ciertamente no tiene límites, ¿verdad? Y no puede explicarse.

—Así es —convino ella—. Ni siquiera vale la pena intentarlo.

(10 de agosto)

4

El fiscal del condado de Flint, William Samuels, salió briosamente al estrado de la sala de conferencias del juzgado con una delgada carpeta en una mano. Se situó detrás de unos cuantos micrófonos. Los focos de la televisión se encendieron. Se tocó la parte de atrás de la cabeza (no había remolino) y aguardó a que los periodistas allí reunidos se callaran. Ralph estaba sentado en la primera fila. Samuels le dirigió un sutil gesto de asentimiento antes de empezar.

—Señoras y señores, buenos días. Tengo una breve declaración que hacer respecto al asesinato de Frank Peterson, y después contestaré a sus preguntas.

»Como muchos de ustedes saben, existe un video en el que Terence Maitland aparece en un congreso celebrado en Cap

City a la misma hora en que Frank Peterson fue secuestrado y posteriormente asesinado aquí en Flint City. No hay duda de la autenticidad de esa grabación. Ni hay duda en cuanto a las declaraciones de los colegas del señor Maitland, que lo acompañaron al congreso y dieron fe de su presencia allí. Asimismo, en el transcurso de nuestra investigación hemos descubierto las huellas digitales del señor Maitland en el hotel de Cap City donde se organizó el congreso, y hemos obtenido testimonios que corroboran que esas huellas se dejaron muy cerca de la hora del asesinato de Peterson, por lo que el señor Maitland no puede ser considerado sospechoso.

Se elevó un murmullo entre los periodistas. Uno de ellos preguntó:

—¿Cómo explica entonces las huellas de Maitland encontradas en el escenario del crimen?

Samuels miró al periodista con su mejor ceño de fiscal.

—Resérvense sus preguntas para más tarde, por favor; estaba a punto de abordar ese punto. Después de un posterior examen forense, consideramos que las huellas digitales halladas en la camioneta que se utilizó para secuestrar al niño y las huellas halladas en el Figgis Park las colocó alguien con fines incriminatorios. Es una circunstancia poco común pero ni mucho menos imposible. En internet pueden consultarse diversas técnicas para colocar huellas digitales falsas, lo cual es una valiosa fuente de información tanto para delincuentes como para las fuerzas del orden.

»No obstante, *eso* sugiere que nos encontramos ante un asesino que, además de depravado y en extremo peligroso, es astuto. Podría tener algún motivo de resentimiento contra Terry Maitland. Esa es una línea de investigación que seguiremos.

Examinó al público con expresión circunspecta, aunque en realidad se alegraba mucho de no presentarse a la reelección en el condado de Flint; después de eso, cualquier picapleitos titulado por correspondencia lo derrotaría, y de calle.

—Tienen ustedes todo el derecho a preguntar por qué encausamos al señor Maitland, dados los hechos que acabo de exponer. Hubo dos razones. La más obvia es que el día que el señor Maitland fue detenido, y el día de su comparecencia, *no* disponíamos de todos estos datos.

Oh, pero sí teníamos la mayor parte, ¿no, Bill?, pensó Ralph, allí sentado con su mejor traje y su mejor cara de póquer de miembro de las fuerzas del orden.

—La segunda razón por la que lo encausamos —prosiguió Samuels— fue la presencia de ADN en el lugar del crimen, que parecía corresponderse con el del señor Maitland. Existe la convicción generalizada de que la correlación de ADN nunca falla, pero, como señaló el Consejo de Genética Responsable en un artículo especializado que llevaba por título «La posibilidad de error en la prueba forense del ADN», esa es una idea equivocada. Si se mezclan las muestras, por ejemplo, la correlación puede no ser fiable, y las muestras tomadas en el Figgis Park estaban en efecto mezcladas, contenían ADN tanto del autor del delito como de la víctima.

Aguardó a que los periodistas terminaran de tomar nota antes de continuar:

—A eso se suma el hecho de que las muestras se expusieran a luz ultravioleta en el transcurso de otro procedimiento de ensayo no relacionado. Por desgracia, están degradadas hasta el punto de que, en opinión de mi departamento, habrían sido inadmisibles ante un tribunal. Hablando claro, las muestras no sirven.

Hizo un alto para pasar a la siguiente hoja de su carpeta. Era puro teatro, todas las hojas estaban en blanco.

—Quiero mencionar brevemente los sucesos que tuvieron lugar en Marysville, Texas, en fecha posterior al asesinato de Terence Maitland. En nuestra opinión, el inspector John Hoskins, del Departamento de Policía de Flint City, mantenía algún tipo de asociación perversa y delictiva con la persona que mató a Frank Peterson. Creemos que Hoskins ayudó a ese individuo a esconderse, y que tal vez planearan perpetrar otro crimen horrendo similar. Gracias a los heroicos esfuerzos del inspector Ralph Anderson y quienes lo acompañaban, los planes que esos dos hombres pudieran albergar se frustraron —muy serio, miró al público—. Howard Gold y Alec Pelley murieron en Marysville, Texas, y lamentamos su pérdida. Su familia y nosotros mismos encontramos consuelo en que en este momento, en algún lugar, hay un niño que no sufrirá el destino de Frank Peterson.

El toque justo, pensó Ralph. *La cantidad exacta de patetismo sin caer en la absoluta sensiblería.*

—Estoy seguro de que muchos de ustedes tienen preguntas sobre los sucesos de Marysville, pero no estoy autorizado a contestarlas. La investigación está abierta, en manos de la Policía de Carreteras de Texas y del Departamento de Policía de Flint City. El teniente Yunel Sablo, de la Policía del Estado, trabaja con estas dos nobles instituciones en calidad de oficial de enlace, y sin duda dispondrá de información que les facilitará a su debido tiempo.

Estas cosas se le dan de maravilla, pensó Ralph con sincera admiración. *No se le escapa detalle.*

Samuels cerró la carpeta, agachó la cabeza y volvió a levantarla.

—Señoras y señores, no voy a presentarme a la reelección, así que tengo la rara oportunidad de ser totalmente sincero con ustedes.

Esto cada vez se pone mejor, pensó Ralph.

—De haber tenido más tiempo para evaluar las pruebas, casi con toda seguridad este ministerio fiscal habría retirado los cargos contra el señor Maitland. Si hubiésemos persistido hasta llevarlo a juicio, sin duda habría sido declarado inocente. Y huelga decir que, según las leyes de la jurisprudencia, en el momento de su muerte *era* inocente. Aun así, la sombra de la sospecha ha persistido sobre él, y por consiguiente sobre su familia. Estoy hoy aquí para disipar esa sombra. En opinión de la fiscalía, y en la mía propia, Terry Maitland no tuvo nada que ver con la muerte de Frank Peterson. En consecuencia, anuncio que la investigación se ha reabierto. Aunque actualmente se concentre en Texas, la investigación en Flint City, el condado de Flint y el municipio de Canning sigue en curso. Ahora con mucho gusto contestaré a las preguntas que puedan tener.

Hubo muchas.

5

Más tarde ese día Ralph visitó a Samuels en su despacho. El fiscal que no tardaría en retirarse tenía una botella de Bushmills en la mesa. Sirvió un trago de whisky a cada uno y levantó su vaso.

—«Cuando acaben brega y bronca, y haya derrota y victoria.» Por lo que a mí se refiere, básicamente derrota, pero qué más da, caray. Bebamos por la chamba y la bronca.

Eso hicieron.

—Has manejado muy bien las preguntas —dijo Ralph—. Sobre todo si tenemos en cuenta el sinfín de patrañas que has soltado.

Samuels se encogió de hombros.

—Las patrañas son el pan nuestro de cada día para cualquier abogado que se precie. La imagen de Terry no ha quedado del todo limpia en esta ciudad, y no lo estará nunca, eso Marcy lo entiende, pero la gente empieza a acercársele. Su amiga Jamie Mattingly, por ejemplo... Marcy me ha llamado para decirme que ha ido a disculparse. Han llorado un buen rato juntas. La clave fue en esencia el video de Terry en Cap City, pero lo que he dicho sobre las huellas y el ADN contribuirá mucho. Marcy intentará quedarse aquí. Creo que lo conseguirá.

—En cuanto a ese ADN... —dijo Ralph—. Ed Bogan, del departamento de Serología del Hospital General, examinó las muestras. Con su reputación en juego, debe de haber puesto el grito en el cielo.

Samuels sonrió.

—Motivos tiene, ¿no? Solo que la verdad es aún más desagradable..., otro caso de pisadas que desaparecen, podríamos decir. No hubo exposición a luz ultravioleta, pero en las muestras empezaron a formarse manchas blancas de origen desconocido y ahora están completamente degradadas. Bogan se puso en contacto con el departamento forense de la Policía del Estado de Ohio, y adivina: lo mismo ha pasado con las muestras de Heath Holmes. Una secuencia fotográfica muestra más que nada su proceso de desintegración. Un abogado defensor se lo pasaría en grande con eso, ¿no crees?

—¿Y los testigos?

Bill Samuels se rio y se sirvió otra copa. Ofreció la botella a Ralph, que negó con la cabeza: volvía a casa en coche.

—Eso fue la parte fácil. Todos han decidido que se equivocaron, con dos excepciones: Arlene Stanhope y June Morris. Ellas se mantienen firmes en sus declaraciones.

A Ralph no le sorprendió. Stanhope era la anciana que había visto al visitante acercarse a Frank Peterson en el estacionamiento de la tienda de delicatessen Gerald's y marcharse en la camioneta con él. June Morris era la niña que lo había visto en el Figgis Park con la camisa manchada de sangre. Los más viejos y los más jóvenes eran siempre quienes veían con mayor claridad.

—¿Y ahora qué?

—Ahora nos acabamos esta copa y cada uno por su lado —contestó Samuels—. Solo tengo una pregunta.

—Adelante.

—¿Era el único? ¿O hay otros?

Ralph revivió el enfrentamiento final en la cueva, la voraz expresión en los ojos del visitante cuando preguntó: «¿Ha visto a otro como yo en algún sitio?».

—No lo creo —dijo—, pero nunca estaremos del todo seguros. A saber lo que hay por ahí. Eso ahora lo tengo claro.

—¡Dios santo, espero que no!

Ralph no respondió. En su cabeza oyó decir a Holly: «El universo no tiene límites».

(21 de septiembre)

6

Ralph tomó el café y fue al baño a rasurarse. Había descuidado esa tarea cotidiana durante su periodo de alejamiento forzoso del cuerpo de policía, pero hacía dos semanas que se había reincorporado al servicio activo. Jeannie estaba abajo, preparando el desayu-